DANIELLE STEEL
Träume des Lebens

Buch

Als die junge Serena am Ende des Zweiten Weltkriegs aus einem amerikanischen Internat in ihre Heimat Italien, nach Venedig, zurückkehrt, findet sie nur noch Trümmer vor. Ihre geliebte Großmutter ist gestorben, das Haus der Familie verkauft. Alles, was Serena bleibt, ist ihr Titel: Principessa di San Tibaldo – Prinzessin der zerbrochenen Träume.

In Rom, wo Serena dem amerikanischen Major Brad Fullerton begegnet, schöpft sie neue Hoffnung. Beide heiraten und gehen in Erwartung einer unbeschwerten Zukunft nach San Francisco. Serenas Freude über das neue Heim und die kleine Tochter Vanessa wird indes getrübt, als Brad von einer Reise nach Korea nicht mehr heimkommt.

Es folgt eine traurige Zeit der Entbehrungen für Serena, bis sie sich auf Drängen ihres Schwagers entschließt, in New York eine Karriere als Mannequin zu beginnen. Die Begegnung mit dem Starfotografen Vasili Arbus bringt Serena neue Liebe – aber bedeutet sie auch neues Glück?

Autorin

Als Tochter eines deutschstämmigen Vaters in New York geboren, kam Danielle Steel als junges Mädchen nach Frankreich. Sie besuchte verschiedene europäische Schulen. An der Universität von New York studierte sie französische Sprache und Literatur. Seit 1977 schreibt sie Romane, die in Amerika wie auch in Deutschland Bestseller sind.

Eine Übersicht über die als Goldmann-Taschenbücher erschienenen Romane von Danielle Steel finden Sie am Schluß dieses Bandes.

DANIELLE STEEL
TRÄUME DES LEBENS

Roman

Aus dem Amerikanischen
von Willy Thaler

GOLDMANN

Titel der Originalausgabe: »Remembrance«
Originalverlag: Delacorte Press, New York

Umwelthinweis:
Alle bedruckten Materialien dieses Taschenbuches
sind chlorfrei und umweltschonend.
Das Papier enthält Recycling-Anteile.

Genehmigte Taschenbuchausgabe 9/85
© 1981 der Originalausgabe bei Danielle Steel
© 1983 der deutschsprachigen Ausgabe
beim Wilhelm Goldmann Verlag, München,
in der Verlagsgruppe Bertelsmann GmbH
Umschlagentwurf: Design Team München
Druck: Elsnerdruck, Berlin
Verlagsnummer: 6860
Lektorat: Elga Sondermann/AK/MV
Herstellung: Sebastian Strohmaier/sc
Made in Germany
ISBN 3-442-06860-6

17 19 20 18

Für Popeye:

Diesmal eine neue Widmung,
Wie es sie noch nie gab:
Ich
Bleibe für den Rest meines Lebens
Mit all meiner Liebe
Dein, Olive

Ein Grab ist nur eine leere Schachtel. Der, den ich liebe, lebt ausschließlich in meiner Erinnerung, in einem Taschentuch, das noch duftet, wenn ich es entfalte, in einem Tonfall, der mir plötzlich wieder in den Sinn kommt und dem ich eine ganze Weile mit gesenktem Kopf lausche...

...und welche Bitterkeit zuerst – doch dann welch ruhige Erleichterung! – eines Tages zu entdecken – wenn der Frühling vor Kälte, Unbehagen und Hoffnung bebt –, daß sich nichts geändert hat: weder der Duft der Erde, noch das Rieseln des Baches, noch die Form der Kastanientriebe, wie Rosenknospen... sich erstaunt über die kleinen, filigranen Kelche der wilden Anemonen zu beugen, zu dem endlosen Teppich aus Veilchen – sind sie violett? Sind sie blau? – mit dem Blick liebevoll die unvergessene Kontur der Berge entlangzuwandern, mit einem zögernden Seufzer den prickelnden Wein einer neuen Sonne zu trinken... wieder zu leben!

Colette

ERSTES BUCH

Serena
Die frühen Jahre

I

Unbarmherzig rollte der Zug durch die italienische Finsternis, seine Räder schlugen rhythmisch gegen die Schienen. Überall saßen dicke Bauern, spindeldürre Kinder, schäbig aussehende Geschäftsleute und Gruppen von amerikanischen GIs. Im Zug herrschte ein abgestandener, muffiger Geruch wie in einem Haus, in dem jahrelang nicht reinegemacht wurde, und dazu die ranzige Ausdünstung von müden Körpern, die lange nicht gewaschen, nicht gekämmt, nicht geliebt wurden. Doch niemand dachte daran, ein Fenster zu öffnen. Das wagte keiner. Die alten Frauen hätten geschrien, als ob sie überfallen würden, wären sie der warmen nächtlichen Luft ausgesetzt worden. Es wäre eine tätliche Beleidigung gewesen. Alles brachte sie aus der Fassung. Hitze, Kälte, Müdigkeit, Hunger. Sie hatten Grund, gereizt zu sein. Sie waren müde. Sie waren krank. Sie hatten lange unter Hunger, Kälte und Angst gelitten. Es war ein höllisch langer Krieg gewesen. Und nun war er vorbei. Seit drei Monaten. Es war August 1945. Und der Zug rollte unbarmherzig weiter, seit zwei endlosen Tagen.

Serena war in Paris in den Zug gestiegen und, ohne mit jemand ein Wort zu wechseln, durch Frankreich und die Schweiz und schließlich durch Italien gefahren. Das war jetzt das Ende ihrer Reise... ihr Ende... ihr Ende... Ihre Gedanken ratterten im Rhythmus der Räder, während sie mit geschlossenen Augen, das Gesicht ans Glas gedrückt, zusammengekauert in einer Ecke lag. Sie war müde. O Gott, war sie müde. Sie war nun alles in allem seit neun Tagen unterwegs. Es war eine endlose Reise, und sie war noch immer nicht am Ziel.

Unaufhörlich dachte sie an Zuhause, erinnerte sich immer wieder daran. Sie hatte sich gezwungen, keinen Freudenschrei auszustoßen, als sie die Alpen überquerte und wußte, daß sie endlich wieder in Italien war. Eigentlich hatte die Reise für sie noch gar nicht richtig begonnen. Erst irgendwann am nächsten Morgen würde sie beginnen, wenn sie ihr Ziel erreichte, und dann würde sie sehen, würde sie endlich erfahren...

Serena reckte sich schläfrig, streckte ihre langen, graziösen Beine unter den Sitz gegenüber. Dort schliefen zwei alte Frauen, eine sehr magere und eine ganz dicke, mit einem dünnen Kind zwischen sich, wie ein armseliges Opfer aus rosa Fleisch zwischen zwei Laiben altem Brot. Serena betrachtete sie ausdruckslos. Die Augen der jungen Frau waren von unergründlicher Tiefe. Man wurde von ihnen angezogen, als müsse man in sie hineinschauen, als müsse man ergründen, was sie dachte... und konnte es nicht. Die Türen zu Serenas Seele waren fest verschlossen, und außer der reinen Klarheit ihres fein geschnittenen, aristokratischen Gesichtes gab es nichts zu sehen. Es war durchscheinend wie weißer Marmor.

»*Scusi.*« Sie murmelte das Wort leise, während sie an den schlafenden Frauen und einem alten Mann vorbeiging. Manchmal war sie über ihre Gedanken entsetzt, aber sie war der alten Leute überdrüssig. Sie hatte bis jetzt in Italien nur alte Leute gesehen. War denn sonst niemand mehr übrig? Nur alte Frauen und alte Männer, und eine Handvoll Kinder, die närrisch herumtollten, um vor den GIs anzugeben. Das waren die einzigen jungen Männer, die man jetzt sah. Die Amerikaner in den graubraunen Uniformen, mit dem strahlenden Lächeln, den gesunden Zähnen und den glänzenden Augen. Serena hatte so viele gesehen, daß sie für ihr ganzes Leben genug von ihnen hatte. Es war ihr verdammt gleichgültig, auf welcher Seite sie standen. Sie gehörten dazu. Sie trugen Uniformen, genau wie die anderen. Es spielte keine Rolle, welche Farbe die Uniformen hatten. Sie sah, wie die Uniformen hinter ihr aus dem Zug quollen, während sie auf dem Bahnsteig stand und in die andere Richtung blickte.

Serena erweckte den Eindruck, daß sie irgendwie verletzt war; man spürte trotz all ihrer kraftvollen Schönheit, daß etwas in ihr zerbrochen, verbogen und vielleicht für immer beschädigt war, als trüge sie an einer schrecklichen Last oder lebe noch trotz eines fast unerträglichen Schmerzes.

Doch an ihrem Äußeren konnte man das nicht erkennen. Ihre

Augen waren klar, ihr Gesicht glatt. Trotz der häßlichen, zerknitterten Kleidung, die sie trug, war sie auffallend schön. Und dennoch, wenn man genauer hinsah, mußte man den Schmerz sehen. Einer der GIs hatte ihn bemerkt, als er sie beobachtete, und als er nun nach einem letzten Zug seine Zigarette auf den Bahnsteig warf, wanderte sein Blick unwillkürlich wieder zu ihr. Mein Gott, war sie hübsch. Die weißblonden Haare, die unter dem dunkelgrünen Baumwolltuch hervorlugten, das sie um den Kopf gebunden hatte wie eine Bäuerin. Aber es sah nicht überzeugend aus. Serena konnte, was immer sie auch trug, nie für eine Bäuerin gehalten werden. Ihre Haltung verriet sie fast sofort, die Art, wie sie sich bewegte, wie sie den Kopf wandte, wie eine junge Gazelle, jede Bewegung voller Grazie. Serena war beinahe zu schön. Man war unangenehm berührt, wenn man sie in der unscheinbaren Kleidung sah, die sie trug. Woher kam sie? Wohin ging sie? Und warum lag dieser entrückte Blick in ihren Augen?

Als sie in der warmen sommerlichen Dunkelheit auf dem Bahnsteig stand, bot sie auf alle diese Fragen keine Antwort. Sie stand nur dort. Sehr aufrecht, sehr groß, sehr schlank und sehr jung in dem zerknitterten Baumwollkleid. Sie betrachtete die tiefen Falten in dem billigen Stoff und glättete den Rock mit der langen, zartgliedrigen Hand, während ihre Gedanken einer Erinnerung, einer Handbewegung nachgingen... wie ihre Mutter das gleiche getan hatte... wie ihre tadellos manikürte Hand den Rock eines Kleides geglättet hatte... eines weißen Kleides... bei einer Party im Garten des Palazzos... Serena kniff einen Augenblick lang die Augen zusammen, um die Erinnerung wegzuwischen. Das mußte sie oft tun. Aber die Erinnerungen kamen immer wieder.

Sie sah aus, als liefe sie vor etwas davon, als sie den Fuß wieder auf die Stufen des Waggons stellte und sich graziös nach oben schwang, als ob sie ein Vollblut bestiege, um in die Nacht davonzureiten. Sie besaß einen außergewöhnlichen Charme.

»*Scusi*«, flüsterte sie wieder, als sie durch den Korridor zu ihrem Platz zurückging, wo sie leise seufzte und den Kopf zurücklehnte. Doch diesmal schloß sie nicht die Augen. Es hatte ja doch keinen Sinn. Sie war todmüde, aber nicht schläfrig. Wie konnte sie jetzt schlafen? Nur wenige Stunden, bevor sie eintraf. Nur noch wenige Stunden... noch wenige Stunden... noch wenige Stunden... Der

Zug setzte sich in Bewegung und nahm den Refrain ihrer Gedanken wieder auf, während sie ins Dunkel hinausblickte und im Herzen, in der Seele, sogar in den Knochen fühlte, daß sie, was immer geschah, wenigstens nach Hause gekommen war. Sogar das Italienisch, das rings um sie gesprochen wurde, war jetzt ein Labsal für sie.

Die Landschaft vor dem Waggonfenster war so vertraut, so wohltuend, so sehr ein Teil ihrer selbst, auch jetzt noch, nachdem sie vier Jahre im Nonnenkloster im nördlichen Teil von New York gelebt hatte. Vor vier Jahren war es ebenfalls eine endlose Reise gewesen, bevor sie dorthin gelangte. Zuerst hatte sie sich mit ihrer Großmutter und Flavio, einem der wenigen Diener, die ihnen geblieben waren, über die Grenze ins Tessin durchgeschlagen. Im italienischen Teil der Schweiz hatten sie heimlich zwei bewaffnete Frauen und zwei Nonnen getroffen. Dort hatte sie sich von ihrer Großmutter getrennt, die Tränen waren dem jungen Mädchen in Strömen über die Wangen gelaufen, während sie ein letztes Mal die alte Dame umklammert hatte, sich krampfhaft an ihr festgehalten und sie gebeten hatte, sie nicht wegzuschicken. Sie hatte schon zwei Jahre zuvor in Rom so viel verloren, als –. Sie konnte den Gedanken daran nicht ertragen, als sie in der kühlen Luft der italienischen Alpen zum letzten Mal ihre Großmutter umarmte...

»Du mußt mit ihnen gehen. Serena, dort wirst du in Sicherheit sein.« Schon beinahe einen Monat im voraus waren die Pläne sorgfältig ausgearbeitet worden. Nach Amerika, so schrecklich weit weg. »Und wenn es vorbei ist, wirst du wieder nach Hause kommen.« Wenn es vorbei ist... aber wann würde es vorbei sein? Während sie dort standen, hatte Serena das Gefühl, daß es schon ein Leben lang, zehn Leben lang dauerte. Mit vierzehn hatte sie schon zwei Kriegsjahre, Verlust und Angst erlebt. Die Erwachsenen hatten in ständiger Angst vor Mussolini gelebt. Die Kinder hatten zuerst so getan, als ob es ihnen nichts ausmachte. Aber es mußte einem etwas ausmachen. Früher oder später zwangen einen die Ereignisse dazu.

Sie erinnerte sich noch an das Gefühl... wie sie zugesehen hatte, als ihr Vater von den Schwarzhemden Mussolinis weggeschleppt wurde... wie er versucht hatte, nicht zu schreien, mutig auszusehen, während er hilflos seiner Frau einen beruhigenden Blick zuwarf. Und dann die schrecklichen Geräusche der Dinge, die sie ihm im Hof des Palazzo angetan hatten, und die entsetzlichen Schreie, die er schließlich ausgestoßen hatte. Doch sie hatten ihn damals nicht gleich getötet. Sie hatten bis zum nächsten Tag gewartet und ihn dann zusammen mit einem halben Dutzend anderer im Hof des Palazzo Venezia erschossen, wo sich Mussolinis Hauptquartier befand. Serenas Mutter war dabei gewesen, als sie ihn erschossen, sie hatte gefleht, gebettelt, geschrien, geweint, während die Soldaten lachten. Die Principessa di San Tibaldo hatte sich ihnen zu Füßen geworfen, während die Männer in Uniform sie geschmäht und verhöhnt hatten. Einer hatte sie an den Haaren gepackt, sie roh geküßt und sie dann angespuckt und zu Boden geschleudert. Und gleich darauf war alles vorbei gewesen. Serenas Vater hatte schlaff an dem Pfosten gehangen, an den sie ihn gebunden hatten. Ihre Mutter lief schluchzend zu ihm und hielt ihn einen letzten Augenblick in den Armen, ehe sie sie, fast zum Zeitvertreib, ebenfalls erschossen. Und warum das alles? Weil sie Aristokraten waren. Weil ihr Vater Mussolini haßte. Damals hatte Italien an einem ganz besonderen Gift gelitten. Einem Gift, das auf Haß und Wahnsinn, Habgier und Angst beruhte. Etwas Entsetzliches, das einen Bruder gegen den anderen, und manchmal den Mann gegen die eigene Frau aufgehetzt hatte. Es hatte Serenas Onkel mit einem leidenschaftlichen Haß erfüllt, den sie nicht begreifen konnte. Ihr Vater war der Ansicht, daß Mussolini ein Unmensch, ein Hanswurst, ein Narr war, und sagte das auch. Doch sein Bruder war nicht imstande, ihre abweichenden Auffassungen zu akzeptieren. Sergio di San Tibaldo war bei Kriegsbeginn Mussolinis Schoßhund geworden. Es war Sergio, der Umberto anzeigte, der behauptete, Umberto sei gefährlich und halb verrückt, er sei mit den Alliierten im Bunde, was er in Wirklichkeit nie war. Die Wahrheit war, daß Sergio eine Menge zu gewinnen hatte, wenn er Umberto loswerden konnte, und das hatte er getan. Als jüngerer Sohn hatte er von ihrem Vater fast nichts geerbt, nur das Gut in Umbrien, das er schon als Junge gehaßt hatte. Und er konnte es nicht einmal verkaufen. Es gehörte ihm auf Lebenszeit, und dann mußte er es seinen oder Umbertos Nachkommen hinterlassen, falls er kinderlos blieb. Sergio fand, daß sein älterer Bruder alles bekommen hatte, den Titel, das Geld, das gute Aussehen, den Palazzo, der sich seit sieben Generationen im Besitz der Familie befand, die Kunstwerke, das Ansehen, den Charme und natürlich Graziella, die der letzte Funke gewesen war, der den Haß gegen den älteren Bruder entzündete.

Am meisten haßte er ihren Vater, weil er Graziella besaß, die blonde feenhafte Erscheinung mit den unglaublich grünen Augen und dem Goldhaar. Sie war bezaubernd, und er hatte sie geliebt, seit er ein Knabe gewesen war. Immer hatte er sie geliebt... immer... als sie zusammen die Sommer in Umbrien oder in San Remo oder Rapallo verbrachten und sie noch ein kleines Mädchen war. Aber sie hatte immer nur Umberto geliebt. Alle hatten Umberto geliebt... alle... besonders aber Graziella.

Bei ihrem Begräbnis in Santa Maria Maggiore war Sergio schluchzend auf die Knie gefallen und hatte sich gefragt, warum all das geschehen war. Warum hatte sie Umberto geheiratet? Warum war sie zu ihm gelaufen, nachdem er tot war? Keiner der Anwesenden hatte ganz begriffen, welche Rolle Sergio beim Tod seines Bruders und seiner Schwägerin gespielt hatte. Ihre Freunde hatten ihn immer für einen kraftlosen Schwächling gehalten. Und nun wußte niemand die Wahrheit außer Serenas Großmutter. Sie hatte nachgeforscht und keine Ruhe gegeben, sich bei den richtigen Stellen eingehend erkundigt und alle, die sie kannte, bedrängt, bis sie die Wahrheit herausbekam. Nun, sie hatte den Mut gehabt, ihm in einem Anfall von Wut und Entsetzen gegenüberzutreten, der so überwältigend war, daß Sergio nachher zum ersten Mal den Alptraum begriff, den er über sein eigen Fleisch und Blut gebracht hatte. Und wofür? Für einen weißen Marmorpalazzo? Eine Frau, die zu Füßen ihres Mannes gestorben war und die auf jeden Fall nie jemand anderen geliebt hatte als ihn?

»Weshalb hast du es getan?« schrie seine Mutter. »Aus Liebe zu Mussolini? Diesem Schwein, Sergio? Diesem Schwein? Seinetwegen hast du meinen Erstgeborenen ermordet?« Er hatte vor der Wut seiner Mutter gezittert. Er hatte geleugnet, daß er Umberto verraten hatte, geleugnet, daß er irgend etwas getan hatte. Aber sie hatte es gewußt, ebenso wie Serena. Ihre glänzend grünen Augen hatten sich beim Begräbnis in die seinen gebohrt, und schließlich war er dankbar gewesen, daß er verschwinden konnte. Die alte Principessa di San Tibaldo war nicht imstande, gegen Mussolini anzukämpfen, und wollte den entsetzlichen Brudermord ihres Sohnes nicht vor der ganzen Welt enthüllen, daher nahm sie Serena und ihre ältesten

Dienstboten mit und verließ Rom. »Nun gehört der Palazzo dir«, sagte sie ihm, als sie noch einen letzten Augenblick in der hell beleuchteten schwarz-weißen Marmorhalle stand. Sie wollte ihn oder das Haus nie wieder sehen. Er war nicht mehr ihr Sohn, er war ein Fremder, und sie starrte ihn ein letztes Mal an, während Tränen in die klugen alten Augen traten. Dann schüttelte sie langsam den Kopf und schritt schweigend durch das Tor hinaus.

Sie und Serena hatten weder Sergio noch das Haus, noch Rom wiedergesehen. Serena war zwölf Jahre alt, als sie das letzte Mal durch die reich geschmückten Bronzetore auf die Via Giulia getreten war; und noch zwei Jahre später, als sie in der kühlen Luft der Alpen gestanden hatte, hatte sie das Gefühl, sie hätten Rom erst am gleichen Nachmittag verlassen. Es waren zwei schwere Jahre gewesen, in denen sie die Erinnerungen verdrängen mußte: an die Schreie ihres Vaters, als er von den Soldaten im Hof geschlagen wurde; an das verzweifelte Gesicht ihrer Mutter, als sie am nächsten Morgen mit kaum gekämmtem Haar, vor Angst weit aufgerissenen Augen und einem roten Wollcape um die Schultern aus dem Haus gelaufen war; an den Anblick ihrer Leichen, als die Soldaten sie auf den weißen Marmorstufen beim Tor hatten liegenlassen und ihr Blut langsam ins Gras tropfte; an ihre eigenen unaufhörlichen Schreie, als sie sie sah... sie dort liegen sah... auch als sie ihrer Großmutter Lebewohl sagte. Die Erinnerungen waren noch nicht verblaßt, und nun würde sie auch die Großmutter verlieren. Verlieren, indem sie weggeschickt wurde, an einen sicheren Ort, darauf hatte Großmutter bestanden. Aber was war jetzt noch sicher? Nichts war sicher, das wußte Serena mit vierzehn Jahren. Nichts würde jemals mehr sicher sein. Nichts. Mit Ausnahme ihrer Großmutter hatte sie alles verloren.

»Ich werde dir schreiben, Serena, das verspreche ich dir. Jeden Tag. Und sobald Italien wieder das schöne Land ist, das es war, mein Liebling, verspreche ich dir...« Trotz ihrer Willenskraft hatte der Principessa bei den letzten Worten die Stimme versagt, als sie Serena an sich drückte, diese letzte Angehörige ihrer Familie, das letzte Verbindungsglied zu ihrem Erstgeborenen. Wenn Serena fort war, würde sie niemanden mehr haben. Aber sie hatte keine Wahl. Es war zu gefährlich für das Kind, hier zu bleiben. Dreimal in den letzten zwei Monaten hatten die Soldaten Serena auf der Piazza San

Marco angesprochen. Sogar in einfachen, häßlichen Kleidern war das Kind zu schön, zu groß, zu weiblich, obwohl sie erst vierzehn war. Sie war entsetzt über die Gesichter der Soldaten, ihr Lachen und ihre Blicke. Und die alte Frau wußte, daß jeder Tag eine Gefahr für Serena bedeutete, daß es für das Kind gefährlich war, wenn es überhaupt das Haus verließ. Es war unmöglich, die Soldaten im Zaum zu halten, unmöglich, Serena vor dem Wahnsinn zu schützen, der ausgebrochen war. Jeden Tag konnte etwas Schreckliches passieren, und Alicia di San Tibaldo wußte, daß sie das Kind retten mußte, bevor das Schreckliche eintrat. Sie hatte mehrere Wochen gebraucht, bis sie die Lösung gefunden hatte, aber als der Bischof sie ihr im Vertrauen vorgeschlagen hatte, wußte sie, daß sie keine andere Wahl hatte. An diesem Abend hatte sie Serena nach dem Essen von dem Plan erzählt. Zuerst hatte das Kind geweint und sie gebeten, angefleht, es nicht fortzuschicken, und noch dazu so weit weg. Serena in Italien zu lassen, bedeutete, sie zu zerstören, sie täglich zu gefährden, ständig auf einem Drahtseil zu balancieren und zu wissen, daß sie getötet, verletzt oder vergewaltigt werden konnte. Ihrer Großmutter blieb nichts anderes übrig, als sie bis zum Kriegsende wegzuschicken. Und sie wußten beide, als sie an der Schweizer Grenze standen, daß es für sehr lange Zeit sein konnte.

»Du wirst bald zurückkommen, Serena. Und ich werde hier sein, mein Liebling. Was immer auch geschieht.« Sie betete, daß es keine Lüge war, während Ströme von Tränen den Augen des jungen Mädchens entquollen und die schlanken Schultern unter ihren Händen zitterten.

»*Me lo prometti?*« Versprichst du es mir? Sie brachte die Worte kaum heraus.

Schweigend nickte die alte Frau und küßte Serena ein letztes Mal, dann nickte sie den beiden Frauen und den Nonnen zu, trat würdevoll zurück, und die Nonnen legten die Arme um Serena und führten sie weg. In dieser Nacht würde sie mehrere Meilen bis zu ihrem Kloster gehen. Am nächsten Tag würde sie mit einer Gruppe anderer Kinder mit einem Bus zu ihrem etwa hundert Meilen entfernten Schwesternheim befördert werden. Von dort würde sie einer anderen Gruppe zugeteilt und schließlich aus der Schweiz fortgebracht werden. Ihr Ziel war London und dann die Vereinigten Staaten. Es war eine lange, beschwerliche Reise, immer bestand die Gefahr eines Bombenangriffs. Die Route, die Alicia für ihre Enkelin gewählt hatte, war wohl möglicherweise gefährlich, bot aber doch eine größere Chance für Sicherheit und Überleben. In Italien zu bleiben, hätte so oder so die sichere Katastrophe bedeutet. Sie hatte niemanden mehr außer Serena... ein kleiner, dunkelbrauner Fleck, ihr helles Goldhaar steckte unter einer dunklen Wollmütze... als sie zum letzten Hügel kamen und sich umwandten, Serena zum letzten Mal winkte, und sie dann verschwanden.

Für Serena war es eine lange, fürchterliche Reise gewesen, dann hatten sie fünf Tage und Nächte in Luftschutzkellern in London verbracht, und schließlich waren sie aufs Land geflüchtet und hatten Dover mit einem Frachter verlassen. Die Überfahrt in die Vereinigten Staaten war schrecklich, Serena hatte tagelang kein Wort gesprochen. Sie konnte nicht Englisch. Mehrere der Nonnen, die sie begleiteten, sprachen Französisch wie Serena, aber sie hatte keine Lust, mit irgend jemandem zu sprechen. Nun hatte sie alles verloren. Alle und alles. Ihre Eltern, ihren Onkel, ihre Großmutter, ihr Heim und schließlich ihre Heimat. Es war nichts mehr übrig geblieben. Die Nonnen beobachteten sie wortlos. Zuerst hatten sie befürchtet, sie könnte sich zu einer Verzweiflungstat hinreißen lassen, aber mit der Zeit verstanden sie sie. Man konnte eine Menge über das Kind erfahren, indem man es beobachtete. Sie verfügte über eine außergewöhnliche Würde. Man spürte ihre Kraft und ihren Stolz und zugleich ihren Schmerz um ihren Verlust. Es gab in der Gruppe von Kindern, die in die Vereinigten Staaten fuhren, noch andere, die ähnliche Verluste erlitten hatten wie Serena; zwei von den Kindern hatten beide Eltern und alle Brüder und Schwestern bei Luftangriffen, mehrere hatten zumindest einen Elternteil, alle hatten nahe Freunde verloren. Aber Serena hatte einen größeren Verlust erlitten. Als sie vom Verrat ihres Onkels an ihrem Vater erfuhr, hatte sie auch ihren Glauben und ihr Vertrauen in die Menschen verloren. Der einzige Mensch, dem sie in den letzten zwei Jahren vertraut hatte, war ihre Großmutter gewesen. Sonst vertraute sie niemandem mehr. Nicht den Dienern, nicht den Soldaten, nicht der Regierung. Keinem. Und nun war der einzige Mensch, auf den sie sich verlassen konnte, nicht mehr in ihrer Nähe.

Mit der Zeit wirkte sie weniger kummervoll. Sobald sie sich in dem Kloster in New York befand, lachte sie sogar, aber das geschah selten. Sie war für gewöhnlich ernst, angespannt, schweigsam, und sie schrieb ihrer Großmutter in jedem freien Augenblick, stellte ihr tausend Fragen und erzählte ihr alle Einzelheiten ihres Tagesablaufs.

Im Frühjahr 1943 kamen plötzlich keine Briefe von der Principessa mehr. Zuerst war Serena ein wenig besorgt und dann wurde es offenkundig, daß sie zutiefst beunruhigt war. Schließlich lag sie jede Nacht voll Entsetzen wach, überlegte, stellte sich alles Mögliche vor, fürchtete und haßte dann... wieder war es Sergio... er war nach Venedig gekommen, um auch ihre Großmutter zu töten. Sie nahm an, daß er es getan hatte, weil ihre Großmutter wußte, was er seinem Bruder angetan hatte, und er nicht ertragen konnte, daß jemand davon erfuhr; also hatte er sie getötet, und eines Tages würde er auch versuchen, Serena zu töten. Aber er sollte es nur versuchen, dachte sie, während die leuchtend grünen Augen mit einer Bösartigkeit schmal wurden, von der sie selbst nicht gewußt hatte, daß sie sie besaß. Er soll nur, ich werde ihn zuerst töten, ich werde zusehen, wie er langsam stirbt, ich werde...

»Serena?« In dieser Nacht tauchte ein gedämpftes Licht im Korridor auf, und die Schwester Oberin erschien an ihrer Tür. »Ist etwas nicht in Ordnung? Hast du schlechte Nachrichten von daheim erhalten?«

»Nein.« Serena hatte sich rasch wieder in ihr Schneckenhaus zurückgezogen, während sie sich im Bett aufsetzte und den Kopf schüttelte; die grünen Augen blickten sofort wieder verschleiert.

»Bist du sicher?«

»Nein, danke, Mutter Oberin. Es ist freundlich von Ihnen, daß Sie nach mir gesehen haben.« Sie erschloß sich niemandem. Außer ihrer Großmutter in den täglichen Briefen, die seit fast zwei Monaten ohne Antwort geblieben waren. Sie trat schnell auf den kalten Fußboden und blieb in ihrem einfachen Baumwollnachthemd stehen.

Mutter Constance setzte sich auf den einfachen Holzstuhl, dem einzigen im Zimmer, während Serena noch einen Augenblick wartete und sich dann wieder auf das Bett setzte; sie fühlte sich unbehaglich, und ihre Sorgen waren noch in ihren Augen erkennbar.

»Gibt es nichts, das ich für dich tun kann, mein Kind?« Die anderen hatten hier ein Heim gefunden. Die Engländerinnen, Italienerinnen, Holländerinnen, Französinnen. Vier Jahre lang war das Kloster nun voller Kinder aus ganz Europa, von denen die meisten wieder in ihre Heimat zurückkehren würden, wenn ihre Familien den Krieg überlebten. Serena war älter als die meisten anderen. Die Ängste waren noch da, und manchmal nachts hatten sie Alpträume, aber alles in allem war es eine merkwürdig unbekümmerte Gruppe. Niemand hätte die Geschichten geglaubt, die sie vor ihrer Ankunft erlebt hatten, und in den meisten Fällen hatte der Streß durch den Krieg keine sichtbaren Spuren hinterlassen. Aber Serena war von Anfang an anders gewesen. Nur die Schwester Oberin und zwei andere Nonnen kannten ihre ganze Lebensgeschichte, über die sie ein Brief ihrer Großmutter informiert hatte, der kurz nach ihrer Ankunft eintraf. Die Principessa hatte gefunden, daß sie die ganze Geschichte erfahren sollten, aber Serena selbst hatte nichts erzählt. Sie hatte ihnen im Lauf der Jahre nie ihr Herz ausgeschüttet. Noch nicht.

»Was beunruhigt dich, mein Kind? Fühlst du dich nicht wohl?«
»Mir geht es gut...« Nur den Bruchteil einer Sekunde hatte sie gezögert, als ob sie einen Augenblick daran gedacht hätte, eine geheiligte Tür aufzumachen. »Ich bin... es ist nur...« Mutter Constance sagte nichts, aber sie richtete den liebevollen Blick auf Serena, bis diese keinen Widerstand mehr leisten konnte. Plötzlich standen ihre Augen voll Tränen, die ihr über die Wangen liefen. »Ich habe seit fast zwei Monaten keinen Brief von meiner Großmutter bekommen.«
»Ich verstehe.« Mutter Constance nickte langsam. »Du nimmst nicht an, daß sie weggefahren sein könnte?«
Serena schüttelte den Kopf und wischte die Tränen mit ihrer langen, graziösen Hand weg. »Wohin sollte sie fahren?«
»Vielleicht nach Rom? In Familienangelegenheiten.«
Serenas Blick wurde hart. »Dort hat sie nichts mehr verloren!«
«Ich verstehe.« Sie wollte nicht weiter in das Mädchen dringen. »Es könnte auch sein, daß es immer schwieriger wird, die Post durchzubringen. Sogar aus London brauchen die Briefe jetzt sehr lange.« Während ihres Aufenthaltes in New York hatten sie die Briefe über ein kompliziertes Netz von Untergrund- und Überseeverbindungen erreicht. Es war nicht leicht, Briefe aus Italien in die

Staaten zu schaffen. Aber sie waren bisher immer angekommen. Immer.

Serena sah sie fragend an. »Ich glaube nicht, daß es das ist.«
»Gibt es sonst jemanden, dem du schreiben könntest?«
»Nur eine Frau.« Nun gab es nur noch eine alte Dienerin. Alle anderen hatten fortgehen müssen. Die Principessa durfte nur eine Dienerin behalten. Einige der anderen hatten ohne Bezahlung bei ihr bleiben wollen, aber man hatte es ihnen nicht gestattet. Und der Bischof war im vergangenen Winter gestorben. Es gab also niemanden, dem sie sonst schreiben konnte. »Morgen werde ich Marcella schreiben.« Sie lächelte zum ersten Mal, seit die Nonne das Zimmer betreten hatte. »Ich hätte schon früher daran denken sollen.«

»Ich bin sicher, daß es deiner Großmutter gut geht, Serena.«

Serena nickte, aber da ihre Großmutter vor kurzem achtzig geworden war, war sie sich dessen nicht ganz so sicher. Sie hatte aber nichts davon erwähnt, daß sie krank sei oder sich nicht wohl fühle. Es gab wirklich keinen Grund zu der Annahme, daß etwas nicht in Ordnung war. Ausgenommen das Schweigen... das unerklärlicherweise fortdauerte. Den Brief an Marcella erhielt Serena vier Wochen später zurück, er war ungeöffnet und unzugestellt, mit einer gekritzelten Mitteilung von dem Postboten, daß Marcella Fabiani nicht mehr an der angegebenen Adresse wohne. Waren sie auf das Gut übersiedelt? In Venedig mußte sich die Lage verschlimmert haben. Serena geriet immer mehr in Panik und wurde immer stiller und nervöser. Sie schrieb ihrer Großmutter auf das Gut in Umbrien, aber auch dieser Brief kam zurück. Sie schrieb an den Verwalter, und dieser Brief kam mit dem Vermerk »Verstorben« zurück. In den ersten Wochen und Monaten war sie in Panikstimmung und verzweifelt gewesen, aber mit der Zeit wandelte sich das Entsetzen zu dumpfem Schmerz. Etwas war geschehen, daran gab es keinen Zweifel, aber anscheinend war es unmöglich, eine Erklärung zu erhalten. Es war niemand mehr da. Niemand von der Familie, außer natürlich Sergio. Und nun gab es niemanden, an den sich Serena in ihrer Verzweiflung wenden konnte. Sie konnte nichts ãnderes tun als warten, bis sie nach Italien zurückfahren und selbst herausfinden konnte, was geschehen war.

Sie hatte noch genügend Geld, um das zu bewerkstelligen. Als Serena Italien verlassen hatte, hatte ihre Großmutter ihr ein dickes

Bündel amerikanischer Banknoten mitgegeben. Sie hatte keine Ahnung, wie die alte Frau zu dem amerikanischen Geld gekommen war, aber als Serena es am nächsten Tag allein im Badezimmer unauffällig zählte, waren es tausend Dollar. Und die Nonnen hatten außerdem durch komplizierte internationale Verbindungen noch weitere zehntausend Dollar für ihre Betreuung und ihre Bedürfnisse während ihres Aufenthaltes im Kloster erhalten. Serena wußte, daß ein großer Teil dieser Summe noch vorhanden sein mußte. Jede Nacht, wenn sie im Bett lag und nachdachte, plante sie, das Geld für ihre Rückkehr nach Italien zu verwenden, sobald der Krieg vorüber war. Sie wollte direkt nach Venedig fahren und sich erkundigen, und wenn der alten Frau durch Sergio etwas zugestoßen war, würde sie geradewegs nach Rom fahren und ihn töten.

Es war ein Gedanke, den sie schon seit zwei Jahren mit sich herumtrug. Der Krieg war in Europa im Mai 1945 zu Ende gegangen, und von diesem Augenblick an begann sie, Pläne für ihre Rückkehr zu schmieden. Sie brauchte nicht einmal die Erlaubnis der Nonnen dazu. Sie war über achtzehn und wurde am Tag des Sieges der Alliierten über Japan, im Eisenbahnzug, neunzehn. Es dauerte endlos, bis sie die Schiffskarte für die Überfahrt bekam, aber schließlich war es soweit.

Mutter Constance hatte sie in New York zum Schiff gebracht. Sie drückte Serena lange an sich. »Denk daran, mein Kind, was immer geschehen ist, du kannst es nicht mehr ändern. Jetzt nicht. Und du hättest es auch damals nicht ändern können. Du lebtest dort, wo deine Großmutter wollte, daß du leben solltest. Und es war richtig für dich, daß du dich bei uns aufgehalten hast.«

Serena löste sich von ihr, und die alte Nonne sah, daß Tränen über die zarten Wangen flossen und die großen grünen Augen füllten, die wie Smaragde leuchteten; das Mädchen war zwischen Zuneigung und Angst, Schmerz und Bedauern hin- und hergerissen. »Sie waren all diese Jahre so gut zu mir, Mutter Oberin. Ich danke Ihnen.« Noch einmal umarmte sie Mutter Constance, die Schiffssirene ertönte wieder, diesmal dringlicher, und die stattliche Nonne verließ die Kabine. Ihre letzten Worte zu Serena waren »Geh mit Gott«, und Serena hatte gesehen, wie sie ihr vom Kai aus zuwinkte, während sie, diesmal lächelnd, aufgeregt vom Schiff zurückwinkte.

Das war erst neun Tage her. Sie starrte verwundert auf den rosa angehauchten grauen Himmel, während sie durch Felder rasten, die seit Jahren nicht abgeerntet worden waren und auf denen die Spuren von Bomben zu sehen waren, und ihr Herz brach aus Schmerz um ihre Heimat, um ihr Volk, um jene, die gelitten hatten, während sie sich in den Vereinigten Staaten in Sicherheit befunden hatte. Sie hatte das Gefühl, ihnen allen etwas zu schulden, einen Teil ihrer selbst, ihres Herzens, ihres Lebens. Während sie am Hudson gebratenen Truthahn und Eiscreme gegessen hatte, hatten sie gelitten, gekämpft und waren gestorben.

Eine halbe Stunde später fuhr der Zug in den Bahnhof Santa Lucia ein, und sie stieg langsam hinter den alten Damen, den Kindern, den zahnlosen alten Männern und den Soldaten aus dem Zug, stand an der traurigen Hintertür von Venedig und betrachtete den gleichen Platz, den sie als Kind zweimal im Jahr gesehen hatte, wenn sie und ihre Eltern aus Rom zu Besuch gekommen waren. Aber sie waren nicht mehr am Leben, und es waren keine Osterferien. Es war eine neue Welt, ein neues Leben, und während sie langsam den Bahnhof verließ, starrte sie auf die im hellen Sonnenlicht liegenden alten Gebäude und den glitzernden Canale Grande. Ein paar Gondeln schaukelten an dem Anlegeplatz, eine Schar verschiedener Boote trieb sich beim Kai herum, die Lenker machten eventuelle Passagiere durch Rufe auf sich aufmerksam, und plötzlich befand sich alles um sie in ungestümer Bewegung; während Serena zusah, lächelte sie zum ersten Mal seit Tagen. Es war ein Lächeln, das sie seit Jahren nicht mehr in ihrem Herzen gefühlt hatte.

Nichts hatte sich geändert, und doch wieder alles. Der Krieg war gekommen und vorübergegangen, ein Holocaust hatte stattgefunden, sie hatte alle Angehörigen verloren, ebenso wie zahllose andere Menschen, und dennoch lag Venedig wie seit Jahrhunderten in seiner ganzen goldenen Pracht vor ihr. Serena lächelte in sich hinein, und während sie dann zwischen den anderen weitereilte, lachte sie leise. Sie war in diesem einen entscheidenden Augenblick mündig geworden, und nun war sie daheim.

»*Signorina!*« schrie ein Gondoliere und blickte bewundernd auf ihre langen graziösen Beine. »*Signorina!*«

»*Si... gondola, per piacere.*« Es waren Worte, die sie schon tausendmal gesagt hatte. Ihre Eltern hatten sie immer die Gondel aussuchen lassen, die ihr am besten gefiel.

»*Ecco.*« Er machte eine tiefe Verbeugung, half ihr beim Einsteigen, verstaute ihren einzigen, abgenutzten Koffer, sie gab ihm die Adresse und lehnte sich im Sitz zurück, während sich der Gondoliere in den chaotischen Verkehr auf dem Canale Grande stürzte.

2

Während der Gondoliere sich langsam einen Weg durch den Canale Grande bahnte, lehnte sich Serena zurück und ließ scheu zu, daß die Erinnerungen sich entfalteten; sie hatte vier Jahre lang kaum gewagt, sich diesen Erinnerungen hinzugeben, und mit einem Schlag war alles wieder da. Die sonnenbeschienene vergoldete Figur auf der Dogana schien sie zu betrachten, während die Gondel majestätisch an ihr vorbeifuhr; die Gondel bewegte sich in dem vertrauten Rhythmus, den sie schon fast vergessen und der ihr als Kind so außerordentlich gefallen hatte. Und die Wahrzeichen von Venedig, die in Jahrhunderten italienischer Geschichte unverändert geblieben waren, kamen im vollen Glanz ihrer Schönheit in Sicht, die ihr noch immer den Atem raubte, die Ca' d'Oro in all ihrer Pracht und die Ca' Pesaro, winzige Piazzas und kleine Brücken, und dann plötzlich die Rialtobrücke, unter der sie langsam dahinglitten, und weiter in den Canale Grande, vorbei an zahllosen Palazzi: Grimani, Papadopoli, Pisani, Mocenigo, Contarini, Grassi, Rezzonico, all die herrlichen, sehenswerten Paläste von Venedig, bis sie plötzlich sanft unter dem Ponte dell'Accademia dahinfuhren, vorbei an den Gärten des Palazzo Franchetti und dem Palazzo Dario und der Kirche Santa Maria della Salute, die elegant zur Rechten auftauchte, während sich die Gondel plötzlich dem Dogenpalast und dem Campanile gegenüber befand und unmittelbar danach vor dem Marcusplatz anlangte. Dort wurde der Gondoliere langsamer, und Serena bewunderte den Platz, seine phantastische Schönheit raubte ihr die Sprache. Sie empfand das gleiche wie die alten Venetianer, die nach ihren endlosen Reisen zu fremden Häfen heimkehrten und voll Staunen und Begeisterung wiederentdeckten, was sie verlassen hatten.

»Schön, *signorina*, nicht wahr?« Der Gondoliere blickte stolz auf

San Marco und dann wieder auf sie. Aber sie nickte nur. Es war seltsam, nach so vielen Jahren zurückzukommen, ohne daß sich hier etwas geändert hatte. Der Rest der Welt war vollkommen durcheinander geraten, aber nicht einmal der Krieg hatte Venedig verändert. In der Nähe waren Bomben gefallen, doch Venedig selbst war wie durch ein Wunder verschont geblieben. Dann fuhr er langsam unter dem Ponte di Paglia und danach rasch unter dem berühmten Ponte dei Sospiri, der Seufzerbrücke, hindurch in das Labyrinth kleiner Kanäle, vorbei an anderen weniger bedeutenden Palazzi und alten, in die prächtigen Fassaden gemeißelten Statuen. Es gab Balkone, winzige Piazzas und überall die überladene Pracht, die seit tausend Jahren Menschen nach Venedig lockte.

Der Gondoliere wandte sich um, damit sie die Adresse bestätigte, und nachdem er ihr Gesicht gesehen hatte, sagte er nichts mehr. Er begriff. Andere waren vor ihr heimgekommen. Er fragte sich, wer diese junge Schönheit sein mochte, wonach sie suchte und wo sie während des Krieges gewesen war. Was immer sie suchte, er hoffte, sie würde es finden. Sie waren nun kaum noch hundert Meter vom Haus entfernt, und Serena hatte es bereits erblickt. Sie sah die zerbrochenen Scharniere der Fensterläden, ein paar mit Brettern vernagelte Fenster und den schmalen Kanal, der gegen die Steinstufen unterhalb des Eisengitters auf dem Anlegeplatz plätscherte. Als der Gondoliere sich dem Gebäude näherte, erhob sich Serena.

»Soll ich für Sie klingeln?« Es gab eine große, altmodische Glocke und einen Türklopfer, aber Serena schüttelte schnell den Kopf. Er faßte sie am Arm, um sie zu stützen, als sie vorsichtig auf den Landeplatz stieg; sie blickte kurz nach oben zu den dunklen Fenstern und wußte allzugut, was das bedeutete.

Sie zögerte einen Augenblick, der ihr endlos schien, dann zog sie an der Klingelschnur und schloß die Augen, während sie wartete, und dachte an die vielen Male, in denen ihre Hand diesen Klingelzug betätigt hatte... sie wartete... zählte die Sekunden, bis eines der vertrauten Gesichter erscheinen würde, ihre Großmutter dahinter, lächelnd, bereit, Serena zu umarmen und lachend mit ihr die Stufen nach oben zu laufen zum großen Salon... die Tapeten, der kostbare Brokat... die Statuen... die kleinen Miniaturen der erlesenen vergoldeten Kupferpferde von San Marco oben auf der Treppe... doch diesmal blieb alles still, bis auf die Geräusche des Kanals hinter ihr.

Während Serena wartete, wußte sie, daß niemand auf ihr Klingeln reagieren würde.

»*Non c'è nessuno, signorina?*« fragte der Gondoliere. Aber es war eine müßige Frage. Nein, natürlich war niemand zu Hause, und so war es schon seit Jahren.

»Eh!... Eh! erklang es nachdrücklich hinter ihr, beinahe aggressiv, und als sie sich umdrehte, sah sie einen Gemüsehändler in seinem Boot vorbeifahren, der sie argwöhnisch betrachtete. »Sehen Sie nicht, daß niemand zu Hause ist?«

»Wissen Sie, wo sie sind?« rief Serena über die anderen Boote hinweg; sie genoß den Klang ihrer Muttersprache. Es war, als wäre sie nie fort gewesen. Die vier Jahre in den Vereinigten Staaten waren nicht vorhanden.

Der Gemüsemann zog die Schultern hoch. »Wer weiß?« Und dann gleichmütig: »Der Krieg... viele Leute sind weggezogen.«

»Wissen Sie, was mit der Frau geschehen ist, die hier lebte?«

»Das Haus wurde verkauft, *signorina*.« Ein vorbeifahrender Postbote beantwortete ihre Frage.

»An wen?« Plötzlich sah Serena erschrocken aus. Daran hatte sie nie gedacht. Aber warum sollte ihre Großmutter das Haus verkauft haben? Hatte sie kein Geld mehr gehabt? Das war eine Möglichkeit, die ihr nie in den Sinn gekommen war.

»Es wurde voriges Jahr verkauft, als noch Krieg war. Irgendwelche Leute aus Mailand haben es gekauft. Sie sagten, sie würden sich zur Ruhe setzen, sobald der Krieg vorbei war, und nach Venedig übersiedeln... das Haus in Ordnung bringen...« Er zog die Schultern hoch, und Serena warf den Kopf zurück. »Das Haus in Ordnung bringen.« Was zum Teufel meinte er? Was in Ordnung bringen? Die Bronzestatuen? Die kostbaren Antiquitäten, die Marmorböden? Der Postbote, der sie beobachtete, verstand ihren Schmerz. Er fuhr mit dem Boot an den Landesteg heran und blickte ihr ins Gesicht. »War die alte Dame eine Freundin von Ihnen...?« Serena nickte langsam, sie wagte nicht mehr zu sprechen. »*Ecco. Capisco allora.*« Er glaubte, daß er nun verstand, tat es aber nicht. »Sie ist gestorben, wissen Sie. Vor zwei Jahren, im Frühjahr.«

»Woran?« Es waren die Worte, die sie erwartet, die sie gefürchtet hatte, aber nun hatte sie sie gehört, und sie durchschnitten sie wie ein Messer. Sie wollte, daß er unrecht hatte, aber als sie das freundliche alte Gesicht betrachtete, wußte sie, daß es nicht der Fall war. Ihre Großmutter war tot.

»Sie war sehr alt, wissen Sie, *signorina*. Beinahe neunzig.«

Serena schüttelte fast geistesabwesend den Kopf und sagte leise: »Nein, sie wäre in diesem Frühjahr achtzig geworden.«

»Ach so«, antwortete er freundlich, er wollte sie trösten, wußte aber nicht, wie. »Ihr Sohn kam aus Rom, aber nur für zwei Tage. Er ließ alles nach Rom schicken, hörte ich später. Alles, alle ihre Sachen. Aber das Haus bot er gleich zum Verkauf an; dennoch brauchte er ein Jahr, bis er einen Käufer fand.«

Es war also wieder Sergio, dachte Serena. Sergio. Er ließ alles nach Rom schicken. »Und die Briefe?« Ihre Stimme klang jetzt zornig, als ob in ihr etwas zu brennen begänne. »Wohin ging ihre Post? Wurde sie ihm nachgeschickt?«

Der Postbeamte nickte. »Mit Ausnahme der Briefe an die Dienerschaft. Er sagte mir, ich solle sie zurücksenden.«

Dann hatte also Sergio alle ihre Briefe erhalten. Warum hatte er ihr nichts gesagt? Warum hatte ihr nicht jemand geschrieben, um es ihr mitzuteilen? Zwei Jahre lang war sie fast verrückt geworden, hatte gewartet, Fragen gestellt, die niemand beantworten konnte. Aber er hätte antworten können, dieser Schweinehund.

»*Signorina?*« Der Postbote und der Gondoliere warteten. »*Va bene?*« Sie nickte langsam.

»Tut mir leid, *signorina*.« Sie nickte, ohne sich umzudrehen, und der Postbote fuhr weiter. Nur der Gondoliere wartete.

Nach einiger Zeit, nach einem letzten Blick auf die rostigen Angeln des Tores, kehrte sie langsam zu der Gondel zurück, sie hatte das Gefühl, daß ein wesentlicher Teil von ihr gestorben war. So hatte Sergio endlich, was er wollte – den Titel. Sie haßte ihn. Er sollte an seinem Titel ersticken, im eigenen Blut ertrinken, einen weit schrecklicheren Tod erleiden als ihr Vater...

»*Signorina?*« Der Gondoliere hatte gesehen, wie ihr Gesicht sich vor Zorn und Schmerz verzerrte, und fragte sich, welcher Schmerz ihre Seele erfaßt hatte, wenn ein so junges Mädchen so gequält aussah. »Wohin möchten Sie jetzt fahren?«

Sie zögerte einen Augenblick, sie war ihrer Sache nicht sicher. Es gab etwas, das sie zuerst tun mußte. Langsam wandte sie sich dem Gondoliere zu, sie erinnerte sich genau an die kleine Kirche. Sie war wunderbar, und vielleicht würde dort jemand mehr wissen. »Bringen Sie mich bitte zum Campo Santa Maria Nuova.«

»Maria dei Miracoli?« fragte er; es war der Name der Kirche, zu der sie wollte. Sie nickte, und er half ihr wieder in die Gondel, die er langsam vom Landeplatz abstieß, während ihre Augen gebannt an der Fassade hingen, an die sie sich immer erinnern und zu der sie nie wieder zurückkehren würde. Es war ihr letzter Besuch in Venedig, das wußte sie nun. Sie hatte keinen Grund, wiederzukommen. Nicht mehr.

Sie fand Maria dei Miracoli so wieder, wie sie sie in Erinnerung hatte, beinahe verborgen hinter hohen Mauern, und äußerlich so einfach, wie sie es im Gedächtnis hatte. Maria »von den Wundern« zeigte ihre Wunder im Inneren, dort überraschten die Marmor-Intarsien und das köstliche Bildwerk denjenigen, der ihre Schönheit zum ersten Mal sah, und bezauberten die, die sie gut kannten, noch nach Dutzenden von Jahren. Dort blieb Serena eine Weile stehen, fühlte ihre Großmutter neben sich wie jeden Sonntag, wenn sie zur Messe gekommen waren. Einige Augenblicke bewegte sie sich nicht, dann ging sie langsam zum Altar, kniete nieder und versuchte verzweifelt, nicht zu denken... was sie nun tun... wohin sie gehen sollte...

Es half ihr nicht, wenn sie über ihren Verlust nachdachte. Aber die Realität war fast unerträglich, und zwei einsame Tränen liefen langsam über ihre Wangen zu dem zart geformten Kinn. Dann stand sie wieder auf und ging in die Sakristei an der Hinterseite der Kirche, um den Priester zu suchen. Als sie eintrat, saß dort ein alter Mann in einem Priestergewand. Er saß an einem einfachen Tisch und las in einem abgenutzten ledernen Gebetbuch.

»Vater?« Er blickte bedächtig von seinem Buch hoch und sah Serena in die grünen Augen. Er war neu in der Pfarre, nahm sie an, sie erinnerte sich aus der Zeit vor ihrer Abreise nicht an ihn. »Ich möchte wissen, ob Sie mir helfen können. Ich bin auf der Suche nach Informationen über meine Großmutter.«

Der alte Mann in der Soutane erhob sich und seufzte. Es hatte seit dem Kriegsende so viele derartige Anfragen gegeben. Menschen waren gestorben, weggezogen, vermißt. Es war unwahrscheinlich, daß er ihr helfen konnte. »Ich weiß nicht. Ich werde in den Aufzeichnungen nachsehen. Wie war ihr Name?«

»Principessa Alicia di San Tibaldo.« Sie sagte es leise, wollte ihn nicht beeindrucken, dennoch änderte sich sein Verhalten. Er zeigte sich lebhafter, interessierter, hilfsbereiter, und Serena ärgerte sich wider Willen. Bedeutete denn der Titel so viel? Machte das den Unterschied aus? Warum? Das alles schien jetzt so unwichtig. Titel, Namen, Rang, Geld. Für Serena war nur wichtig, daß ihre Großmutter tot war.

Er durchsuchte ganze Schubladen voller Papiere und durchforschte dann unendlich lang ein umfangreiches Buch, bis er schließlich nickte und wieder Serena ansah. »Ja.« Er schob ihr das Buch zu. »Hier steht es. 9. April 1943. Eine natürliche Todesursache. Ein Priester dieser Kirche spendete ihr die Sterbesakramente. Sie ist draußen im Garten begraben. Möchten Sie das Grab sehen?« Serena nickte und folgte ihm ernst aus dem Raum in die Kirche und durch eine schmale Tür in den im hellen Sonnenschein liegenden kleinen Garten voller Blumen und kleiner, alter Grabsteine, der von kleinen Bäumen umgeben war. Er ging bedächtig zu einem entlegenen Winkel, in dem nur wenige Grabsteine standen, die alle neu zu sein schienen. Er wies sanft auf den kleinen weißen Marmor-Grabstein, beobachtete Serena eine Weile und wandte sich dann ab und entfernte sich, während sie wie betäubt stehenblieb. Die Suche war vorbei, das war nun das Ergebnis. Hier lag sie, unter den Bäumen verborgen hinter den Mauern von Santa Maria dei Miracoli, hier hatte sie die ganze Zeit gelegen, während Serena ihr einen Brief nach dem anderen geschrieben und gebetet hatte, daß ihre Großmutter noch am Leben sein möge. Serena wollte zornig sein, als sie dort stand, sie wollte jemanden hassen, sich wehren. Es gab niemanden zu hassen, kein Kampf war mehr auszutragen. In diesem friedlichen Garten war alles vorüber, und Serena empfand nur Trauer.

»*Ciao, Nonna.*« Sie flüsterte es, als sie sich schließlich umwandte um zu gehen, ihre Augen schwammen in Tränen. Sie wollte sich nicht von dem Priester verabschieden, aber als sie durch die schöne kleine Kirche wieder nach draußen ging, stand er im Eingang und kam auf sie zu; er sah besorgt und teilnahmsvoll aus und schüttelte ihr zweimal die Hand, als sie fortging.

»Leben Sie wohl, Principessa... leben Sie wohl...« Principessa? Sie blieb einen Augenblick erschrocken stehen und sah sich nach ihm um. Prinzessin hatte er sie genannt... Prinzessin?... Dann nickte er langsam. Ihre Großmutter war nun tot. Serena war die Prinzessin, und während sie hastig die Stufen nach unten eilte zur Anlegestelle, wo der Gondoliere wartete, wußte sie, daß es keine Rolle spielte.

Während sich die Gondel von der Kirche entfernte, überschlugen sich ihre Gedanken. Sergio. Was hatte er mit dem Geld gemacht, das er für das Haus bekommen hatte? Was hatte er mit den Schätzen ihrer Eltern und den Kunstwerken ihrer Großmutter gemacht? Plötzlich wollte sie eine Erklärung, eine Abrechnung, der jämmerliche Mann, der ihre Familie vernichtet hatte, sollte wiedergutmachen, was er ihr genommen hatte. Doch noch während sie daran dachte, wußte sie, daß er es nicht tun konnte. Nichts, was Sergio je tun würde, konnte Serena für ihren Verlust entschädigen. Dennoch verspürte sie jetzt aus irgendeinem Grund das Bedürfnis, ihn zu sehen, etwas von ihm zu verlangen, von ihm Rechenschaft dafür zu fordern. Da sie nun so weit gekommen war, wußte Serena, daß sie noch weitergehen mußte. Zurück zu den Anfängen. Sie mußte nach Hause fahren.

»Wollen Sie zur Piazza fahren, *signorina?*«

»Nein.« Sie schüttelte langsam den Kopf. Nicht zur Piazza. Sie war fertig mit allem, was sie in Venedig zu erledigen gehabt hatte. Drei Stunden, nachdem sie gekommen war, war es Zeit weiterzufahren. »Nein, *grazie*. Nicht zur Piazza. Bringen Sie mich zurück zum Bahnhof Santa Lucia.«

Langsam glitt sie unter dem Ponte dei Sospiri hindurch, und sie schloß die Augen. Fast instinktiv begann der Gondoliere zu singen; es war ein trauriges, wehmütiges Lied, und er hatte eine gute Stimme. Im nächsten Augenblick gelangten sie wieder in den hellen Sonnenschein, und das Lied erklang weiter, als sie in den Canale Grande einbogen und an der Pracht des Markusplatzes, des Campanile, des Dogenpalastes und dann über den Kanal an allen Wundern Venedigs vorbeifuhren. Doch diesmal weinte Serena nicht. Sie betrachtete alles, als wollte sie es dieses letzte Mal ganz in sich aufnehmen, um sich daran zu erinnern, als ob sie wüßte, daß sie nie mehr zurückkommen würde.

Als sie am Bahnhof anlangten, bezahlte sie den Gondoliere und gab ihm ein schönes Trinkgeld, für das er überschwenglich dankte. Sein Blick suchte den ihren.

»Wohin fahren Sie jetzt, *signorina?*«
»Nach Rom.«
Er nickte bedächtig. »Sie waren seit dem Krieg nicht mehr dort?« Sie schüttelte den Kopf. »Sie werden es sehr verändert finden. Haben Sie Verwandte in Rom?«
»Nein... ich... ich hatte nur meine Großmutter. Hier.«
»Das heute morgen war Ihr Haus?« Serena nickte, und er schüttelte den Kopf.
»Es tut mir leid.«
»Mir auch.« Sie lächelte ihm sanft zu und ergriff seine Hand. Er nahm ihre zarte weiße Hand in seine rauhe braune, dann klopfte er ihr auf die Schulter, während er ihr hinaushalf und ihr den Koffer reichte.
»Kommen Sie wieder nach Venedig, *signorina.*« Er lächelte ihr zu, und sie versprach ihm, sie würde kommen, dann ergriff sie den kleinen Koffer und ging zu ihrem Zug.

3

Als der Zug an diesem Abend um acht Uhr kurz nach Sonnenuntergang in den Bahnhof Termini einfuhr, lag kein Lächeln auf Serenas Lippen. Statt dessen saß sie auf ihrem Platz, als erwarte sie jeden Augenblick etwas Entsetzliches, ihr ganzer Körper war verkrampft, ihr Gesicht weiß. Sie betrachtete die Wahrzeichen, die sie seit fast sieben Jahren nicht mehr gesehen hatte, und die an ihr vorbeiglitten; es war, als ob zum ersten Mal seit Jahren eine Tür tief in ihrem Inneren aus den Angeln gerissen, als ob ihre Seele entblößt wurde. Wenn jemand in diesem Augenblick zu Serena gesprochen hätte, sie hätte ihn nicht gehört.

Als der Zug die letzten Meter ausrollte, stand sie auf, nahm ihren Koffer aus dem Gepäcknetz, dann ging sie mit raschen Schritten zum Waggonende und wartete wie ein Pferd, das es eilig hat, in seinen Stall zurückzukehren. Kaum hielt der Zug und die Türen öffneten sich, sprang sie nach unten und begann zu laufen. Es war eine wilde, instinktive Handlung. Sie stampfte wie verrückt auf das Pflaster, als sie an Frauen, Kindern und Soldaten vorbeirannte, völlig unbekümmert, nur getrieben von diesem wilden, verworrenen Gefühl. Sie wollte schreien, »Seht doch, hier bin ich! Ich bin daheim!« Aber überdeckt von ihrer Erregung gab es noch das Zittern... vor dem, was sie in Rom vorfinden würde... und vor den schrecklichen Erinnerungen an die letzten Lebenstage ihrer Eltern.

Sie winkte einem kleinen schwarzen Taxi und warf ihren Koffer auf den Rücksitz. Der Fahrer wandte interessiert den Kopf, um ihr zuzuschauen, traf jedoch keine Anstalten, ihr zu helfen.

»*Dove?*« Er hatte sie einfach gefragt, »wohin«, und sie wußte es nicht. Wohin? Zu dem Haus, das ihren Eltern gehört hatte und nun ihrem Onkel gehörte? War sie bereit? Konnte sie ihm gegenübertreten? Wollte sie dieses Haus wiedersehen?

»In den Park der Villa Borghese.« Das Zittern in ihrer Stimme war nur für Serena hörbar, der Fahrer zog die Schultern hoch und lenkte den Wagen in den Verkehr. Sie wußte aufgrund der vertrauten Orientierungspunkte, daß sie sich der Porta Pinciana näherten. Sie sah die Via Vittorio Veneto vor sich und unmittelbar vor ihnen plötzlich die dunkle Weite des Parks, der da und dort entlang den Spazierwegen beleuchtet war, und dessen Blumenbeete man sogar in der zunehmenden Dunkelheit erkannte. Plötzlich wurde ihr klar, für wie merkwürdig sie der Fahrer halten mußte. Der Park der Villa Borghese um neun Uhr abends? Aber wohin sollte sie sonst fahren? Sie kannte die Antwort schon, versuchte aber, nicht daran zu denken, während sie den Fahrer bezahlte, das Haar zurückstreifte, ihren Koffer ergriff und ausstieg. Sie blieb eine Zeitlang stehen, als ob sie auf jemanden warte, dann holte sie tief Atem, als sähe sie alles um sich herum zum ersten Mal, und begann zu gehen.

Sie ging einen der grasbedeckten Wege für Spaziergänger am Parkrand entlang, betrachtete die vorbeifahrenden Radfahrer oder Frauen, die Hunde ausführten, und da und dort spielende Kinder. Eigentlich war es für die Kinder zu spät, im Freien zu spielen, aber es war Sommer, und der Abend war mild, der Krieg war vorbei, und am nächsten Tag war schulfrei. Serena bemerkte zum ersten Mal, daß überall eine Art Urlaubsstimmung herrschte, die Leute lächelten, junge Mädchen lachten, und überall spazierten, wie in ganz Europa, die jungen GIs in Gruppen oder mit ihren Freundinnen umher, plauderten, lachten und versuchten, sich mit vorbeigehenden jungen Frauen anzufreunden, indem sie mit Schokoladestangen,

Seidenstrümpfen und Zigaretten winkten, sich halb über sich selbst lustig machten und es halb ernst meinten, und fast immer eine lachende Antwort oder eine Aufforderung bekamen. Auch die Ablehnungen erfolgten in freundlichem Ton, außer die Serenas. Als sich ihr zwei GIs näherten, erstarrte ihr Gesicht, und ihr Blick war zornig, als sie auf Italienisch antwortete und ihnen sagte, sie sollten sie in Frieden lassen.

»Laß sie in Ruhe, Mike. Du hast gehört, was die Dame sagte.«

»Ja, aber hast du sie gesehen?« Der Kleinere von den beiden stieß einen Pfiff aus, während Serena schnell in Richtung Via Veneto ging und in der Menge verschwand. Aber alle Versuche, sie anzusprechen, waren harmlos. Sie war ein hübsches Mädchen, die Soldaten fühlten sich einsam, und sie befanden sich in Rom.

»Zigaretten, *signorina?*« Eine andere Gruppe Uniformierter winkte mit einem Päckchen beinahe vor ihrem Gesicht. Sie waren überall, und diesmal schüttelte sie nur den Kopf. Sie wollte keine Uniformen sehen. Es sollte wieder so sein wie vor dem Krieg. Aber es war nicht mehr so. Das konnte sie schon erkennen. Es gab Narben. Es gab Unterschiede. Es gab noch Reste von Tafeln in deutscher Sprache, über denen man nun amerikanische angebracht hatte. Sie waren wieder einmal besetzt.

Sie wurde traurig, wenn sie an ihre Kindheit zurückdachte... als sie in den Park der Villa Borghese gekommen war, um zu spielen. Es war ein seltener Genuß gewesen, wenn ihre Mutter sie dorthin mitnahm. Für gewöhnlich fuhren sie mit dem Auto überallhin. Aber dann und wann hatte es wunderbare Abenteuer gegeben, nur sie und ihre Mutter – eine Schönheit mit hellem Lachen, großen Hüten, riesigen, strahlenden Augen. Plötzlich ließ Serena ihr Gesicht in ihre Hände sinken. Sie wollte sich nicht mehr erinnern.

Ohne zu denken, wanderte sie in Richtung der Fontana di Trevi und blieb gebannt vor ihr stehen, wie früher als kleines Mädchen. Sie setzte sich für einige Minuten nieder, an eine Mauer gelehnt, beobachtete und erfrischte sich an der Brise, die vom Wasser herwehte. Dann ging sie langsam zum Brunnen, warf ruhig eine Münze ins Wasser, lächelte in sich hinein und ging auf den Palazzo del Quirinale zu, dann weiter in die Via del Tritone. Bald kam sie zum Tritonsbrunnen und dann zur Piazza Barberini, wo sie lange stehenblieb und sich fragte, wohin sie nun gehen solle. Es war schon fast elf Uhr, und sie fühlte sich plötzlich erschöpft, als ihr einfiel, daß sie die Nacht irgendwo verbringen mußte; sie mußte ein Hotelzimmer, eine Pension, ein Kloster, irgend etwas finden.

Eine innere Stimme sagte ihr, sie müsse bis zum Morgen warten, bis sie ausgeruht und ihr Kopf klar war. Es war ein langer, anstrengender Tag gewesen, zuerst in Venedig und nun hier, dazwischen Stunden im Zug, aber plötzlich spielte es keine Rolle mehr, und Serena machte sich nicht länger vor, daß es keinen Ort gab, wohin sie gehen konnte. Es gab einen Ort, nach dem sie sich verzweifelt sehnte, ganz gleichgültig, wie müde sie war... und ihre Füße trugen sie unbarmherzig zu der vertrauten Adresse in der Via Giulia. Sie mußte es sehen, nur einen Augenblick dort stehen, bevor sie der Vergangenheit für immer den Rücken kehrte und ein neues Leben begann. Als sie um die Ecke bog, spürte sie, wie ihr Herz schneller schlug, und plötzlich ging sie rascher, während sie das Gebäude förmlich spüren konnte, noch bevor es in Sicht kam. Und dann plötzlich... plötzlich... unter den Straßenlaternen, gleich hinter den Bäumen, stand der schimmernde Bau aus weißem Marmor mit den hohen Flügelfenstern, den Balkonen, den hinter hohen Hecken verborgenen unteren Geschossen und den breiten Marmorstufen hinter dem Eingangstor, das Ganze umgeben von einem Saum aus Blumenrabatten und Rasen.

»Mein Gott...« Es war nur ein Flüstern. In der Dunkelheit war es leicht, sich einzureden, daß es keine Veränderung gegeben hatte, daß alles so war wie früher. Daß jeden Augenblick ein vertrautes Gesicht an einem Fenster erscheinen oder ihr Vater mit einer Zigarre herauskommen würde, um frische Luft zu schnappen. Aber sie sah niemanden, und die Fensterläden waren geschlossen wie bei dem Haus in Venedig... Jetzt erst stellte sie sich vor, wie ihr Onkel da drinnen schlief, und obwohl er vielleicht sogar anwesend war, hatte sie kein Bedürfnis mehr, ihn zu sehen – ihn anzuklagen. Welchen Unterschied machte es jetzt noch?

Sie stand unendlich lang vor ihrem Elternhaus, konnte den Blick nicht von ihm wenden, konnte nicht näher hingehen und wollte es gar nicht versuchen. So weit hatte ihr Traum sie gebracht. Sie würde ihm nicht näherkommen. Sie hatte keinen Grund dazu. Der Traum war nun endgültig vorüber.

Und als sie sich dann langsam mit Tränen in den Augen umwandte, sah sie die üppige Gestalt einer alten Frau, die sie beobachtete; sie trug einen Schal um die massigen Schultern, ihr Haar war zu einem Knoten aufgesteckt, und sie starrte Serena weiterhin an, als fragte sie sich, was dieses Mädchen mitten in der Nacht mit einem Koffer dort machte, und warum es den Palazzo Tibaldo nicht aus den Augen ließ. Während Serena mit entschlossenen Schritten weiterging, stürzte die alte Frau plötzlich mit einem schrillen, durchdringenden Schrei und ausgestreckten Armen auf sie zu, der Schal glitt von ihren Schultern auf die Straße; sie stand unvermittelt, am ganzen Leib zitternd, vor Serena und streckte tränenüberströmt die Arme nach dem Mädchen aus. Verblüfft trat Serena einen Schritt zurück, dann blickte sie in das faltige Gesicht, rang nach Luft und zog die alte Frau an sich. Es war Marcella, die letzte Dienerin ihrer Großmutter in Venedig... und nun war sie plötzlich hier... bei ihrem alten Haus in Rom. Die alte und die junge Frau hielten einander schier endlos umschlungen, außerstande, sich voneinander oder von ihren gemeinsamen Erinnerungen zu trennen. Sie blieben lange, lange Zeit beisammen stehen.

»*Bambina... ah, Dio... bambina mia... ma che fai?*« Was machst du hier?

»Wie ist sie gestorben?« Serena konnte an nichts anderes denken, während sie sich an die alte Frau klammerte.

»Im Schlaf.« Marcella schluchzte auf und trat zurück, um Serena besser zu sehen. »Sie war schon so alt.« Sie blickte Serena in die Augen und schüttelte den Kopf. Es war auffallend, wie sehr das Mädchen ihrer Mutter glich. Als Marcella sie auf der Straße gesehen hatte, hatte sie einen Augenblick geglaubt, sie sehe einen Geist.

»Warum hat mir das niemand mitgeteilt?«

Marcella zog verlegen die Schultern hoch, dann sah sie weg. »Ich dachte, daß er... daß dein Onkel... aber er hatte keine Zeit, bevor...« In diesem Augenblick wurde ihr etwas klar. Serena wußte nichts von den Dingen, die seit dem Tod ihrer Großmutter vorgefallen waren. »Niemand hat dir geschrieben, *cara?*«

»*Nessuno.*« Niemand. Und dann freundlich: »Warum hast du nicht geschrieben?«

Diesmal sah die alte Frau sie offen an. Das Mädchen hatte das Recht zu erfahren, warum sie ihr nicht geschrieben hatte. »Ich konnte nicht.«

»Warum?«

Marcella lächelte verlegen. »Ich kann nicht schreiben, Serena,... deine Großmutter hat mir immer gesagt, ich soll es lernen, *ma*...« Sie zog mit einer hilflosen Geste die Schultern hoch, während Serena mit einem Lächeln antwortete.

»*Va bene.*« Schon gut. Doch wie leicht sagte sich das nach zwei angsterfüllten Jahren. »Und...« Sie verabscheute es auch jetzt, seinen Namen zu nennen. »Sergio?«

Es entstand eine kurze Pause, und Marcella holte vorsichtig Luft. »Er ist fort, Serena.«

»Wohin?« Ihre Augen blickten fragend in die der alten Frau. Sie hatte viertausend Meilen zurückgelegt und zweieinhalb Jahre auf diese Nachricht gewartet. »Wo ist er?«

»Tot.«

»Sergio?« Diesmal war Serena entsetzt. »Wieso?« Einen Augenblick lang flackerte Befriedigung in ihrem Blick auf. Vielleicht hatten sie ihn schließlich auch getötet...

»Ich weiß nicht alles darüber. Er hatte schrecklich viele Schulden. Er mußte das Haus in Venedig verkaufen.« Und dann wies sie, fast entschuldigend, auf den weißen Marmorpalazzo hinter sich. »Das verkaufte er... nur zwei Monate nach dem Tod deiner Großmutter, und er holte mich nach Rom zurück.« Ihr Blick suchte nach einem Ausdruck der Mißbilligung bei Serena. Sie war zu Sergio übergegangen, der Serenas Eltern verraten, den sogar die Principessa schließlich gehaßt hatte. Aber sie war mit ihm nach Rom heimgekommen. Sie hatte sonst niemanden, zu dem sie gehen konnte, das verstand Serena. Abgesehen von der alten Principessa hatte Marcella allein in der Welt gestanden. »Ich verstehe nicht, was geschah. Aber sie wurden alle böse auf ihn. Er trank. Die ganze Zeit war er betrunken.« Sie sah Serena vielsagend an. Er hatte guten Grund, die ganze Zeit betrunken zu sein. Es gab zu viel, womit er leben mußte, der Mord an seinem Bruder, an der Frau seines Bruders... »Er borgte sich Geld bei bösen Menschen, glaube ich. Sie kamen spät nachts hierher, in den Palazzo. Sie schrien mit ihm. Er schrie zurück. Und dann... Il Duces Männer kamen auch hierher. Sie waren auch böse mit ihm... vielleicht wegen der anderen Männer. Ich weiß es nicht. Eines Nachts hörte ich, wie sie ihm drohten, ihn zu töten...«

»Und sie taten es?« Serenas Augen blitzten böse. Vielleicht hatte er schließlich doch noch seinen wohlverdienten Lohn bekommen.

»Nein.« Marcella schüttelte den Kopf. In der Sommernacht klang ihre Stimme erbarmungslos. »Er beging Selbstmord, Serena. Er erschoß sich zwei Monate nach dem Tod der Principessa im Garten. Er hatte kein Geld mehr, er besaß nichts. Nur Schulden. Die Rechtsanwälte sagten mir, daß alles, das Geld aus dem Verkauf beider Häuser und alles andere, gerade reichte, um seine Schulden zu bezahlen.« Es war also nichts mehr übrig. Es machte nichts aus. Sie war nicht deshalb nach Hause gekommen.

»Und das Haus?« Serena sah sie fragend an. »Wem gehört es jetzt?«

»Ich weiß es nicht. Leuten, die ich nie gesehen habe. Sie vermieten es seit dem Ende des Krieges an die Amerikaner. Vorher stand es leer. Ich war hier ganz allein. Jeden Monat bringt mir der Anwalt mein Geld. Sie wollten, daß ich hierbleibe, um darauf zu achten, daß alles in Ordnung bleibt. Einmal haben es die Deutschen beinahe beschlagnahmt, aber es kam dann doch nicht dazu.« Sie zog die Schultern hoch und sah wieder verlegen drein. Serena hatte alles verloren, und dennoch wohnte Marcella noch immer hier. Wie seltsam doch das Leben war.

»Und jetzt wohnen Amerikaner hier?«

»Noch nicht. Bis jetzt haben sie hier nur gearbeitet. Jetzt... nächste Woche... werden sie einziehen. Vorher haben sie die Räumlichkeiten nur als Büros verwendet, aber sie sagten mir gestern, daß sie Dienstag einziehen werden.« Sie zog die Schultern hoch und sah wieder so aus wie die Marcella, die Serena als Kind gekannt hatte. »Für mich macht es keinen Unterschied. Sie bringen ihr eigenes Personal mit. Gestern sagten sie mir, sie werden zwei Mädchen anstellen, die mir helfen sollen. Für mich ändert sich also nichts. Serena?« Die alte Frau sah sie scharf an. »*E tu? Vai bene?* Was ist in all diesen Jahren geschehen? Hast du bei den Nonnen gelebt?«

»Ja.« Sie nickte. »Und ich wartete nur darauf zurückzukommen.«

»Und jetzt? Wo wohnst du?« Ihr Blick fiel auf den Koffer, den Serena zu ihren Füßen abgestellt hatte. Doch Serena zog die Schultern hoch.

»Es spielt keine Rolle.« Sie war nun auf sich selbst gestellt und sie wußte, daß sie überleben würde. »Ich wollte in ein Hotel gehen, aber zuerst wollte ich hierher kommen. Nur um es zu sehen.«

Marcella sah sie fragend an. »Principessa...« Das Wort wurde so leise ausgesprochen, daß Serena es kaum hörte, und als sie es hörte, sandte es ihr einen leichten Schauer über den Rücken. Das Wort beschwor das Bild ihrer Großmutter herauf... Principessa... Wieder überkam sie eine Welle der Einsamkeit, während Marcella das Gesicht hob und sich die Augen mit der Schürze trocknete, die sie immerfort, sogar jetzt, trug. Dann faßte sie Serenas Hand. »All diese Jahre bin ich hier... bei deiner Großmutter und dann hier, in diesem Haus.« Sie zeigte unbestimmt auf das beeindruckende Gebäude hinter Serena. »Ich bin hier, im Palazzo. Und du« – sie wies verächtlich auf den armseligen kleinen Koffer – »wie ein Bettelkind, in Lumpen, auf der Suche nach einem Hotelzimmer! Nein!« Sie sagte es nachdrücklich, fast zornig, während ihr korpulenter Leib zitterte. »Nein! Du gehst nicht in ein Hotel!«

»Was schlägst du vor, Marcella?« Serena lächelte sanft. Die Stimme und den Ausdruck der alten Frau erkannte sie noch nach einem Dutzend Jahren wieder. »Bist du der Meinung, daß ich bei den Amerikanern einziehen soll?«

»*Pazza, va!*« Sie grinste. Verrückt! »Nicht bei den Amerikanern. Bei mir. *Ecco.*« Mit dem letzten Wort nahm sie den Koffer vom Boden auf, ergriff Serenas Hand noch fester und wollte zum Palazzo gehen, aber Serena blieb stehen, wo sie war, und schüttelte den Kopf.

»Ich kann nicht.« Sie standen einen Augenblick still, ohne sich zu bewegen, und Marcella blickte forschend in die Augen des jungen Mädchens. Sie wußte genau, was Serena dachte. Sie hatte auch Alpträume überwinden müssen, als sie nach dem Tod der alten Dame nach Rom zurückgekehrt war.

»Du kannst bei mir bleiben, Serena. Du mußt. Du kannst nicht allein in Rom bleiben.« Und dann, sanft. »Du gehörst hierher. In das Haus deines Vaters.«

Serena schüttelte den Kopf. »Es ist nicht mehr das Haus meines Vaters.«

Noch gütiger. »Es ist jetzt mein Zuhause. Willst du nicht mit mir nach Hause kommen?« Sie erkannte in den tiefgrünen Augen die gleiche Qual wie an dem Morgen, als ihr Vater gestorben war, und sie wußte, daß sie nicht zu der Frau von heute, sondern zu dem Kind von einst sprach. »Es ist schon gut, Serena. Komm, mein Liebling... Marcella wird für dich sorgen... alles wird gut werden.« Sie schloß Serena in die Arme, und wie zu Beginn hielten sie einander fest, über die leeren Jahre hinweg. »*Andiamo, cara.*« Serena begriff nicht, aus welchem Grund sie sich von der alten Frau mitnehmen ließ. Sie wollte sich nur irgendwo hinlegen und nicht mehr denken müssen, nicht mehr versuchen, alles zu ordnen.

Bald stand sie an der Hintertür des Hauses, das einmal der Palazzo ihrer Eltern gewesen war, und als die Tür aufging, befand sie sich in der Gesindestube. Der Anstrich war vergilbt, das sah sie, als Marcella Licht machte, die Gardinen waren noch die gleichen, nur waren sie nicht mehr leuchtend blau, sondern zu grau verblaßt; der Holzboden war derselbe, nur ein wenig matter, aber es gab eben weniger Hände, die ihn wachsten, und Marcella war alt geworden. Aber in Wirklichkeit hatte sich nichts verändert. Auch die Wanduhr in der Küche war dieselbe. Serenas Augen weiteten sich verwundert, und zum ersten Mal seit Jahren empfand sie weder Zorn noch Schmerz. Sie war endlich daheim.

Der Kreis hatte sich geschlossen, aber es gab niemanden mehr, mit dem sie ihre Gefühle teilen konnte, nur Marcella, die wie eine alte Henne gluckste, als sie sie durch den vertrauten Korridor in ein Zimmer führte, das einmal einer Frau namens Teresa gehört hatte, einem jungen hübschen Dienstmädchen für das obere Stockwerk.

In dem Zimmer war alles alt und abgenutzt, aber noch immer sauber, und jedes Stück war ihr vertraut, das wurde Serena klar, als sie sich auf einen Stuhl setzte und zusah, wie Marcella das Bett machte. Sie sagte nichts, sie saß nur dort und starrte vor sich hin.

»*Vai bene*, Serena?« Sie konnte weder lesen noch schreiben, aber sie kannte sich mit Menschen aus, und der Ausdruck in Serenas Augen verriet ihr, daß das Mädchen zu viel durchgemacht hatte. »Zieh deine Kleider aus, *bambina mia*. Morgen früh werde ich sie dir waschen. Und vor dem Schlafengehen trinkst du ein bißchen heiße Milch.« Milch war noch immer schwer zu bekommen, aber sie hatte welche, und sie würde ihr geliebtes Kind mit allem überhäufen, was sie besaß.

»In zwei Minuten komme ich wieder mit der heißen Milch. Das verspreche ich dir!« Sie lächelte Serena liebevoll zu, die behaglich in dem schmalen Bett in dem kleinen Zimmer lag. Die Wände waren weiß, die Einrichtung grau, es gab eine schmale, verschossene Gardine und einen kleinen alten Teppich noch aus der Zeit Teresas und der anderen. Die Wände waren nackt. Aber Serena sah sie gar nicht. Sie legte sich auf das Kissen zurück, schloß die Augen, und als Marcella bald darauf mit der kostbaren warmen Milch und Zucker wiederkam, fand sie Serena tief schlafend vor. Die alte Frau blieb in der Tür stehen, machte die einzige Birne aus, die den Raum erhellte, betrachtete beim Licht des Mondes die junge Frau und dachte daran , wie sie als Kind ausgesehen hatte. Genauso, sagte sie sich, nur um so viel kleiner... und friedlicher. Dann plötzlich, während sie sie betrachtete, wurde ihr klar, daß sie die letzte noch lebende Principessa der Tibaldos vor sich hatte. Serena di Tibaldo. Principessa Serena... die nun im Dienstbotenzimmer ihres Vaterhauses schlief.

4

Als die Sonne am nächsten Morgen durch das schmale Fenster schien, lag Serena ausgestreckt auf dem Bett wie eine junge Göttin, ihr Haar hatte sich fächerförmig ausgebreitet wie ein Schleier aus Gold. Wieder stand Marcella in der Tür, betrachtete sie, vom Glanz ihrer Schönheit tief beeindruckt, und staunte noch mehr als am vorhergegangenen Abend darüber, daß Serena überhaupt zurückgekommen war. Es war ein Wunder, hatte sie sich gesagt.

»*Ciao*, Cella.« Serena schlug schlaftrunken ein Auge auf und lächelte. »Ist es spät?«

»Wofür? Hast du eine Verabredung? Einen Tag in Rom und schon beschäftigt?« Marcella trat ans Bett, und Serena setzte sich auf und lächelte. In den Stunden, in denen sie geschlafen hatte, schienen Jahre von ihr abgefallen zu sein. Sogar nach all dem, was am Tag zuvor geschehen war, machte sie sich weniger Sorgen als in der Zeit nach ihrer Abreise aus den Vereinigten Staaten. Nun wußte sie es wenigstens. Sie wußte alles, wovor sie sich gefürchtet hatte. Das Schlimmste war eingetreten. Nun mußte sie überlegen, wie ihr Leben weitergehen sollte.

»Was wünschen Sie zum Frühstück, *signorina*?« Und dann sagte sie rasch: »*Scusi*, Principessa.«

»Was? Du wirst mich doch nicht so nennen! Das war *Nonna!*« Serena sah halb belustigt, halb betroffen aus; das war eine andere Ära, eine andere Zeit gewesen. Aber Marcella sah aus wie ein Drachen, als sie sich neben Serenas Bett zu ihrer vollen Größe von einsfünfzig aufrichtete.

»Jetzt bist du es. Und du bist ihr und den anderen vor ihr schuldig, darauf Rücksicht zu nehmen, wer und was du bist.«

»Ich bin ich. Serena di San Tibaldo. *Punto. Finito. Basta.*«

»Unsinn!« Marcella glättete aufgeregt die Decken über Serena und sah sie dann ernst an. »Du darfst nie vergessen, wer du bist, Serena. Sie tat es auch nie.«

»Sie mußte es nicht tun. Und sie lebte nicht in der Welt, in der wir heute leben. Das ist alles vorbei, Marcella. Alles. Es starb mit einer ganzen Generation von Menschen, die unser reizender Duce zu vernichten versuchte. In vielen Fällen mit Erfolg. Und was blieb übrig? Menschen wie ich, die keine zehn Lire mehr besitzen, und Gräben ausheben, um irgendeine Arbeit zu haben. Macht das eine Principessa aus, Cella?«

»Es liegt hier drinnen.« Sie deutete erregt auf ihren üppigen Busen, um zu zeigen, wo sich ihr großes, edelmütiges Herz befand, und dann auf ihren Kopf, »und da. Nicht darin, was du tust und was nicht, und wieviel Geld du besitzt. Ein Principe oder eine Principessa sein heißt nicht Geld haben. Sie hatte am Ende auch nicht gar so viel Geld. Aber sie war immer die Principessa. Und eines Tages wirst du es auch sein.«

Serena schüttelte entschieden den Kopf. »Die Welt hat sich verändert, Marcella. Glaub es mir. Ich weiß es.«

»Und was hast du gesehen, seit du hier bist? Den Bahnhof, und was noch?«

»Menschen. Im Zug, auf den Straßen, Soldaten, junge Leute, alte Leute. Sie sind anders, Cella. Eine Principessa ist ihnen verdammt gleichgültig und war es für sie wahrscheinlich immer. Glaubst du wirklich, die Amerikaner werden sich davon beeindrucken lassen? Glaubst du, sie würden sich im geringsten darum kümmern, wenn du ihnen sagtest, daß du in deinem Keller eine Principessa versteckst?«

»Ich verstecke dich nicht, Serena«, sagte Marcella traurig. »Du wohnst hier bei mir.«

»Warum? Weil ich eine Principessa bin?«

»Weil ich dich liebe. Das tat ich schon immer und werde es immer tun.« Die alte Frau sah sie stolz an, und bald füllten sich Serenas Augen mit Tränen, und sie streckte die Arme aus.

»Es tut mir leid, das wollte ich nicht sagen.« Marcella trat zu ihr und setzte sich. »Es schmerzt mich nur, an die alte Zeit zu denken. Alles, was ich daran liebte, ist für immer dahin. Für mich zählten nur die Menschen, die ich liebte. Ich will den verdammten Titel nicht. Lieber hätte ich *Nonna* noch hier und wäre nur ich selbst.«

»Sie ist aber nicht hier, und sie hat dir den Titel hinterlassen. Sonst nichts, und ich weiß, sie würde wünschen, daß auch du stolz darauf bist. Willst du denn keine Principessa sein, Serena?« Sie sah das Mädchen erstaunt an.

»Nein.« Serena schüttelte ernst den Kopf. »Ich möchte mein Frühstück.«

Sie hatte am Vortag nur Brot und Käse auf dem Bahnhof gegessen. Und sie hatte das Abendessen vollkommen vergessen. Doch nun lachte sie über Marcellas Ernst, und die alte Frau trocknete sich die Augen und brummte.

»Du bist überhaupt noch nicht erwachsen! Du benimmst dich genauso unmöglich wie immer! Keck... frech...« Die alte Frau brummte, und Serena streckte sich und stieg lächelnd und träge aus dem Bett.

»Ich sagte es dir ja. Prinzessinnen sind üble Zeitgenossen. Eine elende Bande, Cella.«

»Hör auf, darüber zu spotten!« Diesmal war ihr Brummen echt.

»Nur wenn du aufhörst, es so tierisch ernst zu nehmen.« Serena sah sie freundlich an, aber in ihren Augen lag große Entschlossenheit. »Es gibt wichtigere Dinge, über die ich jetzt nachdenken muß.« Die alte Frau machte keine weitere Bemerkung, sondern ging in die Küche und bereitete eine Kanne heißen Kaffee zu. Zehn Minuten später rief sie Serena zum Frühstück, und die auffallend jugendliche Schönheit erschien in einem blauen Baumwollbademantel, den man ihr im Kloster geschenkt hatte; sie hatte ihr Haar gebürstet, bis es in der hellen Morgensonne wie Gold glänzte. »Was gibt es zum Frühstück, Cella?«

»Toast, Schinken, Konfitüre, Pfirsiche, Kaffee.« Eine Fülle von Schätzen, von denen sie manche seit Monaten gehortet hatte. Serena begriff sofort und küßte die gerunzelte Wange, bevor sie sich setzte. Sie gelobte sich, nur mäßig zu essen, obwohl ihr Hunger sehr groß war.

»Das alles ist nur für mich, Marcella?« Sie empfand ein Schuldgefühl, weil sie alle Schätze der alten Frau aß, sie wußte aber auch, daß sie sie kränken würde, wenn sie nichts davon nahm. Sie aß also äußerst mäßig, aber mit sichtlichem Vergnügen, und sie tranken gemeinsam den Kaffee bis auf den letzten Tropfen aus. »Du kochst himmlisch.« Sie schloß die Augen, lächelte glücklich in der Morgensonne, und die alte Frau streichelte lächelnd die glatte junge Wange.

»Willkommen daheim, Serena.« Einen Augenblick herrschte glückliche Stille, dann streckte Serena die langen Beine aus und lächelte.

»Du weckst in mir den Wunsch, immer hierzubleiben.«

Marcella betrachtete sie nachdenklich, während sie aufstand.

»Warum kannst du nicht bleiben, Serena? Du mußt doch nicht zurück in die Vereinigten Staaten.«

»Nein. Aber ich habe keinen Grund, hier zu bleiben.« Außer daß sie Rom liebte und daß sie hier zu Hause war.

»Willst du denn nicht bleiben?« Marcella sah beleidigt aus, und Serena lächelte.

»Natürlich will ich. Aber ich kann doch nicht einfach hier einziehen. Ich brauche eine Wohnung, Arbeit, all das. Ich glaube nicht, daß ich in Rom Arbeit finden könnte.«

»Warum mußt du arbeiten?« Die alte Frau schien verärgert. Sie wollte so weiterleben wie früher, bemerkte Serena lächelnd.

»Weil ich essen muß. Wenn ich nicht arbeite, habe ich nichts zu essen.«

»Du könntest doch hier leben.«

»Und das essen, was für dich bestimmt ist? Und du?«

»Wir werden mehr als genug haben. Die Amerikaner werfen mehr weg, als alle Leute Roms zusammen essen können. Es wird hier alles geben, was wir brauchen, sobald sie erst oben einziehen.«

»Und wie erklären wir mein Dasein, Marcella?« Serena gab sich weiterhin belustigt. »Als hier wohnhafte Principessa? Als eine Art

Talisman? Deine gute Freundin? Wir sagen einfach, sie haben Glück, daß sie mich bekommen, und ich bleibe?«

»Es geht sie gar nichts an, wer du bist.« Sofort ging Marcella in Verteidigungsstellung.

»Es wäre möglich, daß sie nicht ganz deiner Ansicht sind, Cella.«

»Dann kannst du für sie arbeiten. Als Sekretärin. Du sprichst Englisch. Oder?« Sie blickte Serena neugierig an. Das sollte sie doch nach vier Jahren können, sie war schließlich ein kluges Mädchen. Und Serena lächelte.

»Ja, doch, aber sie würden mich nicht als Sekretärin anstellen. Dafür bringen sie ihre eigenen Leute mit. Warum sollten sie also mich nehmen?« Und dann plötzlich begannen ihre Augen zu sprühen. Sie hatte eine Idee.

»Ist dir etwas eingefallen?« Marcella kannte diesen Blick nur allzugut. Er machte sie immer ein wenig nervös. Aber oft hatten sich Serenas ausgefallene Ideen als gut erwiesen.

»Vielleicht. Mit wem muß man hier über Arbeit sprechen?«

»Ich weiß nicht...« Sie wurde nachdenklich. »Sie haben mir eine Adresse gegeben, für den Fall, daß ich Mädchen wüßte, die mir im Haus helfen könnten.« Ihr Blick wurde argwöhnisch. »Warum?«

»Weil ich eine Beschäftigung annehmen möchte.«

»Was willst du tun?«

»Ich werde sehen, was sie haben.« Es war ein Unterschied, ob sie vollkommen erschöpft ankam und eine Nacht in Marcellas gemütlichem Dienstbotenzimmer verbrachte, oder ob sie in einem Haus, das ihr einmal gehört hatte, auf ewige Zeiten unten in den Dienstbotenräumen lebte. Sie wußte jedoch, daß sie noch nicht imstande war, die oberen Räume zu betreten. Wenn sie ihr aber einen Posten gaben, würde sie das tun müssen. Sie mußte sich dann eben sagen, daß es das Haus der Amerikaner war, daß es mit ihr oder mit jemandem, den sie kannte, nichts zu tun und daß sie es nie vorher gesehen hatte. Dennoch zitterte sie noch immer innerlich, als sie am Ende der Via Nazionale um die Ecke bog, an den Bädern des Diokletian vorbeiging und dann auf der Piazza della Repubblica die Adresse fand. Und wenn sie ihr keine Arbeit gaben? Was würde sie dann tun? Ihr letztes Geld zusammenkratzen und in die Vereinigten Staaten zurückkehren? Oder hier in Rom bleiben? Wozu aber? Aus Heimatgefühl, sagte sie sich, als sie die schwere Tür zu den amerikanischen

Büros aufstieß, die dort eingerichtet waren. Sie gehörte nach Rom. Sie lächelte, als sie daran dachte, und sie lächelte noch immer, als sie in das Haus trat und gleich darauf mit einem groß gewachsenen Mann mit knabenhaftem Grinsen und dichten blonden Locken unter der Militärmütze zusammenstieß. Die Mütze wirkte keck, er hatte sie schmissig aufgesetzt, und in seinen grauen Augen tanzten belustigte Lichter, während er in Serenas grüne Augen blickte. Ganz gleich, wie gut der Mann aussah oder wie freundlich er war, Uniformen erinnerten sie immer an ihre alten Alpträume, und sie konnte es nicht ertragen, dem Mann in die Augen zu schauen.

»Verzeihen Sie.« Er berührte leicht ihren Ellbogen, als wollte er seine Entschuldigung so ausdrücken, falls sie seine Sprache nicht verstand. »Sprechen Sie Englisch?« Sein Blick ruhte auf ihrem Gesicht, und er erfaßte sofort ihre vollendete, seidenglatte Schönheit, das goldblonde Haar, die großen grünen Augen, aber er bemerkte auch, wie steif sie nach dem kurzen Zusammenstoß vor ihm zurückwich und wie eisig sie ihn ansah, sobald sie sich gesammelt hatte, wieder zu Atem gekommen und zurückgetreten war. Sie schien ihn nicht verstanden zu haben. »*Scusi, signorina. Mi dispiace molto...*« Dann wartete er mit gewinnendem Lächeln. Doch Serena schien nicht sonderlich eingenommen zu sein, sie nickte, um zu zeigen, daß sie verstanden hatte, und murmelte »*Grazie*«. Er taufte sie bei sich »die Eisjungfrau« und ging weiter.

Ihre außergewöhnliche Schönheit war ihm zwar aufgefallen, aber es war nie Major B. J. Fullertons Stärke gewesen, den einheimischen Mädchen nachzustellen. Es war ihm gelungen, jeder diesbezüglichen Versuchung aus dem Weg zu gehen. Er hatte auch reichlich Grund, sich so zu verhalten. Der Major war mit einer der schönsten Damen der New Yorker Gesellschaft verlobt. Pattie Atherton war die bezauberndste Debütantin des Jahres 1940 gewesen und war nun, mit dreiundzwanzig, mit ihm verlobt. B. J. lächelte in sich hinein und pfiff vor sich hin, während er die Stufen zu der wartenden Limousine hinunterlief.

Drinnen hatte Serena einen Augenblick lang überlegt, zu welchem Schreibtisch sie gehen sollte, sich an den mit dem Schild *Employment* und dem italienischen Untertitel *Lavoro* gewandt und dann in stockendem Englisch erklärt, welche Art von Arbeit sie suchte. Sie war bestrebt, nicht zu verraten, wie gut sie Englisch sprach. Das ging die Leute nichts an, fand sie. Und vor allem wollte sie keine Stellung als Dolmetscherin oder, wie Marcella angeregt hatte, als Sekretärin. Sie wollte nur in ihrem ehemaligen Haus neben Marcella Fußböden schrubben, und dafür war es kaum erforderlich, daß sie Englisch konnte.

»Sie kennen die derzeitige Haushälterin, sagen Sie, Miss?« Sie nickte. »Hat sie Sie hierhergeschickt?« Die Amerikaner sprachen laut und deutlich mit den Italienern, in der Annahme, daß sie sowohl beschränkt als auch taub seien. Serena nickte wieder. »Wie gut sprechen Sie Englisch? Ein wenig? Mehr als das? Können Sie mich verstehen?«

»*Si. Un po'*... ein bißchen, genug.« Genug, um Böden zu schrubben und Silber zu putzen, dachte sie, und das dachte die uniformierte Frau an dem Schreibtisch offenbar auch.

»In Ordnung. Der Major zieht am Dienstag ein. Sein Adjutant und der Sergeant, der seinen Haushalt führt, werden auch dort wohnen. Außerdem drei Ordonnanzen. Ich glaube, sie werden in den Dienstbotenzimmern im obersten Stockwerk untergebracht.« Serena wußte sofort, in welchen. Die Räume im Dachgeschoß waren heiß, aber sehr luftig, und mehrere Bedienstete ihrer Eltern hatten im Lauf der Jahre dort gewohnt. Die besseren Quartiere befanden sich im Erdgeschoß, und sie freute sich, daß Marcella und sie dort wohnten. »Wir haben noch kein anderes Mädchen gefunden, suchen aber noch. Glauben Sie, daß Sie und diese Frau Marcella es inzwischen allein schaffen können?«

»Ja«, antwortete Serena rasch. Sie hatte keine Sehnsucht nach einem ungebetenen Gast im Erdgeschoß.

»Die andere Frau schien mir ziemlich alt. Wie wird es mit der schweren Arbeit aussehen?«

»Die werde ich schon machen. Ich bin neunzehn.«

»Gut. Dann brauchen wir vielleicht kein anderes Mädchen«, meinte die Amerikanerin, und plötzlich wurde Serena klar, daß sie, wenn sie die schwere Arbeit allein besorgte und die Amerikaner daraufhin keine andere junge Frau als Hilfe anstellten, die meiste Zeit bei »ihnen« oben in den Räumen verbringen würde, die sie eigentlich vermeiden wollte. Aber man konnte nicht alles gleichzeitig haben. Sie würde sich eben zusammennehmen und ihre Arbeit verrichten müssen. Es war der Mühe wert, wenn sie und Marcella dann keine Fremde im Erdgeschoß bei sich hatten. Eigentlich war es verrückt, daß sie mit Marcella in einem Haus wohnen würde, das früher ihrer Familie gehört hatte, nun jemand anderem gehörte und an die amerikanische Armee vermietet wurde. Was zum Teufel suchte sie dort? Sie wußte es wirklich nicht, aber im Augenblick schien es das Richtige zu sein, also würde sie dort bleiben. »Wir werden am Montag jemanden hinschicken, um das Haus zu besichtigen und Ihnen die notwendigen Einzelheiten zu erklären. Sorgen Sie bitte dafür, daß alle Räume sauber sind, besonders das Elternschlafzimmer. Der Major ist an sehr schöne Unterkünfte gewöhnt.« Die Bemerkung hatte auf Serena keine Wirkung, da ihr das vollkommen gleichgültig war. Die Amerikanerin stand auf, ließ Serena ein paar Papiere unterschreiben und erklärte ihr, sie würde am ersten und fünfzehnten jedes Monats ihr Gehalt bekommen. Fünfzig Dollar monatlich sowie freies Quartier und Verpflegung. Das fand Serena gut. Sehr gut sogar. Sie verließ das Haus auf der Piazza della Repubblica glücklich lächelnd, und als sie wieder bei ihrem Haus angekommen war und in ihre und Marcellas kleine Wohnung im Kellergeschoß trat, sang sie alte, vertraute Lieder.

»Sieh da, so glücklich. Anscheinend haben sie dir Arbeit beim General gegeben.«

»Nein.« Sie lachte Marcella an. »Oder sollte ich ja sagen? Sie haben mich angestellt, um für meinen eigenen General zu arbeiten: für dich.« Fassungslos schien Marcella sie einen Augenblick lang nicht zu verstehen.

»Was?«

»Du hast schon richtig gehört. Ich werde bei dir arbeiten. Montag fange ich an. Oder früher, wenn du willst.«

»Hier?« Marcella war überwältigt. »Im Palazzo?«

»Genau.«

»Nein!« rief Marcella sofort empört. »Du hast mich reingelegt! Ich gab dir die Adresse, damit du eine gute Stellung bekommst! Keine solche!«

»Das ist eine gute Stellung.« Dann besänftigend: »Sie ist gut genug für dich, Cella. Und ich will hier bei dir sein. Ich will nicht in einem Büro arbeiten. Ich will hier sein. Im Haus.«

»Aber nicht so. Heilige Maria... was für ein Wahnsinn! Du bist ja verrückt. Das kannst du nicht tun.«

»Warum nicht?«

Und dann ging es los. Marcella schimpfte: »Weil du wieder vergißt, wer du bist, Principessa.«

Serenas Augen sprühten grünes Feuer, als sie auf die kleine Frau hinunterblickte, die siebenundvierzig Jahre für ihre Familie gearbeitet hatte. »Und du solltest es auch vergessen, Marcella. Diese Zeiten sind vorbei. Und welchen Titel ich auch habe, ich besitze keine einzige Lira. Nichts. Wenn du mich nicht aufgenommen hättest, würde ich in einem verwanzten Asyl schlafen, und wenn sie mir nicht erlaubten, Böden zu schrubben, würde ich verdammt bald verhungern. Ich bin jetzt nichts anderes als du, Marcella. Das ist alles. So einfach ist das. Und wenn ich damit zufrieden bin, solltest du es lieber auch sein.«

Serenas Rede brachte die alte Frau zumindest vorübergehend zum Schweigen. Und am späten Abend wagte sich Serena endlich auf Zehenspitzen in den oberen Stock. Der Besuch war weniger schmerzlich, als sie befürchtet hatte. Fast die gesamte Einrichtung, die sie liebte, war fort. Es war nichts mehr übrig als ein paar Liegen, ein riesiger Konzertflügel und im Zimmer ihrer Mutter das außergewöhnliche, antike Himmelbett. Es war dagelassen worden, weil es nirgends sonst hingepaßt hätte. Dieser Anblick machte Serena unglücklich. Sie sah noch ihre Mutter vor sich, wie sie strahlend und bezaubernd am Morgen in dem Bett gelegen hatte, wenn Serena vor Schulbeginn kurz zu ihr gekommen war. Nur in diesem Zimmer litt sie wirklich. Sonst war es eine stille Pilgerfahrt von einem Zimmer zum anderen, und als sie wieder zu Marcella hinunterkam, sah sie seltsam friedlich aus, als ob die Geister endlich zur Ruhe gekommen wären. Es war nichts mehr übrig, wovor sie Angst hatte. Nun war es nur noch ein Haus wie jedes andere, und sie würde darin für die Amerikaner arbeiten können, würde ihre Pflicht tun, weiterhin im Palazzo leben und in Rom bleiben.

5

Serena war am nächsten Tag bei Morgengrauen auf den Beinen. Sie wusch sich, steckte ihr goldenes Haar im Nacken zu einem Knoten auf und verbarg es dann unter einem dunklen Baumwolltuch. Dann zog sie ein altes blaues Baumwollkleid an, das sie im Kloster in New York getragen hatte, wenn sie mit den jungen Mädchen Beeren pflückte. Es war an mehreren Stellen geflickt und zu einer Farbe verblaßt, der man die langjährige Verwendung ansah. Außerdem zog Serena dicke, dunkle Strümpfe und derbe Schuhe an, und über das blaue Kleid band sie eine saubere weiße Schürze, dann sah sie mit ernstem Gesicht in den Spiegel. Es war sicherlich keine Kleidung für eine Principessa. Aber sogar mit dem dunkelblauen Tuch ließ sich das schöne Gesicht nicht verbergen. Es schien eher einen Kontrast zu der hellen Pfirsichfarbe ihrer Wangen und dem strahlenden Grün ihrer Augen darzustellen.

»In dieser Aufmachung siehst du lächerlich aus.« Marcella sah sie mißbilligend an, während sie den Kaffee einschenkte und das erste Tageslicht über die Hügel kroch. »Warum, um Himmels willen, trägst du nicht etwas Ordentliches?«

Aber Serena antwortete der alten Frau nicht. Sie trank nur lächelnd ihren heißen Kaffee und schloß die Augen im heißen Dampf, während sie die Tasse in den Händen hielt. »Was meinst du, daß die Amerikaner denken werden, Serena, wenn du dieses alte Kleid trägst?«

»Sie werden denken, daß ich eine fleißige Arbeiterin bin, Marcella.« Die grünen Augen begegneten den anderen ruhig über die Kaffeetasse hinweg, und sie sah älter und weiser aus, als sie es ihren Jahren nach sein sollte.

»Ach... Unsinn!« Sie schien noch verärgerter zu sein als am Abend zuvor. Sie fand das Ganze lächerlich. Schlimmer als das, sie fühlte sich schuldig, weil sie Serena vorgeschlagen hatte, sich überhaupt um eine Anstellung zu bemühen. Sie hoffte noch immer, daß Serena ihr Vorhaben vergessen, mit ihren neuen Dienstgebern in gutem Englisch sprechen und am Morgen darauf als Sekretärin des kommandierenden Offiziers in einem der schönen Räume im oberen Stockwerk arbeiten würde.

Aber eine halbe Stunde später hatte sogar Marcella diese Hoffnungen vergessen. Sie liefen beide eifrig treppauf und treppab, halfen den Ordonnanzen beim Tragen der Kisten und überlegten, was sie in welchen Räumen unterbringen sollten. Hauptsächlich war es Serena, die ihnen half. Marcella war zu alt, um die Treppe nach oben zu laufen. Aber Serena lief mit ihnen mit, schien an tausend Orten zugleich zu sein, redete nicht viel, überwachte alles und schien ein Dutzend Hände gleichzeitig zu haben.

»Danke.« Der Ordonnanzoffizier lächelte ihr am Ende des Nachmittags zu, als sie ihm und seinen Leuten sechs Tassen dampfenden Kaffee brachte. »Ohne Sie hätten wir es nicht geschafft.« Er war nicht sicher, ob sie ihn verstand, aber er wußte, daß sie ein wenig Englisch sprach, und sie würde den Ton seiner Stimme und sein freundliches Lächeln richtig deuten. Er war ein kräftig gebauter Mann Ende vierzig mit breitem Brustkorb, kahlem Kopf und freundlichen braunen Augen.

»Wie heißen Sie, Miss?« Serena zögerte einen Augenblick, dann sagte sie leise, weil sie wußte, daß er es früher oder später doch erfahren würde:

»Serena.«

»Serena«, wiederholte er sofort mit der amerikanischen Aussprache, aber das machte ihr nichts aus. Nachdem sie ihn einen Tag lang ebenso fleißig hatte arbeiten sehen wie seine Leute, hatte sie gegen ihn nichts einzuwenden. Er war ein tüchtiger Mann und ein fleißiger Arbeiter, er hatte ihr trotz ihres Protestes oft geholfen, indem er ihr schwere Kisten abnahm. Aber er ergriff sie einfach mit seinen riesigen Händen und trug sie nach oben.

Er war der erste Mann in der Uniform irgendeines Landes, dem sie ihr seltenes Lächeln geschenkt hatte. »Ich heiße Charlie, Serena. Charlie Crockman.« Er streckte eine seiner dicken Hände aus, und sie reichte ihm die ihre. Ihre Blicke begegneten einander einen Augenblick, und er lächelte wieder. »Sie haben heute sehr hart gearbeitet.«

»Und Sie auch.« Sie lächelte schüchtern, ohne die anderen Männer anzusehen.

Doch Charlie lachte. »Bei weitem nicht so hart, wie wir morgen arbeiten werden.«

»Noch mehr?« Serena war erschrocken. Sie hatten schon jeden

49

Raum mit Kisten und Aktenbündeln, Schränken und Gepäck, mit Schreibtischen, Lampen und Stühlen und hundert anderen Dingen angefüllt. Wo sollten sie denn noch mehr hinstellen? fragte sie sich, doch Charlie schüttelte den Kopf.

»Nein, nichts dergleichen. Morgen beginnt hier die richtige Arbeit. Morgen früh wird der Major hier sein.« Er rollte die Augen und grinste wieder. »Wir müssen bis Mittag alles ausgepackt und verstaut haben.« Die Männer stöhnten und begannen zu reden.

»Ich dachte, er ist zum Wochenende nach Spoleto gefahren?« beklagte sich einer der Männer laut, aber Charlie Crockman schüttelte den Kopf.

»Der nicht. Wie ich den Major kenne, wird er heute abend bis Mitternacht hier sitzen und Ordnung in seine Akten und seinen Schreibtisch bringen.« Da der Major nun mit seinen Leuten eingezogen war, hatte ihm die Armee eine Menge neuer Aufgaben zugeteilt. B. J. Fullerton war während des Krieges eine Art Held gewesen und bekam nun zum ersten Mal Gelegenheit, hinter einem Schreibtisch etwas Wichtiges zu leisten. Deshalb der Palazzo.

»Scheiße.« Serena hörte, wie einer der Männer es sagte, tat, als hörte sie es nicht, und verschwand wenige Minuten später, während sie weiter plauderten. In der behaglichen Küche fand sie Marcella, die ein Fußbad nahm und mit geschlossenen Augen zurückgelehnt in einem Stuhl saß. Serena legte der alten Frau die Hände auf die Schultern und begann sie leicht zu massieren; Marcella lächelte.

»*Sei tu?*« Bist du's?

»Wer denn, glaubst du?«

»Mein Engelchen.« Sie lächelten beide. Es war ein langer Tag gewesen.

»Warum läßt du mich heute abend nicht das Essen kochen, Cella?« Aber die alte Frau wollte davon nichts hören. Sie hatte schon ein Hähnchen im Bratrohr und auf der Herdplatte brodelte leise *pasta*. Es würde frischen Kopfsalat aus dem Garten, ein paar Karotten und Basilikum und die kleinen Tomaten geben, die Marcella erst seit kurzem anbaute. Es war eine köstliche Mahlzeit, und als sie vorbei war, konnte Serena kaum mehr die Augen offenhalten, während sie den Tisch abräumen half und Marcella drängte, zu Bett zu gehen. Sie war zu alt, um so hart zu arbeiten. »Heute abend mache ich dir heiße Milch mit Zucker. Und das ist ein Befehl!« Sie lächelte der Frau zu, die sie erst vor wenigen Tagen aufgenommen hatte, und die alte Frau neigte den Kopf.

»Ach, Principessa... du bist so gut...«

»Hör damit auf, Marcella!«

»Verzeih' mir.« An diesem Abend widersprach sie nicht; sie war zu müde, und es tat ihr alles weh. Sie hatte seit Jahren nicht mehr so gearbeitet.

»Komm, Cella, geh zu Bett. Ich bringe dir bald die Milch.« Die alte Frau fügte sich mit schläfrigem Gähnen und schlurfte davon, dann blickte sie zurück, ihr fiel etwas ein, und sie blieb mit gerunzelter Stirn in der Tür stehen.

»Ich muß noch nach oben gehen.«

»Warum?«

»Um abzuschließen. Ich weiß nicht, ob sie wissen, wie man es macht. Ich will den Vordereingang kontrollieren, bevor ich zu Bett gehe. Ich habe ihnen versprochen, daß ich es tun werde. Und sie haben mir gesagt, ich soll mich vergewissern, daß alle Lampen im Haus ausgemacht sind.«

»Ich werde es für dich tun.«

Marcella zögerte einen Augenblick, dann nickte sie. Sie war zu müde, um zu widersprechen, und Serena konnte es genauso tun. »In Ordnung. Aber nur heute.«

»Ja, Madam.« Serena lächelte in sich hinein, während sie Milch in eine Tasse schenkte und Zucker holte. Bald darauf stand sie in der Tür zu Marcellas kleinem Schlafzimmer, aber die sanften Schnarchtöne aus dem Bett sagten, daß es schon zu spät war. Lächelnd trank sie einen Schluck von der warmen Flüssigkeit, dann ging sie langsam in die Küche zurück, setzte sich und trank die Milch aus. Als sie fertig war, spülte sie Tasse und Untertasse, trocknete sie ab und räumte die letzten Teller weg; dann öffnete sie mit einem Seufzer die Tür zum Erdgeschoß und stieg langsam die Hintertreppe nach oben.

In der Haupthalle fand sie alles in Ordnung. Der Flügel stand noch dort, wo er seit Jahrzehnten stand, und der Kronleuchter in der Halle brannte ebenso hell wie damals, als ihre Eltern noch am Leben gewesen waren. Gedankenverloren wandte sie ihr Gesicht empor und lächelte leise in der Erinnerung daran, wie sehr der Lüster ihr als Kind gefallen hatte. Es war für sie das Schönste an den

Partys ihrer Eltern gewesen, wenn sie auf der geschwungenen Marmortreppe gestanden und zugesehen hatte, wie die Männer im Smoking oder Frack und die Frauen in Abendkleidern in den herrlichsten Farben unter dem reich facettierten Kristalleuchter umhergingen, oder durch die Halle hinaus in den Garten schlenderten, um beim Brunnen Champagner zu trinken. Es war ein seltsames Gefühl für sie, jetzt im Dunkel der Nacht allein hier zu stehen, während alle anderen nicht mehr da waren. Die Erinnerungen waren köstlich und zugleich erschreckend, erfüllten sie mit Sehnsucht und Kummer. Ohne zu denken, hob sie die Hand zu dem nun staubigen, marineblauen Tuch, band es langsam auf und löste ihr langes, glänzendes Blondhaar. Nun erst ging sie durch die Halle, der Raum war fast leer. Dort stand ein Schreibtisch, ein Bücherregal, mehrere Aktenschränke, einige Stühle... nichts von der altvertrauten Einrichtung, nichts von den Dingen, die ihr einmal gehört hatten. Es war alles fort.

Entschlossen ging sie zum Fenster, und dort sah sie alles... den Brunnen,... den Garten, ...den riesigen Weidenbaum. Alles war genauso, wie sie es verlassen hatte, und sie konnte sich erinnern, wie sie an genau der gleichen Stelle am gleichen Fenster gestanden hatte...

»Wer sind Sie?« Die Stimme, die sie hinter sich hörte, klang drohend, und Serena riß mit einem leisen Schrei die Arme hoch, zuckte erschrocken zusammen, drehte sich rasch um und stützte sich mit beiden Händen gegen die Wand hinter sich. Sie sah in der Dunkelheit nur die Silhouette einer männlichen Gestalt. Als er einen Schritt auf sie zumachte, sah sie das Rangabzeichen auf seiner Schulter glänzen. Er war in Uniform, und plötzlich erinnerte sie sich daran, was der Ordonnanzoffizier am Abend von dem Major gesagt hatte, der bis Mitternacht seinen Schreibtisch in Ordnung bringen würde.

»Sind Sie« – es war kaum ein Krächzen, während ihr ganzer Körper zitterte – »der Major?«

»Ich habe Sie gefragt, wer Sie sind?« Seine Stimme klang erschreckend entschieden, aber keiner von beiden bewegte sich, und er machte das Licht hinter sich nicht an. Er hatte den Eindruck, daß er sie schon einmal gesehen hatte, und fragte sich nur, wer sie war, woher sie kam und warum sie sich um zehn Uhr abends hier im Palazzo Tibaldo in seinem Büro herumtrieb.

»Es – es tut mir leid... ich kam herauf, um das Licht auszumachen.«

»Wirklich? Das beantwortet meine Frage noch immer nicht.« Seine Stimme war kalt und gelassen. »Ich fragte Sie, wer Sie sind.«

»Serena. Ich arbeite hier.« Ihr Englisch war besser, als sie wollte, aber unter den gegebenen Umständen beschloß sie, ihm nichts vorzuspielen. Es war besser, wenn er sie verstand, sonst hätte er sie, Gott bewahre, verhaften oder entlassen können, und das wollte sie auf keinen Fall. »Ich bin hier Dienstmädchen.«

»Was haben Sie hier oben gemacht, Serena?« Seine Stimme klang freundlicher als zuerst.

»Ich glaube, ich hätte Geräusche gehört... Lärm... Ich wollte nachsehen, ob etwas nicht in Ordnung ist.«

»Ich verstehe.« Er blickte sie eingehender an und wußte, daß sie log. Er hatte seit mehreren Stunden kein Geräusch gemacht, auch nicht, als er das Licht ausgemacht hatte. »Sie sind sehr tapfer, Serena.« Seine Augen verspotteten sie, und sie wußte es. »Und was hätten Sie getan, wenn ich ein Einbrecher gewesen wäre?« Er blickte auf ihre schlanken Schultern, die langen, anmutigen Arme, die zarten Hände, und sie verstand seinen Blick.

»Ich weiß nicht. Ich hätte nach jemandem gerufen... um Hilfe... nehme ich an.«

Er sah sie weiterhin an und ging langsam zum Lichtschalter, den er kurz zuvor betätigt hatte. Nun schaltete er das Licht wieder ein und drehte sich um, um sie genauer zu betrachten. Sie war ein auffallend schönes Mädchen, groß, anmutig und bezaubernd, mit feurigen grünen Augen und Haar wie Berninis Gold. »Sie wissen doch, daß Ihnen niemand zu Hilfe gekommen wäre. Es ist nämlich niemand hier.«

War das, was er eben gesagt hatte, eine Drohung? Würde er es wagen, sie in diesem Zimmer zu überfallen? Glaubte er, daß sie allein waren? Sie sah den hochgewachsenen, schlanken jungen Amerikaner an und konnte trotz seiner Uniform spüren, daß er mehr war. Er war nicht irgendein amerikanischer Major, er war ein Mann, der gewohnt war, zu befehlen und seine Wünsche erfüllt zu sehen. »Sie irren. Wir sind nicht allein.« Sie sprach präzise und selbstsicher, die grünen Augen wurden langsam zornig.

»Wirklich nicht?« Er schien überrascht. Hatte sie jemanden mitgebracht? Wenn sie das getan hatte, war sie ein keckes kleines Ding, aber ihn würde nichts überraschen, vielleicht war sie mit einem Freund in den schönen Palazzo gekommen, um mit ihm zu schlafen. Er zog eine Braue hoch, und Serena trat einen Schritt zurück.

»Nein, wir sind nicht allein.«

»Sie haben einen Freund mitgebracht?«

»Ich wohne hier mit meiner... zia... meiner Tante.« Sie stotterte absichtlich wieder.

»Hier? Im Palazzo?«

»Sie erwartet mich am Fuß der Treppe.« Das war eine schamlose Lüge, aber er glaubte ihr.

»Arbeitet sie auch hier?«

»Ja. Sie heißt Marcella Fabiani.« Sie hoffte nur, daß der Major sie nicht bereits kennengelernt hatte. Sie wollte das Bild eines Drachens heraufbeschwören, der nicht zulassen würde, daß er ihr etwas tat. Aber das Bild der alten, schwerfälligen, laut schnarchenden Marcella stand vor ihrem geistigen Auge, und beinahe hätte sie laut gestöhnt. Wenn dieser Mann ihr etwas antun oder sie vergewaltigen wollte, würde niemand da sein, der sie retten konnte.

»Ich bin Major Fullerton, was Sie wohl erraten haben. Kein Eindringling. Das hier ist mein Büro. Und ich möchte Sie nicht wieder hier sehen. Außer während des Tages und wenn Sie arbeiten, oder wenn ich Sie ersuche, hier heraufzukommen. Ist das klar?« Sie nickte, aber trotz der strengen Worte hatte sie das Gefühl, daß er über sie lachte. »Gibt es eine Tür zwischen Ihrem Quartier und dem Palazzo?« Er betrachtete sie interessiert, aber diesmal musterte auch sie ihn. Er hatte eine schöne, dichte Mähne aus blondem, leicht lockigem Haar, breite Schultern und kräftige Arme. Seine Hände waren schön geformt, und er hatte lange, elegante Finger... lange Beine... eigentlich sah er sehr gut aus, war aber auch furchtbar arrogant. Plötzlich erinnerte er sie an einige der früheren Playboys in Rom. Vielleicht fragte er sie deshalb, ob es zwischen ihrer Wohnung und dem Palazzo eine Tür gab; sie richtete sich stolz auf und versuchte nicht, das Feuer in ihren grünen Augen zu verbergen.

»Ja, Major, es gibt eine. Sie führt direkt ins Schlafzimmer meiner Tante.«

B. J. Fullerton erfaßte, was gemeint war, und mußte sich anstrengen, um nicht in Lachen auszubrechen. Sie war wirklich ein unverschämtes junges Mädchen, und irgendwie amüsierte sie ihn, aber er hatte nicht die Absicht, mit ihr zu plaudern. Da stand sie nun mitten in der Nacht in seinem Büro, wollte ihn aus der Fassung bringen und gab ihm zu verstehen, daß *er* versuchen könnte, sich *ihr* aufzudrängen. »Ich verstehe. Dann werden wir in Zukunft versuchen, Ihre Tante nicht zu stören. Ich würde vorschlagen, daß wir die Tür zwischen Ihrer Wohnung und dem übrigen Palazzo immer verschlossen halten, so daß Sie... äh... nicht in Versuchung geraten herumzulaufen. Und wenn ich morgen hier einziehe, wird eine Wache vor dem Palazzo postiert werden, so daß Sie, falls Sie nachts etwas hören« – er blickte sie anzüglich an, aber ihre Augen wichen ihm nicht aus, und sie zuckte mit keiner Wimper – »mir nicht zu Hilfe kommen müssen.«

»Ich kam Ihnen nicht zu Hilfe, Major. Ich kam, um nachzusehen, ob ein Dieb hier ist. Ich bin dafür verantwortlich« – diesmal hatte sie wirklich Mühe mit dem Wort, und er bemühte sich, nicht zu lächeln – »das Haus zu beschützen.«

»Ich bin Ihnen sicherlich sehr dankbar für Ihre Mühe, Serena. Aber in Zukunft wird das nicht zu Ihrer Arbeit gehören.«

»Bene. Capisco.«

»Also gut.« Er zögerte nur einen Augenblick. »Gute Nacht.« Sie machte keine Bewegung, um zu gehen. »Und die Tür?«

»Die Tür?« Er blickte sie verständnislos an.

»Die Tür zu unserer Wohnung. Sie lassen Sie morgen versperren?« Das würde bedeuten, daß sie jedesmal, wenn man nach ihnen klingelte, hinausgehen und die Vordertreppe hinaufsteigen mußten, ebenso wenn sie etwas im Haupttrakt des Palazzos zu erledigen hatten. Das würde für Marcella eine echte Mühsal und für Serena auch unangenehm sein. Doch nun begann der Major zu lächeln. Er konnte nicht mehr anders.

»Ich glaube, wir können die Tür vorläufig vergessen. So lange Sie dem Bedürfnis widerstehen können, nachts hier heraufzuwandern. Schließlich«, sagte er und warf ihr einen kurzen, boshaften Blick zu, »können Sie zufällig in mein Schlafzimmer geraten, und das wäre doch peinlich, oder? Ich erinnere mich nicht, daß Sie heute abend hier angeklopft hätten, bevor Sie eintraten.« Diesmal sah er, daß sie fast purpurrot wurde, und zum ersten Mal, seit er in der Dunkelheit zu ihr gesprochen hatte, senkte sie den Blick. Fast tat es ihm leid, daß er sie aufgezogen hatte. Ihm wurde klar, daß sie wahrscheinlich sogar jünger war, als sie aussah. Womöglich war sie ein vierzehnjähriges Mädchen, das nur ein paar Jahre älter aussah. Aber bei italienischen Frauen konnte man das nie so genau wissen. Er räusperte sich, ging zur Tür, öffnete sie und sagte diesmal entschieden: »Gute Nacht.«

Sie ging hinaus, ohne ihn nochmals anzusehen, und antwortete mit hoch erhobenem Kopf »*Buona notte.*« Er hörte sie wenige Sekunden später die Treppe hinunterklappern und dann durch die endlose Marmorhalle gehen. Er sah, wie unter ihm alle Lichter ausgingen, und dann hörte er in der Entfernung eine Tür leise ins Schloß fallen. Die Tür zum Schlafzimmer ihrer Tante? Er lächelte in sich hinein, als er sich an ihre unverschämte Geschichte erinnerte.

Sie war ein merkwürdiges Mädchen – und auch eine richtige Schönheit. Aber sie konnte auch zu einem Problem werden, das er nicht brauchte. Er hatte Pattie Atherton, die in New York auf ihn wartete. Still vor sich hinlächelnd ging er zum Fenster und starrte in den Garten hinaus, aber dabei dachte er nicht an Pattie. Es war Serena, mit den riesigen, energischen grünen Augen, die ihm wieder durch den Kopf ging. Was hatte sie gesucht? Oder wen? Nicht, daß es wirklich eine Rolle spielte. Sie war nur eines von den Mädchen, die die Aufgabe hatten, den Palazzo sauberzuhalten, auch wenn sie sehr hübsch und sehr jung war.

6

»Serena! Hör damit auf!« Es war Marcella, die es wütend über ihre Schulter sagte, während Serena sich bückte, um den Boden des Badezimmers zu schrubben, der zu Charlie Crockmans Zimmer gehörte; Marcella konnte es noch immer nicht ertragen, wenn sie sie so sah.

»*Va bene*, Marcella...« Sie schob die alte Frau weg wie einen großen freundlichen Hund, aber die Frau bückte sich wieder und versuchte, Serena das Scheuertuch aus der Hand zu nehmen. »Wirst du damit aufhören?«

»Nein.« Doch diesmal drückte Marcellas Blick Entschlossenheit aus, während sie sich auf den Rand der Badewanne setzte und Serena zuflüsterte: »Wenn du nicht auf mich hörst, Serena, werde ich es ihnen sagen.«

»Was willst du ihnen sagen?« Serena schob grinsend eine lange Strähne blonden Haares aus ihren Augen. »Daß ich nicht weiß, was ich tue? Das wissen sie wahrscheinlich schon selbst.« Sie hockte sich lächelnd auf die Fersen. Sie arbeitete schon seit fast einem Monat für die Amerikaner und war sehr zufrieden. Sie hatte genug zu essen, ein Bett zum Schlafen, sie wohnte bei Marcella, der einzigen Vertrauten, die sie noch besaß, und sie lebte in dem Haus, das einmal ihr Heim gewesen war. Was konnte sie sich noch wünschen, fragte sie sich täglich. Eine ganze Menge, antwortete sie sich dann und wann, aber das war sinnlos. Sie hatte nichts anderes. Sie hatte Mutter Constance geschrieben, daß es ihr gut ginge. Sie hatte ihr von Großmutters Tod berichtet und ihr mitgeteilt, daß sie wieder im Haus ihrer Eltern in Rom lebte, wenn sie auch verschwieg, unter welchen Bedingungen.

»Nun, Serena?«

»Womit drohst du mir jetzt, du alte Hexe?« Die beiden hänselten einander in geflüstertem Italienisch. Das war eine angenehme Unterbrechung der einförmigen Arbeit. Serena hatte seit sechs Uhr morgens unaufhörlich gearbeitet, und es war nun schon fast zwölf Uhr mittags.

»Wenn du dich nicht anständig benimmst, Serena, werde ich dich bloßstellen.«

Serena sah sie belustigt an. »Du wirst mir alle Kleider stehlen?«

»Schäm dich! Nein, ich werde dem Major sagen, wer du bist!«

»Ach, Marcella, schon wieder dasselbe. Aber Liebste, um dir die Wahrheit zu sagen, ich glaube nicht, daß ihm das etwas ausmachen würde. Die Badezimmer müssen saubergemacht werden, ob von einer Principessa oder jemand anderem, und da er jeden Abend an seinem Schreibtisch schwer arbeitet, glaube ich nicht einmal, daß er schockiert wäre.«

»Das glaubst aber nur du!« Marcella sah sie vielsagend an, und Serena neigte den Kopf zur Seite.

»Was heißt das?« Der Major empfand sichtlich Zuneigung für Marcella, seit er in den Palazzo eingezogen war, und Serena sah sie oft miteinander plaudern. Sie hatte sogar vor wenigen Abenden gesehen, wie Marcella seine Socken stopfte. Sie selbst war ihm jedoch seit ihrer ersten Begegnung aus dem Weg gegangen. Serena war hinsichtlich seiner Absichten nie ganz sicher gewesen, und er wirkte etwas zu schnell und zu scharfsichtig, als daß sie sich sehr viel in seiner Nähe herumtreiben wollte. Während der ersten Woche, die er im Palazzo war, hatte er sich für Serena interessiert – sie hatte mehrmals gesehen, daß er sie beobachtete, und zu viele Fragen schienen ihn zu beschäftigen. Ihre Papiere waren Gott sei Dank in Ordnung, falls er sie kontrollieren sollte. »Warst du wieder mit dem Major beisammen?«

»Er ist ein sehr netter Mann«, sagte Marcella mit einem vorwurfsvollen Blick auf die junge Principessa, die noch immer auf Charlie Crockmans Badezimmerboden kniete.

»Na und? Er ist nicht unser Freund, Marcella. Er ist Soldat. Er arbeitet hier, genau wie wir. Und es geht ihn verdammt wenig an, was ich gewesen bin.«

»Er findet, du sprichst sehr gut Englisch«, sagte Marcella herausfordernd.

»Und wenn schon.«

»Vielleicht könntest du einen besseren Job bekommen.«

»Ich will keinen besseren Job. Mir gefällt dieser.«

»Ah... *davvero?*« Die alten Augen funkelten. »Wirklich? Ich glaube mich zu erinnern, daß du vorige Woche wegen der Risse in deinen Händen geweint hast. Und hast du nicht gesagt, du kannst nicht schlafen, weil dein Rücken so schmerzt? Und was sagen deine Knie zum Bodenschrubben, deine Füße und dein –«

»Also gut... schon gut! Genug.« Serena seufzte und warf die Bürste in den Eimer mit Seifenwasser. »Aber ich bin jetzt daran gewöhnt, und ich will hier bleiben.« Sie senkte die Stimme, und ihre Augen flehten. »Verstehst du das nicht, Cella? Das ist mein Zuhause... unser Zuhause.« Sie korrigierte sich schnell, und die Augen der alten Frau füllten sich mit Tränen, während sie Serenas Wange tätschelte.

»Du verdienst etwas Besseres, Kind.« Es brach ihr das Herz, daß das Leben so ungerecht zu dem Mädchen war. Während sie sich die Tränen mit dem Handrücken wegwischte, fand Charlie Crockman die beiden in dieser Stimmung und starrte verlegen zu ihnen hinunter.

»Verzeihung«, murmelte er, bevor er sich rasch zurückzog.

»*Fa niente*«, rief ihm Serena nach. Sie mochte ihn, sprach aber selten Englisch mit ihm. Sie hatte nichts zu sagen. Sie hatten keinem von ihnen etwas zu sagen. Es war unnötig. Spielte keine Rolle. Nichts war wichtig. Außer daß sie weiterhin hier leben konnte. Im vergangenen Monat war es zu einer fixen Idee für sie geworden, wieder daheim zu sein und sich an die Erinnerungen zu klammern. Sie dachte an nichts anderes. Wenn sie am Morgen das riesige Bett des Majors zurechtmachte, redete sie sich ein, es sei noch das Bett ihrer Mutter. Das einzige, was ihren Traum störte, war, daß das Zimmer nach Limonellen, Tabak und Gewürzen roch wie der Major, nicht nach Rosen und Maiglöckchen, wie vor fast zehn Jahren.

Als Serena Charlie Crockmans Badezimmer an diesem Morgen geschrubbt hatte, nahm sie eine Schnitte Brot, ein Stück Käse, eine Orange und ein Messer und ging langsam in den Garten, wo sie sich hinsetzte, den Rücken an ihren Lieblingsbaum lehnte und auf die Hügel hinausblickte.

Dort fand sie der Major eine halbe Stunde später; er beobachtete sie lange, während sie sorgfältig die Orange schälte, sich dann ins Gras legte und zu dem Baum hinaufblickte. Er bezweifelte immer noch ernstlich die Behauptung, daß sie und Marcella verwandt wären, aber ihre Papiere waren in Ordnung, und wer immer sie auch war, sie arbeitete verdammt fleißig. Was machte es aus, wer sie war? Das Merkwürdige war, daß es ihm etwas auszumachen schien.

Er setzte sich ruhig neben sie und sah in ihr Gesicht, während sie in den Baum und zum Himmel aufblickte und dann zu ihm. Sie zuckte leicht zusammen, als sie ihn sah, dann setzte sie sich rasch auf, glättete die Schürze über ihrem Rock und bedeckte ihre mit dicken Strümpfen bekleideten Beine, bevor sie seinem Blick begegnete.

»Sie scheinen mich immer zu überraschen, Major.«

Er lächelte nur, während der Septemberwind sein dichtes blondes Haar leicht fächelte. »Dieser Baum zieht Sie an, nicht wahr, Serena?«

Sie nickte mit einem kindlichen Lächeln und bot ihm eine Hälfte ihrer Orange an. Für sie war das ein gewaltiger Schritt. Schließlich war er ein Soldat. Und sie hatte alle Soldaten so lange gehaßt. Aber er hatte etwas an sich, das sie veranlaßte, ihm zu vertrauen. Vielleicht, weil er Marcellas Freund war. »Als kleines Mädchen wohnte ich in einem Haus... wo ich einen Baum sehen konnte... genau wie diesen... von meinem Fenster aus. Manchmal sprach ich in der Nacht mit ihm.« Sie errötete und fühlte sich albern, doch er schien nur belustigt zu sein, während seine Augen die Glätte ihrer Haut und die langen Linien ihrer im Gras ausgestreckten Beine in sich aufnahmen.

»Sprechen Sie auch mit diesem Baum?«

»Manchmal«, gestand sie.

»Wollten Sie das tun, als ich Sie an jenem Abend in meinem Büro überraschte?«

Sie schüttelte langsam den Kopf und sah plötzlich traurig aus. »Nein, ich wollte ihn nur sehen. Mein Fenster –« Sie riß sich zusammen. »Aus dem Fenster in meinem Zimmer hatte man eine ebensolche Aussicht wie hier.«

»Und wo ist dieses Zimmer?« Er sah sie freundlich an.

»Hier in Rom.«

»Suchen Sie es noch auf?« Er wußte nicht warum, aber er wollte mehr über sie erfahren.

Als Antwort zog sie die Schultern hoch. »In dem Haus wohnen jetzt andere Leute.«

»Und Ihre Eltern, Serena? Wo sind sie?« Es war eine gefährliche Frage nach einem Krieg, und er wußte es. Langsam drehte sie sich um, mit einem seltsamen Ausdruck in den Augen.

»Meine Familie ist tot. Major. Alle sind tot.« Dann erinnerte sie sich. »Mit Ausnahme von Marcella.«

»Es tut mir leid.« Er senkte den Kopf und fuhr mit der Hand durch das Gras. Er hatte in diesem Krieg niemanden verloren. Und er wußte, daß seine Familie dankbar dafür war, daß sie ihn nicht zu betrauern hatte. Freunde von ihm waren gefallen, aber weder Vettern noch Brüder, weder Onkel noch entfernte Verwandte.

Dann kam eine Ordonnanz und unterbrach sie. Ein Anruf von General Franham, er solle sofort kommen.

Als sich Serena an diesem Abend zwischen den kühlen Laken ausstreckte, nachdem sie Marcella gute Nacht gewünscht hatte, mußte sie an das nachmittägliche Intermezzo im Garten denken, an die langen, schlanken Hände, die mit den Grashalmen gespielt hatten, an die breiten Schultern, die grauen Augen. Er hatte etwas überraschend Anziehendes an sich, als erwarte man, ihn in Abendkleidung oder beim Fußballspielen zu sehen. Er sah so aus wie viele andere Amerikaner, die Serena in den viereinhalb Jahren am Hudson beobachtet hatte, aber er sah viel besser aus als alle, die sie je aus der Nähe gesehen hatte.

Seltsamerweise ähnelten ihre Gedanken den Visionen, die Bradford Fullerton im gleichen Augenblick von ihr hatte. Er sah noch, wie sich die Sonne in ihren Augen spiegelte, als sie ihm die halbe Orange reichte, und er spürte zum ersten Mal seit langer Zeit ein körperliches Sehnen, eine überwältigende Begierde, sein Körper verlangte nach ihr, wie er schon lange nach niemandem verlangt hatte. Einmal hatte er bei Kriegsende eine Woche Heimaturlaub gehabt, und er hatte mit Pattie Stunden der Leidenschaft erlebt, aber er war ihr treu gewesen, seit er zurückgekommen war, und hatte wirklich nie den Wunsch verspürt, sie zu betrügen. Bis jetzt. Er konnte an nichts anderes denken als an Serena, an die Linie ihres Halses, die Grazie ihrer Arme und die unglaublich schmale Taille unter den gestärkten weißen Schürzenbändern. Es war verrückt. Er war mit der schönsten Frau in New York verlobt, und plötzlich erfaßte ihn die Leidenschaft für ein italienisches Dienstmädchen. Aber machte das etwas aus? Er wußte, daß das nicht der Fall war, daß er sie begehrte, und nicht nur körperlich – er wollte mehr von Serena. Er wollte alle ihre Geheimnisse erfahren. Er wollte wissen, was in den tiefen, geheimnisvollen Schatten dieser riesigen grünen Augen lag.

Es kam vor, daß er sekundenlang aus dem Fenster starrte und den Blick nicht von dem Baum wandte, und dann sah er sie wie eine Vision, eine leuchtende Erscheinung, die an dem Baum vorbeiglitt und sich dann in das Gras setzte; das lange Haar wehte hinter ihr in der Brise, fast wie Silber im Mondschein glänzend, das zarte Profil war emporgerichtet, der Nachtluft zugewandt, und ihr Körper in etwas gehüllt, das aussah wie eine Decke; sie streckte die Beine im Gras aus. Er sah, daß ihre Beine und Füße nackt waren, und während er sie betrachtete, spürte er plötzlich, daß sich sein ganzer Körper verkrampfte, während alles in seinem Inneren zu dem geheimnisvollen Mädchen hindrängte. Als hätte er keine Kontrolle über seinen Willen, drehte er sich um und verließ das Zimmer, schloß leise die Tür hinter sich und lief hastig die große Marmortreppe nach unten. Er ging durch die lange, prächtige Halle zu einer Seitentür, von der er wußte, daß sie in den Garten führte, und ehe er sich anders besinnen konnte, war er leise über das Gras gegangen, bis er hinter ihr stand; er schauerte in der Brise, zitternd vor Begierde, und war sich nicht darüber klar, warum er gekommen war. Als ob sie spürte, daß er hinter ihr stand, wandte sie sich um und blickte mit großen, erschrockenen Augen zu ihm empor, sagte aber nichts; er blieb lange stehen, ihre Blicke begegneten einander, sie wartete, dann setzte er sich wortlos neben sie in das Gras.

»Haben Sie mit Ihrem Baum gesprochen?« Seine Stimme klang sanft, während er die Wärme ihres Körpers neben dem seinen fühlte. Er wußte nicht recht, was er ihr sagen sollte, es kam ihm albern vor, aber als er ihr ins Gesicht blickte, bemerkte er, daß es tränenfeucht war. »Serena? Was ist los?« Sie antwortete lange nicht, dann zog sie die Schultern hoch, hob die Handflächen in die Höhe und lächelte verzerrt. Am liebsten hätte er sie in die Arme genommen, aber er wagte es noch nicht. Er war nicht sicher, wie sie es aufnehmen würde. Er war auch noch immer nicht sicher, was er selbst dachte. »Was gibt es?«

Sie seufzte und lehnte, fast ohne zu überlegen, den Kopf an seine Schulter und schloß die Augen. »Manchmal...« Sie sprach in der kühlen Dunkelheit leise. »Manchmal ist es sehr einsam... nach einem Krieg.« Ihr Blick bohrte sich in seine Augen. »Es gibt niemanden. Keinen Menschen mehr.«

Er nickte und bemühte sich, ihren Schmerz zu verstehen. »Es muß sehr schwer sein.« Dann konnte er den Fragen nicht mehr widerstehen, die seine Gedanken ständig quälten. »Wie alt sind Sie, Serena?«

»Neunzehn.« Ihre Stimme klang samtweich. Und dann mit leisem Lächeln: »Und Sie?«

Er lächelte ebenfalls. »Vierunddreißig.« Er wußte nicht genau, warum, aber plötzlich hatte er das Gefühl, daß sie ihn jetzt als Freund akzeptierte. Es war, als ob sich an jenem Nachmittag ihre Stellung zueinander geändert hätte. Sie hob den Kopf von seiner Schulter, und er stellte fest, daß ihm der sanfte Druck fehlte, und empfand mehr denn je eine verzweifelte Begierde nach ihr, während seine Augen an ihren Lippen, ihren Augen und ihrem Gesicht hingen. »Serena...« Er wußte nicht, wie er es ausdrücken sollte, oder was er ihr mitteilen wollte, aber er war sicher, daß er über seine Gefühle sprechen mußte.

»Ja, Major?«

Er lachte. »Um Himmels willen, nennen Sie mich nicht so.« Genauso schalt sie Marcella, wenn sie sie Principessa nannte, und sie lachte auch.

»Also gut, wie soll ich Sie dann nennen? Sir?« Nun hänselte sie ihn und war plötzlich mehr Frau als Mädchen.

Er blickte lange auf sie hinunter mit einem freundlichen Lächeln in den dunkelgrauen Augen, dann flüsterte er: »Ja... vielleicht nennen Sie mich Sir.« Doch bevor sie antworten konnte, hatte er sie in die Arme genommen und sie mit einer Sehnsucht, einem Verlangen und einer Leidenschaft geküßt, die für ihn neu waren. Sein ganzer Körper preßte sich an sie, seine Arme hielten sie umschlungen, und er wollte seinen Mund nie mehr von dem ihren nehmen, während ihre Lippen den seinen nachgaben und ihre Zungen zwischen seinem Mund und dem ihren umhertanzten. Er war fast außer Atem vor Verlangen, als er sich endlich langsam von ihr löste, und sie in seinen Armen mit einem sanften Seufzer zu vergehen schien. »Ach, Serena...« Ohne mehr zu sagen, küßte er sie wieder, und diesmal war es Serena, die nach Luft schnappte. Sie schüttelte langsam den Kopf, als wollte sie den Zauber vertreiben, und blickte ihn traurig im Mondlicht an.

»Wir sollten das nicht tun, Major... wir dürfen es nicht.«

»Warum nicht?« Er war nicht sicher, ob sie unrecht hatte, aber er wußte, daß er nicht aufhören wollte. »Serena...« Er wollte ihr sagen, daß er sie liebte, aber das war ja verrückt. Wie konnte er sie lieben? Er kannte sie kaum. Dennoch wußte er, daß zwischen ihm und diesem Mädchen eine besondere Beziehung bestand.

»Nicht.« Sie hob die Hand, und er küßte die zarten Finger. »Es ist nicht recht. Sie haben Ihr eigenes Leben. Das ist der Zauber, den Rom ausübt«, sagte sie mit betrübtem Lächeln. Sie hatte die Fotos von Pattie Atherton in seinem Schlafzimmer und auf seinem Schreibtisch gesehen.

Doch der Major dachte nur an Serena, während er ihr bezauberndes Gesicht im Mondschein betrachtete und sie sanft auf die Lippen küßte, ehe er den Kopf hob, um sie wieder anzusehen. Sie wußte nicht genau, warum sie ihn gewähren ließ, doch es war ihr, als ob sie es tun müßte, als ob sie von Anfang an gewußt hätte, wie es enden würde. Aber es war verrückt... ein Amerikaner... ein Soldat? Wohin sollte das führen? Sie zuckte bei dem Gedanken zusammen.

»Warum hast du heute abend geweint, Serena?«

»Ich habe es dir gesagt. Ich fühlte mich einsam. Ich war traurig.« Und dann: »Ich dachte darüber nach –« Sie wußte nicht, wie sie es ausdrücken sollte. Es gab ihre Welt nicht mehr. »Über Dinge, die es nicht mehr gibt.«

»Zum Beispiel? Sag es mir.« Er wollte alles über sie wissen. Warum sie lachte, warum sie weinte, wen sie liebte, wen sie haßte und warum.

Sie seufzte. »Wie soll ich dir erklären, wie es war? Eine verlorene Welt... eine andere Zeit, voller schöner Damen und gutaussehender Herren...« Der Major beobachtete sie und sah, daß ihre Augen von Tränen glänzten.

»Nicht, Serena.« Er zog sie in die Arme und hielt sie fest, während ihr die Tränen langsam über das Gesicht liefen.

»Es tut mir leid.«

»Mir auch. Es tut mir leid, daß es dir zugestoßen ist.« Dann lächelte er bei dem Gedanken an das Märchen, daß sie Marcellas Nichte sei. Das stimmte kaum mit ihrer »verlorenen Welt voller schöner Damen und gutaussehender Herren« überein. Sie war etwas Besonderes und reizend, und er begehrte sie mehr, als er jemals irgendeine Frau begehrt hatte, sogar jene Frau, mit der er verlobt war. Er verstand nicht, warum es so gekommen war, aber es war nun einmal so, und fast hätte er es ihr doch gesagt, wie sehr er sie liebte. Er fühlte es, als sie sich im Mondschein aneinanderschmiegten, und als Serena seine Arme um sich fühlte, wußte sie es auch. Dann küßte er sie wieder, lang und innig, voll Leidenschaft und Begierde. Ohne ein weiteres Wort stand er dann auf, zog sie in die Höhe, küßte sie wieder und führte sie langsam zur Hintertür. Dort verließ er sie mit einem letzten Kuß, sprach dabei aber kein Wort. Er wagte nicht, etwas zu sagen. Serena sah ihn lange an, bevor sie in der Dienstbotenwohnung verschwand, die sie mit Marcella teilte, und leise die Tür hinter sich schloß.

7

In den nächsten Tagen stand Major B. J. Fullerton Qualen aus, während er, ohne etwas zu denken oder zu sehen, seinen Pflichten nachging, und Serena sich wie eine Schlafwandlerin bewegte. Sie verstand nicht, was zwischen ihr und dem Major vorgefallen war, und sie war keineswegs sicher, ob sie wollte, daß es sich wiederholte. Jahrelang hatte sie Krieg, Soldaten, Uniformen, jede Armee gehaßt, und dennoch hatte sie plötzlich in den Armen des Majors gelegen und sich nur ihn gewünscht. Und was wollte er von ihr? Sie kannte die Antwort auf diese Frage oder glaubte sie zu kennen, und es machte sie jedesmal zornig, wenn sie an das Foto der New Yorker Debütantin neben seinem Bett dachte. Er wollte mit seinem italienischen Dienstmädchen schlafen, eine unbedeutende Affäre in der Nachkriegszeit haben, und doch erinnerte sie sich an seine Liebkosungen und seine Küsse unter dem Weidenbaum und wußte, daß sie mehr von ihm erwartete. Es war schwer zu entscheiden, wer von den beiden unglücklicher aussah, während sie, von allen beobachtet, aber nur von zwei Personen verstanden, ihren Pflichten nachgingen. Die Ordonnanz des Majors, Charlie Crockman, hatte zwei Tage später einen vielsagenden Blick mit Marcella gewechselt, doch die beiden hatten nichts gesagt. Der Major brüllte alle an, brachte nichts weiter, verlegte zwei Ordner voll nicht besonders wichtiger Akten und fand sie wieder, während er tobte. Serena wachste fast vier Stunden ein Fleckchen Fußboden und ließ dann, als sie wegging, alle Tücher und Bürsten an einer Tür liegen; sie sah durch Marcella hindurch und ging zu Bett, ohne zu Abend zu essen.

Sie hatten seit der Nacht unter dem Weidenbaum kein einziges Mal miteinander gesprochen. Am nächsten Morgen hatte Serena gewußt, daß ihre Liebe hoffnungslos war, und der Major hatte sich in Schuld- und Angstgefühlen verzehrt. Er war sicher, daß Serena in jeder Hinsicht unschuldig und bestimmt noch Jungfrau war, und das Mädchen hatte zu viel durchgemacht, um zu ihrem Leid auch noch eine Affäre mit einem Soldaten hinzuzufügen. Außerdem mußte er an seine Verlobte denken. Aber seine Gedanken waren jeden Morgen und jeden Abend und in den zwölf Stunden dazwischen nicht von Pattie erfüllt, das war das Problem. Jeden Augenblick sah er nur Serena vor sich, aber erst am Sonntagmorgen, als er sie unten in Marcellas Gemüsegarten arbeiten sah, fand er, daß er es nicht länger ertragen konnte und mit ihr sprechen, zumindest versuchen mußte, die Dinge zu klären, bevor er vollkommen verrückt wurde.

Er lief in der Khakihose und einem hellblauen Pullover nach unten, die Hände in den Taschen vergraben; sie war erstaunt, als sie ihn erblickte, richtete sich auf und strich sich das Haar aus der Stirn.

»Ja, Major?« Einen Augenblick lang glaubte er eine Anklage aus ihrem Tonfall herauszuhören, aber gleich darauf lächelte sie, und er strahlte; er wußte, daß er verdammt froh war, sie zu sehen, daß es ihm gleichgültig war, ob sie ihm nun all ihre Gartengeräte an den Kopf warf. Er mußte mit ihr sprechen. Es war eine Qual gewesen, ihr in den letzten vier Tagen auszuweichen.

»Ich wollte mit dir sprechen, Serena.« Und dann fast verlegen: »Bist du beschäftigt?«

»Ein wenig.« Sie sah plötzlich sehr erwachsen aus, als sie die Geräte beiseite legte und aufstand, während ihre grünen Augen in die seinen blickten. »Aber nicht sehr. Wollen wir uns dort drüben hinsetzen?« Sie wies auf eine kleine schmiedeeiserne Bank, deren Farbe abgeblättert, die aber sonst noch hübsch war und aus besseren Zeiten stammte. Sie war erleichtert, daß sie jetzt mit ihm sprechen konnte, während so gut wie niemand in der Nähe war, um sie dabei zu beobachten. Alle Ordonnanzen hatten sonntags frei, Marcella war in die Kirche gegangen und wollte dann eine Freundin besuchen. Nur Serena war zu Hause geblieben, um im Garten zu arbeiten, sie war schon am frühen Morgen in der Kirche gewesen. Auf dem Gehsteig vor dem Haus standen die üblichen zwei Wachtposten, aber sonst waren sie allein.

Der Major folgte ihr ruhig zu der kleinen Bank, und sie setzten sich nebeneinander. Er zündete eine Zigarette an und starrte in die Weite, auf die Hügel... »Verzeih mir, Serena, ich glaube, ich habe mich diese Woche schlecht benommen. Ich muß ein wenig verrückt gewesen sein.« Die grauen Augen blickten aufrichtig in die ihren, und sie nickte.

»Ich auch. Ich habe nicht verstanden, was geschehen ist.«

»Warst du böse?« Das hatte er sich vier Tage lang gefragt. Oder hatte sie Angst? Daß er Angst hatte, wußte er, nicht aber, warum.

»Manchmal war ich böse.« Sie lächelte, dann seufzte sie. »Und manchmal war ich es nicht. Ich hatte Angst... war verwirrt... und...« Sie sah ihn an, sagte aber nichts weiter, und wieder verspürte er das überwältigende Verlangen, sie an Ort und Stelle, unter den Bäumen in der Herbstsonne, auf dem Gras, zu besitzen. Er schloß die Augen, als hätte er Schmerzen, und Serena berührte seine Hand. »Was gibt es, Major?«

»Alles ist durcheinander.« Langsam schlug er die Augen auf. »Ich begreife nicht, was ich fühle... was geschehen ist...« Und dann plötzlich erkannte er mit letzter Klarheit, mit seiner ganzen Seele und seinem gesamten Wesen, daß er nicht länger dagegen ankämpfen konnte. »Ich liebe dich. O Gott...« Er zog sie an sich. »Ich liebe dich.« Seine Lippen fanden die ihren, auch sie fühlte das Verlangen in sich aufsteigen, aber es war mehr als das. Es war das stille Sehnen, für immer die Seine zu werden, ein Teil von ihm zu sein, um ein Ganzes zu werden. Es war, als hätte sie hier, in ihrem Elternhaus, in ihrem Garten, ihre Zukunft gefunden, als hätte sie von Anbeginn an zu diesem großen blonden amerikanischen Major gehört, als wäre sie für ihn geboren worden.

»Ich liebe dich auch.« Es war nur ein Flüstern, aber sie lächelte, als sie es sagte, und es standen Tränen in ihren Augen.

»Willst du mit mir ins Haus kommen?« Sie wußte, was er damit sagen wollte, aber er wollte sie nicht überrumpeln, auf die Arme nehmen und ins Haus tragen. Sie sollte wissen, was sie tat. Er wollte, daß auch sie es wünschte.

Sie nickte und stand auf, das Gesicht ihm zugewandt, die Augen größer, als er sie jemals bei einem Menschen gesehen hatte; er ergriff feierlich ihre Hand, dann schritten sie zusammen durch den Garten, und Serena hatte das seltsame Gefühl, als hätten sie eben geheiratet... Willst du diesen Mann...? Ja... Sie hörte den Klang ihrer Stimme zutiefst in ihrer Seele, während sie gemeinsam die Treppe nach oben stiegen; er schloß die Tür hinter ihr, als sie eingetreten waren. Dann legte er den Arm um ihre Taille, und sie gingen zusammen über die Haupttreppe zu dem Schlafzimmer, das einmal ihrer Mutter gehört hatte; als sie auf der Schwelle standen, begann sie zu zittern, den Blick auf das riesige Himmelbett gerichtet, die Augen in Erinnerung und Angst weit aufgerissen.

»Ich – ich kann nicht...« Es war kaum mehr als ein Flüstern und er nickte. Wenn sie nicht konnte, würde er sie nicht zwingen, er wollte sie nur im Arm halten, sie liebkosen, sie spüren, berühren und seine Lippen auf ihr köstlich frisches Fleisch drücken.

»Du mußt nicht, mein Liebling... nie... ich werde dich nicht dazu zwingen... ich liebe dich...« Diese Worte stammelte er in die zarte Seide ihres Haares, während seine Lippen zu ihrem Hals und auf ihre Brüste hinunterwanderten und er mit den Lippen ihr dunkles Baumwollkleid zur Seite schob, jeden Zoll ihres Körpers genoß und sie kostete wie Nektar, während seine Zunge überallhin wanderte, und sie leise zu stöhnen begann. »Ich liebe dich, Serena... ich liebe dich...« Es war keine Lüge, er liebte und begehrte sie, wie er noch keine Frau zuvor geliebt hatte; dann vergaß er, was sie in der Tür gesagt hatte, hob sie sanft auf und legte sie auf sein Bett; langsam zog er sie aus, und sie wehrte sich nicht; ihre Hände suchten und faßten und streichelten, bis er das kraftvolle Anschwellen seiner sinnlichen Lust spürte und sich kaum mehr zurückhalten konnte. »Serena«, flüsterte er heiser, »ich begehre dich, mein Liebling... ich will dich...« Aber es lag auch eine Frage in seinen Worten, und er beobachtete ihr Gesicht, während ihr Blick den seinen suchte; sie nickte, und dann zog er sie vollkommen aus, so daß sie nackt vor ihm lag. Er riß sich die Kleider vom Leib, lag gleich darauf neben ihr und hielt sie fest an sich gedrückt. Dann schob er sich, zuerst sanft, dann immer leidenschaftlicher in sie hinein, bis sie vor Schmerz aufschrie, und er stieß weiter, weil er wußte, daß es nun vollendet werden mußte; dann war der Schmerz vorüber, sie klammerte sich an ihn, und er begann, sich kunstvoll zu bewegen, während er sie vorsichtig die Wunder der Liebe lehrte; sie liebten einander mit großer Zärtlichkeit, bis sie plötzlich den Rücken wölbte und aufschrie, aber nicht vor Schmerz. Dann ließ er sich hemmungslos gehen, bis er spürte, wie ihn heißes Gold durchströmte, bis er in einem juwelenübersäten Himmel zu schweben schien. So klammerten sie sich aneinander, schwebten eine Ewigkeit dahin, bis sie neben ihm lag, schön wie ein Schmetterling, der in seinen Armen gelandet war.

»Ich liebe dich, Serena.« Mit jedem Moment, der verging, erhielten die Worte eine tiefere Bedeutung, und diesmal wandte sie sich ihm mit dem Lächeln einer Frau zu und küßte ihn, während ihre Hände ihn zärtlich streichelten. Es schien Stunden zu dauern, bevor er sich dazu aufraffen konnte, sich von ihr zu lösen; er lag in dem riesigen, schönen Bett, auf einen Ellbogen gestützt und lächelte dieser unwahrscheinlichen Mischung von Frau und Kind zu. »Hallo.« Er sagte es so, als hätte er sie eben erst kennengelernt, und sie sah zu ihm hinauf und lachte. Sie lachte über seinen Gesichtsausdruck, über das, was er eben gesagt hatte, und über die Geister, die sie vertrieben hatten, nicht mit Gewalt, aber sicherlich entschieden, während sie im Bett ihrer Mutter lag und zu dem blauen Seidenbaldachin nach oben sah, der sie an den Sommerhimmel erinnerte. »Es ist hübsch, nicht wahr?« Er sah nach oben auf den himmelblauen Satin, dann lächelte er ihr wieder zu, aber sie grinste seltsam, und ihr Lachen war das eines mutwilligen Kindes.

»Ja.« Sie küßte seine Nasenspitze. »Es war immer schon hübsch.«

»Was?« er sah verwirrt aus.

»Dieses Bett. Dieses Zimmer.«

»Warst du oft mit Marcella hier?« Er stellte die Frage in aller Unschuld, und Serena konnte sich das Lachen nicht verbeißen. Sie mußte es ihm jetzt gestehen. Sie mußte einfach. Sie waren im Garten heimlich von freundlichen Geistern getraut worden und hatten ihre Ehe im Bett ihrer Mutter vollzogen. Es war an der Zeit, ihm die Wahrheit zu sagen.

»Ich kam nicht mit Marcella hierher.« Sie senkte kurz den Kopf, ergriff seine Hände und fragte sich, wie sie es ihm beibringen solle. Dann blickte sie ihm wieder in die Augen. »Ich habe hier gelebt, Major.«

»Könntest du mich vielleicht jetzt Brad nennen? Oder ist das zuviel verlangt?« Er küßte sie, und sie lächelte, während sie ihn wegschob.

»Also gut, Brad.«

»Was meinst du damit, daß du hier gelebt hast? Mit Marcella und deinen Leuten? Hat deine ganze Familie hier gearbeitet?«

Sie schüttelte feierlich, mit ernstem Gesichtsausdruck den Kopf. Dann setzte sie sich im Bett auf, zog die Laken um sich und hielt die Hand ihres Geliebten fest. »Das hier war das Zimmer meiner Mutter, Brad. Und dein Büro war mein Zimmer. Das war –« Ihre Stimme war so leise, daß er sie kaum hören konnte. »Deshalb kam ich damals in der Nacht dorthin. Das erste Mal, als ich dich sah... nachts in der Dunkelheit...« Ihre Augen bohrten sich in die seinen, und er starrte sie verwundert an.

»Oh, mein Gott. Wer bist du denn?« Sie antwortete lange nicht.
»Du bist nicht Marcellas Nichte.« Er grinste. Das hatte er längst geahnt.

»Nein.« Wieder folgte eine lange Pause, dann holte Serena tief Atem, sprang aus dem Bett und machte einen tiefen, ehrerbietigen Knicks vor ihm. »Ich habe die Ehre, die Principessa Serena Alessandra Graziella di San Tibaldo zu sein...« Sie erhob sich aus dem Knicks und stand in voller Eleganz und Schönheit nackt im Zimmer ihrer Mutter vor ihm, während Brad Fullerton sie verwundert anstarrte.

»Was bist du?« Aber er hatte es gehört. Während sie ihren Namen zu wiederholen begann, hob er schnell die Hand und fing an zu lachen. Das also war das italienische »Dienstmädchen«, dessen Verführung ihm solche Sorgen bereitet hatte, Marcellas »Nichte«. Es war wundervoll, vollkommen verrückt, herrlich unüberlegt, und er konnte nicht aufhören zu lachen, während er Serena ansah, und sie lachte auch, doch endlich lag sie im Bett ihrer Mutter wieder in seinen Armen, und er wurde nachdenklich. »Was für ein merkwürdiges Leben ist das für dich, mein Liebling, daß du hier wohnst und für die Armee arbeitest.« Er dachte an die Arbeit, die sie im letzten Monat hatte verrichten müssen, und das Ganze erschien ihm nicht mehr so komisch. Eigentlich schien es ihm entsetzlich grausam.

»Wie zum Teufel ist denn das alles passiert?« Sie erzählte es ihm von Anfang an, wie es gewesen war, von der Meinungsverschiedenheit zwischen ihrem Vater und Sergio, dem Tod ihrer Eltern, der Zeit in Venedig, ihrer Flucht in die Vereinigten Staaten und ihrer Rückkehr. Sie sagte ihm auch die Wahrheit, daß sie nichts besaß, daß sie nichts mehr war, nur ein Dienstmädchen im Palazzo. Sie hatte kein Geld, keinen Besitz, nichts, außer der Geschichte ihrer Familie, ihren Vorfahren und ihrem Namen. »Du hast bedeutend mehr als das, mein Liebling.« Er sah sie liebevoll an, während sie nebeneinander auf dem Bett lagen. »Du hast eine magische Gabe, eine besondere Grazie, die nur wenige Menschen besitzen. Wo immer du bist, Serena, wird sie dir sehr nützlich sein. Du wirst immer aus der Menge herausragen. Du bist etwas Besonderes, Marcella hat recht. Du bist eine Principessa,... eine Fürstin... das begreife ich jetzt.« Für ihn war es die Erklärung ihres Zaubers. Sie war eine Fürstin... seine Fürstin... seine Königin. Er blickte sie mit solcher Zärtlichkeit an, daß ihr beinahe Tränen in die Augen traten.

»Warum liebst du mich, Major?« Sie sah seltsam alt, weise und zugleich traurig aus, als sie das fragte.

»Ich habe es auf dein Geld abgesehen.« Er lächelte ihr zu und sah sehr gut aus, jünger als er wirklich war.

»Das dachte ich mir. Glaubst du, daß ich genug habe?«

»Wieviel hast du?«

»Ungefähr zweiundzwanzig Dollar vom letzten Zahltag.«

»Ausgezeichnet. Ich nehme dich. Genau das brauche ich.« Aber er küßte sie schon, und sie wollten beide vorerst etwas anderes. Und nachdem sie sich wieder geliebt hatten, hielt er sie umschlungen und sagte nichts, er dachte daran, was sie durchgemacht hatte, wie weit sie gereist war, nur um nach Hause zu kommen, zurück in den Palazzo, in dem er sie, Gott sei Dank, gefunden hatte. Und nun würde er sie niemals fortlassen. Doch während er über Serena nachdachte, schweiften seine Augen zu dem silbergerahmten Foto der lächelnden, dunkelhaarigen Frau auf der Marmorplatte des Nachttischchens. Als ob Serena spürte, wohin er blickte, wandte sie sich zu Patties Foto um, das ihnen beiden zulächelte. Sie sagte nichts, aber sie richtete den Blick auf den Major, es lag eine Frage darin, und er schüttelte leise seufzend den Kopf. »Ich weiß es nicht, Serena. Darauf habe ich noch keine Antwort.« Sie nickte verständnisvoll, aber dann plötzlich besorgt. Wenn sie ihn verlor? Und sie wußte, es würde so kommen. Die andere Frau gehörte zu seiner Welt, Serena aber nicht und würde ihr vielleicht nie angehören können.

»Liebst du sie?« Serenas Stimme klang sanft und traurig.

»Ich glaubte es. Sogar sehr.« Serena nickte und schwieg, und er nahm ihr Kinn in seine Hand, so daß sie ihn wieder ansah. »Ich werde dir immer die Wahrheit sagen, Serena. Ich werde dir nichts verbergen. Diese Frau und ich, wir sind verlobt, und ich habe keine Ahnung, was ich tun werde. Aber ich liebe dich. Ich liebe dich aufrichtig, wirklich. Ich wußte es in der ersten Minute, in der ich dich in der Dunkelheit auf den Zehenspitzen durch mein Büro schleichen sah.« Sie lächelten beide, als sie sich daran erinnerten. »Ich muß mir das alles genau überlegen. Ich liebe sie nicht so, wie ich dich liebe. Ich liebte sie als Teil einer vertrauten, angenehmen Welt.«

»Aber ich gehöre nicht zu dieser Welt, Brad.«

»Das spielt für mich keine Rolle. Du bist du.«

»Und deine Familie? Werden sie sich auch damit zufriedengeben?« Ihre Augen sagten, daß sie es bezweifelte.

»Sie haben Pattie sehr gern. Aber das bedeutet gar nichts.«

»Wirklich nicht?« Serena versuchte, schnippisch auszusehen, als sie aus dem Bett glitt, aber er zog sie zurück.

»Nein. Ich bin vierunddreißig. Ich muß mein Leben führen, Serena, nicht das ihre. Wenn ich ihr Leben führen wollte, wäre ich schon aus der Armee ausgetreten und würde für einen Freund meines Vaters in New York arbeiten.«

»Und was tun?« Plötzlich empfand sie unersättliche Neugierde in bezug auf ihn.

»Höchstwahrscheinlich in einer Bank. Oder ich würde für ein politisches Amt kandidieren. Meine Familie beschäftigt sich in den Vereinigten Staaten sehr mit Politik.«

Sie seufzte müde, mit einem zynischen Lächeln in den Augen. »Meine Familie beschäftigte sich hier sehr mit Politik.« Sie blickte ihn besorgt, weise und mit der Andeutung von Lachen an, und er war froh, daß sie die Ironie der Situation erfaßt hatte. »Dort drüben ist es ein wenig anders.«

»Das hoffe ich. Willst du das? In die Politik gehen?«

»Vielleicht. Um dir die Wahrheit zu sagen, ich würde lieber in der Armee bleiben. Ich habe an eine militärische Karriere gedacht.«

»Was halten sie davon?« Als hätte sie sofort gespürt, welch große Macht sie über ihn ausübten oder auszuüben versuchten. Und es gab Zeiten, da war es ein erbitterter Kampf. »Gefallen ihnen deine Pläne?«

»Nein. Aber so ist das Leben. Und es ist mein Leben. Und ich liebe dich. Das darfst du nie vergessen. Ich treffe meine Entschlüsse selbst.« Er warf wieder einen Blick auf das Foto. »Auch diesbezüglich. *Capisci?*«

Sie grinste über sein Italienisch mit amerikanischem Akzent. *»Capito.«*

»Gut.« Er küßte sie, und bald darauf liebten sie sich wieder leidenschaftlich.

8

»Was hast du?« Marcella sah sie vollkommen verwirrt an. Serena fürchtete einen Augenblick, sie könnte ohnmächtig werden.

»Reg dich um Himmels willen nicht auf. Ich habe es ihm gesagt. Das ist alles.«

»Du hast es dem Major erzählt?« Marcella sah aus, als würde sie einen Nervenzusammenbruch bekommen. »*Was* hast du ihm erzählt?«

»Alles. Über meine Eltern. Über dieses Haus.« Serena versuchte, gleichmütig zu wirken, aber es gelang ihr nicht, und sie brach in ein nervöses Lachen aus.

»Was hat dich dazu veranlaßt?« Die alte Frau betrachtete sie forschend. Sie hatte recht gehabt, Serena hatte sich in den gutaussehenden Amerikaner verliebt. Nun blieb ihr nichts anderes übrig, als zu hoffen, daß er sie heiraten würde, und da sie gewohnt war zu beobachten, schloß sie aus den Einzelheiten, daß er gut erzogen war, vermutlich aus begütertem Haus stammte, und sie war schon lange zur Überzeugung gelangt, daß er ein sehr netter junger Mann war.

»Ich habe es eben getan, sonst nichts. Wir haben uns unterhalten, und ich fand es unehrlich, ihm nicht die Wahrheit zu sagen.« Marcella nickte ernst und tat so, als glaube sie die Geschichte.

»Was hat er gesagt?«

»Nichts.« Sie lächelte in sich hinein..., daß er mich liebt... »Ich glaube nicht, daß er sich etwas aus dem Titel macht. Zum Teufel«, sagte sie und grinste Marcella an, »ich bin für ihn immer noch das Dienstmädchen vom oberen Stock.«

»Wirklich?« Cella beobachtete ihre Reaktionen. »Bist du nicht mehr für ihn, Serena?«

»Natürlich. Nun ja... ich nehme an, wir sind jetzt Freunde...«

»Liebst du ihn, Serena?«

»Ob ich... also das...« Sie begann zu stammeln, dann ließ sie die Maske fallen und nickte langsam. »Ja, ich liebe ihn.« Die alte Frau ging zu Serena und nahm sie in die Arme.

»Liebt er dich auch?«

»Ich glaube es. Aber das bedeutet nichts, Cella. Ich darf die Augen vor der Wahrheit nicht verschließen. Er ist hier, es ist das romantische Rom – der Krieg. Eines Tages wird er zurückfahren – in die Welt, in der er zu Hause ist.«

»Er wird dich mitnehmen.« Die alte Frau sagte es voller Stolz.

»Das glaube ich nicht. Und wenn er es täte, geschähe es aus Mitleid. Er täte es deshalb, weil es ihm leid täte, mich hier zu lassen.«

»Gut. Dann fahr' mit ihm.«

»So einfach ist das nicht.«

»Doch, wenn du es willst. Willst du es? Liebst du ihn genug, um mit ihm zu gehen?«

»Natürlich. Aber darum geht es nicht. Er führt dort sein Leben, Cella. Er ist nicht der Mann, der eine Kriegsbraut nach Hause mitbringt...«

»Kriegsbraut!« Marcella sprang auf. »Kriegsbraut? Bist du verrückt? *Sei pazza?* Du bist eine Principessa, oder hast du das vergessen? Hast du vergessen, es ihm zu sagen?«

»Doch, ich habe es ihm gesagt. Aber das ist nicht alles. Ich besitze nichts, Cella. Nicht mehr. Gar nichts. Kein Geld, nichts. Was wird seine Familie denken, wenn er mit mir heimkommt?« Sie war hinsichtlich ihrer Lage über Nacht weise geworden, aber Marcella wollte nichts davon hören.

»Sie werden denken, daß er Glück gehabt hat.«

»Vielleicht.« Aber Serena glaubte es nicht. Sie konnte noch hören, wie er sagte, »Meine Familie mag Pattie sehr«. Würden sie auch sie mögen? Es schien ihr unwahrscheinlich. Sie ging hinaus in den Garten, und Marcellas Blicke folgten ihr.

Für Serena war der Oktober ein Traummonat. Sie und Brad hatten ihre Beziehung unglaublich präzise organisiert; er ging jeden Abend nach dem Essen auf sein Zimmer, während Serena in dem ihren wartete. Wenn Marcella zu Bett ging, hatten sich die Ordonnanzen für gewöhnlich schon zurückgezogen, Serena schlich auf Zehenspitzen in den Haupttrakt des Hauses und stieg geräuschlos die Marmortreppe zu seinem Schlafzimmer nach oben; dort erwartete er sie, erzählte alles mögliche, lustige Geschichten, zeigte ihr manchmal einen Brief von seinem jüngeren Bruder, sie tranken Weißwein oder Champagner, aßen Süßigkeiten oder er zeigte ihr Fotos, die er am vergangenen Wochenende von ihr gemacht hatte und die sie gemeinsam ansahen. Eine Weile später kam dann das Wunder ihrer

Liebe, die unendlichen Entdeckungen und Glückseligkeiten, die sie in seinen Armen fand. Die Fotos von Pattie waren inzwischen in sein Büro verbannt worden, und sie sah sie nun nie mehr. Sie verbrachten die Nächte behaglich in seinem Bett, dann standen sie kurz vor dem Hauspersonal, knapp vor sechs Uhr morgens auf. Sie blieben noch einen Augenblick beisammen, dann ging sie nach einem letzten Kuß, einer letzten Liebkosung, einer Umarmung zurück in ihr Zimmer, und sie begannen ihr Tagwerk.

Als Serena eines Tages gegen Ende Oktober zu ihm kam, fand sie ihn fassungslos und unsicher vor. Er wirkte nervös, als ihn Serena umarmte, und als sie eine diesbezügliche Bemerkung machte, schien er sie nicht zu hören.

»Was?« Er hatte mit abwesender Miene in den Kamin gestarrt und blickte jetzt von dem Stuhl, auf dem er saß, zu ihr hoch. »Verzeih mir, Serena. Was hast du gesagt?«

»Daß du dir über etwas Sorgen zu machen scheinst, Liebster.«

»Eigentlich nicht. Ich bin nur zerstreut.« Nun wußte sie, daß er sowohl intelligent als auch zartfühlend war. Manchmal allzu sehr. Er war ein Mann, dessen größte Tugend das Mitgefühl war, und er bemühte sich immer, seine Leute zu verstehen und ihnen zu helfen. Er war nie herzlos. Nie gleichgültig.

»Was lenkt dich ab, B. J.?« Er lächelte über den Spitznamen, den seine Leute verwendeten. Serena gebrauchte ihn selten. Wenn sie ihn neckte, nannte sie ihn Major. Sonst nannte sie ihn Brad.

Er sah sie nachdenklich an, dann wurde ihm klar, daß er es ihr beibringen mußte. »Serena...« Ihr blieb das Herz stehen, als sie hörte, wie er es sagte. Sie wußte, was kommen würde. Er verließ Rom. »Ich erhielt heute morgen ein Telegramm.« Sie schloß die Augen, während sie zuhörte, und kämpfte gegen ihre Tränen. Sie wußte, daß sie tapfer sein mußte, aber innerlich war sie erstarrt. Zitternd öffnete sie die Augen wieder und sah, wie sich ihr schmerzlicher Ausdruck in den seinen spiegelte.

»Also, Liebste, so schlimm ist es gar nicht. Es handelt sich um Pattie. Sie kommt herüber. Ich weiß nicht genau, warum. Sie sagt, die Reise sei ein Geburtstagsgeschenk ihres Vaters. Offen gestanden glaube ich, daß sie sich Gedanken macht. Ich habe in letzter Zeit nicht viel geschrieben, und sie rief neulich morgens hier an, unmittelbar nachdem... ich weiß nicht. Ich konnte nicht mit ihr sprechen.« Er stand auf und ging langsam durch das Zimmer, sein Blick war fahrig und unsicher. »Ich konnte ihr die Worte nicht sagen, die sie sich von mir erwartete.« Dann blickte er Serena an. »Ich konnte ihr nichts vorspielen, Serena. Ich weiß nicht. Ich bin mir nicht klar, was ich tun soll. Wahrscheinlich hätte ich ihr vor Wochen schreiben und die Verlobung lösen sollen, aber –« Er sah verzweifelt unglücklich aus. »Ich war mir nicht sicher.«

Serena nickte, sie spürte, wie der Schmerz wie ein Messer durch sie schnitt. »Du liebst sie noch, nicht wahr?« Es war mehr eine Feststellung als eine Frage, und B. J. blickte sie wieder gequält an.

»Ich bin mir nicht sicher. Es ist Monate her, seit ich sie gesehen habe, und das wirkt heute so unwirklich. Ich war zum ersten Mal seit drei Jahren zu Hause. Unsere Beziehung war so ungestüm und romantisch, und unsere Familien ermutigten uns so sehr. Es war wie in einem Film, ich bin nicht überzeugt, daß es etwas mit dem wirklichen Leben zu tun hat.«

»Aber du wolltest sie doch heiraten.«

Er nickte langsam. »Alle erwarteten es.« Er wußte, daß er aufrichtig sein mußte. »Ich wollte es auch. Damals schien es mir das einzig Mögliche zu sein. Aber jetzt...«

Serena schloß einen Augenblick die Augen, dann sah sie ihn wieder an, nicht erzürnt, eher bekümmert. Sie wußte, daß sie gegen die hübsche, dunkelhaarige Frau nicht kämpfen konnte. Die andere hatte ihn schon gewonnen. Und Serena war niemand. Nur das Dienstmädchen für das obere Stockwerk, wie sie zu Marcella gesagt hatte. Das Häßliche an der Sache war, daß es stimmte.

»Ich weiß, was du denkst.« Er sagte es kläglich, während er sich in einen Stuhl am Fenster fallen ließ und mit der Hand durch sein schon zerrauftes gewelltes Haar fuhr. »Serena, ich liebe dich.«

»Und ich liebe dich auch. Aber ich verstehe auch, daß unsere Liebe sehr romantisch und wundervoll ist, Brad, doch sie ist nicht realistisch. Dieses Mädchen, ihre Familie, sie kennen dich. Du kennst sie. Das ist der Kreis, in dem sich dein Leben abspielt. Was kann die Beziehung zwischen uns wirklich sein? Eine einmalige Erinnerung? Ein zärtlicher Augenblick?« Sie zog die Schultern hoch. »Es ist beinahe wie in einem Film. Es wiegt nichts im wirklichen Leben. Du kannst mich nicht zu dir nach Hause mitnehmen. Wir können nicht heiraten. Sie ist die Frau, die du heiraten sollst, und du weißt es.« Ihre Augen füllten sich mit Tränen, und sie wandte sich ab, während er zu ihr trat und sie in seine Arme zog.

»Wenn ich aber nicht will?«

»Du mußt. Du bist mit ihr verlobt.«

»Ich könnte die Verlobung lösen.« Der Haken daran war, daß er nicht sicher war, ob er es wirklich wollte. Er liebte dieses Mädchen. Aber er hatte auch Pattie geliebt. Und er war so stolz, so angeregt, so hochgestimmt gewesen. Fühlte er sich auch jetzt so? Empfand er das gleiche für Serena? Nein, es war nicht Erregung, es war etwas anderes, etwas Stilles. Er fühlte sich ihr gegenüber als Beschützer und zärtlicher Liebhaber, manchmal fast wie ein Vater. Er wollte immer für sie da sein. Und er wußte auch, daß er wollte, daß sie ihn am Ende jeden Tages erwartete. Oft sagte sie Dinge, die ihm später halfen. Sie verlieh ihm eine Kraft, die von Pattie nicht ausging. Sie hatte Schmerz und Verlust überlebt, und es hatte sie stärker gemacht, und diese Stärke teilte sie mit ihm. An ihrer Seite hatte er das Gefühl, Berge versetzen zu können, in ihren Armen empfand er eine Leidenschaft, die er nie zuvor gekannt hatte. Aber würde es sein ganzes Leben lang anhalten? Und konnte er sie wirklich nach Hause mitnehmen? »O Gott, Serena... ich bin mir einfach nicht sicher.« Er drückte sie an sich und spürte, wie sie zitterte. »Ich fühle mich wie ein Idiot. Ich weiß, ich sollte eine Entscheidung treffen. Und das Problem ist, daß du es weißt, aber Pattie nicht. Ich sollte ihr zumindest die Wahrheit sagen.«

»Nein, Brad, das solltest du nicht. Sie braucht es nicht zu wissen. Wenn du Pattie heiratest, muß sie nie von mir erfahren.« Es wäre eben nur eine von den zahlreichen Liebschaften aus der Kriegszeit, ein Soldat und eine Italienerin. Sie hatte gespielt und vermutlich verloren. Aber sie bedauerte es nicht. Sie liebte ihn und sie wußte, daß er, was immer er für seine Verlobte empfand, sie ebenfalls liebte. »Wann kommt sie?« Ihr Blick bohrte sich in seine Augen, und er holte tief Atem.

»Morgen.«

»O mein Gott.« Dann war das also ihre letzte Nacht. »Warum hast du es mir nicht gesagt?«

»Bis heute abend wußte ich nicht genau, wann sie kommt. Ich erhielt soeben ein zweites Telegramm.« Er zog sie in seine Arme.

»Soll ich jetzt gehen?« Es war eine ängstliche Stimme voll gespielter Tapferkeit, und Brad schüttelte sofort den Kopf und zog sie noch fester an sich.

»Nein... o Gott, tu das nicht... ich brauche dich.« Und dann fühlte er sich plötzlich wieder schuldig, als ihm klar wurde, wie unfair er handelte. Langsam löste er sich von ihr. »Willst du gehen?« Diesmal schüttelte Serena den Kopf und sah ihm in die Augen.

»Nein.«

»Ach, Liebste...« Er vergrub sein Gesicht an ihrem Hals. »Ich liebe dich... ich fühle mich so als Schwächling.«

»Das bist du nicht. Du bist nur ein Mensch. Solche Dinge passieren. Ich nehme an«, seufzte sie abgeklärt, »sie passieren sogar jeden Tag.« Es gab also zwei Frauen, die er begehrte, und er hatte keine Ahnung, welche die richtige für ihn war. »Komm.« Serena stand auf und ergriff seine Hand. Als er sie ansah, wirkte sie fraulicher denn je zuvor. Der Gedanke, daß sie erst neunzehn war, kam ihm absurd vor. Sie war so alt und weise wie die Zeit, sie lächelte freundlich und streckte ihm ihre Arme entgegen, während er sich langsam erhob. »Du siehst müde aus, Liebster.« Innerlich litt sie, aber das zeigte sie ihm nicht. Was sie ihm anbot, war ihre Liebe und ihre ruhige Stärke. Die gleiche Stärke, die ihr ermöglicht hatte, den Tod ihrer Eltern, ihre Verbannung in die Vereinigten Staaten und den Tod ihrer Großmutter während des Krieges zu überleben. Die ihr ermöglicht hatte zurückzukehren, im Palazzo im Gesindetrakt zu wohnen, Badezimmerböden zu schrubben und zu vergessen, daß sie jemals eine Principessa gewesen war. Sie führte ihn schweigend ins Schlafzimmer, blieb am Bett ihrer Mutter stehen und begann sich langsam zu entkleiden. Es war ein abendliches Ritual zwischen ihnen, manchmal half er ihr, und manchmal sah er ihr nur zu, bewunderte die graziöse Schönheit ihres jungen Körpers und der langen Glieder. Heute abend konnte er jedoch seine Hände nicht von ihr lassen, während der Mondschein in ihrem Platinhaar tanzte; noch bevor sie ausgezogen war, lagen seine Kleider auf einem Haufen neben ihm, er hob Serena schnell auf das Bett und bedeckte ihren Körper mit seinen warmen, hungrigen Küssen.

»Ach Serena, meine Liebste... ich liebe dich so sehr...«

Sie flüsterte seinen Namen im Mondschein, und während der langen Stunden bis zum Sonnenaufgang vergaßen sie, daß es eine andere Frau gab, und Serena wurde immer wieder sein.

9

Major B. J. Fullerton wirkte sehr groß, steif und gutaussehend, als er auf dem Militärflugplatz bei Rom wartete. Nur seine Augen blickten ein wenig fahrig, und einige schlaffe Stellen in seinem Gesicht verrieten, daß er wenig geschlafen hatte; er merkte auch, daß seine Hände zitterten, als er sich eine Zigarette anzündete. Patties Vater, der Kongreßabgeordnete Atherton von Rhode Island, hatte dafür gesorgt, daß seine Tochter in einem Militärflugzeug nach Europa flog, und nun sollte sie in zehn Minuten eintreffen. Einen kurzen Augenblick wünschte B. J., er hätte etwas getrunken, bevor er das Haus verließ. Dann sah er das Flugzeug, das hoch oben kreiste, dann auf die Landebahn einschwenkte und schließlich elegant aufsetzte.

Er stand ganz still, während zwei Oberste und ein Major ausstiegen, dann kam eine kleine Gruppe von Adjutanten, eine Frau in der Uniform einer Militär-Krankenschwester, und dann begann sein Herz zu klopfen: er sah sie oben auf der Gangway, sie suchte die Rollbahn ab, bis sie ihn erkannte, winkte und lächelte fröhlich, ihr rabenschwarzes Haar war adrett unter einem hellroten Hut verborgen. Sie trug einen Pelzmantel und dunkle Strümpfe, und während sie die Gangway nach unten kam, berührte sie das Geländer mit ihrer kleinen Hand, die in einem eleganten schwarzen Lederhandschuh steckte. Sogar auf diese Entfernung fiel ihm auf, wie hübsch sie war. Das war das richtige Wort für Pattie. Hübsch. Sie war nicht schön wie Serena. Sie war nicht auffallend. Aber sie war hübsch, mit einem strahlenden Lächeln, großen blauen Puppenaugen und einer kleinen Stupsnase. Wenn sie mit ihren Eltern nach Newport fuhr und mit allen Freunden, die sie jedes Jahr begleiteten, den Sommer in ihrem mit vierzehn Zimmern ausgestatteten »Cottage« verbrachte, war ihr Gesicht leicht mit Sommersprossen betupft. Die hübsche kleine Pattie Atherton. Er empfand innerlich Unruhe, als er sie musterte, während sie auf ihn zulief, und er ging ihr mit langen, langsamen Schritten und einem nachdenklichen Lächeln entgegen.

»Hallo, hübsches Kind, kann ich Ihnen Rom zeigen oder werden Sie abgeholt?« Er küßte sie spielerisch auf die Stirn, und sie kicherte, während sie ihr Gesicht mit dem verwirrenden Miss-America-Lächeln zu ihm hob.

»Sicherlich, Soldat, ich sehe mir gern Rom in Ihrer Begleitung an.« Sie schob eine Hand unter seinen Arm, drückte ihn fest an sich, und B. J. mußte sich gewaltsam daran hindern, die Augen zu schließen, so sehr fürchtete er, sie würden seine Gefühle verraten. Er wollte das alles eigentlich nicht tun, wollte nicht mit ihr spielen oder spaßen. Er wollte ihr die Wahrheit sagen... Pattie, ich habe mich in eine andere Frau verliebt... ich muß unsere Verlobung lösen... ich will sie heiraten... ich liebe dich nicht mehr... Aber war das wahr? Liebte er denn Pattie Atherton nicht mehr? Er glaubte es nicht, als er sie so ansah.

Er hatte einen Wagen mit Fahrer bestellt, und bald darauf saßen sie nebeneinander auf dem Rücksitz des Wagens... als sie ihm plötzlich die Arme um den Hals schlang und ihn fest auf den Mund küßte, wobei ihr Lippenstift, der so genau zu ihrem Hut paßte, einen hellroten Abdruck hinterließ.

»He, Baby, nicht so stürmisch!« Er benützte schnell sein Taschentuch, während der Fahrer ihre Reisetasche im Kofferraum verstaute.

»Warum denn nicht? Ich bin viertausend Meilen geflogen, um dich zu treffen. Habe ich dafür keinen Kuß verdient?«

»Sicherlich. Aber nicht hier.« Er tätschelte ihre Hand, und als sie die Handschuhe auszog, sah er den Verlobungsring blitzen, den er ihr erst in diesem Sommer geschenkt hatte. Und nun war es noch nicht Ende November –, und er hatte schon eine andere Frau im Kopf.

»Also gut.« Sie sah ihn sachlich an, und er bemerkte eine Ähnlichkeit mit ihrer tyrannischen Mutter in der Art, wie sie ihr Kinn vorstreckte. »Dann laß uns zu deinem Palast fahren. Übrigens«, sie lächelte honigsüß, »möchte ich ihn sehen. Daddy sagt, er ist himmlisch.«

»Das stimmt.« Er spürte, wie ihn ein Schauer überlief. »Aber möchtest du nicht lieber dorthin fahren, wo du untergebracht bist. Wo ist das übrigens?«

»Bei General Bryce und seiner Gattin.« Sie sagte es selbstgefällig als die Tochter des Kongreßabgeordneten Atherton, und einen Augenblick lang haßte er sie wegen ihres arroganten Benehmens. Wie anders war sie doch als die sanfte Serena, wie schlecht schnitt sie im Vergleich zu ihr ab. War das wirklich das hübsche Mädchen, mit dem er in Newport so viel Zeit verbracht hatte und mit der er im letzten Sommer so leidenschaftlich ausgegangen war? Er sagte dem Fahrer, er solle sie zum Palazzo bringen.

Er musterte die glatten Wellen ihres kurzgeschnittenen Haares und den teuren roten Wollhut. »Was hat dich veranlaßt, Pattie, jetzt herüberzukommen?« B. J. hatte die Scheibe zwischen ihnen und dem Fahrer nach oben gekurbelt und sah Pattie gerade in die Augen, während er sich zurücklehnte. Er war auf der Hut, obwohl er nicht wußte, warum. »Ich sagte dir doch, ich würde mich bemühen, zu Weihnachten nach Hause zu kommen.«

»Ich weiß. Aber du hast mir so sehr gefehlt.« Sie küßte ihn spielerisch auf den Hals und hinterließ einen Lippenstiftabdruck auf seiner Haut. »Und du bist ein so säumiger Briefschreiber.« Aber in ihrem Blick lag etwas Forschendes. Sie stellte ihm eine Frage, wenn nicht mit Worten, so doch mit ihren Augen. »Warum? Stört es dich, Brad, daß ich herübergekommen bin?«

»Keineswegs. Aber ich bin im Augenblick schrecklich beschäftigt. Und«, er starrte aus dem Fenster, dachte an Serena, bevor er Pattie wieder ansah und mit vorwurfsvoller Stimme und ebensolchem Blick fortfuhr – »du hättest mich vorher fragen sollen.«

»Wirklich?« Sie zog eine Braue hoch, und wieder fand er die Ähnlichkeit mit ihrer Mutter frappant. »Bist du böse?«

»Nein, natürlich nicht.« Er tätschelte ihre Hand. »Aber vor sechs Monaten war das hier noch Kriegsgebiet, Pattie. Ich muß hier arbeiten. Es wird nicht leicht sein, solange du hier bist.« Das war zum Teil richtig, aber der wahre Grund lag darunter verborgen. Pattie schien es zu spüren, während sie ihn musterte.

»Sehr einfach, Daddy wollte wissen, was ich mir zum Geburtstag wünsche, und das war es eben. Natürlich, wenn du zu sehr beschäftigt bist, um mit mir zusammenzusein« – sie sah ihn leicht vorwurfsvoll an – »bin ich sicher, daß General Bryce und seine Frau mich gern herumführen werden, und ich kann immer noch nach Paris weiterfahren. Daddy hat dort auch Freunde.« Das alles klang so launenhaft und oberflächlich, daß es ihn ärgerte. Ohne zu wollen, bemerkte er den Gegensatz zwischen ihren versteckten Drohungen mit »Daddy« und Serenas ernsten, geflüsterten Erklärungen über

»meinen Vater«, wenn sie B. J. von den Konflikten ihres Vaters mit seinem Bruder, ihren Folgen und dem politischen Druck erzählte, der schließlich zu seinem Tod geführt hatte. Was wußte Pattie von solchen Dingen? Nichts. Sie wußte Bescheid über Shopping, Tennis, Sommeraufenthalte in Newport, über Debütantinnenpartys und Diamanten, über Lokale wie El Morocco, den Stork Club und einen unaufhörlichen Reigen von Partys in Boston und New York.

»Brad.« Ihr Blick drückte teils Ärger, teils Betrübnis aus. »Freust du dich nicht, daß ich zu dir gekommen bin?« Ihre Unterlippe schmollte zwar, aber die großen blauen Augen glänzten, und während er sie beobachtete, fragte er sich, ob irgend etwas für sie wirklich von Bedeutung war. Nur daß sie alles bekam, was sie wollte, argwöhnte er, von Daddy oder allen anderen.

Vergangenen Sommer hatte er sie so reizend, so niedlich und so sexy gefunden und um so viel amüsanter als die anderen Debütantinnen, die er vor dem Krieg kennengelernt hatte. Nun mußte er sich eingestehen, daß sie nur insofern anders war, als sie ein bißchen durchtriebener und viel schlauer war. Er fragte sich, ob sie die Verlobung provoziert hatte. Sicherlich hatte sie erreicht, daß er auf der Gartenveranda in Newport Verlangen nach ihrem Körper empfunden hatte. Damals schien ein Diamantring ein geringer Preis für das zu sein, was sich zwischen ihren wohlgeformten Beinen verbarg.

»Nun, B. J.?«

»Ja, Pattie, ich freue mich, dich wiederzusehen.« Aber es klang wie das gehorsam vorgebrachte Kompliment eines unglücklichen, lang verheirateten Ehemannes. »Ich glaube, ich bin nur ein wenig überrascht.«

»Überraschungen sind aber etwas Nettes, B. J.« Sie rümpfte die Nase. »Ich liebe sie.«

»Das weiß ich.« Er lächelte sie freundlich an.

»Wann kommst du nach Hause, B. J.? Ich meine endgültig.«

»Ich weiß es nicht.«

»Daddy sagt, er könnte es bald ermöglichen, wenn du einverstanden bist.« Und dann zwinkerte sie. »Oder auch ohne dein Einverständnis. Das könnte vielleicht mein Weihnachtsgeschenk für dich sein.« Schon diese wenigen Worte versetzten ihn in Panik. Der Gedanke, von Serena getrennt zu werden, bevor er dazu bereit war, erfüllte ihn mit Schrecken.

Er drückte Patties Hand viel zu fest, und sie glaubte in seinen Augen Entsetzen zu lesen. »Tu das niemals, Pattie! Ich werde über meine Laufbahn beim Militär selbst bestimmen. Hast du das verstanden?« Seine Stimme wurde scharf, doch ihr Blick hielt ihn zurück. »Ja oder nein?«

»Doch, ja.« Sie antwortete rasch. »Vielleicht sogar besser, als du glaubst.« Er wollte sie fragen, was sie damit meinte, wagte es aber schließlich nicht. Er kam nicht darum herum, er mußte einen Entschluß fassen und ihr vielleicht sogar beichten, was in den letzten Monaten geschehen war. Aber noch nicht. Irgendwie wußte er, daß es klug von ihr gewesen war, nach Italien zu kommen. Wenn es eine Möglichkeit gab, ihn zu halten, so war es diese. Doch während seine Gedanken sich mit Serena beschäftigten, fuhr der Chauffeur durch das Haupttor des Palazzo. »Gütiger Himmel, B. J.!« Sie sah das Gebäude erstaunt an. »Das ist er?«

Er nickte, halb stolz, halb belustigt über ihren Gesichtsausdruck. »Aber du bist doch nur Major?« Die Worte entschlüpften ihr, und sie hielt sich die behandschuhte Hand vor den Mund, während er lachte.

»Es freut mich, daß du so beeindruckt bist.« Er war zerstreut, während er ihr aus dem Wagen half, und spürte, wie ihn eine Welle der Nervosität überlief. Er hatte sie sofort zu dem General bringen und tagsüber nicht in den Palazzo mitnehmen wollen. Sie würden sicherlich Serena begegnen, und er war sich nicht sicher, ob er die Situation meistern konnte. »Also, ich werde dir jetzt schnell das Haus zeigen, und dann kannst du dich bei den Bryces häuslich einrichten.«

»Ich habe es nicht eilig. Ich habe während des Fluges viel geschlafen.« Sie lächelte ihm fröhlich zu und stieg majestätisch die Treppe zur Haupthalle nach oben. Dort öffnete eine der Ordonnanzen die riesige Bronzetür weit, und Pattie stand unter dem herrlichen Kronleuchter. Ihr Auge fiel auf den Konzertflügel, und sie drehte sich zu B. J. um, der wider Willen über ihre Reaktion belustigt war. »Der Krieg ist die Hölle, nicht wahr, Major?«

»Ganz bestimmt. Möchtest du das obere Stockwerk sehen?«

»Natürlich.« Sie folgte ihm die Treppe nach oben, während alle Blicke auf sie gerichtet waren. Auf ihre Art war sie eine sehr bemerkenswerte junge Frau, und die Soldaten hatten seit langem keine solche Frau mehr gesehen. Alles an ihr zeugte von Reichtum und hoher sozialer Stellung. Sie sah aus, als wäre sie unmittelbar dem Magazin *Vogue* entstiegen und viertausend Meilen von daheim entfernt vor ihrer Tür abgesetzt worden. Die Ordonnanzen wechselten schnelle Blicke. Sie war wirklich eine Augenweide, und alle hatten gehört, daß sie die Tochter eines Kongreßabgeordneten war. Wenn der Vater des Majors nicht früher Senator gewesen wäre und sie alle nicht gewußt hätten, daß auch er aus einer begüterten Familie stammte, hätten sie sich gefragt, ob er es auf ihre Mitgift abgesehen habe. So aber schien es, als wären sie füreinander bestimmt, und einer der Ordonnanzen flüsterte einem Kameraden zu: »Du lieber Gott, Mann... schau dir bloß die Beine an!«

B. J. führte sie von einem Zimmer ins andere, stellte ihr die Leute in den verschiedenen Büros und die Sekretärinnen vor, die von ihrer Arbeit aufblickten. Sie setzten sich in einen kleinen Salon mit Aussicht auf den Garten, in dem er manchmal Gäste empfing, und dann blickte sie zu ihm auf, legte den Kopf schief und stellte die Frage, der er bisher ausgewichen war. »Willst du mir nicht dein Schlafzimmer zeigen?« Er hatte sie schnell durch sein Büro geführt, hatte aber absichtlich das riesige Zimmer mit dem antiken Himmelbett vermieden.

»Ja natürlich, wenn du willst.«

»Sicherlich. Ich nehme an, es ist ebenso verschwenderisch ausgestattet wie alles übrige hier. Armer B. J.«, bemitleidete sie ihn scherzend. »Was für ein hartes Leben du hier führst! Wenn man bedenkt, daß die Leute dich bedauern, weil du nach dem Krieg noch in Europa bleiben mußt!« Aber in ihren Worten lag mehr als Belustigung und Neckerei, jetzt klangen auch Beschuldigung und Argwohn, Verstimmung und Ärger mit. Allmählich hörte er das alles heraus, während er durch einen Marmorsaal vorausging und eine schön geschnitzte Doppeltür öffnete. »Gütiger Gott, B. J.! Das alles steht dir zur Verfügung?« Sie drehte sich rasch um und sah, wie er bis unter die Haarwurzeln errötete. Er antwortete nicht darauf, ging zu der langen Reihe von Fenstern, öffnete eine Glastür und trat auf den Balkon, wobei er einige Worte über die Aussicht verlor. Aber er suchte nicht die Aussicht. Er sehnte sich danach, Serena zu sehen. Schließlich war es auch ihr Haus. »Ich hatte keine Ahnung, daß du so komfortabel lebst, B. J.« Patties Stimme klang heiser, als sie zu ihm auf den kleinen Balkon mit der Aussicht auf die sanft gewellten Rasenflächen hinaustrat.

»Stört es dich?« Liebte sie ihn wirklich, oder wollte sie ihn nur besitzen? Es war eine Frage, die er sich schon seit geraumer Zeit stellte.

»Es stört mich nicht... natürlich nicht... aber ich frage mich, ob du jemals den Wunsch haben wirst, nach Hause zu kommen.«

»Natürlich werde ich zurückkommen. Sobald es sich ergibt.«

»Aber noch eine Zeitlang nicht?« Er wandte den Blick ab, und dabei sah er Serena, die ruhig unter ihrem Baum saß. Sie wandte ihm das Profil zu, und einen Augenblick war er so hypnotisiert, daß er schwieg; Pattie entdeckte sie auch und sah Brad schnell in die Augen. »B. J.?« Er antwortete längere Zeit nicht. Er hörte sie nicht. Er sah etwas völlig Neues an Serena, das er noch nie so deutlich wahrgenommen hatte: eine ruhige Würde, einen feierlichen Ernst, eine fast schmerzhafte Schönheit, während ihm klar wurde, daß er bei ihrem Anblick an die Spiegelung des Himmels in stillen Gewässern dachte, während er beim Beisammensein mit Pattie das Gefühl hatte, unaufhörlich im stürmischen Meer hin- und hergeschleudert zu werden.

»Entschuldige.« Er wandte sich Pattie zu. »Ich habe nicht zugehört, was du eben gesagt hast.« Aber es lag etwas Seltsames in ihrem Blick und etwas ganz anderes in dem seinen.

»Wer ist sie?« Patties Augen begannen zu funkeln, und ihr voller Schmollmund zog sich zu einer dünnen Linie zusammen.

»Wie bitte?«

»Stell dich nicht dumm, B. J.! Du hast mich verstanden. Wer ist sie? Deine italienische Hure?« Eine Welle von Eifersucht überflutete sie, und obwohl sie nichts Bestimmtes wußte, zitterte sie beinahe vor Wut. Aber auch B. J. wurde zornig. Er ergriff Patties in Pelz gehüllten Arm mit seiner kräftigen Hand und drückte ihn, bis sie seinen Griff spürte.

»Sag nie wieder so etwas zu mir! Sie ist eines von den Dienstmädchen hier. Und sie hat, wie die meisten Menschen in diesem Land, verdammt viel durchgemacht. Mehr als du jemals mit deinen Vorstellungen von ›Kriegsarbeit‹ begreifen wirst, bei der du mit Offizieren zur ›Betreuung der Angehörigen der Streitkräfte‹ tanzen gehst und jede Nacht mit deinen Freunden El Morocco besuchst.«

»Wirklich, Major?« Ihre Augen funkelten. »Und warum ist sie dir so wichtig, wenn sie nicht deine kleine Hure ist?« Sie spie das Wort aus, und ohne zu denken packte er ihren anderen Arm und begann sie zu schütteln; als er wieder sprach, klang seine Stimme laut und scharf.

»Sag das nie wieder, verdammt noch mal!«

»Warum? Liebst du sie etwa, B. J.?« Und dann bösartig: »Wissen das deine Eltern? Wissen sie, was du hier treibst? Daß du mit einem gottverdammten kleinen italienischen Dienstmädchen schläfst?« Er hob einen Arm, um sie zu schlagen, dann hielt er sich noch rechtzeitig zurück, blickte zitternd und bleich zu Serena hinunter und sah, daß sie mit entsetztem Gesicht und Tränen in den Augen unmittelbar unter ihnen stand.

»Serena!« Er rief ihren Namen, aber sie verschwand sofort, und Schmerz durchzuckte ihn. Was hatte sie gehört? Patties häßliche Vorwürfe, ihre wütenden Behauptungen über seine Eltern und »ein gottverdammtes kleines italienisches Dienstmädchen«? Er war entsetzt über den Auftritt, der stattgefunden hatte, aber nur, weil es Serena vielleicht verletzt hatte. Ihm wurde klar, daß ihm Pattie Atherton herzlich gleichgültig war. Er ließ ihre Arme los und trat vorsichtig zurück. Sein Blick war eisig. »Als du telegrafiertest, daß du kommst, Pattie, wußte ich es noch nicht, sonst hätte ich versucht, dich zurückzuhalten, aber ich werde die Frau heiraten, die du eben gesehen hast. Sie ist nicht das, was du glaubst, aber das macht wirklich nichts aus. Ich liebe sie. Es tut mir leid, daß ich es dir nicht früher gesagt habe.«

Pattie Atherton blickte ihn halb entsetzt, halb wütend an und schüttelte langsam den Kopf, während ihr Tränen in die Augen traten. »Nein! Das kannst du mir nicht antun! Ich lasse es nicht zu! Bist du verrückt, ein Dienstmädchen zu heiraten? Was willst du anfangen? Hier leben? Nach New York kannst du sie nicht mitnehmen, deine Eltern würden dich verstoßen, und du würdest alle in Verlegenheit bringen...« Sie stotterte, und ihre Augen quollen vor Tränen über.

»Darum geht es nicht, Pattie. Das ist mein Leben, nicht das meiner Eltern. Und du weißt nicht, wovon du redest.« Seine Stimme klang jetzt ruhig und entschieden.

»Ich weiß, daß sie eines der Dienstmädchen hier ist.«

Er nickte bedächtig, dann blickte er Pattie lange und scharf an. »Ich will nicht mit dir darüber diskutieren, Pattie. Es geht um uns, und es tut mir leid, daß ich vergangenen Sommer einen Fehler begangen habe. Aber ich glaube nicht, daß einer von uns glücklich geworden wäre, wenn wir geheiratet hätten.«

»Du wirst mich also sitzenlassen, nicht wahr?« Sie lachte schrill unter Tränen. »So einfach ist das? Und dann – wirst du deine kleine Hure nach Hause bringen? Mein Gott, B. J., du mußt wahnsinnig sein!« Dann, mit zusammengekniffenen Augen: »Oder vielleicht war ich es, weil ich den Käse geglaubt habe, den du mir aufgetischt hast. Den Blödsinn, wie sehr du mich liebst.«

»Das tat ich... damals...«

»Und jetzt nicht mehr?« Sie sah aus, als wollte sie ihn schlagen, aber das wagte sie doch nicht.

B. J. blieb hart. Er war seiner Sache sicher. »Nicht genug, um dich zu heiraten, Pattie.« Seine Stimme klang jetzt sanft, trotz allem, was sie gesagt hatte. »Es wäre ein schrecklicher Fehler.«

»Ach, wirklich?« Sie zog den Ring vom Finger und schob ihn in seine Hand. »Ich glaube, du hast eben einen schrecklichen Fehler begangen, Freundchen. Aber du wirst schon selbst darauf kommen.« Er antwortete nicht, folgte ihr aber ins Zimmer, wo sie ihr Foto sah, das er in einem Augenblick der Feigheit wieder aufgestellt hatte. Sie ging durch das Zimmer, nahm den Silberrahmen und schleuderte ihn an die Wand. Das Geräusch des zerbrechenden Glases unterbrach die Stille, und sie begann zu weinen. B. J. trat zu ihr und legte ihr die Hände auf die Schultern.

»Es tut mir leid, Pattie.«

»Geh zum Teufel!« Sie drehte sich auf den Absätzen zu ihm um. Dann sagte sie in bösartigem Ton, der ihn wie ein Schlag traf: »Ich wünsche dir alles Schlechte. Wirklich, B. J. Fullerton, wenn ich jemals dazu beitragen kann, dein Leben so zu zerstören, wie du jetzt das meine ruiniert hast, werde ich es mit Vergnügen tun. Jederzeit.«

»Sag so etwas nicht, Pattie.« Sie tat ihm leid, und er machte sich vor, daß sie es nicht so meinte.

»Warum nicht? Glaubst du nicht, daß ich es ernst meine?«

»Hoffentlich nicht.« Er sah besser aus denn je, und sie haßte ihn, während sie ihn ein letztes Mal betrachtete.

»Mach dir nichts vor, B. J. Ich bin kein billiges italienisches Flittchen. Von mir kannst du nicht erwarten, daß ich dir zu Füßen falle und dich bitte... und auch nicht, daß ich dir verzeihe. Denn das werde ich niemals tun.« Damit drehte sie sich um und verließ den Raum. Er folgte ihr die Treppe nach unten und bot ihr in der Halle an, sie zu den Bryces zu begleiten, doch sie sah ihn mit kalter Wut an und schüttelte den Kopf. »Laß mich von deinem Chauffeur hinbringen, B. J. Ich will dich nicht mehr sehen.«

»Wirst du ein paar Tage in Rom bleiben? Vielleicht könnten wir morgen ruhig miteinander sprechen. Es gibt keinen Grund, warum wir in einiger Zeit nicht Freunde sein könnten. Ich weiß, es ist schmerzlich, Pattie, aber es ist besser so.« Sie schüttelte nur den Kopf.

»Ich habe dir nichts mehr zu sagen, B. J. Du bist ein Schwein. Ich hasse dich. Wenn du erwartest, daß ich darüber schweige, bist du ein Narr.« Sie kniff wieder bösartig die Augen zusammen. »Ganz New York wird erfahren, wie du es hier treibst, B. J. Denn ich werde es allen erzählen. Und wenn du dieses Mädchen mitbringst, dann sei dir Gott gnädig, denn sie werden dich mit ihrem Gelächter aus der Stadt hinaustreiben.«

Aus der Art, wie er sie ansah, war zu ersehen, daß er vor Pattie keine Angst hatte, aber er ärgerte sich über das, was sie gesagt hatte. »Du solltest nichts tun, was du nachher bereust.«

»Das hätte dir jemand sagen sollen, bevor du mich sitzengelassen hast.« Damit ging sie an ihm vorbei und durch die Tür hinaus. Sie schlug die Tür hinter sich zu. Die Ordonnanzen waren taktvoll verschwunden, als sie sie kommen hörten, und gleich darauf ging B. J. wieder nach oben. Er wollte eine Weile ganz allein sein, um zu überdenken, was geschehen war, doch er wußte bereits, daß es ihm nicht leidtat. Er liebte sie nicht. Dessen war er jetzt sicher. Er liebte Serena, und nun mußte er mit ihr alles ins reine bringen. Weiß Gott, was sie gehört hatte, als Pattie ihn auf dem Balkon angeschrien hatte. Als er sich an die Worte erinnerte, wurde ihm plötzlich klar, daß er keinen Moment zu verlieren hatte, um Serena zu finden, aber als er sein Büro verließ, um sie zu suchen, hielt ihn sein Sekretär zurück. Ein dringender Anruf aus dem Hauptquartier in Mailand. Es dauerte geschlagene zwei Stunden, bis er sich wieder frei machen konnte.

Er ging zu ihrer Wohnung, klopfte an die Tür, und sofort antwortete Marcella.

»Serena?« Sie öffnete die Tür, hatte Tränen in den Augen und ein Taschentuch in der Hand, und sie wirkte noch verzweifelter, als sie B. J. sah.

»Ist sie nicht hier?« fragte er erschrocken, während Marcella den Kopf schüttelte und wieder zu weinen begann.

»Nein.« Sie überfiel ihn sofort mit einer Flut von italienischen Worten, worauf er sie sanft unterbrach und ihr beide Hände auf die bebenden Schultern legte.

»Marcella, wo ist sie?«

»*Non so* ... ich weiß es nicht.« Es traf ihn wie ein Schlag, während die alte Frau noch heftiger weinte und auf das leere Zimmer hinter sich zeigte. »Sie hat ihren Koffer genommen, Major. Sie ist fort.«

10

Der Major hatte fast eine Stunde bei Marcella gesessen und versucht, bruchstückweise aus ihr herauszuholen, was geschehen war, und herauszufinden, wohin Serena sich gewendet haben mochte. Es gab nicht viele Orte, die er in Betracht ziehen konnte. Sie würde bestimmt nicht in das Haus ihrer Großmutter in Venedig zurückkehren, in dem fremde Leute wohnten, und soviel Marcella wußte, gab es sonst keine Möglichkeit. Sie hatte weder Bekannte noch Verwandte, zu denen sie gehen konnte, und B. J. konnte nur annehmen, daß sie in die Vereinigten Staaten zurückgefahren war. Aber das konnte sie nicht so kurzfristig getan haben. Sie mußte sich ein Visum besorgen und Vorbereitungen treffen. Vielleicht befand sie sich irgendwo in Rom und würde am Morgen versuchen, ein Visum für die Rückkehr nach Amerika zu erhalten. Er konnte die amerikanische Botschaft erst am Morgen anrufen, um das zu überprüfen.

Brad fragte Marcella aus, bis die alte Bäuerin völlig erledigt war. Serena war durch die in den Garten führende Tür gekommen, in ihr Zimmer gelaufen und hatte die Tür versperrt. Das wußte Marcella, weil sie versucht hatte hineinzugehen, als sie sie weinen hörte, aber Serena ließ sie nicht ein.

Eine halbe Stunde später war Serena mit rotgeweinten Augen, blaß und mit dem Koffer in der Hand aufgetaucht. Sie hatte Marcella einfach erklärt, daß sie weggehe, und auf die Tränen und Bitten der alten Frau geantwortet, sie habe keine andere Wahl. Zuerst dachte Marcella, sie sei entlassen worden; dabei warf die alte Frau dem Major einen entschuldigenden Seitenblick zu und erklärte, sie habe angenommen, es sei seinetwegen geschehen. Aber Serena hatte betont, das sei nicht der Fall, es sei ein Problem, das mit ihm nichts zu tun habe, und sie müsse Rom sofort verlassen.

»Das ist alles, was ich weiß, Major...« Marcella war wieder in Tränen aufgelöst und klammerte sich an den sympathischen jungen Amerikaner. »Warum ist sie nur fortgegangen? *Per ché? Non capisco... non capisco...*« Wie sollte er es Marcella erklären? Er war nicht dazu in der Lage, mußte mit dieser entsetzlichen Tatsache selbst fertigwerden.

»Hören Sie mich an, Marcella.« Die Alte schluchzte nur noch lauter. »...hören Sie... ich verspreche Ihnen, ich werde sie finden. *Domani vado a trovarla.*«

»*Ma dove?*« Aber wo? Es war eine hoffnungslose Klage.

»*Non so dove*, Marcella.« Ich weiß nicht, wohin. »Aber ich werde sie finden.« Dann drückte er die Schultern der Alten und ging in sein Zimmer zurück. Er blieb lang in der Dunkelheit sitzen und dachte nach. Aber wie sehr er sich auch an Gespräche mit ihr zu erinnern versuchte, er fand keinen Anhaltspunkt. Sie besaß keinen Menschen außer Marcella, und es wurde ihm von neuem klar, wie niedergeschmettert sie gewesen sein mußte, wenn sie die alte Frau und die einzige Zuflucht verlassen hatte, die sie besaß. Wieder empfand er Schuldgefühle, als er an den Streit mit Pattie dachte, wie es wohl auf eine gewisse Entfernung geklungen haben mußte, was sich Serena dabei gedacht hatte, als sie sie beisammen gesehen und dann die Wutausbrüche der Amerikanerin gehört hatte.

Nachdem ihm stundenlang endlose, quälende Fragen durch den Kopf gegangen waren, gab er auf. Und wenn er sie nicht fand, fragte er sich, was dann? Dann würde er weiter suchen. Er würde sie finden, und wenn er ganz Italien, die Schweiz und Frankreich durchstöbern müßte. Er würde in die Vereinigten Staaten zurückkehren. Er würde alles Erdenkliche unternehmen, und schließlich würde er sie finden, ihr sagen, daß er sie liebte, und sie bitten, seine Frau zu werden. Er war seiner Gefühle ganz sicher, und in den Stunden, die er im Bett lag, an Serena dachte und sich immer wieder fragte, wohin sie wohl gefahren sein konnte, verschwendete er keinen einzigen Gedanken an Pattie.

Erst als um halb sechs in der Ferne ein Hahn krähte, setzte er sich verblüfft im Bett auf und starrte aus dem Fenster. »O mein Gott!« Wie konnte er das vergessen haben? Blitzartig warf er die Decken zurück, lief ins Badezimmer, duschte, rasierte sich und war zehn Minuten vor sechs angezogen. Er hinterließ eine Nachricht für seinen Sekretär und seine Mitarbeiter, in der er erklärte, er sei in einer dringenden Angelegenheit abberufen worden, und für seinen Sekretär hinterließ er noch eine zweite Botschaft, er solle ihm bitte den Rücken decken. Er mußte mit Marcella sprechen, und als er nach unten kam, sah er zu seiner Erleichterung Licht unter ihrer Tür. Er klopfte leise zweimal, und gleich darauf öffnete ihm die alte Frau; zuerst war sie erstaunt, dann verwirrt, als sie bemerkte, daß er Zivilkleidung trug und nicht die Uniform, in der sie ihn jeden Tag sah.

»Ja?« Sie sah noch immer erschrocken aus, als sie beiseite trat, um ihn einzulassen, aber er schüttelte den Kopf, und sie sah das freundliche Lächeln in seinen grauen Augen.

»Marcella, ich glaube, ich weiß, wo ich sie finden kann. Aber ich brauche Ihre Hilfe. Das Gut in Umbrien... können Sie mir sagen, wie ich dorthin komme?« Marcella schien sich noch eine ganze Weile von ihrem Staunen nicht zu erholen, dann nickte sie mit nachdenklich gerunzelter Stirn. Sie sah ihm wieder in die Augen, in ihrem Blick lag ein hoffnungsvoller Schimmer.

Sie schloß einen Moment die Augen, um sich zu erinnern, dann brachte sie ihm einen Bleistift und ein Stück Papier und winkte ihn zu einem Stuhl. »Schreiben Sie es auf, wie ich es Ihnen sage.« Er war nur allzu froh, ihrer Aufforderung nachzukommen, und wenige Minuten später verließ er das Zimmer mit dem Papier in der Hand. Er winkte ihr ein letztes Mal zu und lief dann zu dem kleinen Schuppen, in dem der Jeep stand, den er verwendete, wenn er keinen Fahrer zur Verfügung hatte; sie blickte ihm nach, während er wegfuhr, und Tränen der Hoffnung standen in ihren alten Augen.

Die Fahrt von Rom nach Umbrien war lang und mühsam, die Straßen waren in schlechtem Zustand, voll tiefer Furchen und verstopft durch Militärfahrzeuge, Fußgänger und Karren, die mit Hühnern, Heu oder Obst beladen waren.

So näherte er sich dem Ziel erst nach Einbruch der Dunkelheit, und als er über die einsame, von Radfurchen durchzogene Straße in die Richtung fuhr, die ihm Marcella angegeben hatte, fragte er sich bald, ob er auch die richtige Abzweigung genommen hatte. Nichts in der Umgebung hatte eine Ähnlichkeit mit der Beschreibung, und er hielt den Wagen in der Dunkelheit an. Dann sah er in einiger Entfernung eine Gruppe von Gebäuden, zusammengedrängt, wie um sich gegenseitig zu wärmen. Er stieß einen langen, müden Seufzer aus, denn ihm war klar, daß er das Gut gefunden hatte.

Er setzte mit dem Jeep zurück, bis er einen schmalen, holprigen Feldweg fand, und folgte ihm zwischen wild wuchernden Büschen in Richtung der Gebäude, die er am Horizont erblickt hatte; er fuhr durch tiefe Schlaglöcher und erreichte bald einen großen Hof, der eine Art Hauptplatz bildete. Vor ihm stand ein großes Haus, rechts davon lagen Schuppen und Ställe, und links dahinter ein Obstgarten. Er konnte sogar im Dunkel erkennen, daß es ein großes Anwesen und daß es verlassen war. Das Haus sah verwittert und leer aus, die Türen der Scheunen waren aus den Angeln gefallen, zwischen den Pflastersteinen im Hof wuchs das Gras hüfthoch; was an landwirtschaftlichem Gerät vorhanden gewesen war, stand verrostet und zerbrochen im Obstgarten, der sichtlich seit Jahren nicht gepflegt worden war. Nichts war da, niemand, und sicherlich nicht Serena. Selbst wenn sie hier Zuflucht gesucht hatte, konnte sie nicht hier bleiben. Traurig starrte er in der Dunkelheit auf die Scheunen, dann auf das Haus, doch dabei glaubte er, in einer Ecke eine rasche Bewegung wahrgenommen zu haben. Ein Tier? Eine Katze? Ein Trugbild? Oder vielleicht jemand, der über sein Eindringen sehr erschrocken war? Es wurde ihm klar, was für ein verrückter Einfall es gewesen war, sich allein auf dieses Abenteuer einzulassen; er blickte in die Richtung, wo er die Bewegung bemerkt hatte, und ging langsam zum Jeep zurück. Er beugte sich hinein, nahm seine Pistole heraus, spannte den Hahn, ging dann wieder zurück und hielt dabei in der anderen Hand eine nicht eingeschaltete Taschenlampe. Er war nun fast sicher, wo er die Bewegung gesehen hatte, und konnte in einer Ecke, hinter einem Gebüsch zusammengekauert, eine Gestalt erkennen. Einen Augenblick lang sah er ein, daß es Wahnsinn war, diese Konfrontation herbeizuführen, bei der er auf einem verlassenen Gut in Italien bei der Suche nach einer Frau sechs Monate nach Kriegsende völlig sinnlos sein Leben verlieren konnte.

Als er nur noch vier Meter von der Stelle entfernt war, an der sich etwas bewegt hatte, drückte er sich in eine enge Nische, ging, so gut er konnte, in Deckung und streckte den Arm mit der Taschenlampe aus. Er schaltete sie ein und zielte zugleich mit der Pistole; seine Augen blinzelten einen Moment so wie die seines Opfers, während er erschrocken erkannte, daß es gar keine Katze war. Es war jemand, der sich geduckt zu verstecken versuchte, eine dunkle Mütze in die Stirn gezogen und die Arme gehoben hatte.

»Heraus dort! Ich bin Angehöriger der amerikanischen Armee!« Er kam sich bei diesen Worten ein wenig albern vor, wußte aber nicht, was er sonst sagen sollte. Die hochgewachsene, steife Gestalt im dunkelblauen Wollkleid kam auf ihn zu und starrte ihn an, während er einen Schrei ausstieß und dann grinste. Es war Serena. Sie hatte die Augen weit aufgerissen, ihr Gesicht war vor Angst und dann Überraschung bleich, während er näherkam. »Komm her, verdammt noch mal! Ich habe dir gesagt, du sollst rauskommen!« Aber B. J. wartete nicht, bis sie sich bewegte, er rannte auf sie zu, und bevor sie ein Wort sagen konnte, hatte er sie in die Arme geschlossen. »Du verdammtes, verrücktes Mädchen, ich hätte dich erschießen können.«

Die grünen Augen waren weit geöffnet und glänzten im Mondlicht, als sie zu ihm hochblickte, immer noch verblüfft über das, was geschehen war. »Wie hast du mich gefunden?«

Er blickte zu ihr hinunter und küßte sie sanft auf beide Augen, dann auf die Lippen. »Ich weiß es nicht. Es fiel mir heute morgen ein, und Marcella gab mir eine Beschreibung des Weges.« Dann sah er sie mißbilligend an. »Du hättest das nicht tun sollen, Serena. Wir waren vor Sorge krank.«

Sie schüttelte den Kopf und trat zurück. »Ich mußte es tun. Ich konnte nicht länger dortbleiben.«

»Du hättest zuerst mit mir darüber sprechen sollen.« Er hielt ihre Hand fest, obwohl sie sich von ihm entfernt hatte; mit dem Fuß schob er einen Stein auf dem Boden weg.

»Es gibt nichts mehr zu besprechen. Oder?« Sie blickte ihm in die Augen, und er sah den Schmerz, der sie aus Rom vertrieben hatte. »Ich habe gehört, was sie sagte, über mich, über deine Familie. Sie hat recht. Ich bin nur deine italienische Hure... ein Dienstmädchen...« Sie sagte es, ohne mit der Wimper zu zucken, und er drückte ihre Hand.

»Sie ist ein Miststück, Serena. Das weiß ich jetzt. Ich habe die Dinge früher nicht so klar gesehen. Und was sie dahergeredet hat, ist nicht wahr. Sie ist eifersüchtig, sonst nichts.«

»Hast du ihr von uns erzählt?«

»Das war nicht notwendig.« Er lächelte ihr liebevoll zu, und sie standen lange Zeit in der Stille und der Dunkelheit beisammen. Es war beinahe unwirklich, allein auf dem verlassenen Gut zu sein. »Dieser Besitz muß früher sehr beeindruckend gewesen sein.«

»Das stimmt. Ich liebte ihn, er war für ein Kind ideal. Es gab Kühe, Schweine und Pferde, viele freundliche Arbeiter auf den Feldern, Obst in den Gärten, in der Nähe einen Teich zum Schwimmen. Meine schönsten Kindheitserinnerungen hängen mit ihm zusammen.«

»Ich weiß. Ich erinnere mich.« Sie wechselten einen vielsagenden Blick, und Serena seufzte. Sie konnte noch immer nicht glauben, daß er sie gefunden hatte.

»Wird sie nicht böse sein, weil du Rom verlassen hast?« Serena sah ihn fragend an, und er schüttelte den Kopf.

»Nicht aufgebrachter, als sie war, als ich unsere Verlobung löste.«

Serena war erschrocken. »Warum hast du das getan, Brad?« Eigentlich sah sie fast böse aus. »Meinetwegen?«

»Meinetwegen. Als ich sie sah, wußte ich, was ich für sie empfand.« Er schüttelte wieder den Kopf. »Nichts. Oder nahezu nichts. Ich hatte Angst. Sie ist eine sehr bösartige junge Frau, intrigant und berechnend. Sie wollte mich zu ihrer Marionette machen, ich sollte wie ihr Vater und der meine in die Politik gehen, um ihr eine gesellschaftliche Position zu verschaffen und ihr Spiel spielen. Sie hat etwas unglaublich Seelenloses an sich, Serena. Und als ich sie sah, wurden mir die Antworten klar, mit denen ich mich seit Monaten herumschlug. Dann sah sie, wie ich dich anblickte, und da wußte sie es auch. Das war der Moment, als du sie gehört hast.« Serena beobachtete ihn, während er sprach, und nickte.

»Sie war sehr wütend, Brad. Ich hatte Angst um dich.« Sie sah sehr jung aus, als sie im Hof vor ihm stand. »Ich fürchtete mich...« Sie schloß kurz die Augen. »Ich mußte weglaufen... Ich dachte, wenn ich verschwinde, wird es für dich einfacher sein...« Ihre Stimme erstarb, und er streckte wieder die Arme aus.

»Habe ich dir in letzter Zeit gesagt, daß ich dich liebe?« Sie lächelte und nickte.

»Ich glaube, das hast du ausgedrückt, indem du hierher kamst.« Sie sah ihn nachdenklich an und legte den Kopf zur Seite. »Dann ist es also mit ihr aus?«

Er nickte lächelnd. »Und nun kann unser gemeinsames Leben ernsthaft beginnen.«

»Es hat schon begonnen.« Sie streckte die Arme nach ihm aus, und er streichelte sanft ihr Haar.

»Ich will dich heiraten, Serena. Das weißt du doch, nicht wahr?« Doch sie schüttelte den Kopf.

»Nein.« Es war ein einfaches Wort, und er blickte lächelnd auf sie hinunter.

»Heißt das, daß du es nicht weißt?«

»Nein.« Sie sah ihn wieder an. »Es heißt, daß ich dich von ganzem Herzen liebe und dich nicht heiraten werde. Niemals.« Es klang entschlossen, und er sah sie entsetzt an.

»Warum, zum Teufel, nicht?«

»Weil es unrecht wäre. Ich habe dir außer meinem Herzen nichts zu bieten. Und du brauchst eine Frau wie sie, aus deiner Welt, von deiner Art, deiner Gesellschaftsklasse, jemanden, der deine Lebensweise kennt, der dir helfen kann, wenn du dich eines Tages entschließt, in die Politik zu gehen. Ich würde dir nur schaden, falls du das ins Auge faßt. Die italienische Kriegsbraut... das Dienstmädchen...« Patties Worte klangen ihr noch in den Ohren. »Die italienische Hure... auch andere werden mich so nennen.«

»Nein, zum Teufel. Serena, vergißt du denn, wer du bist?«

»Keineswegs. Du denkst an das, was ich war. Das bin ich nicht mehr. Du hast gehört, was Pattie sagte.«

»Hör damit auf!« Er packte sie an den Schultern und schüttelte sie sanft. »Du bist meine Principessa.«

»Nein.« Ihre Augen wichen den seinen nicht aus. »Ich bin das Dienstmädchen vom oberen Stock.«

95

Er schloß sie in die Arme und fragte sich, wie er sie überreden, was er als Begründung anführen konnte. »Ich liebe dich, Serena. Ich achte deine Person voll und ganz. Ich bin stolz auf dich, verdammt noch mal. Willst du mich nicht selbst entscheiden lassen, was für mich das Richtige ist?«

»Nein.« Sie lächelte ihn mit einem Blick voll Schmerz und Liebe an. »Du weißt nicht, was du tust. Also lasse ich es dich nicht tun.«

»Glaubst du, wir könnten auch später darüber diskutieren? Könnten wir uns irgendwo hier niederlassen? Oder hast du auch beschlossen, nicht mehr mit mir zu schlafen?«

»Die Antwort auf beide Fragen lautet nein.« Sie lächelte ihn schüchtern an. »Es gibt hier meilenweit nichts. Ich wollte in der Scheune schlafen.«

»Hast du heute etwas gegessen?« Er sah sie besorgt an, und sie schüttelte den Kopf.

»Eigentlich nicht. Ich habe etwas Käse und Salami mitgenommen, aber das habe ich schon heute morgen gegessen. Ich wollte morgen in die Stadt, auf den Markt. Aber ich hatte heute abend schrecklichen Hunger.«

»Komm.« Er legte einen Arm um ihre Schultern und führte sie langsam zum Wagen. Er öffnete die Tür, half ihr in den Sitz und nahm den Tornister heraus, in den er im letzten Augenblick ein halbes Dutzend belegte Brote gesteckt hatte. Er hatte auch Äpfel, ein Stück Kuchen und eine Tafel Schokolade.

»Was? Keine Seidenstrümpfe?« Sie grinste ihn über das belegte Brot hinweg an.

»Die kriegst du nur, wenn du mich heiratest.«

»Ach.« Sie zog die Schultern hoch und lehnte sich zurück. »Dann werde ich wohl keine Seidenstrümpfe bekommen. Nur Schokolade.«

»Mein Gott, bist du ein Dickkopf.«

»Ja.« Sie nickte stolz, und er lachte.

In dieser Nacht schliefen sie im Jeep, die Arme und Beine umeinander geschlungen, mit leichten Herzen. Er hatte sie gefunden, alles war gut gegangen, und bevor sie einschlief, hatte sie eingewilligt, mit ihm nach Rom zurückzukehren. Als die Sonne aufging, aß jeder einen Apfel, sie wuschen sich am Brunnen, und sie zeigte ihm das Gut, das sie als Kind geliebt hatte, als das Leben noch so ganz anders gewesen war. Sie küßte ihn vor der alten Scheune, und er gelobte sich, daß er sie überzeugen würde, koste es, was es wolle, und eines Tages würde sie endgültig die seine werden.

11

Als Serena am nächsten Tag nach Rom zurückkam, schlief Marcella schon. Sie ließ ihren Koffer in dem kleinen Vorzimmer, um ihr mitzuteilen, daß sie wieder da war, und dann schlich sie mit B. J. auf Zehenspitzen nach oben in das vertraute Bett. Sie liebten sich, was sie im Jeep nicht gewagt hatten, und Serena war glücklich, wieder in seinen Armen zu liegen. Am nächsten Morgen machte ihr Marcella die Hölle heiß, weil sie davongelaufen war, schalt sie fast zwei Stunden lang aus vollem Halse, drohte ihr mit Ohrfeigen, schrie, beschimpfte sie, brach schließlich in Tränen aus, umarmte Serena und flehte sie an, nie wieder fortzugehen.

»Ich werde es nicht tun, das verspreche ich dir, Cella. Ich werde immer hierbleiben. Zumindest in Rom, denn es ist meine Heimat.« Sie hatte schon längst jeden Gedanken daran aufgegeben, in die Vereinigten Staaten zurückzukehren.

»Vielleicht doch nicht für immer«, meinte Marcella. »Er liebt dich, Serena.«

Die Stimme klang alt und weise, und Serena stellte sich ihr.

»Ich liebe ihn auch. So sehr, daß ich sein Leben nicht zerstören will. Er hat seine Verlobung mit diesem amerikanischen Mädchen gelöst. Er scheint zu glauben, daß er guten Grund dazu hatte, und vielleicht hat er recht. Aber ich werde ihn nie heiraten, Cella. Es wäre unrecht. Es würde sein Leben zerstören. Seine Familie ist für ihn sehr wichtig, und sie würden mich hassen. Alles an mir wäre ihnen fremd.«

»Du bist verrückt, Serena. Es wäre ein Glück für seine Eltern, dich als Schwiegertochter zu bekommen.«

»Ich bin sicher, sie würden nicht so denken.«

Danach verlief das Leben während des ganzen nächsten Monats friedlich. Serena und Brad waren glücklicher als je zuvor. Marcella beruhigte sich, und es schien, als könnte nie mehr etwas schiefgehen. Brad zeigte ihr, wie man gefüllten Truthahn zubereitet. Er hatte Eßkastanien bestellt und auch das so seltene Preiselbeergelee, Marcella kochte Süßkartoffeln, grüne Erbsen und Zwiebelcreme für sie, so daß es ein herrliches Fest wurde. Es war Serenas erstes Thanksgivingdinner.

»Auf das erste von vielen.« Er trank ihr beim Essen mit einem Glas Weißwein zu, während sie insgeheim wußte, es würde das letzte sein. Er würde im Lauf des nächsten Jahres sicherlich nach Hause versetzt werden, und solche Augenblicke würde es nicht mehr geben. Dann und wann dachte sie an diese Zeit und wünschte sich, schwanger zu werden, aber Brad war äußerst vorsichtig, damit es nicht passierte.

»Woran hast du eben gedacht?« fragte er sie, als sie vor dem Kamin lagen, und er in die strahlenden Smaragdaugen sah.

»An dich.«

»Was ist mit mir?«

»Daß ich dich liebe...« Und du wirst mir entsetzlich fehlen, wenn du fort sein wirst... Das sagte sie nie, aber diese Gedanken waren immer gegenwärtig.

»Wenn du mich wirklich liebst«, er begann, sie zu necken und ihr zuzureden, und sie lachte, »würdest du mich heiraten.«

Es war ein Spiel, das sie oft trieben, aber er wußte, daß er noch Monate zur Verfügung hatte, um sie zu überreden; zumindest glaubte er das bis zum nächsten Tag.

Er saß an seinem Schreibtisch, der Briefumschlag lag am Boden, er starrte auf seine Befehle und unterdrückte den übermäßigen Wunsch zu weinen. Die Idylle in Rom war vorbei. Er wurde versetzt. In sieben Tagen.

»Das ist doch nicht möglich«, sagte sie. »So rasch? Ich dachte, sie kündigen einem das immer einen Monat im voraus an.«

»Nicht immer. Diesmal nicht. Ich fahre heute in einer Woche nach Paris.« Es war wenigstens nur Paris. Er konnte sie besuchen. Sie konnte zu ihm kommen. Aber es war nicht so leicht. Er sah sie offen an und fragte sie zum zehntausendsten Mal: »Willst du mich heiraten und mit mir kommen?« Sie schüttelte langsam den Kopf.

»Ich kann dich nicht heiraten, und du weißt, warum.«

»Auch jetzt nicht?«

»Auch jetzt nicht.« Sie versuchte, ihm tapfer zuzulächeln.

»Könntest du mich nicht einfach als dein privates Dienstmädchen mitnehmen?« Er sah sie zornig an und schüttelte den Kopf, als wolle er abschütteln, was sie eben gesagt hatte.

»Das ist nicht einmal komisch. Ich meine es ernst, Serena. Um Himmels willen, bedenke doch, was das bedeutet. Es ist für uns vorbei. Ich reise ab. In einer Woche fahre ich nach Paris und von dort weiß Gott wohin, wahrscheinlich in die Vereinigten Staaten zurück. Ich kann dich nicht mitnehmen, wenn wir nicht verheiratet sind. Willst du bitte vernünftig sein und mich heiraten, damit wir nicht das einzige verlieren, woran uns beiden liegt?«

»Ich kann es nicht tun.« In ihrer Kehle steckte ein faustgroßer Kloß, als sie das sagte, und als er an diesem Abend in ihren Armen einschlief, weinte sie noch stundenlang. Sie mußte ihn um seinetwillen gehen lassen. Als aber die letzte Nacht kam, empfand sie bei dem Gedanken, ihn zu verlieren, solches Entsetzen, daß sie nicht wußte, ob sie es ertragen konnte. Sie war so sicher, daß sie sein Leben zerstörte, wenn sie ihn heiratete, daß sie ihm nicht zuhören wollte, auch wenn es ihr Tod wäre; sobald er wegfuhr, würde es nichts mehr ausmachen. Es blieb ihr sowieso nichts, wofür sie leben konnte. Es würde nie einen Mann geben, den sie so lieben könnte wie B. J. Dieses Bewußtsein machte in der letzten Nacht alles um so bitterer, während sie ihn umarmte und streichelte.

»Serena?« Sie hatte geglaubt, daß er schlief, und sie beugte sich vor, um sein Gesicht zu sehen.

»Ja, mein Liebster.«

»Ich liebe dich so sehr... ich werde dich immer lieben... ich könnte niemals jemand anderen so lieben, wie ich dich liebe.«

»Ich auch nicht, Brad.«

»Wirst du mir schreiben?« Er hatte Tränen in den Augen bei dieser Frage. Er hatte schließlich akzeptiert, daß er Rom allein verließ.

»Natürlich werde ich dir schreiben. Immer.« Immer. Ewig. Die Versprechungen auf Lebenszeit, von denen sie nur allzu gut wußte, daß auch sie mit der Zeit in Vergessenheit geraten würden. Eines

Tages würde er heiraten und sie vergessen. Sie wußte jedoch, daß es für sie nie vorüber sein würde. Sie würde ihn nie vergessen. »Wirst du mir schreiben?«

»Natürlich. Aber lieber würde ich dich mitnehmen.«

»Vielleicht in deiner Tasche oder in einem Geheimfach oder in einem Koffer...« Sie lächelte ihm zu und küßte seine Nasenspitze. »Paris ist so schön, es wird dir sehr gefallen.«

»In zwei Wochen kommst du mich besuchen, nicht wahr? Ich müßte die Papiere für dich bekommen, sobald ich dort bin.« Er hatte ihr das Versprechen abgenommen, daß sie, so oft sie konnte, für ein Wochenende kommen würde. Für Brad war die letzte Woche wie im Nebel verflogen, und er fühlte sich am Morgen seiner Abreise ausgelaugt. Er setzte sich vor Sonnenaufgang im Bett auf und betrachtete Serena, die unter dem großen Fächer ihres seidigen Blondhaares in dem Himmelbett lag. Er berührte ihr Haar und ihr Gesicht, ihre Arme und ihre Brüste, dann weckte er sie sanft, und sie liebten sich wieder, und während er sie an sich drückte, wurde ihm klar, daß er sie soeben zum letzten Mal in Rom geliebt hatte. In zwei Stunden würde er abreisen, und es würden ihnen nur noch gelegentliche Wochenenden bleiben, die sie gemeinsam in Paris verbringen würden, bevor er schließlich in die Vereinigten Staaten zurückfahren mußte. Während er sie an sich gedrückt hielt, spürte sie, wie sein Glied wieder anschwoll und er sie begehrte; sie liebkoste ihn, zuerst mit den Fingern und dann mit ihrer gewandten Zunge. Sie hatte auf ihrem Liebeslager viel von Brad gelernt, doch das meiste war aus ihrem Gefühl oder Instinkt gekommen, weil sie ihm Vergnügen bereiten und sich ihm auf jede mögliche Art schenken wollte. Und so stöhnte er ein letztes Mal leise und glühte vor Lust bei ihrer Berührung, ihrem Kuß, ihrer gegenseitigen Begierde, und er löste sich von ihrem Mund und drang wieder in sie ein. Sie begriff, was geschehen war und hoffte, daß sein letztes Geschenk für sie ein Sohn sein würde.

Doch keiner von ihnen dachte an etwas anderes als an das geliebte Wesen, als sie eine Stunde später in seinem Büro zusammenkamen, und er sie zum letzten Mal küßte.

»Du wirst in zwei Wochen kommen?«

»Ich werde kommen.« Aber sie wußte, daß es nicht sicher war.

»Wenn nicht, fliege ich wieder nach Rom.« Und was dann? Ein

Abgrund von Einsamkeit für sie beide auf Jahre hinaus. Infolge ihrer unerschütterlichen Überzeugung, daß sie nicht gut genug war, um ihn zu heiraten, hatte sie ihn zu einem schweren Schicksal verurteilt. Er konnte nicht anders, er versuchte es noch einmal. »Serena... bitte... überlege es dir... bitte... laß uns heiraten.« Aber sie schüttelte den Kopf, vor Schmerz über seine Abreise unfähig zu sprechen, das Gesicht tränenüberströmt. »O Gott, ich liebe dich so sehr.«

»Ich liebe dich auch.« Mehr konnte er nicht sagen, bevor ihn die Ordonnanzen holten, und nachdem er den Raum verlassen hatte, lehnte sie sich mit einem fast animalischen Stöhnen an die Wand und starrte in den Garten hinaus, während er atemlos nach unten lief. Sie wußte, er würde sie dort sehen, wenn er wegfuhr, und nur Brad und sein Fahrer würden ihr von Traurigkeit gezeichnetes Gesicht sehen. Als er vorbeifuhr, sah sie, daß auch er weinte, sein düsteres, blasses Gesicht am Wagenfenster war feucht von stummen Tränen, während der Fahrer unbarmherzig Gas gab.

Langsam ging sie mit vom Schmerz verschleiertem Blick geradewegs in ihr Zimmer und schloß die Tür. Marcella sprach kein Wort. Es war zu spät für Vorwürfe. Nachdem Serena zwei Tage lang regungslos im Bett gelegen hatte, bekam Marcella Angst, sie würde sterben. Auch am dritten Tag weigerte sich Serena aufzustehen, etwas zu essen, sie schien nie zu schlafen. Sie weinte still und starrte die Decke an. Sie verließ das Bett auch nicht, als Brad anrief, und die Ordonnanz es Marcella sagte. Marcella geriet in Panik und wandte sich am nächsten Tag selbst an die Ordonnanz.

»Ich muß den Major anrufen«, erklärte sie entschieden und versuchte, es als offizielle Angelegenheit hinzustellen, als sie mit einer sauberen Schürze und frisch geplättetem Kopftuch im Büro des Sekretärs stand.

»Major Appleby?« Der Sekretär war erstaunt. Der neue Major sollte erst am nächsten Morgen kommen. Vielleicht wollte die alte Frau kündigen. Sie fragten sich bereits alle, ob ihre Nichte es tun würde. Seit Major Fullerton abgereist war, hatte niemand Serena gesehen.

»Nein. Ich will Major Fullerton in Paris anrufen. Ich werde das Gespräch bezahlen. Aber Sie müssen die Verbindung herstellen, und ich will vertraulich mit ihm sprechen.«

»Ich werde sehen, was ich tun kann.« Der Sekretär warf der unbeugsamen alten Frau einen Blick zu und versprach, sein Bestes zu versuchen. »Ich werde Sie holen, wenn ich ihn am Apparat habe.« Zufällig hatte er Glück und erreichte B. J. kaum eine Stunde später, der traurig in seinem neuen Büro saß und sich fragte, warum Serena seinen Anruf nicht annehmen wollte. Er hatte sowieso keine gute Nachricht für sie. Die Reisepapiere für ihr Wochenende in Paris waren nicht bewilligt worden. Es gab vage Andeutungen, daß man eine Fraternisierung mit den Bewohnern eines besiegten Landes nicht gerne sah und es für »das Vernünftigste hielt, wenn er seine Torheiten vergaß«. Er war wütend gewesen, als er den Bescheid bekommen hatte, und nun mußte er es ihr sagen. Das einzige, was er ihr bieten konnte, war ein Besuch in Rom in einigen Wochen, sobald er abkömmlich war, aber er hatte keine Ahnung, wann das sein würde. Er starrte hinaus in den Pariser Regen auf die Place du Palais-Bourbon im Siebten Arrondissement, als der Anruf von seinem ehemaligen Sekretär in Rom kam; er zuckte zusammen und lächelte, als er die vertraute Stimme hörte. »Ich rufe für Marcella an, Major. Sie sagte, es sei wichtig und vertraulich. Ich habe eben jemanden zu ihr geschickt. Sie werden eine Minute warten müssen, wenn Ihnen das nichts ausmacht.«

»In Ordnung.« Doch er war sehr erschrocken. War etwas vorgefallen? »Ist bei Ihnen alles in Ordnung, Palmers?« Seine Stimme klang besorgt, und der junge Mann lächelte.

»Alles bestens, Sir.«

»Noch alles an Bord?« Er fragte nach Serena, wagte aber nicht, ihren Namen zu nennen.

»Ja, durchaus. Wir haben Marcellas Nichte wenig gesehen, praktisch gar nicht, seit Sie abgereist sind, Sir, aber Marcella sagt, sie ist krank und wird in einigen Tagen wieder wohlauf sein.« O Gott, das konnte alles mögliche bedeuten. »Hier kommt Marcella, Sir. Glauben Sie, mit ihrem Englisch zurechtzukommen, oder wünschen Sie jemand an einer Nebenstelle als Hilfe?«

»Nein, wir werden schon zurechtkommen, danke.« B. J. fragte sich, wie viele von ihnen Bescheid wußten. Wie diskret er und Serena sich auch verhalten hatten, irgendwie wurden solche Dinge doch bekannt. Es war sicherlich bis nach Paris gedrungen. »Danke, Palmers, es hat mich gefreut, mit Ihnen zu sprechen.«

»Mich auch, Sir. Hier ist sie.«

»*Maggiore?*« Die Stimme der alten Frau war für ihn wie ein Hauch frischer Luft.

»Ja, Marcella. Ist alles in Ordnung? Serena?« Als Antwort auf diese Frage wurde er mit einem Schwall schneller italienischer Worte überschüttet, die er nicht verstand, außer den Ausdrücken Essen und Schlafen, doch er wußte nicht, wer aß und schlief und warum Marcella so besorgt war. »Einen Augenblick! Warten Sie! *Piano! Piano!* Langsam! *Non capisco.* Handelt es sich um Serena?«

»*Si.*«

»Ist sie krank?« Ein weiteres Schnellfeuer von italienischen Worten, und er bat die alte Frau noch einmal, langsam zu sprechen. Diesmal tat sie es.

»Sie hat nichts gegessen, nichts getrunken, hat weder geschlafen noch ist sie aufgestanden. Sie hat nur geweint und geweint und geweint und...« Nun begann Marcella zu weinen. »Sie wird sterben, *Maggiore.* Ich weiß es. Ich habe meine Mutter genauso sterben sehen.«

»Sie ist neunzehn Jahre, Marcella. Sie wird nicht sterben.« Ich werde sie nicht sterben lassen, sagte er sich. »Haben Sie versucht, sie aus dem Bett zu bringen?«

»*Si. Ogni ora.* Jede Stunde. Aber sie steht nicht auf. Sie hört nicht zu. Sie tut nichts. Sie ist krank.«

»Haben Sie den Arzt geholt?«

»Sie ist nicht so krank. Sie ist krank nach Ihnen, *Maggiore.*« Er war krank vor Sehnsucht nach ihr, und das verdammte verrückte Mädchen hatte sich geweigert, ihn zu heiraten, wegen ihrer fixen Idee, sie müsse ihn beschützen, und nun saßen sie in der Patsche. »Was sollen wir tun?«

Er kniff die Augen zusammen und starrte hinaus in den Dezemberregen. »Holen Sie sie zum Telefon. Ich will mit ihr reden.«

»Sie nicht kommen.« Marcella war noch besorgter. »Gestern, wenn Sie anrufen, sie nicht kommen.«

»Wenn ich heute abend anrufe, Marcella, bringen Sie sie zum Telefon, und wenn Sie sie mit Gewalt hinschleppen müssen.« Er verfluchte im stillen den Umstand, daß es in der Dienstbotenwohnung kein Telefon gab. »Ich will mit ihr sprechen.«

»*Ecco. Va bene.*«

»Können Sie es schaffen?«

»Ich werde es tun. Sie sind nach Umbrien gefahren, um sie zu holen, und ich werde sie jetzt zum Telefon bringen. *Facciamo miracoli insieme.*« Sie grinste ihr halb zahnloses Lächeln. Sie hatte ihm soeben gesagt, daß sie zusammen Wunder vollbrachten. Und es würde ein Wunder erfordern, um Serena aus dem Bett zu bekommen.

»Versuchen Sie sie vorher für einige Minuten aus dem Bett zu bekommen. Sonst wird sie zu schwach sein. Moment.« Er dachte nach. »Ich habe eine Idee. Im Augenblick ist doch niemand im Gästezimmer, nicht wahr?« Marcella dachte nach, dann bestätigte sie es.

»*Nessuno, Maggiore.*« Niemand.

»Gut. Ich werde alles in die Hand nehmen.«

»Sie werden sie dorthin bringen?« fragte Marcella verwundert. Trotz ihrer Abstammung und ihres Titels war Serena schließlich nur eine Angestellte im Palazzo, und noch dazu in untergeordneter Stellung. Wenn sie auch alle diese Monate im Bett des Majors gelegen hatte, war es etwas anderes, sie in ein Gästezimmer zu bringen wie einen VIP-Gast. Marcella befürchtete Unannehmlichkeiten.

»Ich werde sie dorthin bringen lassen, Marcella, ob sie will oder nicht. Geben Sie mir Palmers. Ich werde sie dort nach oben tragen lassen, sobald Sie sie bereitmachen können. Und in einer Stunde« – er sah auf seine Uhr – »werde ich sie anrufen.«

»Was soll ich Sergeant Palmers sagen?«

»Ich werde es ihm schon sagen; daß sie sehr krank ist und wir Angst vor einer Lungenentzündung haben, daß es dort, wo Sie wohnen, zu feucht für sie ist, und ich allen Befehl erteile, sie hinaufzubringen.«

»Was sollen wir tun, wenn der neue *Maggiore* kommt?«

»Kümmern Sie sich nicht darum. Holen Sie Palmers, ich will jetzt mit ihm sprechen. Sie gehen zu Serena und bereiten sie vor.«

»Ja, *Maggiore.*« Marcella schickte ihm einen Kuß. »Ich liebe Sie, *Maggiore*. Wenn sie Sie nicht heiratet, tu ich es.«

Er kicherte. »Sie sind vorgemerkt, Marcella.«

Während er Palmers seine Anweisungen gab, war er sich seiner eisernen Entschlossenheit bewußt. Wenn er sie telefonisch nicht zur Vernunft bringen konnte, würde er nach Rom fahren. Eine Stunde später ließ er sie in Rom von der Militärvermittlung anrufen. Als der

Apparat im Gästezimmer läutete, meldete sich zuerst Palmers, dann Marcella, dann hörte er Geräusche von sich bewegenden Personen, Schritte, gedämpfte Stimmen, das Schließen einer Tür, und dann hörte er kaum lauter ein Flüstern, ihre zarte, schwache Stimme.

»Was ist los, Brad? Was ist geschehen? Sie haben mich aus meinem Zimmer hierhergebracht.«

»Gut. Das habe ich angeordnet. Jetzt hör mir gut zu. Ich werde nicht mehr auf dich hören. Ich liebe dich. Ich will dich heiraten. Was du getan hast, kostet uns beide das Leben. Du zwingst dich dazu zu sterben, und ich hatte das Gefühl, es wäre mein Tod, als ich Rom verließ. Das ist Wahnsinn... heller Wahnsinn, hörst du? Ich liebe dich. Willst du also jetzt um Himmels willen zur Vernunft kommen, Mädchen, und nach Paris fahren, um mich zu heiraten, oder muß ich nach Rom kommen und dich von dort wegschleppen?«

Als Antwort lachte sie leise, dann wurde es still. Er konnte beinahe sehen, wie sie das Für und Wider abwog. Er konnte allerdings nicht sehen, wie sich Serena auf die Kissen zurücklegte, während Tränen aus ihren Augen strömten und sie mit zitternden Händen den Hörer hielt; sie kämpfte dagegen an, ihrem Gefühl nachzugeben, doch dann sagte sie mit großer Anstrengung: »Ja!« Es war noch immer kaum mehr als ein Flüstern, und er war nicht sicher, ob er sie richtig verstanden hatte.

»Was hast du gesagt?« Er hielt den Atem an.

»Ich sagte, ich werde dich heiraten, Major.«

»Das ist das einzig Richtige!« Er bemühte sich, arrogant zu klingen, aber seine Hände zitterten noch stärker als die ihren, und der Kloß in seiner Kehle war so groß, daß er kaum reden konnte. »Ich werde sofort die Heiratspapiere besorgen, Liebste, und wir holen dich hierher, sobald wir können.« Mein Gott! Mein Gott, dachte er, sie hat ja gesagt! Sie hat es gesagt! Er wollte sie fragen, ob es ihr Ernst war, wagte es aber nicht. Er würde ihr keine Chance geben, es sich anders zu überlegen. Jetzt nicht mehr. »Ich liebe dich, mein Schatz, von ganzem Herzen.«

12

An dem Morgen, an dem Serena Rom verließ, stand sie lange im Garten unter dem Weidenbaum und zog ihre Jacke fest um sich. Die Sonne war gerade aufgegangen, und es war noch kalt, während sie die Hügel in der Ferne betrachtete und dann wieder die weiße Marmorfassade, von der sie sich nun zum zweiten Mal trennte. Sie dachte an das letzte Mal, als sie mit ihrer Großmutter nach Venedig gefahren war, aber diesmal war die Atmosphäre, die bei ihrer Abreise herrschte, eine andere. Sie würde heiraten, und diesmal war sie bereit fortzugehen. Schließlich war es nicht mehr ihr Palazzo, er würde es nie mehr sein, es war daher sinnlos, sich vorzumachen, daß er wirklich noch immer ihr Zuhause war. Sie seufzte leise, während sie zu B. J.s Büro blickte, zu den Fenstern ihres einstigen Zimmers, dann wanderten ihre Blicke zu dem Balkon vor dem Schlafzimmer ihrer Mutter, dem Zimmer, das sie mit ihm geteilt hatte.

»Addio...« Sie flüsterte es in den Wind. Nicht *arrivederci* oder *arrivederla*, auf Wiedersehen, sondern *Addio*... lebwohl.

Die letzten Augenblicke, bevor sie das Haus verließ, waren hektisch und schmerzlich, eine letzte Umarmung von der weinenden Marcella, die auf Serenas Vorschlag, sie nach Paris zu begleiten, nicht eingegangen war. Rom war die Heimat der gütigen alten Frau, und sie wußte, daß nun für ihre Principessa gesorgt war. Bald darauf fuhr sie durch die Einfahrt, dann vorbei an den vertrauten Sehenswürdigkeiten auf dem Weg zum Bahnhof Termini, von dem aus sie Rom verlassen würde. Sie warf noch einen kurzen Blick auf die Fontana di Trevi, die Spanische Treppe, die Piazza Navona. Serena sah schrecklich jung aus, als sie ihren Koffer von der Ordonnanz in Empfang nahm, der sie zum Bahnhof gebracht hatte, dann reichte sie ihm die Hand, bevor sie in den Zug stieg.

»Besten Dank. *Grazie mille.*« Sie strahlte ihn an.

»Lebwohl...« flüsterte sie leise, während der Zug seine Fahrt beschleunigte, und sie die vertraute Silhouette ihrer Heimatstadt in der Ferne verschwinden sah. Diesmal standen keine Tränen in ihren Augen, denn sie dachte nur an Paris und an das Glück, das sie dort erwartete.

Sie traf kurz nach zwölf Uhr mittags in Paris ein. Als der Zug in die Stadt einfuhr, sah sie in der Ferne den Eiffelturm und verschiedene Gebäude, die sie nicht kannte, dann fuhr der Zug langsam in die Gare de Lyon ein. Es war ein großer Bahnhof, und sie fühlte sich sehr verlassen. Als der Zug hielt, ergriff sie ihren Koffer, verließ langsam mit den Passagieren das Abteil und stieg aus dem Zug. Sie war nach Paris gekommen, um B. J. zu treffen und ihn zu heiraten. Sie wußte, daß für sie ein neues Leben begonnen hatte.

»Glauben Sie, er hat Sie vergessen?« Ein junger GI, mit dem sie sich am Abend im Zug unterhalten hatte, sah sie freundlich grinsend an, und während Serena den Kopf schüttelte, sah sie, daß der junge GI Haltung annahm und jemanden grüßte, der hinter ihr stand. Als ob sie seine Nähe gespürt hätte, drehte sie sich zu B. J. um, die Augen weit geöffnet, mit aufgeregtem Gesicht, in ihrer Kehle stieg Lachen auf, und ehe sie etwas sagen konnte, hatte er sie in die Arme genommen und vom Boden hochgehoben. Der junge Amerikaner lächelte und verschwand mit hochgezogenen Schultern hinter ihnen.

13

Paris hatte an diesem Morgen seine schönsten Farben für Serena angelegt, einen strahlend blauen Himmel, da und dort leuchtendes Grün, wenn sie an Nadelbäumen vorbeifuhren, die Gebäude wiesen das gleiche wohlvertraute streifige Grau auf wie seit Jahrhunderten, es gab Fassaden aus weißem Marmor mit goldenen Blättern und reichlich Patina, und überall sahen die Menschen glücklich und lebhaft aus. Es war fast Weihnachten, und wie groß auch noch das in Paris herrschende Durcheinander war, es war das erste Weihnachten nach dem Krieg, das erste Mal seit sechs Jahren, daß die Pariser wirklich voller Freude feiern konnten.

Hand in Hand fuhren sie in B. J.s Dienstwagen über die breiten Boulevards und durch schmale Gassen, vorbei an Notre Dame und dem Invalidendom, über die bemerkenswerte Place Vendôme, die Champs Elysées hinauf, um den Arc de Triomphe herum im Wirbel des Kreisverkehrs auf der Place de l'Etoile, wo zwölf Hauptstraßen zusammentreffen und wo sie nur hoffen konnten, mit keinem anderen Wagen zusammenzustoßen. Sie ließen wohlbehalten den Arc de Triomphe hinter sich, und Serena sah mit großen Augen um sich, während sie gemächlich die Avenue Hoche hinunterfuhren, wo B. J. in einem eleganten *Hôtel particulier* untergebracht war, das eher aussah wie ein herrschaftlicher Wohnsitz, und vor dem Krieg dem Besitzer eines der bekanntesten Weingüter Frankreichs gehört hatte. Während der beängstigenden Tage kurz vor der Besetzung von Paris hatte der Besitzer des Weingutes beschlossen, zu seiner Schwester nach Genf zu fahren, und hatte das Haus für den Rest des Krieges der Obhut seines Personals anvertraut. Dann hatten es die Deutschen während der Besatzungszeit beschlagnahmt, aber der Offizier, der dort gewohnt hatte, war ein kultivierter Mann gewesen, und das Haus hatte während seiner Anwesenheit keinen Schaden gelitten. Nun war der Besitzer erkrankt und konnte noch nicht zurückkommen. Inzwischen hatten die Amerikaner das Haus für einen fixen Jahresbetrag von ihm gemietet. B. J. war dort sehr gut untergebracht, er wohnte nicht so prächtig wie im Palazzo Tibaldo, aber doch sehr komfortabel, mit zwei freundlichen alten französischen Bediensteten, die für seine Bedürfnisse sorgten.

B. J.s Fahrer hielt den Wagen vor dem Tor an, stieg rasch aus und öffnete es, bevor er hineinfuhr. Der Wagen blieb unmittelbar vor dem Haus stehen, und B. J. wandte sich an Serena.

»Nun, mein Schatz, das ist es.«

»Es sieht wunderschön aus.« Sie blickte ihn dabei strahlend an, ohne sich einen Deut um das Haus zu kümmern, sondern nur um das, was sie in seinen Augen las. Ihre Augen schienen zu sprühen, als er sie zärtlich küßte und dann ausstieg, um sie ins Haus zu führen.

Sie gingen schnell die Stufen zu einer weiteren schweren Eisentür nach oben, die sofort von einem kleinen rundlichen, glatzköpfigen Mann mit blinzelnden blauen Augen und strahlendem Lächeln geöffnet wurde; neben ihm stand eine ebenso kleine, freundlich lächelnde Frau.

»Monsieur und Madame Lavisse, meine Verlobte, die Principessa di San Tibaldo.« Serena wurde bei der Nennung ihres Titels sofort verlegen, sie streckte die Hand aus, und die beiden verbeugten sich steif.

»Wir freuen uns, Sie kennenzulernen.« Sie lächelten sie herzlich an.

»Auch ich freue mich sehr, Sie kennenzulernen.« Sie warf einen Blick hinter die beiden auf jene Teile des Hauses, die sie von ihrem Standplatz aus sehen konnte. »Es sieht reizend aus.« Sie schienen sich über das Kompliment zu freuen, als ob es ihr eigenes Haus wäre, und sie boten ihr sofort an, es ihr zu zeigen.

»Leider ist es nicht mehr das, was es einmal war«, entschuldigte sich Pierre, während er sie im Garten hinter dem Haus herumführte, »aber wir haben unser Bestes getan, um es für Monsieur le Baron unversehrt zu erhalten.« Ihr Arbeitgeber hatte sein Pariser Heim seit fünf Jahren nicht mehr besucht, und da er jetzt mit fünfundsiebzig Jahren schwer erkrankt war, war es möglich, daß er es nie mehr wiedersehen würde, aber sie hatten es pflichtgetreu bis zum Schluß für ihn betreut, und er bezahlte sie großzügig für alles, was sie taten.

Die Säle waren wie im Palazzo in Rom mit Marmor verkleidet, der aber hier blaß pfirsichrosa war. Die Louis-XV-Chaiselongues, die in regelmäßigen Abständen im Vorraum aufgestellt waren, waren vergoldet und mit blaß pfirsichfarbenem Samt tapeziert. An der Wand hingen zwei ausgezeichnete Bilder von Turner, farbenprächtige venetianische Sonnenuntergänge, zur Einrichtung gehörte eine große Louis-XV-Kommode mit Einlegearbeiten und einer rosa Marmorplatte sowie mehrere kleine, im Raum verstreute, ausgesucht schöne Möbelstücke. Von der Halle aus konnte man in den Garten sehen, der aber im Winter wenig zu bieten hatte, und so begaben sie sich in den Hauptsalon, der Serena tief beeindruckte. Er war in dunkelrotem Damast und weißem Samt gehalten, es gab schwere Möbel im Empirestil, himbeerrot und cremefarben gestreifte, gepolsterte Chaiselongues und zwei riesige chinesische Vasen neben einem kostbaren Schreibtisch. Außerdem große Porträts von Familienmitgliedern des Barons und einen Kamin, groß genug, daß der Major darin aufrecht stehen konnte. Jetzt loderte ein schönes Feuer darin. Es war ein Raum, der einem vor Bewunderung und Staunen den Atem rauben sollte und einen dennoch zum Eintreten und Hinsetzen einlud. Serena musterte entzückt die kleinen chinesischen *objets d'art*, die Perserteppiche und eine Reihe von kleineren Porträts, die den Baron und seine Schwestern als Kinder darstellten, dann führte B. J. sie in einen kleineren, dahinter liegenden, holzgetäfelten Raum. Auch dort erwartete sie ein loderndes Feuer, aber der Kamin war kleiner, und drei Wände des Raumes waren mit schön gebundenen Büchern bedeckt. Da und dort gab es Lücken in den Regalen, auf die Pierre beeindruckt wies. Das war der einzige von den Deutschen verursachte Schaden. Der Offizier, der in dem Haus gewohnt hatte, hatte einige Bücher mitgenommen, als er Paris verließ. Aber Pierre schätzte sich glücklich, weil sonst nichts geraubt worden war. Der Deutsche war ein Mann von Ehre gewesen, der sich sonst nichts angeeignet hatte.

Im gleichen Stockwerk befand sich ein schönes, kleines ovales Frühstückszimmer mit Blick auf den Garten und dahinter ein konventionelles Speisezimmer mit erlesenen Wandmalereien von einem chinesischen Dorf. Das Mobiliar wies die für den Chippendalestil typischen Klauenfüße und Schnörkel an den Rückenlehnen auf, und das gewachste englische Büfett leuchtete in warmem Glanz. Während Serena bewundernd durch die Räume ging, erinnerte sie sich an das Haus ihrer Großmutter in Venedig. Die italienischen Palazzi, in denen sie gewohnt hatte, waren alle größer und prunkvoller gewesen als dieses Haus, doch die Einrichtung war so exquisit, daß es, obgleich kleiner, irgendwie eindrucksvoller wirkte, mehr wie ein Museum. Es war besonders rührend, daß der alte Butler B. J. für so vertrauenswürdig gehalten hatte, daß er einige von den wirklich kostbaren Stücken in den Zimmern aufgestellt hatte.

»Der alte Knabe ist in seiner Art eine Persönlichkeit«, sagte B. J. flüsternd über Pierre, während sie dem alten Butler nach oben folgten. Seine Frau, Marie-Rose, war in die Küche verschwunden, um für Serena etwas zu essen zuzubereiten. »Wie er mir erzählte, hatte er das meiste im Keller versteckt. Und ich habe das Gefühl, daß sich einige von den besten Stücken noch immer dort unten befinden.«

Im oberen Stock gab es vier hübsche Schlafzimmer. Ein großes, schönes Elternschlafzimmer, das in schwerem blauen Satin gehalten war, mit glatten, glänzenden Holzmöbeln, einer stattlichen Chaiselongue, einem behaglichen Sofa für zwei Personen, einem kleinen Schreibtisch und wieder einem Kamin. Man hatte eine hübsche Aussicht auf den Garten und auf ein Stückchen Paris, und es gab auch ein kleines Arbeitszimmer, das B. J. gelegentlich als Büro benützte, sowie ein Ankleidezimmer, das, wie B. J. ihr sagte, Serena gehörte. Dahinter lag ein schönes, in rosa gehaltenes Schlafzimmer, das der verstorbenen Baronesse gehört hatte, wie ihnen Pierre erzählte, und zwei weitere Schlafzimmer, die nun für Gäste verwendet wurden, mit *toile de Jouy* an den Wänden und mehreren schönen antiken Möbeln.

»Und im obersten Stockwerk befindet sich die Mansarde.« Pierre lächelte beiden freundlich zu. Er zeigte das Haus gern her.

»Es ist ein wunderschönes Haus, Pierre«, sagte Serena. »Ich weiß gar nicht, was ich sagen soll. Es ist viel schöner als alles, was ich in Italien oder in den Vereinigten Staaten gesehen habe. Meinst du nicht auch, Brad?« Sie sah B. J. liebevoll an, ihre Augen strahlten vor Freude. Pierre fand, daß es herzerfreuend war, die beiden zu beobachten.

»Ich sagte Ihnen doch, das Haus würde ihr gefallen, nicht wahr?« B. J. nickte und sah Pierre an.

»Ja, Sir, und wenn Sie und Mademoiselle jetzt in die Bibliothek kommen wollten, hat Marie-Rose sicherlich etwas für Mademoiselle vorbereitet.« Seine Annahme erwies sich als richtig, denn als sie in die Bibliothek kamen, entdeckten sie eine Platte mit belegten Broten, einen Teller mit Backwaren und einen großen silbernen Krug mit heißer Schokolade, die auf sie warteten.

B. J. konnte es kaum erwarten, daß Pierre sie allein ließ, was er einen Augenblick später tat. B. J. umarmte seine Geliebte und küßte sie leidenschaftlich, sobald sie sich auf die Couch setzte.

»O Gott, ich dachte, ich würde nie mehr mit dir allein sein. Ach Liebling, du hast mir so gefehlt.«

»Und du mir.« Einen kurzen Augenblick huschte der Schmerz jener ersten Tage, die sie ohne ihn verbracht hatte, über ihre Augen, und sie klammerte sich einen Moment an ihn. »Ich hatte solche Angst, B. J.... daß ich dich nie wieder sehen würde, daß...« Sie schloß die Augen kurz, dann küßte sie ihn auf den Hals. »Ich kann noch nicht glauben, daß ich hier bei dir bin, in diesem schönen Haus... es ist wie ein Traum, und ich habe Angst zu erwachen.« Sie sah sich mit glücklichem Lächeln um, und er küßte sie wieder.

»Wenn du erwachst, werde ich bei dir sein. Und nicht nur das, wenn du wieder erwachst, bist du meine Frau.«

»Was?« Sie sah ihn erschrocken an. »So bald?«

»Warum? Wolltest du noch Zeit, um es dir zu überlegen?« Aber der junge Oberstleutnant wirkte nicht besorgt, während er eines der belegten Brote nahm, die Marie-Rose gemacht hatte, und sich auf der Couch zurücklehnte. Er war befördert worden, als er Rom verlassen hatte.

»Sei nicht komisch. Ich dachte nur, es würde ein wenig länger dauern, bis du es in die Wege geleitet hast.« Dann begriff sie, ein mutwilliges Lächeln tanzte in ihren Augen. »Soll das heißen, daß wir heute getraut werden?«

»Mehr oder minder. Genauer gesagt, halb getraut.«

»Halb getraut?« Sie sah überaus belustigt aus, während sie die heiße Schokolade trank. »Du meinst, ich werde getraut und du nicht?«

»Nein, wir werden beide getraut. Hier in Europa gibt es anscheinend zwei Hochzeiten. Eine im *Hôtel de ville*, im Rathaus, gewissermaßen nur für das Standesregister. Am nächsten Tag findet die Hochzeit in der Kirche deiner Wahl statt. Die zweite muß nicht unbedingt sein, aber ich habe mir gedacht, du möchtest es gerne.« Er sah Serena verlegen an. »Wir hätten vom Militärgeistlichen getraut werden können, aber hier in der Nähe gibt es eine hübsche kleine Kirche, und ich dachte, vielleicht... wenn du willst...« Er errötete wie ein kleiner Junge, und Serena nahm sein Gesicht zwischen beide Hände und küßte ihn.

»Wissen Sie, wie sehr ich Sie liebe, Sir?«

»Nein, sag es mir.«

»Von ganzem Herzen und mit ganzer Seele.«

»Ist das alles?« Er bemühte sich, enttäuscht auszusehen, aber es gelang ihm nicht. »Was ist mit dem Rest?«

»Du hast eine schmutzige Phantasie. Der Rest gehört dir erst nach der Hochzeit.«

»Was?« Diesmal sah er wirklich erschrocken aus. »Was meinst du damit?«

»Genau das, was du denkst. Ich werde als... relative Jungfrau vor den Altar treten!« Sie grinste, und er stieß einen Schrei aus.

»Also, da bin ich... Welche Hochzeit gilt denn? Die heute oder die morgen früh?«

»Natürlich die morgen früh. Wir haben in Italien das gleiche System wie die Leute hier.« Sie sah spröde und jungfräulich aus, als sie die langen, schöngeformten Beine übereinanderschlug und ihn über die Tasse Schokolade hinweg ansah.

»Also, du bist wirklich der unverschämteste Quälgeist, den ich kenne.« Dann nahm er ihr entschlossen die Tasse weg und begann sie zu küssen, während eine Hand langsam an ihrem Bein nach oben glitt und die andere sie an ihn drückte.

»B. J.! Hör damit auf!«

In diesem Moment kam Pierre herein, hustete diskret und schloß ziemlich geräuschvoll die Glastür hinter sich, während Serena ihren Rock glattstrich und ihre Blicke B. J. erdolchten, der nur grinste.

»Ja, Pierre?«

»Der Wagen ist da, Sir.«

B. J. sah Serena liebevoll an. Er hatte kaum Zeit gehabt, sie darauf vorzubereiten, und schon wurde sie von den Ereignissen eingeholt. »Liebste, es ist soweit. Die erste Runde. Willst du für einige Minuten nach oben gehen und dich frisch machen oder dergleichen, bevor wir fahren?«

»Jetzt? Schon?« Sie geriet in Panik. »Aber ich bin doch eben erst aus dem Zug gestiegen. Ich sehe schrecklich aus.«

»Nicht für mich.« Er lächelte ihr zu, und sie wußte, er meinte es so.

»Ich bin gleich wieder da. Geh nicht ohne mich weg.« Sie hörte ihn lachen, während sie in der rosa Marmorhalle verschwand. Nach zehn Minuten kam sie zurück, sie sah bezaubernd aus, beinahe wie eine Braut. In der letzten Woche in Rom hatte ihr Marcella ein reizendes Wollkleid mit breiten Schultern, einem einfachen runden Kragen, kurzen Ärmeln und einer kleinen Passe über einem weich fallenden, weiten Rock genäht. Das Material war schön; Marcella hatte es mit ihren Ersparnissen aus den letzten Monaten als Geschenk für Serena gekauft. Sie hatte sie gebeten, das Kleid bei ihrer Hochzeit zu tragen. Als sie nun langsam über die Treppe nach unten kam, das goldene Haar in einen Achterknoten geschlungen, mit strahlenden Augen, wobei das Kleid leicht um sie schwang, sah sie vom Kopf bis zu den Zehen wie eine Principessa aus. Sie trug eine einfache Perlenkette und dazu passende Perlenohrringe, sie wandte ihr Gesicht zu B. J. empor, und er küßte sie auf die Lippen.

»Du siehst wunderschön aus, Serena.« Sie lächelte ihm zu und sehnte sich nur einen Augenblick lang danach, eine Hochzeit zu haben wie jene, denen sie mit ihren Eltern vor Jahren beigewohnt hatte. Märchenprinzessinnen, die vornehm über Marmortreppen nach unten schwebten, in Kleidern, die aussahen wie weiße Wolken, mit Spitzen besetzt waren und meterlange Schleppen aus weißem Satin hatten. Aber das war zu einer anderen Zeit gewesen, und nun war ihr Hochzeitstag gekommen, und sie war sicher, daß sie das gleiche fühlte wie jene Bräute. B. J. griff nach dem braunen Mantel, den sie über dem Arm trug, doch Pierre trat diskret vor und schüttelte den Kopf.

»Nein, Oberst... nein...«

»Nein? Warum nicht? Ist etwas nicht in Ordnung?«

»Ja.« Der alte Butler nickte entschlossen, hob einen Finger wie der Dirigent eines Symphonieorchesters und erteilte Anweisungen. »Warten Sie, bitte. Nur einen Augenblick. Ich komme gleich wieder.« Er verschwand im Anrichteraum, und Serenas Herz begann vor Aufregung zu klopfen. In einer halben Stunde würde sie Mrs. Bradford Jarvis Fullerton III. sein.

»Ich kann es nicht glauben.« Sie kicherte und lächelte ihm zu wie ein kleines Mädchen.

»Was gibt es, Liebste?« Er sah auf die Uhr. Hoffentlich würde Pierre nicht der Grund sein, daß sie zu spät kamen.

Aber Serena schien es nichts auszumachen. »Ich kann nicht glauben, daß wir heiraten. Es ist wie ein Märchen. Ich meine, wer würde glauben... Wissen es deine Eltern?« Sie hatte erst jetzt daran gedacht, nahm aber an, daß er es ihnen schon mitgeteilt hatte.

»Natürlich.« Aber seine Antwort erfolgte ein bißchen zu schnell, und Serena sah ihn argwöhnisch an.

»Brad?«

»Ja?«

»Hast du es ihnen mitgeteilt?«

»Ja, das sagte ich dir doch.«

Ihre Stimme klang niedergeschlagen, als sie sich auf eine der pfirsichfarbenen Samtbänke setzte. »Was haben sie gesagt?«

»Wir gratulieren.« Er grinste verlegen, und sie zog eine Grimasse.

»Du bist unmöglich. Ich meine es ernst. Waren sie böse?«

»Natürlich nicht. Sie haben sich gefreut. Aber was viel wichtiger ist, Serena, ich freue mich. Genügt das nicht?« Er sah sie ernst an, und sie stand auf und küßte ihn wieder.

»Natürlich genügt das.« In genau diesem Moment kam Pierre geschäftig und aufgeregt zurück, gefolgt von Marie-Rose, die ein Kleidungsstück auf einem Kleiderbügel trug, das in einem schwarzen Satinsack steckte. Pierre nahm ihr den schweren Sack ab, hielt ihn am Bügel hoch, öffnete den Reißverschluß und entnahm ihm einen herrlichen dunkelbraunen Pelzmantel, der sich als Zobel entpuppte. Serena starrte ihn schweigend an, verwirrt über sein plötzliches Auftauchen.

»Mademoiselle... Principessa...« Pierre strahlte sie höchst offiziell an. »Dieser Zobelmantel gehörte der verstorbenen Baronin, und wir haben ihn mit den anderen Wertsachen des Barons all die Jahre in einem versperrten Raum im Keller aufbewahrt. Wir halten es für passend... wir würden es gerne sehen, daß Sie ihn heute tragen, wenn Sie den Oberst heiraten, und auch morgen in der Kirche.« Er lächelte ihr freundlich zu und reichte der zitternden Serena den Mantel. Marie-Rose fügte hinzu: »Er würde so gut zu Ihrem weißen Kleid passen.«

»Aber er ist so kostbar... Zobel... großer Gott... ich könnte nicht...« Und dann hilflos zu ihrem Bräutigam: »Brad... ich...«

Doch er hatte soeben einen Blick mit Pierre gewechselt, und der schäbige braune Mantel des Mädchens lag häßlich, nachlässig hingeworfen auf der Bank. Sie war schließlich eine Prinzessin und im Begriff, seine Frau zu werden, was war dabei, wenn sie ihn bei zwei Anlässen trug? »Ach komm, Liebling, warum ziehst du ihn nicht an? Pierre hat recht, es ist ein wunderschöner Mantel.« Er lächelte seiner Braut zärtlich zu.

»Aber, Brad...« Sie war glutrot, teils vor Verlegenheit, teils vor Aufregung. Um Zeit zu sparen, nahm B.J. einfach den Pelz aus den Händen des alten Butlers und zog ihn ihr an. Er saß über den Schultern tadellos, die Ärmel waren weit und die Länge richtig, der Mantel war ähnlich geschnitten wie ihr Kleid und hatte anstelle eines Kragens eine große, weite Kapuze, die er ihr jetzt über den Kopf zog. Sie sah wie eine russische Märchenprinzessin aus, und er mußte sich zu ihr hinunterbeugen und sie küssen, während Pierre und Marie-Rose entzückt zusahen.

»Viel Glück, Mademoiselle.« Pierre trat vor und schüttelte ihr die Hand, und sie beugte sich vor, ohne zu überlegen, und küßte ihn auf die Wange.

»Danke.« Sie konnte kaum sprechen, so gerührt war sie. Wie sehr sie ihr vertrauten und wie schnell, nach all dem, was sie alle im Krieg durchgemacht hatten, es war unglaublich, daß er imstande war, eine solche Geste des Vertrauens, der Zuneigung und der Großzügigkeit zu machen. In gewissem Sinn war es ihr Hochzeitsgeschenk für Serena, und sie war gerührter, als sie es ihnen gegenüber hätte ausdrücken können. Auch Marie-Rose trat zu ihr, die beiden Frauen umarmten einander, und Marie-Rose küßte Serena auf beide Wangen.

Als sie zum *Hôtel de ville* am Anfang der Rue de Rivoli kamen, liefen sie die Treppe nach oben, und Brad hielt ihr die Tür auf, während sie mit rauschendem Zobelmantel unter seinem Arm hindurchging. Sie bemerkte, daß sich mehrere Köpfe ihnen zuwandten, während sie und Brad feierlich durch einen mit Gold und Spiegeln geschmückten Korridor gingen, bei einem Büro stehenblieben und er ein Bündel Papiere aus der Manteltasche zog, das er einer jungen Frau übergab, die über den Vorgang genau informiert zu sein schien. Er entschuldigte sich bei ihr wegen der Verspätung, kurz darauf winkte die junge Frau von einer Tür aus, und Serena und Brad folgten ihr hinein. Dort erwartete sie ein korpulenter Beamter, der sie aufforderte, in einem riesigen Folianten zu unterschreiben. Er sah ihre Papiere noch einmal durch, kontrollierte die Pässe und stempelte dann mehrere Dokumente mit einem amtlich aussehenden Siegel. Dann kam er hinter dem Schreibtisch hervor, räusperte sich, rückte seine Brille zurecht, zog seinen Schlips gerade und hob die rechte Hand, als wollte er sie vereidigen. Er murmelte einige banale Sätze auf Französisch, dann hielt er Serena eine abgenutzte alte Bibel hin und forderte sie auf, die folgenden Sätze zu wiederholen; das tat sie, ihre grünen Augen waren weit aufgerissen, ihr Gesicht blaß, und ihr Herz hämmerte, dann war Brad an der Reihe, und einige Sekunden später schien alles vorbei zu sein, der dicke Mann ging wieder hinter seinen Schreibtisch zurück und setzte sich hin.

»Sie können jetzt gehen. Meine Glückwünsche.« Er sah völlig unbeteiligt aus, während Brad und Serena einander anblickten und zu begreifen begannen.

»Wir sind fertig?« fragte Brad.

Er sah sie an. »Ja.« Als wären sie sehr begriffsstutzig. »Sie sind verheiratet.«

Sie bewegten sich wie im Traum, hielten einander während der Heimfahrt an den Händen. Zu Hause fanden sie den Champagner vor, den Marie-Rose und Pierre für sie bereitgestellt hatten, und Brad trank seiner Frau mit liebevollem Lächeln zu.

»Also, was meinen Sie, Mrs. Fullerton? Ist es Zeit, zu Bett zu gehen?« Brads Augen funkelten schelmisch, und Serena schüttelte belustigt und bedauernd den Kopf.

»Schon? In unserer Hochzeitsnacht? Sollten wir nicht stundenlang aufbleiben oder tanzen gehen oder sonst etwas?«

»Möchtest du das wirklich?« Sie lächelten einander zu, und sie schüttelte langsam den Kopf.

»Ich möchte nur mit dir zusammen sein... für den Rest meines Lebens.«

»Das wirst du, mein Liebling, das wirst du.« Es war ein Versprechen, das ihr Geborgenheit bot und von dem sie wußte, daß er es immer halten würde. Dann hob er die langbeinige Schönheit hoch, verließ das Wohnzimmer, ging die breite Treppe nach oben und trug sie ins Schlafzimmer, wo er sie sanft aufs Bett legte.

»Brad...« flüsterte sie drängend, und ihre Hände waren ebenso besitzergreifend wie die seinen, als sie den Körper ihres Mannes berührte, die Hände rasch unter sein Hemd schob und dann langsamer die Hose öffnete, unter der sie die große, heiße Schwellung spürte.

»Ich liebe dich, mein Schatz.«

»O Brad.«

»Darf ich?« Er trat einen Augenblick zurück, bevor er das weiße Kleid aufhakte, sie nickte, während er den Reißverschluß öffnete und es ihr über den Kopf zog. »Ach, Liebste, ich sehne mich so nach dir.« Seine Hände und Lippen fanden sie sofort und gleich lag sie ebenso nackt wie er auf dem großen Bett; die Lampen gaben gedämpftes Licht, draußen wurde es dunkel, ihre Hochzeitsnacht begann, während ihr Körper sich fiebernd dem seinen entgegenhob, und er sie sanft und gänzlich in Besitz nahm und im Bewußtsein schwelgte, daß sie nun seine Frau war.

14

Am nächsten Morgen war die religiöse Zeremonie in der kleinen englischen Kirche in der Avenue Hoche, kurz und wunderschön. Serena trug dasselbe weiße Kleid wie am Vortag, aber Marie-Rose hatte durch ein Wunder ein kleines Bukett weißer Rosen für sie aufgetrieben, die sie in der Hand trug, während sie in dem dunklen Zobelmantel, die Kapuze über dem goldenen Haar, durch den Mittelgang der Kirche schritt. Sie sah unglaublich liebreizend aus, als sie sich Brad zuwandte und wieder ihr Gelöbnis sprach, diesmal vor dem malerischen kleinen Altar, während die Wintersonne durch die Fenster schien und der kleine alte Priester auf das junge Paar herablächelte, ihnen seinen Segen erteilte und sie zu Mann und Frau erklärte. Marie-Rose und Pierre waren Brautjungfer und Brautführer; B.J. war noch nicht lang genug in Paris, um einen Freundeskreis zu besitzen, und er wollte die Hochzeit im intimsten Kreis abhalten. In den nächsten Tagen, während der offiziellen Weihnachtsfeiern, die überall in Paris stattfanden, würde er sie allen als seine Frau vorstellen.

»Also, Mrs. Fullerton, fühlst du dich jetzt verheiratet?« Er lächelte ihr zu, während er ihre Hand auf der kurzen Heimfahrt hielt und Pierre und Marie-Rose neben dem Fahrer auf dem Vordersitz saßen.

»Sicherlich. Doppelt so sehr wie gestern.« Es war erstaunlich, daß sie erst vor vierundzwanzig Stunden in Paris angekommen und nun B.J.s Frau war. Sie dachte an Marcella und wünschte, sie könnte es ihr erzählen; sie gelobte sich, ihr noch am selben Abend zu schreiben.

»Glücklich, Liebling?«

»Sehr glücklich. Und du, Oberst?« Sie lächelte liebevoll, während sie sich vorbeugte, um ihn sanft auf den Mund zu küssen; ihr Gesicht war durch die weitgeschnittene Zobelkapuze fast verborgen, ihre Smaragdaugen strahlten im winterlichen Licht.

»Noch glücklicher. Und demnächst werden wir eine Hochzeitsreise unternehmen, das verspreche ich dir.« Die ganze Zeit, die sie gemeinsam verbrachten, war wie Flitterwochen. Sie war nie glücklicher gewesen als mit ihm. »Vielleicht könnten wir zu Weihnachten für einen Tag aufs Land fahren.« Er sah sie verträumt an. Er wollte eigentlich nicht irgendwohin fahren. Er wollte die nächste Woche mit ihr im Bett bleiben und sie lieben. Sie kicherte, als sie ihn ansah, beinahe als wüßte sie, was er dachte. »Was ist denn so komisch?«

»Du.« Sie beugte sich vor und flüsterte ihm ins Ohr: »Ich glaube kein Wort von dem, was du sagst. Ich glaube nicht, daß du mit mir aufs Land fahren wirst. Das Ganze ist eine Intrige, um mich in unserem Zimmer eingeschlossen zu halten.«

»Wieso wußtest du das?« antwortete er leise. »Wer hat dir das gesagt?«

»Du selbst.« Sie kicherte wieder. »Aber ich muß rausgehen, um etwas für Weihnachten einzukaufen, weißt du, Brad.«

»An unserem Hochzeitstag?« Er schien schockiert.

»Heute oder morgen. Mehr Zeit habe ich dafür nicht.«

»Aber was soll ich inzwischen tun?«

»Du kannst mitkommen, zumindest bei einem Teil.« Sie lächelte glücklich und senkte wieder die Stimme. »Ich will etwas für sie besorgen.« Sie deutete mit den Augen auf die Vordersitze, wo Marie-Rose und Pierre angeregt mit dem Fahrer plauderten, und B.J. nickte zustimmend.

»Das ist eine gute Idee.« Dann sah er auf die Uhr und runzelte die Stirn. »Nach dem Mittagessen will ich meine Eltern anrufen.« Serena nickte ruhig. Der Gedanke machte sie nervös, aber sie wußte, daß sie früher oder später mit ihnen zusammenkommen mußte, und es würde leichter sein, wenn sie schon einmal oder zweimal mit ihnen telefonisch gesprochen hatte. Jedesmal, wenn sie an sie dachte, erinnerte sie sich jedoch an jene Worte, die Pattie Atherton in ihrer Wut auf dem Balkon mit der Aussicht auf den Garten gesagt hatte... Brad ergriff ihre Hand. »Mach dir ihretwegen keine Sorgen, Serena. Sie werden dich liebgewinnen. Und was viel wichtiger ist, ich liebe dich. Außerdem« – er lächelte bei dem Gedanken an seine Familie versonnen – »sind da noch meine beiden Brüder. Sie werden dir gefallen. Besonders Teddy.«

»Der jüngste?« Sie blickte ihrem Mann glücklich ins Gesicht.

»Ja, Teddy ist der jüngste. Greg der mittlere.« Sein Gesicht umwölkte sich für einen Augenblick. »Greg ist... nun ja, er ist anders. Er ist stiller als wir anderen. Er ist... ich weiß nicht, vielleicht ist er meinem Vater ähnlicher. Er geht irgendwie seinen eigenen Weg und er ist merkwürdig, man kann ihn leichter beeinflussen als mich oder Teddy. Wir sind beide eigensinniger als er, und doch, wenn er sich wirklich etwas in den Kopf setzt, das ihm viel bedeutet, ist er ein schrecklicher Dickkopf.« Er sah sie vergnügt an. »Aber Teddy... er ist das Familiengenie, der Schelm, der Kobold. Er ist anständiger als wir alle zusammen und schöpferischer. Teddy hat« – er dachte eine Weile nach – »Seele... und Humor... und Weisheit... und sieht gut aus.«

»Warte mal, vielleicht habe ich den falschen Bruder erwischt.«

B.J. sah sie vollkommen ernst an. »Wäre schon möglich. Und er paßt sicherlich im Alter besser zu dir als ich, Serena.« Dann heiterte sich seine Stimmung rasch auf. »Aber du hast nun mal mich bekommen, Kindchen, und du sitzt bei mir fest.« Wie immer, wenn er von seinem jüngsten Bruder sprach, war aber offensichtlich, daß zwischen ihnen eine tiefe Zuneigung bestand, die bis ins Innerste seiner Seele reichte. »Weißt du, sobald er im Juni Princeton absolviert hat, will er Medizin studieren, und ich wette, er wird ein ausgezeichneter Arzt werden.« Er sah sie wieder mit offenem Lächeln an, und sie küßte ihn.

Als sie wieder in dem Haus in der Avenue Hoche waren, öffneten sie noch eine Flasche Champagner und tranken ihn mit Pierre und Marie-Rose, dann ging das alte Paar in die Küche, um das Mittagessen zu bereiten, während B.J. und Serena nach oben gingen, um ihre Flitterwochen wieder zu feiern, und als Marie-Rose sie eine Stunde später rief, zogen sie sich nur ungern an, um nach unten zu gehen.

Jetzt trug Serena einen grauen Rock und einen grauen Pullover und wieder die einfache Perlenschnur. Als sie aus dem Badezimmer kam, bemerkte Brad, daß sie sehr einfach gekleidet war.

»Was geschah mit dem weißen Kleid?« Das hatte ihm gefallen, es ließ ihre Taille so schmal aussehen, dazu sah sie in Weiß bezaubernd aus. Das Grau wirkte an einem so frohen Tag seltsam melancholisch. Es war aber der beste Rock, den sie besaß, und der Pullover war aus Kaschmirwolle, auch etwas Besonderes für sie. Sie besaß fast keine Kleider außer dem, was sie aus dem Kloster mitgebracht hatte, und ihrer Arbeitskleidung im Palazzo. Sie wußte, daß sie nun, da sie seine Frau war, mehr kaufen mußte, und sie beabsichtigte auch, einen Teil des ihr noch verbliebenen Geldes dafür auszugeben.

»Mach dir keine Sorgen. Ich werde dir neue Kleider kaufen.« Sie sah ihn verlegen an. »Ist das... ist es sehr häßlich?« Sie betrachtete sich im Spiegel und merkte, wie tot es wirkte, aber sie besaß sonst nichts. Sie errötete ein wenig, er ging zu ihr und nahm sie wieder in die Arme.

»Ich würde dich auch lieben, wenn du in eine Decke gewickelt wärst, mein großes Dummerchen. Nichts, das du je trägst, ist häßlich. Du hast eben in Weiß... in dem Zobel so hübsch ausgesehen. Warum gehen wir nicht heute nachmittag zusammen einkaufen und besorgen dir ein paar hübsche Sachen? Das ist mein Weihnachtsgeschenk für dich.«

Ehe sie wiedersprechen konnte –, daß sie es tun würde, wußte er –, legte er ihr den Arm um die Schultern und ging mit ihr nach unten, wo sie sich zu einem üppigen Mittagessen setzten. Marie-Rose hatte sich ihnen zu Ehren selbst übertroffen. Es gab eine fein gewürzte, hausgemachte Gemüsecremesuppe, eine wohlschmeckende Pastete mit frisch gebackenem Brot, wunderbare gebratene kleine Hühnchen und Püree aus Artischockenherzen, das B.J. besonders liebte. Außerdem Salat, Briekäse und Birnen, die Marie-Rose seit Tagen für diese Mahlzeit gehortet hatte; dann folgte als Nachspeise ein Schokoladensoufflé mit Vanillesoße und Schlagsahne.

»Ich glaube nicht, daß ich mich je wieder bewegen kann.« Serena starrte ihn fast verwundert an. »Ich habe noch nie im Leben so viel gegessen.«

»Es war wunderbar.« B.J. sah benommen zu Pierre auf, als ihm dieser nun ein Gläschen Cognac und eine Zigarre anbot. B.J. lehnte beides mit Bedauern ab.

Nachdem Pierre sie verlassen hatte, stand B.J. auf, streckte sich im Schein der warmen Wintersonne, die durch die hohen französischen Fenster hereinfiel, dann ging er zu Serena, massierte ihre Schultern sanft mit seinen kräftigen Händen, und sie legte den Kopf hin und blickte zu ihm nach oben.

»Ich habe gar keine Lust, einkaufen zu gehen, aber ich muß es wirklich tun.«

»Zuerst« – er sah auf die Uhr – »müssen wir meine Eltern anrufen. Es wird vielleicht einige Zeit dauern, bis wir durchkommen, aber es ist wichtig. Ich will ihnen meine Frau vorstellen.« Er küßte sie und führte sie in die Bibliothek, wo er auf seinem Schreibtisch den Hörer abnahm, das Fernamt wählte und in stockendem Französisch die Nummer angab, mit der er in New York sprechen wollte.

»Soll ich es für dich erledigen?« flüsterte sie ihm zu, und er flüsterte zurück: »Ich fühle mich besser, wenn ich es schaffe, mich auf Französisch zu verständigen.« Er wußte, daß man sein Französisch gerade noch als mittelmäßig bezeichnen konnte und daß Serena es fließend beherrschte, aber er schaffte es dennoch, und nachdem er der Telefonistin alle Informationen gegeben hatte, legte er auf.

»Glaubst du, daß sie sehr böse sein werden, Brad?«

»Nein. Vielleicht überrascht.« Er starrte in den Kamin, während er sprach. In diesem Augenblick dachte er an seine Mutter.

»Aber du hast mir doch gesagt, sie wüßten, daß wir heiraten werden.«

»Ich weiß, daß ich das getan habe.« Seine Augen blickten ruhig, als er sich ihr zuwandte, als empfände er keine Angst und wüßte genau, was er tat. In solchen Momenten wurde sie sich wieder seiner Stärke und seines Selbstvertrauens bewußt. Brad schien immer genau zu wissen, was er tat. Es war eine Eigenschaft, die ihn in seinem Beruf gut vorwärts gebracht hatte und ihm sein ganzes Leben lang sehr nützlich gewesen war. In Princeton war er Kapitän der Fußballmannschaft gewesen und hatte diese Aufgabe mit der gleichen ruhigen Sicherheit gemeistert. »Ich weiß, daß ich dir gesagt habe, ich hätte es ihnen erzählt, Serena. Aber ich habe es nicht getan. Ich hatte keinen Grund dazu. Es war mein Entschluß, unser Entschluß. Ich wollte damit warten, bis wir verheiratet waren.«

»Aber warum?« Sie war bestürzt, weil er es am Tag zuvor für nötig gehalten hatte, sie zu belügen.

Er seufzte tief und blickte ins Feuer, dann wieder zu ihr zurück. »Weil meine Mutter eine sehr willensstarke Frau ist, Serena. Sie ist darauf aus, ihren Willen durchzusetzen, und manchmal glaubt sie zu wissen, was das Beste für uns ist. Aber sie weiß es nicht immer. Wenn sie könnte, würde sie die Entscheidungen für uns treffen. Das ließ ich mir nie gefallen. Mein Vater immer. Und sie traf einige verdammt gute Entscheidungen für ihn. Aber nicht für mich, Serena, nicht für mich.« Er schien sein ganzes bisheriges Leben zu überdenken, während er mit ihr sprach. »Ich dachte mir, wenn ich sie vorher anriefe, würde sie versuchen, ihre Meinung zu der Heirat zu äußern, sie wäre nach Europa geflogen, um dich vorher zu begutachten, und Gott weiß was. Wahrscheinlich hätte sie mir vorgeworfen, daß ich eine viel zu junge Frau nehme. Vor allem wollte ich dir Aufregung ersparen. Du hast genug durchgemacht, und ich will dir das Leben leicht machen, Serena, nicht erschweren. Es hatte keinen Sinn, sie herkommen zu lassen, damit sie dich in Augenschein nimmt, du dabei zu Tode erschrickst, und sie mir sagt, daß du phantastisch bist. Deshalb dachte ich, wir sollten allein über unser künftiges Leben entscheiden, und ihr dann das Resultat mitteilen, sobald es eine vollendete Tatsache war.« Er wartete einen Moment, dann fragte er: »Verzeihst du mir?«

»Wahrscheinlich.« Es klang plausibel, aber aus ihrem Blick war die Besorgnis nicht gewichen. »Aber wenn unsere Eigenmächtigkeit sie so zornig macht, daß sie mich nicht leiden kann, was dann?«

»Das wäre unmöglich, Liebste. Wie könnte sie dich nicht mögen? Sie müßte verrückt sein. Und meine Mutter ist alles mögliche, aber nicht verrückt.« Wie auf ein Stichwort läutete in diesem Augenblick das Telefon, es war die französische Telefonistin, die ihm mitteilte, sie habe die Überseeverbindung für ihn. Am anderen Ende meldete sich die näselnde Stimme der Telefonistin in New York, die eben die Verbindung hergestellt hatte. Er hörte das Telefon dreimal läuten, dann meldete sich B.J.s jüngster Bruder. Er nahm den Anruf entgegen und brüllte ins Telefon, um die Nebengeräusche zu übertönen.

»Wie geht es dir, alter Junge! Wie ist Paris? Ich wünschte mir so, ich wäre an deiner Stelle!«

»Wird schon noch kommen. Was macht die Schule?«

»Wie immer, verdammt langweilig. Aber ich habe es ja schon beinahe geschafft, Gott sei Dank, und ich bin für September in der medizinischen Fakultät von Stanford angenommen worden.« Er klang wie ein aufgeregter Schuljunge, und B.J. grinste.

»Ist ja wunderbar, Kleiner. Hör mal, ist Mom in der Nähe?« Er fragte selten nach seinem Vater. Sein Vater war seit dreißig Jahren praktisch der unsichtbare Mann. Eigentlich hatte ihr Vater eine Menge mit ihrem mittleren Bruder gemeinsam. Mr. Fullerton war zwar etwas unternehmungslustiger als Greg, schließlich hatte er eine Legislaturperiode lang im Senat gesessen, hatte das aber eher dem Familienprestige, einflußreichen Verbindungen und einer gut dotierten Wahlpropaganda zu verdanken als seinem Charisma. In Wirklichkeit hätte Margaret Fullerton in die Politik gehen sollen. B.J. pflegte sie damit zu necken, daß sie eigentlich die erste Präsidentin der Vereinigten Staaten sein sollte. Sie wäre es auch geworden, wenn sie es geschafft hätte. Aber sie hatte sich damit begnügt, für ihren Mann die Trommeln zu rühren, indem sie in den Kreisen verkehrte, in denen auch Eleanor Roosevelt anzutreffen war.

»Ja, sie ist hier. Geht es dir gut, Brad?«

»Ausgezeichnet. Und ihr alle? Greg? Dad?«

»Greg wurde vor einigen Wochen aus dem Militär entlassen.«

Das war aber nichts Weltbewegendes, wie sie alle wußten. Er hatte den ganzen Krieg an einem Schreibtisch in Fort Dix, New Jersey, abgesessen und die Wochenenden daheim oder im Sommer in Southampton verbracht. Er hatte sich deshalb schrecklich schuldbewußt gefühlt, aber da B.J. sich so rasch hatte nach Übersee schikken lassen, war es ihren Eltern gelungen, Beziehungen spielen zu lassen, so daß nur einer ihrer Söhne an die Front kam. Teddy war natürlich seit 1941 im College gewesen und hatte die Absicht gehabt, zum Militär zu gehen, sobald er damit fertig war.

»Was ist mit dir, Brad? Kommst du gar nicht mehr nach Hause?«

»Demnächst. Hier drüben hat mir noch niemand etwas darüber gesagt.«

»Bist du überhaupt bereit heimzukommen?« In Teddys Stimme lag ein seltsamer Unterton, und Brad fragte sich, was er wußte.

»Vielleicht nicht. Es ist verdammt schön hier, Ted.«

»Zum Teufel, wirst du denn nie abmustern, B.J.?«

Es folgte eine kurze Pause. »Ich glaube nicht, Ted. Mir gefällt es beim Militär. Ich hätte es nie geglaubt, aber ich finde, es ist genau das richtige für mich. Und... Hör zu, ich werde später mit dir sprechen. Hole jetzt Mutter, Ted. Und noch etwas, erzähle ihnen nichts. Mom wird einen Anfall bekommen, wenn ich sage, daß ich in der Armee bleibe.«

»Brad...« In seiner Stimme lag wieder der seltsame Klang. »Ich glaube, sie weiß es.« Es war, als wollte er seinen älteren Bruder vor etwas warnen.

»Stimmt etwas nicht?« Brad wirkte plötzlich gespannt.

»Nein.« Er würde es noch früh genug erfahren. »Ich hole Mom.«

Zufällig saß sie im Speisezimmer beim Frühstück mit Greg und

Pattie Atherton, die zu einem speziellen Weihnachtsfrühstück mit ihnen allen gekommen war. Als Ted in die Tür trat und seiner Mutter dringend winkte, runzelte sie die Stirne und sagte dann:

»Ist etwas los, Ted?«

»Nein, Mom, Brad ist am Telefon. Er hat uns angerufen, um fröhliche Weihnachten zu wünschen.« Sie nahm ihrem jüngsten Sohn den Telefonhörer aus der Hand und setzte sich rasch in den Stuhl an ihrem Schreibtisch. Sie trug ein elegantes schwarzes Kleid von Dior, das hervorragend zu ihrer noch immer schlanken, jugendlichen Figur paßte. Sie war eine Frau von achtundfünfzig Jahren, hätte jedoch mit Leichtigkeit zehn oder zwölf davon verschweigen können, wenn sie gewollt hätte, was sie aber nie tat. Sie schien immer spannungsgeladen und stets bereit zu sein, jemanden anzugreifen, was sie häufig tat, zumeist ihren Mann und oft auch ihre Söhne. Sie war eine Frau, mit der man vorsichtig umging und die man mit äußerster Behutsamkeit behandelte, um sie nicht zu erzürnen oder ›in Fahrt zu bringen‹, wie ihre Familie es nannte. »Bringt eure Mutter nicht in Fahrt, Jungs« hatte der Vater seine Söhne immer gebeten. Und um es nicht selbst zu tun, sprach er kaum, sondern nickte nur immerfort zustimmend.

»Tag, Mom. Wie geht es allerseits in New York?«

»Interessant. Sehr interessant. Eleanor war gestern zum Lunch bei uns.« Er wußte, daß sie von Mrs. Roosevelt sprach. »Es sind schwere Zeiten für sie, eigentlich für uns alle. Aber um zur Sache zu kommen, wie geht es *dir*?« Sie sagte es mit einem Nachdruck, der ihn vor zehn Jahren äußerst nervös gemacht hätte. Aber seit er auf eigene Faust nach Pittsburgh gezogen war, ließ er sich von seiner Mutter nicht mehr einschüchtern. »Geht es dir gut, Liebling? Bist du gesund? Glücklich? Kommst du heim?«

»Die Antwort auf die drei ersten Fragen lautet ja, auf die vierte leider nein. Zumindest scheinen sie mich im Augenblick noch nicht in die Vereinigten Staaten zurückzuschicken. Aber es geht mir gut, alles ist in Ordnung.« Er sah Serenas erwartungsvollen Blick auf sich gerichtet, und zum ersten Mal seit langer Zeit wurde ihm klar, daß er sich vor seiner Mutter fürchtete. Doch diesmal mußte er ihr die Stirn bieten, nicht nur um seiner selbst, sondern um Serenas willen. Das verlieh ihm zusätzlichen Mut, als er sich hineinstürzte. »Ich habe eine gute Nachricht für euch.«

»Noch eine Beförderung, Brad?« So sehr es ihr mißfiel, daß er beim Militär blieb, seine häufigen Beförderungen besänftigten sie und gefielen ihr durch ihren Prestigegewinn.

»Eigentlich nicht, Mom. Eigentlich etwas Besseres.« Er schluckte schwer, plötzlich war ihm klar, was er getan hatte. Serena hatte recht. Er hätte sie zuerst anrufen sollen. Du meine Güte, wenn man sich vorstellt, daß er sie einfach anrief, nachdem alles vorbei war. »Ich habe soeben geheiratet.« Er hätte am liebsten die Augen geschlossen und tief Atem geholt, aber das konnte er nicht, solange diese erwartungsvollen, vertrauenvollen grünen Augen auf ihn gerichtet waren. Statt dessen lächelte er Serena zu und deutete durch eine Gebärde an, daß alles in Ordnung sei.

»Was hast du? Das ist natürlich nur ein Scherz.« Sie schwieg, aber vorher hatte schneidende Schärfe in ihrer Stimme gelegen. Er konnte sich nach dem Ton ihrer Stimme ihr erstarrtes Gesicht vorstellen.

»Wovon redest du denn?«

»Von einer bezaubernden jungen Dame, die ich in Rom kennengelernt habe, Mutter. Wir wurden heute morgen hier in der englischen Kirche getraut.«

Es folgte eine endlose Pause, während er auf ihre Reaktion wartete. Am anderen Ende der Leitung wurde ihr Gesicht plötzlich wütend und ihre Augen nahmen die Farbe des Atlantiks unmittelbar vor einem Orkan an. »Gibt es irgendeinen triftigen Grund, weshalb du das geheimgehalten hast, Brad?«

»Nein, ich wollte euch überraschen.«

Die Stimme seiner Mutter wurde eisig. »Ich nehme an, sie ist schwanger.«

Brad wurde langsam zornig. Anscheinend änderte sich nie etwas. Gleichgültig, wie alt man wurde, sie behandelte einen immer noch auf die gleiche Art. Wie widerspenstige, hirnlose Marionetten. Das hatte ihn vor Jahren aus dem Elternhaus vertrieben. Er vergaß diesen Umstand immer wieder und begriff nun, daß sich die Zustände nicht geändert hatten.

»Nein, du irrst.« Die Worte seiner Mutter kamen wie Geschosse durchs Telefon. »Erwartest du, daß ich dir Beifall spende? Ist es möglich, daß es sich um das Mädchen handelt, von dem mir Pattie im November erzählt hat?« Der Ton seiner Mutter hätte Marmor sprengen können. »Ich glaube, sie hat erwähnt, daß es als Dienstmädchen in dem Haus arbeitete, in dem du gewohnt hast. Oder ist es jemand anderes?« Mit welchem Recht fragst du, verdammt noch mal, wollte er sie anschreien, aber er beherrschte sich, so gut er konnte, und versuchte, nicht wütend zu werden.

»Ich möchte jetzt nicht mit dir darüber diskutieren. Als Patty in Rom war, sah sie die Dinge voreingenommen –«

»Warum?« unterbrach ihn seine Mutter. »Weil sie die Verlobung löste?«

»Hat sie es dir so geschildert?«

»Hat es sich denn anders abgespielt?«

»Eigentlich schon. Ich sagte ihr, daß sich die Situation geändert hätte und daß ich die Verlobung lösen wollte.«

»Mir wurde etwas anderes berichtet.« Es klang nicht so, als würde Margaret Fullerton ihrem Sohn Glauben schenken. »Pattie sagte, du hättest ein Verhältnis mit dem Mädchen gehabt, das die Zimmer schrubbte, und als sie euch erwischte, gab sie dir den Ring zurück und fuhr nach Hause.«

»Das ist eine nette kleine Geschichte, Mutter. Nur schade, daß sie nicht wahr ist. Das einzig Wahre daran ist, daß Serena im Palazzo arbeitete. Er gehörte vor dem Krieg ihren Eltern. Ihr Vater gehörte zu dem Adel, der gegen Mussolini eingestellt war, und ihre Eltern wurden zu Beginn des Krieges ermordet. Es ist eine lange Geschichte, und ich kann dir jetzt nicht alle Einzelheiten erzählen. Sie ist eine gebürtige Principessa und verbrachte den Krieg in einem Kloster in den Vereinigten Staaten; als sie im vergangenen Sommer nach Italien zurückkehrte, mußte sie feststellen, daß der Rest ihrer Familie nicht mehr am Leben war, sie hatte keine Verwandten und keinen Besitz mehr, und als sie zu dem Palazzo ging, um ihn noch einmal zu sehen, wurde sie von einem der Dienstmädchen aufgenommen. Es war eine bittere Zeit für sie, Mutter.« Er lächelte Serena zu. »Aber das ist jetzt alles vorbei.«

»Wie reizend. Ein kleines Mädchen zum Heiraten. Eine Kriegsbraut.« Ihr Ton war giftig. »Mein lieber Junge, hast du eine Ahnung, wieviele Namenlose jetzt in Europa herumlaufen, die behaupten, sie seien einmal Fürsten, Grafen und Herzöge gewesen? Mein Gott, sie machen es sogar hier bei uns. Im Klub deines Vaters gibt es einen Kellner, der behauptet, er sei ein russischer Fürst. Vielleicht«, schlug seine Mutter zuckersüß vor, »möchtest du ihm deine Braut vorstellen. Ich bin sicher, er würde besser zu ihr passen als du.«

»Es ist eine Gemeinheit von dir, so etwas zu sagen.« Seine Augen sprühten vor Zorn. »Ich rief an, um euch die Neuigkeit zu berichten. Das ist alles. Ich denke, wir haben jetzt lange genug gesprochen.« Aus dem Augenwinkel konnte er sehen, daß sich Serenas Augen mit Tränen füllten. Sie wußte, was sich abspielte, und es brach ihm das Herz. Er wollte für seine Frau nur das Beste, und es war ihm vollkommen egal, was seine Mutter sagte. »Lebwohl, Mutter. Ich werde dich bald wieder anrufen.«

Seine Mutter wünschte ihm nicht Glück. »Bevor du auflegst, interessiert es dich vielleicht, daß sich dein Bruder Gregory soeben verlobt hat.«

»Wirklich? Mit wem?«

»Mit Pattie.« Sie sagte es mit Vergnügen, beinahe voller Schadenfreude.

»Atherton?« B.J. war verblüfft.

»Ja, Pattie Atherton. Ich habe es dir nicht geschrieben, weil ich nicht sicher war, ob ich dir nicht unnötigen Schmerz bereite.« Unsinn. Sie wollte, daß der Schock möglichst groß war. B.J. kannte seine Mutter besser. »Gleich nachdem sie aus Rom zurückgekommen war, begann sie mit ihm auszugehen.«

»Das ist herrlich.« Er staunte darüber, was für ein geschickt intrigierendes Luder diese Pattie war. Diesmal hatte sie sich wenigstens den richtigen Bruder ausgesucht. Greg würde alles tun, was sie von ihm wollte. »Wann werden sie heiraten, Mutter?«

»Im Juni. Kurz bevor er dreißig wird. Es wird sicherlich schmerzlich für dich sein, Brad, aber ich glaube, du solltest dabei sein.«

»Natürlich. Das werde ich mir nicht entgehen lassen.« Er fühlte sich jetzt besser, war aber noch immer durch die Verschlagenheit seiner Mutter beeindruckt.

»Und du kannst deine kleine Kriegsbraut daheim lassen.«

»Das kommt gar nicht in Frage, Mutter. Wir freuen uns darauf, euch dann alle zu sehen, und wünschen euch vorläufig fröhliche Weihnachten. Ich will Greg jetzt nicht stören, aber laß ihn bitte bestens grüßen.« Er hatte überhaupt keine Lust, mit Greg zu sprechen. Sie hatten einander niemals sonderlich nahegestanden und jetzt schon gar nicht.

»Ich glaube, er ist mit Pattie im Speisezimmer. Wir saßen noch beim Frühstück, als du anriefst. Pattie kam heute früh vorbei, sie fahren noch am Vormittag zu Tiffany, um den Ring auszusuchen.«

»Wunderbar.«

»Du hättest an Gregs Stelle sein können, Brad.«

»Ich bin froh, daß ich es nicht bin.« Daraufhin folgte lastendes Schweigen.

»Ich wünschte, du wärst es. Statt der Ehe, die du jetzt eingegangen bist.«

»Du wirst anderer Meinung sein, wenn du Serena kennenlernst.«

Es folgte wieder eine seltsame Pause, dann: »Ich verkehre normalerweise nicht mit Dienstmädchen.«

Brad war nahe daran, über diese Antwort zu explodieren, wußte aber, daß er es um Serenas willen nicht tun durfte.

»Du bist ein Narr, Brad.« Sie nutzte sein Schweigen aus. »Du solltest dich schämen. Ein Mann mit deinen Verbindungen und deinen Chancen, und sieh doch, was du aus deinem Leben gemacht hast. Am liebsten würde ich heulen, weil du dich so wegwirfst. Meinst du, du wirst es mit einer solchen Frau jemals in der Politik zu etwas bringen? Womöglich ist sie eine gewöhnliche Prostituierte, die sich als Prinzessin ausgibt. Pattie sagte, sie sieht aus wie ein Flittchen.«

»Du wirst es selbst beurteilen. Sie ist zehnmal mehr eine Dame als Pattie. Dieses kleine Luder geht seit Jahren mit jedem ins Bett.« Er war endlich im Begriff, seine Selbstbeherrschung zu verlieren.

»Wie kannst du es wagen, so abstoßende Ausdrücke über die Braut deines Bruders zu verwenden?«

»Dann sprich du nie wieder« – seine Stimme drang wie ein Torpedo durchs Telefon, und Margaret Fullerton schrak zurück – »sprich nie wieder so von meiner Frau. Ist das klar? Was immer du glaubst, behalte es von nun an für dich. Sie ist meine Frau. Das ist alles, was du zu wissen brauchst. Und ich erwarte von allen Mitgliedern dieser Familie, einschließlich dem kleinen Miststück Pattie, daß sie sie mit Respekt behandeln. Ihr solltet sie alle ins Herz schließen, denn sie ist um vieles besser als ihr alle zusammen, aber ob ihr sie liebt oder nicht, ihr habt euch ihr gegenüber anständig zu benehmen und höflich von ihr zu sprechen, oder ihr werdet mich nie wieder zu Gesicht bekommen.«

»Ich lasse mir deine Drohungen nicht gefallen, Brad.« Ihre Stimme war hart wie Granit.

»Und ich dulde die deinen nicht. Frohe Weihnachten, Mutter.« Damit legte er ruhig den Hörer auf. Als er sich besorgt Serena zuwandte, sah er, daß sie das Gesicht in die Hände vergraben hatte und mit zuckenden Schultern neben dem Kamin saß; er trat zu ihr und hob ihr Gesicht zu sich empor; es war tränenüberströmt.

»Ach, Liebling, es tut mir so leid, daß du alles mit angehört hast.«

»Sie haßt mich... sie haßt mich... wir haben ihr das Herz gebrochen.«

»Serena.« Er zog sie in seine Arme und drückte sie an sich. »Sie hat kein Herz, meine Liebste. Seit Jahren nicht mehr. Das weiß die ganze Familie, und ich hätte es dir vorher sagen sollen. Meine Mutter hat einen eisernen Willen und ein Herz aus Stein. Sie ist härter als die meisten Männer, die ich kenne, und sie kennt nur ein Ziel: daß jeder tut, was sie will. Sie läßt meinen Vater seit sechsunddreißig Jahren nach ihrer Pfeife tanzen, und sie hat das gleiche jahrelang auch bei mir versucht. Bei meinem Bruder Greg hat sie damit mehr Erfolg, und ich bin noch nicht sicher, wie Teddy das alles überstehen wird. Was ihr an dir nicht gefällt, ist die Tatsache, daß du nicht ihr Geschöpf bist – sie hat dich nicht entdeckt, sie hat mich nicht gedrängt, dich zu heiraten. Sie haßt an dir, daß sie dich nicht beherrscht. Ich habe meine Wahl selbst getroffen, genau so wie bei meinem Eintritt in die Armee. Das kann sie nicht so einfach hinnehmen. Das hat mit deiner Person nichts zu tun. Es hängt mit dem Kampf zwischen ihr und mir zusammen, der sich schon Jahre hinzieht.«

»Aber Pattie... sie hat ihr gesagt, daß ich Dienstmädchen im Palazzo war... was muß deine Mutter denken?« Serena schluchzte noch immer in seinen Armen.

»Serena, mein Liebling, vor allem darfst du nicht vergessen, wer du wirklich bist. Glaubst du denn, es spielt für mich eine Rolle, daß du ein Dienstmädchen oder was immer sonst gewesen bist? Mir kommt es nur darauf an, daß es mir leidtut, daß du so viel Wirrnisse und seelischen Schock, Elend und schwere Arbeit durchmachen mußtest. Aber eines kann ich dir sagen, von nun an werde ich dafür sorgen, daß du ein glückliches Leben führst, und dich für alles Übrige entschädigen.« Er küßte ihre feuchten Augen und streichelte liebevoll ihr Haar.

»Glaubst du, daß sie uns jemals verzeihen wird?«

»Natürlich. Es ist ja keine so große Angelegenheit. Sie war nur überrascht, sonst nichts. Und sie war gekränkt, weil wir sie nicht früher eingeweiht haben.«

Serena schüttelte traurig den Kopf. »Sie wird mich immer hassen. Und ich werde für sie immer das italienische Dienstmädchen bleiben.«

Darüber lachte B.J. »Ich kenne meine Mutter. Und sie kennt mich. Sie weiß, daß sie mich nicht bevormunden kann, sie wird sich also irgendwann damit abfinden, was geschehen ist, und wenn sie dich kennenlernt, wird sie überwältigt sein, genau wie ich, und sie wird sehen, wie du bist – schön, liebenswert, bezaubernd, intelligent, mit einem Wort die Frau, die ich liebe. Sie werden dich alle lieben, Serena, sogar meine verflixte Mutter. Ich verspreche es dir... du wirst schon sehen...«

»Aber alles, was Pattie gesagt hat...«

»Vergiß es, Liebste. Meine Mutter wird zugeben müssen, daß du die Hübschere bist, wenn sie euch nebeneinander sieht.«

»Nebeneinander?« Serena war erschrocken, und B.J. sah sie reumütig an.

»Sie heiratet im Juni meinen Bruder Greg. Eine interessante Entwicklung, nicht wahr?«

»Sie heiratet deinen Bruder?« Er nickte. »Stört es dich?«

»Nicht so, wie du glaubst. Mich stört die Tatsache, daß sie das Schlimmste ist, was meinem Bruder zustoßen konnte. Vielleicht auch nicht, vielleicht braucht er jemanden, der ihm vorschreibt, was er zu tun hat. Meine Mutter kann es ja nicht ewig tun.«

»Ist er wirklich so schwach?«

B.J. nickte bedächtig. »Ich gebe es ungern zu, aber er ist willensschwach, der arme Teufel. Genau wie mein Vater.«

»Dein Vater ist auch willensschwach?« Sie war erschrocken, weil er seine Familie so schonungslos kritisierte.

»Ja, auch mein Vater ist schwach. Meine Mutter dagegen hat mehr Mumm als eine ganze Fußballmannschaft zusammengenommen. Ich glaube nicht, daß es sie glücklich gemacht hat, und es hat uns alle gelegentlich zur Verzweiflung getrieben, aber so liegen eben die Dinge. Aber es kommt nur darauf an, daß ich dich liebe. Nun habe ich meine Pflicht getan, ich habe meine Familie von unserer Heirat informiert, es tut mir leid, daß sie nicht vor Freude an die Decke gesprungen sind, aber das werden sie nachholen, sobald sie dich erst kennenlernen, also machen wir uns deswegen keine Sorgen, und jetzt gehen wir aus und erledigen die Weihnachtseinkäufe. Einverstanden?« Sie sah ihn mit feuchten Augen an und versuchte zu lächeln.

»Ich liebe dich.« Doch sie begann fast sofort wieder zu weinen. »Es tut mir so leid.«

»Was denn? Es sollte dir leid tun, daß du an unserem Hochzeitstag weinst. Sehr leid, besonders nach diesem wunderbaren Lunch.« Er reichte ihr wieder sein Taschentuch, und sie schneuzte sich.

»Nein, es tut mir leid, daß ich deiner Familie so viel Kummer bereitet habe.«

»Das ist nicht der Fall, ich versichere es dir. Du hast meiner Mutter was zum Nachdenken gegeben, was ihr nicht schaden wird, und der Rest der Familie wird es wahrscheinlich für eine fabelhafte Neuigkeit halten.« Ehe er weitersprechen konnte, läutete das Telefon, und es meldete sich sein Bruder Teddy, der aus New York anrief. »Was ist los?« B.J. sah erst etwas beunruhigt drein, doch gleich darauf begann er zu grinsen. »Sie ist toll, sie wird dir ungeheuer gefallen... Okay... Okay... ich laß dich mit ihr selbst sprechen.« Völlig unerwartet reichte er Serena den Hörer und bemerkte nur kurz: »Mein Bruder Ted.«

»Hallo, Serena, ich bin Ted, Brads jüngster Bruder, und ich wollte dir persönlich Glück wünschen. Ich wollte, daß du weißt, wie sehr ich mich über dich und Brad freue. Ich bin sicher, wenn dich mein Bruder liebt, mußt du eine phantastische junge Dame sein, ich kann es jedenfalls kaum erwarten, dich kennenzulernen.«

Sie murmelte mit Tränen in den Augen, »Ich danke dir sehr.« Dann stammelte sie errötend und nach der Hand ihres Mannes greifend, »Ich hoffe... so sehr..., daß ich die Familie nicht unglücklich machen werde...« Brad hörte die Angst aus ihrer Stimme heraus.

Ted beruhigte sie sofort. »Du könntest uns nur unglücklich machen, wenn du Brad unglücklich machst, und das kann ich mir nicht vorstellen.«

»O nein!« sagte sie erschrocken.

»Gut! Dann sollst du wissen, wie sehr ich mich für dich freue.« Sie verabschiedete sich von ihrem neuen Bruder und übergab Brad wieder den Hörer.

Teddy sagte nun ernster: »Ich hoffe nur, daß du nicht so verrückt bist, wie Mom behauptet. Ist sie wirklich ein nettes Mädchen, Brad?«

»Das beste.«

»Und ihr liebt euch?«

»Ja, bestimmt.«

»Dann wünsche ich dir das Beste, Brad. Wenn ich nur dort wäre, um es dir persönlich zu sagen. Ich wünschte, ich wäre drüben, um dein Glück mit dir zu teilen.« Brad wußte, daß Ted es ernst meinte.

»Ich wünschte es mir auch. Aber wir werden es nachholen, sobald wir beisammen sind. Übrigens, was soll dieser Wahnsinn mit Greg?«

»Du hast es ja gehört. Pattie hat sich wohl ausgerechnet, wenn sie dich nicht haben kann, nimmt sie eben ihn. Ich nehme an, daß ich Glück hatte, daß sie nicht beschloß, mich zu kapern.«

»Mehr Glück, als du ahnst, Kleiner.«

»Dachte ich mir auch. Hoffentlich kann sich der gute Greg ihr gegenüber behaupten.«

»Das hoffe ich auch.«

»Nochmals alles Gute für euch beide«, sagte Ted liebevoll, dann verabschiedete er sich.

Nachdem er aufgelegt hatte, wandte sich Brad sehr zärtlich an Serena. »Ich habe da vielleicht einen lieben kleinen Bruder.«

»Er klingt wunderbar.«

»Das ist er auch. Ich kann es kaum erwarten, daß du ihn kennenlernst.« Sie umarmten sich lange im Arbeitszimmer, während er an seine Familie in der Ferne dachte; trotz des besonderen Tages, den er mit Serena zusammen erlebte, empfand er plötzlich Heimweh nach den Vereinigten Staaten, besonders nach seinem Bruder Ted. »Wollen wir jetzt ausgehen?«

»Was möchtest du tun, Brad?« Sie merkte, daß es für sie beide eine Stunde der gefühlsmäßigen Belastung gewesen war, sie war erschöpft, war aber immer noch entschlossen, ihm ein Geschenk zu kaufen.

Er sah sie verliebt an und ergriff ihre Hand. »Ich möchte mit dir ausgehen und dir alles kaufen, was es gibt, Serena Fullerton.« Sie lachte, als sie ihren neuen Namen hörte. »Los, gehen wir einkaufen.«

»Bist du sicher?« Sie lächelte über den gespannten Ausdruck in seinen Augen.

»Ganz sicher. Hol deinen häßlichen Mantel.« Sie hatte den Zobel bereits Marie-Rose und Pierre zurückgegeben. »Ich werde dir einen neuen kaufen.«

»Hoffentlich keinen Zobel.«

»Kaum.« Er kaufte ihr einen herrlichen hellen Luchspelz und zahllose Schachteln voll neuer Kleider. Als sie um sechs Uhr nach Hause wankten, hatte er ihr mindestens ein Dutzend neuer Kleider, zwei Kostüme, ein halbes Dutzend Hüte, den Luchspelz, goldene Ohrringe, einen schwarzen Wollmantel, Schuhe, Handtaschen, Schals, Unterwäsche und Nachthemden gekauft. Sie war von diesem Berg kostspieliger Dinge, die er ihr kaufte, vollkommen überwältigt, und ihr Geschenk für ihn erschien ihr im Vergleich dazu so klein, aber es hatte fast ihre gesamten Ersparnisse verschlungen. Sie hatte ihm eine goldene Zigarettendose mit dazu passendem Feuerzeug gekauft, und später, nachdem sie sie ihm gegeben hatte, würde sie seinen Namen und das Datum eingravieren lassen. Sie hatte die Absicht, ihm das Geschenk am nächsten Abend, dem Weihnachtsabend, zu überreichen.

Der Fahrer half ihnen, ihre Beute in die vordere Halle zu transportieren, dann gingen Serena und Brad langsam Arm in Arm nach oben; er sah liebevoll auf sie hinunter, während sie ihn beinahe erstaunt betrachtete. Wer war dieser Mann, den sie da geheiratet hatte? War es denkbar, daß er über solche Mittel verfügte? Solchen Reichtum hatte sie zuletzt vor dem Krieg gesehen. Sie fragte sich, ob seine Familie nicht denken würde, daß sie ihn seines Geldes wegen geheiratet hatte.

»Stimmt etwas nicht, Mrs. Fullerton?« Es lag ihm daran, daß sie vor der grausamen Härte seiner Mutter abgeschirmt wurde.

»Nein, ich dachte nur, wie glücklich ich bin, dich zu haben.«

»Komisch, und ich dachte das gleiche von dir.« Er blieb auf der obersten Stufe stehen, hob sie sanft hoch, wickelte sie in ihren neuen Luchsmantel – sie hatte darauf bestanden, ihn beim Verlassen des

Ladens anzuziehen –, der so gut zu ihrem blonden Haar paßte, und trug sie über die Schwelle ihres Schlafzimmers.

»Was machst du?« fragte sie schläfrig an seiner Schulter. Es war ein langer Tag gewesen, voller Emotionen und Aufregungen. Die Hochzeit, seine Mutter, das üppige Hochzeitsmahl, die vielen Einkäufe... kein Wunder, daß sie erschöpft war.

»Ich trage dich über die Schwelle. Das ist ein amerikanischer Brauch, mit dem wir die Tatsache feiern, daß wir frisch verheiratet sind. Ich kann mir auch andere Methoden denken, wie wir diese Tatsache feiern können.« Sie kicherte, er setzte sie aufs Bett und küßte sie, gleich darauf wurde der Mantel ausgezogen, zusammen mit ihren übrigen Kleidungsstücken, und sie liebten sich, bis sie sich beide verausgabt hatten und friedlich eng umschlungen einschliefen. Marie-Rose schickte ihnen später das Abendessen mit dem Speiseaufzug auf einem Tablett nach oben, wie es Brad vorgeschlagen hatte, aber sie wachten nach dem Liebesakt nicht auf, holten sich weder die belegten Brote noch den Kakao, die sie ihnen bereitet hatte, sondern schliefen weiter wie zwei Kinder.

15

Am nächsten Tag erwachte Serena vor ihrem Mann und sprang aus dem Bett, um die beiden Schachteln zu holen, die sie am Tag vorher in ihrem Ankleidezimmer versteckt hatte. Er streckte sich schläfrig und glücklich, und als sie zu ihm kam, breitete er die Arme aus.

»Komm zu mir, mein reizendes Weibchen.« Sie gehorchte gern, umarmte ihn rasch, behielt aber die Geschenke in der Hand.

»Fröhliche Weihnachten, mein Liebling.«

»Ist heute Weihnachten?« Er tat überrascht, als habe er es vergessen, und zog sie neben sich ins Bett, so daß ihr warmer Körper sich an den seinen schmiegte. »Ist es nicht erst morgen?«

»Ach, sei still, du weißt genau, daß es heute ist.« Sie kicherte und dachte an all die herrlichen Dinge, die er ihr gekauft hatte. »Sieh mal, das ist für dich.«

Diesmal war seine Überraschung echt. »Wann hast du das besorgt, Serena?« Er war mit seinen Einkäufen für sie so beschäftigt gewesen, daß er gar nicht bemerkt hatte, wie sie die Sachen bei Cartier gekauft hatte, während er Ohrringe für sie aussuchte. »Du bist vielleicht hinterlistig, was?«

»Es war für einen guten Zweck. Vorwärts, mach sie auf!«

Er küßte sie zuerst, dann packte er umständlich das erste Geschenk mit entnervender Langsamkeit aus. Er hänselte sie und sich selbst damit, und sie lachte über ihn, bis endlich die Papierhülle fiel und die goldene Zigarettendose in ihrer glänzenden Schönheit in seiner Hand lag.

»Serena! Wie konntest du nur, Kleine?« Er war erschrocken über das Vermögen, das sie ausgegeben haben mußte. Er hatte gar nicht gewußt, daß sie noch so viel Geld besaß. Und er wußte nur allzu gut, daß er jetzt den letzten Rest ihrer Ersparnisse in Händen hielt. Aber ein goldenes Zigarettenetui war in Europa immer schon das klassische, bedeutsame Hochzeitsgeschenk für einen jungen Mann gewesen. B.J. war über alle Maßen gerührt, als er seine Braut küßte. »Liebste, du bist ja verrückt!«

»Verrückt nach dir.« Sie lächelte glücklich und überreichte ihm das zweite Geschenk, das er ebenso entzückt auspackte.

»Gütiger Himmel, Serena, du verwöhnst mich.« Den Bruchteil eines Augenblicks schienen die großen grünen Augen traurig zu blicken.

»Ich wünschte, ich könnte dich mehr verwöhnen. Wenn –« Aber er nahm sie in die Arme, bevor sie weitersprach.

»Ich wäre nicht glücklicher, als ich jetzt bin. Ich könnte es nicht sein. Du bist das größte Geschenk, das ich je erhalten habe.« Dann löste er sich langsam aus ihren Armen, sprang aus dem Bett und ging zu seiner Kommode, in der anderen Ecke des Zimmers, während sie interessiert zusah.

»Was tust du da?«

»Ach, ich weiß nicht. Vielleicht hat der Weihnachtsmann ein Geschenk für dich dagelassen.« Er blickte mit breitem Grinsen über seine nackte Schulter zurück.

»Bist zu verrückt? Nach den vielen Geschenken, die du mir erst gestern gekauft hast?«

Aber er ging entschlossen mit einem in Silberpapier gehüllten Päckchen in der Hand auf sie zu. Es war mit einem schmalen Silberband verschnürt, und die Schachtel, die er ihr gab, war aufregend klein. »Für dich, Liebste.«

Sie schüttelte mißbilligend den Kopf. »Ich verdiene nicht noch mehr Geschenke.«

»Doch, du verdienst das Beste – denn du bist die Beste. Verstanden?«

»Ja. Sir.« Sie salutierte spöttisch, und ihre Augen wurden riesengroß, während sie das Geschenk auspackte. Als sie die Schachtel öffnete und das glänzend schwarze Futter und das Schmuckstück, das darauf lag, zum Vorschein kam, konnte sie nur nach Luft schnappen. Ihre Hand zitterte, und sie sah beinahe verängstigt aus, als sie es sah. »Ach, Brad!«

»Gefällt dir dein Geschenk?« Er nahm es rasch aus der Schachtel und griff nach ihrer zitternden Hand, um es ihr anzustecken. Es war ein schmaler Goldring mit einem makellosen, oval geformten rosa Diamanten, der von kleineren weißen Diamanten umgeben war. Der ganze Ring war von herrlichem Ebenmaß, Farbe und Glanz des Ringes kamen auf ihrer schmalen, eleganten Hand zu außergewöhnlicher Wirkung.

»O mein Gott!« Sie starrte ihn beinahe sprachlos an. Sogar die Weite war richtig. »Ach Brad!« Er lächelte ihr zu und freute sich, daß sie so offensichtlich entzückt war.

»Du verdienst Dutzende solcher Schmuckstücke, Serena. Die Deutschen haben nicht viel davon in Paris übriggelassen. Wenn wir in die Vereinigten Staaten zurückkehren, werden wir einkaufen, soviel wir nur können. Schöne Dinge für dich, schöne Kleider, Pelze, viel Schmuck, Hüte, alles, was dir Freude macht. Du wirst eine Fürstin sein – meine Fürstin – für immer.«

In den nächsten Monaten schien es Serena, daß sie die Zeit nur damit verbrachte, den ganzen Tag im Bois de Boulogne spazieren zu gehen, die noch halbleeren Museen zu besuchen, ziellos Auslagen zu besichtigen und sehnsüchtig darauf zu warten, daß B.J. abends nach Hause kam. Sie wünschte sich nichts, als ihn zu sehen, das einzige, das ihr etwas bedeutete, war ihr Mann, und B.J. entdeckte eine ungeahnte Leidenschaft in ihr. Sie genossen die Liebe in vielerlei Formen, während der Winter in den Frühling überging.

Brad war mit seiner Arbeit beschäftigt, aber es gab jetzt viel weniger zu tun, die dringendsten Nachkriegsprobleme waren allmählich einer Lösung zugeführt worden, und die langfristigen Vorhaben würden erst nach Jahren erledigt werden. Es ergab sich also eine angenehme Ruhepause, eine Art leichtsinniger Nachlässigkeit, bei der er an seinem Schreibtisch vor sich hinträumte, seine Frau zum Lunch traf, lange Spaziergänge im Park mit ihr absolvierte, rasch mit ihr nach Hause fuhr, und nach einem leidenschaftlichen Zwischenspiel wieder an seinen Schreibtisch zurückkehrte.

»Ich kann nicht weiter so mit dir zusammenkommen.« Er grinste ihr schläfrig zu, während er an einem Nachmittag im Mai glücklich und erschöpft in ihren Armen lag.

»Warum nicht? Glaubst du, deine Frau könnte etwas dagegen haben?« lachte Serena. Sie sah reifer aus als vor fünf Monaten, als sie mit dem Zug aus Rom nach Paris gekommen war.

»Meine Frau?« B.J. sah ihr zerzaustes Haar an. »Nein, die ist ja verrückt nach Sex.« Serena lachte laut. »Bist du dir klar darüber, daß ich mit vierzig aussehen werde wie sechzig, wenn wir so weitermachen?« Aber es schien ihm nichts auszumachen, und Serena sah ihn verschmitzt an.

»Du beschwerst dich also?« Doch heute lag ein seltsamer Glanz in ihren Augen, als ob es etwas gäbe, das sie verschwieg. »Beschweren Sie sich, Oberst?«

»Eigentlich nicht. Du solltest aber wissen, daß ich, wenn wir in die Vereinigten Staaten zurückkehren, mich nicht mehr so oft auf diesem Gebiet betätigen kann.«

»Ist das wahr?«

Er nickte, sah aber unentschlossen aus. »Also, Amerikaner benehmen sich einfach nicht so.«

»Sie schlafen also nicht miteinander?« Serena tat entsetzt, noch immer mit dem mutwilligen Glanz in den Augen.

»Niemals.«

»Du lügst.«

»Aber nein.« Er grinste. »Zum Teufel, wenn wir zu Hause sind, kann ich mir nicht mittags so viel Zeit für dich nehmen. Meine Mittagspause wird nicht so lang sein.«

»Brad.« Sie sah ihn seltsam an. »Willst du mir damit etwas andeuten?«

»Ja.« Er nickte lachend.

»Was?« Sie glaubte es aber schon zu wissen.

»Wir fahren heim, Prinzessin.«

»In die Vereinigten Staaten?« Sie schien bestürzt. Sie hatte gewußt, daß es schließlich einmal kommen würde, hatte aber nicht geglaubt, daß es so bald sein würde. »Nach New York?«

»Nur für einen dreiwöchigen Urlaub. Danach komme ich an die Garnison in San Francisco, und ich werde Oberst. Wie gefällt dir das, Mrs. Fullerton?« Brad wußte, daß es mit vierunddreißig eine Auszeichnung war, und sie wußte es auch.

»Wie wunderbar! Und San Francisco?«

»Es wird dir gut gefallen. Nicht nur das, aber Teddy wird in unserer Nähe sein, denn er geht im Herbst an die Universität Stanford. Und wir werden sogar rechtzeitig zu Gregs Hochzeit nach Hause kommen. Damit gelangt alles zu einem ersprießlichen Ende, meinst du nicht, Liebste?«

»Mehr oder minder.« Sie legte sich mit dem gleichen geheimnisvollen Lächeln auf das Kissen zurück.

»Mehr oder minder? Ich werde befördert, wir werden nach Hause geschickt, wir bekommen einen der begehrtesten Posten im Land, und du sagst ›mehr oder minder‹? Serena, ich sollte dir den Hintern versohlen.« Er zog sie scherzhaft zu sich, als wollte er sie übers Knie legen, aber sie hob abwehrend die Hand.

»Das würde ich an deiner Stelle nicht tun.« Ihre Stimme klang seltsam sanft, ihre Augen glänzten, und etwas in ihrem Gesicht veranlaßte ihn, sie loszulassen.

»Warum nicht?«

»Weil ich ein Baby bekomme, Brad.« Sie sagte es so sanft, daß ihm Tränen in die Augen traten, während er sie umarmte.

»O meine Liebste.«

»Ich hoffe, es wird ein Junge.« Sie klammerte sich glücklich an ihn, und er schüttelte entschieden den Kopf.

»Ein Mädchen. Eines, das so aussieht wie du.«

»Willst du keinen Sohn?« Sie schien überrascht, aber er sah sie an, als hätte sie eben ein Wunder vollbracht, er konzentrierte sich nicht wirklich auf ihre Worte, sondern war nur verblüfft über das vollkommene Glück, das er empfand.

16

Um acht Uhr morgens kam der Wagen, um sie nach Le Havre zu bringen. Ihre Koffer waren gepackt und standen in der Eingangshalle, Marie-Rose und Pierre standen daneben und sahen sehr förmlich, steif und blaß aus. Marie-Rose hatte sich, seit sie Serena an diesem Morgen das Frühstückstablett gebracht hatte, immer wieder die Augen getrocknet, und als Pierre zum letzten Mal B.J.s Hand schüttelte, sah er so traurig aus wie ein Vater, der seinen einzigen Sohn verliert. Zum ersten Mal seit der Zeit vor dem Krieg waren sie den Leuten, für die sie arbeiteten, so verbunden, und nun stand das junge Paar, dem ihre Zuneigung galt, voll Bedauern vor ihnen. Für B.J. war es das Ende eines Lebensabschnitts und der Beginn eines ganz neuen, wie er nur allzu gut wußte. Während des Krieges hatte er sich verändert, war ein neuer Mensch geworden, hatte zu sich selbst gefunden, in der Anonymität der Uniform, mit einem gewöhnlichen Namen. Fullerton. Der Name hatte niemandem in der Armee etwas bedeutet. Fullerton? Na und? Doch jetzt kehrte er in die Vereinigten Staaten zurück. Er würde seine Mutter sehen, seinen Vater, seine Brüder, ihre Freunde, er würde an Gregs Hochzeit teilnehmen und versuchen, allen zu erklären, warum er beim Militär blieb, warum es ihm zusagte und warum er es nicht aufgeben wollte. Er würde begründen müssen, warum er nicht wie sein Vater in die Politik gehen oder in der Anwaltspraxis der Familie arbeiten wollte, warum er an der Richtigkeit seines Entschlusses nicht zweifelte. Und er wußte auch, daß niemand wagen würde, die stumme Frage zu stellen, warum er Serena geheiratet habe, daß er sie aber trotzdem würde beantworten müssen. Er wollte ihr die Übergangszeit erleichtern und wußte, daß die ersten Tage der Einführung bei seiner Mutter vermutlich sehr gespannt verlaufen würden. Er war davon überzeugt, daß danach sogar seine unbeugsame Mutter Serenas Charme erliegen würde. Aber auch wenn das nicht der Fall war, würde es ihm verdammt wenig ausmachen. Jetzt gehörte sein ganzes Herz Serena.

Das alles belastete Brad an diesem Morgen, als er Pierre die Hand schüttelte und sich niederbeugte, um Marie-Rose auf beide Wangen zu küssen, wie es Serena kurz zuvor getan hatte.

»Sie versprechen, daß Sie uns ein Foto von dem Baby schicken?« Es war fast genau der gleiche Satz, den Marcella am Vorabend in Rom am Telefon gesagt hatte.

»Wir schicken euch Dutzende von Fotos, das verspreche ich.« Serena drückte ihr die Hand und fuhr sich dann sanft über die leichte Rundung in ihrem violetten Seidenkleid. Brad hatte sich angewöhnt, fast täglich ihren Bauch abzutasten, um zu sehen, ob er gewachsen war, und sie neckte ihn wegen seiner Begeisterung für seinen Sohn. »Meine Tochter«, korrigierte er immer nachdrücklich, und Serena lachte ihn aus.

Die Fullertons winkten, während der Wagen abfuhr, und Serena lehnte ihren Kopf für einen Augenblick an Brads Schulter, während sie über die Avenue Hoche zum Etoile fuhren; wie damals in Rom fragte sich Serena, wann sie diese vertrauten Orte wiedersehen würde.

»Fühlst du dich wohl?« fragte Brad.

»Ausgezeichnet.« Und nach einem Blick aus dem Fenster. »Ich sagte nur wieder einmal Lebewohl.«

Er streichelte ihre Hand, dann hielt er sie fest. »Das hast du schon des öfteren getan, Liebste.« Er blickte ihr in die Augen. »Hoffentlich werden wir uns jetzt häuslich niederlassen und ein Heim haben. Zumindest für einige Zeit.« Er wußte, daß er möglicherweise fünf Jahre in der Garnison von San Francisco bleiben würde, vielleicht sogar länger. »Wir werden das Haus für das Kind schön einrichten und einen festen Wohnsitz haben, das verspreche ich dir.« Dann sagte er leise: »Wirst du nach der vertrauten Umgebung Heimweh haben, meine Liebste?«

»Nach Paris?« Sie dachte einen Augenblick nach, aber er schüttelte den Kopf.

»Ich meine alles, nicht nur Paris... Europa.«

»Ja, Brad, ich hatte die ganze Zeit solche Angst, wegen des Krieges, um meine Großmutter, ob ich je wieder nach Venedig oder Rom zurückkommen würde. Ich fühlte mich drüben wie eine Gefangene. Jetzt wird alles anders sein.« Die Wahrheit war, daß sie niemanden mehr in Europa hatte. Außer Marcella war ihr Mann der einzige Mensch, den sie hatte, und Serena wußte, daß ihr Platz an seiner Seite war. »Diesmal ist die Abreise anders.« Sie zog die Schultern hoch, und er lächelte, sie sah plötzlich sehr italienisch aus. »Es tut mir leid wegzugehen, aber nur, weil ich mich hier auskenne, weil mir alles vertraut ist, weil ich die Sprache spreche.«

»Sei nicht albern, du sprichst fast ebenso gut Englisch wie ich. Genau genommen« – er lächelte seiner Frau zu – »besser.«

»So meine ich es nicht. Ich meine, sie verstehen mein Leben, meine Einstellung, meine Seele. In den Vereinigten Staaten ist es anders. Die Menschen denken nicht so wie wir.«

»Nein.« Er dachte darüber nach, als sie es sagte. »Sie tun es nicht.« Er wußte auch, daß die meisten Menschen Serenas Herkunft nicht verstehen würden. Sie würden gar nicht ahnen, von welch wunderschönen Dingen sie umgeben gewesen war, als sie aufwuchs, die herrlichen Skulpturen, Tapisserien und Bilder, in welchen Palästen in Venedig und Rom sie sich als Kind selbstverständlich bewegt hatte, welche Leute sie gekannt, auf welche Art sie gelebt hatte. All das war nun dahin, doch ein großer Teil von all dem war in ihr geblieben, war mit ihrem Wesen verwoben. Dadurch war sie aufgeschlossen und kultiviert, ruhig und weise, als ob die Schönheit der Dinge, die ihr als junges Mädchen selbstverständlich gewesen waren, ein Teil von ihr geworden wäre. Er hatte die Überfahrt auf der *Liberté* gebucht, die vor kurzem als Reparationsleistung von Deutschland an Frankreich abgetreten worden war, und er hatte sich eine Erste-Klasse-Kabine auf einem der oberen Decks gesichert.

B.J. hatte beschlossen, nicht mit dem Zug nach Le Havre zu fahren, da er befürchtete, die Fahrt würde für Serena zu anstrengend sein, er ließ sich lieber von einer seiner Ordonnanzen gemächlich im Wagen dorthin bringen. Auf diese Weise konnten sie anhalten, wann immer sie wollten, und Serena würde sich bei der Ankunft besser fühlen. Es ergab sich, daß Serena auf der Reise keine Probleme hatte, es war von Beginn an eine leichte Schwangerschaft gewesen, und nach den ersten drei Monaten ging es ihr sogar noch besser als vorher. Sie plauderten während der ganzen Fahrt, und dann standen sie am Kai, der Fahrer hob ihre Koffer aus dem Wagen, und kurz darauf begleitete sie ein Steward über den Laufsteg nach oben zu ihrer Kabine, während Serena das Schiff respektvoll betrachtete. Es war etwas ganz anderes als der Frachter, auf dem sie zusammen mit Dutzenden Flüchtlingskindern und einem Häuflein Nonnen von Dover abgereist war. Es war ein Luxusdampfer der obersten

Kategorie, und als sie durch die schön getäfelte Halle ging, die in rotem Samt gehaltenen Prunkräume erblickte und die übrigen Passagiere beobachtete, die an Bord kamen, wurde ihr klar, daß es eine ganz besondere Überfahrt sein würde.

Serenas Augen funkelten, als sie sich ihrem Mann zuwandte.

Er sah sie erwartungsvoll an, man konnte an seinen Augen seine Aufregung erkennen. Es hatte ihn viel Mühe gekostet, innerhalb so kurzer Zeit ihre Überfahrt auf der Liberté durchzusetzen; er wollte, daß der Wechsel in seine Welt glatt vor sich ging und erfreulich begann. Er wußte, daß die Hochzeit seines Brudes sehr wahrscheinlich ein kritischer Moment sein würde, und die Konfrontation mit Pattie Atherton war nicht gerade dazu angetan, daß sich Brad darauf freute, und auf diese Weise würden sie sich wenigstens vorher noch großartig unterhalten.

»Gefällt es dir?«

»Brad!...« Sie flüsterte, während sie dem Steward gelassen zu ihrer Kabine folgten. »Es ist wunderbar! Es ist – es ist wie ein Palazzo!«

»Heute abend gehen wir tanzen. Und dann umwölkte sich seine Miene. »Oder sollten wir das besser unterlassen?«

Sie lachte ihm zu, während sie in die Kabine traten. »Sei nicht albern. Deinem Sohn wird es gefallen.«

»Meiner Tochter«, widersprach er leise, und dann hörten sie beide zu sprechen auf, denn die Kabine, in der sie standen, war so phantastisch, daß sie beide überrascht waren. Alles war entweder in blauem Samt oder blauem Satin gehalten, die Wände waren mit schönem dunklen Mahagoni getäfelt, die Möbel waren aus dem gleichen, auf Hochglanz polierten Holz, überall gab es kleine Messingornamente und -zubehör, hübsche kleine Beleuchtungskörper, schöne antike englische Spiegel und große Bullaugen mit blank polierten Messingeinfassungen. Es war der ideale Rahmen für eine Hochzeitsreise, die sie nie gemacht hatten, der ganze Raum atmete eine Atmosphäre von Luxus und Komfort, der den Wunsch weckte, nicht eine Woche, sondern ein Jahr lang dazubleiben. Ihre Koffer waren schon, wie es sich gehörte, an den vorgesehenen Plätzen in Gestellen untergebracht, nun wurden auch ihre Handkoffer gebracht, und der Steward verneigte sich höflich.

»Das Mädchen wird sofort dasein, um Madame beim Auspacken

zu helfen.« Dann wies er auf eine große Schüssel mit frischem Obst, einen Teller mit Keksen und eine Karaffe Sherry auf einer schmalen Anrichte. »Wir werden kurz nach dem Ablegen um ein Uhr den Lunch servieren, aber vielleicht wünschen Herr Oberst und Madame vorher noch eine kleine Erfrischung?« Alles war vollkommen, und beide waren begeistert. Dann verbeugte sich der Steward wieder und verließ den Raum.

»Ach Liebster, es ist phantastisch!« Sie warf sich in seine Arme und drückte ihn an sich.

Brad sah überaus zufrieden aus. »Es ist sogar noch besser, als ich annahm. Gott, es ist schon ein Vergnügen, so zu reisen!« Er schenkte zwei Gläschen Sherry ein, reichte ihr eines und hob das andere zu einem Trinkspruch. »Auf die schönste Frau, die ich kenne, die Frau, die ich liebe« – sein Gesicht wurde von einem herzlichen Lächeln überstrahlt – »und auf die Mutter meiner Tochter.«

»Meines Sohnes«, korrigierte sie lächelnd wie immer.

»Möge dir dein Leben in den Vereinigten Staaten nur Freude bringen, meine Liebste. Immer und ewig.«

»Ich danke dir.« Sie blickte nur einen Augenblick versonnen ins Glas, dann auf ihn. »Ich weiß, das wird der Fall sein.« Sie nahm einen Schluck, dann hob sie ihr Glas zu einem Trinkspruch auf ihn. »Auf den Mann, der mir alles gegeben hat und den ich von ganzem Herzen liebe... mögest du niemals bedauern, daß du deine Kriegsbraut nach Hause gebracht hast.« In ihren Augen lag ein Schatten von Trauer, und er nahm sie schnell in die Arme.

»Sag das nicht!«

»Warum nicht?«

»Weil ich dich liebe. Und wenn du solche Dinge sagst, vergißt du, wer du bist. Du darfst nie vergessen, wer du wirklich bist, Serena. Principessa Serena.« Er lächelte ihr liebevoll zu, und sie schüttelte den Kopf.

»Ich bin jetzt Mrs. Fullerton, nicht ›Principessa‹ Sowieso, und es gefällt mir auch.« Nach einer kurzen Pause fuhr sie fort: »Aber versuchst du nicht zu vergessen, wer du wirklich bist, Brad?« Sie hatte den Eindruck schon seit mehreren Monaten. Sie hatte begriffen, daß er in die Anonymität untertauchen wollte, indem er beim Militär und in Übersee geblieben war. »Tust du nicht eigentlich das gleiche wie ich?«

»Schon möglich.« Er blickte eine Weile aus dem Bullauge. »In Wahrheit war meine Herkunft für mich immer eine Last, Serena.« Das hatte er noch nie jemandem eingestanden, und es fiel ihm schwer, es ihr zu gestehen, just bevor sie nach Hause fuhren. »Ich habe nie richtig zu ihnen gehört. Auf mich paßte immer das alte Klischee vom ›viereckigen Pflock im runden Loch‹. Warum, weiß ich nicht, aber so war es immer. Ich glaube, daß keiner meiner Brüder dasselbe Gefühl hat. Teddy würde sich überall anpassen, und Greg würde sich dazu zwingen, ob er dazupaßt oder nicht, aber ich bin nicht dazu fähig. Ich glaube einfach nicht mehr an diesen Unsinn. Ich habe es nie getan. Alles ist nur Selbstüberschätzung und Wichtigtuerei. Man tut nichts mehr deshalb, weil es Freude macht, weil man es gern möchte, weil es einem etwas bedeutet. Es zählt nur das, was allen andern imponiert. Ich kann nicht mehr so leben.«

»Deshalb bleibst du beim Militär?«

»Genau deshalb. Weil ich meine Aufgabe beim Militär halbwegs gut erfülle, kann ich an verdammt angenehmen Orten leben, wahrscheinlich in guter, zuträglicher Entfernung von New York, es sei denn, ich werde irgendwann nach Washington versetzt« – er verdrehte die Augen in gespieltem Entsetzen – »und ich bin nicht mehr gezwungen, das Familienritual mitzuspielen, Serena. Ich will nicht B.J. Fullerton III. sein. Ich will ich selbst sein, der Erste meiner Art. Ich, Brad, B.J., eine eigenständige Persönlichkeit, ein Mann, den wir beide respektieren können. Ich muß nicht in den Klubs meines Vaters verkehren oder die Tochter einer der Freundinnen meiner Mutter heiraten, um mich wohlzufühlen, Serena. Denn dafür bin ich nicht geschaffen. Aber du –« er blickte sie zärtlich an – »du wurdest als Principessa geboren. Davor kannst du nicht davonlaufen, dich verstecken, es ändern, darauf verzichten, leugnen, daß es so ist. Du bist es. Genau wie diese herrlichen grünen Augen.«

»Wieso weißt du, daß es mir nicht ebenso zuwider ist wie das Leben, das dir vorgezeichnet wurde?«

»Weil ich dich kenne. Das einzige, was dir daran nicht gefällt, ist die Tatsache, daß man auffällt, im Rampenlicht steht. Du willst nicht als versnobt gelten. Aber du hast nicht mit den Anschauungen deiner Vorfahren gebrochen, Serena. Du gehörst ihrer Welt an, und wenn es sie noch gäbe, hätte ich dich niemals daraus entführt, denn zur Zeit ist Amerika ein Land, in dem die Menschen die Welt, aus der du kommst, nicht verstehen. Aber wir haben nichts Besseres zu bieten, mein Kind, und wir können es ihnen nur erklären. Und wenn sie nur ein Fünkchen Verstand haben« – er lächelte liebevoll – »werden wir ihnen kaum etwas erklären müssen. Denn an allem, was dich auszeichnet, an der Schönheit und Anmut, an der Güte und natürlichen Eleganz, erkennt man die Principessa, ob du dich so nennst oder nicht. Es würde nichts ausmachen, wenn du Mrs. Jones hießest, du bist bis ins Innerste deiner Seele eine Fürstin.«

»Das ist doch Unsinn.« Sie lächelte und errötete verlegen. »Wenn ich es dir nicht gesagt hätte, hättest du es nie gewußt.«

»Doch, ich bin dessen sicher.«

»Das stimmt nicht.« Jetzt neckte sie ihn; er stellte sein Glas weg, nahm sie in die Arme und küßte sie leidenschaftlich auf den Mund, dann hob er sie mit einer kräftigen Bewegung hoch und legte sie auf das breite, schöne Bett.

»Rühr' dich nicht. Ich muß etwas in Ordnung bringen.« Sie lächelte, als er zur Kabinentür ging, das *Nicht-Stören*-Schild nahm, die Tür öffnete und es an der Außenseite an den Türknauf hängte. »Das wird uns vor dem Zimmermädchen schützen.« Er wandte sich lachend Serena zu, zog die Gardinen zu und begann, seinen Schlips zu lösen.

»Was soll das bedeuten, Oberst?« Sie blickte ihn schelmisch vom Bett aus an, jeder Zoll eine Fürstin, nur daß das Lachen aus ihren Augen sprühte.

»Was glaubst du, daß es bedeutet, Mrs. Fullerton?«

»Im hellen Tageslicht? Hier? Jetzt?«

»Warum nicht?« Er setzte sich auf den Bettrand und küßte sie wieder. Er preßte seinen Mund kräftig auf den ihren, und im nächsten Augenblick hatten sie die schönen blauen Satindecken zurückgeschlagen, so daß die weißen Leinenlaken mit dem in Blau gestickten Monogramm der französischen Schiffahrtslinie freigelegt wurden. Die Laken fühlten sich an ihrer Haut glatt und kühl an, während seine warmen Hände ihre Brüste und Hüften streichelten und er sich an sie drückte, und sie sich danach sehnte, ihn in sich zu spüren. Sie stöhnte leise seinen Namen, seine Lippen glitten über ihren Mund, ihre Augen und ihr Haar, während seine Hände überall gleichzeitig zu sein schienen; dann plötzlich nahm er sie fast überraschend.

»Oh.« Es war ein einziger langgezogener Ton der Verwunderung, und dann der Lust, anschwellend zu einer Symphonie aus Flüstern und Stöhnen, während das Schiff langsam vom Kai ablegte und die Überfahrt begann.

17

Die Tage auf der *Liberté* verflogen nur allzu schnell. Das Wetter auf dem Atlantik war ungewöhnlich gut, und sogar die üblichen Junibrisen kamen nie auf und störten sie, während sie nebeneinander auf Deckstühlen lagen. Serena empfand nur ein- oder zweimal ein leichtes Unwohlsein vor dem Frühstück, doch sobald sie gegessen, eine Runde auf dem Deck gemacht, Dame gespielt oder mit anderen Passagieren geplaudert hatte, hatte sie die kleine Unpäßlichkeit längst vergessen und verbrachte den Rest des Tages in ungetrübtem Vergnügen. Sie nahmen den Lunch für gewöhnlich allein ein, zogen sich für ein Schläfchen in ihre Kabine zurück und gingen dann wieder auf Deck, bevor sie sich zum Tee umkleideten, bei dem sie immer wieder neue Menschen kennenlernten, sich mit einigen unterhielten, die sie schon kannten, und Kammermusik hörten. All das erinnerte Serena sehr an ihre Großmutter und deren Freundeskreis und schien ein Teil des Lebens zu sein, das sie früher einmal geführt hatte. Es war aber auch für B.J. nichts Neues.

Alles in allem war es eine unbeschwerte, erholsame, zauberhafte Reise, und am letzten Abend tat es ihnen beiden leid, als ihnen klar wurde, daß ihre Reise mit ihrer Ankunft in New York zu Ende sein würde.

»Vielleicht sollten wir uns irgendwo im Schiff verstecken und wieder nach Frankreich zurückfahren.«

»Nein«, sagte sie entschieden; sie stützte sich im Bett auf einen Ellbogen auf, weil sie sich gerade geliebt hatten. »Ich will nach New York und deine Familie kennenlernen, und dann will ich San Francisco sehen und all die Cowboys und Indianer. Ich glaube, mir wird der Wilde Westen gefallen.«

B.J. lachte. »Das einzige Wilde daran ist deine Phantasie.«

»Keine Cowboys oder Indianer? Nicht einmal einer oder zwei?«

»Nicht in San Francisco. Wir müßten schon bis zu den Rockies fahren, um Cowboys zu sehen.«

»Gut. Dann machen wir eben einen Sprung dorthin.«

»Und wann willst du das alles unternehmen, Madame? Bis zu dem Augenblick, wo das Baby kommt?«

»Natürlich. Ich will doch etwas tun, Brad.«

»Lieber Gott, hilf mir!« Er ließ sich stöhnend auf die Kissen zurückfallen. »Sie ist eine moderne Frau. Was willst du tun? In die Hände spucken und arbeiten?«

»Warum nicht? Das ist doch Amerika. Ein demokratisches Land. Ich könnte mich mit Politik befassen.« Sie blinzelte ihm zu, doch er hob die Hand.

»Das wirst du nicht! Mir genügt eine solche Frau in meiner Familie, besten Dank. Laß dir etwas anderes einfallen. Übrigens, bekommst du in sechs Monaten ein Baby. Kannst du dich nicht einfach entspannen und dich damit beschäftigen?«

»Vielleicht. Aber vielleicht könnte ich auch etwas anderes machen. Zumindest während ich warte.«

»Wir werden eine ansprechende Betätigung in einem freiwilligen Hilfswerk für dich finden.« Sie nickte zögernd, denn sie hatte in letzter Zeit viel über San Francisco nachgedacht. Sie wollte nicht nur mit ihrem dicken Bauch herumsitzen und warten. Das sagte sie ihm auch sofort. »Warum eigentlich nicht?« fragte er sie verdutzt. »Ist das bei Frauen denn nicht üblich?«

»Nicht bei allen Frauen. Es muß Frauen geben, die mehr tun, während sie schwanger sind. Weißt du« – einen Moment war sie nachdenklich – »in Italien arbeiten die armen Frauen auf den Feldern, in Kaufhäusern, in Bäckereien, was immer ihre normale Beschäftigung ist, und eines Tages, schwupps, kommt das Baby raus; damit hat sich die Sache, und sie gehen mit dem Baby unter dem Arm heim.« Sie lächelte bei dem Gedanken und lachte bei der Vorstellung.

»Du hast eine so anschauliche Art, eine Geburt zu beschreiben, Liebste. Willst du es so machen? Schwupps, und das Baby kommt raus, während du auf den Feldern arbeitest?«

Sie sah ihn seltsam an. »Ich war glücklich, als ich mit Marcella zusammen arbeitete.«

»Mein Gott, Serena. Es war entsetzlich, um Himmels willen, als du in deinem eigenen Elternhaus als Dienstmädchen gearbeitet hast.«

»Der Gedanke war schrecklich, aber die Arbeit nicht. Ich hatte ein Gefühl der Befriedigung. Als ob ich jeden Tag etwas vollbracht hätte. Ich arbeitete viel und machte es gut.«

Er küßte sie liebevoll auf die Nasenspitze. »Das weiß ich, Kleines. Du hast verdammt schwer gearbeitet. Zu schwer. Ich will nicht, daß du jemals wieder so etwas tun mußt.« Weil er wußte, daß dieser Umstand nie eintreten würde, sah er zufrieden aus. »Das wirst du auch nicht. Du bist jetzt mit mir verheiratet, Liebste. Und so ziemlich das einzig Gute an dem Namen Fullerton ist, daß er für ein hinreichendes Maß an Wohlergehen gut ist, das nicht nur uns selbst, sondern auch unsere Kinder für immer vor solcher Mühsal bewahrt.«

»Es ist ein angenehmes Gefühl, das zu wissen.« Sie schien trotz allem nicht übertrieben beeindruckt zu sein. »Aber ich würde dich auch lieben, wenn du arm wärst.«

»Das weiß ich, Liebste. Aber es ist angenehm, sich wegen des Geldes keine Sorgen machen zu müssen, nicht wahr?« Sie nickte und kuschelte sich in seine Arme, bevor sie beide einschliefen.

Am nächsten Morgen um sechs Uhr klopfte der Steward an ihre Kabinentür, um ihnen zu sagen, daß sie in New York einliefen. Sie würden zwar erst um 10 Uhr vormittags am Kai anlegen, aber an der Freiheitsstatue bei Sonnenaufgang vorbeizufahren, war ein besonderer Anblick, wenn das goldene Licht der Sonne den Himmel erhellte und von ihrem Arm, der Fackel und der Krone widergespiegelt wurde. Es war ein Bild, das fast immer tiefe Gefühle weckte, und wer früh genug aufstand, um die Statue zu sehen, fühlte sich stets besonders mit seiner Heimat verbunden, während das Schiff in den Hafen glitt. Serena war unsäglich gerührt, als sie an der Statue vorbeifuhren, die ihren Weg in ein neues Leben erleuchtete.

Sogar B.J. war merkwürdig schweigsam. Er hatte das Gefühl, endlich zusammen mit seiner Frau aus dem Krieg nach Hause in das Land zurückzukehren, das er liebte. Es war ein Gefühl von Wohlbehagen und Dankbarkeit, das in ihm aufwallte wie heller Sonnenschein, und er kannte keine andere Art es auszudrücken, als Serena in die Arme zu schließen und sie festzuhalten.

»Willkommen daheim, Serena.«

»*Grazie*«, flüsterte sie leise, während sie einander im weichen orangefarbenen Licht des Junimorgens küßten.

»Wir werden hier ein herrliches Leben führen, meine Liebste.« Es war ein Versprechen, das er sein ganzes Leben lang zu halten gedachte.

»Das weiß ich. Und unser Baby wird es auch schön haben.«

Er hielt ihre Hand fest; sie blieben fast eine Stunde stehen und betrachteten die Skyline von New York aus der Ferne, während das Schiff im Hafen auf die Einwanderungsbeamten, die Schlepper, die Zollabfertigung, die bürokratischen Formalitäten und das ganze Drumherum wartete.

Zu genau der gleichen Zeit saß Brads Mutter in der Fifth Avenue im Bett, trank mit gerunzelten Brauen und finsterem Blick eine Tasse Kaffee und dachte an ihren ältesten Sohn und die Frau, die er heimbrachte. Wenn sie dazu in der Lage gewesen wäre, hätte sie Brad gezwungen, sich möglichst schnell Serenas zu entledigen, aber es war ihr noch kein vernünftiger Vorschlag eingefallen, wie sich das am besten bewerkstelligen ließ. Sie besaß keine Verfügungsgewalt mehr über Brads Vermögen, und außerdem hatte er keinen Job, bei dem er von seiner Familie abhängig war. Er war aus eigenem Antrieb ausgerissen, befand sich nicht mehr in ihrer Reichweite, machte, was er wollte, auf seine Art, mit diesem verdammten italienischen Flittchen, das er jetzt nach Hause brachte... Seine Mutter stellte die Kaffeetasse klirrend hin, schob die Decke zurück und stieg mit entschlossenem Gesicht aus dem Bett.

18

Als Serena, gefolgt von Brad, die Laufplanke nach unten schritt, spürte sie, wie ihr Herz klopfte. Wie würden sie sein? Was würden sie sagen? Im stillen hegte Serena die schwache Hoffnung, daß Mrs. Fullerton – die andere Mrs. Fullerton, dachte sie lächelnd – einlenken würde. Der Druck ihrer Befürchtungen lastete auf ihr wie ein zentnerschweres Gewicht, während sie in einem cremefarbenen Leinenkostüm und einer elfenbeinfarbenen Seidenbluse, das Haar im üblichen Achterknoten frisiert, das Schiff verließ. Sie sah schrecklich jung und bezaubernd hübsch aus und hatte etwas Verletzbares und Frisches an sich wie eine weiße Rose, die allein in einer Kristallvase steht. Brad beugte sich ermutigend zu ihr, während sie sich dem Ufer näherten.

»Mach kein so besorgtes Gesicht. Sie werden dich nicht angreifen, das schwöre ich dir.« Im stillen fügte er hinzu, »Sie würden es nicht wagen«, aber in Wirklichkeit wußte er, daß einige von ihnen es wagen würden – seine Mutter... Pattie... Greg, wenn er von einer dieser beiden Frauen beeinflußt wurde... sein Vater? Er war nicht sicher. Nur Teddys Solidarität war etwas, dessen er sicher sein konnte.

Der Steward hatte ihr zwei sehr schöne Gardenien gegeben, als sie am Morgen die Kabine verlassen hatten, und sie hatte beide angesteckt.

Sie warf wieder einen Blick zu ihm zurück, und diesmal bemerkte er, daß sie vor Angst blaß war. Es war nicht fair, sie einem solchen psychischen Druck auszusetzen, und einen Moment lang haßte er seine Mutter. Warum konnte sie keine rundliche, freundliche alte Dame sein, statt der geschmeidigen, verschlagenen Bestie... ein prächtiger Panther, der darauf wartete, sich an seine Beute heranzupirschen. B.J. konnte sich vorstellen, wie sie katzenhaft und sprungbereit ungeduldig auf dem Kai lauerte. Doch als sie zu der Abfertigung mit dem Buchstaben F kamen, wo sie auf ihr Gepäck warten und den Zollbeamten gegenübertreten mußten, wurde es Brad klar, daß niemand sie erwartete. Er empfand eine seltsame Mischung aus Enttäuschung und Erleichterung, während er Serenas Hand ergriff.

»Du kannst dich entspannen. Sie sind nicht gekommen.«

Ihre Brauen zogen sich besorgt zusammen. »Glaubst du nicht, daß sie noch kommen?«

»Wahrscheinlich sind sie mit den Hochzeitsvorbereitungen für Pattie und Greg schrecklich beschäftigt. Wir werden einfach ein Taxi nehmen und nach Hause fahren.« Aber sogar er hielt es nach so langer Zeit für einen merkwürdig gleichgültigen Empfang in der Heimat.

Dann sah er ihn, er beobachtete sie aus fünfzig Meter Entfernung mit lachendem Gesicht, in dem die blauen Augen fröhlich tanzten, das wußte Brad, auch wenn er ihn nicht aus der Nähe sah. Er hatte eine Art zu lächeln, bei der sein ganzes Gesicht leuchtete und sich zwei tiefe Grübchen in den Wangen bildeten, über die er als Kind unglücklich gewesen war. Er trug eine Sporthose aus weißem Flanell, einen blauen Blazer und einen steifen Strohhut; Brad fand ihn wunderbar, wie er so auf sie zueilte. Er empfand nur den Wunsch, ihn zu umarmen, aber Ted eilte mit einem riesigen roten Rosenbukett in den Armen auf Serena zu; das Lächeln, das Brad an ihm so liebte, erhellte sein Gesicht, er hatte nur Augen für sie, wie für einen lange vermißten Bruder oder Freund. Er blieb knapp vor ihr stehen, geblendet von ihrer hinreißenden Eleganz und Schönheit, und umarmte sie so heftig, daß es ihr den Atem nahm.

»Hallo, Serena. Willkommen daheim!« Er sagte es mit einer Betonung und einer Begeisterung, die Lächeln in ihre Gesichter und Tränen in ihre Augen zauberte, und Serena erwiderte seine Umarmung ebenso heftig. Sie empfand es so, als würde sie von jemand umarmt, den sie schon immer geliebt hatte und von dem sie geliebt werden wollte. »Ich freue mich so, daß ihr beide hier seid.« Er blickte über ihre Schulter auf seinen Lieblingsbruder, und Brad konnte keinen Augenblick länger abseits stehen, schlang die Arme um beide, und unter Tränen lachend standen sie zu dritt in einer innigen Umarmung vereint bei dem Schiff, das Brad und Serena heimgebracht hatte.

Es schien eine Ewigkeit zu dauern, bevor Teddy sie losließ und sie zurücktrat, um sich den jüngeren Bruder anzusehen, von dem sie so viel gehört hatte. Er war sogar größer als Brad, in gewissem Sinn sah er besser aus und auch wieder nicht, das wurde ihr klar, als sie ihre Gesichter verglich, während sie eifrig alle Neuigkeiten besprachen, die Hochzeit, ihre Eltern, die Reise. Brads Züge waren vollkommener, seine Schultern breiter, und er wirkte wesentlich kultivierter. Doch Teddy hatte etwas Besonderes an sich, und es war unmöglich zu übersehen. Es war beinahe ein inneres Feuer, eine Erregung, die in ihm lebendig war und sich jedem, der in seine Nähe kam, mitteilte. Auch Serena spürte diese Anziehungskraft, doch sie fühlte noch etwas anderes, eine Welle der Bewunderung seinerseits, die so überwältigend war, daß sie nicht recht wußte, wie sie darauf reagieren sollte. Trotz des raschen Austausches von Neuigkeiten zwischen den Brüdern hatte Teddy den Blick keinen Augenblick von Serena abgewandt, seit er mit ihr zusammengetroffen war. Schließlich wandte er sich wieder an sie.

»Serena, du bist so schön!« Er schien völlig außer sich zu sein, und Serena konnte darüber nur lachen.

»Nicht nur das«, fügte ihr Mann hinzu, »sie ist eine Prinzessin. Was sagst du jetzt!«

»So sieht sie auch aus.« Der jüngere Bruder sagte es in vollem Ernst, und Brad sah ihn freundlich und zugleich belustigt an.

»Also, verlieb' dich jetzt nicht in sie, Kleiner, ich habe sie zuerst gesehen.«

»Mein Gott, bist du bezaubernd.« Er konnte den Blick nicht von ihr wenden, doch Serena brach den Bann.

Sie flüsterte ihm über den Arm voll Rosen zu, die er ihr überreicht hatte:

»In Wirklichkeit bin ich gar nicht Serena. Ich bin ein Mädchen, das Brad auf dem Schiff kennengelernt hat, und er bat mich, ihre Stelle einzunehmen.«

»Sie ist schlau, was?« Brad legte leicht besitzergreifend den Arm um seine Frau. Schließlich war sein Bruder um zwölf Jahre jünger als er und nur um drei Jahre älter als seine Frau, er wollte nicht, daß Teddy sich in sie verliebte. »Wie geht es übrigens unserer charmanten zukünftigen Schwägerin?«

»Ausgezeichnet, nehme ich an.« Teddy sprach vage und gedämpft. »In den letzten zwei Wochen war Greg jeden Abend betrunken. Ich bin mir nicht im klaren, was das bedeuten soll. Ist er fröhlich oder trinkt er aus Angst?«

»Vielleicht ist ein wenig von beidem daran schuld.« Brad sah seinem Bruder in die Augen.

Aber Teddy war ihm gegenüber immer aufrichtig. »Ich glaube nicht, daß Greg weiß, was er tut, Brad. Oder vielleicht will er es nicht wissen, was noch schlimmer wäre.«

»Willst du damit andeuten, daß jemand diese Verbindung verhindern sollte? Im derzeitigen Stadium?« Brads Frage klang bestürzt.

»Ich weiß nicht. Mutter wird es bestimmt nicht tun. Greg ist im Begriff, rasch zu ihrer großen Hoffnung zu avancieren. Seit du beschlossen hast, Berufsoffizier zu werden« – er sah seinen Bruder verächtlich an, aber Brad grinste nur – »und es klar ist, daß ich das Familienspiel nie mitmachen werde, scheint Greg an der Reihe zu sein.«

»Armer Kerl.« Brad schwieg eine Weile, dann kamen die Zollbeamten, um ihre Koffer zu untersuchen und ihre Pässe zu kontrollieren. Sie fragten auch nach Teddys Papieren, doch Teddy zeigte einen Sonderausweis vor. Einer der Parteifreunde seines Vaters hatte ihn beim Bürgermeister von New York für ihn besorgt, so daß er Freunde von Schiffen abholen konnte, ohne warten zu müssen, bis sie den Zoll passiert hatten. In Zeiten wie diesen war das sehr angenehm, aber der Zollbeamte fühlte sich durch Teddys unbeabsichtigte Demonstration seines Sonderstatus in seiner Befugnis eingeengt.

»Sonderprivilegien, wie?«

Teddy war ein wenig verlegen. »Nur dieses eine Mal. Mein Bruder war seit dem Krieg nicht daheim.« Er zeigte auf Brad, und das Gesicht des Zollbeamten wurde sofort wieder freundlich.

»Rückkehr an Bord der *Liberté*, mein Junge? Keine schlechte Art zu reisen.«

»Keineswegs. Es gelang uns, die Überfahrt gleich als Hochzeitsreise zu machen.«

»Ihre Frau ist hinübergefahren, um sie abzuholen?« Er kontrollierte nur das Gepäck. Sein Kollege befaßte sich mit den Pässen und hatte gesehen, daß Serena Italienerin war, aber das konnte dieser Mann nicht wissen. Sie hatte bisher kein Wort gesprochen.

»Nein.« Brad sah sie stolz an. »Ich habe meine Frau drüben kennengelernt. In Rom.«

»Italienerin?« Der Zollbeamte kniff die Augen zusammen, während er ihre makellose Schönheit in Elfenbein und Gold musterte.

»Ja, meine Frau ist Italienerin. Aus Rom«, wiederholte Brad lächelnd, während der Mann sie anstarrte.

»Es gibt genug heiratsfähige Mädchen hier im Land, mein Junge. Oder haben Sie das vergessen? Mein Gott, manche von euch jungen Leuten fuhren hinüber und vergaßen dort ganz, was es zu Hause an Mädchen gibt.« Er funkelte alle drei an, dann eilte er weiter und kontrollierte das Gepäck eines anderen Reisenden. In Brads Augen war Ärger und in Teddys blinde Wut zu lesen, aber Serena legte jedem von ihnen beruhigend eine Hand auf den Arm und schüttelte den Kopf.

»Nicht. Es ist unwichtig. Er ist nur ein verbitterter alter Mann. Vielleicht hat jemand seine Tochter sitzengelassen.«

»Vielleicht sollte ihm jemand die Fresse polieren«, meinte Teddy.

»Schon gut. Laßt uns nach Hause fahren.« Die beiden Männer wechselten einen Blick, Brad seufzte und nickte dann.

»Okay, Principessa, du hast gewonnen.« Aber er sah sie beinahe traurig an. »Diesmal.« Dann beugte er sich hinunter und küßte sie. »Ich will nicht, daß jemand jemals wieder so etwas in deiner Gegenwart sagt.«

»Aber sie werden es tun«, flüsterte sie. »Vielleicht braucht es eine gewisse Zeit.«

19

Der Chauffeur der Familie hatte geduldig außerhalb des Hafengebiets in der mitternachtsblauen Cadillac-Limousine gewartet, die Brads Vater zum letzten Weihnachtsfest seiner Frau gekauft hatte. Aber Margaret Fullerton zog es zumeist vor, ihren eigenen Wagen zu benützen, ein schönes, flaschengrünes Lincoln Zephyr Kabriolett, das sie fast täglich fuhr. Zur Freude ihrer Söhne standen ihnen daher der Cadillac und der ältliche Chauffeur zur Verfügung, und Greg benützte den Wagen regelmäßig, es sei denn, daß Teddy ihm zuvorkam wie heute. Seine Mutter wohnte einer Ausschußsitzung des Amerikanischen Roten Kreuzes bei, mußte noch die letzten Details für das Probedinner am nächsten Tag festlegen und an einem Mittagessen mit einem anderen Komitee teilnehmen, dem sie ebenfalls angehörte; das alles hatte sie daran gehindert, Brad und Serena beim Schiff in Empfang zu nehmen. Und Greg hatte in der Stadt eine wichtige Besprechung mit seinem Vater, so daß nur Teddy übriggeblieben war, um B.J. und seine junge Frau mit dem eleganten dunkelblauen Cadillac abzuholen.

»Sieh mal an, ist er neu?«

»Ja. Ein Weihnachtsgeschenk von Pop.«

»Für dich?« Brad war erstaunt.

»Oh, nein.« Teddy grinste. »Für Mutter.«

»Ach so. Das versteht sich. Benützt du ihn viel oder nur bei besonderen Gelegenheiten?«

»Nur wenn Greg nicht da ist.«

»Das versteht sich auch.«

Doch bevor sie mehr sagen konnten, war der alte Chauffeur aus dem Wagen gestiegen und auf sie zugeeilt. Er nahm die Mütze ab und grinste von einem Ohr bis zum anderen. Er arbeitete bei den Fullertons, seit Brad ein kleiner Junge gewesen war.

»Hallo, Jimmie!« Brad klopfte ihm auf die Schulter, und der Alte lachte erfreut und umarmte ihn.

»Du siehst gut aus, Junge. Schön, dich wieder hier zu haben.«

»Es ist schön, wieder hier zu sein.« Beide Männer freuten sich aufrichtig. »Jimmie, ich möchte dich meiner Frau vorstellen.« Er wandte sich mit sichtlichem Stolz Serena zu, und dem alten Mann blieb beinahe der Mund offenstehen, als er die blonde Schönheit sah.

»Ich freue mich, Sie kennenzulernen, Mrs. Fullerton.« Er murmelte es beinahe schüchtern, und sie schüttelte ihm mit freundlichem Lächeln, das auch aus ihren Smaragdaugen strahlte, herzlich die Hand.

»Brad hat mir viel von Ihnen erzählt.«

»Wirklich?« Jimmie schien sich außerordentlich zu freuen. »Willkommen in Amerika.« Er kniff die Augen zusammen. »Sie sprechen gut Englisch. Waren Sie schon einmal hier?«

Sie nickte. »Ja, während des Krieges. In Upstate New York.«

»Das ist gut.« Jimmie lächelte freundlich.

Serena erwiderte sein Lächeln, und er forderte alle auf, im Wagen Platz zu nehmen. »Ich werde das Gepäck einladen. Ihr Jungs könnt beruhigt sein.« Doch nur Teddy und Serena stiegen ein, während Brad seinem alten Kumpel beim Verladen der verschiedenen Koffer und der anderen Gepäckstücke half.

Selbst im Wagen konnte Teddy den Blick nicht von Serena wenden. »Wie war die Überfahrt?« Er wußte nicht, wie er ein Gespäch beginnen sollte, und es war ein so merkwürdiges Gefühl, mit ihr allein zu sein. Er empfand den verrückten Drang, sie zu küssen, aber nicht als Schwager oder als Freund. Als ihm der Gedanke durch den Kopf schoß, überzog sich seine Stirn mit einem dünnen Schleier von Schweißperlen.

»Fühlst du dich nicht wohl?« Serena sah ihn seltsam an. »Bist du vielleicht krank?«

»Nein ... ich ... verzeih mir ... ich weiß nicht ... nur ... ich glaube, es ist nur die Aufregung, Brad wiederzusehen, dich kennenzulernen, Gregs Hochzeit, mein Schulabgang letzte Woche.« Er trocknete seine Stirn mit einem weißen Leinentaschentuch und lehnte sich zurück.

Serena blickte ihn freundlich an, ihr Gesicht drückte Besorgnis und unausgesprochenes Verständnis aus. »Bitte...« Sie zögerte kurz. »Du bist meinetwegen außer Fassung geraten, oder? Ist es ein so großer Schock? Bin ich wirklich so anders?«

Teddy nickte. »Ja, das bist du. Aber nicht so, wie du denkst, Serena.« Er seufzte und griff nach ihrer Hand. Ach, zum Teufel. Brad würde ihn schon nicht umbringen. »Du bist die schönste Frau, die ich je gesehen habe, und wenn du nicht die Frau meines Bruders wärst, würde ich dich sofort bitten, mich zu heiraten.« Sie dachte einen Augenblick, daß er nur Spaß mache, dann sah sie etwas beinahe Herzzerreißendes in seinem Blick. Überrascht sah sie ihn aus großen Augen an.

»Machst du Fortschritte bei meiner Frau, kleiner Bruder?« B.J. öffnete die Tür der eleganten Limousine und sprang hinein. Teddy war immer der bestaussehende der drei Brüder gewesen und paßte sicherlich im Alter eher zu Serena, aber das waren verrückte Spekulationen, und er wußte es.

Teddy lachte nur und fuhr sich kopfschüttelnd mit der Hand durch das Haar. »Mir scheint, du hast mich eben davor bewahrt, mich vollkommen lächerlich zu machen.«

»Soll ich aussteigen, damit du es noch einmal versuchen kannst?«

»Nein!« Teddy und Serena begannen zu lachen wie aufgeregte Kinder, und der Augenblick des Unbehagens war vorbei. Sie lachten beinahe während der ganzen Fahrt, fingen an, einander und Brad zu necken; der Grundstock zu ihrer Freundschaft wurde an diesem Morgen gelegt.

Teddy gab ihnen einen kurzen Überblick über den Verlauf der Hochzeit. Brad wußte schon, daß er der Brautführer und Teddy einer der Jungfernherren sein würde. Außerdem würde es zehn weitere Jungfernherren, elf Brautjungfern und eine Brautführerin, zwei Kinder als Ringträger und Blumenmädchen geben, die Zeremonie würde in der St.-James-Kirche auf der Madison Avenue stattfinden und unmittelbar danach ein riesiger Empfang im Plaza Hotel. Es würde ein grandioses gesellschaftliches Ereignis werden, für das die Athertons ein Vermögen ausgaben.

Die Generalprobe wurde allerdings im Klub ihres Vaters, dem *Knickerbocker*, abgehalten; es handelte sich um ein formelles Dinner, mit nur fünfundvierzig Gästen im Smoking.

»O Gott.« Brad stöhnte laut. »Und wann findet das statt?«

»Morgen.«

»Und heute abend? Werden wir ein wenig Zeit für uns selbst haben, oder müssen wir noch einen rituellen Tanz mit dem gesamten Stamm ausführen?«

»Mutter plant ein kleines Familiendinner. Nur Mutter, Dad, Greg, ich und natürlich Pattie.« In Teddys Augen lag leichte Besorgnis.

»Das kann ja heiter werden.« Als Pattie Serena das letzte Mal gesehen hatte, hatte sie sie eine Hure genannt, und er hatte die Verlobung gelöst; seither war noch nicht einmal ein Jahr vergangen.

Bald darauf blieb der Wagen unter dem Vordach ihres Hauses stehen, und der Portier eilte herbei, um die Tür zu öffnen, während Jimmie ausstieg, um das Gepäck zu versorgen.

»Ist Mutter oben?« Brad wollte das Zusammentreffen hinter sich bringen.

»Noch nicht. Sie kommt erst gegen drei nach Hause. Wir haben das Haus für uns allein, während Serena sich mit ihm vertraut macht.« Es war ein Segen. Serena folgte ihrem Mann und ihrem Schwager schüchtern in eine schön getäfelte Halle mit Wandteppichen, hoher Decke, Marmorfußboden und riesigen Gewächsen.

Brad und Ted führten sie im Fahrstuhl in den obersten Stock, wo der Korridor zu einer Einzelwohnung führte, einem Penthouse mit Blick auf den Central Park. Zwei Dienstmädchen in schwarzen Kleidern mit Spitzenschürze und Haube machten eifrig den Vorraum sauber. Er enthielt außerordentlich schöne japanische Wandschirme, der Fußboden bestand aus schwarzen und weißen Marmorrauten. Der Vorraum erinnerte Serena an einen hell erleuchteten Ballsaal. Die Mädchen hießen Brad sofort zu Hause willkommen, aber er wollte Serena zuerst die Wohnung zeigen, in der er aufgewachsen war.

Sie erinnerte sie irgendwie an den Palazzo. Natürlich war sie kleiner, aber in der gleichen Art eingerichtet wie die verschiedenen Häuser, in denen sie aufgewachsen war. Es gab Aubussonteppiche in zarten Schattierungen, Damastvorhänge und reiche Brokatstoffe, einen Konzertflügel in der Bibliothek sowie drei Wände voll seltener Bücher, und im Speisezimmer eine bemerkenswerte Galerie von Familienporträts. Das Wohnzimmer war elegant und geschmackvoll eingerichtet und wirkte sehr französisch. Es gab zwei Renoirs und einen Monet, viel Louis XV, Fluten von weißer Seide und grauem Damast, von denen sich kleine sandfarbige Rosen abhoben, sowie Gold und Marmor. Fast hatte sie mit einem erleichterten Seufzer sagen können, »Schon gut, hier bin ich schon einmal gewesen.« Teddy hatte ihre Erleichterung bemerkt und neckte sie sofort.

»Was hast du erwartet? Löwen und Tiger und eine Frau mit einer Peitsche und einem Stuhl?«

Serena lachte. »Nicht ganz, aber...« Auch in ihrer Miene lag Spottlust.

»Beinahe erraten, wie? Aber du hast Glück. Wir werfen nur am Dienstag die Christen den Löwen zum Fraß vor. Du bist um zwei Tage zu spät gekommen.«

»Es ist ein wunderschönes Haus.«

Ted sah Brad an. »Willkommen daheim, großer Bruder.«

»Danke, Kleiner.« Er drückte seinem jüngeren Bruder die Schulter und legte einen Arm liebevoll um seine Frau. »Fühlst du dich wohl, Liebste? Nicht allzu müde?« Die Art, wie er es sagte, machte Teddy hellhörig.

»Ist etwas nicht in Ordnung?« Er sah die beiden besorgt an, und Brad schüttelte lächelnd den Kopf. »Was gibt es? Oder bin ich zu neugierig?«

»Aber nein. Ich wollte es heute abend allen gemeinsam mitteilen, aber ich sage es dir schon jetzt.« B.J. griff nach Serenas Hand und lächelte Teddy zu. »Wir bekommen ein Baby.«

»Schon?« Teddy war verblüfft. »Wann?«

»Erst in sechs Monaten, genau gesagt in sechseinhalb.« Brad sagte spöttisch: »Es ist moralisch einwandfrei. Wir sind seit sechs Monaten verheiratet.«

»Das habe ich nicht gemeint«, wehrte sich Teddy verlegen, dann sah er Serena an. »Es schien mir nur so früh.«

»Es ist früh, und das freut mich besonders. Ich bin nicht so jung wie du. Ich will keine Zeit vergeuden, und Serena freut sich auch.« Er strahlte sie wieder an, und auch Teddy, der sie beobachtete, lächelte.

Alle drei lachten gleichzeitig. An diesem Tag hatte sich zwischen ihnen etwas sehr Seltsames ereignet. Zwischen zwei Menschen, die einander ihr ganzes Leben geliebt hatten, hatte sich eine neue Bindung ergeben, und es war ihnen gelungen, eine dritte Person einzuschließen.

»Hör mal, da werde ich ja Onkel!« Teddy jubelte.

»Um Himmels willen, erzähle es noch nicht im ganzen Haus herum! Ich will es zuerst Mutter sagen. Glaubst du, Teddy, daß sie seelisch bereit ist, Großmutter zu werden?«

In der darauffolgenden langen Stille wechselten die Brüder einen bedeutungsvollen Blick. »Da bin ich nicht so sicher.«

Nur Serena hatte in den letzten Minuten geschwiegen, seit sie begonnen hatten, über das Baby zu sprechen. »Fühlst du dich wohl, Serena?« Nun teilte Teddy plötzlich Brads Besorgnis, und sie lachte.

»Ja, mir geht es ausgezeichnet. Wunderbar. Fabelhaft.«

»Sehr gut«, und dann scherzte Teddy mit verschmitztem Grinsen: »Schade, daß du nicht zwei Jahre warten kannst, dann könnte ich das Baby entbinden.«

»Das ist ein Nervenkitzel, auf den wir verzichten können«, warf Brad rasch ein. »Aber du wirst zumindest bei uns sein und den großen Augenblick miterleben.« Sein kleiner Bruder würde vier Jahre lang an der Stanford University Medical School unweit von San Francisco studieren, und er hoffte, daß sie oft zusammenkommen würden. Das sagte er ihm jetzt, und Teddy nickte nachdrücklich dazu.

»Weißt du, ich glaube, wir werden eine verdammt schöne Zeit in Kalifornien verleben.«

»Wirst du uns oft besuchen, Teddy?« fragte Serena herzlich.

»So oft ihr es zulaßt. Ich muß ab September zur Universität.«

Darauf gingen alle drei in die Küche, begrüßten die Köchin, stahlen ein paar Kekse, kosteten von den Spargeln, schnupperten an einem geheimnisvollen Braten, von dem Brad behauptete, er rieche nach Truthahn, und gingen dann in Brads früheres Arbeitszimmer. Es gehörte jetzt Teddy, und sie sprachen von früheren Zeiten, während sie schmale kleine Sandwiches aus zartem Weißbrot aßen, die mit Brunnenkresse belegt waren, und Limonade tranken. Bald nach dem Essen schlief Serena auf der Couch ein. Die beiden Männer freuten sich darüber, denn beide wußten, wie schwierig die nächsten Stunden für sie alle sein würden. Brad hatte schon gemerkt, daß das erste Zusammentreffen nicht leicht sein würde. Margaret Fullerton hatte erwartet, daß das Mädchen, das Brad als seine Frau heimführen würde, eine der tausend Debütantinnen sein würde, die er im Laufe der Jahre kennengelernt hatte; sie wollte keine Principessa aus Rom zur Schwiegertochter. Adelstitel kümmerten sie einen Dreck. Sie wollte die Tochter einer ihrer Freundinnen aus dem Colony Club zur Schwiegertochter haben, jemand, der die gleichen Lokale frequentierte wie sie, die gleichen Leute kannte, die gleichen Interessen hatte. Bei Serena ließ sich etwas nicht leugnen, und Brad wußte, daß es seiner Mutter nie passen würde: Serena war vollkommen anders. Es waren gerade die Eigenschaften, die er an ihr liebte, die auch Teddy in nur wenigen Sekunden für sie eingenommen hatten. Sie war auf keinen Fall ein Dutzendgeschöpf. Sie war in jeder Hinsicht außergewöhnlich. Sie war aufregend, schön, ungewöhnlich klug, aber sie paßte nicht in die Clubs – den Stork, den 21, den Colony, den New York. Als Brad seine friedlich schlafende, aristokratische, italienische Frau betrachtete, wurde es ihm mehr denn je im tiefsten Inneren klar, daß es Schwierigkeiten geben würde.

20

An diesem Nachmittag kam Margaret Fullerton pünktlich Viertel nach drei Uhr nach Hause. Sie strahlte makellose Eleganz aus in einem perlgrauen Seidenkostüm von Chanel mit einer sandrosa Seidenbluse und dazu passendem Futter in der Jacke. Sie trug leichte graue Schuhe aus Ziegenleder, graue Strümpfe, eine kleine graue Eidechsenhandtasche, und ihr glatt frisiertes, weißes Haar sah noch genauso adrett aus wie um acht Uhr morgens. Wie üblich begrüßte sie die Dienstmädchen, legte Handtasche und Handschuhe auf ein großes Silbertablett in der vorderen Halle, sah die Post durch, die von einem der Mädchen sorgfältig bereitgelegt worden war, und ging in die Bibliothek.

Dort warf sie erwartungsvoll einen Blick auf die Uhr und klingelte nach dem Butler. Er erschien eine Minute später und blieb wartend in der Tür stehen.

»Ja, Ma'am?«
»Ist mein Sohn hier, Mike?«
»Ja, Ma'am. Beide Söhne. Mr. Theodore ist hier und auch Mr. Bradford.« Mike stand seit fast dreißig Jahren in ihren Diensten.
»Wo sind sie?«
»Oben. In Mr. Theodores Zimmer. Soll ich sie rufen?«
»Nein.« Sie erhob sich ruhig. »Ich werde nach oben gehen. Sind sie allein?« fragte sie hoffnungsvoll. Als ob man sich Serenas bereits entledigt hätte. Aber der Butler schüttelte bedächtig den Kopf.
»Nein, Ma'am. Mrs. Fullerton – Mrs. Bradford Fullerton«, präzisierte er, »ist bei ihnen.« Margaret Fullertons Augen blickten zornig, aber sie nickte nur.
»Danke, Mike. Ich gehe in ein paar Minuten nach oben.« Sie mußte jetzt überlegen, nur einen Augenblick lang, was sie sagen würde und wie sie es sagen würde. Sie mußte es richtig machen, sonst würde Brad endgültig für sie verloren sein.

Sie wußte auch, daß sie Teddy im ungewissen lassen mußte. Sie hatte bereits den Fehler begangen anzudeuten, was sie vorhatte. Seine Vorstellungen vom Leben paßten in einen romantisch-kitschigen Roman, nicht in die reale Welt voller Opportunisten, Narren und kleiner italienischer Flittchen, die es auf das Vermögen ihres Sohnes abgesehen hatten.

Margaret Hastings Fullerton war mit zweiundzwanzig Waise geworden, als ihre Eltern bei einem Eisenbahnunglück im Ausland ums Leben gekommen waren. Sie hatten ihr ein ungeheures Vermögen hinterlassen. Sie wurde von den Teilhabern der Rechtsanwaltskanzlei ihres Vaters gut beraten und heiratete ein Jahr später Charles Fullerton, dessen Vermögen mit dem ihren vereinigt wurde. Das ihre stammte aus den Stahlwerken des Landes und war im Laufe der Jahre durch bedeutenden Grundbesitz und den Ankauf zahlreicher Banken vergrößert worden. Charles Fullerton wiederum kam aus einer Familie, deren Vermögen aus gesellschaftlich höher bewerteten Quellen stammte. Sie hatten im vorhergehenden Jahrhundert ein Vermögen mit Tee verdient, große Gewinne aus dem Kaffeehandel erzielt, besaßen ungeheure Besitztümer in Brasilien und Argentinien, England und Frankreich, Ceylon und dem Fernen Osten. Es war ein Vermögen, von dem sogar sie beeindruckt war, und Margaret Hastings Fullerton ließ sich nicht so leicht beeindrucken. Charles Fullerton war der einzige Sohn von Bradford Jarvis Fullerton II. Charles hatte zwei Schwestern, deren Ehemänner alle bei Charles' Vater arbeiteten. Sie unternahmen ständig ausgedehnte Reisen durch die ganze Welt, leiteten die Gesellschaften vorbildlich und stellten den alten Herrn in jeder Hinsicht zufrieden, nur in einer nicht. Sie waren nicht seine Söhne; Charles war es zwar, aber Charles war überhaupt nicht daran interessiert, den Thron seines Vaters an der Spitze des Finanzimperiums zu erben. Er wollte ein ruhiges Leben führen, Jura studieren, möglichst wenig reisen und die Früchte aller Unternehmungen ernten, die sein Vater und Großvater geschaffen hatten. Es war Margaret, die die Investitionen der Fullertons faszinierend fand, die von Charles wollte, er solle sich den anderen anschließen und später die Leitung der Firma übernehmen. Aber nach wenigen Monaten Ehe wußte sie, daß keine Aussichten darauf bestanden. Sie war mit einem der reichsten Männer des Landes verheiratet, und es war ihm völlig gleichgültig, daß es aufregend gewesen war, dieses Vermögen zu schaffen. Die Pläne, die sie für ihn geschmiedet hatte, gingen schief, ebenso wie die Bemühungen seines Vaters, und letzten Endes setzte er seinen Willen durch. Gemeinsam mit mehreren Freunden von der juristischen Fakultät gründete er eine eigene Firma und wurde, was seiner eigenen ruhigen Art entsprach, Rechtsanwalt. Seine Frau war in Wirklichkeit seinem Vater sehr ähnlich. Sie und der alte Mann hatten einander bis zu seinem Tod großartig verstanden, und sie war diejenige, die darum trauerte, daß das Imperium Stück für Stück veräußert wurde. Die gewaltigen Besitztümer in exotischen Ländern gingen verloren und damit auch ihre Hoffnungen, die graue Eminenz hinter dem Thron dieser Macht zu werden.

Sie hatte ihren Ehrgeiz vom internationalen Geschäft auf die Politik verlegt. Dort hatte sie kurze Zeit Erfolg gehabt. Es war ihr gelungen, Charles davon zu überzeugen, daß sein höchstes Ziel im Leben ein Sitz im Senat war. Es würde seine Karriere günstig beeinflussen, seiner Anwaltskanzlei zugute kommen, seiner Frau und den Freunden Freude bereiten. In Wirklichkeit fand er es ermüdend und langweilig, er verbrachte seine Zeit ungern in Washington und weigerte sich, noch einmal zu kandidieren, als seine Amtszeit zu Ende ging. Erleichtert kehrte er in sein Büro in New York zurück, und ließ Margaret keinen Raum für Illusionen und wenig Stoff für

Träume. Margaret Fullerton blieben nur noch die Hoffnungen, die sie in ihre Söhne setzte.

Bradford war sicherlich der unternehmungslustigste ihrer Söhne, aber er war, wie sein Vater, eigensinnig und tat nur das, was er wollte. Er weigerte sich, die Beziehungen einzusetzen, die er hatte, und obwohl er ein gewisses Interesse für Politik zeigte, zweifelte sie allmählich daran, daß er genügend Ehrgeiz in dieser Richtung entwickeln würde, um seinen Lebensweg zu ändern. Wie sein Vater wollte er ein Leben führen, das »angenehm« war und ihm Befriedigung verschaffte. Er hatte kein Interesse an der Machtausübung, wie sie sie anstrebte, an Industrie und Handel im großen Maßstab oder an einem Imperium wie dem seiner Vorfahren. Greg hingegen war beträchtlich leichter zu lenken. Obwohl er nicht so intelligent war wie Brad, setzte sie mehr Hoffnungen auf ihn, und durch die Hochzeit mit der Tochter eines Kongreßabgeordneten würde er sicherlich in die richtigen Kreise gelangen und sich mit Politik beschäftigen, wenn man ihm keine andere Richtung als diese offen ließ. Margaret wußte, daß sie sich in dieser Hinsicht auf Pattie verlassen konnte, sie würde Greg schon dorthin lenken.

Bei Teddy lag der Fall gänzlich anders; das hatte Margaret bei ihrem jüngsten Sohn fast vom Tag seiner Geburt an gewußt. Theodore Harper Fullerton bewegte sich in dem ihm angemessen scheinenden Tempo, zu der ihm passend scheinenden Zeit genau in die Richtung, die ihm paßte. Er hatte die Energie seiner Mutter, aber nicht ihre Zielsetzungen. Und nun war er im Begriff, seine Karriere in der Medizin mit der gleichen Tatkraft und Entschlossenheit zu verfolgen, die seine Mutter entwickelt hätte, wenn sie an seiner Stelle gewesen wäre. Sie und er waren in allem verschiedener Ansicht, von der Politik bis zum Wetter. Besonders in diesem neuen Familienproblem mit Brads kleiner Hure aus Rom. Margaret hatte der ganzen Familie auseinandergesetzt, was sie von diesem Unsinn hielt, und ihrem Mann hatte sie insbesondere genau dargelegt, was ihrer Ansicht nach geschehen sollte. Sie würde sich damit befassen müssen, sobald die beiden nach New York kamen. Und sie war sicher, daß es keine Schwierigkeiten geben würde. Nach dem, was Pattie gesagt hatte, war es ganz klar, daß das Mädchen es auf sein Vermögen abgesehen hatte, aber es war noch nicht zu spät, um sie mit Geld abzufinden. Sie würden ihr die Rückfahrt nach Europa bezahlen, ihr eine hübsche Summe geben, um sie loszuwerden, und man würde sofort mit der Annullierung der Ehe beginnen. Wenn sie klug und kooperativ war, brauchte Brad von ihrem Übereinkommen gar nichts zu erfahren. Sie mußte ihm nur sagen, daß sie ihre Ansicht grundlegend geändert habe und wieder nach Hause fahre.

Sie mußte nur Serena loswerden, dann konnte sie sich darüber freuen, ihren ältesten Sohn daheim zu haben. Sie ging nach oben und klopfte mit verstohlenem, entschlossenem Lächeln an die Tür.

»Ja?« Es war Teddys Stimme, und in ihr klang Lachen mit. Als sie antwortete, hörte sie eine weibliche Stimme, Brads tiefe Stimme und leises Lachen.

»Ich bin es, Liebling. Darf ich hereinkommen?«

»Natürlich.« Die Worte wurden gesprochen, während Teddy bereits die Tür öffnete und lächelnd seine Mutter anblickte. Doch das Lächeln verschwand schnell, als er sie sah. Er spürte sofort die Spannung zwischen ihnen und empfand unmittelbar den Wunsch, Serena zu beschützen. »Komm herein, Mutter. Brad und Serena sind hier.« Er nannte absichtlich seine Schwägerin auch. »Wir haben auf dich gewartet.«

Sie nickte und trat in das Zimmer, und gleich darauf hatte sie ihren ältesten Sohn vor sich. Sie blieb stehen, machte keine Bewegung auf ihn zu, und doch lag in ihrem Blick sichtlich Gefühl. »Hallo, Brad.«

Ohne seine Spannung zu zeigen, ging er auf sie zu und umarmte sie herzlich. »Hallo, Mutter.« Einen Augenblick lang klammerte sie sich besitzergreifend an ihn, dann trat sie mit tränenverschleierten Augen einen Schritt zurück.

»Mein Gott, wie schön es ist, dich gesund und wohlbehalten daheim zu haben.«

»Ja, hier bin ich, vollkommen unbeschädigt. Endlich aus dem Krieg zurück.« Er lächelte sie fröhlich an, dann trat er zur Seite und wies auf die hochgewachsene, anmutige blonde Frau mit den smaragdgrünen Augen, die in ihrem elfenbeinfarbenen Seidenkostüm hinter ihm stand. »Darf ich dir meine Frau vorstellen, Mutter? Serena, das ist meine Mutter.« Er machte eine steife, angedeutete Verbeugung, und einen Augenblick regte sich nichts in dem behaglichen Raum. Es herrschte vollkommene, absolute Stille, als ob alle den Atem anhielten, während die beiden Frauen einander kennenlernten, aber Serena brach das Eis. Sie trat rasch vor und streckte mit einem nervösen, aber freundlichen Lächeln anmutig die Hand aus.

»Guten Tag, Mrs. Fullerton.« Sie sah wunderbar aus, und die Augen der älteren Frau schienen sich zu verengen, während sie Serena sorgfältig von Kopf bis Fuß musterte. »Ich bin sehr glücklich, Sie kennenzulernen.«

Margaret Fullerton streckte mit eisigem Blick die Hand aus. »Guten Tag. Ich hoffe, Sie hatten eine angenehme Überfahrt.« Ein Unbeteiligter hätte nicht erkennen können, daß sie ihrer Schwiegertochter gegenüberstand, mit der sie zum ersten Mal zusammentraf. Margaret behandelte sie als vollkommen Fremde und beabsichtigte, dafür zu sorgen, daß sich an dem Verhältnis nichts änderte. »Tut mir leid, Brad, daß ich dich nicht vom Schiff abholen konnte.« Sie wandte sich lächelnd ihrem Sohn zu. »Ich hatte alle möglichen Dinge zu erledigen und überließ deshalb Ted diese Ehre. Aber wir essen heute abend zusammen. Auch morgen.« Sie ignorierte Serena vollkommen, während sie ihre Pläne verkündete. »Und Sonnabend ist natürlich die Hochzeit. Morgen findet eine Probe statt, und du mußt noch ein halbes Dutzend anderer Dinge erledigen. Du sollst morgen früh den Schneider deines Vaters aufsuchen. Er hat einen Cut und eine gestreifte Hose nach deinen alten Maßen angefertigt, aber du solltest sie lieber noch rasch probieren, damit er noch Änderungen vornehmen kann, falls dies nötig ist.«

»In Ordnung.« Um Brads Augen bildeten sich feine Falten der Spannung. Der Cut und die gestreifte Hose waren ihm völlig gleichgültig. Er erwartete von seiner Mutter einen Hinweis darauf, daß sie seine Frau in die Familie aufnahm. »Wie wäre es, wenn wir drei morgen irgendwo in aller Ruhe zusammen Mittag essen könnten?«

»Ich kann wirklich nicht, mein Liebling. Du kannst dir doch vorstellen, was für ein Trubel vor der Hochzeit herrscht.« Ihre Augen verrieten nichts, aber Brad spürte, wie sich sein ganzer Körper verkrampfte.

»Sollte das alles nicht Sache der Athertons sein? Ich dachte, die Brautmutter müsse sich deswegen den Kopf zerbrechen.«

»Ich muß das morgige Probe-Abendessen planen.«

»Also gut, dann werden wir nachher einige Zeit miteinander verbringen.« Es schmerzte Teddy, da er genau merkte, was seine Mutter im Schild führte. Genau so, wie sie es fertiggebracht hatte, nicht zum Schiff zu kommen, ging sie ihnen wieder aus dem Weg. Was, zum Teufel, bezweckte sie, fragte er sich. Wollte sie so tun, als existierte Serena nicht, oder gab es einen anderen Grund, weshalb sie sich so benahm?

»Ich werde tun, was ich kann, mein Lieber.« Die Stimme seiner Mutter klang unverbindlich. »Hast du deinen Vater schon gesehen?«

»Noch nicht.« Es war auch Brad aufgefallen, daß niemand außer Teddy erschienen war, um ihn und Serena zu begrüßen, und es tat ihm allmählich leid, daß er sich die Zeit genommen hatte, auf dem Weg nach San Francisco zu Hause vorbeizuschauen.

»Du kommst also heute abend zum Dinner, nicht wahr, Brad?« Seine Mutter sah ihn an, als wäre er der einzige, dem die Einladung galt.

»Ja.« Er erwiderte den Blick vielsagend. »Wir werden beide kommen. Welches Zimmer hast du uns übrigens zugedacht?«

Einen Augenblick lang sah seine Mutter ärgerlich aus. Er zwang sie, sich mit dem Problem Serena zu befassen, und es war das letzte, was sie derzeit im Sinn hatte. Es war ihr aber klar, daß sie es zumindest im Augenblick nicht vermeiden konnte. »Das blaue Zimmer ist das richtige. Wie lange willst du bleiben, mein Lieber?« Sie sah nur ihren Sohn an, kein einziges Mal seine Frau.

»Zwei Wochen, bis wir nach San Francisco fahren.«

»Das ist wunderbar.« Darauf warf sie einen forschenden Blick auf Serena und sah wieder Brad an. »Ich habe einige Kleinigkeiten zu erledigen, mein Liebling. Wir sehen uns bald.« Dann wandte sie sich unerwarteterweise an Serena und sagte ihr sehr bedachtsam: »Vielleicht wäre es kein schlechter Einfall, wenn Sie und ich uns ein wenig zusammensetzten. Wenn Sie vor dem Abendessen für eine halbe Stunde in mein Boudoir kommen, könnten wir uns unter vier Augen unterhalten.« Serena nickte sofort, und Brad machte ein erstauntes Gesicht. Vielleicht bemühte sich die alte Dame doch, schloß er, vielleicht hatte er ihr Unrecht getan.

»Ich werde ihr zeigen, wo es ist, Mutter.« Brad sah einen Augenblick zufrieden aus, doch von den anderen unbemerkt lag in Teddys Augen Angst.

Einige Minuten später ließ ihre Mutter sie allein, und Teddy sah merkwürdig besorgt aus. Brad neckte ihn deshalb, und Serena setzte sich mit einem langen, nervösen Seufzer hin und starrte beide an.

»Warum, glaubst du, will sie allein mit mir sprechen?« fragte Serena beunruhigt, und ihr Mann lächelte.

»Sie will dich nur kennenlernen. Laß dich nicht einschüchtern, mein Schatz. Wir haben nichts zu verheimlichen.«

»Soll ich ihr von dem Baby erzählen?«

»Warum nicht?« fragte Brad stolz, und sie lächelten einander zu, aber Teddy mischte sich schnell ein.

»Nein, tu das nicht!« Beide sahen ihn überrascht an, und er errötete.

»Mein Gott, warum nicht? Warum sollte Serena es ihr nicht sagen?«

»Warum sagt ihr es ihr nicht gemeinsam?«

»Welchen Unterschied macht das schon?«

»Ich weiß nicht genau. Aber sie könnte etwas sagen, das Serena aufregt.« Brad dachte kurz darüber nach, dann nickte er.

»Also gut. Jedenfalls« – er sah seine Frau bedeutungsvoll an – »laß dich von der alten Dame nicht einschüchtern. Gib dich ganz natürlich, und sie wird dir nicht widerstehen können.« Er beugte sich nieder, umarmte sie und konnte beinahe fühlen, wie sie zitterte. »Du hast doch keine Angst vor ihr, oder?«

Serena dachte einen Moment nach, dann nickte sie. »Doch, ich glaube ja, Sie ist eine sehr bemerkenswerte, sehr starke Natur.« Sie war auch viel schöner, als Serena erwartet hatte, und viel zäher. Serena hatte noch nie jemanden wie sie kennengelernt. Ihre Großmutter war eine starke Frau gewesen, aber in viel positiverem Sinn. Ihre Großmutter hatte über ruhige Stärke und Entschlossenheit verfügt. Bei Margaret Fullerton merkte man sofort, daß sie ihre Stärke benutzte, um zu erreichen, was sie wollte, und vielleicht Methoden anwendete, die gelegentlich sehr unschön waren. Margaret Fullerton war unter der glatten Oberfläche kalt wie Eis und hart wie Stahl.

»Es gibt nichts, wovor du dich fürchten müßtest, Serena.« Er sagte es freundlich, während er sie von der Couch hochzog, um sie in das blaue Zimmer zu führen, wo sie wohnen sollten, wie seine Mutter angeordnet hatte, und während Teddy ihnen nach oben folgte, betete er, daß sein Bruder recht behalten möge.

21

Es ergab sich, daß Brad noch in der Badewanne saß, als Serena zu der vereinbarten Unterredung mit seiner Mutter ging. Der Butler führte sie nach unten, durch einen Korridor, dessen Wände mit kleinen hervorragenden Bildern bedeckt waren: drei kleinen Corots, ein Cézanne, ein Pissarro, zwei Renoirskizzen, ein Mary Cassatt. Die Bilder waren schön gerahmt und hingen wie in einer Kunstgalerie, ausgezeichnet beleuchtet, an exquisit mit beigem Samt tapezierten Wänden. Der Fußboden war mit einem dicken Teppich in dem gleichen hellen Kaffeebraun bedeckt und stand dadurch in scharfem Gegensatz zu den Marmorfußböden, an die sie in Rom, Venedig und Paris gewöhnt war. Die weichen Teppiche in der Wohnung der Fullertons fühlten sich unter ihren Füßen an, als schwebe sie auf Wolken. Die Wohnung war überaus geschmackvoll eingerichtet, das Beste vom Besten war in reichem Überfluß vorhanden, doch nichts wirkte protzig, alles war ebenso elegant und gedämpft wie Margaret Fullerton selbst.

Als der Butler vor der Tür des Boudoirs stehenblieb, trat er zur Seite, so daß Serena anklopfen konnte, dann verbeugte er sich rasch und verschwand, während Serena eintrat. Ihre Schwiegermutter saß in einem kleinen Raum an einem schönen ovalen Tischchen vor einem Weintablett aus der Zeit Georges III.; sie hielt ein Glas in der Hand, und auf einem Silbertablett warteten eine schwere Kristallkaraffe sowie ein zweites Glas auf Serena. Über der kleinen elfenbeinfarbenen Couch, auf der sie saß, hing das große Porträt eines Mannes mit einem gewaltigen Schnurrbart und einem Kneifer, in einem dunklen Anzug aus der Zeit der Jahrhundertwende, dessen Augen aus dem Porträt zu stechen und tausend Fragen zu stellen schienen.

»Der Großvater meines Mannes«, erklärte sie, während Serena seine Augen auf sich gerichtet fühlte und zu dem Bild nach oben blickte. »Ihm ist fast alles zu verdanken, was Ihr Mann besitzt.« Sie sprach anzüglich, als ob Serena sie verstehen müßte, und die junge Italienerin, die vor ihr stand, fand es seltsam, daß sie so etwas sagte. »Bitte nehmen Sie Platz.« Serena tat, wie ihr geheißen wurde, und setzte sich sehr steif auf den Rand eines kleine Queen-Anne-Stuhles; sie trug das schwarze Samtkleid, das sie für das Abendessen gewählt hatte. Es hatte einen tiefen, viereckigen Ausschnitt, breite Träger und einen schmalen Rock; darüber trug sie ein kurzes, weißes Satinjäckchen, dazu weiße Perlenohrringe und ihr Perlenhalsband. Sie sah sehr erwachsen und sehr hübsch aus, als Margaret Fullerton sie wieder musterte. Sogar sie mußte zugeben, daß das Mädchen schön war, aber darum ging es nicht. Margaret war davon überzeugt, daß Serena, wenn sie nicht nach Europa zurückfuhr, Brads Leben zerstören würde. »Möchten Sie etwas trinken?« Serena schüttelte rasch den Kopf. Das Baby hatte es ihr in den letzten Wochen unmöglich gemacht, Wein auch nur zu riechen.

Während sich Margaret ein Glas einschenkte, beobachtete Serena sie aufmerksam. Sie war eine erstaunlich vornehm aussehende Dame; an diesem Abend trug sie ein leuchtend saphirblaues Seidenkleid, das durch ein schönes Halsband aus Saphiren und Brillanten ergänzt wurde; ihr Mann hatte es ihr nach dem Ersten Weltkrieg bei Cartier in Paris gekauft. Serenas Augen waren eine Weile von dem Halsband gefesselt, dann fiel ihr Blick auf die riesigen Saphirohrringe und das dazu passende Armband. Margaret nickte verständnisvoll und hielt die Zeit für gekommen, den nächsten Schritt zu tun. »Ich werde sehr offen mit Ihnen sprechen, Serena. Ich glaube nicht, daß es einen Grund gibt, weshalb wir uns ein Blatt vor den Mund nehmen sollten. Ich erfuhr von – von Freunden« – Margaret Fullerton zögerte nur einen Augenblick – »daß Sie Brad kennengelernt haben, als Sie in Rom arbeiteten. Ist das richtig?«

»Ja, ich – ich bekam den Job, als ich nach Rom zurückkehrte.«

»Das muß für Sie ein glücklicher Umstand gewesen sein.«

»Das war es damals zweifellos. Ich hatte keinen Menschen mehr in Rom außer« – sie suchte nach Worten, um Marcella zu definieren – »einer alten Freundin.«

»Ich verstehe. Dann muß also der Job im Palazzo ein Glücksfall gewesen sein.« Sie lächelte, aber ihr Blick war erschreckend kalt.

»Das ist richtig. Ebenso wie das Zusammentreffen mit Ihrem Sohn.«

Margaret Fullerton zuckte fast sichtbar zusammen. Sie wußte schon genau, was sie von diesem Mädchen zu halten hatte, und fuhr nun mit entschlossenem Gesichtsausdruck fort.

»Das war genau der Eindruck, den ich hatte, Serena. Daß Sie Brads Hilfe brauchten, und er kam Ihnen zu Hilfe, vielleicht indem er sie aus Italien herausbrachte. All das war sehr bewundernswert von ihm und vielleicht sogar sehr romantisch. Aber ich glaube, als er sie heiratete, trieb er die Sache doch ein bißchen zu weit, oder?« Einen Moment wußte Serena nicht, was sie sagen sollte, und was immer ihr einfiel, Margaret ließ ihr keine Möglichkeit, es auszusprechen. »Wir alle wissen, daß Männer in Kriegsjahren mitunter in ungewöhnliche Situationen geraten, aber« – ihre Augen spühten Feuer, während sie ihr Glas hinstellte – »es war ein Wahnsinn von ihm, Sie nach Hause mitzubringen.«

»Ich verstehe.« Serena schien in ihrem Stuhl zusammenzuschrumpfen. »Ich dachte, vielleicht... wenn wir... einander kennenlernten –«

»Was dachten Sie? Ich könnte mich täuschen lassen? Kaum. Sie sind ein sehr hübsches Mädchen, Serena. Das wissen wir beide. Aber dieses ganze Gerede darüber, daß Sie eine Prinzessin sind, ist Unsinn. Sie haben als Putzfrau bei der amerikanischen Armee gearbeitet und sich eine erstklassige Partie geangelt. Das Pech dabei ist nur, daß Sie nicht schlau genug waren, im richtigen Moment aufzugeben.« Einen Augenblick lang sah Serena aus, als hätte sie eine Ohrfeige erhalten. Sie lehnte sich mit Tränen in den Augen zurück, und Margaret Fullerton stand auf und ging zu ihrem Schreibtisch. Sie kam mit einer Aktenmappe zurück, setzte sich auf die kleine Couch und sah Serena gerade ins Gesicht. »Ich werde offen mit Ihnen reden. Wenn Sie aus Italien herauskommen wollten, so ist Ihnen das gelungen. Wenn Sie in den Vereinigten Staaten bleiben wollen, werden ich dafür sorgen, daß das erledigt wird. Sie können sich überall in diesem Land niederlassen, außer natürlich dort, wo Brad lebt, das heißt weder in San Francisco noch hier. Sollten Sie nach Europa zurückkehren wollen, werde ich für Ihre sofortige Rückreise aufkommen. Auf jeden Fall wird, nachdem Sie diese Papiere hier unterzeichnet haben, die Anwaltskanzlei meines Mannes sofort das Verfahren zur Nichtigkeitserklärung der Ehe einleiten und Sie werden für Ihre Mühe ansehnlich entschädigt werden.« Margaret Fullerton wirkte bei dieser Erklärung sachlich und nicht im geringsten verlegen.

Serena saß jedoch noch aufrechter auf ihrem Stuhl, und die Smaragde in ihren Augen blitzten. »Ich werde entschädigt?«

»Ja.« Margaret sah zufrieden aus. Offensichtlich befand sie sich auf dem richtigen Weg. »Sehr ansehnlich. Brads Vater und ich haben das gestern abend noch einmal besprochen. Sie müssen natürlich verstehen, daß Sie, sobald Sie diese Papiere unterschrieben haben, keinerlei Rechte mehr haben, weitere Forderungen zu stellen. Sie müssen annehmen, was Sie bekommen, und dabei bleibt es dann.«

»Natürlich.« Serenas Augen spühten Feuer, doch nun klang auch sie sachlich. »Und um welchen Preis wollen Sie Ihren Sohn zurückkaufen?«

Margaret Fullerton schien einen Augenblick verärgert zu sein. »Ich glaube, Sie haben sich in der Wahl Ihrer Worte vergriffen.«

»Wollen Sie denn nicht genau das tun, Mrs. Fullerton? Ihn von einer kleinen italienischen Hure zurückkaufen? Sehen Sie die Angelegenheit nicht so?«

»Wie ich es sehe, ist vollkommen unwesentlich. Was Sie getan haben, indem Sie sich meinen Sohn auf diese Weise angelten, während er in Übersee war, kann seine gesamte Zukunft und seine Karriere gefährden. Was er braucht, ist eine amerikanische Frau, aus seiner Gesellschaftsklasse, seiner eigenen Welt, die ihm helfen kann.«

»Und das könnte ich nie?«

Margaret Fullerton lachte und breitete die Arme in dem kleinen, eleganten Raum aus. »Sehen Sie sich hier um. Ist das Ihre Welt? Die Welt, aus der Sie kommen? Oder ist es nur das, was Sie haben wollten? Was wollten Sie ihm eigentlich noch geben, außer Ihrem hübschen Gesicht und Ihrem Körper? Haben Sie ihm etwas anderes zu geben? Gesellschaftliche Stellung, Verbingungen, Geldmittel, Freunde? Begreifen Sie denn nicht, daß er in der Politik Karriere machen könnte? Aber nicht, wenn er mit einer italienischen Putzfrau verheiratet ist, meine Liebe. Wie könnten Sie mit dem Gedanken leben, daß Sie seine Karriere verpfuscht haben... sein Leben?«
Wieder traten Tränen in Serenas Augen, als sie mit heiserer Stimme antwortete.

»Nein, ich habe ihm nichts zu geben, Mrs. Fullerton. Nur mein Herz.« Doch sie beantwortete die anderen Fragen nicht. Es ging diese Frau nichts an, woher sie stammte. In Wirklichkeit hatte sie eine viel imposantere Ahnenreihe als die Fullertons, aber wer konnte das jetzt erklären. Es war alles vorbei. Erledigt.

»Eben«, fuhr Margaret fort. »Sie haben nichts. Und um es offen zu sagen, Sie sind nichts. Aber ich nehme an, Sie wollen etwas. Und ich besitze das, worauf Sie aus sind.« Wirklich, du Luder? dachte Serena wütend... Besitzt du Liebe... und Geduld und Verständnis und Güte und ein Leben, das du mir geben kannst? Denn das will ich ihm geben. Aber sie schwieg.

Ohne ein weiteres Wort schlug Margaret Fullerton die Aktenmappe auf, die sie vom Schreibtisch geholt hatte, und reichte Serena einen Scheck. Er war über fünfundzwanzigtausend Dollar ausgestellt. »Warum werfen Sie nicht einen Blick darauf?« Aus Neugierde griff Serena nach dem Scheck und las ungläubig die Ziffern.

»Das würden Sie mir geben, damit ich ihn verlasse?«

»Das würde ich und das tue ich. Wir können diese Sache in wenigen Minuten erledigen, wenn Sie nur da unterschreiben.« Sie schob Serena ein maschinengeschriebenes Dokument zu, das diese erstaunt anstarrte. Es besagte, daß sie bereit war, sich so rasch wie möglich von Bradford Jarvis Fullerton III. scheiden zu lassen oder eine Nichtigkeitserklärung der Ehe zu erreichen, daß sie entweder das Land verlassen oder in einer anderen Stadt leben und niemals, zu keiner Zeit, der Presse gegenüber etwas darüber erwähnen würde. Sie würde sofort aus Brads Leben verschwinden, dafür würde sie die Summe von fünfundzwanzigtausend Dollar erhalten. Das Schriftstück besagte weiterhin, daß sie schwöre, derzeit nicht schwanger zu sein, und daß sie auch in Zukunft keinen Vaterschaftsprozeß gegen Brad wegen eines Kindes anstrengen würde, das sie später zur Welt brachte. Bei diesem Passus trat ein Lächeln auf ihr Gesicht, und gleich darauf begann sie zu lachen. Sie hatten an alles gedacht, dieses gemeine Pack, doch jetzt war es nur noch komisch.

»Sie finden da offensichtlich etwas amüsant?«

»Das stimmt, Mrs. Fullerton.« Serenas grüne Augen loderten noch immer, doch nun fühlte sie sich endlich als Herrin der Lage.

»Darf ich fragen, was Sie so amüsiert? Dieses Dokoment wurde sehr sorgfältig abgefaßt.« Sie war wütend über Serenas Heiterkeitsanfall, aber sie wagte nicht, es dem Mädchen zu zeigen.

»Mrs. Fullerton.« Serena lächelte ihr aufreizend zu und erhob sich. »Brad und ich bekommen ein Baby.«

»Was tun Sie?«

»Ich bin schwanger.«

»Wann ist das passiert?«

»Vor zwei Monaten.« Serena sah sie stolz an. »Das Baby wird im Dezember zur Welt kommen.«

»Das eröffnet Ihren Plänen sicherlich eine neue Dimension, nicht wahr?« Der Zorn übermannte die ältere Frau beinahe.

»Wissen Sie« – Serena sah sie an, ihre Hand lag schon auf dem Türknopf – »es fällt Ihnen vielleicht schwer, es zu glauben, aber ich habe bezüglich Brad keinerlei Pläne geschmiedet und habe es von Beginn an nie getan. Ich weiß, Sie halten mich für ein verarmtes kleines Flittchen aus Rom, aber Sie haben nur teilweise recht. Ich habe kein Geld. Das ist alles. Aber meine Familie war mindestens so angesehen wie die Ihre.« Ihr Blick wanderte zu dem Porträt an der Wand. »Mein Großvater sah diesem Mann ähnlich. Unser Haus« – sie lächelte der Älteren zu – »war viel größer als dieses. Eigentlich waren es alle unsere drei Häuser. Aber das Wichtige daran ist, Mrs. Fullerton, daß ich von Ihrem Sohn nichts will. Außer seiner Liebe und unserem Kind. Das Übrige will ich nicht, weder sein Geld noch Ihr Geld noch das seines Vaters oder diesen Scheck über fünfundzwanzigtausend Dollar. Ich werde niemals von einem von Ihnen etwas annehmen außer« – sie sprach ganz leise – »der Liebe meines Mannes.« Damit verließ sie ruhig den Raum und schloß die Tür, während Margaret Fullerton ihr wutentbrannt nachstarrte; einen Augenblick später hätte jeder, der an ihrem Boudoir vorbeigekommen wäre, das Geräusch von splitterndem Glas gehört. Sie hatte ihr Sherryglas in den Kamin geschleudert. Aber was sie betraf, war der Kampf noch nicht vorbei. Bevor Brad nach San Francisco fuhr, würde sie dafür sorgen, daß Serena von der Bildfläche verschwand, ob mit oder ohne Baby. Sie hatte zwei Wochen Zeit, um dies zu bewerkstelligen. Und sie wußte, es würde ihr gelingen.

22

Das Familiendinner an diesem Abend war ein Ereignis gespickt mit hintergründigen Bemerkungen und Sticheleien. Margaret saß in ihrem saphirblauen Seidenkleid am Kopfende des Tisches, sie sah schön und bezaubernd aus. Es war ihr nichts von der Unterredung anzumerken, die vor der Mahlzeit stattgefunden hatte, und es fiel auch nicht auf, daß sie während des ganzen Dinners jedes Gespräch mit Serena vermied. Am anderen Ende der Tafel saß Charles Fullerton, er freute sich darüber, seine drei Söhne gleichzeitig daheim zu haben, was zum ersten Mal seit dem Krieg der Fall war, und er brachte reichlich Trinksprüche auf alle drei aus, wie auch auf die beiden jungen Damen, die »Neuzugänge« der Familie, wie er sie nannte. Greg wirkte beim Essen ungewöhnlich mitteilsam. Brad begriff nach dem ersten Gang, daß sein Bruder betrunken war. Pattie plauderte unaufhörlich, spielte ihre Rolle als »bezauberndes Mädchen«, ließ eifrig ihre großen blauen Augen umherschweifen, und es gelang ihr jedesmal, wenn sie etwas erzählte, das Interesse aller männlichen Mitglieder der Familie zu erregen. Sie benahm sich anbiedernd der Mutter ihres Verlobten gegenüber, und es gelang ihr, Serena vollkommen zu ignorieren. Nur Teddy kümmerte sich wirklich um Serena. Brad saß zu weit von ihr entfernt, um ihr eine Stütze zu sein. Sie saß zwischen Teddy und Charles, und sein Vater beteiligte sich während des Essens nur wenig an der Unterhaltung, also blieb es Teddy überlassen, ihr das Gefühl zu geben, daß sie willkommen war, was er gerne tat; er merkte jedoch, daß sie viel zurückhaltender war als am Nachmittag in seinem Arbeitszimmer.

»Fühlst du dich nicht wohl?« fragte er sie schließlich leise während des Dinners. Sie hatte in ihr Weinglas gestarrt und nichts gesagt.

»Es tut mir leid.« Sie entschuldigte sich, weil sie so langweilig war, schützte Müdigkeit infolge der vielen Eindrücke nach ihrer Ankunft vor, ohne ihn überzeugen zu können.

»Mir scheint, da stimmt etwas nicht, Brad.« Ted sah ihn nach dem Essen besorgt an, als sie der übrigen Familie in die Bibliothek folgten.

»Das kann man wohl sagen. Greg ist total betrunken, Pattie ist damit beschäftigt, Scarlett O'Hara zu spielen, du siehst aus, als kämst du direkt von einem Begräbnis, und Mutter strengt sich so sehr an, die Unterhaltung allein zu bestreiten, daß Dad nicht dazu kommt, ein Wort zu sagen.«

»Du meinst, in deiner Erinnerung war es anders? Oder hast du gehofft, es hätte sich in deiner Abwesenheit etwas geändert?«

»Vielleicht sowohl ein wenig von dem einen wie von dem anderen.«

»Mach dir nichts vor! Es kann mit den Jahren nur schlimmer werden.« Während er das sagte, warf er einen Blick auf Greg und Pattie.

»Hat sie eigentlich mit dir gesprochen?«

»Nur danke hat sie gesagt, als ich ihr und Greg Glück wünschte.« Dann runzelte er die Stirn. »Sie hat während des Essens kein einziges Wort an Serena gerichtet, genauso wenig wie Mutter.«

»Von Pattie habe ich es nicht erwartet, aber Mutter...« Teddy sah besorgt aus, dann ergriff er den Arm seines Bruders. »Brad, mit Serena hat beim Essen etwas nicht gestimmt, sie war schrecklich schweigsam.«

»Glaubst du, daß Mutter die Ursache war?«

»Hast du sie nach ihrem Gespäch mit Mutter vor dem Essen gesehen?«

»Nein, erst als wir alle bei Tisch saßen.«

Teddy nickte nachdenklich mit bekümmerter Miene. »Das gefällt mir gar nicht.«

»Warum trinkst du nicht ein Gläschen und beruhigst dich zur Abwechslung?«

»Wie Greg?« Ted sah ihn recht ärgerlich an.

»Wie lang treibt er es schon so?«

»Seit zwei oder drei Jahren«, sagte Teddy gedämpft; sein älterer Bruder war entsetzt.

»Machst du Witze?«

»Nein, fällt mir nicht ein. Er begann zu trinken, als er zum Militär ging. Dad sagt, es ist aus Langeweile. Mutter sagt, er braucht jetzt einen Posten, der ihn mehr in Anspruch nimmt, zum Beispiel etwas in der Politik. Und Pattie drängt ihn, für ihren Vater zu arbeiten.«

Brad schaute bekümmert drein, dann begegnete er dem Blick seiner Frau und vergaß, was sein kleiner Bruder sagte. »Ich komme gleich wieder, Ted. Ich will mich vergewissern, daß es Serena gut geht.« Einen Augenblick später stand er neben ihr und flüsterte ihr ins Ohr: »Fühlst du dich wohl, Liebste?«

»Ausgezeichnet.« Serena lächelte ihm zu, aber es war an dem Abend ein Anflug von Mattigkeit an ihr, und er wußte, daß sein Bruder recht hatte. Etwas stimmte nicht. »Ich bin nur müde.« Sie wußte, daß er ihr nicht glaubte. Aber was konnte sie ihm schon sagen? Die Wahrheit? Als sie das Zimmer seiner Mutter verlassen hatte, hatte sie sich vorgenommen, über das Gespräch zu schweigen. Nun wollte sie es vergessen und ein für allemal hinter sich bringen.

»Willst du nach oben gehen?« flüsterte er ihr zu, immer noch mit sorgenvoll gerunzelter Stirn.

»Wann immer du willst«, erwiderte sie ebenso leise. Es war wirklich ein sehr deprimierender Abend. Mr. Fullerton war genau so, wie Brad ihn beschrieben hatte. Schwach – ein Mann ohne Rückgrat. Serena war buchstäblich außerstande gewesen, seine Mutter anzusehen, Pattie hatte sie mit Schrecken erfüllt, und Serena hatte gefürchtet, sie würde eine Szene heraufbeschwören. Greg war bemitleidenswert, er war schon vor dem ersten Gang betrunken gewesen, Brad hatte zu weit entfernt gesessen, um ihr beizustehen. Sie mußte sich eingestehen, daß sie erschöpft war. Sie hatte in den letzten drei Stunden zu viel durchgemacht, und das spürte sie.

»Ich bringe dich nach oben.« Auch Brad hatte es bemerkt, und Teddy, der nahe genug stand, um ihn zu hören, nickte zustimmend.

»Sie sieht zerschlagen aus.«

Brad bot ihr seinen Arm, den sie mit dankbarem Blick annahm, während er sich bei den anderen entschuldigte; dann befanden sie sich auf der Treppe und schließlich in ihrem Zimmer; während Brad die Tür schloß, legte sich Serena aufs Bett und brach in Tränen aus.

»Baby... Serena... Liebste... was ist geschehen?« Er eilte sofort zu ihr, umfing sie liebevoll und streichelte ihr Haar. »Serena... Liebling... sag es mir. Was ist los? Hat dir jemand etwas gesagt?« Aber sie war entschlossen, es ihm nicht zu erzählen. Sie schluchzte nur, schüttelte den Kopf und beharrte darauf, es sei nur eine Folge der Schwangerschaft und Erschöpfung. »Also dann« – er blickte sie mit wachsender Besorgnis an, als sie endlich zu weinen aufhörte und sich die Augen trocknete – »bleibst du morgen im Bett.«

»Sei nicht albern. Ich werde bald schlafen und morgen wird es mir wieder gut gehen.«

»Unsinn. Und wenn nötig, werde ich den Arzt rufen.«

»Wozu? Ich bin gesund.« Wenn aber Mrs. Fullerton nach oben käme, um sie weiter zu quälen oder mit einem anderen Dokument zu bedrängen? »Ich will nicht im Bett bleiben, Brad.«

»Wir werden morgen darüber sprechen.« In der Nacht hielt er sie fest in den Armen, und sie schrie mehrmals im Schlaf, so daß er am Morgen wirklich besorgt war. »Ich bleibe dabei, keine Diskussion, du bleibst heute im Bett. Wir haben heute abend noch die Probe und danach das Probedinner. Du mußt dich ausruhen, um wieder zu Kräften zu kommen.« Gefühlsmäßig, wenn auch nicht körperlich, hatte er recht, aber die Aussicht, im Bett zu bleiben, deprimierte sie noch immer. »Ich komme am Nachmittag heim, nachdem ich beim Schneider war, und werde dir Gesellschaft leisten.«

»Versprichst du es?« Sie sah aus wie ein schönes Kind, als sie sich in dem sonnigen Zimmer im Bett aufsetzte.

»Ganz bestimmt.«

Er küßte sie, bevor er ging, und sie blieb eine halbe Stunde mit geschlossenen Augen im Bett liegen, sie hörte nicht einmal kurz vor dem Mittagessen das Klopfen an der Tür.

»Ja?« Es war Margaret. Sie trug ein einfaches schwarzes Seidenkleid und wirkte unheilvoll.

»Darf ich eintreten?«

»Sicherlich.« Serena sprang rasch aus dem Bett und griff nach dem Morgenrock aus rosa Seide, den Brad ihr in Paris gekauft hatte. Margaret sprach nicht, während Serena ihn anzog, sondern wartete, bis die junge Frau nervös und erwartungsvoll vor ihr stand. Serena wies auf die beiden bequemen Stühle am anderen Ende des Zimmers. »Wollen Sie Platz nehmen?«

Margaret nickte, und beide setzten sich. Dann sah sie Serena prüfend an. »Haben Sie Brad von unserem kleinen Gespräch erzählt?« Serena schüttelte wortlos den Kopf. »Sehr gut.« Margaret hielt es für vielversprechend. Es bedeutete sicherlich, daß Serena eine Vereinbarung mit ihr treffen wollte. Wäre sie ein anständiges Mädchen, so wäre sie entsetzt gewesen und hätte es Brad erzählt. »Ich habe soeben zwei Stunden mit meinem Anwalt verbracht.«

»Oh.« Unversehens traten Serena Tränen in die Augen, aber das passierte ihr in letzter Zeit häufig. Der Arzt hatte ihr gesagt, daß man häufig in den ersten Monaten der Schwangerschaft leicht weinte und weder sie noch ihr Mann sollten es ernst nehmen. Serena und Brad hatten sich bis zum vorhergehenden Tag daran gehalten. Doch jetzt empfand sie die Situation ganz anders. Sie hatte das Gefühl, daß es diese Frau darauf abgesehen hatte, sie eigenhändig zu vernichten. Damit hatte sie recht.

»Ich möchte, daß Sie einige Papiere durchlesen, Serena. Vielleicht können wir trotz des Kindes zu einer Einigung gelangen.« Sie sprach von dem Kind wie von einem Hindernis, und Serena begann sie ernsthaft zu hassen. Sie schüttelte ruhig den Kopf und streckte die Hand aus, als wollte sie Margaret körperlich Einhalt gebieten, wenn sie sie schon nicht zum Schweigen bringen konnte.

»Ich will sie nicht sehen.«

»Ich glaube doch, daß sie Sie interessieren werden.«

»Nein.« Die Tränen flossen ihr über die Wangen, und Margaret nahm, ohne ein Wort zu sagen, die Papiere aus ihrer Handtasche und reichte sie Serena.

»Ich weiß, daß all das für Sie sehr schwierig ist, Serena.« Es war das erste menschliche Wort, das sie ausgesprochen hatte. »Ich bin auch davon überzeugt, daß zwischen Ihnen und meinem Sohn gefühlsmäßige Bindungen bestehen. Aber wenn Sie ihn lieben, müssen Sie an sein Bestes denken. Vertrauen Sie mir. Ich weiß, was das Beste für ihn ist.« Daraufhin las Serena staunend die Papiere, die Margaret ihr übergeben hatte. Es war ärger als das Schlimmste, das sie erwartet hatte. Diesmal hatte Margaret mehrere Alternativen vorzuschlagen. Für einhunderttausend Dollar sollten Serena und ihr ungeborenes Kind auf jede Forderung Brad gegenüber verzichten und sich verpflichten, ihn nie wiederzusehen. Zusätzlich sollte sie eine monatliche Unterstützung von zweihundert Dollar erhalten, bis das Kind das Alter von einundzwanzig Jahren erreicht hatte, was einem Betrag von fünfzigtausendvierhundert Dollar entsprach. Oder sie könnte eine Abtreibung vornehmen lassen, deren Kosten sie übernehmen würden; in diesem Fall würde sie sofort einhundertfünfzigtausend Dollar bar auf die Hand erhalten. Sie müßte natürlich auch in diesem Fall Brad für immer aufgeben. Margaret hielt dies für die beste Variante, wie sie auch Serena erklärte, während Serena sie ungläubig anstarrte.

»Sie meinen das wirlich im Ernst?« Sie war wie betäubt.

»Natürlich. Sie nicht?«

Serena gab ihr die Papiere zurück. »Ich war gestern abend so entsetzt, daß ich nicht sehr viel zu diesem Ansinnen sagte, glaubte jedoch, Sie hätten verstanden, daß ich so etwas nie tun würde. Ich würde Brad niemals für Geld aufgeben. Wenn ich ihn aufgäbe, würde es nur zu seinem Besten geschehen, nicht wegen irgendeiner ›Abfindung‹ an mich, wie Sie es nennen. Und« – sie erstickte beinahe an den Worten – »ich würde niemals... niemals... unser Kind beseitigen.« Tränen flossen ihr über die Wangen, während sie das sagte. Dann blickte sie Margaret Fullerton aus weit geöffneten, grünen, ehrlichen Augen an, die schmerzerfüllt waren und in denen beinahe Verzweiflung lag, und Margaret Fullerton schämte sich einen Augenblick. »Sagen Sie mir doch, warum hassen Sie mich so sehr? Glauben Sie wirklich, daß ich ihm weh tun will?«

»Das haben Sie schon getan. Sie sind schuld daran, daß er beim Militär bleibt. Er weiß, daß er jetzt nirgends mehr hinkann. Wenn Sie nicht wären, könnte er ein herrliches Leben führen, eine glänzende Karriere machen und wäre mit Pattie verheiratet.«

»Aber er wollte sie doch nicht.« Serena schluchzte wieder, nahezu unfähig, sich zu beherrschen. »Und ich werde ihn glücklich machen.«

»Vielleicht körperlich.« Brads Mutter zog sich in ihr Schneckenhaus zurück. »Aber es gibt wichtigere Dinge.«

»Ja, zum Beispiel Liebe und Kinder und ein schönes Heim und –« Margaret winkte ungeduldig ab. Sie wollte die Angelegenheit ein für allemal erledigt haben, bevor Brad aus der City zurückkam.

»Sie sind ein Kind, Serena, Sie begreifen nichts. Wir müssen jetzt etwas erledigen, nicht wahr?« Sie bemühte sich, eindringlich zu sprechen, aber Serena erhob sich, zitterte am ganzen Körper und ihre Stimme war von Tränen erstickt.

»Nein, das müssen wir nicht. Sie können ihn mir nicht wegnehmen. Ich liebe ihn. Und er liebt mich.«

»Wirklich? Glauben Sie nicht, daß er nur von blinder Leidenschaft erfüllt ist, Serena? Und was werden Sie in einem oder zwei Jahren tun, wenn er Ihrer überdrüssig ist? Werden Sie sich von ihm scheiden lassen? Und was werden Sie dann tun? Sie werden versuchen, das Geld zu bekommen, das Sie jetzt nicht von mir annehmen wollen.«

»Ich werde von ihm niemals Geld verlangen.« Sie zitterte so heftig, daß sie kaum noch sprechen konnte, aber die andere hatte auch an diese Möglichkeit gedacht.

»Beweisen Sie es! Wenn Sie niemals Geld von ihm wollen, Serena, beweisen Sie es doch!«

»Wie? Indem ich davonlaufe? Indem ich das Baby umbringe?« Serena schluchzte beinahe hysterisch.

»Nein. Indem Sie das hier unterschreiben.« Sie nahm ein weiteres

Dokument aus ihrer Handtasche und reichte es Serena, die es in ihrer zitternden Hand zusammenpreßte, ohne es zu lesen. Sie starrte nur die Frau an, die sie innerhalb von nur zwei Tagen so hassen gelernt hatte. »Es besagt, daß Sie, falls Brad Sie verläßt oder ohne Hinterlassung eines Testaments stirbt, für sich und alle Kinder, die Sie noch haben könnten, auf alle Ansprüche auf Geld von ihm oder aus seinem Besitz verzichten. Es besagt im Grunde, daß Sie, wenn Sie ihn nicht haben, auch sein Geld nicht haben wollen. Wollen Sie das unterschreiben?« Serena blickte sie mit unverhülltem Haß an. Die Frau hatte an alles gedacht.

Doch diesmal nickte Serena. »Ja, ich werde es unterschreiben, denn wenn er mich verläßt, will ich sein Geld sowieso nicht. Ich will nur ihn.«

»Dann unterschreiben Sie.« Es war nicht das, was sie gewollt hatte. Sie hatte das Mädchen endgültig loswerden wollen, aber da das mißlungen war, wußte sie, daß Brad zumindest auf diese Weise geschützt war, und mit der Zeit würde sie ihn schon noch bearbeiten. Er konnte nicht ewig mit dem Mädchen verheiratet bleiben, ganz gleichgültig, wie hübsch sie war. Serena unterschrieb mit zitternden Händen das Blatt und reichte es dann ihrer Schwiegermutter zurück. Unmittelbar darauf verließ Margaret Fullerton das Zimmer, und bevor sie ging, wandte sie sich noch mit entschlossenem Blick an Serena. »Dieses Dokument ist rechtskräftig, Serena. Sie werden es nicht widerrufen können. Sobald Sie nicht mehr mit ihm verheiratet sind, seien Sie nun verwitwet oder geschieden, werden Sie weder von ihm noch von uns einen Cent erhalten. Nicht einmal dann, wenn er Ihnen etwas geben will. Ich besitze dieses Schriftstück, und das wird ihn daran hindern. Sie können ihm jetzt nichts mehr wegnehmen.«

»Das wollte ich nie.«

»Das glaube ich nicht.« Mit diesen Worten drehte sie sich um und schloß die Tür hinter sich.

Serena stolperte beinahe zum Bett, legte sich darauf, und wieder überfiel sie das Schluchzen wie in der vorhergehenden Nacht und schüttelte ihren ganzen Körper, bis sie völlig erschöpft im Bett lag.

Als Brad zurückkam, war er entsetzt darüber, wie blaß und matt Serena aussah. Ihre Augen waren durch das Weinen verquollen, und sie fühlte sich sichtlich sehr schlecht.

»Was ist geschehen, mein Herz?« Sie hatte, wie am Abend vorher, beschlossen, ihm nichts zu erzählen. Es erschien ihr wie ein unwiderruflicher Verrat, wenn sie ihm erzählte, was seine Mutter getan hatte. Es war etwas, das nur sie und Margaret Fullerton betraf. Sie würde es Brad niemals erzählen.

»Ich weiß nicht. Vielleicht ist es der Kost- oder der Klimawechsel, ich fühle mich ganz krank.«

»Hast du geweint?« fragte er beunruhigt.

»Nur weil ich mich nicht wohlfühlte.« Sie lächelte matt.

Er schüttelte den Kopf, bestürzt darüber, wie erschöpft sie aussah. »Vielleicht sollte ich doch den Arzt rufen.«

»Nicht, Brad.« Schließlich gab er ihr nach, war aber noch immer verzweifelt, als er nach unten ging, um selbst eine Tasse Tee für sie zu bereiten, und Teddy in der Küche fand, der sich ein belegtes Brot machte.

»Soll ich dir auch eines machen?« Brad schüttelte den Kopf, während er den Kessel zum Kochen aufsetzte. »Was ist los?«

»Ich mache mir Sorgen wegen Serena. Es geht ihr seit gestern abend nicht gut.«

Teddy sah ebenfalls besorgt aus. »Ist heute etwas vorgefallen?«

»Nicht daß ich wüßte. Aber als ich vom Mittagessen heimkam, sah sie aus, als hätte sie die ganze Zeit geweint, und sie ist blaß und wackelig. Ich wollte Mutters Arzt kommen lassen, aber sie läßt es nicht zu. Ich fürchte, sie könnte eine Fehlgeburt oder etwas Ähnliches haben.«

»Hat sie Krämpfe?«

»Das hat sie nicht gesagt. Glaubst du, daß sie deshalb geweint hat? Vielleicht weiß sie, daß etwas nicht stimmt, und will es mir nicht sagen.«

»Also, beruhige dich.« Teddy nahm ihm den Teekessel ab und stellte ihn wieder auf den Herd. »Warum fragst du nicht zuerst sie. Erkundige dich, ob sie Krämpfe oder Blutungen hat.«

»O Gott.« Brad wurde bei dem Gedanken blaß. »Wenn ihr oder dem Baby etwas zustieße...«

»Es wird höchstwahrscheinlich weder Serena noch dem Baby etwas passieren. Deshalb hör auf, dich aufzuregen. Geh nach oben und sieh nach, wie es ihr geht, und ich bringe ihr dann gleich den Tee. In Ordnung?« Brad sah ihn grenzenlos dankbar an.

»Weißt du, du bist sogar noch besser als du als Kind warst. Du wirst ein prima Arzt sein, Teddy.«

»Sei still. Du machst mich verlegen. Jetzt kümmere dich um deine Frau. Ich komme bald nach oben.« Wenige Minuten später begegnete Teddy, der nach oben unterwegs war, auf dem Korridor seiner Mutter.

»Wohin gehst du? Und du trinkst Tee? Mein Gott, das ist etwas Neues!« Sie lächelte belustigt.

»Er ist für Serena. Brad sagt, sie fühlt sich nicht wohl. Ich werde es dir sagen, wenn sie einen Arzt braucht.«

»Tu das.« Aber sie fragte mit keinem Wort danach, wie es Serena ging.

Teddy klopfte an die Tür des Schlafzimmers, und Brad öffnete sie sofort und trat zur Seite.

»Etwas nicht in Ordnung?« Er sah Teddys Gesichtsausdruck, doch der jüngere Bruder schüttelte nur den Kopf und verbarg seine Besorgnis hinter einem Lächeln.

»Nein, nichts. Wie geht es ihr?«

»Besser, glaube ich. Vielleicht hat sie recht. Vielleicht ist sie nur erschöpft.« Er senkte die Stimme, sie frisierte sich im Badezimmer. »Sie sagt, sie hat weder Krämpfe noch Blutungen gehabt, also ist sie vielleicht wohlauf. Aber bei Gott, ich schwöre, dir, sie hat den ganzen Vormittag geweint.«

Das Gespräch wurde unterbrochen, weil Serena aus dem Badezimmer auftauchte, sie sah ganz anders aus als vor einer halben Stunde. Sie war frisiert, hatte sich das Gesicht gewaschen, ihre Augen glänzten, und sie lächelte Teddy zu.

»Mein Gott, Serena, du siehst blendend aus.« Er küßte sie auf beide Wangen, ergriff ihre Hände und setzte sich neben ihr auf das Fußende des Bettes. »Brad sagte, daß du dich nicht wohlfühlst, aber nach meinem Dafürhalten siehst du wunderbar aus. Ist alles in Ordnung, Serena? Wir sind beide besorgt.«

»Es geht mir gut.« Sie schüttelte entschieden den Kopf, doch dabei füllten sich ihre Augen mit Tränen, und als könne sie sich nicht zurückhalten, griff sie rasch nach Brads Händen und schluchzte in seinen Armen. Er sah seinen Bruder über ihre Schulter hinweg verzweifelt an, bis schließlich das Schluchzen nachließ und sie sich mit dem Taschentuch, das Teddy ihr reichte, die Nase putzte.

»Das kann gelegentlich jedem passieren, Serena. Du hattest in den letzten Tagen eine Menge Erlebnisse, hast viele neue Menschen kennengelernt, das bedeutet eine Menge Streß. Selbst wenn du nicht schwanger wärst, könnte dich das alles sehr ermüden.«

»Es tut mir leid.« Sie schüttelte den Kopf und trocknete sich wieder die Tränen. »Ich fühle mich so albern.«

»Das solltest du nicht.« Er reichte ihr die Tasse Tee, dann sah Teddy seinen älteren Bruder an, legte den Kopf ein wenig zur Seite und grinste spitzbübisch. »Würdest du uns für einen Augenblick allein lassen, großer Bruder, wenn ich verspreche, nicht mit ihr Onkel Doktor zu spielen?« Er hatte eine so entwaffnende Art zu fragen, daß Brad nicht nein sagen konnte. Er nickte und verschwand durch die Tür mit dem Versprechen, in wenigen Minuten mit zwei Tassen Tee wiederzukommen. Teddy wartete, bis sein Bruder etwa bis zur Treppe gekommen war, dann wandte er sich wieder Serena zu. Er ergriff ihre Hand und blickte ihr in die Augen. »Ich möchte dich etwas fragen, Serena, und ich will die Wahrheit hören. Ich schwöre dir, daß ich Brad nichts davon sagen werde.« Er nahm an, daß sie es ihm nicht sagen würde, falls seine Vermutung zutraf. »Wirst du mir die Wahrheit sagen?«

Sie nickte langsam. Sie hatte nicht das Gefühl, sich vor Teddy in acht nehmen zu müssen. Sogar noch weniger als bei Brad, den sie schützen wollte.

»Hat meine Mutter etwas damit zu tun, daß du so aus der Fassung bist?«

Sie zögerte, murmelte etwas und errötete heftig, während sie ihm ihre Hand entzog und anfing, im Zimmer auf und ab zu gehen. Alles, was sie tat, verriet sie sofort.

»War sie heute bei dir, Serena?«

»Ja.« Sie wandte sich ihm schnell zu. »Aber nur um zu sehen, wie es mir geht, bevor sie zum Lunch ausging.«

Sie spielte das gleiche Spiel wie seine Mutter, und er wußte es, doch er beschloß, es ihr auf den Kopf zu zu sagen. »Sie ging heute nicht zum Lunch aus, Serena. Und sie sagte mir, sie hätte überhaupt nicht mit dir gesprochen. Also lügt ihr beide.« Er sah sie scharf, aber nicht anklagend an. »Warum?« Es war eine einfache, offene Frage, und als sie seinen Blick sah, begann sie wieder zu weinen.

»Ich kann es dir nicht sagen.«

»Ich versprach dir schon, daß ich es Brad nicht erzählen werde.«

»Aber ich kann nicht... es würde –« Sie setzte sich aufs Bett und begann wieder zu schluchzen, und diesmal nahm Teddy sie in die Arme. Sie fühlte sich so warm und weich und zart an, daß es ihm beinahe den Atem nahm.

»Sag es mir, Serena... ich schwöre, ich werde dir helfen. Aber ich muß es wissen.«

»Du kannst nichts tun. Es ist nur, daß –« Sie machte eine Pause, dann brach es aus ihr hervor. »Sie haßt mich.«

»Das ist lächerlich.« Er lächelte, das Gesicht in ihrem Haar vergraben. »Wie kommst du auf diese Idee?«

Und plötzlich, nur weil sie ihm vertraute, beschloß sie, ihm von der Auseinandersetzung am vorhergehenden Abend zu erzählen, von dem schrecklichen Vertrag und schließlich von dem Dokument, das sie unterschrieben hatte.

»Du hast es unterschrieben?«

Sie nickte. »Ja. Was macht es schon aus? Wenn er mich verläßt, will ich sein Geld sowieso nicht. Ich werde selbst für mein Baby sorgen.«

»Ach Serena.« Er umarmte sie. »Aber das ist verrückt. Du hättest Anspruch auf Unterstützung für dich und dein Kind. Und wenn er stirbt –«

Serena unterbrach ihn mit einem Blick. Sie wollte nichts davon hören.

Teddy wollte nur ihren Schmerz lindern. »Er würde für dich und das Baby immer sorgen. Aber wie kann man so etwas Gemeines tun?« Er starrte Serena unglücklich an. »Willkommen in unserer Familie, Liebste. Reizend, nicht wahr? O Gott.« Er sah sie wieder an, dann umarmte er sie. »Armes Kleines.« Dabei sah er sie ernst, mit einem seltsamen Lächeln auf den Lippen an. »Wenn ihm jemals etwas zustößt und er kein Testament hinterläßt, werde ich für dich und deine Kinder sorgen, das verspreche ich dir.«

»Sei nicht albern...« Und mit einem leichten Schauder. »Sag so etwas nicht.« Sie sah ihn liebevoll an. »Aber ich danke dir.«

»Ich glaube aber doch, daß du es Brad erzählen solltest.«

»Ich kann nicht.«

»Warum nicht?«

»Es würde ihn gegen seine Mutter aufbringen.«

»Das wäre ganz natürlich.«

Wieder schüttelte sie den Kopf. »Ich kann es nicht tun, ich kann es keinem von beiden antun.«

»Du bist verrückt, Serena, sie verdient es nicht anders. Es war abscheulich, gemein, niederträchtig von ihr.« Aber er hatte keine Möglichkeit, weiter zu sprechen, denn Brad hatte eben die Tür geöffnet und kam mit einem Tablett herein, auf dem drei frischgebrühte Tassen Tee standen.

»Wie geht es meiner Frau? Besser?«

»Viel besser«, antwortete sie, bevor Teddy dazukam. »Dein Bruder wird ein hervorragender Arzt sein. Er hat meinen Puls gefühlt und danach festgestellt, daß ich schwanger bin.«

»Wie lautet die Diagnose?«

»Mindestens Zwillinge, möglicherweise sogar Drillinge.«

Doch Brad merkte, daß sein Bruder noch immer besorgt war, und trotz Serenas gespielter Tapferkeit und der Späße war es offenkundig, daß sie noch immer nicht in Ordnung war. Als sie ins Badezimmer ging, sah er Teddy an. »Nun? Glaubst du, ich soll den Arzt rufen?«

»Willst du wissen, was ich glaube? Ich bin der Meinung, ihr beide solltet, sobald Greg morgen dieses kleine Luder geheiratet hat, sofort aus dem verdammten New York abhauen, irgendwohin fahren, wo es eine gesunde und schöne Umgebung gibt, und euch ausruhen. Nach all dem, was ich von euch erfahren habe, hat sie sehr viel mitgemacht, bis sie endlich hier war. Bring sie aus New York fort, weg von der Familie, und spannt irgendwo aus, bevor ihr euch endgültig in San Francisco niederlaßt. Und mein zweiter Rat: laß sie keine Sekunde allein.«

»Du meinst hier in New York?« fragte Brad erstaunt.

»Ich meine, sogar in dieser Wohnung. Sie braucht dich immer um sich. Sie befindet sich in einem fremden Land, bei fremden Menschen, und sie hat mehr Angst, als sie zugibt. Außerdem ist sie schwanger, was für manche Frauen zu Beginn emotionelle Schwierigkeiten bringt. Bleib bei ihr, Brad. Die ganze Zeit über. Heute geriet sie nämlich in Panik, und du warst nicht da, um sie zu beruhigen.«

»Was für ein Komplott schmiedet ihr beide?« Serena kam zurück und sah Teddy argwöhnisch an, aber aus seiner Miene und der offensichtlichen Ruhe in Brads Gesicht schloß sie, daß er sie nicht verraten hatte.

»Ich habe deinem Mann geraten, er soll mit dir gleich, am besten schon morgen, in die Flitterwochen fahren.«

»Ich glaube, dafür komme ich nicht mehr in Frage.« Sie warf einen Blick auf ihren Bauch, tat, als würde sie schmollen, und ihr Mann zog sie an sich und setzte sie auf seinen Schoß.

»Du kommst in den nächsten neunzig Jahren immer für Flitterwochen mit mir in Frage, Serena. Wäre dir das recht? Ich denke, das war eine gute Idee von Teddy.« Sie nickte.

»Willst du denn nicht hier bleiben?«

»Ich glaube, wir beide werden nach dem Hochzeitsrummel genug haben.«

»Warum denkst du nicht darüber nach, bevor du dich entschließt?«

Aber Teddy mischte sich ins Gespräch, wobei er Serena direkt in die Augen sah.

»Ich glaube, es tut dir nicht gut, Serena, wenn du hier bleibst. Du brauchst frische Luft und Ruhe, und das findest du in New York nicht. Was meinst du? Werdet ihr wegfahren?«

»Ach Gott, man könnte meinen, du willst uns vertreiben.«

»Das stimmt. Ich habe Freunde, die nächste Woche nach New York kommen, und dann brauche ich das Gästezimmer.« Er feixte lausbübisch.

»Wohin sollen wir fahren, Serena? Nach Kanada? Zum Grand Canyon? Nach Denver, auf unserer Reise nach dem Westen?«

»Wie wäre es mit Aspen«, schlug Teddy vor. »Ich habe vergangenen Sommer einige Wochen dort verbracht, auf Einladung von Freunden, und es ist herrlich. Ihr könntet mit dem Wagen von Denver aus dorthin fahren.«

»Ich werde es mir auf der Karte ansehen.« Brad nickte. »Jetzt wollen wir etwas anderes besprechen. Ich möchte, daß du heute abend während des Probedinners im Bett bleibst.«

»Nein.« Sie schüttelte den Kopf. »Ich komme mit dir.«

»Sollte sie nicht im Bett bleiben?« Wieder wandte sich der ältere Bruder an den jüngeren, und beide lachten.

»Ich bin noch kein Arzt, B.J., aber ich glaube nicht, daß es notwendig ist.« Dann sah er Serena an. »Aber es wäre vielleicht klüger.« Er wußte, daß sie verstehen würde, was er meinte. Doch Serena wußte, daß sie nicht noch einmal dieser Frau den Sieg kampflos überlassen würde. Sie hatte durchgesetzt, daß eines ihrer Dokumente unterschrieben worden war, und sie war sicher, daß Serena nicht Brad verlassen und versuchen würde, mit dem Familienvermögen durchzugehen, ihm übrigen würde sich Serena aber nicht mehr unterkriegen lassen. Wenn Brads Familie sie haßte, mußte sie lernen, damit zu leben. Serena würde sich aber nicht zurückziehen und dazu zwingen lassen, in ihrem Zimmer zu bleiben, wie ein trauriges Mäuschen, das keiner wollte. Sie hielten sie für ein Flittchen, eine Hure, ein Dienstmädchen und Gott weiß was noch, und wenn sie nicht zum Dinner erschien, würden alle annehmen, daß Brad sich ihrer schämte. Nein, sie würde hingehen und an seiner Seite stehen und erreichen, daß sie ihn alle beneideten. Ihre Augen leuchteten bei dem Gedanken, und in dem Blick, mit dem sie ihren Mann und ihren Schwager ansah, lag ebenso viel Mutwille wie Hochmut.

»Ich komme, meine Herren.«

23

Als Serena vor dem Probedinner die Treppe der Wohnung nach unten kam, sah sie wirklich wie eine Principessa aus. Einen Augenblick schien sie sogar ihrer Schwiegermutter zu imponieren. Sie trug ein glänzendes, weißes, mit Goldfäden durchwirktes Seidenkleid, das auf einer Schulter in Falten gelegt war, die wie ein glänzender Wasserfall bis zu ihren Füßen fielen, so daß man ihre ein wenig stärker gewordene Taille nicht bemerkte. Sie sah aus wie eine Göttin, als sie mit einer weißen Blume im Haar und Goldsandalen an den Füßen neben ihrem Mann stand, ihr bezauberndes Gesicht war ausgezeichnet geschminkt.

Teddy stieß einen leisen Pfiff aus, und Greg war nicht weniger verblüfft. Sobald die Gruppe sich versammelt hatte, verließen die drei Brüder, ihre Eltern und Serena gemeinsam die Vorhalle. Sie trafen Pattie und deren Eltern im Klub, wo ein eigener Raum für das Probedinner reserviert war.

Die Mutter des Bräutigams trug ein bodenlanges rotes Seidenkleid mit einem kleinen Cape aus dem gleichen Material, das sie bei Dior bestellt hatte, und ihr weißes Haar bildete einen lebhaften Kontrast dazu, als sie in den Wagen stieg und zwischen Greg und Teddy auf dem Rücksitz Platz nahm. Ihr Mann setzte sich auf einen der Klappsitze in der Limousine, Brad und Serena auf den Vordersitz; dadurch blieb Serena zumindest von Margaret getrennt, wofür Teddy dankbar war, da er von Anfang an versucht hatte, die Sitzordnung so zu arrangieren. Er hatte sich vorgenommen, alles zu tun, was er konnte, um den Abend für Serena erträglich zu gestalten. Wieder sah ihn Serena zutiefst dankbar an; sie wußte, daß er sie verstand und sie nicht verraten würde. Sie hatte das Gefühl, als wäre er auch ihr Bruder und wäre es immer schon gewesen.

»Du flirtest mit meinem Bruder?« flüsterte ihr Brad ins Ohr, und sie schüttelte lachend den Kopf. »Nein, aber es ist so, als hätte ich an ihm einen wirklichen Bruder.«

»Er ist ein guter Kerl.«

»Du auch.« Sie sah ihn strahlend an, und er küßte sie leicht auf die Nasenspitze, wobei sie sich fragte, ob seine Mutter sie beobachtete. Es war ein merkwürdiges und unangenehmes Gefühl, immer beobachtet, immer gehaßt, immer abgelehnt zu werden, auch jetzt, nachdem sie eines dieser Papiere unterschrieben hatte.

»Fühlst du dich wohl?« fragte Brad.

»Ja. Tadellos. Du mußt dir meinetwegen keine Sorgen machen. Heute abend wird es mir gut gehen.«

»Woher willst du das wissen?« Es war nicht nur Neckerei.

»Weil du hier bist.«

»Dann werde ich dafür sorgen, daß ich ständig da bin.«

Aber später am Abend ließ sich das weniger leicht arrangieren. Seine Mutter hatte ihn an denselben Tisch wie die übrige Hochzeitsgesellschaft gesetzt, und da er der Brautführer war, saß er links von Pattie. Teddy saß ebenfalls an diesem Tisch. Serena saß an einem Tisch mit mehreren älteren Paaren und einigen sehr reizlosen Mädchen, die einander seit Jahren kannten und fast überhaupt nicht mit Serena sprachen. Sie hatte das Gefühl, unter Fremden gelandet zu sein, und Brad ärgerte sich ganz besonders über die Sitzordnung, die von seiner Mutter geplant worden war. Ihn neben Pattie zu setzen, war äußerst taktlos, wenn es auch der Tradition entsprach, da er der Brautführer war, und so konnte niemand etwas daran auszusetzen haben, daß er neben der Braut saß. Die Brautführerin saß neben Greg, und die übrigen Brautjungfern und die Jungfernführer saßen an den Längsseiten des Tisches. Alles in allem war es ein sehr geselliger Abend, und es gelang Brad, viel mit seiner Nachbarin zur Linken zu sprechen, einem hochgewachsenen Mädchen mit rotem Haar, das mit Pattie in Vassar zur Schule gegangen war. Sie hatte auch als Kind mehrere Jahre in San Francisco verbracht, so daß sie die Stadt gut kannte, und sie erzählte ihm etliches, was er ihrer Meinung nach wissen sollte, bevor er dorthin übersiedelte; sie sagte ihm, in welchen Teilen der Stadt sich mehr oder minder leicht Nebel bildete, falls er kein Haus im Militärstützpunkt beziehen wollte, informierte ihn über ideale Stellen, wenn man den Tag am Strand verbringen wollte, wo man fischen konnte, nannte ihm ihre bevorzugten Parks und herrliche Orte, die man mit Kindern aufsuchen konnte. Es war in keiner Phase eine besonders ernste Konversation, aber sie enthob ihn der Notwendigkeit, mit Pattie sprechen zu müssen, bis er sich plötzlich, kurz nachdem man zu tanzen begonnen hatte, allein neben ihr befand, da das rothaarige Mädchen von dem Jungfernführer zu ihrer Linken zum Tanzen aufgefordert worden und Greg mit der Brautführerin auf das Tanzparkett gegangen war.

Er warf einen Blick nach rechts und bemerkte, daß sie ihn ansah, also lächelte er ihr ein wenig zaghaft zu und versuchte, nicht an das zu denken, was in Rom vorgefallen war. »Man scheint uns alleingelassen zu haben.« Sie wandte ihm ihr kleines herzförmiges Gesicht mit dem vertrauten Schmollmund zu.

»Stört es dich, Brad?«

»Nein.« Was eine eklatante Lüge war. Er empfand es als furchtbar peinlich.

Alle wußten, daß sie im Vorjahr verlobt gewesen waren, und nun plötzlich war sie im Begriff, seinen Bruder zu heiraten, und sie saßen nebeneinander allein am Haupttisch.

»Willst du nicht tanzen, Brad?« Sie sah ihn keck an, und er errötete und nickte schnell.

»Sicherlich, Pattie. Warum nicht?« Er trat zu ihrem Stuhl, ergriff ihre Hand, und sie gingen zur Tanzfläche. Sie war eine ausgezeichnete Tänzerin und ein sehr hübsches Mädchen, aber auf eine ganz andere Art als Serena. Sie tanzten eine Samba, aus der ein Foxtrott wurde und dann ein Walzer, und niemand schien die Partner zu wechseln, also tat es auch Brad nicht. Er blieb mit ihr auf dem Parkett, zu ihrer großen Genugtuung, und als der Walzer in einen Tango überging, tanzten sie weiter, bis ihn Pattie schließlich mit ihrem Puppenlächeln ansah und sich mit der Hand Kühlung zufächelte.

»Bringt dich diese Hitze nicht um?«
»Jedenfalls fehlt nicht viel.«
»Willst du ein bißchen frische Luft schnappen?«

Was war schließlich schon dabei, wenn man sich draußen ein wenig erholte? »Sicherlich.« Er warf einen Blick auf das Tanzparkett, um Serena zu suchen, konnte sie aber nicht sehen. Also folgte er Pattie aus dem Speisesaal die Treppe nach unten auf die Straße, wo die Juniluft beinahe ebenso heiß und drückend war wie im Saal.

»Ich hatte vergessen, wie gut du tanzt.« Er nahm eine Zigarette aus seinem goldenen Zigarettenetui. Pattie warf einen Blick darauf, dann sah sie ihn an.

»Du hast eine Menge über mich vergessen, Brad.« Er antwortete nicht. »Ich verstehe das, was du getan hast, immer noch nicht. Ich meine, warum?« Er bedauerte, daß sie ins Freie gegangen waren. »Hast du es nur getan, um mir eins auszuwischen? War es das? Ich meine, warum gerade sie? Sie ist vielleicht ganz hübsch, aber sie ist doch nichts. Und wie lange wirst du sie haben wollen? Ein Jahr? Zwei? Und dann hast du dein Leben für diese kleine Hure vertan.«

Bei diesen Worten blieb er jäh stehen, und seine Stimme klang eisig. »Sag nie wieder so etwas zu mir, du kleines Biest. Von morgen an werden wir wohl oder übel miteinander verwandt sein. Du wirst die Frau meines Bruders sein, und ich weiß noch immer nicht, was dir das bedeutet, aber von meinem Standpunkt aus bedeutet es, daß ich mein Bestes tun werde, um dich zu respektieren. Das ist eigentlich ziemlich viel von mir verlangt.«

»Du hast meine Frage nicht beantwortet. Warum hast du sie geheiratet, Brad?«

»Weil ich sie liebe. Weil sie eine bemerkenswerte Frau ist. Weil sie etwas Besonderes ist. Und außerdem, was geht es dich an? Apropos, ich könnte dich das gleiche fragen. Oder genauer gesagt, Pattie, liebst du Greg?«

»Würde ich ihn heiraten, wenn ich es nicht täte?«

»Das ist eine interessante Frage. Du könntest versuchen, sie auch zu beantworten. Oder ging es dir nur um den Familiennamen, und da ist ein Fullerton so gut wie der andere? Wäre Teddy der nächste auf der Liste?« Plötzlich war ihm klar, daß er sie haßte. Sie war durch und durch verdorben, herzlos und heimtückisch, und er fragte sich jetzt, wie er je auf die Idee gekommen war, sie heiraten zu wollen.

»Du bist ein gemeiner Kerl, weißt du das?«

»Du verdienst nichts anderes, Pattie. Du verdienst meinen Bruder nicht.«

»Da hast du aber unrecht. Ich werde etwas aus ihm machen. Im Augenblick ist er eine Null.« Einen entsetzlichen Moment lang klang sie genau wie seine Mutter.

»Warum läßt du ihn eigentlich nicht in Frieden?« Brad sah sie zornig an. »Er ist ein anständiger Junge. Und er ist glücklich, so wie er ist.« War er das wirklich? Wäre er die ganze Zeit betrunken, wenn er glücklich wäre?

»Greg braucht eine feste Hand.«

»Wozu? Zu einer politischen Karriere, die er nicht anstrebt? Warum bleibst du nicht daheim und bekommst Kinder, statt ihn vorwärst zu treiben?« Bei seinen Worten ging etwas Gespenstisches mit Patties Gesicht vor sich, und sie wurde leichenblaß.

»Das ist nicht drin.«

»Warum nicht?«

»Dein Bruder kann keine Kinder zeugen, Brad. Er hatte Syphilis, als er im College war, und ist jetzt zeugungsunfähig.« Brad schwieg lange.

»Meinst du das im Ernst?«

»Ja.« In ihrem Blick las er tiefe Verzweiflung. »Aber er hat es mir erst vergangenen Monat gesagt, als alle wußten, daß wir verlobt waren. Er wußte, daß ich kein zweites Mal eine Verlobung lösen würde. O Gott. Jedermann in der Stadt hätte sich den Bauch vor Lachen über die arme kleine Pattie gehalten, die zum zweiten Mal von einem Fullerton stehengelassen wurde.«

»Das ist nicht das gleiche...« Brad berührte ihren Arm. »Es tut mir leid, Pattie. Er hätte dir das früher sagen müssen. Es war eine Gemeinheit von ihm.«

»Das fand ich auch.« Dann sagte sie leise: »Aber am Ende wird er dafür bezahlen.«

»Was, zum Teufel, meinst du damit?« fragte Brad erschrocken.

»Ich weiß nicht.« Dann sagte sie mit der Andeutung eines Lächelns: »Ich wollte ihn heiraten, um mich an dir zu rächen. Du könntest wahrscheinlich sagen, ich hätte ihn für meine Zwecke benützt. Aber das Komische ist, daß er mich benützt hat. Er lachte zuletzt. Er bringt mich dazu, ihn zu heiraten, und dann sagt er mir einen Monat vor der Hochzeit, daß er zeugungsunfähig ist.«

»Hättest du ihn geheiratet, wenn du es gewußt hättest?«

Sie schüttelte den Kopf. »Nein. Ich nehme an, daß er das genau wußte. Sonst hätte er es mir gesagt.«

Brad sah die Frau nachdenklich an, die er einmal genau zu kennen geglaubt hatte, während jetzt klar wurde, daß er überhaupt nichts von ihr wußte. Sie war berechnend und rachsüchtig, und dennoch hatte auch sie verwundbare Stellen – unbefriedigte Wünsche, die sie dazu brachten, andere zu verletzen. Sein Bruder tat ihm zutiefst leid. Sie war auf ihre Art eigentlich viel ärger als seine Mutter. »Vielleicht wird letzten Endes noch alles gut. Ihr werdet dafür mehr Zeit haben, euch einander zu widmen.«

»Würde es dir nichts ausmachen, wenn deine Frau keine Kinder haben könnte, Brad?«

»Nicht, wenn ich sie wirklich liebe.«

»Aber sie kann Kinder haben, nicht wahr?«

»Serena ist schwanger, Pattie.« Doch in dem Augenblick, in dem er die Worte aussprach, wußte er, daß es ein Fehler war; in ihrem Blick lag eine Gehässigkeit, die ihm beinahe Angst einflößte.

»Du hast ihr ja schnell einen dicken Bauch angehängt, wie? Hast du sie deshalb geheiratet?«

»Nein, deshalb nicht.« Sein Blick begegnete dem ihren, und nach langem Schweigen drehte er sich auf dem Absatz um, ging hinein und stand unvermittelt Greg gegenüber.

»Wo ist Pattie?« Er war sichtlich wieder betrunken, da er leicht schwankend auf seinen Bruder zukam.

»Sie ist irgendwo in der Nähe. Wir haben draußen ein wenig Luft geschnappt, und sie ist eben wieder ins Haus gegangen. Vielleicht ist sie im Badezimmer.«

Greg starrte Brad an. »Sie kann dich nicht ausstehen.«

Brad nickte. »Sie war nicht die Richtige für mich, Greg. Ich hätte mit ihr Schluß gemacht, als ich zurückkam, auch wenn ich Serena nicht kennengelernt hätte.« Dessen war er jetzt sicher. »Bist du glücklich, Greg?«

»Ja, warum nicht?« Aber er sah nicht gerade danach aus. »Sie wird mich ganz schön in Trab halten.« Einen Augenblick lang sah er seinen Bruder feindselig an. Es lag auch Eifersucht in seinem Blick, sogar mehr, als er in Patties Augen gelesen hatte. »Im Bett ist sie leidenschaftlich wie Feuer, aber das weißt du ja. Oder hast du es vergessen?«

»Ich hatte nie Gelegenheit, diese Erfahrung zu machen.« Es war das einzige, was er sagen konnte, als er bei der Bemerkung seines Bruders zusammenzuckte.

»Blödsinn. Sie hat es mir selbst erzählt.«

»Wirklich? Vielleicht wollte sie dich nur eifersüchtig machen.«

Greg zog die Schultern hoch. »Eigentlich ist es mir egal. Jungfrauen taugen ohnehin nichts. Ich mochte sie nicht einmal, als ich noch am College war.«

»Offensichtlich.« Am liebsten hätte sich Brad für diese Bemerkung die Zunge abgebissen, und er sah sofort Greg an.

»Sie hat es dir erzählt, nicht wahr? Dieses Miststück. Warum, zum Teufel, mußte sie es dir erzählen.?«

»Du hättest es ihr früher sagen müssen.«

»Vielleicht würdest du dich bitte um deine Angelegenheiten kümmern. Ich finde nicht, daß du dein Leben gar so fest in der Hand hast, Brad, mit dem kleinen italienischen Flittchen, das du geheiratet hast. Mein Gott, ich hätte erwartet, daß du gescheit genug bist, das Ding dort zu lassen, wo du's gefunden hast.«

»Schluß damit, Greg!« Brads Stimme klang leise und rauh.

»Nein, zum Teufel. Wenn du getan hättest, was Mutter von dir erwartete, hätte ich sie jetzt nicht auf dem Hals. Du wärst in der Politik, wohin du gehörst, und ich könnte tun, was ich will. Aber nein, der Große Bruder muß seinen eigenen Weg gehen, und ich kann den Kopf hinhalten. Und was habe ich davon? Jetzt setzen alle ihre Hoffnung auf mich und ich muß alle ihre Erwartungen erfüllen. Sieht aus, als wärst du besser davongekommen, wie gewöhnlich.« Er lallte noch trunkener als vorher und klang unendlich verbittert.

»Du kannst doch tun, was du willst.«

»Kann ich nicht. Da ist noch Pattie. Sie erwartet von mir, daß ich bei ihrem Vater arbeite.«

»Wenn du nicht willst, tu es nicht.«
»Tapfere Worte, Brad. Es ist nur ein Problem dabei.«
»Und zwar?«
»Ich bin nicht tapfer.«

24

Am nächsten Morgen schlich Serena auf Zehenspitzen nach unten, um sich eine Tasse Tee zu machen und eine Tasse Kaffee für Brad zu holen, als sie in der Küche ihre Schwiegermutter traf, die einen blauen Satin-Morgenrock trug.

»Guten Morgen, Serena.« Sie sagte es so eisig, daß es schlimmer war, als wenn sie sie vollkommen ignoriert hätte.

»Guten Morgen, Mrs. Fullerton. Haben Sie gut geschlafen?«

»Verhältnismäßig.« Ihr Blick war abschätzend und sehr, sehr kalt. »Ich würde es für klüger halten, wenn Sie heute behaupten, daß Sie krank sind und nicht an der Hochzeit teilnehmen. Sie haben ja eine ausgezeichnete Ausrede zur Verfügung.« Sie meinte natürlich das Baby. Serena war erschrocken.

»Ich weiß nicht, ob Brad –«

»Es ist natürlich Ihre Entscheidung. Aber an Ihrer Stelle wäre ich dankbar, wenn man mir diese peinliche Situation erspart. Schließlich ist es heute Patties Tag, vielleicht denken Sie darüber nach und verursachen ihr nicht noch mehr Kummer, als Sie bereits getan haben.«

»Ich werde es mir überlegen.«

»Das sollten Sie auf jeden Fall.« Mit diesen Worten verließ sie die Küche. Serena goß Brads Kaffee in die Tasse, bereitete ihren Tee zu, stellte beide Tassen auf ein Tablett und stieg langsam die Treppe nach oben. Wenn ihre Schwiegermutter wünschte, daß sie der Hochzeit fernblieb, würde sie nicht hingehen. Vielleicht war es wirklich besser so.

Als sie mit dem Tablett ins Zimmer trat, seufzte sie leise, und Brad blickte auf, als er sie hörte.

»Ist etwas nicht in Ordnung, mein Schatz?«

»Nein... ich – ich habe schreckliche Kopfschmerzen.«

»Wirklich?« Er war sofort besorgt. »Warum legst du dich nicht hin? Es muß von dem vielen Tanzen gestern abend sein.«

Serena lächelte. »Das ist es nicht. Ich bin nur müde.« Als sie sich dann aufs Bett legte, sah sie ihn an. »Weißt du, es tut mir schrecklich leid, aber ich muß dir sagen, Brad... ich glaube, ich sollte nicht hingehen.«

»Fühlst du dich so schlecht? Soll ich einen Arzt kommen lassen?«

»Nein.« Sie setzte sich im Bett auf und küßte ihn. »Meinst du, daß dein Bruder es mir verzeihen wird?«

»Ja. Wenn du lieber zu Hause bleiben willst, werde ich dich nicht drängen.«

»Ich danke dir.« Bald darauf sah sie ihm zu, während er sich fertigmachte. Margaret Fullerton schämte sich ihrer und wollte alles tun, um sie von der Hochzeit fernzuhalten. Serena fühlte sich ausgeschlossen und unerwünscht. Wie sehr Brad sie auch liebte, es schmerzte sie, daß sie nicht auch von seiner Familie akzeptiert wurde.

»Geht es dir gut, Liebste?« fragte Brad, während er den Zylinder zurechtschob und die Handschuhe anzog. Er sah im Cut und gestreifter Hose mit dem grauen Zylinder und grauen Handschuhen sehr elegant aus. Es würde eine sehr elegante Hochzeit sein, und plötzlich tat es Serena leid, daß sie nicht daran teilnahm. Kurz darauf klopfte Teddy an die Tür, er trug die gleiche Kleidung wie Brad und brachte ihm Maiglöckchen, die er an sein Revers stecken sollte. Dann blickte er überrascht von Serena zu Brad und wieder zurück zum Bett. »Was ist los, kommst du nicht mit?«

»Ich fühle mich nicht wohl.«

»Gestern abend hast du dich auch nicht wohlgefühlt und bist doch zur Party gekommen. Was ist heute los?« Er war sofort argwöhnisch, als ob er feine Antennen für die kleinsten Lügen besäße, besonders im Zusammenhang mit seiner Mutter.

»Ich fühle mich schlechter.« Aber sie sagte es ein wenig zu leichthin, während sie sich aufsetzte und die Arme verschränkte.

»Das tut mir leid. Du wirst uns fehlen.« Bei seinen Worten flossen zwei dicke Tränen aus ihren Augen. Sie fühlte sich wieder ausgeschlossen und jetzt wollte sie mitkommen. »Was ist los?« Teddy sah sie forschend an, sie schüttelte den Kopf und versuchte erfolglos, das Weinen zu unterdrücken.

»Ach, ich hasse es, schwanger zu sein, immerfort muß ich weinen!« Sie lachte über sich selbst, und Brad trat zu ihr und streichelte ihr weiches blondes Haar, das über ihre Schultern auf das Kissen fiel.

»Nimm es heute nicht so schwer, ich komme zurück, sobald ich kann.« Dann verließ er das Zimmer, um nach Greg zu sehen.

Sobald Brad das Zimmer verlassen hatte, kniff Teddy die Augen zusammen und sah sie an. »Was ist wirklich geschehen?«

»Nichts.« Aber sie sah ihm nicht ins Gesicht, und er wußte, daß etwas nicht stimmte.

»Lüg mich nicht an, Serena. Warum willst du nicht zur Trauung kommen?«

Es war unheimlich, wie dieser Mann sie zum Sprechen bringen konnte und wie sehr sie ihm vertraute. »Deine Mutter findet, daß ich nicht dabei sein soll. Aber sag es Brad nicht. Ich will nicht, daß er es weiß.«

»Hat sie das von dir verlangt?«

»Sie sagte, es wäre herzlos Pattie gegenüber, und wenn ich eine Spur von Anstand besäße, würde ich nicht hingehen, ich hätte Pattie schon genug angetan.«

»So ein Mist, Serena, wenn du nicht Widerstand leistest, wird dich meine Mutter für den Rest deines Lebens herumschubsen. Das darfst du dir nicht gefallen lassen!«

»Es spielt keine Rolle. Sie will mich nicht bei der Hochzeit haben. Sie fürchtet wahrscheinlich, daß ich euch allen Schande bereite.«

»Serena. Gestern abend wollten alle wissen, wer du bist, ich meine, wer du *wirklich* bist. Im Restaurant wurde davon gesprochen, daß du eine Principessa bist, und wahrscheinlich hat das Mutter schrecklich geärgert. Von dem ganzen Mist, daß du ein Dienstmädchen bist, von diesem Unsinn will nach gestern abend kein Mensch mehr etwas wissen. Jeder Zoll von dir verrät, was du in Wahrheit bist: eine schöne, aristokratische Dame. Ich weiß nicht, was, zum Teufel, meiner Mutter über die Leber gelaufen ist, außer daß Brad das getan hat, was er wollte und den Entschluß gefaßt hat, ohne sie zu fragen. Sie wird einmal ihre Ansicht über dich ändern, Serena, und du darfst ihr nicht die ganze Zeit nachgeben, bis es soweit ist. Aber was sie heute getan hat, ist das Allerletzte, verdammt, es gehört sich nicht.« Es ging ihm kurz durch den Sinn, daß seine

Mutter vielleicht eifersüchtig war. Wahrscheinlich hätte sie ihn an ein Mädchen verlieren wollen, das sie lenken, ein Mädchen, das sie nach ihrer Pfeife tanzen lassen konnte, was sie ihrer Meinung nach mit Pattie tun konnte. »Du darfst es dir nicht dauernd gefallen lassen. Es ist nicht richtig.«

»Was ist nicht richtig?« Brad stand in der Tür und sah sie beide an, sein Gesicht drückte Gereiztheit aus. »Anscheinend wird mir etwas verheimlicht, und ich habe für Geheimnisse in meiner eigenen Familie nichts übrig.« Er sah seine Frau an. »Was ist es, Serena?« Serena blickte zu Boden, wich seinem Blick aus. Er hob die Hand. »Keine Tränen diesmal. Sag es mir frei heraus!« Teddy sprach als erster.

»Sie will es dir nicht erzählen, Brad, aber ich finde, du mußt es wissen.« Serena schrie beinahe »Nein!«

»Ich werde es ihm sagen, Serena«, meinte Teddy, und Serena brach in Tränen aus.

»Zum Teufel, worum geht es?« Ihr kleines Melodrama machte Brad äußerst nervös, und er war schon gereizt; er kam aus Gregs Zimmer, der sich am Vorabend so betrunken hatte, daß der Butler sich noch immer bemühte, ihn wieder nüchtern zu kriegen. »Was, zum Teufel, geht da vor?«

Teddy stellte sich ihm. »Mutter will nicht, daß Serena zur Hochzeit kommt.« Serena sah aus, als hätte sie einen elektrischen Schlag erhalten.

»*Was* will Mutter nicht? Bist du wahnsinnig?«

»Nein. Sie besaß die bodenlose Frechheit, Serena zu erklären, sie sei es Pattie schuldig, nicht daran teilzunehmen. Serena traf sie zufällig in der Küche, und Mutter forderte sie auf, eine schwangerschaftsbedingte Unpäßlichkeit vorzuschützen und zu Hause zu bleiben.«

»Ist das wahr?« Er sah seine Frau voller Empörung an, und sie nickte. Dann trat er ans Bett, und sie sah, daß er zitterte. »Warum hast du mir das nicht gesagt?«

»Ich wollte nicht, daß du auf deine Mutter böse bist.« Ihre Stimme zitterte und sie kämpfte sichtlich gegen Tränen.

»Daß du das nie wieder tust! Wenn noch einmal jemand so etwas zu dir sagt, will ich davon erfahren! Ist das klar?«

Brad überlegte lange gequält und nachdenklich. Dann wandte er sich an seinen Bruder. »Bitte, laß uns allein, Teddy.« Zu seiner Frau sagte er: »Und du, steh bitte auf. Es ist mir egal, was du anziehst, aber du mußt in zehn Minuten fertig sein!«

»Aber, Brad... ich kann nicht... deine –«

»Kein Wort mehr!« Diesmal brüllte er. »Ich bin der Brautführer meines Bruders bei seiner Hochzeit, und du bist meine Frau. Ist das klar? Verstehst du das? Du bist meine Frau, das heißt, du gehst überallhin, wo ich hingehe. Wenn dich jemand nicht akzeptiert und dir nicht die dir gebührende Achtung erweist, will ich es erfahren. Und zwar das nächste Mal sofort! Nicht durch die freundliche Vermittlung meines Bruders. Ist das klar, Serena?«

»Ja«, murmelte sie leise.

»Gut. Denn ich will, daß das dir und meiner Mutter und Pattie und Greg und allen anderen klar ist, die es nicht zu begreifen scheinen. Als nächstes werde ich es meiner Mutter deutlich machen, und während ich das erledige, wirst du aufstehen und das Kleid anziehen, das du bei dieser verdammten Posse von einer Hochzeit tragen willst. Und tu das nie wieder! Gib nie wieder vor, daß du krank bist, und verheimliche nichts mehr vor mir. Du erzählst mir alles. Ist das klar?« Sie nickte, er ging zu ihr, nahm sie heftig in die Arme und küßte sie. »Ich liebe dich so sehr. Ich will nicht, daß dich jemand verletzt. Und laß dir nie, nie wieder etwas von meiner Mutter gefallen.« Sie war gerührt und zugleich erschrocken über seine Verbitterung seiner Mutter gegenüber. Er sah sie prüfend an. »Ist gestern etwas Ähnliches vorgefallen, das dich aus der Fassung gebracht hat, Serena?« Er sah ihr in die Augen, als sie antwortete, aber sie schüttelte nur den Kopf. »Bist du sicher?«

»Ja, Brad, ich bin ganz sicher.« Sie konnte Brad nicht sagen, daß seine Mutter sie eine Verzichtserklärung hatte unterschreiben lassen. Er würde dann sicherlich nie mehr mit seiner Mutter sprechen, und dafür wollte sie nicht verantwortlich sein. Es war so schon schlimm genug.

Er ging rasch zur Tür, blieb dort einen Augenblick stehen und lächelte ihr zu. »Ich liebe dich, Serena.«

»Ich liebe dich, Brad.« Sie warf ihm eine Kußhand zu, und er verschwand, um sich für die bevorstehende Konfrontation zu wappnen.

Er fand Margaret in ihrem Boudoir, sie trug ein schönes beiges

Seidenkleid, das sie bei Dior für die Hochzeit bestellt hatte, und dazu einen Hut aus zarten Federn in genau dem gleichen Beigeton, den man für sie kreiert hatte.

»Mutter, darf ich hineinkommen?«

»Natürlich, mein Liebling.« Sie lächelte ihm zu. »Heute ist ja ein großer Tag. Hast du deinen Bruder schon gesehen?«

»Ja, beide.«

»Ich meine Greg. Wie geht es ihm?«

»Er befindet sich beinahe im Koma, Mutter. Die Diener versuchen, ihn wieder auf die Beine zu bringen. Er war gestern abend sinnlos betrunken.«

»Pattie wird ihm schon den Kopf zurechtsetzen.«

»Aber vorher möchte ich bezüglich Pattie einiges klarstellen.«

»Wie bitte?« Seine Mutter schien über seinen Ton schockiert, und er tat nichts, um diesen Eindruck zu mildern, als er fortfuhr.

»Du solltest mich um Entschuldigung bitten, Mutter. Oder vielmehr Serena. Ich möchte nämlich ein für allemal etwas klarstellen. Serena ist meine Frau, ob dir das nun paßt oder nicht. Anscheinend hast du sie aufgefordert, nicht zu Gregs Hochzeit zu kommen. Daß du es gewagt hast, erstaunt und schmerzt mich. Wenn du willst, daß wir beide nicht kommen, schön, in Ordnung, wenn du aber willst, daß ich anwesend bin, dann mußt du wissen, daß ich Serena mitbringe.« Er hatte Tränen in den Augen, als er fortfuhr, Tränen des Zorns, der Wut und der Enttäuschung. »Ich liebe sie von ganzem Herzen, Mutter. Sie ist eine wunderbare Frau, und in wenigen Monaten werden wir ein Kind bekommen. Ich kann dich nicht zwingen, sie zu akzeptieren, aber ich werde nicht zulassen, daß du sie verletzt. Tu nie wieder etwas Derartiges!«

»Es tut mir leid, Brad. Ich – ich habe deine Wahl nicht verstanden... leider war das alles auch für mich äußerst schwierig. Ich habe einfach nie erwartet, daß du... jemanden heiraten würdest, der... so anders ist. Ich dachte, du würdest jemanden von hier heiraten, ein Mädchen, das wir kennen.«

»Ich habe es aber nicht getan. Und es ist unfair, Serena dafür büßen zu lassen.«

»Sag mir, hat sie es dir selbst erzählt?«

»Nein, Serena liebt mich zu sehr, um sich zwischen dich und mich zu stellen. Sie hat sich Teddy anvertraut, und der sagte es mir.«

»Ich verstehe. Hat sie sonst noch etwas erzählt?«

»Gibt es noch mehr zu erzählen?« Hatte seine Mutter noch etwas getan? Hatte er sich mit Recht über Serenas offensichtlichen Erregungszustand am Tag vorher Sorgen gemacht? »Gibt es noch etwas, das ich erfahren sollte?«

»Nein, keineswegs.« Erleichtert erkannte sie, daß Serena ihm nichts von der Verzichtserklärung erzählt hatte, auch wenn das nichts geändert hätte. Das von Serena unterzeichnete Papier lag bereits in ihrem Tresor. Sie war noch immer davon überzeugt, daß Serena es auf sein Geld abgesehen hatte, und Jahre später, wenn sie ihn verlassen und versuchen würde, ihn zu schröpfen, würde seine Mutter die Lage mit dem Dokument retten, dessen Unterschrift sie vorsorglicherweise von Serena erzwungen hatte. Eines Tages würde er ihr dafür dankbar sein.

Er hatte ihr noch etwas zu sagen. »Unter den gegebenen Umständen wird es besser sein, wenn wir heute nach der Hochzeit abreisen. Ich werde versuchen, im Nachtzug nach Chicago ein Schlafwagenabteil reservieren zu lassen, und wenn das nicht möglich ist, können wir in einem Hotel übernachten und am Morgen reisen.«

»Das kannst du doch nicht tun.« Ihre Augen sprühten Feuer.

»Warum nicht?«

»Weil ich dich bei mir haben will. Du warst seit Jahren nur noch zu Kurzbesuchen zu Hause.«

»Daran hättest du denken sollen, bevor du Serena den Krieg erklärt hast.«

Sie blickte ihn zornig, grausam und verbittert an. »Du bist mein Sohn und du hast zu tun, was ich dir sage.«

Brads Stimme klang merkwürdig ruhig. »Leider hast du da unrecht. Ich bin ein erwachsener Mann mit einer Frau und einer eigenen Familie. Ich bin nicht dein Hampelmann. Mag sein, daß Vater es ist und mein armer willensschwacher Bruder, aber nicht ich, das solltest du nie vergessen.«

»Wie kannst du so mit mir sprechen? Wie kannst du das wagen?«

»Halte dich aus meinem Leben heraus, Mutter, sonst wirst du es bedauern.«

»Brad!«

Doch er wandte sich wortlos um, verließ den Raum und schlug die Tür hinter sich zu.

25

Serena wurde genau zehn Minuten vor elf Uhr gemessenen Schrittes von ihrem Schwager Teddy zu ihrem Platz in der St.-James-Kirche auf der Madison Avenue in New York geführt. In der Kirche waren hohe mit weißen Blüten bedeckte Bäume aufgestellt, und überall hingen Girlanden aus duftenden weißen Blumen, Maiglöckchen, Freesien, weißen Rosen, würzig duftenden weißen Nelken, dazwischen Wolken von Schleierkraut. Von Baum zu Baum hingen weiße Satinbänder, und ein langer weißer Seidenläufer lag im Mittelgang. Aber die Atmosphäre in der Kirche war eher feierlich als festlich, und zu beiden Seiten des Mittelgangs standen elegant gekleidete Frauen und Männer in schwarzen Anzügen und Cuts mit gestreiften Hosen, während die Orgel leise intonierte. Da und dort sah Serena Gesichter, die sie vom Probedinner kannte, und sie warf immer wieder, wie zum Trost, einen Blick auf Teddy.

Eine Minute vor elf wurden die riesigen Eingangstüren geschlossen, die Orgel begann lauter zu spielen, und plötzlich herrschte Stille in der Kirche, die nicht einmal durch ein Flüstern gestört wurde; wie herbeigezaubert erschienen die Jungfernführer und Brautjungfern in einer feierlichen Prozession von Cuts und gestreiften Hosen sowie Organdykleidern in zartester Pfirsichfarbe. Dazu trugen sie breitkrempige Hüte, und die Kleider waren so bezaubernd, daß Serena sie fasziniert anstarrte. Sie waren mit viktorianischen Ärmeln versehen, hochgeschlossen, eng tailliert und hatten bodenlange Röcke mit eleganten kleinen Schleppen. Jede Brautjungfer trug ein Bukett von kleinen Röschen in der gleichen Farbe, und als die letzte Brautjungfer vorbei war und das Blumenmädchen erschien, trug es eine Miniaturausgabe des gleichen Kleides, nur daß es kleine, runde Puffärmel und keine Schleppe hatte, über die das Kind fallen konnte. Es trug einen silbernen Korb voller Rosenblätter, kicherte und hatte ein Engelsgesicht; ihr Bruder, in einem schwarzen Samtanzug, trug feierlich ein Samtkissen, auf dem die beiden Ringe lagen. Serena lächelte, dann drehte sie sich um, um zu sehen, wer hinter ihnen kam, und dabei hielt sie den Atem an, denn was sie dort sah, war eine Vision. Es war eine Märchenprinzessin in einem so herrlichen Spitzenkleid, daß Serena dachte, sie hätte noch nie etwas Ähnliches gesehen. Es war offensichtlich ein Erbstück. Ein Murmeln der Bewunderung lief durch die Kirche, als Pattie in dem hochgeschlossenen, langärmeligen Kleid ihrer Urgroßmutter auftrat. Das Kleid war weit über hundert Jahre alt. Sie trug ein kurzes Halsband aus erlesenen Diamanten, ein dazu passendes Diadem, an ihren Ohren glitzerten Perlen und Diamanten, ihr Schleier umgab sie wie eine Wolke, er schien meilenweit hinter ihr herzugleiten und bedeckte die Schleppe und den Großteil des Mittelganges, während sie selbstbewußt am Arm ihres Vaters einherschritt. Sie stellte alle anderen Frauen in den Schatten, ihre dunkelhaarige Schönheit stand in scharfem Gegensatz zu dem zarten Weiß, und Serena war davon überzeugt, daß sie die schönste Braut war, die sie je gesehen hatte. Es war unmöglich, auch nur für einen Augenblick diesen vollkommenen Anblick mit den Dingen in Verbindung zu bringen, die Brad ihr über Pattie erzählt hatte. Es konnte nicht dieselbe Frau sein, dachte Serena. Das hier war eine Göttin, eine Märchenprinzessin. Als Serena alles überdachte, überkamen sie Schuldgefühle, weil sie in B. J.s Leben eingedrungen war. Ihr Blick wanderte zurück zum Altar, wo sie Greg steif neben seiner Braut stehen sah. Hinter ihnen standen Brad und die Brautführerin, ein vornehm aussehendes Mädchen mit rotem Haar, das gut zu dem pfirsichfarbenen Kleid und dem breitkrempigen Hut paßte; sie fragte sich, ob es Brad leid tat, daß er so viel aufgegeben hatte, als er sie heiratete. Er hätte das Leben führen können, das seine Mutter für ihn vorgesehen hatte, und seine Familie wäre intakt geblieben. Statt dessen hatte er eine in dieser Welt Fremde geheiratet und würde aus diesen Kreisen ausgestoßen werden. Als sie daran dachte, füllten sich ihre Augen mit Tränen, die langsam über ihre Wangen liefen.

Sie verhielt sich während der Zeremonie feierlich ernst, und als sie vorüber war, ging sie wie jede andere Fremde die in einer Reihe zur Entgegennahme der Glückwünsche aufgestellten Personen entlang und schüttelte den zwei Dutzend Brautjungfern und Jungfernführern die Hände, bis sie plötzlich auf Teddy traf, der sie am Arm faßte.

»Was machst du denn hier, Dummerchen?«

»Ich weiß nicht.« Plötzlich war sie verlegen. Hatte sie etwas falsch gemacht? Sie kam sich albern vor, und er legte lächelnd den Arm um sie. »Du mußt nicht so förmlich sein. Willst du dich zu uns stellen?« Aber Serena wußte, daß Margaret dann zweifellos einen Wutanfall bekommen würde.

»Ich werde draußen warten.« Sie blieb einen Augenblick neben ihm stehen, und Pattie entdeckte sie und starrte sie wütend an.

»Das ist meine Hochzeit, Serena, nicht die Ihre, oder hatten Sie das vergessen?«

Serena errötete bis zu den Haarwurzeln, stammelte etwas Unverständliches und wich zurück. Doch Teddy ergriff sie schnell am Arm. Er wußte, wieviel sie schon durchgemacht hatte, und am liebsten hätte er Pattie für die Bemerkung geohrfeigt. »Kannst du kein einziges Mal deinen verdammten Mund halten, Pattie? Wenn du so weitermachst, wirst du noch aussehen wie eine Xanthippe, sogar in diesem Kleid.« Damit trat er aus der Reihe, den Arm um Serena gelegt, und winkte Brad, sie draußen zu treffen. Margaret durchbohrte sie mit Blicken wie Dolchstiche, und Pattie war weiß geworden, aber nur ein oder zwei Leute hatten den Vorfall mitbekommen, und kurz darauf befanden sie sich draußen in Sicherheit.

»Also, ich habe wenigstens dich als Ausgleich.«

»Hmmm?« Sie war noch immer außer Fassung und verwirrt, während sie im hellen Sonnenschein standen.

»Ich habe zwei Schwägerinnen, eine wunderbare und ein Miststück.« Serena lachte unwillkürlich und sah Brad auf sich zukommen.

»Ist drinnen etwas vorgefallen?« fragte er sofort; Serena schüttelte den Kopf, aber Teddy drohte ihr mit dem Finger und legte die Stirn in Falten.

»Lüg ihn nicht an, verdammt nochmal.« Lächelnd wandte er sich an seinen Bruder. »Unsere nagelneue Schwägerin gab sich nur so, wie sie ist.«

»War sie Serena gegenüber unhöflich?« Brad wurde zornig.

»Natürlich. Benimmt sie sich jemals anders als unhöflich, ausgenommen jenen gegenüber, die sie beeindrucken will? Mein Gott, ich weiß nicht, wie Greg es mit ihr aushalten wird.« Er sagte es leise, so daß nur sein Bruder ihn hörte, aber die Antwort darauf kannten sie beide, und sie machte keinem von ihnen Freude. Höchstwahrscheinlich würde Greg für den Rest seines Lebens betrunken bleiben.

Einige Minuten später brach die gesamte Hochzeitsgesellschaft in sechs Limousinen auf und fuhr zum Plaza Hotel, wo der große Ballsaal für sie reserviert war. Dort gab es wieder eine verschwenderische Fülle von Blumen, und die Kapelle begann bei ihrem Eintreffen zu spielen.

Wieder saß Serena mit Fremden zusammen an einem Tisch, weit von der Familie entfernt, und die Zeit dehnte sich endlos, bis Brad sie aufsuchte. Die Anstrengung, unverbindliche Konversation zu machen, hatte sie ermüdet, und die Menschenmenge ringsum bedrückte sie ein wenig.

»Geht es dir gut, Liebste?« Sie nickte lächelnd. »Was macht meine Tochter?«

»Es geht ihm gut.« Sie lachten beide, und gleich darauf führte er sie zu einem langsamen Walzer aufs Tanzparkett. Teddy saß an der Hochzeitstafel und sah ihnen zu, wie sie sich langsam im Kreis drehten. Sie waren wirklich das ideale Paar, und nicht die nervöse, reizbare Brünette, die zu viel trank, zu laut redete und neben dem Mann saß, den sie eben geheiratet hatte, während er unbeweglich vor sich hin starrte. Gregs Augen stahlten nicht, sondern waren verschleiert, während er seinen Scotch on the rocks austrank und den Kellner um ein weiteres Glas bat.

Bald darauf kamen Brad und Serena zu Teddy. Brad beugte sich zu Teddys Ohr nieder und flüsterte ihm zu, daß sie gingen.

»Jetzt schon?«

Er nickte. »Wir wollen den Abendzug erreichen, und Serena soll sich noch eine Weile ausruhen. Wir müssen auch noch packen –« Er zögerte einen Augenblick, und sein jüngerer Bruder lachte. »Wir sehen einander in San Francisco wieder, Kleiner. Wann kommst du genau?«

»Am neunundzwanzigsten August verlasse ich New York, sollte also am ersten September in San Francisco eintreffen.«

»Gib uns bitte deine Ankunftszeit genau an, wenn du uns schreibst, dann holen wir dich ab.« Brad legte seine Hand auf die Schulter seines Bruders und sah ihm in die Augen. »Danke für alles. Daß du Serena das Gefühl gegeben hast, willkommen zu sein.«

»Sie ist willkommen.« Sein Blick wanderte zu seiner neuen Schwester. »Auf Wiedersehen im Westen, Serena.« Dann lachte er. »Bis dahin wirst du so dick sein wie ein Wal.« Alle drei lachten.

»Das werde ich nicht.« Sie bemühte sich, beleidigt auszusehen, aber es gelang ihr nicht. Statt dessen umarmte sie ihn und küßte ihn auf beide Wangen. »Du wirst mir fehlen, kleiner Bruder.«

»Gebt gut aufeinander acht.«

Die beiden Männer schüttelten einander die Hand. Teddy küßte Serena noch einmal, und nachdem Serena sich höflich von der Braut verabschiedet, ihren Schwiegereltern die Hand geschüttelt und dem fast unansprechbaren Bräutigam Glück gewünscht hatte, verließen sie die Party. Es war für sie eine ungeheure Erleichterung, die Hochzeit hinter sich zu haben. Als sie das Plaza Hand in Hand verließen, nahm Brad seinen Schlips ab, legte ihn mit den Handschuhen in seinen Zylinder und winkte einer Droschke, um sich zu der Wohnung auf der Fifth Avenue heimbringen zu lassen.

Serena war entzückt, als sie hinter den klappernden Pferdehufen in den Park fuhren und Brad den Arm um sie legte. Es war ein heißer sonniger Tag, der Sommer hatte begonnen, und am Abend würden sie auf der Fahrt in ein neues Leben in Kalifornien sein.

26

Sie verließen die Wohnung, bevor die anderen zurückkamen; Brad blieb für einen Augenblick in der vorderen Halle stehen und sah sich bedauernd, fast traurig um.

»Du wirst wiederkommen«, sagte sie leise, weil sie sich daran erinnerte, was sie empfunden hatte, als sie Rom verließ, doch er schüttelte den Kopf.

»Das ist es nicht. Ich hatte mir so gewünscht, daß es ein schöner Aufenthalt für dich wird, daß du wunderbare Tage in New York verbringst... ich wollte, daß sie reizend zu dir sind.«

»*Non importa.*« Es spielt keine Rolle.

»Doch. Für mich.«

»Wir haben unser eigenes Leben, Brad. Bald bekommen wir ein Baby. Wir haben einander. Alles übrige ist nur von nebensächlicher Bedeutung.«

»Für mich schon. Du verdienst, daß alle gut zu dir sind.«

»Du bist gut zu mir, und mehr brauche ich nicht.« Dann lächelte sie bei dem Gedanken an Teddy. »Und dein Bruder.«

»Ich glaube, er hat sich Hals über Kopf in dich verliebt. Aber ich kann es ihm wirklich nicht übelnehmen. Ich bin es auch.«

»Ich glaube, ihr seid beide unvernünftig. Hoffentlich findet er in Stanford ein nettes Mädchen. Er kann einer Frau so viel geben.«

Brad schwieg eine Weile und dachte daran, wieviel er Teddy verdankte. Dann sagte er: »Bereit?« Sie nickte zustimmend, und er schloß die Tür hinter ihnen. Unten wartete schon ein Taxi. Ihr Gepäck wurde auf dem Vordersitz und im Kofferraum verstaut, die kleineren Taschen zu ihnen gestellt.

Die Fahrt zur Grand Central Station verging schnell. Nach wenigen Minuten stiegen sie aus, nahmen einen Träger und bahnten sich einen Weg durch die überfüllte Bahnhofshalle. Serena sah sich fasziniert um, Hunderte von Menschen wogten unter der ungeheuer hohen Decke hin und her. Überall befanden sich Reklametafeln, Plakate, Anschlagbretter und Ankündigungen. Er mußte sie beinahe aus der Haupthalle zu den Bahnsteigen schubsen, um dort ihren Zug zu suchen.

»Aber es ist doch wunderbar, Brad!«

Er lächelte über ihre kindliche Freude und gab dem Träger, der ihr Gepäck zum Zug schaffte, ein Trinkgeld.

»Ich freue mich, daß es dir gefällt.«

Aber der Zug gefiel ihr noch besser. Er war viel luxuriöser als die Nachkriegszüge in Europa. In Italien und Frankreich befanden sich die Züge noch in demselben desolaten Zustand, in dem sie die Besatzungsarmeen zurückgelassen hatten. Hier halfen ihnen mahagonibraune Stewards mit weißen Jacken und steifen Hüten in ihr kleines, aber tadellos eingerichtetes Abteil. Sie hatten eine samtbezogene Sitzbank, makellos saubere Wäsche, dicke Teppiche unter den Füßen und ein winziges Badezimmer. Serenas Ansicht nach war es die ideale Flitterwochensuite, und die Aussicht, hier drei Tage mit Brad zu verbringen, entzückte sie. Zuerst nahmen sie den Zug nach Chicago, wo sie einen Tag verbringen und umsteigen würden, um ihre Reise fortzusetzen.

Eine halbe Stunde, nachdem sie eingestiegen waren, fuhr der Zug langsam aus dem Bahnhof und rumpelte durch New York. Während Serena zusah, wie die Stadt hinter ihnen verschwand, saß Brad schweigend neben ihr.

»Du bist so still.« Sie sah ihn fragend an.

»Ich dachte nur nach.«
»Worüber?«
»Über meine Mutter.«
Eine Weile sagte Serena nichts, dann hob sie langsam den Blick zu ihrem Mann. »Vielleicht wird sie sich mit der Zeit mit mir abfinden.« Aber die Erinnerung an Margarets Versuche sagte Serena, daß ihre Schwiegermutter sich nie soweit ändern würde, daß sie sie liebte. Serena konnte von ihr kein Vertrauen, kein Verständnis, kein Mitgefühl und kein Interesse erwarten. Wenn sie daran dachte, daß sie ihr zugemutet hatte, ihr eigenes Enkelkind abtreiben zu lassen... Was für eine Frau war Margaret Fullerton?

»Ich komme nicht darüber weg, daß sie so unfair gehandelt hat.« Und dabei wußte er gar nicht alles.

»Sie konnte nicht anders.« Sie griff nach seiner Hand und hielt sie fest.

»Es macht nichts aus, Liebste. Wir haben unser ganzes Leben vor uns. Und San Francisco wird dir gefallen.«

Doch bevor sie sich für San Francisco begeistern konnte, gefiel ihr Denver, und Aspen war sogar noch schöner. Sie wohnten im einzigen Hotel der Stadt, einem kuriosen viktorianischen Bauwerk mit hohen Räumen und Spitzenvorhängen. Die Wiesen waren mit wild wachsenden Blumen bedeckt, die Berge noch voller Schnee. Wenn Serena jeden Morgen aus dem Fenster blickte, sah es so aus wie in den Alpen; sie unternahmen lange Spaziergänge entlang der Bäche, lagen im Sonnenschein im Gras; jeder erzählte von seiner Kindheit, und sie sprachen von ihren Hoffnungen für ihre eigenen Kinder.

Sie verbrachten fast zwei Wochen in Aspen und verließen es nur ungern, als der für ihre Rückkehr nach Denver bestimmte Tag herankam. Diesmal reisten sie nur einen Tag, und die Rockies verschwanden allzu rasch hinter ihnen. Am Tag nach ihrer Abreise sahen sie beim Erwachen in der Ferne Hügel, umgeben von flachem Land, und bald darauf konnte Serena zu ihrer Freude einen Blick auf die Bucht werfen. Der Bahnhof lag in einem besonders häßlichen Stadtviertel, doch sobald sie ein Taxi bekommen hatten und nach Norden ins Zentrum fuhren, sahen sie, wie bezaubernd diese Stadt wirklich war. Zu ihrer Rechten lag die schimmernde, von Booten übersäte, von Hügeln umgebene Bucht. Rings um sie befanden sich steile Abhänge, überall standen Häuser in viktorianischem Stil. Häuschen in Pastellfarben, schöne Herrenhäuser aus Backstein, Stukkaturvillen wie am Mittelmeer und herrliche englische Gärten. Auf der Fahrt zum Presidio sahen sie die Golden-Gate-Brücke, die majestätisch ins Marin County führte.

»Ach, Brad, es ist so wunderschön.«

»Ja, wirklich, nicht wahr?« Er freute sich, sie waren um die halbe Welt gefahren, und San Francisco würde ihr erstes wirkliches Zuhause sein. Er beugte sich zu ihr und küßte sie.

»Willkommen daheim, mein Liebling.«

Sie nickte mit zärtlichem Lächeln und sah sich im vollkommenen Gleichklang der Gefühle um.

Das Taxi fuhr durch das Presidio Avenue Gate nach Pacific Heights, folgte der steilen, kurvenreichen Straße, unter den riesigen Bäumen, die im Presidio wuchsen, hinunter und hielt bald darauf vor dem Gebäude des Hauptquartiers, wo Brad ausstieg, seine Mütze aufsetzte und seiner Frau flott salutierte. Er hatte die Uniform angezogen, da er sich offiziell zum Dienst melden mußte, ging mit der Mütze unter dem Arm ins Hauptgebäude und verschwand, während Serena wartete und sich umsah.

Sie war erstaunt, wie schnell Brad heiter lächelnd wieder aus dem Gebäude herauskam, mit einem Schlüsselbund in der Hand, den er ihr entgegenstreckte. Er erteilte dem Fahrer Anweisungen, dann fuhren sie einen anderen Hügel nach oben, durch die Wälder, und hielten an, als sie eine Stelle erreichten, die über der ganzen Umgebung zu schweben schien. Dort stand eine Gruppe von vier Häusern im spanischen Stil, alle sehr groß und solid gebaut, und Brad zeigte auf das Haus am Ende der Gruppe.

»Für uns?« Serena war verblüfft. Es war ein herrliches Haus.

»Ja, Ma'am.« Serena war davon beeindruckt, wie bevorzugt man einen Oberst behandelte, aber er lächelte merkwürdig, während er die Tür aufschloß und sie hineintrug. »Gefällt es dir?«

»Es ist entzückend!«

Dann besichtigten sie ihr Haus. Jemand hatte daran gedacht, ihnen Handtücher und Bettwäsche zu hinterlassen. Serena begriff, daß sie Möbel kaufen mußten, aber das Haus selbst war wunderschön. Es war auch ein schönes Speisezimmer mit gewölbter Decke, einem kleinen Kronleuchter und einem Kamin vorhanden; vom

Wohnzimmer aus hatte man ebenfalls eine wunderschöne Aussicht auf die Bucht, und der Kamin war sogar noch größer als der im Speisezimmer. Im oberen Stockwerk gab es ein gemütliches, holzgetäfeltes Zimmer und drei sehr hübsche Schlafzimmer, alle mit Blick auf das Meer.

Es war ideal für sie und das Kind, und es blieb sogar noch ein Zimmer für Teddy übrig. Das betonte Serena sofort, und Brad sah sie an, als wäre er noch nie so glücklich gewesen.

»Es ist nicht dein Palazzo, mein Liebling, aber es ist hübsch.«

»Es ist besser«, sagte sie lächelnd, »denn es gehört uns.«

Sie schliefen auf den Bettstellen, die man ihnen für diese Nacht zur Verfügung gestellt hatte, und fuhren am nächsten Tag in die Stadt, um die wichtigsten Dinge einzukaufen, ein großes Doppelbett, zwei kleine französische Nachttischchen, einen viktorianischen Toilettentisch für Serena, eine schöne Anrichte, Stühle, Tische, Stoff für Gardinen, einen Teppich und eine Menge Küchengeräte. Dann begannen sie ihr gemeinsames Eheleben – in Erwartung ihres Kindes.

Gegen Ende August sah das Haus wirklich aus, als hätten sie seit Jahren darin gelebt. Es besaß eine warme, anheimelnde Atmosphäre, die Brad jedesmal entzückte, wenn er nach Hause kam; die Farben, die Serena ausgesucht hatte, beruhigten ihn und vermittelten ihm jedesmal das Glücksgefühl, wieder zu Hause zu sein. Sie hatte das Wohnzimmer in satten Holztönen, einem stumpfen Rot und weichen Himbeerrosa eingerichtet. An den Wänden hingen schöne englische Drucke, auf allen Tischen standen immer Blumen, und sie hatte die Gardinen selbst aus schönem französischen Stoff genäht. Das Speisezimmer war konventionell in weichem Elfenbeinweiß gehalten, voller Orchideen und mit dem Blick auf die zahllosen Blumen, die sie im Garten gepflanzt hatte. Der Grundton für ihr Schlafzimmer war ein gedämpftes Blau, »wie die Bucht«, hatte sie Brad geneckt; in Teddys Schlafzimmer, wie sie es nannte, dominierte ein warmes Braun und im Kinderzimmer ein helles Gelb. Sie hatte den ganzen Sommer über fleißig gearbeitet, um fertig zu werden, und an dem Tag, an dem Teddy ankam, sah sie sich um, bevor sie ihn abholte, und stellte fest, daß sie auf das, was sie geschaffen hatte, stolz war.

»Etwas vergessen?« fragte Brad vom Eingang her, während sie zu ihm kam. Sie war nun im fünften Monat, und sie erschien ihm voll, reif und wunderbar; er lächelte und streichelte sanft ihr Bäuchlein, als sie vor ihm stand. »Wie geht es unserer kleinen Freundin?«

»Er ist fleißig. Hat den ganzen Vormittag gestrampelt. Das Haus sieht doch hübsch aus, nicht wahr?«

»Nein. Es sieht wunderbar aus. Du hast großartige Arbeit geleistet, Liebste.«

»Ich freue mich, daß Teddy kommt.«

»Ich auch.« Er ließ den dunkelblauen Ford an und sah auf die Uhr. Es war ihm, als wären sie erst vor wenigen Tagen angekommen, und als sie Teddy sahen, der auf dem Bahnhof eben aus dem Zug stieg, hatte Brad das Gefühl, als hätten sie eben erst New York verlassen. Die beiden Brüder schüttelten einander die Hand, klopften einander auf die Schultern, dann warf sich Serena Teddy in die Arme, sie drückten sich innig aneinander, dann trat er lachend zurück und tätschelte ihren gewölbten Bauch.

»Woher hast du den runden Bauch, Serena?«

Sie sah ihn spitzbübisch an. »Ein Geschenk von Brad.« Alle drei lachten, und Ted folgte ihnen zum Wagen. Er hatte nur einen Koffer bei sich. Die übrigen Dinge hatte er vor mehreren Wochen direkt nach Stanford geschickt.

»Wie gefällt es euch beiden hier drüben?«

»Ausgezeichnet. Aber warte, bis du siehst, was sie aus dem Haus gemacht hat.« Brad sah seine Frau stolz an. »Du wirst sehen, warum es uns gefällt.« Und sobald Teddy eintrat, wußte er, was sein Bruder gemeint hat. Serena hatte eine Atmosphäre des Wohlbehagens geschaffen, die allen auffiel, die das Haus betraten.

»Wie geht es Greg?« Brad wartete nicht lange mit der Frage, und in seinem Blick lag Besorgnis.

»Ziemlich unverändert.«

»Und das heißt?«

Teddy zögerte, dann zog er die Schultern hoch und seufzte leise. »Ich werde es dir offen sagen, ich glaube nicht, daß er mit Pattie glücklich ist. Er trinkt sogar noch mehr als vorher.«

»Das ist unmöglich.« Brad war erschocken.

»Also, er bemüht sich jedenfalls. Ich weiß nicht, ich glaube, sie treibt ihn unaufhörlich an. Sie will immerfort, daß er etwas anderes tut. Sie will ein größeres Haus, ein besseres Leben, er soll einen besseren Posten annehmen...«

»Und das alles innerhalb von drei Monaten?«

»Womöglich früher. Sie hat zwei Monate lang wegen ihrer Hochzeitsreise gemeckert. Er hätte mit ihr nach Europa fahren sollen. Aber er wollte nach Newport, was sie nicht als Ersatz für eine Hochzeitsreise betrachtete. Das Haus, das er im Sommer für sie gemietet hatte, war nicht so schön wie das, das ihr Schwager für ihre Schwester gemietet hatte, und so ging es immerfort weiter.«

»Kein Wunder, wenn er trinkt. Glaubst du, er wird bei ihr bleiben?«

»Wahrscheinlich. Ich glaube, er zieht gar keine andere Möglichkeit in Betracht.« In ihrer Familie war noch nie jemand geschieden worden, aber angesichts von Teddys Mitteilungen hätte Brad es sicherlich erwogen. Eines war sicher: er war froh, daß er Pattie nicht in die Falle gegangen war.

Aber das Merkwürdigste war, daß er alle Neuigkeiten über seinen Bruder so kühl aufnahm. Als er in Europa gewesen war, waren alle darauf bedacht gewesen, in Kontakt zu bleiben. Und nun, seit er und Serena nach Kalifornien gezogen waren, schrieb Greg überhaupt nicht mehr, vielleicht war er Brad gegenüber verlegen wegen seiner plötzlichen Hochzeit mit Pattie. Brad hatte nur einmal von seinem Vater eine Nachricht erhalten, doch keine von seiner Mutter. Zuerst hatte er sie mehrmals angerufen, doch ihre Stimme hatte so eisig geklungen, ihre Bemerkungen über Serena waren so verletzend, daß er sie nicht mehr anrief, und sie rief ihn ebenfalls nicht an. Er gab es ungern zu, aber es bedrückte ihn, daß er nichts mehr von ihnen hörte. Als ob er und Serena aus dem früheren Familienleben ausgeschlossen worden waren.

27

Teddy hatte erwartet, daß er in Stanford von seinen Studien vollkommen in Anspruch genommen sein würde. Es zeigte sich jedoch, daß es im ersten Semester nicht so schlimm war, wie er befürchtet hatte. Obwohl er zumeist einen Berg von Lektüre zu bewältigen hatte, gelang es ihm dennoch, sie in der Stadt zu besuchen, besonders gegen Ende von Serenas Schwangerschaft. Brad hatte versprochen, ihn in Stanford anzurufen, wenn die Wehen einsetzen, und beide nahmen an, daß Teddy Zeit finden würde, mit dem Zug in die Stadt zu kommen.

Am dritten Wochenende im Dezember hatte Teddy Universitätsferien und wohnte bei ihnen; es waren noch vier Tage bis zu Serenas Termin. Brad war an diesem Tag bei einem Scheinkriegsmanöver in San Leandro, und Teddy studierte im oberen Stockwerk für Prüfungen. Serena befand sich im Kinderzimmer und legte eben die Nachthemden wieder in die Lade, als sie ein merkwürdiges Geräusch, fast wie von einem Korken, hörte und spürte, wie warme Flüssigkeit über ihre Beine floß und auf den glänzenden Holzboden plätscherte. Einen Augenblick war sie erschrocken, dann ging sie langsam ins Kinderbadezimmer, um Handtücher zu holen, damit die Flüssigkeit nicht Flecken auf dem Boden hinterließ. Sie hatte ein merkwürdiges Krampfgefühl im Rücken und zugleich im Unterbauch; sie wußte, daß sie den Arzt rufen mußte, wollte aber noch vorher den Boden saubermachen. Er hatte ihr schon erklärt, daß sie ihn beim ersten Anzeichen von Wehen oder wenn die Fruchtblase platzte, anrufen sollte, sie wußte aber, daß es von da an noch viele Stunden dauern würde. Es gab keinen Grund, warum Teddy sie nicht ins Krankenhaus bringen und dann später mit Brad wieder hinkommen konnte.

Sie lachte leise, als sie mit den Handtüchern auf den Boden niederkniete, aber das Lachen blieb ihr in der Kehle stecken, und sie mußte sich an der Truhe festhalten, um nicht zu schreien, ein heftiger Krampf hatte sie erfaßt, so daß sie kaum atmen konnte. Es schien Stunden zu dauern, bis er aufhörte, sie hatte Schweißtropfen auf der Stirn, als er endlich vorbei war. Es war endgültig an der Zeit, den Arzt zu holen, diese und schon gar die nächste Wehe ließ keinen Zweifel daran, die sie auf halbem Weg zum Badzimmer mit den feuchten Handtüchern in die Knie zwang, und plötzlich spürte sie einen so heftigen, so starken Druck, daß sie auf allen Vieren auf den Boden fiel. Sie hielt sich den Bauch und stöhnte vor Schmerz und Angst; Teddy dachte in seinem Zimmer, er höre ein merkwürdiges Geräusch, als würde ein Tier stöhnen; dann entschied er, daß es der Wind sei, und setzte sein Studium fort, doch kurz darauf hörte er es wieder. Er hob den Kopf und runzelte die Stirn, dann wurde ihm plötzlich klar, daß jemand stöhnte, und er hörte seinen Namen. Erschrocken sprang er auf, er wußte nicht genau, woher es kam, dann fiel ihm ein, daß es Serena war, und er lief in den Korridor.

»Serena? Wo bist du?« Schreckliches Stöhnen drang an sein Ohr, er eilte in die Richtung, kam ins Kinderzimmer und fand sie in der Tür zum Badezimmer zusammengekrümmt auf dem Boden liegend. »O mein Gott, was ist geschehen?« Sie war so bleich und hatte sichtlich solche Schmerzen, daß ihm die Knie zitterten. »Bist du gestürzt, Serena?« Instinktiv tastete er nach ihrem Puls, der aber normal war, doch während er ihr zartes Handgelenk zwischen den Fingern hielt, sah er, wie sich ihr Gesicht vor Schmerz verzerrte; er zuckte zusammen, als sie schrie, und es dauerte volle zwei Minuten, bis sich ihr Gesicht entspannte und sie wieder vernünftig mit ihm sprechen konnte.

»O Teddy... es kommt... ich verstehe es nicht... es hat eben begonnen...«

»Wann?« Er versuchte verzweifelt, einen klaren Kopf zu behalten. Er hatte bisher eine einzige Geburt gesehen, obwohl er schon alle Kapitel darüber in seinem Lehrbuch sorgfältig studiert hatte, aber er wußte, daß er sofort mit ihr ins Krankenhaus fahren mußte. »Wann hat es begonnen, Serena? Ich werde den Arzt rufen.«

»Ich weiß nicht... vor einigen Minuten... zehn... fünfzehn...« Sie versuchte noch immer, zu Atem zu kommen, und lehnte sich an die Wand, als hätte sie nicht mehr die Kraft, sich zu bewegen.

»Warum hast du mich nicht gerufen?«

»Ich konnte nicht. Die Fruchtblase ist geplatzt, und dann überkam es mich so heftig, ich konnte nicht einmal« – ihr Atem ging schon wieder schneller – »sprechen... o Gott... o Teddy...« Sie packte seinen Arm. »Wieder eine Wehe... jetzt... ohhh...« Es war ein schreckliches, schmerzliches Stöhnen, und er hielt ihre Hände in den seinen und beobachtete sie hilflos. Instinktiv hatte er auf seine Uhr gesehen, als es begann, und zu seiner größten Verwunderung stellte er fest, daß die Wehe über dreieinhalb Minuten gedauert hatte. Er erinnerte sich daran, daß er vor wenigen Tagen in seinem Lehrbuch gelesen hatte, daß Wehen im allgemeinen zehn bis neunzig Sekunden dauerten und nur selten länger; wenn das der Fall war, handelte es sich meist um Wehenstürme mit häufigen, längeren und heftigen Wehen, die für gewöhnlich den Geburtsvorgang um mehrere Stunden verkürzten. Je stärker die Wehen waren, desto schneller kam das Kind zur Welt.

Als die Wehe zu Ende ging, wischte er mit seinem Taschentuch Serenas Stirn ab. »Serena, ich möchte, daß du dich hier hinlegst. Ich werde jetzt gleich den Arzt rufen.«

»Laß mich nicht allein.«

»Ich muß aber.« Er würde einen Krankenwagen verlangen, er war sicher, daß sie unmittelbar im Begriff stand, das Kind zu gebären, und bevor er das Zimmer verließ, sah er, daß wieder eine Wehe einsetzte. Er wußte aber, daß er den Arzt anrufen mußte, und tat es, so schnell er konnte. Man versprach ihm einen Krankenwagen, und der Arzt befahl ihm, bei ihr zu bleiben. Teddy sagte ihm, daß er Medizinstudent im ersten Jahr war, und der Doktor erklärte ihm, wie er, falls der Krankenwagen vor ihm eintraf, die Nabelschnur halten und abklemmen sollte. Er sagte, daß er unter diesen Umständen mit ihr ins Hospital fahren würde. Er war ebenso wie Teddy, der Serena ja gesehen hatte, der Ansicht, daß das Baby in Rekordzeit kommen würde. Als Teddy ins Schlafzimmer zurückkehrte, fand er Serena weinend auf allen Vieren zusammengekrümmt vor. Sie blickte unglücklich zu ihm empor, und am liebsten hätte er mit ihr geweint.

»Der Doktor kommt, Serena, keine Angst.« Dann hatte er eine Idee. »Ich werde dich auf das Bett legen.«

»Nein...« Sie war entsetzt. »Beweg mich nicht.«

»Ich muß es tun. Du wirst dich gleich besser fühlen, wenn du liegst.«

»Nein.« Sie war ängstlich und zornig.

»Vertraue mir.« Aber das Gespräch wurde durch eine neue heftige Wehe unterbrochen. Als sie vorbei war, nahm er sie ohne ein weiteres Wort in die Arme und legte sie sanft auf das Himmelbett im Kinderzimmer. Er schlug die schöne gelbe Steppdecke und das Laken zurück und legte sie auf die glatten kühlen Laken; der gewölbte Bauch stand in die Höhe, ihr Gesicht war blaß und feucht, ihre Augen weit geöffnet und angsterfüllt. »Es wird dir bald wieder gut gehen, mein Schatz, ich liebe dich.«

Er mußte es ihr dieses eine Mal sagen, um sie zu beruhigen. Sie lächelte und klammerte sich fest an seine Hand, aber im selben Moment sah er, wie der brennende Schmerz sich auf ihrem Gesicht spiegelte, sie bäumte sich mit einer jähen Bewegung auf, packte seine Schultern und klammerte sich verzweifelt an ihn, während sie versuchte, nicht zu schreien.

»O Gott... ach Teddy... es kommt...«

»Nein, es kommt nicht.« Ohne daß es ihm bewußt wurde, begannen sie beide zu weinen. Sie waren zwei auf einer einsamen Insel verirrte Kinder, und sie klammerte sich so an seine Schultern, daß der Griff ihrer Hände ihn schmerzte. »Komm, leg dich hin. So ist's recht.« Als die Wehe abklang, legte er sie sanft wieder nieder, doch ihr Atem ging noch schneller, und ehe ihr Kopf auf dem Kissen lag, wand sie sich wieder, und als sie diesmal nach ihm faßte, konnte sie den Schrei nicht unterdrücken.

»Teddy... das Baby...« Sie drückte gegen das Bett, dann hielt sie sich den Bauch, und plötzlich wußte Teddy aus seinen Lehrbüchern, was da vor sich ging, und daß es ihr nichts nützte, wenn er genau so den Kopf verlor wie sie. Er wußte, daß er ihr helfen mußte. Ohne ein Wort zog er vorsichtig an ihrem Rock und entkleidete sie. Dann ging er ins Badzimmer, wo er Stöße von sauberen Handtüchern fand. »Teddy!« Sie geriet in Panik.

»Ich bin schon da.« Er steckte den Kopf durch die Tür und lächelte. »Es wird alles gut gehen.«

»Was machst du?«

»Ich wasche mir die Hände.«

»Warum?«

»Weil wir ein Baby bekommen werden.«

Sie wollte etwas sagen, aber eine neue Wehe unterbrach sie. Er beeilte sich mit dem Waschen, nahm die Handtücher und ging wieder zum Bett, wo er die Handtücher sorgfältig um sie verteilte, dann nahm er zwei zusätzliche Kissen und legte sie ihr unter die Beine; sie sagte nichts. Sie war zu sehr von den Wehen in Anspruch genommen und dankbar, daß er ihr beistand. Bei der nächsten Wehe schien sie sich wieder von den Kissen zu erheben, und er stützte instinktiv ihre Schultern, während sie zu pressen begann. »So ist es gut, Serena, es ist gut...«

»Ach, Teddy, das Baby...«

»Ich weiß.« Er legte sie wieder auf die Kissen zurück, als es vorbei war, warf einen Blick zwischen die Handtücher unter ihren Beinen und stieß plötzlich einen aufgeregten Schrei aus, während sie bei einer weiteren Wehe zu pressen schien. »Serena, ich sehe es... vorwärts... preß weiter... so ist's recht...« Sie stöhnte und sank auf die Kissen zurück, aber nur für einen Moment. Sie rang keuchend nach Luft, und er ergriff ihre Hand, aber er konnte nichts anderes tun als zuschauen, wie der kindliche Kopf langsam zum Vorschein kam, dann griff er vorsichtig danach und wischte das Gesichtchen mit einem weichen Tuch ab; plötzlich gluckste das Baby, als hätte es etwas dagegen, daß sein Gesicht gewaschen wurde, und begann zu weinen. Teddy sah Serena an, und beide begannen ebenfalls zu weinen.

»Ist es in Ordnung?«

»Es ist schön!« Bei der nächsten Wehe entwickelte er die Schulter des Kindes, und kurz darauf stieß Serena zuerst einen Schmerzensschrei aus, dann jubelte sie vor Freude, als das Baby in den Händen seines Onkels lag und er es hochhob, um es der Mutter zu zeigen. »Es ist ein Mädchen, Serena! Ein Mädchen!«

»Ach Teddy!« Serena lag weinend auf den Kissen und berührte das kleine Händchen, als sie die Türglocke läuten hörten.

Teddy begann zu lachen, während er das Baby neben Serena aufs Bett legte. »Es muß der Arzt sein.«

»Sag ihm, wir haben schon einen.« Sie lächelte und griff nach seiner Hand, ehe er sie verlassen konnte. »Teddy... wie kann ich dir jemals danken? Ohne dich wäre ich gestorben.«

»Nein, das stimmt nicht.«

»Du bist fabelhaft.« Dann erinnerte sie sich daran, was er ihr gesagt hatte. »Ich liebe dich auch. Vergiß das nie.«

»Wie könnte ich!« Er küßte sie sanft auf die Stirn und ging hinaus, um die Tür zu öffnen. Es war tatsächlich der Doktor, und der Krankenwagen traf ein, als Teddy die Tür öffnete. Dr. Andersen eilte nach oben, bewunderte das Baby und Serena, beglückwünschte Teddy zu der guten Arbeit bei seiner ersten Geburt, klemmte die Nabelschnur ab und wies die Krankenträger an, Mutter und Kind vorsichtig auf die Tragbahre zu legen. Die Nabelschnur würde im Krankenhaus durchgeschnitten und beide würden sorgfältig untersucht werden. Der Arzt hatte aber den Eindruck, daß alles glatt verlaufen war. Er lachte seiner Patientin zu und sah auf die Uhr.

»Wie lange haben die Wehen gedauert?«

»Wie spät ist es?« fragte sie. Sie war müde, aber noch nie im Leben war sie so glücklich gewesen.

»Genau zwei Uhr fünfzehn.« Er sah Teddy an. »Um wieviel Uhr ist das Baby gekommen?«

»Um zwei Uhr drei Minuten.«

Serena kicherte. »Es begann um ein Uhr dreißig.«

»Dreiunddreißig Minuten nach der ersten Wehe? Junge Dame, das nächste Mal werden wir Sie für die letzten zwei Wochen in der Vorhalle des Krankenhauses unterbringen.« Alle drei lachten, und die Männer trugen Mutter und Tochter auf der Bahre hinaus.

Als Brad am selben Abend vom Manöver nach Hause kam, fand er seinen Bruder in der Küche vor, wo er gelassen ein belegtes Brot aß. »Abend, Kleiner. Wo ist Serena?«

»Ausgegangen.«

»Wohin?«

»Zum Dinner mit deiner Tochter.« Es dauerte einen Augenblick, bis Brad begriff, während der jüngere Bruder lächelte.

»Was zum Teufel heißt das?« Brads Herz begann wild zu klopfen. Dann verstand er. »Hat sie... *heute*?« Er war verblüfft.

»Ja«, antwortete sein Bruder kühl. »Sie hat. Und du hast eine süße kleine Tochter.«

»Hast du Serena gesehen? Wie geht es ihr?« Er war plötzlich nervös und sah sogar ein wenig ängstlich aus.

»Es geht ihr ausgezeichnet. Und dem Baby auch.«

»Hat es sehr lange gedauert?«

Teddy grinste. »Dreiunddreißig Minuten.«

»Machst du Witze?« Brad war entsetzt. »Wie zum Teufel hast du sie rechtzeitig ins Krankenhaus gebracht?«

»Habe ich nicht.«

»Was?«

Teddy lachte, und es war, als hätte er sich innerhalb eines einzigen Nachmittags entscheidend verändert. »Brad, ich habe das Kind zur Welt gebracht.«

»Was? Bist du verrückt?« Dann lachte er. »Verrückter Junge. Einen Augenblick glaubte ich dir. Ein Riesenspaß, sehr komisch. Jetzt sag mir, was geschehen ist.«

Teddy wurde ernst und sah seinem Bruder in die Augen. »Ich meine es im Ernst, Brad. Es blieb mir keine andere Wahl. Ich fand sie auf dem Boden des Kinderzimmers, schon in den Wehen. Die Fruchtblase war geplatzt, und sie bekam sofort in rascher Folge die

Wehen. Sie hatte alle dreißig Sekunden drei- bis dreieinhalb Minuten lange Wehen, und als ich zurückkam, nachdem ich den Arzt und den Krankenwagen telefonisch verständigt hatte, begann sie schon zu pressen. Das Ganze war sehr schnell vorüber. Der Doktor und der Krankenwagen trafen zehn Minuten nach dem Baby ein.«

»O mein Gott!« Brad ließ sich langsam in einen Stuhl sinken, und einen Augenblick fragte sich Teddy, ob er böse war. Vielleicht brachte es ihn aus der Fassung, daß sein eigener Bruder das Kind seiner Frau entbunden hatte, aber das war es nicht, was Teddy in Brads Augen sah. »Kannst du dir vorstellen, was geschehen wäre, wenn ich mit ihr allein gewesen wäre? Ich wäre in Panik geraten.«

Teddy berührte lächelnd seinen Arm. »Beinahe wäre mir das auch passiert. Ich hatte ein, zwei Minuten ganz schön Angst, aber ich wußte, daß ich ihr helfen mußte... es war sonst niemand da.«

»Ich danke dir, Teddy.«

Zwanzig Minuten später stand Brad neben Serena, und sie sah fast ebenso aus wie am Morgen, als er sie verlassen hatte, um nach San Leandro zu fahren: hübsch und frisch, mit glänzenden Augen und heiter. Der einzige Unterschied war, daß der Bauch weg war. Niemand hätte angesichts ihres triumphierenden Aussehens ahnen können, daß sie vor wenigen Stunden solche Schmerzen ertragen hatte. »Wie war es, mein Liebling? War es wirklich so schrecklich?«

»Ich weiß nicht.« Sie war etwas verlegen, als sie ihm gestehen sollte, wie weh es ihr getan hatte. »Ich dachte eine Zeitlang, daß ich es nicht durchstehen würde... aber Teddy... er war die ganze Zeit bei mir... und er war so tüchtig... Brad« – ihre Augen füllten sich mit Tränen der Freude und Rührung – »ohne ihn wäre ich gestorben.«

»Gott sei Dank, daß er da war.«

Die Schwester brachte einen Rollstuhl, damit sie sich beide das Kind anschauen konnten, und Brad lachte über das kleine rosa Bündel mit dem verzogenen Gesicht und den geschwollenen Augen. »Siehst du, ich sagte es dir! Ein Mädchen!« Sie nannten es Vanessa Theodora. Vanessa war der Name, auf den sie sich schon vorher geeinigt hatten, und Theodora nach ihrem Onkel, dem Doktor.

An diesem Abend rief Brad seine Mutter an, um es ihr mitzuteilen. In seiner Stimme zitterte noch die Aufregung, und es dauerte endlos, bis sich seine Mutter meldete. Er sprach zuerst mit seinem

Vater, der seinem Sohn entsprechend gratulierte. Doch Margarets Stimme entbehrte jeglicher Wärme, als sie mit ihm sprach.

»Es muß für Teddy ein schreckliches Erlebnis gewesen sein.« Ihre Stimme traf Brad wie eine kalte Dusche.

»Das war es kaum, Mutter. Ich nehme an, wenn er Arzt werden will, dann muß er sich daran gewöhnen; auf keinen Fall dürfte er diese Art von Erfahrung als ›schrecklich‹ empfinden. Er sagte, es war das Schönste, das er je erlebt habe.« Es folgte eine verlegene Stille, während Brad gegen seine Enttäuschung über die Reaktion seiner Mutter ankämpfte. Er war viel zu glücklich, als daß sie seine Freude stören konnte, dennoch dämpfte sie seine Hochstimmung.

»Und deiner Frau geht es gut?«

»Sie ist wunderbar.« Er lächelte wieder. Vielleicht gab es doch noch Hoffnung. Sie hatte wenigstens nach Serena gefragt. »Und die Kleine ist schön. Wir werden dir Fotos schicken, sobald wir welche haben.«

»Ich glaube, das ist nicht notwendig, Brad.« Notwendig? Was meinte sie mit »notwendig«? Verdammt! »Ich glaube nicht, daß du begreifst, was Vater und ich eigentlich empfinden.«

»Nein, wirklich nicht. Und laß Vater aus dem Spiel. Es ist dein Krieg mit Serena, nicht der seine.« Aber sie wußten beide, daß Margaret die dominierende Persönlichkeit war und ihr Mann ihre Anordnungen befolgte. »Ich finde es abscheulich. Heute ist der glücklichste Tag meines Lebens, und du versuchst, ihn uns zu verderben.«

»Keineswegs. Ich finde es sehr rührend, daß du so väterlich klingst. Aber das ändert nichts an der Tatsache, daß deine Ehe mit Serena eine Katastrophe in deinem Leben darstellt, Bradford, ob es wahrhaben willst oder nicht. Und daß da noch ein Kind dazukommt, wird nur zur weiteren Belastung der schon jetzt katastrophalen Verbindung werden und ist für mich kein Anlaß, mit dir zu feiern. Die ganze Heirat ist ein tragischer Irrtum, ebenso das Kind.«

»Das Kind ist kein Irrtum, Mutter.« Er schäumte vor Wut. »Sie ist meine Tochter und dein erstes Enkelkind. Sie gehört zu unserer Familie, nicht nur zu meiner Familie, sondern auch zu deiner, ob du sie akzeptierst oder nicht.«

Es folgte längere Stille. »Ich akzeptiere sie nicht. Und werde es nie tun.«

Er wünschte seiner Mutter gute Nacht und legte den Hörer auf, aber diese Auseinandersetzung veranlaßte ihn nur dazu, Serena und das Kind noch mehr zu lieben. Seine Mutter wäre noch wütender gewesen, wenn sie das gewußt hätte.

28

Die Jahre in San Francisco waren für Brad und Serena eine glückliche Zeit. Sie lebten in ihrer heilen kleinen Welt, in dem hübschen Haus mit dem Blick auf die Bucht. Brad ging in seiner Arbeit im Presidio auf, und Serena hatte nie Sorgen mit Vanessa. Sie war ein bezauberndes, goldhaariges Kind, in dem sich die besten Eigenschaften seiner beiden Eltern vereinigten. Sie sah Brad sehr ähnlich, besaß auch das fröhliche Lachen und die Anmut ihrer Mutter.

Teddy kam, so oft er konnte. Er nannte Vanessa seine Märchenprinzessin und las ihr endlose Geschichten vor. Wann immer Teddy Zeit hatte, ging er mit Vanessa in den Zoo und unternahm mit ihr schöne Spaziergänge; als sie drei Jahre alt war, wartete sie schon an der Tür, wenn sie wußte, daß er kam, und beobachtete jeden vorbeifahrenden Wagen, bis sie ihn erblickte, dann schrie sie entzückt: »Er kommt! Er kommt! Es ist Onkel Teddy!«

Abgesehen von ihren Eltern war er der einzige Familienangehörige, den sie näher kannte. Ihren anderen Onkel hatte sie nur zweimal gesehen, als Pattie und Greg auf dem Weg in den Orient durch San Francisco gekommen waren. Pattie hatte das Kind neiderfüllt angestarrt und hatte sich Serena gegenüber mehrmals taktlos benommen. Greg schien sie gar nicht zu sehen, wenn er zwischen zwei Drinks stumpf vor sich hin starrte. Und Pattie konnte es sich nicht verkneifen, Serena zu erzählen, wie sehr ihre Schwiegermutter das Kind haßte, ohne es jemals gesehen zu haben.

Es war Patties Idee, in Japan Urlaub zu machen. Reisen war ihre neueste Leidenschaft. Aber davon abgesehen, hatten Serena und Brad keinen Kontakt mit der Familie. Seit Brads Mutter Vanessa so entschieden abgelehnt hatte, hatte er nur den allernötigsten Kontakt mit ihr gehabt, und als sie einmal nach San Francisco gekommen war, um Teddy zu besuchen, weigerte sie sich, Brad im Beisein von

Serena zu treffen. Brad wieder weigerte sich, mit seiner Mutter ohne Serena zusammenzukommen, also hatte sie schließlich auf ihrem Standpunkt beharrt und die Stadt verlassen, ohne mit Brad oder Serena oder Vanessa zusammenzutreffen. Teddy war wegen des Familienstreits verzweifelt und bat sie, ihre starre Haltung aufzugeben, doch sie lehnte ab. Sie war hartnäckiger denn je.

Vanessa war ein stets glückliches, sonniges Kind mit ausgeglichenem Wesen und gleichbleibender guter Laune. Ihre Eltern und ihr Onkel liebten sie so leidenschaftlich, daß es ihr nie etwas ausmachte, keine anderen Bezugspersonen zu haben.

Kurz nach ihrem dritten Geburtstag erzählten ihr Serena und Brad, daß sie einen kleinen Bruder oder eine Schwester bekommen würde; sie klatschte entzückt in die Hände und lief die Treppe nach oben, um ein Bild für das neue Baby zu malen. Sie zeichnete einen Elefanten, der aussah wie ein Hund, Serena rahmte es ein und hängte es im Kinderzimmer auf. Diesmal sollte das Baby im August kommen. Teddy neckte sie schon damit. Er beendete sein Medizinstudium im Juni, und da würde sie schon im siebenten Monat schwanger sein. Es war ein stehender Familienscherz, daß er ihr erstes Baby entbunden hatte, und Serena war ein wenig nervös, weil sie fürchtete, das Kind könnte diesmal ebenso schnell kommen. Der Arzt hatte sie davor gewarnt, und sie hatte versprochen, in den letzten zwei Juliwochen und Anfang August in der Nähe ihres Hauses und des Telefons zu bleiben.

Teddy sollte im Juli nach einer kurzen Reise durch den Westen nach New York zurückkehren und im August eine Stellung als Assistenzarzt am Columbia Presbyterian-Krankenhaus in New York antreten.

Seine Promotion verursachte einige Aufregung in der Familie. Seine Mutter, Greg und Pattie kamen nach San Francisco. Sein Vater hatte einen Schlaganfall erlitten und war zu krank, um die Strapazen der Reise auf sich zu nehmen, aber alle anderen würden zugegen sein, wenn er sein Diplom erhielt.

»Also, Doktor, aufgeregt?« Brad betrachtete seinen Bruder in Barett und Talar am Morgen der Promotion, und Teddy strahlte. Er war jetzt sechsundzwanzig, und Brad war achtunddreißig, aber sie sahen beinahe gleich alt aus. Brad hatte noch immer etwas Jungenhaftes an sich, und Teddy war in Stanford sehr gereift.

Margaret hatte sich geweigert, Serena zu beachten, und Pattie war darüber entzückt. Die einzige, die die offenbare Feindseligkeit nicht berührte, war Vanessa, und Teddy beobachtete sie mit der üblichen Freude.

»Ich bin in dieses Kind verliebt.«

Brad lächelte. »Vielleicht bekommt sie diesmal einen kleinen Bruder. Übrigens, könntest du mir einen Gefallen tun?«

»Sicherlich. Und was wäre das?«

»Ich werde in ein paar Tagen nach Übersee fliegen, nur zu einer kleinen Beratungsmission nach Korea. Ich möchte, daß du auf unsere Mädchen achtgibst. Weißt du, nach den Erfahrungen vom letzten Mal fürchte ich immer, wenn ich ins Büro fahre und vergesse, zu Hause anzurufen, daß Serena das Kind innerhalb von zwanzig Minuten auf dem Heimweg mit den Lebensmitteln bekommen hat.«

»Nein, eine halbe Stunde mußt du ihr schon Zeit lassen.« Teddy lachte, dann sah er seinen Bruder ernster an. »Wird diese Mission gefährlich sein?« Er hatte plötzlich ein undefinierbares Gefühl.

»Ich glaube nicht. Wir haben dort drüben schon seit einiger Zeit Berater. Ich wollte nur sehen, wie sie mit ihrer Aufgabe fertigwerden. Wir sind dort nicht wirklich beteiligt. Wir beobachten nur.« Aber was beobachten wir?

»Wie lange, Brad?« Teddy sah besorgt aus.

»Ich werde ein paar Tage fort sein.«

»Das meinte ich nicht. Ich meinte, wie lange werden wir dort drüben die Entwicklung nur beobachten?«

»Eine Zeitlang.« Brads Worte klangen äußerst zurückhaltend, dann sah er seinen Bruder an. »Ich muß mit dir offen reden, Teddy. Ich glaube, wir werden es dort mit einem Krieg zu tun bekommen. Ein verdammt seltsamer Krieg, muß ich schon sagen. Ich werde dem Pentagon über die Lage berichten, die ich dort vorfinden werde.«

Teddy nickte. »Nimm dich nur in acht, Brad.« Die beiden Brüder tauschten einen langen Blick, und Brad tätschelte Teddys Arm, bevor er es Serena sagte. »Mach dir keine Sorgen, Kleiner, wirklich kein Grund dafür vorhanden.«

Aber als er es seiner Frau erzählte, erschrak er über ihre Reaktion. Im Gegensatz zu ihrem üblichen Einverständnis mit seinen Vorhaben, bat sie ihn diesmal, nicht nach Korea zu fahren.

»Aber warum, es ist nur für ein paar Tage, und das Kind kommt doch erst in zwei Monaten.«

»Das ist mir gleich«, hatte sie zuerst geschrien und dann geweint. »Ich will nur nicht, daß du dorthin fährst.«

»Sei nicht kindisch.« Er hatte es als Schwangerschaftsnervosität zur Seite geschoben, aber am selben Abend hörte er sie im Badezimmer weinen; sie bat ihn immer wieder, nicht zu fahren, und klammerte sich nahezu hysterisch an ihn. »Ich habe dich noch nie so erlebt, Serena.« Er war wirklich besorgt. Vielleicht machte sie sich wegen etwas anderem Sorgen, worüber sie ihm nichts erzählt hatte. Aber sie beharrte darauf, daß es keinen anderen Grund gab.

»Ich hatte noch nie dieses Gefühl. Ich kann es nicht erklären.«

»Dann vergiß es. Teddy wird hier sein, und ich komme schneller zurück, als du glaubst.« Aber Serena war in Panikstimmung. Sie hatte eine Vorahnung, die sie mit Angst und Schrecken erfüllte.

29

An dem Morgen, an dem Brad nach Seoul abreiste, war Serena ungewöhnlich nervös. Sie hatte komische schwache Krämpfe in der linken Seite, das Kind hatte die ganze Nacht gestrampelt. Vanessa hatte während des Frühstücks wiederholt geweint, und kurz bevor Brad das Haus verließ, mußte Serena sich mit aller Gewalt dagegen wehren, wieder in Tränen auszubrechen. Wieder wollte sie ihn anflehen, zu bleiben, aber er war umgeben von Ordonnanzen und Adjutanten, Sergeanten und hohen Offizieren, sowie von Vanessa und Teddy, und sie hatte das Gefühl, es wäre der unpassendste Augenblick. Er wußte, wie sie darüber dachte, und hatte dennoch darauf bestanden abzureisen.

»Also, Doktor.« Er schüttelte seinem Bruder die Hand. »Gib an meiner Stelle auf die Mädchen acht. In ein paar Tagen bin ich wieder hier.«

»Ja, Oberst.« Brads Reise nach Korea beunruhigte ihn ebenfalls außerordentlich. Er fand jedoch ebenso wie Serena, daß jetzt weder die Zeit noch der Ort war, um darüber zu diskutieren.

Serena küßte Brad liebevoll auf den Mund, und er neckte sie wegen ihres dicken Bauches. Sie trug ein weites blaues Baumwollkleid und Sandalen, und ihr weiches blondes Haar hing ihr über den Rücken herab. Sie sah eher aus wie Alice im Wunderland als eine werdende Mutter. Vanessa winkte ihrem Vater, während er die Gangway nach oben stieg, und bald darauf befand sich das Flugzeug hoch oben am Himmel, Teddy führte sie zum Ausgang und brachte sie nach Hause.

»Fühlst du dich wohl?« Sie nickte, war aber ungewöhnlich still, bis sie sich entschloß, sich Teddy anzuvertrauen.

»Ich bin so nervös, Teddy.«

»Es wird ihm schon nichts zustoßen. Ich spüre es einfach.«

Als aber am nächsten Morgen das Telefon läutete, hatte Teddy eine unheimliche Vorahnung und rannte, um abzuheben.

»Hallo?«

»Ist dort Mrs. Fullerton?«

»Sie schläft noch. Kann ich etwas für Sie tun?«

»Wer spricht dort?«

Eine Pause, dann: »Mr. – Doktor« – er lächelte – »Fullerton. Ich bin Oberst Fullertons Bruder.« Doch das Lächeln war schon verschwunden. Er hatte ein schreckliches Gefühl in der Magengrube.

»Doktor.« Die Stimme klang ernst. »Wir haben leider eine schlechte Nachricht für Sie.« Teddy hielt den Atem an. O Gott... nein... Aber die Stimme fuhr unbarmherzig fort, während Teddy spürte, wie ihm übel wurde. »Ihr Bruder ist ums Leben gekommen. Sein Flugzeug wurde heute am frühen Morgen nördlich von Seoul abgeschossen. Er befand sich auf einer Beratungsmission in Korea, aber es gab einen Irrtum –«

»Einen Irrtum?« Teddy schrie plötzlich. »Einen Irrturm? Er wurde irrtümlich getötet?« Dann wurde er erschrocken leiser.

»Es tut mir schrecklich leid. Später wird jemand Mrs. Fullerton aufsuchen.«

»O mein Gott!« Tränen liefen ihm über die Wangen, und er konnte nicht mehr sprechen.

»Ich weiß. Es tut mir sehr leid. Man wird in wenigen Tagen seine Leiche zur Bestattung nach Hause überführen. Wir werden ihn hier im Presidio mit allen militärischen Ehren begraben. Ich nehme an, die Familie wird aus dem Osten herüberkommen wollen.« Eben erst waren sie zu Teddys Promotion gekommen, und nun würde

Brads Begräbnis der Anlaß sein. Teddy legte auf, barg das Gesicht in seinen Händen, schluchzte leise und dachte an seinen großen Bruder, zu dem er immer aufgeblickt hatte, und an Vanessa und Serena. Dann blickte er, einem Impuls folgend, auf und sah sie in der Tür stehen.

»Teddy?« Sie war schrecklich blaß und starr, als wäre ihr ganzer Körper gespannt und verkrampft.

Einen Augenblick wußte er nicht, was er tun oder sagen sollte. Dann nahm er sich zusammen, ging rasch zu ihr, umarmte sie und sagte: »Serena... es handelt sich um Brad...« Er begann zu schluchzen. Sein großer Bruder war tot. Der Bruder, den er so sehr liebte. Und nun mußte er es Serena mitteilen. »Er wurde getötet.« Sie verkrampfte sich noch mehr, dann fiel sie gegen ihn.

»O nein...« Sie starrte Teddy ungläubig an. »Nein... Teddy... nein.« Er führte sie langsam zu einem Stuhl. »Nein!« Plötzlich schlug sie die Hände vors Gesicht und begann zu wimmern, während Teddy vor ihr kniete und sie mit tränenüberströmtem Gesicht festhielt. Als sie ihn wieder anblickte, hatte er das Gefühl, noch nie so traurige Augen gesehen zu haben. »Ich wußte es... bevor er wegfuhr... ich fühlte es... und er wollte nicht auf mich hören.« Sie wurde von Schluchzen geschüttelt, dann bemerkte er, daß sie zur Tür sah und ihre Haltung starr wurde. Er drehte sich um, und dort stand Vanessa im Nachthemd.

»Wo ist Daddy?«

»Er ist fort, Liebling.« Serena wischte sich die Tränen mit den Händen vom Gesicht und streckte ihrer Tochter die Arme entgegen. Aber als das Kind betrübt auf ihren Schoß kletterte, kam Serena völlig aus der Fassung, und Teddy konnte den Anblick der beiden nicht ertragen.

»Warum weint ihr beide?«

Serena überlegte lange mit dem Kind in den Armen, dann küßte sie Vanessa leicht auf die goldenen Locken und sagte, voller Einfühlungsvermögen und Schmerz: »Wir weinen, mein Liebling, weil wir soeben etwas sehr Trauriges erfahren haben.« Das Kind betrachtete sie mit großen, vertrauensvollen Augen. »Und du bist ein großes Mädchen, deshalb werde ich es dir sagen.« Sie holte tief Atem. »Daddy wird von dieser Reise nicht zurückkommen, mein Liebling.«

»Warum nicht?« fragte sie erschrocken, als hätten sie ihr soeben mitgeteilt, daß der Nikolaus nie wieder kommen werde.

Serena nahm sich zusammen und versuchte, ruhig zu sprechen. »Weil Gott beschlossen hat, daß *Er* Daddy bei *Sich* haben will. Er braucht Daddy als einen seiner Engel.«

»Ist Daddy jetzt ein Engel?« fragte Vanessa erstaunt.

»Ja.«

»Hat er Flügel?«

Serena lächelte, während neue Tränen in ihre Augen traten. »Das glaube ich nicht. Aber er ist oben im Himmel beim lieben Gott und wacht jetzt immer über uns.«

»Kann ich ihn sehen?« fragte das Kind, und Serena schüttelte den Kopf.

»Nein, mein Liebling. Aber wir werden immer an ihn denken und ihn lieb haben.«

»Aber ich will ihn sehen!« Sie begann zu weinen, und Serena hielt sie fest, sie dachte das gleiche... und sie würden ihn nie wiedersehen... niemals... Er war für immer von ihnen gegangen.

Am gleichen Vormittag suchten sie einige Beamte auf. Sie schilderten alle Einzelheiten, die sie nicht hören wollte, hielten eine förmliche kleine Rede darüber, wie er im Dienst für sein Vaterland gefallen war. Sie sprachen von den Begräbnisfeierlichkeiten und teilten ihr mit, daß sie danach noch dreißig Tage im Presidio bleiben könne; Serena versuchte zu verstehen, was das bedeutete, und spürte, daß sie nichts begriff.

»Dreißig Tage?« Sie sah Teddy verständnislos an. Dann dämmerte es ihr. Ihr Haus gehörte dem Presidio, und sie war keine Armeeangehörige mehr. Sie würde eine kleine Pension erhalten, aber das war schon alles; sie mußte in die große weite Welt hinausgehen und lernen, auf eigenen Füßen zu stehen. Dahin war die behütete kleine Traumwelt in den Wäldern des Presidio oberhalb der Bucht, weggefallen der Schutz durch ihren Mann. All das war für sie vorbei. Die rauhe Wirklichkeit wartete draußen auf sie. Sie dachte auch, ebenso wie Teddy, an das Dokument, das ihre Schwiegermutter sie hatte unterzeichnen lassen, und bis zum nächsten Morgen hatte Teddy herausgefunden, daß sein Bruder gestorben war, ohne ein Testament zu hinterlassen, so daß sein gesamter Besitz an seine Familie zurückfiel. Für Serena, Vanessa oder das Ungeborene würde nichts bleiben. Die sich daraus ergebenden Folgen waren für Serena so bedrückend, daß sie zwei Nächte schlaflos verbrachte und zur Decke starrte. Er war tot... er würde nie wiederkommen... Brad war gestorben. Immer wieder rief sie sich diese Tatsache ins Gedächtnis. Sie öffnete die Schranktüren und sah seine Anzüge, es lagen sogar noch Hemden im Schrank, die gebügelt werden mußten. Aber er würde nie zurückkehren und sie tragen, und als sie sich das wieder vergegenwärtigte, kniete sie auf dem Boden des Bügelzimmers nieder, klammerte sich an seine Hemden und schluchzte. Teddy fand sie und führte sie langsam nach oben, wo sie Vanessa fanden, die sich verzweifelt in ihres Vaters Schrank versteckte. Sie kletterte auf Teddys Schoß und fragte ihn mit großen, traurigen Augen: »Wirst du jetzt mein Daddy sein!« Sie litten alle unter dem Schmerz und dem Schicksalsschlag, und am dritten Tag bemerkte Teddy eine völlige Veränderung an Serena. Sie bewegte sich wie in Trance, nahm nichts wahr, dachte kaum, und am Vormittag hörte er, wie sie einen Schmerzensschrei ausstieß. Als fühlte er, was geschehen war, lief Teddy hinauf ins Schlafzimmer. Die Fruchtblase war geplatzt. Sie lag zusammengekrümmt unter fürchterlichen Schmerzen auf dem Boden, doch diesmal lief alles anders ab als bei Vanessas Geburt. Diesmal gab es gar keine Pausen zwischen den Wehen, und als sie im Krankenhaus ankamen, war sie hysterisch. Das Baby kam diesmal nicht in einer halben Stunde. Teddy hatte Vanessa zu einer Nachbarin gebracht, und er beobachtete Serena genau, bis der Krankenwagen eintraf und auf der Fahrt zum Krankenhaus. Diesmal war ihr Puls schwach, sie atmete krampfhaft, ihre Augen waren glasig. Im Krankenhaus erlitt sie einen Kollaps, und eine Stunde später hatte sie eine Totgeburt. Teddy saß mehrere Stunden im Wartesaal, bis er sie sehen durfte, und dann war er niedergeschmettert, weil ihre Smaragdaugen nun von tiefem Schmerz erfüllt waren. Sie war so versunken in ihr Elend, daß sie nicht einmal hörte, wie er ihren Namen rief.

»Serena!« Er griff nach ihrer Hand. »Ich bin hier.«

»Brad?« Ihre glasigen Augen richteten sich auf ihn.

»Nein, ich bin Teddy.« Sie wandte das Gesicht ab.

Am nächsten Morgen zeigte sie noch das gleiche Verhalten, und auch zwei Tage später, als man sie aus dem Krankenhaus entließ. An diesem Morgen wurde ihr Sohn in einem kleinen weißen Sarg begraben, den man langsam in die Erde versenkte, während sie das Bewußtsein verlor. Am nächsten Tag traf Brads Leichnam ein, und sie mußte im Hauptquartier Papiere unterzeichnen. Teddy dachte nicht, daß sie es schaffen würde. Doch irgendwie gelang es ihr, während sie die Formulare mit einem Ausdruck unterschrieb, der ihn zutiefst traf. Zudem mußte sie sich auch noch gegen Margaret Fullerton behaupten. Serena hatte darauf bestanden, sie anzurufen, und Brads Mutter hatte keinen Schmerzensschrei ausgestoßen. Nur hemmungslose Wut und Rachedurst sprachen aus ihr, als sie Serena die Schuld an Brads Tod gab. Wenn er sie nicht geheiratet hätte, wäre er nicht beim Militär geblieben und nie nach Korea geflogen. Mit zornbebender Stimme machte sie ihrem Kummer Luft, indem sie versuchte, Serena moralisch zu vernichten, und am Schluß erinnerte sie sie gehässig an ihre Vereinbarung.

»Glauben Sie ja nicht, daß Sie von mir auch nur einen Cent für sich und Ihr Kind bekommen werden.« Sie knallte den Hörer auf den Apparat, und Serena weinte zwei Stunden lang. Danach empfand Teddy den gleichen Haß seiner Mutter gegenüber wie Brad seinerzeit. Er wollte Serena beschützen, doch er könnte die Tragödie nicht ungeschehen machen. Brad war gestorben, ohne ein Testament zu hinterlassen, und selbst wenn er eines hinterlassen hätte, wäre es für Serena nur ein schwacher Trost gewesen. Sie wollte ihren Mann wiederhaben. Sein Geld brauchte sie nicht.

Als Margaret Fullerton aus New York eintraf, brachte sie Pattie und Greg mit. Brads Vater war noch zu krank, um die Strapazen der Reise auf sich zu nehmen, sie hatten ihm auf Empfehlung des Arztes die schreckliche Nachricht gar nicht mitgeteilt.

Teddy holte die drei am Flughafen ab. Seine Mutter sah starr und grimmig aus, Greg wirkte benebelt, und auf der Fahrt vom Flughafen in die Stadt schnatterte Pattie aus Nervosität ununterbrochen. Seine Mutter sagte während der Fahrt nur: »Ich will diese Frau nicht sehen.« Teddy kochte vor Wut.

»Du wirst es aber müssen. Sie hat genug durchgemacht, es ist nicht notwendig, daß du sie auch noch quälst.«

»Sie hat meinen Sohn auf dem Gewissen.« In ihren Augen stand blanker Haß.

»Dein Sohn ist in Korea bei einer militärischen Mission gefallen, um Himmels willen, und Serena hat soeben ein Kind verloren.«

»Um so besser. Sie hätte es sich sowieso nicht leisten können, es zu behalten.«

»Du ekelst mich an.«

»Du tätest gut daran, dich von ihr fernzuhalten, Teddy, wenn du nicht Schwierigkeiten mit mir bekommen willst.«

»Das werde ich nicht tun.« Damit war die Unterredung zu Ende, er ließ sie beim Hotel aussteigen und fuhr zu Serena.

Beim Begräbnis am nächsten Tag stand Margaret zwischen Pattie und Greg, und Teddy stand zwischen Vanessa und Serena. Vanessa schien nicht zu begreifen, was vorging, und ihre Mutter hielt während der militärischen Trauerfeierlichkeiten Teddys Hand krampfhaft umklammert. Zum Schluß überreichte man ihr die zusammengelegte Fahne; Serena drehte sich langsam um, ging zu Margaret und reichte sie ihr mit bebenden Händen. Nach kurzem Zögern, während ihre Blicke einander trafen, nahm die Ältere ohne ein einziges Wort des Dankes die Fahne entgegen. Sie gab sie Greg, drehte sich um und ging weg, das Gesicht hinter einem schwarzen Schleier verborgen, während Serena ihr nachblickte.

Teddy fuhr Serena und Vanessa nach Hause; er fragte sie, während sie sich die Nase putzte: »Warum hast du das getan?«

»Sie ist seine Mutter.« Ihre Augen füllten sich dabei mit Tränen, und plötzlich lehnte sie den Kopf an seine Schulter und schluchzte. »O Gott, was werde ich ohne ihn tun?« Er hielt den Wagen an, nahm sie in die Arme und hielt sie fest, während Vanessa zusah.

30

»Serena?« Er trat leise hinter sie, während sie im Nebel im Garten saß und den Nebelhörnern lauschte. Sie war in der letzten Woche zu einer Art Gespenst geworden – ein von Gespenstern heimgesuchter Mensch. Es war schmerzlich, als ob sie einem entglitte.

»Ja?«

»Du mußt wieder in die Wirklichkeit zurückfinden, Serena. Unbedingt.«

»Warum?« Sie sah ihn ausdruckslos an.
»Für mich, für dich, für Vanessa... und für Brad.«
»Warum?«
»Weil du es mußt, verdammt noch mal.« Am liebsten hätte er sie geschüttelt. »Was soll aus dem Kind werden, wenn du versagst?«
»Du wirst für sie sorgen, nicht wahr?« fragte sie verzweifelt, und er nickte seufzend.
»Ja, aber darum geht es nicht. Sie braucht dich.«
»Aber wirst du es tun?« Ihr Blick suchte den seinen, und sie dachten beide an das Dokument. »Wirst du für sie sorgen, falls ich sterbe?«
»Du wirst nicht sterben.«
»Ich will es aber.«
Jetzt schüttelte er sie. »Das darfst du nicht.« In diesem Augenblick hörten beide ein Stimmchen von der Tür.
»Mammi, ich brauche dich.« Sie hatte einen bösen Traum gehabt, und beim Klang ihrer Stimme begann Serena aus ihrem Zustand zu erwachen.

In der darauffolgenden Woche half Teddy Serena, eine Wohnung zu finden, sie packte alle ihre schönen Sachen und übersiedelte nach Pacific Heights. Es war eine Wohnung mit zwei Zimmern und Blick auf die Bucht, die sie sich von ihrer Pension gerade noch leisten konnte, und wenn sie auch noch essen wollten, mußte sie sich eine Arbeit suchen.

»Vielleicht sollte ich in die City gehen und meinen Körper verkaufen?« Sie sah Teddy zynisch an, und er fand das gar nicht lustig. Aber der Gedanke, so sarkastisch er war, brachte Serena auf eine Idee, und am nächsten Tag ging sie in die Innenstadt und erkundigte sich bei allen großen Kaufhäusern. Am Tag darauf hatte sie zu Mittag einen Posten gefunden, und als sie zurückkam, erzählte sie Teddy davon. »Ich habe heute eine Anstellung bekommen.«

»Was wirst du tun?«
»Als Mannequin für fünfundsiebzig Dollar die Woche.«
»Und wer wird sich um deine Tochter kümmern?«
»Ich werde jemanden finden.« Sie hatte den Verlust ihrer Eltern und den Krieg überlebt. Und nun Brads Tod. Aber sie war entschlossen, es durchzustehen. Für Vanessa.

Er schüttelte den Kopf. »Ich will nicht, daß du das tust. Ich will, daß du dir von mir helfen läßt.« Aber sie wollte nicht. Sie würde es allein schaffen, auch wenn es sie fast umbrachte. Das war sie Brad schuldig. Es war erst drei Wochen her, seit er in Korea gefallen war, und nun standen die Vereinigten Staaten im Krieg – es war, als wäre ihr privater Krieg zur Staatsangelegenheit geworden.

»Wie bald mußt du zurück nach New York?« Sie wußte, daß er im August die Stelle als Assistenzarzt antreten sollte, und es war schon fast Juli. Doch er schüttelte den Kopf.

»Ich gehe nicht zurück.«

»Du bleibst hier?« Einen Moment lang freute sie sich.

»Nein.« Er holte tief Atem. Er hatte sich vor dem Augenblick gefürchtet, da er es ihr sagen mußte. »Ich habe mich zur Marine gemeldet. Ich will nach Korea.«

»Was?« Sie schrie ihn an und packte ihn unwillkürlich am Hemdärmel. »Das kannst du doch nicht tun! Nicht auch du noch...« Sie begann zu schluchzen, und er zog sie mit Tränen in den Augen in seine Arme.

»Ich muß. Ich tue es seinetwegen.« Und meinetwegen, dachte sie. Um vor seinen Gefühlen davonzulaufen, die ihn jeden Augenblick zu überwältigen drohten.

»Wann ist es soweit?«

»In ein paar Tagen oder ein paar Wochen. Wann immer man mich einberuft.«

»Und was geschieht mit uns?« fragte sie erschrocken.

»Du wirst es schaffen.« Er lächelte unter Tränen. »Zum Teufel, du hast doch einen Posten.«

»Nein, Teddy, geh nicht fort!« Ebenso wie ihre Kindheit damals jäh zu Ende gegangen war, als die Kugeln von Mussolinis Schergen ihre Eltern getötet hatten, war nun ein anderer Lebensabschnitt zu Ende. Sie würde nie mehr Brads Frau sein, nie mehr seine Arme um sich fühlen. Und nun würde auch Teddy aus ihrem Leben treten. Sie waren alle erwachsen geworden. In drei kurzen Wochen. Die Tage der Jugend waren vorüber.

ZWEITES BUCH

Serena
Die Jahre des Überlebens

31

Gegen Ende Juli stand Serena an einem nebeligen Tag um sechs Uhr morgens am Kai in Oakland und umarmte Teddy zum letzten Mal. Die Wochen waren so schnell verflogen, sie konnte nicht glauben, daß er schon abreisen mußte. Er war von der Marine als Offizier übernommen worden und würde irgendwo in Korea zum Assistenzarzt ausgebildet werden. Es war sicherlich nicht der Einsatz, den er sich vorgestellt hatte.

Serenas ganzes Leben war innerhalb von weniger als zwei Monaten auf den Kopf gestellt worden. Sie war nun eine Witwe, allein mit Vanessa, und sie arbeitete. Als sie Teddy in seiner Uniform betrachtete, wurde ihr klar, daß der letzte Mensch, auf den sie sich verlassen konnte, ihr nicht mehr zur Seite stehen würde.

»Ach Gott, Teddy... ich wünschte, du würdest nicht wegfahren.«

»Ich auch.«

Dann versuchte sie, die tapfere Schwester zu spielen, und lächelte mutig. »Sei schön brav, zieh bei Schlechtwetter deine Galoschen an und schreib mir am Sonntag...« Dann flüsterte sie heiser: »Vergiß uns nicht...«

»Ach, Serena... sag das nicht!« Er drückte sie fest an sich, und jeder unbeteiligte Zuschauer hätte gedacht, daß sie von ihrem Mann Abschied nahm, nicht vom Bruder ihres Mannes, als er sich die Tränen von den Wangen wischte, sie noch einmal umarmte und zurücktrat, um sie ein letztes Mal zu betrachten.

»Ich komme wieder. Bald. Also gib mir zuliebe auf dich und Vanessa acht.« Sie nickte mit Tränen in den Augen, während Menschen an ihnen vorbei zum Schiff hasteten, das in einer Stunde auslaufen sollte. Seine Mutter war wutentbrannt aus New York hergeflogen und hatte gedroht, ihre Beziehungen spielen zu lassen, ihre Verbindungen einzusetzen, um seine Entlassung aus dem Militärdienst durchzusetzen. Er beharrte jedoch so vehement auf seinem Entschluß, daß sogar sie am Ende kapitulierte. Man mußte seine Motive und seine Anschauungen respektieren.

Serena versuchte, nicht darüber nachzudenken. Zwischen ihnen hatte von Anfang an eine außerordentlich enge Bindung bestanden, die sich noch verstärkt hatte, als er sie von Vanessa entbunden hatte. Aber in den letzten zwei Monaten war noch etwas dazugekommen, das Zusammensein mit Teddy war wie der Kontakt mit einem Teil von Brad. Es ermöglichte ihr, auf distanzierte, melancholische Art die Erinnerung an ihn frisch zu erhalten. Und nun verlor sie auch noch Teddy. Aber hoffentlich nicht für immer.

Die Sirene ertönte, er mußte gehen, und Serena verfiel plötzlich in Panik, während er sie umarmte und fest an sich drückte. »Ich komme wieder. Merk dir das.«

Er nahm seine Reisetasche und ging mit den anderen an Bord. Es dauerte einige Minuten, bis sie ihn wiedersah, er stand hoch über ihr auf einem Deck und winkte, während die Sirene wieder ertönte und sich das Schiff langsam in Bewegung setzte. Sie hatte das Gefühl, daß er ihr Herz mit sich nehme, und als das Schiff im Nebel verschwunden war, drehte sie sich langsam um und ging mit gesenktem Kopf zu ihrem Wagen.

Als sie nach San Francisco zurückkam, wartete Vanessa bei einer Babysitterin und wollte wissen, wie bald Onkel Teddy wieder nach Hause kommen würde. Es erforderte Serenas ganze seelische Kraft, um Vanessa immer wieder zu erklären, daß Teddy lange fortbleiben, aber zu ihnen zurückkommen würde, sobald er konnte. Es gab eine Menge sehr interessanter Dinge, die sie zusammen tun würden, lenkte Serena sie ab, zum Beispiel würden sie in den Zoo gehen, zu den Rosenbeeten im Park, in den japanischen Teegarten, in den Zirkus, wenn er in die Stadt kam...

»Wird er so wie Daddy nie mehr zurückkommen?« Die großen Augen in dem kummervollen Gesicht sahen Serena an, die bei dem Gedanken fröstelte.

»Nein! Onkel Teddy wird zurückkommen! Das habe ich dir gesagt.«

In den folgenden Monaten gab es Tage, an denen sie sich wirklich fragte, ob sie das alles überstehen würde. Monate, in denen sie kaum das Geld für die Miete zusammenbekam, in denen Rechnungen überfällig waren, in denen sie von Broten mit Erdnußbutter und Marmelade oder nur von Eiern lebten. Sie hatte noch nie solche Armut erlebt. Während des Krieges war sie bei den Nonnen gut aufgehoben gewesen, und im Palazzo in Rom waren sie und Marcella gut versorgt gewesen, aber jetzt gab es niemanden, an den sie sich wenden, niemanden, der ihr helfen konnte, niemanden, der ihr Geld lieh, wenn sie nur noch zwei Dollar besaß und erst in drei Tagen ihren Lohn erhielt. Immer wieder dachte sie an die Vereinbarung mit Margaret Fullerton, die sie unterschrieben hatte. Wenn sie nie gezwungen worden wäre, das verdammte Stück Papier zu unterschreiben, hätten sie und Vanessa wenigstens zu essen gehabt. Vanessa hätte hübsche Kleider tragen können und nicht nur ein Paar abgenützte Schuhe. Einmal hatte sie sich schon um Hilfe an ihre Schwiegermutter wenden wollen, aber sie brachte es nicht über sich, und im Grunde ihres Herzens wußte sie auch, daß es vergeblich gewesen wäre. Margaret Fullerton war so extrem konsequent in ihrem Haß gegen Serena, daß nichts, was Serena sagte oder tat, sie umstimmen konnte. Es war ein so abgrundtiefer Haß, daß er auch Vanessa, ihr einziges Enkelkind, einschloß. Es war Margaret vollkommen gleichgültig, wenn sie verhungerten. Serena hatte den Verdacht, daß sie das sogar erhoffte.

Nur die Freude, Vanessa am Abend wiederzusehen, hielt sie aufrecht. Nur die Briefe von Teddy erwärmten ihr Herz. Nur das Geld, das sie als Mannequin im Warenhaus verdiente, erhielt sie am Leben. Es gab Tage, an denen sie dachte, sie würde vor Erschöpfung zusammenbrechen, an denen sie vor Verzweiflung am liebsten geweint hätte. Aber sie ging Tag um Tag, sechs Tage in der Woche, zur Arbeit in die Innenstadt, schritt in den neuesten Kreationen durch die Stockwerke des Kaufhauses, verteilte Parfummuster, stand in einem auffallenden Pelzmantel beim Eingang und wirkte als Mannequin in Modenschauen mit, wenn welche veranstaltet wurden. Erst im zweiten Jahr bekam sie eine bessere Stellung im Modellkleidersalon. Von da an führte sie Modelle für spezielle Kunden oder in den großen Shows vor. Sie trug nur die schönsten Modellkleider aus New York oder Paris und sie lernte schnell die kleinen Tricks ihres Berufes, sich auf ein halbes Dutzend Arten zu frisieren, um vorteilhaft auszusehen, sich tadellos zu schminken, sich zu bewegen, zu lächeln, Kleider zur Geltung zu bringen, indem sie einfach den Zauber ihrer Persönlichkeit einsetzte. Obwohl sie schon vorher schön gewesen war, sah sie durch die neuen Fähigkeiten, die sie erwarb, noch aufregender aus. Die Leute sprachen im Warenhaus von ihr, und oft wurde sie angestarrt. Die weiblichen Kunden betrachteten sie voller Neid, aber noch öfter fasziniert, als ob sie ein Kunstwerk sei. Die Männer starrten Serena an, hingerissen von iher Schönheit, und es dauerte nicht lange, bis sie der Werbeagentur des Warenhauses auffiel, die sie zu ihrem Topmodell wählte. Ihr Foto erschien jede Woche in den Illustrierten, und am Ende des zweiten Jahres im Warenhaus erkannten sie die Leute überall in der Stadt. Männer luden sie ein, mit ihnen auszugehen. Sie wurde von fast vollkommen Fremden zu Parties eingeladen, aber ihre Antwort war stets die gleiche. Sie lehnte ausnahmslos ab. Sie wollte nur eines: zu Vanessa nach Hause kommen, mit dem kleinen goldlockigen Kind spielen, das B. J. so ähnlich sah, Kinderlieder mit ihr an dem kleinen Klavier singen, das Serena bei einer Auktion ersteigert hatte, ihr Geschichten vorlesen, ihre kindlichen Träume mit ihr teilen. Serena erzählte ihr, sie würde eines Tages eine schöne, berühmte Dame sein...

»Wie du, Mammi?«

Serena lächelte. »Nein, viel hübscher als ich, Dummerchen. Alle werden auf der Straße stehenbleiben, um dich anzusehen, und du wirst erfolgreich und glücklich sein.«

Und doch war es ein trauriges, leeres Leben. Sie hatte das Kind, ihre Arbeit und ihre Wohnung. Aber sonst hatte sie nichts. Keinen Mann, keine Freunde, niemanden, mit dem sie sprechen oder an den sie sich mit ihren Sorgen wenden konnte. Abends las sie oder schrieb Briefe an Teddy. Es dauerte Wochen, bis sie ihn in den fernen Vorposten der koreanischen Front erreichten. Er hatte jetzt seine praktische Ausbildung abgeschlossen, und schrieb ihr lange, bekümmerte Briefe über seine Ansichten über den Krieg. Er sah ihn als ein sinnloses Gemetzel, ein Krieg, den sie nicht gewinnen konnten, der nicht der ihre war, und er sehnte sich danach, heimzukommen oder nach Japan versetzt zu werden. Es war seltsam, wie oft sie in Gedanken sein Gesicht mit dem ihres Mannes verwechselte. Als hätte sie die beiden in den zweieinhalb Jahren in ihren Gedanken vermengt.

Es waren schon die dritten Weihnachten, die Serena und Vanessa allein verbrachten. Sie gingen zur Kirche und beteten für Teds Leben wie jeden Sonntag, und in dieser Nacht lag Serena in ihrem Bett und weinte aus Trauer über ihre Einsamkeit, erschöpft durch die Jahre des Alleinseins, die endlosen Stunden harter Arbeit im Warenhaus. Jede Woche wartete sie sehnsüchtig auf Teddys Briefe. Sie halfen ihr durchzuhalten. Wenn sie ihm schrieb, schüttete sie ihm ihr Herz aus. Es war ihr einziger wirklicher Kontakt mit einem Erwachsenen, ihr einziger Kontakt mit einem Mann.

An ihrem Arbeitsplatz sprach sie mit fast niemandem. Es hatte sich irgendwann herumgesprochen, daß sie vor ihrer Hochzeit mit einem amerikanischen Offizier eine italienische Principessa gewesen war, und alle gelangten zu dem Schluß, daß sie arrogant und abweisend sei, und ließen sich durch ihre Schönheit einschüchtern. Nach einiger Zeit versuchte niemand mehr, sich mit ihr anzufreunden. Sie konnten nicht wissen, wie einsam sie hinter dem kühlen Äußeren der Principessa war. Nur Teddy erfuhr, wenn er ihre Briefe las, von ihrem Schmerz und ihrer Einsamkeit, und die immer noch frische Trauer um ihren Mann stand zwischen den Zeilen.

»Es ist erstaunlich«, schrieb sie ihm nach Weihnachten, »wie mich alle mißverstehen. Sie halten mich für kalt und versnobt, und ich lasse sie bei ihrem Glauben. Es ist leichter und vielleicht ungefährlicher, als ihnen zu zeigen, wie sehr ich innerlich leide.« Brad fehlte ihr beinahe täglich mehr. Es fehlte ihr jemand, mit dem sie sprechen konnte, der Anteil an ihr nahm, mit dem sie lachen und am Strand spazierengehen konnte.

Für sie gab es nur Teddy, der Tausende von Meilen entfernt in Korea stationiert war, und erst in den letzten Monaten des Krieges wurde beiden klar, was geschehen war. Nach zweieinhalb Jahren des Briefeschreibens, in denen sie einander ihre Seelen offenbart hatten und einander über Tausende von Meilen hinweg eine Stütze gewesen waren, begriff sie schließlich, warum es während der drei Jahre keinen anderen Mann für sie gegeben hatte. Sie wartete auf ihn.

An dem Morgen, an dem sie erfuhr, daß der Krieg zu Ende war, arbeitete sie im Warenhaus und trug ein schwarzes Abendkleid aus Samt mit steifem weißen Organdykragen; sie stand mitten im Modellsalon und Tränen strömten ihr über die Wangen.

Eine Verkäuferin lächelte ihr zu und andere schwatzten aufgeregt miteinander. Der Koreakrieg war zu Ende! Serena hätte am liebsten einen Freudenschrei ausgestoßen. »Er kommt heim«, flüsterte sie, aber jemand hatte sie gehört. »Er kommt nach Hause!«
»Ihr Mann?« wurde sie gefragt.
»Nein.« Sie schüttelte den Kopf. »Sein Bruder.« Die Frau sah sie seltsam an, und plötzlich wußte Serena, daß sie eine schicksalsschwere Frage zu beantworten hatte. Was würde Teddy für sie sein, wenn der Briefwechsel vorbei war?

32

Am 3. August kam Teddy aus dem Fernen Osten zurück, und als er in San Francisco an Land ging, war er offiziell von der Marine entlassen. Seine praktische Ausbildung war unter der Ausnahmesituation des Krieges abgeschlossen, er war als Chirurg ausgebildet, mit einer praktischen Erfahrung, wie sie nur wenige in den Vereinigten Staaten besaßen, und befand sich auf dem Weg nach New York, um sich durch ein weiteres Praxisjahr bei einem hervorragenden Chirurgen zu vervollkommnen. Er war drei Jahre fortgewesen, und eben dreißig geworden.

Die Briefe seiner Mutter hatten immer eine Menge Neuigkeiten enthalten, aber er hatte sich stets Lichtjahre von daheim entfernt gefühlt. Greg hatte es nur zu ein oder zwei Briefen pro Jahr gebracht. Sein Vater war vor einem Jahr gestorben. Die meisten seiner Freunde hatten irgendwann aufgehört zu schreiben, mit Ausnahme von Serena. Sein Kontakt mit der Zivilisation wurde vor allem durch sie hergestellt, und nun befand er sich wieder in einer Welt, die ihm fremd geworden war, und freute sich auf eine Frau, die er seit drei Jahren nicht mehr gesehen hatte.

Sein Blick überflog die Menge, und er ging langsam zu dem Platz, wo die Angehörigen der Heimkehrer versammelt waren. Transparente wurden geschwenkt, Blumensträuße hochgehalten, Gesichter waren tränenüberströmt. Plötzlich erblickte er sie, sie war so unerhört schön, daß sein Herzschlag stockte. Die hochgewachsene Gestalt wartete ruhig, ihre Augen waren weit geöffnet, sie trug ein rotes gerades Seidenkleid, das seidige blonde Haar fiel ihr offen auf die Schultern, und die smaragdgrünen Augen blickten ihn gerade an. So wie sie war auch er seltsam still, er machte keine unkontrollierten Bewegungen, rannte nicht, sondern ging nur ruhig auf sie zu, dann zog er sie, als wüßten sie beide, wie es um sie stand, in die Arme, hielt sie mit all seiner Kraft fest, vergaß die Zeit, die inzwischen verstrichen war, und küßte sie mitten auf den Mund, als wollte er all die Jahre der Einsamkeit und des Kummers auslöschen. Schließlich lösten sie sich voneinander und blickten einander an, aber ihre Augen waren von Trauer erfüllt, als sie den seinen begegneten. Teddy war zu ihr zurückgekommen, doch Brad würde nie mehr kommen. In all den Jahren, da sie Teddy die vielen Briefe geschrieben hatte, hatte sie sich ebenso an Brad wie an Teddy gewandt. Irgendwie waren die beiden Männer für sie zu einer Person verschmolzen. Und nun mußte sie wieder mit der Realität fertigwerden, während das Herz schwer wie Blei in ihrer Brust lag und sie versuchte, ihren Schmerz nicht zu zeigen.

»Hallo, Serena.«

Sie lächelte jetzt, nach dem ersten Schock, dann sahen sie beide das kleine Mädchen neben ihr an. An ihr erkannten sie die drei verlorenen Jahre am deutlichsten. Vanessa war beinahe sieben Jahre alt; sie war dreieinhalb gewesen, als Teddy weggefahren war.

»Du mein Gott, Prinzessin!« Er kniete in der unruhigen Menge nieder, um mit Vanessa zu sprechen. »Ich wette, du erinnerst dich nicht mehr an deinen Onkel Teddy.«

»Doch, ich erinnere mich.« Sie legte den Kopf ein wenig zur Seite, und als sie lächelte, sah er, daß ihr beide Vorderzähne fehlten. »Mammi zeigte mir jeden Abend dein Foto. Deines und das von Daddy, aber er kommt nicht nach Hause, nur du.«

»Das stimmt. Du hast mir wirklich gefehlt.« Sie nickte ernst und musterte ihn.

»Bist du wirklich ein Doktor?« Als er nickte, erschrak sie. »Wirst du mir eine Spritze geben?« Er lachte und schüttelte den Kopf, dann hob er sie hoch.

»Sicherlich nicht. Was hältst du statt dessen von einem Eis?«

»Oh, fein!« Sie gingen durch die Menge zum Hauptgebäude. Er mußte seinen Koffer holen, dann konnten sie sich auf den Weg zu der Wohnung machen, die sie vor seiner Abreise mit seiner Hilfe gefunden hatte, an die er jeden Tag und jeden Abend in den Dschungeln von Korea gedacht hatte, wenn er sich Serenas Gesicht ins Gedächtnis rief. Er sah, daß sie sich verändert hatte. Er sprach nicht darüber, bis sie in der Wohnung in der Washington Street im Wohnzimmer beisammen saßen, Kaffee tranken und auf die Bucht hinausblickten.

»Du bist erwachsen geworden, Serena«, stellte er fest.

»Das hoffe ich«, antwortete sie lächelnd. »Ich bin schließlich schon siebenundzwanzig.«

»Das spielt keine Rolle. Manche Leute schaffen es nie.«

»Ich hatte schließlich genug Gelegenheit, erwachsen zu werden.«

Er nickte. »Manchmal dachte ich, keiner von uns würde es überleben.« Und dann mit gezwungenem Lächeln: »Aber wir haben es geschafft. Ich nehme an, die Erfahrung wird sich lohnen.« Als er ihr Gesicht erforscht hatte, konnte er die Frage nicht unterdrücken: »Er fehlt dir noch immer, nicht wahr?«

»Ja, ihr habt mir beide gefehlt.«

»Und du hast nur einen von uns zurückbekommen. Vielleicht begreift man nie ganz, daß jemand nicht mehr heimkommt.«

Sie nickte verständnisvoll. »Als du abgereist bist, war er erst zwei Monate tot. Ich glaube, keiner von uns beiden hatte damals Zeit gehabt, damit fertigzuwerden.«

»Ich weiß.« Er sah sie prüfend an. »Und jetzt?«

»Vielleicht habe ich es erst heute wirklich erfaßt.« Sie seufzte leise. »Irgendwie habe ich die Wahrheit nicht sehen wollen. Ich habe nur gearbeitet und mich um Vanessa gekümmert.« Das wußte er aus ihren Briefen.

»Mit siebenundzwanzig kann man mehr vom Leben erwarten. Weißt du, du siehst verändert aus.«

»Bist du enttäuscht?« Teddy lachte und schüttelte den Kopf.

»Ach Serena, hast du in den letzten drei Jahren nicht in den Spiegel gesehen?«

»Viel zu oft! Ich habe praktisch nichts anderes getan.«

»Nun, was immer du getan hast, du bist noch schöner, als du bei meiner Abreise warst.«

»Hat der Krieg vielleicht Ihrem Sehvermögen geschadet, Oberleutnant?« Sie lachten beide.

»Nein, Principessa, das nicht. Du bist die schönste Frau, die ich je gesehen habe. Davon war ich schon überzeugt, als ich dich in New York kennenlernte.«

»Jetzt ist es nur Vortäuschung und Schminke.«

»Nein.« Es war mehr. Etwas, das sich schwer beschreiben ließ. Etwas in ihrem Gesicht, in ihren Augen, in ihrem Wesen. Es war Reife und Güte, Weisheit und Leid, und die ganze Liebe, mit der sie Vanessa überhäufte. »Serena, meinst du es ernst mit deinem Beruf als Modell?« In den Jahren in Korea hatte er nicht darüber nachgedacht. Er hatte angenommen, daß sie es tat, um die Miete bezahlen zu können. Doch als er sie nun sah, erkannte er, daß sie eine einmalige Karriere machen konnte, wenn sie wollte. Das kam ihm zum ersten Mal in den Sinn, als sie auf der Couch saßen. Doch Serena zog nur die Schultern hoch.

»Ich weiß nicht, Teddy. Ich glaube eigentlich nicht. Warum sollte ich es anstreben? Außer vielleicht, um die Miete zu bezahlen.«

»Weil du so schön bist, du könntest eine Menge Geld verdienen.« Er sah sie anzüglich an. »Da du von mir nichts annehmen willst, wäre es vielleicht eine gute Idee. Hast du je daran gedacht, als Modell nach New York zu gehen?«

»Ich weiß nicht. Der Gedanke an New York macht mir Angst. Vielleicht würde ich in New York keine Arbeit finden.« Dennoch war es eine reizvolle Aussicht und vielleicht eine Möglichkeit, mehr Geld zu verdienen als in den letzten drei Jahren.

»Machst du Witze, Serena?« Er nahm sie an der Hand und ging mit ihr zum Spiegel. »Schau dir das an, Liebste.« Sie wurde verlegen und errötete, als sie ihr Spiegelbild und den gutaussehenden blonden Mann hinter sich sah. »Mit diesem Gesicht würdest du überall in der Welt Arbeit als Modell finden, Principessa Serena... Die Prinzessin...«

»Nein, Teddy, komm...« Sie zog ihn verlegen vom Spiegel weg, und er wandte sich ihr zu und küßte sie, dabei wurde er plötzlich vom Verlangen nach dieser Frau überwältigt, die er seit sieben Jahren insgeheim liebte. Aber als er den schönen Körper liebkosen wollte, spürte er, wie sie in seinen Armen steif wurde, und hielt inne.

»Serena... verzeih mir...« Plötzlich war er totenblaß und zitterte am ganzen Körper. »Es ist so lange her... und –«

»Sei still, Teddy. Du mußt dich nicht entschuldigen. Ich wußte, daß es so kommen würde. Das wußten wir beide. Wir haben einander drei Jahre lang das Herz ausgeschüttet.« Sie schmiegte sich an ihn und drückte ihr Gesicht an seine Schulter. »Ich liebe dich wie einen Bruder, Teddy, das war immer so. Ich irrte mich, als ich annahm, daß es mehr werden könnte. Im letzten Jahr begann ich mich zu prüfen, ohne es mir wirklich einzugestehen, aber ich hoffte, du würdest heimkommen und... an seine Stelle treten.« Sie fühlte sich schon schuldig, wenn sie es nur aussprach, und zog sich von Teddy zurück. »Es ist unfair, daß ich es von dir erwartet habe. Es ist einfach nicht das gleiche. Komisch, du bist ihm so ähnlich, aber du bist eben *du*. Ich liebe dich, aber ich liebe dich als Schwester, nicht als Frau, nicht wie einen Geliebten, oder als Gattin.« Es waren grausame Worte, und sie trafen ihn wie Keulenschläge. Aber es waren Worte, die einmal ausgesprochen werden mußten. Er hatte sich zu viele Jahre lang Illusionen gemacht.

»Es ist schon in Ordnung, Serena. Ich verstehe.«

»Wirklich? Haßt du mich, weil ich nicht imstande bin, dir mehr zu geben?«

»Ich könnte dich nie hassen. Ich liebe dich zu sehr. Und ich achte dich zu sehr.«

»Weshalb? Was habe ich getan, um das zu verdienen?«

»Du hast überlebt – dank meiner Mutter unter den schlechtesten Bedingungen –, du bist Vanessa eine ausgezeichnete Mutter, du hast dich verausgabt und gearbeitet, um sie zu erhalten. Du bist eine erstaunliche Frau, Serena.«

»Ich fühle mich nicht als etwas Besonderes. Ich bin traurig darüber, daß ich dir nicht mehr sein kann.«

»Ich auch. Aber vielleicht ist es besser so.« Er umarmte sie wieder und betete, daß ihm sein Verlangen nach ihr keinen Streich spielen möge. Deshalb ließ er sie sofort wieder los. »Versprich mir nur eines, wenn du dich eines Tages wieder verlieben solltest, und dazu kommt es bestimmt, dann muß es ein außergewöhnlicher Mann sein.«

»Teddy! Warum sagst du so etwas?«

»Es ist mein Ernst. Du verdienst den Besten, den es gibt. Und du brauchst einen Mann in deinem Leben.« Er wußte aus ihren Briefen, wie lang ihr Witwendasein ihr erschienen war.

»Ich brauche keinen Mann.« Nun lächelte sie.
»Warum nicht?«
»Weil ich den besten Bruder auf Erden habe.« Sie legte ihm einen Arm um die Taille und küßte ihn auf die Wange. »Dich.«

33

Am nächsten Tag mußte Serena zur Arbeit gehen, und statt Vanessa bei der Babysitterin zurückzulassen, blieb Teddy bei ihr, und nach dem Mittagessen besuchten die beiden sie am Arbeitsplatz. Sie fanden sie im zweiten Stockwerk in einem prächtigen Ballkleid aus lila Taft; als sie aus dem Fahrstuhl stiegen, erblickte Teddy sie, schnappte nach Luft und blieb einen Moment stehen. Was für eine herrliche Frau sie doch während seiner Abwesenheit geworden war! Sie hatte gehalten, was sie versprochen hatte, und noch mehr. Sogar Vanessa schien in ihrer Mutter etwas Außergewöhnliches zu sehen und schaute sie bewundernd an. Serena sah aus wie eine Dame auf einem kostbaren Bild, als sie sich auf einen Stuhl fallen ließ und die Arme in den langen Glacélederhandschuhen ausstreckte.

»Hallo, mein Herzchen. Ach, siehst du aber hübsch aus!« Teddy hatte Vanessa ein blaues Organdykleid und schwarze Lackschuhe mit weißen Kniestrümpfen angezogen und ihr ein blaues Satinband ins blonde Haar gebunden. Dann sah Serena Teddy an.

»Hallo«, sagte sie lächelnd. »Wie kommst du zurecht?«

»Mir gefällt es ausgezeichnet.«

»Was unternimmst du heute nachmittag mit Vanessa?«

»Eis essen. Ich habe ihr versprochen, morgen mit ihr in den Zoo zu gehen.«

»Brauchst du keine Zeit für dich selbst?« fragte sie besorgt. Was würden sie tun, wenn er wieder weg war? »Ich komme um halb sechs nach Hause. Dann übernehme ich den Dienst.«

Er lachte. »Wenn ich dich in dieser Aufmachung sehe, kann ich mir nicht vorstellen, daß du etwas anderes tun könntest, als in die Oper gehen.«

»Das stimmt nicht ganz«, antwortete sie lachend. »Heute abend muß ich Wäsche waschen. Das hier ist alles nur Schein.«

»Beinahe hättest du mich getäuscht.« Vanessa kam zurückgelaufen und zeigte ihr den Bonbon, den ihr eine Verkäuferin geschenkt hatte.

»Und jetzt gehen wir Eis essen!« Sie sah Teddy glücklich an.

»Unterhaltet euch gut, ihr beiden.« Serena nahm ihre Verantwortlichkeit für Vanessa immer schrecklich ernst, aber als sie das Kind mit seinem Onkel sah, hatte sie plötzlich das Gefühl, sie könne sich entspannen. Wenn ihr in diesem Moment etwas zugestoßen wäre, wäre Vanessa in Sicherheit gewesen und er hätte gut für sie gesorgt.

Am Abend kochten sie zu dritt Spaghetti, und Teddy las Vanessa Geschichten vor, während Serena saubermachte. Sie trug eine Hose und einen schwarzen Rollkragenpullover, hatte das Haar hochgesteckt und sah ganz anders aus als das zauberhafte Geschöpf, das am gleichen Nachmittag das Ballkleid aus lila Taft getragen hatte.

»Weißt du, gestern abend meinte ich es ernst mit meiner Frage über deine Arbeit als Modell. Du hast das Zeug dazu, ein Topmodell zu werden, Serena. Ich verstehe zwar nichts von dem Beruf, aber ich weiß, wie du aussiehst, und es gibt zweifellos keine zweite wie du in diesem Land. Als ich heute mit Vanessa fort war, habe ich ein paar Illustrierte gekauft.« Er nahm sie aus einer Tasche, die auf einem der Küchenstühle lag, blätterte sie durch und zeigte sie ihr: »Sieh dir das doch an, Baby, du findest keine wie dich.«

»Vielleicht gefällt es ihnen so.« Sie wollte ihn nicht ernst nehmen. »Sieh mal, Teddy, ich habe hier einen Posten im Warenhaus, sie beschäftigen mich viel, weil sie mich brauchen und ich in ihren Modellen annehmbar aussehe. Aber San Francisco ist eine kleine Stadt, nicht wie New York oder ein Modezentrum, in dem es viel Konkurrenz gibt. Wenn ich nach New York ginge, würde man mich wahrscheinlich auslachen.«

»Willst du es nicht versuchen?«

»Ich weiß nicht. Ich muß es mir überlegen.« Aber ihre Augen hatten aufgeleuchtet. »Ich will aber nicht, daß du meine Reise nach New York bezahlst.«

»Warum nicht?«

»Ich nehme keine Almosen an.«

»Und was ist mit der Gerechtigkeit?« fragte er ärgerlich. »Ich lebe von deinem Geld, das weißt du.«

»Wie kommst du auf diese Idee?«

»Wenn mein Bruder so vernünftig gewesen wäre, ein Testament zu machen, hättest du sein Geld geerbt, und kein Dollar hätte dir streitig gemacht werden können. Statt dessen fiel es, dank meiner reizenden Mutter, an seine Brüder. Ich habe die Hälfte von Brads Vermögen bekommen, Serena, und in Wirklichkeit gehört es dir.«

Sie schüttelte entschieden den Kopf. »Wenn es jemandem gehört, dann Vanessa.« Sie sah ihn an. »Wenn du also vielleicht einmal ein Testament machst...« Es war ihr unangenehm, den Satz zu vollenden, aber er nickte.

»Das tat ich, bevor ich nach Korea fuhr, weil du so verdammt dickköpfig warst und nichts von mir annehmen wolltest.«

»Du hast keine Verpflichtung mir gegenüber, Teddy.«

»Ich wünschte, bei Gott, ich hätte sie.« Aber sie gab ihm darauf keine Antwort. Sie war jetzt unabhängig und hatte die Absicht, selbst für sich zu sorgen. »Warum läßt du dir nicht von mir helfen?«

»Weil ich selbst für mich und Vanessa sorgen muß, es gibt niemanden, der immer für uns da sein wird, Teddy. Du hast dein eigenes Leben. Du schuldest uns nichts. Gar nichts. Der einzige, mit dem ich jemals rechnete, war Brad, und das ist jetzt vorbei. Er ist tot.«

»Und du glaubst nicht, daß irgendwann jemand seinen Platz einnehmen wird?«

»Ich weiß es nicht. Aber eines weiß ich, und das hat nichts damit zu tun, wie gern ich dich habe oder wie sehr ich dich brauche, Teddy, ich will niemals von dir abhängig sein.«

»Warum denn? Brad wäre damit einverstanden gewesen.«

»Er kannte mich besser, denn ich schrubbte im Palazzo meiner Eltern Fußböden. Außerdem habe ich mit deiner Mutter eine Vereinbarung getroffen.«

Teddy wurde sofort zornig. »Eine Vereinbarung, die sie nichts kostete, für dich aber drei Jahre harter Arbeit bedeutete.«

»Das macht mir nichts aus. Es geschah für Vanessa.«

»Und was ist mit dir? Hast du nicht Anspruch auf mehr?«

»Wenn ich mehr will, besorge ich es mir selbst.«

Er seufzte. »Du glaubst nicht, daß du einmal vernünftig wirst und mich heiratest, oder?«

»Nein«, antwortete sie lächelnd. »Außerdem habe ich schon einmal einen Fullerton seiner Familie abspenstig gemacht. Ich könnte es nicht auch dir noch antun.« Außerdem war es unwahrscheinlich, daß Margaret Fullerton es jemals zulassen würde. Eher würde sie Serena umbringen.

»Was meine Mutter dir angetan hat, ekelt mich an, Serena.«
»Es spielt keine Rolle mehr.«
»Doch, wem willst du etwas vormachen? Eines Tages könnte es für Vanessa eine große Rolle spielen.«

Beide schwiegen lange. Dann sah ihn Serena besorgt an. »Glaubst du, sie wird mir nachstellen, wenn ich nach New York gehe?«
»Was meinst du damit?«
»Ich weiß nicht genau. Mich von dort vertreiben, meiner Karriere schaden, wenn sie kann... glaubst du, sie würde das tun?«

Er wollte nein sagen, doch als er überlegte, war er seiner Sache nicht mehr sicher. »Ich würde es nicht zulassen.«
»Du hast dein eigenes Leben, und Gott weiß, wie sie es anfangen würde.«
»Verdammt noch mal, so mächtig ist sie doch nicht.«
»Wirklich nicht?«
»Ich wünschte, sie wäre es nicht«, flüsterte Teddy. Aber sie war es. Das wußten sie beide.

34

»Wirst du mir schreiben?« fragte sie, und er küßte sie ein letztes Mal.

»Ich werde dich anrufen, das ist besser. Und ich werde euch beide besuchen, sobald ich abkömmlich bin.«

Serena nickte, und Teddy wandte sich noch einmal an Vanessa. »Und du, Prinzessin, gib für mich gut auf deine Mammi acht.«

»Das werde ich tun, Onkel Teddy. Warum können wir eigentlich nicht mitkommen!« Ted sah Serena in die Augen, die ein Gefühl hatte, als wäre ihr Herz aus Blei. Für Vanessa war es, als müßte sie sich noch einmal von ihrer Vergangenheit trennen. Überdies war Teddy wieder ein wichtiger Teil ihrer Gegenwart geworden.

Bald darauf stieg er ins Flugzeug. Serena und Vanessa winkten, während die Maschine abhob, und darauf gingen sie Hand in Hand nach Hause mit dem Gefühl, daß ein Teil ihrer Herzen mitgeflogen war.

Wenige Tage später rief Teddy aus New York an und berichtete, daß alles in Ordnung wäre. In wenigen Tagen trat er seinen Posten im Krankenhaus an. Er würde mit einem der führenden Chirurgen des Landes zusammenarbeiten und das Wissen auffrischen, das er in Korea erworben hatte. Nebenbei erwähnte er, daß er mit der Frau eines alten Freundes Kontakt aufgenommen habe, weil sie in einer Modellagentur arbeitete. Er hatte ihr am Vortag eigenhändig Serenas Fotos überreicht, und er würde ihr die Antwort mitteilen, sobald er selbst benachrichtigt wurde.

Vier Tage später rief er sie an. Er lachte, war aufgeregt und stotterte beinahe am Telefon, während er erzählte, was vorgefallen war. Es klang, als hätte er das Derby gewonnen.

»Sie wollen dich haben! Sie wollen dich haben!«

»Wer will mich haben?« fragte sie verwirrt.

»Die Agentur! Der ich die Fotos gebracht habe!«

»Was meinst du damit, sie wollen mich haben?« Plötzlich spürte sie, wie Aufregung in ihr aufstieg.

»Sie wollen, daß du nach New York kommst. Sie wollen dich vermitteln. Sie kennen schon ein halbes Dutzend Möglichkeiten, wohin sie dich sofort schicken könnten.«

»Das ist verrückt!«

»Nein, gar nicht. Du bist verrückt. Serena, du bist die schönste Frau, die ich je gesehen habe, und du versteckst dich in einem kleinen Warenhaus. Um Himmels willen, wenn du als Modell arbeiten willst, dann komm nach New York und schöpfe deine Möglichkeiten aus! Wirst du kommen?«

»Ich weiß nicht... ich muß es mir überlegen... die Wohnung... Vanessa...« Aber sie lachte und freute sich, ihr schwindelte.

»Die Schule hat noch nicht begonnen, es ist erst August. Wir werden Vanessa hier in New York in eine Schule schicken.«

»Aber ich weiß nicht, ob ich es mir leisten kann.« Sie war ebenso aufgeregt wie erschrocken. »Ich rufe dich an. Ich muß es mir überlegen.« Sie blickte verwirrt auf die Bucht vor ihren Fenstern. Modell in New York... »Die große Welt«... warum nicht? Doch dann bekam sie es wieder mit der Angst zu tun. Sie konnte doch nicht. Es war verrückt. Aber in San Francisco sitzenzubleiben, nur innerhalb der vier Wände zu leben, jeden Tag zur Arbeit zu gehen, war auch nicht besser. Und wenn die Fullertons sie nicht in Ruhe ließen? Oder hatte Teddy recht? Vielleicht sollte sie es auf jeden Fall versuchen. Sie grübelte noch immer über das Problem nach, als er sie am nächsten Morgen anrief.

»Also gut, du hattest die ganze Nacht Zeit. Wann kommst du?«

»Hör doch auf, mich du drängen, Teddy.«

»Wenn ich dich nicht dränge, wirst du dich nie zu einem Entschluß aufraffen.«

Er hatte recht, das wußten sie beide. »Warum redest du mir so zu?« Nun war deutlich Angst aus ihrer Stimme herauszuhören.

»Ich tue es aus zwei Gründen. Weil ich dich in meiner Nähe haben will und weil ich glaube, daß du eine glänzende Karriere vor dir hast.«

»Ich weiß nicht, Teddy, ich muß noch darüber nachdenken.«

»Wo zum Teufel liegt die Schwierigkeit, Serena?« Während er auf ihre Antwort wartete, erfaßte er es plötzlich instinktiv, bevor sie ein Wort sagte. Es ging nicht nur um San Francisco, es ging um Brad. »Es ist Brads wegen, nicht wahr? Du fühlst dich ihm dort nahe.«

Genau darum handelte es sich. Er hatte den Nagel auf den Kopf getroffen. »Ja.« Ein einziger gequälter Laut. »Wenn ich von hier fortgehe, verlasse ich ihn endgültig.«

»Er ist doch schon aus deinem Leben fortgegangen, Serena. Du mußt an dich denken.«

»Das tue ich ja auch.«

»Nein, das tust du nicht. Du hängst an der Stadt, in der du mit ihm gelebt hast. Das verstehe ich. Aber es ist kein ausreichender Grund dafür, auf eine glänzende Karriere zu verzichten. Was glaubst du, würde Brad dazu sagen?«

»Ich soll fahren.« Sie zögerte keinen Moment. »Aber das geht nicht so leicht.«

»Sicherlich nicht. Aber vielleicht solltest du dich dazu zwingen, es zu tun.«

»Ich werde darüber nachdenken.« Mehr konnte er an diesem Tag nicht von ihr erreichen; spät abends lag sie im Bett und überdachte jede mögliche Auswirkung der Entscheidung. Einerseits zog es sie nach New York, anderseits brach es ihr fast das Herz, weil sie San

Francisco verlassen mußte. Seit drei Jahren hatte es keinen Mann in ihrem Leben gegeben, das sich nur um Vanessa drehte. In New York hatte sie eine Chance für einen neuen Beginn. Als sie noch um fünf Uhr morgens wach lag und über alles nachdachte, wurde sie von Aufregung erfaßt, griff nach dem Telefon und rief Teddy an. In New York war es acht Uhr morgens, und er stand gerade in der Küche und trank Kaffee.

»Hallo?« Er lächelte, als er ihre Stimme hörte.

Sie schloß die Augen in ihrem dunklen Zimmer, hielt für einen Augenblick den Atem an, und dann sagte sie mit bebender Stimme: »Ich komme.«

35

Die Wohnung, die Teddy für sie in New York aufgetrieben hatte, war klein. Sie hatte ihm gesagt, wie hoch die Miete sein durfte, und er hatte daraufhin eine kleine Wohnung in einem Haus ohne Fahrstuhl in der East Sixty-third Street, zwischen der Lexington und der Third Avenue ausfindig gemacht. Die Gegend war halbwegs annehmbar, in der Third Avenue fuhren zwar die Hochbahnzüge in kurzen Intervallen vorbei, aber die Lexington Avenue war ganz nett, und die einen Häuserblock weiter westlich vorbeiführende Park Avenue reizend. Die Wohnung selbst ging nach Süden, war hell und sonnig, das Schlafzimmer allerdings sehr klein, aber das Wohnzimmer angenehm.

Als Serena die Wohnung zum ersten Mal sah, war sie begeistert. Die Einrichtung war einfach und bescheiden, frisch gestrichene, weiße Korbstühle, ein geknüpfter Teppich in leuchtenden Farben, schöne Drucke an den Wänden und eine anheimelnde, gesteppte Decke auf Vanessas Bett, die ein Geschenk von Teddy war, wie sich später herausstellte. Das Ganze sah eher wie behagliche Gästezimmer in einem Privathaus aus und nicht wie eine komplette Wohnung. Die Küche war kaum größer als eine Kammer, aber es gab genügend Töpfe und Pfannen, damit sie für sich und Vanessa eine Mahlzeit kochen konnte, und als sie die letzte Schranktür schloß und sich umsah, lächelte sie Teddy entzückt an und klatschte in die

Hände wie ein Kind. Vanessa war schon mit der Puppenstube von Onkel Teddy beschäftigt.

»Es ist wunderbar, Teddy! Es gefällt mir sogar besser als unsere Wohnung in San Francisco.«

»Ich würde die Aussicht nicht gerade vergleichen«, meinte er entschuldigend mit einem Blick auf die schmalen Häuser, die sich in der Sixty-third Street aneinanderdrängten.

»Ich freue mich, hier zu sein. Obwohl ich irrsinnige Angst habe, bin ich glücklich«, sagte sie lächelnd. Schon allein das Tempo der Stadt hatte sie auf dem Weg vom Flughafen in die City in einen Zustand der Spannung versetzt.

Den Rest des Abends verbrachte er damit, ihr zu erklären, wie sie sich in der Stadt zurechtfinden konnte, was wo zu finden war, welche Gegenden sie meiden solle und welche die sichersten waren. Je länger sie zuhörte, desto besser gefiel es ihr. Sie mußte am nächsten Tag zur ersten Vorsprache in die Agentur kommen, und sie war so aufgeregt, daß sie es kaum aushalten konnte.

Als Serena am nächsten Morgen in der Agentur Kerr eintraf, staunte sie über die Betriebsamkeit, die sie dort vorfand. Es herrschte äußerste Geschäftigkeit, ein Schnellfeuer von Worten, ein Höllentempo, es gab keinen Moment der Ruhe. Diese Tätigkeit war nicht von zwangloser Atmosphäre geprägt, es war ein Büro voll gutgekleideter, gut zurechtgemachter Frauen, die an Schreibtischen saßen und telefonierten, vor denen Stöße von Fotomontagen und Karteikarten mit Angaben über Arbeitsplätze lagen; die Telefone klingelten ununterbrochen. Serena wurde geschäftsmäßig zu einem Schreibtisch gewiesen, wo sie eine attraktive, dunkelhaarige Frau prüfend musterte.

»Ich habe vor einigen Wochen Ihre Fotos gesehen«, sagte sie zu Serena. »Sie werden neue brauchen, wahrscheinlich eine ganze Menge, und eine Fotomontage. Haben Sie jemanden, der das machen kann?« Sie schüttelte den Kopf. Sie trug einen hellblauen Pullover, einen grauen Rock, einen einfachen marineblauen Kaschmirblazer, den sie im Warenhaus in San Francisco gekauft hatte, und ihre langen, graziösen Beine schienen nicht aufhören zu wollen, als sie sie übereinanderschlug; der Frau fielen die schwarzen Diorpumps auf. Ihr Haar war sorgfältig aufgesteckt, und sie trug in jedem Ohr eine einfache Perle. Sie sah eher aus, als wollte sie mit einer Freundin in

San Francisco zum Nachmittagstee gehen, als zu einer Vorsprache wegen eines Jobs als Mannequin in New York. Aber sie war so unschlüssig gewesen, was sie anziehen sollte, daß sie sich entschlossen hatte, sich ganz schlicht zu kleiden. Wahrscheinlich würde sie doch nie ankommen, Teddy war verrückt. Was brachte sie auf die Idee, sie könnte in New York als Modell arbeiten? Aber die Frau in dem beigen Kleid nickte und schrieb einen Namen auf eine Karte, die sie ihr über den Schreibtisch hinweg reichte. »Treffen Sie eine Verabredung mit diesem Fotografen, ordnen Sie die Fotos von Ihrer früheren Tätigkeit, lassen Sie sich die Haare schneiden, Ihre Nägel tiefrot lackieren und kommen Sie in einer Woche wieder zu mir.« Serena starrte sie an und fragte sich, ob es überhaupt sinnvoll war, und die Frau lächelte ihr zu, als könnte sie ihre Gedanken lesen. »Es wird schon in Ordnung gehen. Jeder ist zuerst nervös. Es ist hier anders als in San Francisco. Sie kommen doch von dort drüben?« Plötzlich wirkte sie freundlich und menschlich interessiert, und Serena versuchte verzweifelt, ihre Hemmungen abzulegen.

»Ich habe sieben Jahre dort gelebt.«

»Das ist eine lange Zeit.« Dann legte sie den Kopf schief, als hätte sie einen Akzent herausgehört. »Wo waren Sie vorher?«

»Ach, das ist eine lange Geschichte. Mein Mann und ich kamen aus Paris dorthin. Vorher waren wir in Rom. Ich bin Italienerin.« Die Frau zog die Augenbrauen in die Höhe.

»War er auch Italiener?«

»Nein, Amerikaner.«

»Sprechen Sie deshalb so gut Englisch?«

Serena schüttelte den Kopf. In zwei Minuten hatte diese Frau mehr über sie erfahren als andere in Jahren. »Ich war während des Krieges hier. Meine Familie hat mich hergeschickt.«

Die Frau schien sich etwas zu überlegen, während sie noch einmal Serenas Karte studierte. »Wie war noch Ihr Name?«

»Serena Fullerton.«

Die Frau lächelte. »Das klingt zu Englisch. Könnten wir es ein bißchen exotischer machen? Wie hießen Sie vor Ihrer Heirat?«

»Serena di San Tibaldo.« Sie sagte es mit italienischem Schwung.

»Das klingt entzückend...« Sie wurde nachdenklich. »Aber es ist zu lang.« Sie sah Serena hoffnungsvoll an. »Hatten Sie einen Titel?«

Eine seltsame Frage, aber es war ihr Beruf, Menschen zu verkaufen, exotische Namen zu schönen Gesichtern zu erfinden. Tallullah. Zina. Zorra. Phaedra. In diesem Beruf paßte keine Nancy, Mary oder Jane. Sie sah Serena erwartungsvoll an, denn Serena zögerte. Dann dachte sie, zum Teufel, wem macht es schon etwas aus? Wen kümmert es heute noch? Es gab niemanden, der schockiert sein, die Stirn runzeln oder protestieren würde. Wenn es ihr und Vanessa mehr Geld einbrachte, warum nicht. »Ja.« Die Frau kniff die Augen zusammen und fragte sich, ob Serena die Wahrheit sagte. »Principessa.«

»Prinzessin?« Die Frau in Beige war wirklich betroffen.

»Ja. Sie können es nachprüfen lassen. Ich gebe Ihnen mein Geburtsdatum und alles Übrige an.«

»Du meine Güte!« Sie war offensichtlich angenehm berührt. »Das müßte sich auf Ihrer Fotomontage gut machen... Prinzessin Serena...« Sie warf einen Blick auf die Karteikarte mit den Eintragungen, dann wieder auf Serena. »Richten Sie sich einen Augenblick auf.« Serena gehorchte. Dann zeigte die Frau auf die gegenüberliegende Ecke. »Gehen Sie dort hinüber und kommen Sie wieder zu mir zurück.« Serena schritt mit hocherhobenem Kopf anmutig durch den Raum, und als sie zurückkam, leuchteten die grünen Augen der Angestellten auf. »Hübsch, sehr hübsch. Mir ist eben etwas eingefallen. Ich komme gleich zurück.« Sie verschwand in ein anderes Büro, und es dauerte volle fünf Minuten, bis sie wiederkam. Sie brachte jemanden mit.

»Das ist Dorothea Kerr«, erklärte sie einfach. »Die Leiterin der Agentur.« Es war eigentlich unnötig, das zu betonen. Serena stand rasch auf und streckte die Hand aus.

»Guten Tag.« Aber die hochgewachsene, schlanke Dame mit dem streng zurückgekämmten grauen Haar und den auffallend kräftigen Backenknochen unter den großen grauen Augen antwortete nicht. Sie musterte Serena von oben bis unten wie ein Pferd, das sie kaufen wollte, oder wie einen sehr kostspieligen Wagen.

»Ist das Ihre natürliche Haarfarbe?«

»Ja.«

Sie wandte sich an die Frau in Beige. »Ich möchte sie ohne Kleider sehen und außerdem sollten wir sie zu Andy schicken. Versuchen Sie es gar nicht erst bei den anderen.« Die Frau in Beige nickte und machte sich Notizen. »Ich möchte in den nächsten zwei Tagen etwas über sie in der Hand haben. Läßt sich das machen?«

»Natürlich.« Alle, einschließlich Serena, würden Überstunden machen müssen, aber wenn Dorothea Kerr in zwei Tagen »etwas über sie« haben wollte, würde man Himmel und Erde in Bewegung setzen, um sie zufriedenzustellen. »Ich werde ihn sofort anrufen.«

»Gut.« Mrs. Kerr nickte Serena zu und ging mit raschen Schritten davon. Die Tür zu ihrem Büro fiel zu, und in Serenas Kopf begann sich alles zu drehen. Als sie eine Minute später das Gespräch mit anhörte, wurde ihr klar, daß Andy niemand anderer als Andrew Morgan war, der beste Modefotograf der Ostküste. Es wurde für denselben Vormittag eine Verabredung getroffen, aber vorher mußte sie noch zum Friseur.

Andy Morgan? Andy? Einen verrückten Augenblick lang war Serena versucht, in Lachen auszubrechen. Es war beinahe unmöglich, nicht von den Aussichten überwältigt zu sein, die sich ihr eröffneten. Es konnte einfach nicht wahr sein. Aber sie sah auf die Uhr und wußte, daß sie sich auf den Weg machen mußte.

»Muß ich für die Fotos etwas Spezielles anziehen?«

»Nein. Mrs. Kerr sagte, sie würde die Garderobe hinschicken lassen. Ihr imponierte besonders, daß Sie eine echte Prinzessin sind. Ich glaube, er soll das in den Fotos hochspielen.« Die Frau in Beige erklärte ihr noch einmal, wo sie überall erwartet wurde, wünschte ihr Glück und widmete sich dann wieder den Stößen von Fotomontagen und Karteikarten auf ihrem Schreibtisch.

Serena kam wie ausgemacht punkt halb zwölf in Andrew Morgans Studio. Sie verließ es erst nach neun Uhr abends wieder. Er machte Aufnahmen in Schwarzweiß und Farbe, Porträtaufnahmen, Schnappschüsse, Haute Couture, Abendkleider, Tennissachen, Badeanzüge, Hermelin, Chinchilla, Zobel, Kreationen von Balanciaga, Dior, Givenchy und Schmuck. Er steckte ihr Haar auf und ließ es auf die Schultern fallen, schminkte sie diskret und heftig, lasziv und verrückt. Sie trug in den neun Stunden bei Andrew Morgan mehr Kleider und Pelze, Schmuck und verschiedene Accessoires als in all den Jahren in San Francisco. Er war ein kleiner Kobold mit einem warmen Lächeln, das seine schwarzen Augen erhellte, einer Hornbrille und einer silbergrauen Mähne, die ihm unaufhörlich in die Augen fiel; er trug einen schwarzen Rollkragenpullover, eine schwarze Freizeithose und weiche, grellfarbige Ziegenlederschuhe. Während er fotografierte, schien er Luftsprünge zu machen. Er erinnerte sie ständig an einen Tänzer, und sie war so begeistert von ihm, daß sie alles tat, was er von ihr verlangte. Darüber hinaus schien er bei der Arbeit eine Art Zauber auszuüben. Sie arbeitete stundenlang unermüdlich mit ihm, und erst als sie die Schwelle ihrer Wohnung überschritt, merkte sie, wie erschöpft sie war. Vanessa schlief schon. Sie hatte zwar aufbleiben wollen, um ihre Mammi zu sehen, aber Teddy hatte ihr erklärt, daß man schöne Bilder von ihrer Mutter machte. Damit hatte er ihr Herz wieder erobert, ihr dann zwei Geschichten vorgelesen und drei Wiegenlieder vorgesungen; beim dritten war sie eingeschlafen.

Genau zwei Tage später rief Dorothea Kerr persönlich bei Serena an und forderte sie auf, am Nachmittag zu ihr ins Büro zu kommen.

Als Serena dort eintraf, zitterten ihr die Knie, ihre Hände waren feucht und sie war überaus froh darüber, daß Teddy wieder einen seiner seltenen freien Nachmittage hatte. Sie hatte schon eine Agentur für Babysitter ausfindig gemacht, aber auch die konnte kurzfristig keine Wunder bewirken. Als sie jedoch die von Andy Morgan aufgenommenen Fotos sah, wußte sie, daß er zaubern konnte. Jedes einzelne Foto sah aus wie ein Kunstwerk, das man ohne weiteres in einem Museum aufhängen konnte, und als sie sich betrachtete, hatte sie das Gefühl, daß sie eine fremde Frau vor sich hatte. Sie mußte zugeben, daß er etwas Außergewöhnliches, Aufsehenerregendes und Adeliges eingefangen hatte, und sie konnte nicht glauben, daß sie so schön aussah, sicherlich nicht im Alltagsleben. Sie schaute von den Fotos auf und begegnete Dorothea Kerrs Blick, deren harte graue Augen auf sie gerichtet waren; Mrs. Kerr lehnte sich zurück und knabberte an ihrer Brille.

»Also, wir haben hier, was wir brauchen, Serena. Wie steht es mit Ihnen? Wie sehr sind Sie an dem Beruf interessiert? Sehr, ein wenig? So interessiert, daß Sie bereit sind, sich hineinzuknien? Wollen Sie nur einen Job oder wollen Sie Karriere machen? Denn das muß ich jetzt wissen, bevor wir unsere Zeit mit jemandem vergeuden, dem an dieser Arbeit nichts liegt.«

»Mir liegt sehr viel an der Arbeit«, erklärte Serena aufrichtig, doch das genügte Mrs. Kerr nicht.

»Warum? Sind Sie in diesen Beruf oder in sich selbst verliebt?«

»Keines von beiden. Ich habe eine kleine Tochter.«
»Das ist der einzige Grund?«
»Es ist einer der Gründe. Ich kann mir nur so meinen Lebensunterhalt verdienen, und ich lebe gut davon. Mir gefällt die Arbeit.« Ihre Augen blitzten. »Um die Wahrheit zu sagen, bin ich darauf aus, in New York mein Glück zu machen.« Ihre Erregung brach durch, und die Ältere lächelte.

»Sie sind geschieden?«
»Ich bin Witwe und bekomme eine kleine Pension von der Armee. Das ist alles.«

Mrs. Kerr wurde immer interessierter. »Korea?« Serena nickte. »Wie steht es mit Ihrer Familie, hilft sie Ihnen nicht?«

»Sie sind alle tot.«
»Und seine Familie?«

Serena sah sie unglücklich an, und Mrs. Kerr merkte sofort, daß sie ein heikles Thema berührt hatte. »Lassen wir das. Wenn Sie behaupten, Sie brauchen es für Ihre kleine Tochter, dann ist das ganz in Ordnung. Ich hoffe nur, daß die Kleine genügend Appetit entwickelt, damit Sie viel und gerne arbeiten.« Sie schenkte Serena eines ihrer äußerst seltenen Lächeln, dann wurde sie wieder ernst. »Was ist mit dem Titel?« Sie seufzte leise. »Ich habe mich diesbezüglich erkundigt und nehme an, er ist echt. Was halten Sie davon, ihn zu verwenden? Geht es Ihnen gegen den Strich?«

»Ja, aber das spielt keine Rolle. Ich bin hierher gekommen, um mit Ihnen zu arbeiten. Wie Sie es ausdrücken, um Karriere zu machen, nicht nur wegen des Jobs. Wenn es vorteilhaft ist –« sie schluckte, als sie dabei an ihre Großmutter dachte – »dann verwenden Sie ihn nur.«

»Er könnte uns helfen, ein Image aufzubauen. Prinzessin Serena. ›Die Prinzessin‹.« Sie wurde einen Augenblick nachdenklich. »Das gefällt mir. Dieser Titel gefällt mir sehr. Was ist mit Ihnen? Was für ein Gefühl haben Sie dabei?«

»Er klingt für mich noch ein wenig komisch. Ich bin lange Zeit Serena Fullerton gewesen und habe den Titel eigentlich nie verwendet. Er schien eigentlich zu meiner Großmutter zu gehören.«

»Warum? Sie sehen aus wie eine Prinzessin, Serena. Oder wissen Sie das noch nicht?« Serena war es tatsächlich nicht bewußt, und das hatte Teddy nur allzu genau erkannt. Sie hatte keine Ahnung, wie bezaubernd sie aussah, und das machte einen Teil ihres Charmes aus. »Warten Sie nur, bis Sie Ihre Fotos überall in der Stadt sehen, dann werden Sie es wissen. Und« – sie knabberte lächelnd an einem Bleistift – »da Sie eine Prinzessin sind, werden wir einen fürstlichen Preis verlangen. Hundert Dollar die Stunde für Prinzessin Serena. Wir werden den Eindruck erwecken, daß Sie das Geld nicht brauchen, daß Sie es tun, weil es Ihnen Spaß macht, und wenn man Sie als Modell will, muß man sich das eben etwas kosten lassen. Hundert die Stunde.« Serena schnappte bei dem Gedanken nach Luft. Hundert die Stunde? Würde sie überhaupt Angebote bekommen? »Also gut, wir werden Ihr Heft zusammenstellen und mit der Arbeit beginnen. Sie kommen morgen wieder, Serena. Ruhen Sie sich gründlich aus, richten Sie Ihre Frisur, die Nägel und das Gesicht perfekt her. Tragen Sie etwas Einfaches in Schwarz und seien Sie um halb zehn hier. Morgen schicken wir Ihr Heft hinaus und Sie werden zu arbeiten beginnen. Aber ich mache Sie darauf aufmerksam, daß wir Sie nur für die großen Aufgaben einsetzen werden, bei einem Preis von hundert Dollar die Stunde fallen für Sie viele weniger interessante Aufgaben automatisch weg. Das bedeutet, daß Sie ganz oben auf der Erfolgsleiter beginnen, in der ersten Klasse sozusagen, da müssen Sie vollkommen sein. Wenn Sie das nicht sind, machen wir beide uns in dieser Stadt so lächerlich, daß wir erledigt sind.«

»Ich werde mein Bestes tun, das verspreche ich.«

»Versprechen Sie es nicht. Tun Sie es.« Dorothea Kerrs Blick wurde hart, sie stand auf. »Wenn nicht, fliegen Sie raus, ob Sie nun eine Prinzessin sind oder nicht.« Damit drehte sie sich um und verließ das Zimmer.

36

Einen Monat später sah Margaret Fullerton die erste Annonce. Eine ganze Seite in der *New York Times* für eine neue Reihe von Kosmetika. Sie hatten mit Hochdruck gearbeitet, um Serenas Aufnahme rechtzeitig fertigzustellen, aber es war ein sensationelles Foto geworden. Margaret Fullerton hatte die Zeitung zusammengefaltet auf ihrem Schreibtisch liegen, als Teddy das nächste Mal zum Essen kam. Sie sagte nichts, bis der Kaffee unten in der Bibliothek serviert wurde, dann nahm sie das Blatt mit zwei Fingern vom Schreibtisch, als wäre es giftig.

Sie hob den Blick zu ihrem Sohn und sah ihn wutentbrannt an.

»Du hast mir nicht erzählt, daß sie in New York ist. Warum nicht?«

»Ich dachte nicht, daß es dich interessiert.«

»Das Kind ist auch hier?«

»Ja.«

»Leben sie hier?«

»Ja.«

»Das Flittchen ist noch immer so unglaublich ordinär, wie ich immer annahm.«

Teddy sah sie einen Augenblick verdutzt an. »Wie kannst du sowas sagen, Mutter! Sie sieht nicht nur blendend aus, sie ist auch unwahrscheinlich elegant und aristokratisch. Sieh dir doch das Bild an.«

»Sie ist nichts als eine Hure und ein Modell. Das ist alles nur Aufmachung und außerdem handelt es sich um einen überaus anrüchigen Beruf.« Aber sie hatte mit Genugtuung bemerkt, daß die Kosmetika von einer Gesellschaft erzeugt wurden, deren Vorstandsmitglied sie war. »Ich nehme an, du hast sie schon getroffen.«

»Ja.« Sein Herz klopfte vor unterdrücktem Zorn. »Und ich habe vor, sie und Vanessa wiederzusehen, so oft ich kann. Dieses Kind ist meine Nichte, und Serena ist die Witwe meines Bruders.«

»Dein Bruder hatte bedauerlicherweise einen ausnehmend schlechten Geschmack, was Frauen betraf.«

»Nur bei Serenas Vorgängerin.« Matchball. Pattie hatte Greg nahezu völlig zugrunde gerichtet, er war jetzt unbestreitbar ein Alkoholiker. Teddy stand auf. »Ich bleibe nicht länger hier, wenn du auf Serena herumhackst.«

»Warum? Schläfst du mit ihr? – Vermutlich nicht nur du, sondern halb New York.«

»Mein Gott!« brüllte Teddy. »Was hast du nur gegen sie?«

»Alles. Sie hat die Karriere meines Sohnes zerstört und ihn indirekt auf dem Gewissen. Genügt das nicht? Dein Bruder ist wegen dieser Frau ums Leben gekommen, Teddy.« Aber in ihren Augen war kein Schmerz zu lesen, nur Wut und Rache.

»Um Himmels willen, er ist im Krieg in Korea gefallen, oder hast du das vergessen? Bist du so verbohrt in deinen Haß, daß du dir die Wahrheit nicht eingestehst? Hast du ihr noch nicht genug angetan? Wenn es nach dir ginge, wäre sie verhungert, nach Brads Tod. Sie hat dieses Kind fast vier Jahre lang allein erhalten, sich abgerackert, und du hast die Unverschämtheit, auf sie hinunterzuschauen, und wenn es dich auch nichts angeht, sie ist meinem Bruder noch immer treu.«

»Woher willst du das wissen?«

»Weil ich sie seit Jahren liebe. Und sie will mich nicht. Brads wegen und deinetwegen. Sie will sich nicht zwischen uns drängen. Mein Gott, ich wünschte, sie täte es.«

»Wirklich? Ich bin sicher, das ließe sich machen. Inzwischen schlage ich vor, mein Junge, daß du aufwachst. Höchstwahrscheinlich will sie dich nicht haben, weil sie weiß, daß ich zu klug für sie bin, und daß sie dabei nichts profitieren würde.«

»Du glaubst, daß sie Brad nur des Geldes wegen geheiratet hat?«

»Zweifellos. Sicherlich vertraute sie darauf, daß sie nötigenfalls unsere kleine Vereinbarung annullieren könnte.«

»Warum hat sie es dann nicht versucht?«

»Ich nehme an, daß ihre Anwälte ihr davon abgeraten haben.«

»Du bist widerlich.«

»Du wirst das mit weit mehr Berechtigung sagen können, wenn du dich nicht von dieser Person fernhältst. Sie ist ein schäbiges kleines Luder, und ich werde nicht zulassen, daß sie dich so ausnützt wie Brad.«

»Du bestimmst nicht über mein Leben.«

»Sei dessen nicht so sicher. Wie glaubst du denn, daß du den Ausbildungsplatz bei deinem berühmten Chirurgen bekommen hast?«

Er sah sie entsetzt an und zuckte sichtbar zusammen.

»Du hast das arrangiert?«

»Jawohl.« Einen Moment nahm der Ekel in ihm überhand, und er beschloß, den Posten schon am nächsten Tag aufzugeben, dann wurde ihm fast ebenso rasch klar, daß er damit auf eine einmalige Gelegenheit verzichtete. Zum ersten Mal in seinem Leben hatte ihn seine Mutter in der Hand, und er haßte sie deswegen.

»Du bist eine erbärmliche Frau.«

»Nein, Theodore. Ich bin eine einflußreiche und intelligente

Frau. Du wirst zugeben, daß das eine interessante und gefährliche Synthese ist. Denk daran und halte dich von deiner kleinen Freundin fern.«

Er starrte sie an, ohne ein Wort herauszubringen, dann wandte er sich um und verließ den Raum. Gleich darauf hörte Margaret Fullerton, wie die Eingangstür zugeschlagen wurde.

Am nächsten Tag hörte Serena ein ähnliches Geräusch, als sie in der Agentur vor Dorothea Kerrs Büro wartete. Die Tür wurde zugeschlagen, daß die Wände zitterten, und plötzlich stand die Chefin vor ihr. »Kommen Sie in mein Büro!« Sie schrie Serena beinahe an, die ihr ganz erschrocken folgte.

»Ist etwas nicht in Ordnung?«

»Das müssen Sie mir erklären. Ihre Kosmetikreklame in der *New York Times*... die Inseratenagentur wurde von den Geldgebern angerufen, die ihnen mitteilten, daß sie den Werbeetat verlieren würden, wenn sie Sie jemals wieder verwenden sollten. Wie wollen Sie das erklären? Sie scheinen nicht ganz unbescholten nach New York gekommen zu sein, sondern mit offenen alten Rechnungen. Ich möchte keineswegs, daß Ihre verdammten Privatangelegenheiten mir das Geschäft verderben. Was zum Teufel ist da los?«

Serena starrte bestürzt vor sich hin, dann dämmerte es ihr. »O mein Gott... nein...« Sie preßte die Hand auf den Mund, Tränen traten ihr in die Augen. »Es tut mir so leid. Ich werde die Agentur sofort verlassen.«

»Nein, zum Teufel.« Mrs. Kerr wurde noch zorniger. »Ich habe in den nächsten zwei Wochen achtzehn Buchungen für Sie. Spielen Sie nicht die verfolgte Unschuld, sagen Sie mir nur, womit ich fertig werden muß. Überlassen Sie mir die Entscheidung, ob ich Sie hinauswerfe oder nicht. Vergessen Sie nicht, hier treffe ich die Entscheidungen.« Die scharfe Ausdrucksweise beeindruckte Serena, aber wenn sie genauer aufgepaßt hätte, hätte sie das Mitgefühl herausgehört. Mrs. Kerr war klar, daß Serena überaus naiv war, und sie empfand das Bedürfnis, sie zu beschützen. Dieses Gefühl hatte sie von Anfang an gehabt, obwohl sie Serena ihre Gefühle nie zeigte. »Also gut, Serena, erzählen Sie, ich möchte wissen, worum es geht.«

»Ich weiß nicht, ob ich darüber sprechen kann.« Die Tränen flossen in schwärzlichen, mit Wimperntusche gefärbten Bächen über ihre Wangen.

»Sie sehen ja schrecklich aus. Nehmen Sie das da.« Sie reichte ihr ein Taschentuch, Serena putzte ihr Näschen und holte tief Atem, während Mrs. Kerr ihr ein Glas Wasser reichte, und dann erzählte sie ihre ganze Geschichte. Wie sie ihre Familie im Krieg verloren, wie sie Brad kennengelernt und sich in ihn verliebt hatte, daß Brad seine Verlobung mit einer New Yorker Debütantin gelöst hatte, und wie wütend Brads Mutter darüber gewesen war. Sie erzählte ihr sogar von der Vereinbarung, die Margaret sie hatte unterschreiben lassen, von Brads Tod, von dem Kind, das sie verloren hatte, und von den letzten drei Jahren, in denen sie gearbeitet hatte, um Vanessa zu erhalten.

»Das ist alles.« Sie seufzte tief und trocknete ihre Tränen.

»Das genügt.« Mrs. Kerr war über die Geschichte mehr als gerührt – sie empfand Zorn, hatte Lust, den Kampf aufzunehmen. »Sie muß eine unglaublich böse Frau sein.«

»Kennen Sie sie?« Serena war blaß, sie sah keine Möglichkeit, sich den Bosheiten Margaret Fullertons zu entziehen. Nach nur fünf Wochen in New York wußte Serena, daß ihre Schwiegermutter darauf aus war, ihr in die Karriere zu pfuschen. Sie hatte vor ihr Angst gehabt, als sie beschlossen hatte, nach New York überzusiedeln, hatte sich aber in der falschen Hoffnung gewiegt, daß ihre Befürchtungen unbegründet waren.

»Ich kenne sie nur dem Namen nach. Aber jetzt möchte ich ihr persönlich begegnen.«

Über Serenas Gesicht huschte ein freudloses Lächeln. »Sie würden es bedauern. Neben ihr wirkt Attila, der Hunnenkönig, wie ein Weichling.«

Mrs. Kerr sah ihrem neuen Modell in die Augen. »Täuschen Sie sich nicht, Kleine, sie ist soeben auf ihr Gegenstück gestoßen.«

»Es gibt einen Unterschied. Sie sind nicht so böse.« Sie lehnte sich erschöpft zurück. »Mir bleibt nichts anderes übrig, als aus der Agentur auszuscheiden und nach San Francisco zurückzukehren.«

»Wenn Sie das tun, werde ich Sie gerichtlich verfolgen müssen. Sie haben mit der Agentur einen Vertrag unterzeichnet, und auf dessen Erfüllung bestehe ich, ob Sie wollen oder nicht.«

Serena lächelte über die Art, wie die Ältere sich ihrer annahm. »Sie werden alle Kunden verlieren, wenn ich bleibe.«

»Ihr gehören nicht alle großen Unternehmen in New York. Ich

werde übrigens ihre Beziehungen zu dieser Kosmetikfirma überprüfen. Schminken Sie sich jetzt frisch, Sie haben in zwanzig Minuten eine Vorführung.«

»Bitte, Mrs. Kerr...«

»Serena.« Die Leiterin der Agentur kam hinter ihrem Schreibtisch hervor und legte ohne ein weiteres Wort ihre Arme um Serena. »Sie haben mehr durchgemacht als alle Leute, von denen ich je gehört habe. Ich werde Sie nicht im Stich lassen. Sie brauchen jemanden, der Sie beschützt. Sie brauchen eine Freundin, Kleine, lassen sie mich wenigstens das für Sie sein.«

»Aber wird es Ihrer Agentur nicht schaden?«

»Es wird uns mehr schaden, wenn Sie uns verlassen, aber ich will nicht deshalb, daß Sie bleiben. Ich will, daß Sie sich durchsetzen, und das können Sie nur, wenn Sie sich behaupten. Tun Sie es für mich... für sich selbst« – und dann spielte sie ihre Trumpfkarte aus – »tun Sie es für Ihren Mann. Glauben Sie wirklich, er wäre damit einverstanden, daß Sie vor seiner Mutter davonlaufen?«

Serena überlegte, bevor sie antwortete: »Nein, das wäre er nicht.«

»Gut. Dann wollen wir den Kampf Seite an Seite austragen. Ich werde dem alten Biest schon zeigen, wie weit sie gehen kann, selbst wenn ich sie dazu persönlich stellen muß.« Serena wußte, daß sie es tun würde.

»Tun Sie das nicht!«

»Können Sie mir einen triftigen Grund dafür nennen?«

»Sie wird einen offenen Krieg vom Zaun brechen.«

»Was glauben Sie, was das jetzt ist? Sie hat sich an eine Kosmetikfirma und an eine Werbeagentur gewandt und verlangt, daß sie Sie feuern. Ich finde, daß ist ein ziemlich offener Krieg.« Serena lächelte verzweifelt. »Überlassen Sie das alles mir. Sie tun Ihre Arbeit und ich die meine. Ich habe nicht oft Gelegenheit, für jemanden zu kämpfen, der mir sympathisch ist, und ich mag Sie.«

»Ich mag Sie auch. Und ich weiß nicht, wie ich Ihnen danken soll.«

»Am besten gar nicht. Gehen Sie nur zu Ihrer Vorführung. Ich werde anrufen und sagen, daß Sie ein bißchen später kommen.« Sie scheuchte Serena aus dem Büro, aber als diese an der Tür stand, drehte sie sich um und flüsterte: »Danke.«

Mrs. Kerrs Augen waren feucht, als die Tür ins Schloß fiel, und zehn Minuten später verabredete sie telefonisch eine Zusammenkunft mit Margaret Fullerton.

Die Begegnung zwischen Dorothea Kerr und Margaret Fullerton war kurz und nicht sehr freundlich. Als Margaret Fullerton erfuhr, worum es sich handelte, wurde ihr Blick eisig. Das beeindruckte Mrs. Kerr nicht im geringsten. Sie sagte ihr, sie solle die Finger von Serenas Karriere lassen, sonst würde ihr die Agentur eine Anzeige anhängen.

»Heißt das, daß Sie ihre Interessen vertreten?«

»Nein, ich bin die Leiterin ihrer Modellagentur. Und ich meine, was ich sage.«

»Ich auch, Mrs. Kerr.«

»Dann verstehen wir einander.«

»Darf ich vorschlagen, daß Ihre Klientin ihren Namen ändert. Sie besitzt kein Recht mehr darauf.«

»Ich glaube, daß er ihr vom rechtlichen Standpunkt zusteht. Aber das spielt keine Rolle. Sie verwendet ohnehin nicht Ihren Namen, sondern ihren Adelstitel.«

»Typisch vulgär.« Margaret Fullerton erhob sich. »Ich nehme an, Sie haben alles gesagt, was Sie zur Sprache bringen wollten.«

»Nicht ganz, Mrs. Fullerton.« Dorothea Kerr erhob sich zu ihrer vollen Größe. Sie war einmal ein sehr hochgewachsenes, sehr schönes Modell gewesen. »Sie sollen wissen, daß ich heute morgen einen Anwalt für Serena engagiert habe. Er wird über Ihre Geschäftsstörung voll informiert werden, auch darüber, daß Sie Serena schon einmal um einen Job gebracht haben, und falls es noch einen weiteren derartigen Fall geben sollte, wird die Presse ein interessantes Thema haben. Ihre feinen Freunde werden ja begeistert sein, wenn sie über Sie in den *Daily News* lesen.«

»Das halte ich für eine leere Drohung.« Aber es war zu sehen, daß Margaret Fullerton blaß geworden war. Sie war noch nie bedroht worden und hatte selten mit jemandem zu tun gehabt, der ihr gewachsen war, sicherlich aber nicht in der Person einer anderen Frau.

»Ich würde es an Ihrer Stelle nicht darauf ankommen lassen. Ich meine jedes Wort so, wie ich es sage. Serena wird das erfolgreichste Modell in New York werden, mit oder ohne Ihre Intervention, also täten Sie besser daran, sich darauf einzustellen.« Dann drehte sie sich, bevor sie das Zimmer verließ, noch einmal mit einem verächtlichen Blick um.

»Ich nehme an, Sie könnten nach allem, was Sie getan haben, Unannehmlichkeiten bekommen. Wissen Sie, früher oder später kommen diese Dinge an die Öffentlichkeit. Und ich fürchte, das wird Ihnen dann nicht sehr gefallen.«

»Ist das eine Drohung?« Margaret Fullertons Hände zitterten.

»Eigentlich ja«, sagte Dorothea Kerr mit honigsüßem Lächeln. Dann verschwand sie, und Margaret Fullerton hätte sie am liebsten umgebracht.

An diesem Abend sprach sie mit Teddy und nahm sich dabei kein Blatt vor den Mund: »Ich verbiete dir, mit dieser Frau zusammenzukommen.«

»Du kannst mir nichts verbieten. Ich bin ein erwachsener Mann. Was willst du tun – mich hinauswerfen lassen?« Serena hatte ihm von dem Vorfall schon berichtet.

»Ich kann jederzeit mein Testament ändern.«

»Aber gern. Ich habe mich nie um dein Geld geschert. Ich bin Arzt. Ich kann meinen Weg allein machen. Eigentlich ist es mir sogar lieber.«

»Vielleicht wirst du es tun müssen. Ich meine jedes Wort so, wie ich es sage.«

»Ich auch. Gute Nacht, Mutter.« Dann hatte er aufgelegt, und sie war in Tränen ausgebrochen. Zum ersten Mal in ihrem Leben wußte sie, was es heißt, sich machtlos zu fühlen. Aber es dauerte nicht lange. Margaret Fullerton war eine erfinderische, entschlossene Frau. Der Teufel sollte sie holen, wenn Serena Fullerton – oder wie immer sie sich jetzt nannte – die nächste Runde gewinnen würde.

37

Während des nächsten Monats bekam Vanessa ihre Mutter fast nie zu Gesicht. Sie sah nur die Babysitter und ihren Onkel Teddy, und ihre Mutter kam jeden Abend um sieben, acht oder neun Uhr erschöpft nach Hause, zu müde, um zu essen, zu sprechen oder sich zu bewegen. Sie sank in eine Badewanne mit heißem Wasser, manchmal ging sie direkt ins Bett. Teddy war im Krankenhaus ungeheuer beschäftigt, er verbrachte fünf bis sechs Stunden im Operationssaal, und mußte jeden Morgen um vier Uhr aufstehen. Dennoch fand er Zeit, Serena als Babysitter auszuhelfen. Es war das mindeste, was er tun konnte, um die dauernden, durchtriebenen Versuche seiner Mutter auszugleichen, ihre Existenz zu vernichten. Sie wagte sich nie so weit vor, daß sie Dorothea Kerrs Anwälten eine Handhabe für eine Klage lieferte, aber sie warf, wann immer sie konnte, Serena einen Knüppel zwischen die Beine. Sie hatte sogar der Presse zu verstehen gegeben, daß Serena keine Prinzessin sei, sondern eine Putzfrau aus Rom, die in einem Palazzo Fußböden geschrubbt hatte, und von den Besitzern hätte sie auch ihren Titel übernommen. Sie unterließ es natürlich zu erwähnen, daß der Palazzo früher Serenas Eltern gehört hatte. Serena hielt es für sinnlos, den Reportern die Wahrheit zu sagen. Außerdem war sie zu beschäftigt, um sich darum zu kümmern, und jeden Abend, wenn sie nach Hause kam, war sie am Ende ihrer Kräfte. Sie hatte durch die schwere Arbeit und die Aufregungen innerhalb von zwei Wochen vierzehn Pfund abgenommen. Aber die Fotos, die täglich von ihr gemacht wurden, waren die blendendsten, die Teddy je gesehen hatte. Sie schien bei jedem Job, den sie annahm, schöner und erfahrener zu werden, und man konnte unmöglich glauben, daß sie diesen Beruf nicht schon seit Jahren in New York, Paris und London ausgeübt hatte. Sogar Dorothea Kerr sagte, daß »Die Prinzessin« ein Profi sei. Sie war jetzt überall in New York unter ihrem Titel bekannt, und vom ersten Moment an hatte niemand bei ihrem Honorar auch nur mit der Wimper gezuckt. Sie hatte schon eine recht ansehnliche Geldsumme beiseite gelegt und war stolz darauf, daß sie sich für Vanessa eine erstklassige kleine Privatschule in der Ninetyfifth Street leisten konnte. Die Schule hatte völlig europäischen Zuschnitt, und alle Stunden wurden in Französisch abgehalten. Vanessa war schon nach zwei Monaten zweisprachig. Teddy war voller Bewunderung für Serena.

»Also, meine berühmte Dame, wie fühlt man sich als hinreißendstes Modell in New York?«

»Ich weiß es nicht«, antwortete sie; sie saßen eines Sonntags nebeneinander mit der Zeitung auf dem Fußboden. »Ich bin zu zerschlagen, um irgend etwas zu fühlen.« Und dann mit einem schelmischen Lächeln: »Weißt du, daran bist nur du schuld, Teddy.«

»Nein, es ist deshalb, weil du so häßlich bist.« Er beugte sich zu ihr und küßte sie auf die Wange.

Die Agentur ließ sie in fieberhaftem Tempo arbeiten. Manchmal beklagte sich sogar Vanessa. »Ich sehe dich nie mehr, Mammi.« Aber am siebenten Geburtstag ihrer Tochter hatte Serena sie und vier ihrer Freundinnen in den Zirkus ausgeführt. Es war für Vanessa ein großes Ereignis, das sie für das Chaos der letzten Monate entschädigte.

Aber nach Weihnachten ging es in demselben Tempo weiter. Serena hatte zu den Weihnachtsfeiertagen genau einen Tag frei, den sie mit Vanessa und Teddy verbrachte, aber am nächsten Tag lief sie für Andy Morgan in einem Badeanzug und einem Pelzmantel durch den Schnee und machte Luftsprünge, daß ihre blonde Mähne hinter ihr herwehte. Zwei Wochen später wurde sie nach Palm Beach geschickt, um dort Aufnahmen zu machen, dann nach Jamaica, zurück nach New York, und gleich danach fuhr sie nach Chicago.

Im darauffolgenden Sommer erhöhte die Agentur ihr Honorar auf zweihundert Dollar die Stunde, und »Die Prinzessin« war das Stadtgespräch von New York und eine Auszeichnung für jeden Fotografen im Land. Dorothea Kerr hatte immer ihre Karriere im Auge und kontrollierte alles, was sie tat, mit fester Hand, was Serena gefiel. Sie schätzte die Erfahrung der Älteren, und sie waren Freundinnen geworden. Sie kamen selten außerhalb der Arbeitszeit zusammen, unterhielten sich aber stundenlang in Dorothea Kerrs Büro, und die Ratschläge, die sie Serena erteilte, waren immer ausgezeichnet. Besonders in bezug auf Margaret Fullerton, die im Augenblick kein Problem mehr darstellte. Serena hatte einfach zu viel Erfolg, als daß ihre Verleumdungen ihr schaden konnten.

»Ich hoffe, dieses Leben gefällt dir, Serena, denn es macht Spaß, so lange es dauert, aber es dauert nicht ewig. Du wirst eine Menge Geld verdienen. Leg es beiseite, tu etwas Vernünftiges damit und sei dir darüber im klaren, daß es nur eine Zeitlang dauert. Jetzt hast du Oberwasser, bist du die Nummer eins, dann kommt eine andere an die Reihe.« Aber sie war von Beginn an von der Art beeindruckt gewesen, wie Serena mit ihrer Berühmtheit fertig wurde. Sie war ein intelligentes Mädchen mit viel Einfühlungsvermögen, und sie machte keine Dummheiten. Sie arbeitete hart und ging danach nach Hause, und niemand erfuhr jemals etwas von ihrem Privatleben. Mrs. Kerr hatte genug von Modellen, die sich betranken und festgenommen wurden, die öffentliches Ärgernis erregten, sich Sportwagen zulegten und sie zuschanden fuhren, sich mit internationalen Playboys einließen, auf möglichst spektakuläre Weise Selbstmordversuche unternahmen und dann natürlich bei der Arbeit versagten. Serena war nicht so. Sie ging nach Hause zu ihrer kleinen Tochter, und Dorothea Kerr hatte den Verdacht, daß es nur wenige Männer in ihrem Leben gab, und wenn es sie gab, waren es nur flüchtige Bekanntschaften; tatsächlich hatte sie seit dem Tod ihres Mannes keine ernsthafte Bekanntschaft gehabt.

In diesem Sommer wurde es ein Jahr, daß Serena in New York lebte, und sie war so beschäftigt, daß sie kaum eine Minute mit Teddy verbringen konnte. Zu ihrem Glück war Vanessa für zwei Monate in einem Ferienlager.

Bis Mitte August war Serena mit so vielen Aufnahmen ausgebucht, daß sie ihre Chefin bat, nicht mehr so viel für sie vorzumerken.

»Kannst du sie nicht für ein paar Wochen vertrösten?« Sie sah Mrs. Kerr flehend an.

Sie musterten die Warteliste der Firmen, die für Serena vorgemerkt waren. »Du bist ein Glückspilz, Serena. Schau dir das nur an.« Sie gab die Liste Serena, die den Kopf schüttelte und stöhnend in einen Stuhl sank. Sie sah aus wie aus dem Ei gepellt, frisch, blond, jung und tadellos zurechtgemacht, und es war leicht einzusehen, warum die Hälfte der New Yorker Fotografen mit ihr arbeiten wollten, ganz zu schweigen von mindestens einem Dutzend in Italien, Frankreich, Deutschland und Japan.

»Könnten Sie mir für die nächsten Wochen eine Pause verschaffen, Mrs. Kerr? Ich brauche sie wirklich dringend. Ich hatte das ganze Jahr keinen Urlaub.« Wenn sie wenigstens jetzt einige Zeit für sich haben, irgendwohin fahren oder auch nur in der Stadt und, allerhöchster Luxus, ein paar Tage im Bett bleiben könnte!

»Ich werde sehen, was ich tun kann.« Mrs. Kerr sah wieder die Liste durch. »Der einzige, den ich wahrscheinlich nicht verschieben kann, ist Vasili Arbus.«

»Wer ist das?«

»Du kennst ihn nicht?« fragte Mrs. Kerr überrascht.

»Sollte ich ihn kennen?«

»Die Engländer halten ihn für einen zweiten Andy Morgan. Er ist halb Engländer, halb Grieche, und vollkommen verrückt, aber er arbeitet außerordentlich gut.«

»So gut wie Andy?« Nach einem Jahr in New York kannte Serena alle, und Andy Morgan war einer ihrer Freunde.

Mrs. Kerr dachte noch über die Frage nach. »Ich weiß nicht. Er ist verdammt gut. Er arbeitet anders. Du wirst schon sehen.«

»Muß ich den Auftrag annehmen?« fragte Serena ärgerlich.

»Es bleibt uns keine Wahl. Er hat dich vor drei Monaten von London aus für eine Arbeit gebucht, die er hier durchführen wird. Er bleibt nur ein paar Wochen hier, um für seine amerikanischen Auftraggeber zu arbeiten, dann fährt er nach London zurück. Angeblich besitzt er dort ein Haus, ein weiteres in Athen, und er hat auch eine Wohnung in Paris und eine Villa in Südfrankreich.«

»Reist er nur oder arbeitet er auch?«

Mrs. Kerr sah sie über ihre Brille hinweg an. »Warum willst du ihm keine Chance geben?« Dann fügte sie bedächtig hinzu: »Als Fotograf. Nicht als Mann. Er ist verdammt charmant, aber Vasili Arbus ist kein Mann, mit dem man sich einläßt. Damit will ich nicht sagen, daß du es tun würdest«, sagte sie lächelnd, und Serena sah belustigt drein.

»Ich muß in dieser Branche als unterkühlte Jungfrau verschrien sein«, stellte sie lachend fest, doch Mrs. Kerr schüttelte den Kopf.

»Das glaube ich nicht, Serena. Ich nehme an, die meisten Männer wissen, daß du nicht mit den Kunden flirtest. Deshalb kann man mit dir besser arbeiten. Es gibt keinen Anlaß, andere als berufliche Erwartungen zu haben.«

»Also, ich werde dafür sorgen, daß auch Mr. Arbus das begreift.«

Dorothea Kerr konnte ein Lächeln nicht unterdrücken. »Bei ihm, das muß ich zugeben, könntest du vielleicht Schwierigkeiten haben.«

»Ach?« Serena zog hochmütig eine Braue hoch.

»Du wirst schon sehen. Er ist einfach ein großer, charmanter Junge.«

»Phantastisch. Ich will Urlaub machen, und du läßt mich mit einem kindlichen Playboy arbeiten.« Mrs. Kerr wunderte sich, denn

Serena hatte unbewußt Vasili vollendet beschrieben. »Wie auch immer, sieh zu, was du tun kannst. Wenn du ihm nicht absagen kannst, werde ich eben mit ihm arbeiten. Aber er soll die Aufnahmen rasch erledigen, damit ich endlich wegfahren kann, während der Rest meiner Familie noch fort ist.« Sie hatte noch zwei Wochen Zeit, bis Vanessa aus dem Lager und Teddy aus Newport zurückkam.

»Ich werde tun, was ich kann.«

Am nächsten Morgen teilte ihr Mrs. Kerr mit, daß sie alles hatte verschieben können, außer Vasili Arbus, der sie am gleichen Tag um zwei Uhr in seinem Studio erwarte.

»Hast du eine Ahnung, wie lange die Aufnahmen dauern sollen?«
»Er meinte, ungefähr zwei Tage.«

»Also gut.« Serena seufzte. Zwei Tage würde sie noch verkraften, dann konnte sie für ein paar Tage wegfahren und ausspannen.

Sie bekam die Adresse des Studios, das Arbus verwendete, überprüfte ihren Mannequinkoffer, Schminke, Haarspray, Spiegel, verschiedene Bürsten, vier Paar Schuhe, einen Badeanzug, Shorts, Strümpfe, drei verschiedene Büstenhalter und ein wenig einfachen Modeschmuck, man wußte ja nie, was man bei der Arbeit brauchen würde.

Sie meldete sich an der angegebenen Adresse um Punkt zwei Uhr und wurde von Arbus' Assistenten, einem sehr gut aussehenden jungen Mann, ins Studio geführt. Der Junge sprach Englisch mit einem seltsamen Akzent, einem Mittelding zwischen Lispeln und Murmeln, er hatte dunkelbraunes Haar, olivfarbene Haut, große schwarze Augen und wirkte sehr jung; Serena erriet, daß er Grieche war.

»Wir haben eine Menge von Ihrer Arbeit gesehen, Serena.« Er sah sie bewundernd an. »Sie gefällt Vasili ausgezeichnet.«

»Danke.« Sie lächelte freundlich und hätte gern gewußt, wie alt er war. Er sah aus wie neunzehn, und sie fühlte sich mit ihren achtundzwanzig wie seine Großmutter.

»Möchten Sie eine Tasse Kaffee?«
»Danke. Soll ich beginnen, mich zu schminken?«

»Lassen Sie sich Zeit. Wir machen heute nachmittag keine Aufnahmen. Vasili möchte Sie nur kennenlernen.« Für zweihundert Dollar die Stunde? Er zahlte dafür, sie nur kennenzulernen? Serena war überrascht.

»Wann beginnen wir zu arbeiten?«

»Morgen. Übermorgen. Sobald Vasili bereit ist.« Ach du lieber Gott! Sie sah schon, wie ihr Urlaub ins Wasser fiel, während sie einander kennenlernten.

»Tut er das immer?«

»Mitunter. Wenn der Kunde wichtig und das Modell neu ist. Es ist für Vasili wichtig, seine Modelle zu kennen.«

»Ach, wirklich?« Sie war nur gekommen, um ihre Arbeit vor der Kamera zu erledigen, nichts weiter. Aber während sie dem Assistenten noch etwas sagen wollte, spürte sie jemanden hinter sich, und als sie sich umwandte, sah sie einen Mann, der ihr mit so hypnotisierender Kraft in die Augen blickte, daß sie den Atem anhielt. Er hatte sie überrascht, weil er plötzlich vor ihr stand, aber alles an ihm war außergewöhnlich. Sein Haar glänzte wie Onyx, die Augen glichen schwarzen Diamanten, sie blitzten sie mit kaum verhohlenem Lachen an; er hatte ein breites, eckiges Gesicht und hohe Backenknochen, einen vollen, sinnlichen Mund, und war so sonnengebräunt, daß er eine fast honigfarbene Haut hatte. Er war groß und breitschultrig, hatte schmale Hüften und lange Beine. Eigentlich sah er aus wie eines seiner männlichen Modelle und nicht wie ein Fotograf, zudem trug er ein rotes T-Shirt, Jeans und Sandalen.

»Hallo, ich bin Vasili.« Er sprach mit deutlichem, aber schwachem Akzent, einer interessanten Mischung aus britischem Englisch und Griechisch. Sie lächelte verlegen.

»Ich bin Serena.«

»Ah.« Er hob die Hand, als wollte er Stille gebieten. »Die Prinzessin.« Er verbeugte sich tief, dann richtete er sich auf, aber obwohl er sie neckte, schienen seine Augen sie zu liebkosen, und man fühlte sich fast unwiderstehlich zu der breiten Brust und den kraftvollen Armen hingezogen. »Ich freue mich, daß Sie heute zu uns kommen konnten.«

»Ich dachte, wir würden Aufnahmen machen.«

»Nein.« Wieder hob er gebieterisch die Hand. »Niemals. Nicht bei einem so wichtigen Job wie diesem. Meine Kunden wissen, daß ich meine Modelle zuerst kennenlernen muß.« Sie mußte daran denken, daß es die Kunden ein Vermögen kostete, aber das machte ihm anscheinend nichts aus.

»Was nehmen wir auf?«

»Sie.« Das lag auf der Hand, aber die Art, wie er es sagte, gab ihr ein ungewöhnliches Gefühl von ihrer eigenen Bedeutung, als ginge es um sie selbst und nicht um ein Modell, das dazu da war, um ein Kleid oder ein Auto, ein Sortiment von Handtüchern oder eine neue Eiscrememarke zur Geltung zu bringen.

Sie gab dem Gespräch eine andere Wendung, während er sie nicht aus den Augen ließ. Beinahe spürte sie, wie er sie berührte, und das erregte sie zutiefst. Sie hatte eine Vorahnung, ohne zu wissen, warum, und ging wieder zu den Fragen über die Aufnahmen über. »Wer ist der Kunde?«

Er sagte es ihr, und sie nickte. Man würde sie mit Kindern, zwei männlichen Modellen und allein in einem wichtigen Werbefoto für einen neuen Wagen aufnehmen. »Können Sie Autofahren?«

»Natürlich.«

»Gut. Ich habe keinen amerikanischen Führerschein. Sie können mich an den Strand hinausbringen, und wir werden dort Aufnahmen machen.« Für zweihundert Dollar die Stunde wurde sie für gewöhnlich nicht aufgefordert, Chauffeur zu spielen, aber bei ihm erschien alles so einfach, natürlich und freundschaftlich, daß man gerne alles mitmachte, was er vorschlug. Er musterte sie aufmerksam, und sie wußte, daß er wahrscheinlich die Flächen ihres Gesichtes für die Aufnahmen studierte, aber sie fühlte sich dabei merkwürdig nackt. Sie war gewohnt, zur Arbeit zu kommen, sich bereitzumachen und auf fast unpersönliche Art zu arbeiten. »Haben Sie schon zu Mittag gegessen?« Sie erschrak beinahe. In dem Jahr, in dem sie als Modell in New York arbeitete, hatte sie noch niemand gefragt, ob sie müde oder hungrig, krank oder erschöpft war. Keiner hatte sich je darum gekümmert, ob sie zu Mittag gegessen hatte oder nicht.

»Ich... nein... ich war in Eile...«

»Nein.« Er drohte ihr mit dem Finger. »Nie, niemals Eile.« Dann stellte er bedächtig die Kaffeetasse hin, sagte seinem Assistenten etwas auf griechisch und nahm einen hellgrünen Pullover von einem Stuhl. »Kommen Sie.« Er reichte ihr die Hand, und sie nahm sie, ohne zu zögern. Sie waren schon fast aus dem Zimmer, als sie an ihre Sachen dachte.

»Warten Sie... mein Handkoffer... ich vergaß ihn...« Und dann nervös: »Wohin gehen wir?«

»Nur etwas essen.« Sein Lächeln, bei dem er makellose Zähne zeigte, verwirrte sie. »Keine Sorge, Prinzessin. Wir kommen wieder ins Studio.«

Sie kam sich albern vor, weil er sie nervös machte, aber seine zwanglose Art brachte sie aus der Fassung, und sie wußte nicht, was sie von ihm halten sollte. Unten stand ein silberfarbener Bentley mit Chauffeur. Er stieg unbekümmert in den Wagen, sprach mit seinem Fahrer, diesmal auf englisch, und befahl ihm, zu einem Lokal zu fahren, das Serena nicht kannte. Erst als sie über die Brooklyn Bridge fuhren, wurde sie unruhig.

»Wohin fahren wir?«

»Ich sagte es Ihnen ja, zum Mittagessen.« Dann kniff er die Augen zusammen. »Woher kommen Sie?«

»Aus New York...« und dann, »von der Agentur Kerr.« Doch er lachte nur.

»Nein, nein, ich meine, wo Sie zur Welt kamen.«

»Ach.« Sie lachte nervös. »In Rom.«

»Rom?« fragte er überrascht. »Sie sind Italienerin?«

»Ja.«

»Dann ist also der Titel – echt?« Er war verblüfft, und sie nickte. »Da soll mich doch der Teufel holen. Eine echte Prinzessin.« Dann sagte er auf italienisch, »*una vera principessa. Piacere.*« Er küßte ihr die Hand. »Mein englischer Urgroßvater war ein Graf. Aber seine Tochter, meine Großmutter, heiratete unter ihrem Stand, einen Mann mit einem riesigen Vermögen und keinerlei adeligen Ahnen. Er verdiente eine Menge Geld mit dem Kauf und Verkauf von Fabriken und dem Handel im Fernen Osten, und ihr Sohn, mein Vater, muß ein wenig verrückt gewesen sein. Er ließ sich eine Reihe außergewöhnlicher Apparate patentieren, die mit Schiffen zu tun hatten, und befaßte sich dann mit der Schiffahrt in Südamerika und dem Fernen Osten. Schließlich heiratete er meine Mutter, Alexandra Nastassos, und brachte es fertig, sich und meine Mutter bei einem Segelunfall ums Leben zu bringen, als ich zwei Jahre alt war. Vermutlich« – er beugte sich zu ihr und flüsterte – »ist das der Grund, weshalb auch ich ein bißchen verrückt bin. Keine Eltern. Ich wurde von der Familie meiner Mutter aufgezogen, weil die Eltern meines Vaters bereits tot waren, als meine Eltern verunglückten. So wuchs ich in Athen auf, studierte in Eton in England, weil sie annahmen, daß das den Wünschen meines Vaters entsprach. Aus Cambridge wurde ich hinausgeworfen«, sagte er stolz, »übersiedelte dann nach Paris und heiratete. Und von da ab ist meine Lebensgeschichte langweilig.« Das strahlende Lächeln war wie ein Feuerwerk am hellen Mittag. »Jetzt erzählen Sie mir von sich.«

»Mein Gott. Mit drei Sätzen oder weniger?« Sie war von seiner Lebensbeichte ziemlich beeindruckt. Der Name Nastassos allein genügte, um einen zu überraschen, denn er gehörte einer der größten Reederfamilien in Griechenland. Jetzt erinnerte sie sich auch daran, daß sie schon von ihm gehört hatte. Er war das schwarze Schaf der Familie, und sie glaubte, daß er mehrmals verheiratet gewesen war. Seine dritte Heirat war auf der Titelseite einer Zeitung in San Francisco erwähnt worden, er hatte eine entfernte Kusine der Königin geheiratet.

»Woran dachten Sie?«

Sie sah ihn offen an. »Daran, daß ich über Sie schon etwas gelesen habe.«

»Wirklich?« Es schien ihn zu belustigen. »Warten Sie, über meine Hochzeit mit Brigitte haben Sie sicher nicht gelesen; sie war meine erste Frau, und wir waren damals beide neunzehn. Aber vielleicht über meine zweite Frau Anastasia Xanios. Über die könnten Sie gelesen haben, oder vielleicht über Margaret, die Kusine der Königin.« Er war so unverschämt, daß sie lachte.

»Wie oft waren Sie verheiratet?«

»Viermal«, bekannte er aufrichtig.

»Dann haben Sie eine ausgelassen.«

Er nickte, aber sein Lächeln verblaßte. »Die letzte.«

»Welche war das?«

»Es war... sie war Französin. Ein Modell. Sie starb im Januar an einer Überdosis. Sie hieß Hélène.«

»Ach, das tut mir leid.« Sie berührte seine Hand. »Wirklich. Auch ich habe meinen Mann verloren.« Sie konnte nur daran denken, was er gefühlt haben mußte, als seine letzte Frau gestorben war.

»Wie ist Ihr Mann gestorben?«

»In Korea. Er war einer der ersten auf der Verlustliste, wenige Tage vor der Kriegserklärung.«

»Dann haben Sie es auch durchgemacht.« Er sah sie merkwürdig an. »Es ist so seltsam. Alle machen Witze darüber... viermal verheiratet... noch eine Frau. Aber es ist jedesmal anders. Jedesmal... Jedesmal liebe ich, als ob es das erste Mal wäre... und Hélène war noch ein Kind. Einundzwanzig.« Serena fragte nicht, warum sie es getan hatte. Sie nahm an, daß das Mädchen mit Schlafmitteln Selbstmord begangen hatte, es war die einzige Art Überdosis, die sie sich vorstellen konnte. Er schüttelte den Kopf und hielt Serenas Hand fest. »Das Leben ist manchmal eine seltsame Angelegenheit, ich verstehe es sehr selten. Aber ich versuche es auch gar nicht mehr. Ich lebe mein Leben von einem Tag zum nächsten.« Er seufzte leise. »Ich habe meine Arbeit, meine Freunde, die Menschen, mit denen ich arbeite. Und wenn ich hinter der Kamera stehe, vergesse ich alles.«

»Sie haben Glück.« Serena wußte nur allzu gut, daß harte Arbeit den Schmerz milderte. »Sie haben keine Kinder, Vasili?«

»Nein.« Er sah sie traurig an, dann zog er mit leisem Lächeln die Schultern hoch. »Vielleicht bin ich noch nicht der richtigen Frau begegnet. Haben Sie Kinder, Serena?«

»Eine kleine Tochter.«

»Wie heißt sie?«

»Vanessa.«

»Ausgezeichnet. Und sie ist blond und sieht genauso aus wie Sie?« Seine Augen leuchteten.

»Nein. Sie ist blond und sieht genauso aus wie ihr Vater.«

»Sah er gut aus?« fragte Vasili interessiert.

»Ja.« Aber das alles schien jetzt so weit entfernt. Vier Jahre waren eine lange Zeit.

»Schon gut, Kleine.« Er beugte sich zu ihr und küßte sie auf die Wange, und sie mußte sich ins Gedächtnis rufen, daß er kein Freund war, sondern ein Fotograf, mit dem sie arbeiten würde. Sie fühlte sich jetzt merkwürdig wohl und von ihm eingenommen, als wäre er mit ihr in ein fremdes Land geflogen. Das hätte wirklich der Fall sein können, merkte sie, als der Wagen einige Minuten später hielt und sie ausstiegen. Sie waren bei einem Fischrestaurant an der Sheepshead Bay gelandet. Es sah ziemlich schäbig aus, aber drinnen schlug ihnen der würzige Geruch von gedünsteten Muscheln und geschmolzener Butter, mit Kräutern zubereitetem Fisch und frischem Brot entgegen. Sie aßen einen wunderbaren Lunch, ohne von jemandem gestört zu werden, und es war fast fünf Uhr, als sie aus dem Lokal herauskamen.

»Das war einfach herrlich.« Sie war angenehm satt, fühlte sich behaglich und entspannt. Am liebsten hätte sie sich irgendwo ausgestreckt und geschlafen, aber Vasili trat mit einer Verbeugung zur Seite, während der Fahrer die Tür öffnete und sie in den Wagen stieg. Als er neben ihr saß, beugte er sich vor und erteilte dem Fahrer Anweisungen, und sie bemerkte einige Minuten später, daß sie nicht heimfuhren. »Ist das noch ein Abenteuer?« Schließlich war die Sheepshead Bay nicht ihr übliches Lunchlokal. »Wohin fahren wir?«

»Zum Strand.«

»Um diese Zeit?« Sie war überrascht, aber nicht beunruhigt.

»Ich will mir mit Ihnen den Sonnenuntergang ansehen, Serena.« Es schien eine ausgefallene Idee zu sein, aber sie wollte eigentlich nicht widersprechen. Sie fühlte sich bei diesem Mann wohler als bei irgend jemandem seit Jahren. Mehr als das, sie war glücklich. Er weckte in ihr eine Lebensfreude, die ihr seit langer Zeit fremd gewesen war.

Der Chauffeur fuhr durch mehrere häßliche kleine Vororte, bis er den großen Bentley zu einem kleinen Kai lenkte. Dort war ein Fährboot festgetäut, das auf dem Wasser schaukelte, und sie waren gerade zur rechten Zeit gekommen, es befanden sich schon ein halbes Dutzend Leute an Bord.

»Vasili?« Zum ersten Mal war Serena beunruhigt. »Was ist das?«

»Das Fährboot nach Fire Island. Waren Sie schon einmal dort?« Sie schüttelte den Kopf. »Es wird Ihnen gefallen.« Er war bei allem, was er tat, so sicher, daß sie ihre Nervosität ganz verlor. »Wir werden nicht lange dort bleiben. Nur lang genug, um den Sonnenuntergang zu erleben und am Strand spazierenzugehen, dann fahren wir wieder zurück.« Sie vertraute ihm aus einem unerfindlichen Grund, alles an ihm deutete darauf hin, daß sie bei ihm in Sicherheit war.

Sie bestiegen das Fährboot Hand in Hand und fuhren nach Fire Island. Die Fahrt dauerte eine halbe Stunde, auf der Insel stiegen sie auf einem schmalen kleinen Kai aus, dann ging er mit ihr quer über die Insel zu einem Strand, dessen Anblick ihr den Atem raubte, so bezaubernd war er. Er erstreckte sich meilenweit, eine schmale, fast dreißig Meilen lange Sandbank im Ozean, vollkommen weißer Sand und sanfte Wellen.

»Ach, Vasili, es ist unglaublich schön.«

»Nicht wahr?« Er lächelte. »Es erinnert mich immer an Griechenland.«

»Kommen Sie oft hierher?«

»Nein, Serena, leider nicht. Aber ich wollte mit Ihnen hierher kommen.«

Sie nickte, dann wandte sie sich ab und wußte nicht, was sie sagen sollte. Sie wollte nicht mit ihm spielen. Sie gingen eine Weile am Strand spazieren, dann setzten sie sich hin und beobachteten den Sonnenuntergang; sie hatten das Gefühl, als säßen sie schon stundenlang dort in der zunehmenden Dunkelheit, er hatte ihr den Arm um die Schultern gelegt und jeder lauschte seinem persönlichen Traum. Endlich stand er langsam auf und zog sie auf die Füße, sie hatte ihre Sandalen in die Tasche gesteckt, ihr offenes Haar wehte leicht im Wind, er berührte ihr Gesicht mit der Hand, dann neigte er sich zu ihr und küßte sie, bevor er langsam mit ihr den Strand entlang und zum Kai zurückging. Während der Rückfahrt mit der Fähre sprachen sie wenig, und sie wunderte sich, als sie merkte, daß sie während der letzten Minuten mit dem Kopf an seiner Schulter eingeschlafen war. Eine Stunde, nachdem sie die Fähre verlassen hatten, stand sie vor ihrer Tür in der East Sixty-third Street. Es war kurz nach zehn Uhr, und sie hatte das Gefühl, als wäre sie von einer wunderbaren Reise mit diesem außerordentlichen, schwarzäugigen Mann zurückgekommen.

»Auf Wiedersehen morgen, Serena«, sagte er ganz sanft und versuchte nicht, sie wieder zu küssen. Sie nickte lächelnd und winkte, während sie das Tor aufschloß und im Haus verschwand; dann schwebte sie wie im Traum über die Treppe nach oben.

38

So erholsam und zauberhaft der Vortag gewesen war, der Arbeitstag mit Vasili im Studio war zermürbende Hingabe an die Arbeit. Er machte unermüdlich Stunde um Stunde Aufnahmen im Studio, im Wagen, mit den männlichen Modellen, mit den Kindern, Porträtaufnahmen von Serena und Aufnahmen von dem Wagen allein. Sie sah ihm bei der Arbeit zu und ihr war klar, daß nicht einmal Andy Morgan so hart gearbeitet hatte, als er sie fotografierte. Bei Vasili war es eine Art von manischer Besessenheit, ein körperliches elektrisches Spannungsfeld, das den Raum erfüllte, und als der Tag zu Ende ging, waren alle im Studio am Ende ihrer Kräfte. Vasili selbst war schweißgebadet, sein marineblaues T-Shirt klebte an ihm wie eine Tapete, er wischte sich Gesicht und Arme mit einem Handtuch ab, dann nahm er grinsend Platz, und sie setzte sich neben ihn.

»Sie sollten sehr zufrieden sein«, sagte sie sanft.

»Sie auch, Prinzessin. Sie waren fabelhaft. Warten Sie, bis Sie die Aufnahmen sehen.«

»Ich nehme an, wir sind fertig.« Sie war erstaunt, als er den Kopf schüttelte. »Nein? Sie können doch nicht wirklich noch mehr Aufnahmen machen wollen. Wir haben heute alles Vorstellbare gemacht.«

»Nein, das haben wir nicht. Wir haben heute nur Studioaufnahmen gemacht, morgen arbeiten wir im Freien.«

»Wo?«

»Sie werden schon sehen.«

Am nächsten Tag sah sie es. Er hatte Hügel und einen felsigen kleinen Canyon in New Jersey entdeckt; sie lenkte den Wagen, sprang hinaus, legte sich auf die Kühlerhaube, gab vor, einen Reifen zu wechseln, machte alles, außer daß sie den Motor überholte, und war am Ende des Tages sogar erleichtert. Während sie zusammen in die Stadt fuhren, gratulierte er ihr wieder zu ihrem Stil.

»Wissen Sie, Prinzessin, Sie sind verdammt gut.«

»Sie auch.«

Er setzte sie an diesem Abend vor ihrer Wohnung ab, und zwei Tage später rief er sie an. »Kommen Sie zu mir und sehen Sie sich an, was wir gemacht haben.«

»Vasili?«

»Natürlich, Prinzessin. Ich möchte Ihnen die Probeabzüge und die Kontaktabzüge zeigen.« Es war ungewöhnlich, daß das Modell sie vor dem Kunden zu sehen bekam, aber er war so glücklich über seine Aufnahmen, daß er wollte, sie solle sofort hinüber ins Studio kommen, was sie auch tat. Die Fotos waren genial, von einer Qualität, die eine Auszeichnung verdiente, wirklich hervorragende Aufnahmen, er war hingerissen, und als sie sie sah, ging es ihr ebenso, genau wie Dorothea Kerr, dem Kunden und allen, die mit den Fotos in Berührung kamen. Und in der nächsten Woche hatte Dorothea Kerr Serena für weitere vier Termine mit Vasili vorgemerkt.

»Sieh mal, wer da ist!« spottete sie, als sie zum dritten Mal ins Studio kam. »Haben Sie noch nicht genug von meinem Gesicht, Vasili?« Sie hatte Urlaub machen wollen, aber seit sie mit ihm arbeitete, dachte sie nicht mehr daran. Er übte noch immer diese merkwürdige Anziehungskraft aus, und sie dachte immer noch an den Sonnenuntergang, den sie gemeinsam auf Fire Island erlebt hatten. Immer wenn sie zusammen arbeiteten, erinnerte sie sich daran und wie sie an seiner Schulter auf dem Fährboot eingeschlafen war. Die Erinnerungen spiegelten sich in ihrem Gesicht durch eine Sanftmut wider, die später auf den Fotos zu erkennen war, und ihre gemeinsame Arbeit war wie ein Ballett oder ein Kunstwerk.

»Wie geht es meiner Prinzessin heute?« Er küßte sie auf die Wange. Ihre Arbeit an diesem Tag war nicht schwer, so daß sie in wenigen Stunden fertig waren. Sie kannten einander schon so gut, daß es ihnen immer leichter fiel, zusammen zu arbeiten, und als die Aufnahmen erledigt waren, zog er ein frisches T-Shirt an und fragte Serena: »Wollen Sie irgendwohin zum Dinner fahren, Prinzessin?«

Sie zögerte keine Sekunde. »Mit Vergnügen.« Diesmal führte er sie in sein Lieblingslokal in Greenwich Village; nachher spazierten sie durch die Straßen und aßen italienisches Eis.

»Fehlt Ihnen Italien eigentlich nie, Serena?«

»Nicht mehr.« Sie erzählte ihm von allem, was sie dort verloren hatte, von ihren Eltern, ihrer Großmutter, den beiden Palazzi. »Jetzt gehöre ich hierher.«

»Nach New York?« fragte er erstaunt, und sie nickte. »Wären Sie in Europa nicht glücklicher?«

»Das bezweifle ich. Ich war nicht gar so lange dort. Ich lebte ein paar Monate mit meinem Mann in Paris, aber das ist schon so lange her.«

»Wie lange?«

»Acht Jahre.«

»Serena.« Er sah sie offen an, seine Augen sprühten Feuer. »Würden Sie in Paris oder London mit mir arbeiten? Ich möchte weiter mit Ihnen arbeiten, aber ich kann nicht so oft hier sein, wie ich gerne möchte.«

Sie dachte kurz darüber nach. Es war wunderbar, mit ihm zu arbeiten, und sie schufen zusammen etwas Einmaliges. Es war, als flösse ein Strom von einem zum anderen, sie wußte nicht genau, was es war, aber es fand jedesmal seinen Niederschlag in den Fotos. »Ja, wenn sich dies mit meiner Tochter vereinbaren läßt.«

»Wie alt ist sie?«

»Nicht ganz acht.«

»Sie könnten sie mitnehmen.«

»Vielleicht, wenn es nur für ein paar Tage wäre. Aber sie muß zur Schule gehen.«

Er nickte. »Wir wollen darüber nachdenken.«

»Reisen Sie bald ab?«

»Ich weiß es nicht. Ich habe mich noch nicht entschieden, aber ich habe fast alle Aufnahmen, um derentwegen ich hierher kam, gemacht. Vielleicht sollte ich noch mehr Aufträge auftreiben.« Serena lachte. Sie arbeiteten erst seit einer Woche zusammen, aber ihre gemeinsamen Stunden waren lang und intensiv und angefüllt mit harter Arbeit und Gefühl gewesen. »Was meinen Sie?«

»Daß ich gern mit Ihnen arbeite und daß Sie mir fehlen werden.« Dann sagte sie beinahe schüchtern: »Ich habe mich noch nie persönlich für einen Fotografen interessiert.«

»Das hat mir Dorothea mitgeteilt.« Er sah sie neckend an. »Sie sagte, Sie sind ein Profi, und ich soll keinen meiner Tricks bei Ihnen versuchen.«

»Aha! Sie verwenden für gewöhnlich Tricks?«

»Manchmal. Serena...« Er schien zu zögern, dann entschloß er sich, es ihr zu sagen. »Ich bin nicht immer besonders umsichtig. Macht Ihnen das etwas aus?«

»Ich glaube nicht«, antwortete sie schnell, wußte aber nicht genau, was er damit meinte.

»Wissen Sie« – er blieb stehen und wandte ihr sein Gesicht zu – »Sie sind eine so ungewöhnliche Frau, daß ich manchmal nicht weiß, wie ich Ihnen meine Gedanken mitteilen soll.«

»Warum nicht? Warum können Sie mir nicht sagen, was Sie denken?« Ihre Augen wurden ernst, er trat zu ihr und küßte sie sanft.

»Weil ich dich liebe.« Die Zeit schien stillzustehen. »Deshalb. Du bist die bezauberndste Frau, der ich je begegnet bin.«

»Vasili...« Sie senkte den Blick, dann sah sie ihn wieder an, aber er ließ sie nicht weitersprechen.

»Schon gut. Ich erwarte nicht, daß du mich liebst. Ich war mein Leben lang ein verrückter Kerl. Dafür muß man bezahlen. Dadurch wird man für anständige Menschen vollkommen ungeeignet.«

»Sei nicht komisch.«

»Würdest du einen Mann wollen, der viermal verheiratet war?«

»Vielleicht.« Ihre Stimme klang seidenweich. »Wenn ich ihn liebe.«

Seine Stimme war ebenso weich wie ihre. »Und glaubst du, du könntest einen solchen Mann... vielleicht lieben... wenn er dich sehr, sehr liebte...?«

Sie nickte, und im nächsten Augenblick preßte er sie an sich. Sie stellte fest, daß sie sich nichts sehnlicher wünschte. Sie wollte mit ihm zusammen sein, ihm gehören, immer neben ihm stehen, und als er sie diesmal küßte, wandte sich mit ihrem Kuß ihr ganzes Herz ihm zu.

Er brachte sie an diesem Abend zu ihrer Wohnung und verließ sie vor der Eingangstür. Er küßte sie ebenso leidenschaftlich wie zuvor, zwang sich aber, sich an der Tür zu verabschieden. Am nächsten Morgen kam er, mit frischem Kaffee und Hörnchen, einem Korb Obst und einem Armvoll Blumen wieder; sie öffnete ihm verschlafen im Nachthemd die Tür und wunderte sich, als er ungeniert eintrat. Was nun kam, war eine altmodische Werbung. Sie verbrachten jede Minute des Tages gemeinsam. Er hatte seine Arbeit abgeschlossen, und sie nahm endlich Urlaub von der Agentur. Sie fuhren an den Strand, gingen in den Park und fuhren aufs Land, hielten einander umfangen, küßten und liebkosten einander, und erst Ende der Woche kam sie schließlich in sein Hotelzimmer. Er wohnte im Hotel Carlyle in der Innenstadt in einer riesigen Suite mit Aussicht auf den Park. Er nahm sie mit so schmerzhaftem Verlangen in die

Arme, daß sie es kaum ertragen konnte, und sie wußte, daß sie nicht dagegen ankämpfen konnte. Sie brauchten und verlangten nacheinander zu sehr, als daß sie versuchten, dem Strom ihrer Gefühle Einhalt zu gebieten; die Flammen ihrer zügellosen Leidenschaft schlugen über ihnen zusammen, so daß Serena sich ein- oder zweimal fragte, ob sie die Nacht überleben würden. Aber als der Morgen kam, waren die Liebenden bis in den Grund ihrer Seele erschöpft, und sie wußte, daß sie ihm bis in die tiefste Seele für immer gehörte.

Das Entsetzliche war, daß er schon am nächsten Morgen nach Paris fliegen mußte, und daß Teddy und Vanessa in zwei Tagen zurückkehrten.

Serena machte nach der ersten Tasse Kaffee ein ernstes Gesicht. »In Ordnung, Liebste«, sagte er, »ich verspreche dir: wir sehen uns in London wieder.«

»Aber Vasili...« Bei ihm klang alles so einfach. Sie wollte nicht, daß er am nächsten Tag wegfuhr.

»Dann komm mit mir!«

»Aber ich kann nicht... Vanessa –«

»Nimm sie mit. Sie kann das Schuljahr in Paris oder London beginnen. Sie spricht Französisch, also kann das kein Problem sein.« Und dann mit einem Grinsen: »Alles ist nur so kompliziert, wie man es macht.«

»Das ist nicht wahr. Ich kann sie nicht einfach entwurzeln, damit ich einem Mann nachlaufen kann.«

»Nein.« Er sah sie ernst an. »Aber du kannst sie mitnehmen, wenn du dich entschließt, diesen Mann zu heiraten.« Serena antwortete nicht, sie starrte ihn nur an. »Ich meine es ernst. Ich will dich heiraten, verstehst du. Die einzige Frage ist, wann es dir passen wird. Ich glaube, daß wir uns über den wesentlichsten Punkt heute nacht geeinigt haben.« Serena errötete heftig, und er küßte sie. »Ich liebe dich, Prinzessin. Ich muß dich für mich haben.«

Wer war Vasili wirklich? In Serena stieg Panik hoch. Aber es war, als könnte Vasili ihre Gedanken lesen. »Hör auf, dir Sorgen zu machen, Liebste. Wir werden alles besprechen.« Dreitausend Meilen über den Ozean hinweg? Sie stand auf und ging langsam zum Fenster, ihr schlanker, schön geformter Körper glich einer zum Leben erwachten Marmorstatue und erfüllte Vasili mit neuem Verlangen. »Serena.« Er sagte es so leise, daß es kaum mehr war als ein Hauch.

»Willst du mich heiraten?«

»Ich weiß es nicht.« Aber sie wußte schon, daß sie sich auf ein Abenteuer eingelassen hatte, das sie nicht mehr steuern konnte. Sie begehrte diesen Mann mehr als irgendwen seit Brads Tod. Es war eine wilde Leidenschaft und ein unaufhörliches Wiederaufflammen sinnlicher Begierde.

»Willst du mich heiraten, Serena?« Es klang nicht bedrohlich, es war ein leidenschaftliches Knurren; er riß sie in seine Arme, sie hielt den Atem an, und er preßte sie an sich. »Willst du?«

Langsam, wie hypnotisiert, nickte sie. »Ich will.« Dann nahm er sie auf dem Fußboden seines Hotelzimmers, und sie schrie vor Wollust.

Als es vorbei war, lächelte er siegesbewußt. »Ich habe es ernst gemeint, meine geliebte Prinzessin. Ich will, daß du meine Frau wirst. Hast du es auch so gemeint?«

Sie nickte. »Dann sprich es aus, Serena!« Er hielt sie auf dem Boden fest, und sie glaubte einen Moment, Wahnsinn in seinen Augen zu sehen. »Sag es! Sag, daß du meine Frau wirst!«

»Ich werde deine Frau sein«, wiederholte sie.

»Warum?« Doch bei dieser Frage wich die Spannung aus seinem Gesicht und es wurde wieder sanft. »Warum, Serena?« flüsterte er zärtlich.

»Weil ich dich liebe.« Er nahm sie in die Arme und liebte sie wieder und immer wieder, und sagte ihr die ganze Zeit, wie sehr er sie liebte.

39

Am nächsten Morgen flog Vasili nach Paris, und Serena stand auf dem Flugplatz und starrte dem Flugzeug nach. Sie hatte das Gefühl, sie befinde sich noch immer in Trance, als sie in den Bentley stieg und zu ihrer Wohnung zurückfuhr. Meinte er, was er gesagt hatte? War es ihm wirklich ernst mit der Heirat? Sie kannte ihn ja kaum. Jetzt, da er fort war, stand sie etwas weniger in seinem Bann. Außerdem war Vanessa da... das Kind hatte Vasili noch nie gesehen. Serena bekam Herzklopfen beim Gedanken an das Abenteuer, auf das sie sich eingelassen hatte. Sie wollte Dorothea anrufen und sich ihr anvertrauen, schämte sich aber zuzugeben, daß sie Vasilis Charme so leicht erlegen war.

Als sie am Abend aus dem Fenster starrte, läutete das Telefon. Es war Vasili, in Paris, sie fehlte ihm schon, er wollte wissen, wie es ihr ging, und seine Stimme klang so sanft und so erregend, daß sie wieder von ihm hingerissen war. Am nächsten Morgen war die Wohnung voller Blumen. Er sandte vier Körbe voll weißer Rosen für seine Prinzessin, und zu Mittag kam noch ein Karton von Bergdorf Goodman mit einem herrlichen Pelzmantel.

»O mein Gott.« Sie betrachtete sich im Nerzmantel über dem Nachthemd im Spiegel. In zwei Stunden mußte sie Vanessa vom Grand Central Bahnhof abholen, und sie wußte, daß Teddy spät abends aus Newport zurückkommen würde. Sie wollte ihm nichts verschweigen, fühlte sich jedoch ein bißchen unbehaglich bei dem Gedanken, wie sie ihm die Sache mit Vasili erklären sollte. Sie war nachdenklich und ein wenig nervös, aber da läutete das Telefon, und es war wieder Vasili. Er wollte, daß sie in der nächsten Woche auf einige Tage zu ihm nach London kam. Sie überlegte, daß es eine weitere Möglichkeit war, sich über ihre Gefühle Klarheit zu verschaffen. Daher erklärte sie sich damit einverstanden, bedankte sich überschwenglich für den Mantel und sagte, sie könne ihn wirklich nicht annehmen, aber er bestand darauf.

Als sie Vanessa vom Grand Central abholte, war das Kind ganz erfüllt von seinen Erlebnissen im Ferienlager. Sie stellte ihre Mutter allen ihren Freundinnen vor, bevor sie sich unter Tränen von ihnen verabschiedete, und auf der Heimfahrt hörte sie keinen Augenblick auf zu erzählen. Serena war dankbar, daß sich ihr Beitrag zum Gespräch auf einige Ahs und Ohs beschränkte, selbstverständlich begleitet von den passenden liebevollen Gebärden, doch ihre Gedanken waren von ihren eigenen Problemen so sehr in Anspruch genommen, daß für nichts anderes Platz war, nicht einmal für Vanessa.

Erst als es an diesem Abend nach elf Uhr an der Tür klingelte, wurde ihr bewußt, wie unruhig und verwirrt sie war. Sie öffnete dem hochgewachsenen, blonden, sonnengebräunten Teddy die Tür, er streckte ihr die Hände entgegen, und sie sah ihn nervös und ein wenig befangen an.

»Du scheinst dich gar nicht zu freuen, mich wiederzusehen«, neckte er sie lächelnd, und sie lachte nervös, während sie ihn küßte.

»Verzeih mir, mein Lieber, aber ich bin so verdammt müde.«

Er zog bestürzt die Brauen hoch. »Ich dachte, du wolltest Urlaub machen.«

»Ich war... ich tat es... ich meine, ich hatte die Absicht... ich weiß nicht. Ich habe gerade jetzt so viel Arbeit.«

»Das ist ein Wahnsinn«, sagte er beunruhigt. »Du hast mir versprochen, du würdest ausspannen.«

»Nun ja, das tat ich. Gewissermaßen.« Aber wie sollte sie es ihm erklären? Sie wußte, daß sie dazu nicht fähig war, jetzt noch nicht. Sie beschloß aber, sofort etwas loszuwerden, denn sie wußte, daß sie sonst nie den Mut aufbringen würde, überhaupt etwas zu sagen. »Ich fliege übrigens nächste Woche nach London.«

»Wirklich?« fragte er verwundert. »Sie scheinen dich aber derzeit wirklich in den Streß zu treiben, was?«

Sie nickte. »Könntest du hier bei Vanessa bleiben?« Sie war verlegen, als sie ihn darum bat, aber sie kannte niemand anderen, dem sie in bezug auf Vanessa so vertraute wie Teddy. Er nickte nachdenklich.

»Natürlich. Was für Aufnahmen wirst du dort machen?«

»Das weiß ich noch nicht.«

Als sie abflog, war sie sehr nervös. Sie weinte, als sie von Vanessa Abschied nahm. Aus ihrem Schuldgefühl heraus war sie davon überzeugt, daß sie mit dem Flugzeug abstürzen würde, sie war sicher, daß die ganze Reise eine einzige Katastrophe werden würde, und wollte eigentlich gar nicht mehr fort. Dann entschloß sie sich doch dazu – aber sie war so aufgeregt, daß sie kaum atmen konnte. Sie mußte immer nur an Vasili denken, der sie am Ziel der Reise erwartete. Es war ein jubilierendes Wiedersehen in London. Er brachte sie in sein kleines Haus nach Chelsea und sie liebten sich in dem schönen, kleinen, blau-weiß eingerichteten Schlafzimmer im ersten Stockwerk. Es stellte sich heraus, daß die Aufnahmen abgesagt worden waren. Statt dessen hatte er eine Reihe von Partys vorgemerkt und nahm Serena zu allen bedeutenden gesellschaftlichen Ereignissen mit. Es war erst Anfang September, aber Serena war noch nie in so wenigen Tagen auf so vielen Partys gewesen. Er unternahm mit ihr lange, romantische Spaziergänge im Park, sie kauften in Chelsea und bei Hardy Amies und Harrods ein, sie speisten in stimmungsvollen Lokalen zu Mittag und zu Abend. Er schien stolz zu sein, wenn er sie allen Bekannten vorstellen konnte, und am zweiten Tag stand etwas über sie in der Zeitung. »Wer ist Vasili Arbus' aufsehenerregende neueste Eroberung? Angeblich handelt es sich bei der bezaubernden italienischen Blondine um eine Prinzessin, und sie sieht ganz danach aus. Sind sie nicht ein schönes Paar?« Am dritten Tag hatte jemand ihre Fotos mit ihrem Namen von den Modefotografien in Verbindung gebracht, und die Zeitungen fragten kühn, »*Prinzessin Serena, Vasili Arbus' Nummer fünf?*« Am Ende der Woche hatte Serena sich an den Klatsch gewöhnt, und es schien ihr, als wäre sie immer ein Teil seines Lebens gewesen. Sie brachte ihm am Morgen Kaffee und Hörnchen, er massierte sie am Abend lange und genüßlich. Sie plauderten bis zum frühen Morgen, und sie beobachtete seine Freunde befremdet. Sie konnte eigentlich nicht behaupten, daß ihr sein Lebensstil mißfiel. Sein Studio war riesig und funktionell, sein Haus bezaubernd, und der Mann selbst besaß Verstand und berufliche Begabung, Zartheit, Humor und Geschmack. Er vereinigte viele Eigenschaften in sich, die man sich bei einem Mann wünschte. Sie verbrachten endlose Stunden damit, sich zu lieben, und er drängte immer mehr auf eine baldige Heirat. Obwohl sie fand, daß es besser wäre, noch eine Weile zu warten, war sie eigentlich schon entschlossen. Es bereitete ihr beinahe körperliche Schmerzen, sich aus seiner Umarmung zu lösen. Sie steckten immer beisammen. Sie konnte sich ein Leben ohne ihn gar nicht mehr vorstellen, und er wollte sie noch vor Weihnachten heiraten. Gelegentlich kamen Serena doch Zweifel und Ängste, es vielleicht zu überstürzen und bei Vanessa dadurch eine seelische Krise auszulösen, doch er tat alle ihre Einwände ab.

»Ich werde es in Ordnung bringen, wenn ich nach Hause komme. Ich muß es Vanessa beibringen.«

»Willst du mich noch immer heiraten?« fragte er plötzlich bedrückt; sie beugte sich vor und küßte ihn auf den Mund.

»Natürlich. Ich will sie nur nicht erschrecken, indem ich es ihr unvermittelt mitteile.« Außerdem mußte sie es Teddy erklären. Sie fragte sich, wie er reagieren würde.

»Wenn man etwas als richtig erkannt hat, muß man die Gelegenheit ausnützen.«

»Ich werde alles in Ordnung bringen, sobald ich zu Hause bin.«

Als sie auf dem Flughafen Idlewild aus dem Flugzeug stieg, wurde sie von Teddy erwartet. Er sah merkwürdig ernst aus, und Serena merkte fast sofort, daß er traurig war. Er küßte sie wie immer, und als sie schließlich in seinem Wagen saßen, fragte er: »Warum hast du es mir nicht erzählt, weshalb du hinübergeflogen bist?«

Sie war schuldbewußt. Er wußte es schon. »Teddy... ich flog zu Aufnahmen hin, aber sie wurden abgesagt.«

»Aber du wolltest dich auch mit einem Mann treffen, nicht wahr?« Ihr Blick begegnete seinen Augen, und sie nickte. »Warum hast du es mir nicht gesagt?«

Sie seufzte tief und schüttelte den Kopf. »Es tut mir leid, Teddy. Ich weiß es nicht. Ich wußte einfach nicht, woran ich war. Ich wollte es dir erklären, sobald ich zurückkam.«

»Und?« Es schien ihn tief zu kränken, daß sie es ihm verschwiegen hatte. Sie holte tief Atem und blickte ihm in die Augen. »Ich werde heiraten.« Sie wußte nicht genau, warum, aber sie hatte das Gefühl, sich vor ihm rechtfertigen zu müssen.

»Schon?« fragte er erschrocken. »Vasili Arbus?«

»Die Antwort auf beide Fragen lautet ja.« Nun lächelte sie. »Ich liebe ihn sehr. Er ist ein geistreicher, wunderbarer Mann, genial und ein bißchen verrückt.«

»Das habe ich auch gehört. Serena, weißt du auch, auf was, zum Teufel, du dich da einläßt?«

»Ja.« Aber sie empfand leise Angst. Alles hatte sich so rasch abgespielt.

»Wie lange kennst du ihn?«

»Lang genug.«

»Serena, tu, was immer du willst, leb mit ihm, übersiedle nach London, aber heirate ihn nicht. Nicht sofort... Ich habe eine Menge merkwürdiger Dinge über diesen Mann gehört.«

»Das ist nicht fair, Teddy. Es sieht dir nicht ähnlich.« Sie war bestürzt. Sie wollte, daß Teddy mit ihrem Entschluß einverstanden war.

»Ich sage es nicht, weil ich eifersüchtig bin. Ich sage es, weil ich dich liebe. Ich habe gehört, daß – daß er seine letzte Frau umgebracht hat.«

»Wie kannst du es wagen, so etwas zu behaupten! Sie starb an einer Überdosis!«

»Weißt du auch, was es war?« Seine Stimme klang merkwürdig ruhig.

»Wie, zum Teufel, soll ich das wissen?«

»Heroin.«

»Sie war rauschgiftsüchtig, und wenn schon? Das ist nicht seine Schuld, er hat sie jedenfalls nicht umgebracht.«

»Ach Gott, Serena... sei doch bitte vernünftig, es steht so viel auf dem Spiel, für dich und Vanessa.« Und verdammt, dachte er bei sich, während er seine Einwände äußerte, ich liebe dich noch immer. »Warum läßt du dir nicht noch Zeit?«

»Ich weiß, was ich tue. Hast du kein Vertrauen zu mir?«

»Doch. Aber nicht zu ihm.«

»Du tust ihm unrecht, Teddy. Er ist ein anständiger Mensch.«

»Woher weißt du das?«

»Ich fühle es.« Sie sah Teddy unbeirrt an. »Er liebt mich. Und wir arbeiten in der gleichen Branche. Teddy...« Ihre Stimme wurde sehr weich. »Es ist richtig.«

»Wie bald wirst du abreisen?«

»Sobald ich kann.«

»Was geschieht mit Vanessa?«

»Ich werde es ihr beibringen, wenn ich nach Hause komme.« Dann sah sie den Mann prüfend an, der jahrelang ihr Schwager und ihr bester Freund gewesen war. »Wirst du uns besuchen?«

»Wann immer du es mir erlaubst.«

»Du wirst immer willkommen sein. Du bist, neben Vanessa, mein einziger Verwandter. Daran soll sich nichts ändern.«

»Soweit es an mir gelegen ist, wird es nicht geschehen.« Er fuhr sie schweigend in die Stadt und bemühte sich, über den Schock, den ihr Geständnis bei ihm ausgelöst hatte, hinwegzukommen. Zum ersten Mal seit langer Zeit wollte er ihr wieder gestehen, daß er sie liebte. Er wollte ihren leichtsinnigen Schritt verhindern, sie beschützen.

40

»Warum müssen wir nach London ziehen?« Vanessa sah ihre Mutter unglücklich an.

»Weil ich heirate und weil Vasili dort lebt, Liebling.« Serena hatte ein seltsames Gefühl, als sie es Vanessa zu erklären versuchte. Alles, was sie jetzt unüberlegt unternahm, ließ sich schwer erklären.

Vanessa sah sie an. »Kann ich nicht einfach hierbleiben?« Serena hatte das Gefühl, als hätte sie von ihrer Tochter einen Schlag bekommen. »Willst du nicht mit mir kommen, Vanessa?«

»Aber wer wird sich um Onkel Teddy kümmern?«

»Er wird schon zurechtkommen. Und weißt du, vielleicht wird auch er bald heiraten.«

»Hast du ihn denn nicht lieb?« Vanessa schien noch verwirrter, und Serena war verzweifelt.

»Natürlich, aber nicht so – ach, Vanessa, Liebe ist etwas so Kompliziertes.« Wie sollte sie einem Kind erklären, was Leidenschaft war? »Auf jeden Fall will dieser liebe Mann, daß wir beide, du und ich, nach London kommen und bei ihm leben. Er hat auch ein Haus in Athen und eine Wohnung in Paris, und...« Vanessa war nur ein Kind, noch keine acht Jahre alt, doch sie spürte, wenn ihre Mutter etwas falsch machte.

Dorothea Kerr war da bedeutend offenherziger gewesen.

»Offen gesagt finde ich, daß du vollkommen verrückt bist.«

»Ich weiß, ich weiß. Es hört sich verrückt an. Aber es ist etwas Außergewöhnliches, Dorothea. Ich weiß nicht, wie ich es dir erklären soll. Er liebt mich, und ich liebe ihn. Als er hier war, hat sich zwischen uns etwas Zauberhaftes ereignet.«

»Er ist also im Bett gut. Na und? Schlaf mit ihm in London oder in Paris oder im Kongo, aber heirate ihn nicht! Um Himmels willen, der Mann war vier- oder fünfmal verheiratet.«

»Viermal«, korrigierte Serena nüchtern.

»Und was glaubst du eigentlich, wie es um deine Karriere bestellt sein wird? Du wirst nicht ewig an der Spitze bleiben, mein Kind. Ein neues Gesicht wird auftauchen.«

»Das wird sowieso einmal der Fall sein, und ich kann in London arbeiten.« Es war unmöglich, sie eines Besseren zu belehren, doch als Serena drei Wochen später New York verließ, war sie psychisch am Ende. Sie war müde und blaß und hatte seit Wochen nicht geschlafen.

Teddy brachte sie zum Flughafen, und alle drei weinten, als wäre es ein Abschied für immer. Dann winkten sie ein letztes Mal, und weg waren sie. Der Flug über den Atlantik war unruhig, und Vanessa weinte die meiste Zeit; als sie in London eintrafen, war Serena beinahe bereit, umzukehren. Doch als sie ausstiegen, erblickte sie ihn und lachte. Vasili sah aus wie ein Ballonverkäufer auf einer Messe, er erwartete sie mit mindestens fünfzig heliumgefüllten Ballons in einer Hand und einer riesigen Puppe unter dem Arm.

»Das ist er?« Vanessa starrte ihn interessiert an, und es fiel Serena auf, wie sehr sie Brad ähnlich sah.

»Ja. Er heißt Vasili.«

»Ich weiß.«

Die Puppe trug ein blaues Satinkostüm, eine kleine Pelzpelerine und einen altmodischen Hut. Sie sah aus wie ein kleines Mädchen vor hundert Jahren.

Vasili kam langsam auf die beiden zu, hielt die Ballons in die Höhe, und die Leute lachten. »Hallo, kleines Mädchen, kann ich dir einen Ballon verkaufen?« Vanessa lachte. »Und zufällig habe ich auch diese Puppe.« Er zog die Puppe unter dem Arm hervor und gab sie Vanessa. »Hallo, Vanessa. Ich heiße Vasili.«

»Ich weiß.« Sie sah ihn an, als wollte sie ihn begutachten, und er lachte. »Ich freue mich, daß du nach London gekommen bist.«

»Ich wollte nicht kommen«, gestand sie aufrichtig. »Ich habe sehr geweint, als ich von New York wegflog.«

»Das kann ich verstehen«, sagte er freundlich. »Als ich ein kleiner Junge war, lebte ich in London, aber dann mußte ich nach Athen übersiedeln, und das machte mich sehr traurig. Fühlst du dich jetzt besser?« Sie sah zu den Ballons hinauf und nickte. »Wollen wir nach Hause fahren?« Er streckte ihr eine Hand entgegen, sie ergriff sie, und dann richtete er sich zum ersten Mal auf und blickte Serena in die Augen. »Willkommen daheim, Liebste.« Ihr Herz schmolz bei seinem Anblick. Sie wollte ihm dafür danken, daß er sich auf Vanessa so wunderbar eingestellt hatte, wußte aber, daß es nicht der geeignete Moment war. Sie konnte ihm nur mit den Augen sagen, was sie empfand.

In dem kleinen Haus in Chelsea hatte er alles für den Empfang von Serena und Vanessa vorbereitet. In dem kleinen blau-weißen Gästezimmer stand eine Puppenstube, auf dem Bett saßen Puppen. Es gab einen Stuhl, der gerade die richtige Größe für Vanessa hatte. Und überall im Haus waren große Sträuße schönster Blumen verteilt. Er hatte ein neues Mädchen angestellt, das sich um Vanessa kümmern sollte. Als Serena sich endlich mit einem Seufzer im Schlafzimmer aufs Bett setzte, sah sie einen Silberkübel, in dem Champagner kaltgestellt war.

»Ach, Vasili... Ich dachte, ich würde es nicht überleben.« Sie dachte an die letzten Wochen und schauderte beinahe. Im Flugzeug hatte sie immer nur an Teddy denken müssen. Auch beim Abschied von Dorothea Kerr hatte sie geweint, und sie empfand schon Sehnsucht nach dem Leben, das sie in New York zurückgelassen hatte. Doch es würde hier ein um so viel schöneres Leben sein, und sie wußte, daß sie die richtige Entscheidung getroffen hatte.

»War der Flug sehr stürmisch?«

»Ziemlich, aber ich dachte immer daran, daß ich zu dir unterwegs war.« Dann lächelte sie zärtlich. »Es fiel mir schwer, meine Bekannten davon zu überzeugen, daß wir nicht verrückt sind. Glaubt denn niemand mehr an die Liebe?« Doch innerlich wußte sie, daß sie verrückt oder im besten Fall impulsiv gehandelt hatte.

»Glaubst du an die Liebe, Serena?« Er reichte ihr ein Glas eisgekühlten Champagner.

»Wenn ich es nicht täte, wäre ich nicht hier, Vasili.«

»Gut. Denn ich liebe dich von ganzem Herzen.« Er trank ihr zu. »Auf die Frau, die ich liebe... auf meine Prinzessin...« Er hängte sich bei ihr ein, und sie tranken den ersten Schluck, dann fragte er sie mit funkelnden Augen: »Wann heiraten wir?«

»Wann immer du willst«, antwortete sie müde.

»Morgen«, neckte er sie.

»Wie wäre es, wenn du mir ein wenig Zeit ließest, um mich umzustellen?«

»Zwei Wochen?« Sie nickte. »Dann also in zwei Wochen, Mrs. Arbus. Bis dahin bleibst du meine Prinzessin.« Er nahm ihr Gesicht zwischen die Hände, küßte sie, und im nächsten Augenblick war ihr Körper mit dem seinen auf dem riesigen Bett verschlungen; Teddy und Dorothea und New York waren vergessen.

41

Die Hochzeit war schön und festlich, sie wurde im Haus eines seiner Freunde in Chelsea abgehalten. Es waren etwa dreißig Personen anwesend, aber niemand von der Presse. Serena sah in einem bodenlangen Seidenkleid und mit kleinen beigen Cymbidium-Orchideen im Haar märchenhaft aus. Die Zeremonie wurde von einem Geistlichen vollzogen. Da die vier vorhergehenden Ehen Vasilis nur standesamtlich geschlossen worden waren, hatte sich der Geistliche bereit erklärt, sie kirchlich zu trauen. Während der Zeremonie stand Vanessa neben ihrer Mutter, hielt sie fest an der Hand und blickte zu Vasili hinüber. Sie hatte ihn in den beiden vergangenen Wochen liebgewonnen, aber er war für sie immer noch ein Fremder, und sie sah ihn nicht sehr oft. Tagsüber verbrachte er die meiste Zeit im Studio, und abends ging er immer mit Serena aus.

Serena war durch ihren hektischen Stundenplan überanstrengt. Sie versuchte, sich dem Tempo anzupassen, schien aber nicht Schritt halten zu können. Sie gingen auf Bälle, in Konzerte, ins Theater, zu einer Party nach der anderen, und waren oft noch nicht im Bett, wenn die Sonne über London aufging. Wie er es schaffte, dabei noch so hart zu arbeiten, blieb für Serena ein Rätsel. Nach zwei Wochen hatte sie Ringe unter den Augen und war vollkommen erschöpft. Die einzige Aussicht auf Erholung war ein Aufenthalt von einer Woche in seinem Haus in Saint-Tropez, wo sie ihre Flitterwochen verbringen wollten. Aber Vanessa jammerte schon, weil sie allein bleiben sollte. Nach langen Diskussionen mit Vanessa gelang es ihnen, am Tag nach der Hochzeit abzureisen, und als das Flugzeug startete, lehnte sich Serena mit einem von Herzen kommenden Seufzer zurück.

»Müde?« Er schien überrascht, und Serena lachte.

»Zum Umfallen. Ich weiß nicht, wie du das schaffst.«

»Mit Leichtigkeit.« Mit jungenhaftem Grinsen nahm er etwas aus der Tasche. Es war eine kleine Phiole mit Tabletten. »Ich nehme Pillen.«

»Du nimmst Pillen?« Er hatte es ihr nie gesagt.

»Mit ihnen kann ich Tag und Nacht weitermachen. Willst du eine?«

»Nein, danke. Ich warte bis Saint-Tropez und werde dort ein bißchen schlafen.« Aber sie war erschrocken. Sie erinnerte sich, daß ihr Teddy erzählt hatte, Vasilis letzte Frau sei an einer Überdosis Heroin gestorben.

»Mach doch kein so besorgtes Gesicht, Liebste. Die geben mir genau den Schwung, den ich brauche.«

»Aber schaden sie dir nicht?«

»Nein.« Er schien erheitert. »Sie richten keinen Schaden an. Und wenn ich zu viele erwische, nehme ich einfach ein Gegenmittel. Keine Sorge.« Er redete wie ein Apotheker, und Serena wurde zu ihrer Bestürzung klar, daß er von seinen Pillen abhängig war. »Um Gottes willen, Serena, du machst ja ein Gesicht, als hättest du eben entdeckt, daß ich ein eiskalter Mörder bin...« Er stand auf und ging zur Pantry. Wenige Minuten später kam er mit einer halben Flasche Wein für sie beide zurück. »Hast du auch dagegen etwas?«

»Ich habe nichts gegen das andere. Ich war nur überrascht. Du hast mir nie davon erzählt.«

»Muß ich dir denn alles erzählen?«

»Du mußt gar nichts, Vasili«, erwiderte sie aufgebracht und lehnte den Wein ab.

Jetzt wurde er sanfter. »Doch, ich muß etwas tun.«

»Und zwar?« fragte sie, noch immer verärgert.

»Ich muß dich küssen, das ist es.« Sie lachte, und etwas später war die Spannung gewichen.

Der Aufenthalt in Saint-Tropez war genau so, wie man sich eine Hochzeitsreise vorstellt. Sie spazierten nackt über ihren Privatstrand, schwammen in der sanften Dünung des Mittelmeeres, fuhren in einem Maserati durch die Alpes Maritimes, gingen ins Kasino von Monte Carlo, besuchten einige von Vasilis Freunden und waren zumeist allein. Morgens blieben sie lange im Bett, abends blieben sie lange auf und liebten sich, und sie standen nur einmal in den Zeitungen: »Vasili Arbus und seine neue Frau machen Flitterwochen in Cannes... sie war eine Prinzessin und ein Modell, jetzt ist sie seine Königin...«

»Woher wissen sie, daß du meine Königin bist?«

»Jemand muß es ausgeplaudert haben.«

»Weißt du, was ich nächste Woche tun möchte?«

»Was, mein Liebster?« Ihr Zusammenleben hatte einen anderen

Charakter als die Ehe mit Brad. Aber sie war jetzt um fast zehn Jahre älter. Bei Vasili fühlte sie sich ganz als Frau, und das berauschende Gefühl, mit ihm verheiratet zu sein, gefiel ihr sehr.

»Ich möchte für einige Tage nach Athen fahren.« Ihre Miene verdüsterte sich. »Hättest du keine Lust?«

»Ich muß zurück zu Vanessa.«

»Sie ist bei Marianne gut aufgehoben.«

»Das ist nicht das gleiche.« Vanessa befand sich in einer neuen Umgebung und brauchte ihre Mutter.

»Warum fahren wir dann nicht auf einen Sprung nach London und nehmen sie mit?«

»Und was ist mit der Schule?« Manchmal war es schwer, seinen Gedankensprüngen zu folgen. Er machte immer genau das, was er wollte und wann er wollte, und war nicht an die Überlegungen gewöhnt, die normalerweise zu Serenas Leben gehörten.

»Kann sie die Schule nicht für einige Zeit schwänzen?«

»Das wäre möglich.«

»Sehr gut. Ich rufe meinen Bruder an und sage ihm, daß wir kommen.«

»Du hast einen Bruder?« fragte sie erstaunt.

»Und ob. Andreas ist nur drei Jahre älter als ich, aber er ist viel seriöser. Er hat vier Kinder und eine dicke Frau, lebt in Athen und leitet eines unserer Familienunternehmen. Ich habe immer lieber in der Nähe meiner englischen Verwandten gelebt. Andreas ist durch und durch Grieche.«

»Ich kann es nicht erwarten, ihn kennenzulernen.«

»Und ich bin sicher, daß auch er dich kennenlernen will.«

Das war offensichtlich, als die drei in der darauffolgenden Woche in Athen aus dem Flugzeug stiegen. Andreas wartete auf dem Flughafen mit einem riesigen Rosenstrauß für Serena, einer Puppe und einer großen Konfektschachtel für Vanessa, und seine Kinder hatten in ihrem Haus in Athen eine kleine Party arrangiert. Sein jüngstes Kind war fünfzehn, das älteste einundzwanzig, aber sie waren alle entzückt, Vasilis neue Stieftochter kennenzulernen. Sie waren fasziniert von seiner neuen Frau und ihrem goldenen Haar. Sie war so schön und anmutig, und auch Andreas war von ihr eingenommen. Serena war er instinktiv sympathisch. Er wirkte liebenswürdig, großzügig, aufmerksam und viel seriöser als Vasili, der ihm dauernd vorwarf, daß er schwerfällig sei. Das war er aber ganz und gar nicht. Er war ein Mann von beträchtlicher Charakterfestigkeit und Verantwortungsgefühl, im Gegensatz zu Vasilis eher launenhaftem Wesen. Andreas war von seiner neuen Nichte entzückt, die er ernsthaft durch ganz Athen führte und ihr die Sehenswürdigkeiten zeigte, von denen er glaubte, sie würden ihr gefallen, während seine Kinder zur Schule gingen und Vasili mit Serena zu eigenen Rundfahrten verschwand. Vanessa war bei Andreas glücklich. Er gefiel ihr noch besser als ihr neuer Stiefvater, dem sie vorwarf, daß er ihr allzu oft ihre Mutter entführte.

Sie blieben über eine Woche in Athen, und als es Zeit wurde, nach London zurückzufliegen, war Vanessa bitter enttäuscht. Sie hätte lieber bis in alle Ewigkeit mit Andreas, den sie liebgewonnen hatte, Schach gespielt, aber Serena und Vasili sagten, sie müßten wieder zu ihrer Arbeit zurück.

In den nächsten Wochen war die ganze Familie eifrig beschäftigt: Vasili und Serena mit ihrer Arbeit im Fotoatelier und Vanessa in der Schule, es schien, daß alle ins wirkliche Leben zurückgekehrt waren. Bis Serena eines Abends darauf wartete, daß Vasili aus dem Studio zurückkam; sie wurden zum Dinner bei Bekannten erwartet, doch zwei Stunden nach der dafür festgesetzten Zeit war er noch immer nicht erschienen. Als er endlich nach Hause kam, war sie entsetzt. Er sah schmutzig und ungepflegt aus. Sein Haar war zerrauft, er hatte tiefe Ringe unter den Augen, sein Hemd war voller Flecken, seine Hose offen, und er ging schwankend auf sie zu.

»Vasili?« Er sah aus, als wäre er überfallen worden. Er war am Morgen in einer Tweedjacke, die er erst vor kurzem gekauft hatte, ins Studio gefahren. Die Jacke war verschwunden. »Ist alles in Ordnung?«

»Bestens. Ich werde in einer Minute angezogen sein.« Das klang normal, aber sein Aussehen war nicht danach, und Serena folgte ihm tief beunruhigt nach oben. Er drehte sich um, sah sie an, und sie bemerkte, daß er schwankte. »Warum, zum Teufel, folgst du mir auf Schritt und Tritt?«

»Bist du betrunken?« Er warf den Kopf zurück und lachte.

»Bin ich betrunken? Bin ich betrunken?« Er wiederholte es immer wieder. »Bist du verrückt?« Sie begriff, daß er betrunken war, obwohl er nicht so aussah.

»Wir können nicht gehen, Vasili... du bist nicht in der richtigen Verfassung.« Sie kam näher und erkannte den fast irren Blick in seinen Augen. »Ich gehe nicht.« Sie war außer sich. Sie hatte ihren Mann noch nie so gesehen, und er flößte ihr Angst ein, weil er wie ein Fremder wirkte.

»Was ist los? Schämst du dich meiner?« Er kam angriffslustig auf sie zu, und sie wich erschrocken zurück. »Glaubst du, ich würde dich schlagen?« Sie antwortete nicht, war aber sehr blaß geworden. »Nein, zum Teufel, du bist ja nur Dreck unter meinen Füßen.« Sie war entsetzt über seine Worte, drehte sich um und verließ den Raum. Wenige Minuten später fand er sie in Vanessas Zimmer, der sie mit einer Ausrede erklärte, warum sie nicht mehr ausgingen.

»Vasili fühlt sich nicht wohl«, sagte sie gerade.

»Wirklich nicht?« schrie er von der Tür aus. »Doch. Deine Mutter lügt, Vanessa.« Mutter und Kind sahen erschrocken zu, wie er ins Zimmer kam. Er ging wieder sicher, aber in seinen Augen lag noch der gleiche irre Glanz.

Serena lief zur Tür und schob ihn sanft hinaus. »Bitte komm mit mir nach unten.«

»Warum sollte ich? Ich will mit Vanessa sprechen. Hallo, Kleine, wie ist es dir heute ergangen?«

Vanessa sagte nichts, sie starrte ihn mit weit aufgerissenen Augen an.

»Was hast du getan? Ihr erzählt, daß ich betrunken bin?« Er spie die Worte Serena entgegen, die in Zorn geriet.

»Bist du es denn nicht?«

»Nein, du Arschloch, ich bin es nicht.«

»Vasili!« schrie nun Serena. »Verlasse Vanessas Zimmer!«

»Warum, hast du Angst, ich könnte etwas tun, das dich eifersüchtig macht?«

»Vasili!« Es war wie das Knurren einer Löwenmutter; er drehte sich um und verließ das Zimmer. Er schlurfte nach unten in die Küche, plünderte den Kühlschrank und kehrte ins Schlafzimmer zurück.

»Willst du mit mir schlafen?« fragte er über die Schulter, während er in einem Teller mit kalten Kartoffeln herumstocherte, den er im Kühlschrank gefunden hatte.

»Was ist mit dir los, um Himmels willen? Hast du zu viele Pillen genommen?«

Er schüttelte den Kopf. »Nein. Und was ist mit dir?« Es war unmöglich, mit ihm vernünftig zu reden; wenig später schloß sie sich in Vanessas Zimmer ein und verbrachte die Nacht dort.

Am nächsten Morgen schlief er fast bis Mittag, und als er endlich nach unten kam, war es unübersehbar, daß er sich schämte und nicht wohl fühlte.

»Serena...« Er sah sie schuldbewußt an. »Es tut mir leid.«

»Das hoffe ich sehr«, sagte sie kühl. »Und Vanessa schuldest du auch eine Abbitte. Was ist eigentlich gestern abend los gewesen?« Sie hatte den Eindruck gehabt, er wäre wahnsinnig.

»Ich weiß es nicht.« Er ließ den Kopf hängen. »Ich habe einige Gläser getrunken. Sie müssen eine ungewohnte Reaktion ausgelöst haben. Es wird nicht wieder vorkommen.« Aber es kam wieder vor. Einmal in der nächsten Woche und zweimal in der Woche darauf. Zwei Tage später verschwand er für eine ganze Nacht. Er war ein ganz anderer Mensch als der, den sie kennengelernt hatte. Er war zornig, feindselig, trübsinnig, bösartig, und diese Stimmung überkam ihn immer häufiger. Sie erschrak noch mehr, als sie zwei Tage vor Weihnachten den Arzt aufsuchte, um mit ihm über einige unbedeutende Probleme zu sprechen, unter denen sie litt, darunter Übelkeit, Erbrechen, Schwindelanfälle, Kopfschmerzen, Schlaflosigkeit, von denen sie annahm, daß ihre Nerven daran schuld seien. Es war sehr mühsam, Vanessa von den Ereignissen abzuschirmen, und sie dachte ernsthaft daran, in die Vereinigten Staaten zurückzukehren.

»Mrs. Arbus«, sagte ihr Arzt freundlich, »ich glaube nicht, daß Ihre Nerven daran schuld sind.«

»Wirklich nicht?« Sollte es etwas Ernstes sein?

»Sie sind schwanger.«

»O mein Gott.« Daran hatte sie nicht gedacht.

An diesem Abend war sie zerstreut und unglücklich. Vasili war zu Hause und merkwürdig gedrückter Stimmung, aber sie wollte es ihm nicht erzählen. Abtreibungen waren in London ohne weiteres möglich, aber sie hatte noch keinen Entschluß gefaßt.

»Bist du müde?« Sie nickte nur. »Ja.«

Er setzte sich neben sie und berührte ihren Arm.

»Es war furchtbar, Serena, nicht wahr?«

»Ja, das war es. Ich verstehe es nicht. Es ist, als wärst du nicht bei Sinnen.«

»Ich bin es nicht.« Es war, als würde er ihr etwas verheimlichen. »Aber ich werde mich ändern, das verspreche ich dir. Bis Weihnachten werde ich hier bei dir und Vanessa bleiben und dann irgendwohin gehen und wieder in Ordnung kommen. Das schwöre ich dir.« Sein Blick war ebenso traurig wie ihrer.

»Vasili...« Serena sah ihn gequält an. »Was ist geschehen? Ich verstehe es nicht.«

»Du mußt es nicht verstehen. Es ist etwas, das in deinem Leben keinen Platz haben darf.« Sie wollte ihn fragen, ob es sich um Rauschgift handle, wagte es aber nicht. »Ich werde damit fertigwerden und wieder der Mann sein, den du in New York kennengelernt hast.« Er knabberte sanft an ihrem Hals, und sie war bereit, ihm zu glauben. Er hatte ihr so gefehlt, und sie hatte solche Angst ausgestanden. »Wünschst du dir etwas Besonderes zu Weihnachten?« Sie schüttelte den Kopf. Er hatte nicht einmal bemerkt, wie schlecht sie sich fühlte.

»Warum bleiben wir nicht zu Hause?«

»Und was geschieht mit Vanessa?«

»Ich habe schon etwas für sie geplant.«

»Liebste Serena... bitte... alles wird gut werden.« Er war so liebevoll, so sanft, so verständnisvoll. Wie konnte er sich in sein böses Ich verwandeln? »Warum gehen wir nicht zu Bett? Du siehst erschöpft aus.«

Sie seufzte leise. »Ich bin es auch.« Aber als er dachte, daß sie schlief, blieb er stundenlang im Badezimmer, und als sie, nachdem er endlich herausgekommen war, aufstand und ins Badezimmer ging, stieß sie dort einen Schrei aus. Auf dem Waschtisch lagen neben einem blutigen Wattebausch eine Injektionsspritze, ein Zündholz und ein Löffel. »O mein Gott.« Sie dachte an Teddy und was er über Vasilis letzte Frau gesagt hatte... Heroin... und plötzlich fiel es ihr wie Schuppen von den Augen.

Sie drehte sich um und sah ihn an der Wand lehnen, er hielt sich nur mit Mühe aufrecht, hatte die Augen halb geschlossen und war so blaß, als läge er im Sterben. Sie wich vor ihm zurück, während er auf sie zuwankte und sie murmelnd fragte, was sie da herumspioniere. Entsetzt lief sie hinaus.

Am Morgen des Heiligen Abends saß Serena Vasili am Eßtisch gegenüber. Sie waren allein im Eßzimmer, die Türen waren geschlossen. Vasili sah aus, als wäre er soeben einbalsamiert worden, und versuchte nicht, ihr in die Augen zu blicken.

»Ich fahre in die Vereinigten Staaten zurück, und zwar am Tag nach Weihnachten. Ich würde schon heute abreisen, aber ich will Vanessa nicht beunruhigen. Geh mir nur bis dahin aus dem Weg, dann ist alles in Ordnung.«

»Ich verstehe vollkommen.« Er ließ beschämt den Kopf hängen, und sie hätte ihn am liebsten geschlagen, weil er sich selbst und ihr so viel angetan hatte und immer noch antat. Sie würde eine Abtreibung vornehmen lassen, sobald sie wieder in New York war, vielleicht würde ihr sogar Teddy helfen, aber sie wollte so bald wie möglich aus London fort.

Dann stand sie auf und plötzlich, während sie zur Tür ging, drehte sich der ganze Raum um sie, und im nächsten Augenblick lag sie auf dem Boden. Vasili kniete sofort neben ihr, starrte sie entsetzt an und befahl dem Mädchen, ein feuchtes Tuch zu bringen, das er ihr auf den Kopf legen wollte. »Serena!... oh, Serena...!« Sie mußte stark bleiben. Sie mußte ihn verlassen, London verlassen und ihr Kind loswerden. »Ach, mein Liebling, was ist geschehen? Ich werde den Arzt holen.«

»Nicht!« Ihre Stimme war noch schwach und das Zimmer drehte sich, als sie den Kopf schüttelte. »Es geht mir schon besser. Ich stehe gleich auf.« Doch als sie es tat, sah sie noch elender aus als er.

»Bist du krank?« fragte er, aber sie schüttelte nur den Kopf.

»Nein.«

»Aber es ist nicht normal, wenn man in Ohnmacht fällt.«

»Was hier vorgeht, ist auch nicht normal. Oder ist dir das vielleicht nicht eingefallen?«

»Ich sagte dir gestern abend, ich werde damit Schluß machen. Übermorgen werde ich für einige Tage ins Krankenhaus gehen, und dann bin ich wieder der Alte.«

»Für wie lange?« schrie sie ihn an. »Wie oft hast du schon eine Entwöhnungskur gemacht? Ist deine Frau so gestorben? Habt ihr beide Rauschgift genommen, und sie hat eine Überdosis erwischt?«

Er flüsterte gequält: »Ja, Serena... ja... ja!... Ich versuchte, sie zu retten, aber es war zu spät.« Er schloß die Augen, als könnte er den Gedanken daran nicht ertragen.

»Du widerst mich an. Hast du das von mir erwartet? Eine Freundin, mit der du gemeinsam Rauschgift nehmen kannst?« Sie zitterte, während sie ihn anschrie, und keiner sah, daß Vanessa die Treppe nach unten kam. »Nun, das werde ich bestimmt nicht tun. Hast du gehört? Ich werde auch nicht mit dir verheiratet bleiben. Ich fahre nach New York, und sobald ich dort bin, lasse ich mir das Kind abtreiben und –« Sie brach ab, als sie merkte, was sie eben gesagt hatte. Er kam sofort zu ihr.

»Was hast du gesagt?« Er packte sie an den Schultern.

»Nichts, verdammt noch mal... gar nichts!« Sie schlug die Tür zum Eßzimmer hinter sich zu und lief zur Treppe, wo sie Vanessa fand, die leise weinte. Gleich darauf war Vasili bei ihnen, und alle drei saßen weinend auf der Treppe. Es war eine schreckliche Szene, für die Serena sich selbst und Vasili haßte.

Vasili entschuldigte sich immer wieder für das Leid, das er ihnen beiden angetan hatte. Serena klammerte sich an Vanessa, und Vanessa schrie Vasili an, daß er ihre Mutter umbringe. Aber als Vasili endlich mit Serena allein war, fragte er sie, ob das wahr sei, was sie gesagt hatte.

»Du bist also schwanger?« Sie nickte und wandte sich ab. Er berührte mit den Händen ihre Schultern. »Ich will – nein, ich *bitte* dich, mein Kind auszutragen, Serena... bitte... gib mir eine Chance... ich werde in wenigen Tagen wieder entwöhnt sein. Alles wird so sein wie früher. Ich weiß nicht, was geschehen ist. Vielleicht war es das Aneinandergewöhnen, die Verpflichtung, von Vanessa als Vater anerkannt zu werden, ich war für kurze Zeit überfordert. Aber ich höre damit auf, das schwöre ich. Bitte –« Seine Stimme brach, und sie sah, als sie sich umwandte, daß ihr Mann in Tränen aufgelöst war. »Töte mein Kind nicht... bitte...« Sogar Serena konnte ihm nicht widerstehen, sie breitete die Arme aus und drückte ihn an sich.

»Wie konntest du das tun, Vasili? Wie war das nur möglich?«

»Es wird nicht wieder vorkommen. Wenn du willst, fahre ich

noch heute abend ins Krankenhaus. Ich warte nicht einmal bis nach Weihnachten, ich tue es sofort.«

Sie sah ihn seltsam an und nickte. »Tu es. Tu es gleich.« Zehn Minuten später rief er im Krankenhaus an, und sie fuhr ihn hin. In der Halle küßte sie ihn zum Abschied, und er versprach, sie noch am gleichen Abend anzurufen. Sie begab sich dann geradewegs nach Hause und ging zu Bett; eine halbe Stunde später rief Teddy sie an, unter dem Vorwand, ihnen beiden fröhliche Weihnachten zu wünschen. Als sie aber Vanessa den Hörer übergab, weinte das Kind so heftig, daß es fast nicht sprechen konnte. Bald darauf schickte Serena sie wieder in ihr Zimmer, dann stellte Teddy sie zur Rede.

»Wirst du mir nun sagen, was bei euch vorgeht, oder muß ich selbst hinüberkommen, um nach dem Rechten zu sehen?« Also erzählte sie ihm unter einem Strom von Tränen, was geschehen war.

»O mein Gott. Du mußt sofort von dort weg.«

»Das wäre nicht fair. Er ist soeben zu einer Entwöhnungskur ins Krankenhaus gefahren. Vielleicht bin ich es ihm schuldig, ihm eine Chance zu geben. Er sagt, wenn er herauskommt, wird er wieder in Ordnung sein.«

»Bei einem Süchtigen bedeutet das nicht viel. Er ist durch und durch vergiftet, darüber mußt du dir im klaren sein. Du hast einen schrecklichen Fehler begangen. Du darfst Vanessa nicht all diesem Schmutz aussetzen und dich ebenfalls nicht.«

»Ach, Teddy... ich weiß nicht, was ich tun soll.«

»Komm nach Hause.« Er hatte noch nie so entschieden gesprochen. »Ich meine es ernst. Sieh zu, daß du morgen im Flugzeug sitzt, und komm zurück nach New York. Du kannst bei mir wohnen.«

»Ich kann jetzt nicht fort. Er ist mein Mann. Es wäre nicht richtig von mir.«

»Dann schick wenigstens Vanessa hierher, bis du sicher bist, daß er seine Sucht überwunden hat.«

»Und sie soll Weihnachten ohne mich verbringen?« Serena weinte wieder.

»Um Gottes willen, Serena, was geht denn dort drüben vor... was ist mit dir los?«

»Ich bin so unglücklich und habe solche Angst, ich kann nicht klar denken.«

»Soweit habe ich begriffen.«

Aber das Schlimmste wußte er nicht. »Ich bin schwanger.«

Er stieß einen leisen Pfiff aus. »Verdammte Scheiße!« Dann nach einer Pause: »Hör zu, ruh dich aus. Ich werde dich morgen wieder anrufen.«

Aber als er sie am nächsten Tag erreichte, war in New York die Hölle los. Jemand aus dem Hospital, in dem Vasili die Entwöhnungskur machte, hatte der Presse einen Wink gegeben, so daß die Meldung noch vor dem Morgen beim Nachrichtendienst der AP eingelangt war und in einem kurzen, aber gehässigen Artikel veröffentlicht wurde. Margaret Fullertons Zeitungsausschnittbüro hatte ihr den Artikel per Boten zugeschickt. Sie war wütend und zugleich siegesgewiß.

»Es genügt nicht, daß sie unseren Namen führt, um in ganz New York damit anzugeben, jetzt hat sie auch noch diesen jämmerlichen Rauschgiftsüchtigen aus der Londoner Kaffeehausszene geheiratet. Um Gottes willen, Teddy, was wird sie als nächstes anstellen?« Sie hatte ihn um acht Uhr morgens angerufen. »Sprichst du noch immer mit dieser Frau?«

»Ich habe sie gestern abend angerufen.«

»Ich verstehe dich nicht.«

»Verdammt noch mal, sie ist schließlich meine Schwägerin. Und sie macht genug durch.« Aber diesmal fiel es sogar ihm schwer, sie zu verteidigen. Sie hatte eine denkbar schlechte Wahl getroffen. Es war natürlich nicht ihre Schuld, aber die Presse neigte dazu, den Skandal auszuschlachten, und der Artikel war sicherlich für die Familie unangenehm und für Vanessa, was wichtiger war. Diesmal hatte seine Mutter recht. Bezüglich Vasilis, nicht bezüglich Serenas.

»Sie verdient es nicht anders. Darf ich dich daran erinnern, daß sie nicht deine Schwägerin ist. Dein Bruder ist tot. Sie ist jetzt mit diesem Dreckskerl verheiratet.«

»Warum hast du mich angerufen, Mutter?« Es hatte keinen Sinn, weiter zu debattieren. Er wollte Vasili nicht verteidigen, und über Serena wollte er nicht mit ihr sprechen.

»Ich wollte wissen, ob du den Artikel gelesen hast. Ich habe wieder einmal recht gehabt!«

»Wenn du meinst, daß du mit deiner Ansicht über Vasili Arbus recht hast, so bin ich ganz deiner Ansicht. Über Serena wollen wir nicht sprechen. Du hast diesbezüglich noch nie Verständnis gezeigt.«

»Es wundert mich nur, daß du deine Patienten behältst, Teddy. Ich glaube, du bist verrückt. Zumindest hinsichtlich dieser Frau. Nach dir und deinem Bruder zu urteilen, muß sie wirklich faszinierend sein.«

»Gibt es sonst noch etwas zu besprechen?«

»Nein, du kannst ihr aber sagen, falls jemand unseren Namen im Zusammenhang mit ihr verwendet, sie so nennt oder ihre Verbindung zu meinem Sohn erwähnt, werde ich sie tatsächlich anzeigen. Diese Dorothea Kerr hat nichts mehr damit zu tun. Ich nehme an, ›Die Prinzessin‹« – ihre Stimme klang ätzend – »hat sich zur Ruhe gesetzt.«

»Im Augenblick.«

»Ich nehme an, Huren können ihr Gewerbe immer wieder aufnehmen.« Daraufhin legte er auf und rief Serena an. In London war es früher Nachmittag, und Serenas Stimme klang klarer als am Abend zuvor. Sie hatte den ganzen Vormittag damit verbracht, Vanessa zu beruhigen, und sie sagte, sie habe mit Vasili im Hospital gesprochen und sie habe einen besseren Eindruck von ihm gehabt.

»Dann kommst du also nicht nach Hause?« fragte Teddy verzweifelt.

»Noch nicht.«

»Halte mich wenigstens auf dem laufenden, und wenn ich nichts von dir höre, rufe ich dich in ein paar Tagen wieder an.« Nach dem Gespräch ging Serena wieder in Vanessas Zimmer, wo sie sich neue Vorwürfe gegen Vasili anhören mußte. Es waren schlimme Tage.

»Ich hasse ihn. Ich wünschte, du hättest Onkel Teddy oder Andreas geheiratet.« Sie dachte an Vasilis Bruder in Athen.

»Es tut mir leid, Vanessa, daß du dieser Ansicht bist.« Vanessa sah sie merkwürdig an.

»Bekommst du wirklich ein Baby?« Serena nickte. »Ja.« Das würde auch ein Problem werden. Nichts war mehr leicht. Es war sogar schwer, sich zu erinnern, wann es jemals leicht gewesen war. »Regt dich das sehr auf?«

Vanessa dachte eine Weile darüber nach, dann fragte sie: »Könnten wir nicht einfach wegfahren und es in die Vereinigten Staaten mitnehmen?« Das hatte Serena vorgehabt, aber dann würde sie es abtreiben lassen.

»Es ist auch Vasilis Baby«, gab sie leise zu bedenken.

»Muß es das sein? Könnte es nicht einfach unseres sein?«

Serena schüttelte den Kopf. »Nein, das ist nicht möglich.«

43

Eine Woche später kam Vasili aus dem Krankenhaus, und er benahm sich wie ein Engel. Sie führten ein ruhiges Leben, blieben die meiste Zeit zu Hause, er war freundlich, rücksichtsvoll und liebevoll zu Vanessa. Es war, als wäre ihm bei seinem letzten Ausrutscher endlich ein Licht aufgegangen. Er erklärte Serena, daß er vor zehn Jahren zum ersten Mal aus Neugierde Heroin ausprobiert hatte, und innerhalb weniger Wochen süchtig geworden war. Schließlich war Andreas aus Athen gekommen, hatte gesehen, in welchem Zustand er sich befand, und ihn sofort zur Entwöhnung in einer Klinik untergebracht. Danach hatte er sich ein Jahr lang vom Rauschgift ferngehalten, bis es ihm jemand auf einer Party angeboten hatte und er wieder süchtig wurde. In den nächsten fünf Jahren hatte er mit Unterbrechungen gespritzt und war schließlich ganz *clean* geblieben, bis er seine letzte Frau kennengelernt hatte. Kurz nach ihrer Hochzeit hatte er entdeckt, daß sie es spritzte; sie wollte, daß er mit ihr zusammen Heroin nahm, damit sie »sich nicht so einsam fühle«, wie sie ihm schmollend erklärt hatte, und er hatte es unvernünftigerweise wieder versucht. Ihre Beziehung hatte offenbar in einer Katastrophe geendet, sie hatten gemeinsam Heroin genommen, und am Ende war sie an einer Überdosis gestorben. Das hatte ihn ernüchtert, bis er jetzt wieder damit begonnen hatte. Aber diesmal war er sicher, daß es das letzte Mal gewesen war.

»Warum hast du es mir nicht erzählt?«

»Wie soll man das jemandem erzählen? ›Ich bin heroinsüchtig gewesen.‹ Weißt du, wie das klingt?«

»Und was glaubst du, habe ich empfunden, als ich es herausfand, Vasili? Wie konntest du annehmen, daß ich es nicht bemerken würde?«

»Ich dachte nicht, daß ich wieder süchtig werden würde.«
Sie schloß die Augen und legte sich zurück aufs Kissen.
»Nicht, Serena... Liebste, mach dir keine Sorgen.«
»Wie sollte ich das nicht tun? Wie kann ich wissen, daß du nicht wieder anfängst?«
Er hob feierlich die Hand. »Ich schwöre es.«

In den ersten fünf Monaten hielt er Wort. Er benahm sich vorbildlich und verwöhnte Serena schrecklich, er tat alles, was er konnte, um sie für den erlittenen Kummer zu entschädigen, und ihre Befürchtungen, daß er wieder rückfällig werden könnte, zu zerstreuen. Er freute sich auf das Kind, erzählte allen Bekannten davon, und rief natürlich vor allem seinen Bruder Andreas an. Andreas hatte ihnen den größten Teddybär geschickt, den Serena je gesehen hatte, der schon in dem Zimmer saß, das für das Baby bestimmt war. Er schickte Vanessa eine antike Brautpuppe.

Es waren Tage der Zärtlichkeit und sanften Liebe zwischen Vasili und Serena. Der jungenhafte Charme, den er anfangs gezeigt hatte, kam wieder zum Vorschein, und sie machten Hand in Hand stundenlange Spaziergänge. Zweimal fuhr er mit ihr nach Paris, sie verbrachten Vanessas Osterferien in Athen bei Andreas, seiner Frau und den Kindern, und dann unterbrachen Vasili und Serena ihre Rückreise in Venedig, wo sie ihm das Haus ihrer Großmutter und all ihre Lieblingsorte zeigte. Sie verbrachten einige herrliche Tage dort, und sie fand, sie sei nie glücklicher gewesen. Das Baby wurde am ersten August erwartet, und Serena machte sich Anfang Juni daran, das Kinderzimmer einzurichten. Sie wollte selbst ein Wandgemälde malen, und Vanessa ließ ihre Puppen und ausgestopften Tiere im Stich, weil sie bald eine lebendige Puppe haben würde. Serena war im achten Monat schwanger, und es schien unglaublich, daß es beinahe soweit war. Andreas hatte Vanessa aufgefordert, mit seiner Familie eine Kreuzfahrt zwischen den griechischen Inseln zu unternehmen, aber sie wollte Serena nicht allein lassen, nicht einmal um Teddy zu besuchen, der ihr einen gemeinsamen Urlaub in den Vereinigten Staaten angeboten hatte. »Wenn das Baby da ist«, antwortete sie allen, und Serena lachte, wenn Vasili auf Einladungen ebenso reagierte.

Die Schwangerschaft war erstaunlich problemlos verlaufen, und sie machte sich jetzt nur darüber Sorgen, daß bei diesem Baby das gleiche eintreten könnte wie bei Vanessa, denn wenn die Geburt zu Hause einsetzte, würde Vasili ganz bestimmt keinen so kühlen Kopf bewahren wie Teddy. Schon beim Gedanken an diese Möglichkeit war er einem Nervenschock nahe, und jedesmal, wenn sie sich im Bett bewegte, sprang er auf und rief entsetzt: »Ist es schon soweit? Ist es schon soweit?«

»Nein, du Dummerchen, schlaf weiter.« Alles war friedlich zwischen ihnen, und die Episode der Süchtigkeit war nur noch ein ferner Alptraum, bis Vasili in der ersten Juliwoche eines Abends nicht nach Hause kam. Sie war verrückt vor Angst und Schrecken, während sie bis fünf Uhr morgens auf ihn wartete; dann hörte sie ihn die Vordertreppe nach oben kommen. Die Tür schlug geräuschvoll hinter ihm zu, und sie schlich zitternd auf Zehenspitzen die Treppe nach unten.

Auf halbem Weg erblickte sie ihn und erkannte sofort an seinem Aussehen, daß er von irgend etwas *high* war. Er lief nervös und unsicher auf sie zu und tat so, als sei es keineswegs ungewöhnlich, um fünf Uhr morgens nach Hause zu kommen.

»Hallo, Liebste, wie geht's dem Baby?« Seine Stimme klang immer anders, wenn er Heroin genommen hatte, und die Vorstellung, daß er wieder rückfällig geworden war, war ihr unerträglich.

»Wo warst du?« Es war eine dumme Frage, das wußte sie. Es kam nicht darauf an, wo er gewesen war, sondern darauf, was er getan hatte. Ohne die Antwort abzuwarten, ging sie die Treppe wieder hoch, so schnell sie konnte. Sie fühlte sich so verkrampft und hatte infolge der langen Nachtwache solche Krämpfe, daß sie nicht wußte, ob sie Wehen hatte oder sich nur unwohl fühlte.

»Sei nicht so verdammt spießbürgerlich«, schrie er sie an, als sie ins Schlafzimmer kamen, und sie wandte sich mit wütendem Blick zu ihm um.

»Sei still, sonst weckst du Vanessa!« Aber es war nicht Zorn, was sie empfand, sondern Angst und Verzweiflung. Vasilis unheimlicher Dämon war wieder in ihr Leben getreten.

»Zum Teufel mit Vanessa, sie ist sowieso ein kleines Miststück.« Bei diesen Worten stürzte sich Serena auf ihn. Sie holte aus und wollte ihn schlagen, aber er faßte ihr Handgelenk und schleuderte sie nach hinten an die Wand. Sie stolperte, stürzte und stöhnte beim Aufprall auf den Boden, aber weniger aus Schmerz als aus Bestürzung. Er beugte sich über sie, und als sie mit Tränen in den Augen zu ihm aufblickte, hatte er den irren, nervösen Glanz in den Augen, wie früher, wenn er Heroin gespritzt hatte.

»Du ekelst mich an!« Sie stand auf, jeder Zoll ihres Körpers zitterte, und sie holte wieder aus, doch diesmal kam er ihr zuvor. Er schlug sie mit dem Handrücken ins Gesicht, so daß sie auf den Schlafzimmerboden stürzte, und in diesem Moment kam Vanessa hereingelaufen. »Geh wieder in dein Zimmer!« sagte Serena schnell, da sie nicht wollte, daß das Kind mit hineingezogen wurde, doch ehe Vanessa gehen konnte, versetzte ihr Vasili einen Stoß, und sie landete wie ein Häuflein Elend neben Serena.

»Da habt ihr es, ihr zwei Klageweiber. Ihr paßt zueinander.« Er wandte sich ab, dann stieß er hervor: »Dumme Gänse!«

Serena flüsterte dem Kind zu, es solle in sein Zimmer gehen, aber Vanessa weigerte sich entsetzt. »Er wird dir weh tun.«

»Nein, das wird er nicht.« Auch sie hatte Angst davor, aber sie wollte nicht, daß Vanessa es sah.

»Doch, er wird es tun.« Vanessa begann zu schluchzen und klammerte sich an ihre Mutter.

»Bitte, Liebling.« Sie stand vorsichtig auf und führte das Kind in sein Zimmer; es dauerte eine halbe Stunde, bis sie zu Vasili zurückkam. Er saß auf einem Stuhl, ließ den Kopf hängen und hatte eine ausgebrannte Zigarette zwischen den Fingern.

Sie zog leise die Tür hinter sich zu; sie haßte ihn mit jeder Faser ihres Herzens. »Eins sage ich dir, du Dreckskerl: morgen früh, wenn du zu dir kommst, gehe ich zu meinem Anwalt, und dann fahre ich endgültig in die Vereinigten Staaten zurück.«

»Was soll das heißen? Wer wird das Baby bekommen?«

»Ich.«

Wenn er Rauschgift nahm, hatte er etwas Böses, Gemeines an sich. Es war, als hätte er alles Gute, das sie in ihm gesehen hatte, alle Hoffnungen, alle Träume ausgelöscht. Sie wollte nur eines: fortlaufen. Sie wollte den Raum verlassen, doch er packte sie am Arm, zog sie zum Bett und stieß sie darauf. »Geh ins Bett.«

»Ich will nicht hier schlafen.« Sie zitterte, bemühte sich aber, es nicht zu zeigen. Die Krämpfe waren so heftig, daß sie kaum stehen konnte. Dann versuchte sie unwillkürlich, sich ihm zu entziehen.

»Laß mich gehen. Du tust mir weh.«

»Wenn du dich nicht ordentlich benimmst, werde ich dir noch viel mehr weh tun.«

»Was soll das heißen? Erwartest du von mir, daß ich mir das gefallen lasse und bei dir bleibe? Das werde ich nicht tun. Du kannst zum Teufel gehen. Morgen verlasse ich dieses Haus.«

»Wirklich?« Er machte einen Schritt auf sie zu. »Wirklich?« Sie zitterte unbeherrscht, als er sich über sie beugte, und dann, als ob die Anstrengung zu groß gewesen wäre, legte sie sich zurück und begann zu schluchzen. Sie weinte über eine Stunde lang, er kam ihr nicht in die Nähe, und als ihre Tränen versiegten, schlief sie auf dem Bett ein; sie erwachte um elf Uhr, und er schnarchte noch. Sie verließ das Zimmer auf den Zehenspitzen, um Vanessa aufzusuchen, aber Marianne war mit ihr ausgegangen, und Serena ging langsam durch das Haus. Vielleicht hatte er recht. Wer würde ihr helfen? Wohin konnte sie gehen? Sie setzte sich auf die unterste Stufe der Treppe und hörte nicht, daß er kam. Sie spürte nur seine Hand auf ihrer Schulter und sprang mit einem leisen Schrei auf. Als sie sich zu ihm umdrehte, sah sie sein entstelltes Gesicht.

»Geht es dir gut?« Auf dem bleichen Gesicht lag Angst. Sie nickte. Er senkte die Stimme: »Habe ich dir weh getan?«

»Nein«, sagte sie leise. »Aber du hast Vanessa erschreckt.« Es war, als existiere sie nicht mehr, als wären Vanessa und das ungeborene Baby die einzigen beiden Menschen, an denen ihr noch lag. Es war ihr gleichgültig, ob er sie tötete oder nicht. Sie wollte nur nicht, daß er ihren Kindern Leid zufügte. »Was willst du tun?«

»Ich weiß es nicht. Diesmal kann ich allein damit fertig werden. Ich habe nur ein paarmal gespritzt.«

»Ein paarmal?« antwortete sie erschrocken. Sie hatte es nicht bemerkt und war überrascht, daß er so aufrichtig war. Als sie und Andreas im vergangenen Frühling einmal darüber sprachen, hatte er gesagt, daß Vasili, wenn er einmal zu spritzen begann, nie die Wahrheit sagte. »Warum hast du es getan?«

»Wie soll ich das wissen?« antwortete er gereizt und nervös.

»Wirst du wieder ins Hospital gehen?« Sie sah ihn flehend an und spürte, wie ihr geschwollener Bauch sich wieder verkrampfte.

»Diesmal brauche ich es nicht.«

»Woher weißt du das?«

»Weil ich es weiß, verdammt noch mal! Warum gehst du nicht ins

Schlafzimmer und ruhst dich aus?« Sie bemerkte, daß er Jeans, das Hemd vom Abend vorher und Schuhe ohne Socken trug.

»Gehst du aus?«

»Ich muß einen Film holen. Warum legst du dich nicht hin?«

»Weil ich eben erst aufgestanden bin.«

»Na und? Sollst du nicht viel ruhen? Denkst du nicht an das Baby?« Fünf Minuten später verließ er das Haus und kam erst nach Mitternacht zurück. Trotz ihrer Drohungen in der vergangenen Nacht rief sie ihren Rechtsanwalt nicht an. Sie bekam Krämpfe, die sie beinahe veranlaßten, den Arzt anzurufen. Und als Vasili endlich nach Hause kam, sah sie, daß er wieder Rauschgift genommen hatte.

»Wie lange soll das so weitergehen?«

»Solange ich will, falls dich das etwas angeht.«

»Ich dachte, ich bin deine Frau, und wir bekommen ein Baby. Es geht mich etwas an.«

Er lächelte ihr bösartig zu. »So eine spießbürgerliche kleine Dame.«

»Warum bemühst du dich nicht um eine Drogentherapie?« Sie zitterte wieder.

Aber er grinste hämisch. »Was? Und meine Aufträge verlieren? Das wäre interessant.«

»Kannst du denn so arbeiten?« Sie wußten beide, daß er es nicht konnte. Wann immer er sich vollpumpte, deckten ihn seine Assistenten.

»Kümmre dich um deine eigenen verdammten Angelegenheiten, du Miststück!«

Diesmal stand sie nicht auf, um ihn zu schlagen, sondern wandte ihm den Rücken zu und blieb im Bett liegen, wobei sie sich fragte, warum sie am Morgen nicht ausgezogen war. Der Alptraum wurde mit jedem Tag schlimmer, während Serena zuschaute und das Gefühl hatte, in einem Sumpf der Verzweiflung zu versinken. Nach der ersten Woche versprach er jeden Tag, daß er sich helfen lassen würde, und ging jeden Tag aus und nahm weiter einen Schuß nach dem anderen. Es war ein Teufelskreis von Drohungen, Versprechungen und Angst. Aber es wurde ihr in den ersten Tagen klar, daß sie nirgendwohin gehen konnte außer in ein Hotel. Sie war hochschwanger und konnte den Flug in die Vereinigten Staaten nicht riskieren. Endlich waren es nur noch wenige Tage bis zum voraussichtlichen Geburtstermin, und sie hatte sich fast vier Wochen in dieser katastrophalen Lage befunden.

»Geht es dir gut?« Teddy rief zum errechneten Geburtstermin aus Long Island an, und er klang noch besorgter als vorher. In der Presse hatte es in letzter Zeit weitere Meldungen über Vasili gegeben – Fotos von ihm allein in Nachtlokalen, und die Vermutung, daß seine Ehe mit der »Prinzessin« in die Brüche gegangen sei. »Wie geht es ihm?«

»Es wird immer schlimmer. Ach, Teddy...«

»Soll ich zu dir hinüberfliegen?«

»Nein. Er würde einen Anfall bekommen, und es wäre dann nur noch ärger.« Obwohl man sich das schwer vorstellen konnte.

»Wenn du mich brauchst, komme ich.«

»Ich werde dich anrufen.« Aber als sie auflegte, war ihr klar, wie isoliert sie sich fühlte, wie hilflos in diesem von Vasili geschaffenen Alptraum, in dem sie auf die Geburt ihres Kindes wartete. Sie hatte Angst, machte sich Sorgen und fühlte sich elend. Aber sie hatte ihrem Arzt nichts gesagt. Sie konnte die Schande nicht ertragen, jemand anderem als Teddy zu sagen, was sie durchmachte.

Wenige Stunden später rief Teddy sie wieder an. Er hielt es nicht länger aus. Er würde in wenigen Tagen nach London fliegen.

Fünf Minuten darauf ging Serena in Vanessas Zimmer, wo das Kind traurig aus dem Fenster sah. »Geht es dir gut, Liebling?« Serena war entsetzt, als sie Vanessa sah. Es war dem Kind deutlich anzumerken, daß es in dem letzten Monat Schreckliches durchgemacht hatte.

»Mir geht es gut, Mammi. Was macht das Baby?«

»Es ist okay, aber ich mache mir Sorgen um dich.«

»Wirklich?« Vanessas Gesichtchen heiterte sich auf. »Ich mache mir die ganze Zeit Sorgen um dich.«

»Das mußt du nicht. Es wird alles gut. Ich nehme an, Vasili wird schließlich geheilt werden, aber vorerst kommt Onkel Teddy übermorgen hierher.«

»Wirklich? Wieso?«

»Ich habe ihm erzählt, was hier geschehen ist, und er will herkommen, um dir Gesellschaft zu leisten, während ich das Baby bekomme.«

Vanessa nickte. Sie hatte miterlebt, wie ihre Mutter geschlagen, gestoßen, nicht beachtet, bedroht, verlassen, vernachlässigt worden war. Das sollte kein Kind je miterleben, und Serena betete darum, daß sie es nie mehr erleben würde. »Warum tut er das, Mammi? Warum wird er so?« Sie wußte, daß er Rauschgift nahm. »Warum braucht er das?«

»Ich weiß es nicht, mein Liebling. Auch ich verstehe es nicht.«

»Haßt er uns wirklich?«

»Nein.« Serena seufzte. »Wahrscheinlich haßt er sich selbst. Ich verstehe nicht, was dahintersteckt. Ich glaube aber nicht, daß es etwas mit uns zu tun hat.«

»Ich habe gehört, wie er sagte, daß er vor dem Baby Angst hat.«

»Vielleicht erschreckt ihn die Verantwortung.«

»Hast du Angst vor dem Baby?«

»Nein, ich liebe dich von ganzem Herzen, und ich bin sicher, wir werden beide das Baby lieb haben.«

»Ich werde es sehr lieb haben. Es wird mein Baby sein, Mammi. Ich werde eine fabelhafte Schwester sein.« Sie sah ihre Mutter an und gab ihr einen Kuß auf die Wange. »Glaubst du, es wird bald kommen?«

»Ja, es wird bald da sein. Vielleicht wird es auf Onkel Teddy warten.« Dann ging Serena nach oben, um Andreas anzurufen und ihm zu erzählen, was mit Vasili los war. Andreas war entsetzt und mitfühlend.

»Armes Kind, das tut er in einem solchen Augenblick? Man sollte ihn erschießen!« Es klang sehr griechisch, und Serena lächelte.

»Willst du herkommen und versuchen, ihn zu einer Therapie zu überreden, Andreas? Ich habe keinen Einfluß mehr auf ihn.«

»Ich werde es versuchen, aber ich kann erst in einigen Tagen kommen. Alecca ist krank, und ich kann sie nicht allein lassen.« Seine Frau war seit mehreren Monaten krank, das wußte Serena, und alle hatten den Verdacht, daß es Krebs war.

»Ich verstehe. Ich dachte nur, daß du ihn vielleicht beeinflussen könntest.«

»Ich werde tun, was ich kann. Gegen Ende der Woche bin ich bei dir, Serena. Und du gib acht auf dich und die kleine Vanessa. Noch kein Baby?«

»Nein, noch nicht, aber bald. Ich werde dich anrufen.«

»Ich werde versuchen zu kommen, bevor es soweit ist.«

In dieser Nacht fühlte sie sich zum ersten Mal seit Wochen ruhiger. Sie mußte jetzt versuchen, das Kind erst zu bekommen, wenn die beiden in London waren. Die ganze Nacht dachte sie darüber nach, und Vasili kam nicht nach Hause; als sie kurz vor Morgengrauen einnickte, spürte sie plötzlich etwas Feuchtes, Warmes an den Beinen, als würde sie in sehr warmem Wasser schwimmen. Dann hatte sie das Gefühl, daß ihr Bauch von einem riesigen Schraubstock zusammengepreßt wurde; sie fuhr aus dem Schlaf hoch und wußte sofort, worum es sich handelte.

»Verdammt...« murmelte sie leise. Sie setzte sich auf und dachte an die Verhaltensmaßregeln, die ihr Teddy und der englische Arzt erteilt hatten. Sie wußte, daß sie sich beeilen mußte, wenn sie nicht wieder ihr Baby zu Hause zur Welt bringen wollte, und diesmal war niemand da, der ihr helfen konnte. Sie stand auf, so rasch sie konnte; es fiel ihr schwer, ins Badezimmer zu gehen, um ein paar Handtücher zu holen. Dort setzte wieder eine Wehe ein, und sie stöhnte leise. Dann richtete sie sich auf, nahm ein Kleid von einem Bügel, zog das Nachthemd aus, zog das Baumwollkleid an, schlüpfte in Sandalen und nahm ihre Tasche. Sie lachte leise in sich hinein, sie war ebenso aufgeregt wie vor nunmehr fast neun Jahren. Zum Teufel mit Vasili. Sie würde ihn verlassen, sobald sie das Baby hatte. Nun mußte sie Vanessa wecken und ins Krankenhaus fahren.

Vorsichtig stieg sie die Treppe nach unten und ging in Vanessas Zimmer. Sie rüttelte sie sanft an der Schulter, beugte sich zu ihr, küßte sie, strich ihr über das Haar, dann keuchte sie plötzlich und kniete neben dem Bett nieder, aber als Vanessa erwachte, war die Wehe vorbei.

»Komm, Liebling, es ist Zeit, ins Krankenhaus zu fahren, das Baby kommt.«

»Jetzt?« fragte Vanessa erschrocken, und als sie aus dem Fenster schaute, sah sie, daß es draußen dunkel war. Serena bedauerte sehr, daß sie nicht bis zur Ankunft der beiden Onkels hatte warten können. So mußte Vanessa mit ihr ins Hospital fahren. Wenn nötig, würde man in einem anderen Zimmer ein Bett für sie aufstellen. Und sie wußte ja, daß Teddy am Donnerstag dasein würde.

»Komm, Liebling, steh auf. Zieh dich rasch an und nimm ein Nachthemd mit. Und ein Buch«, fügte sie nachträglich hinzu, dann keuchte sie, während sie ein schrecklicher Schmerz durchzuckte.

»Ach, Mammi!« Vanessa sprang aus dem Bett, sie war von dem schmerzverzerrten Gesicht ihrer Mutter erschrocken. »Geht es dir gut, Mammi?«

»Schhh... Liebling, mir geht es gut.« Serena biß die Zähne zusammen und versuchte zu lächeln. »Sei ein großes Mädchen und rufe uns ein Taxi... und beeil dich!«

Vanessa lief im Nachthemd nach unten und nahm ihre Jeans und ein T-Shirt mit. Sie zog sich an, während sie darauf wartete, daß sich die Taxigesellschaft meldete, und erklärte dann, daß es dringend war, ihre Mutter bekomme ein Baby.

Kaum fünf Minuten später stand das Taxi vor der Tür, und Vanessa half Serena beim Einsteigen. Sie fühlte sich dabei sehr erwachsen und hatte weniger Angst als zuvor, als sie die erste Wehe gesehen hatte, aber sie zuckte zusammen, als wieder eine einsetzte.

Die Schmerzen schienen ärger zu werden, je näher sie dem Krankenhaus kamen, und als sie dort anlangten, nahm Vanessa das Geld aus der Handtasche ihrer Mutter und bezahlte den Fahrer. Er lächelte beiden zu und wünschte Serena Glück, während zwei Krankenschwestern kamen und Serena in einen Rollstuhl setzten. Sie lächelte Vanessa schwach zu und winkte ihr, während sie weggebracht wurde; Vanessa setzte sich im Wartesaal in eine Ecke.

Als am Nachmittag noch immer nichts geschehen war, geriet sie in Panik. Wo war ihre Mutter? Was war los? Warum war das Baby noch nicht da? »Das Ding dauert seine Zeit«, sagte ihr eine Schwester. Als um vier Uhr Schichtwechsel war, waren die Schwestern netter zu Vanessa. Schließlich merkte eine, daß sich niemand um sie kümmerte; das arme Kind hatte nicht einmal etwas gegessen. Sie hatte sich vierzehn Stunden lang bei niemandem beklagt, und als ihr endlich eine der Schwestern ein belegtes Brot brachte, brach sie in Tränen aus.

»Wo ist meine Mutter? Was ist geschehen? Warum hat sie das Baby nicht bekommen? Muß sie sterben?« Als sie lächelten und ihr erklärten, das sei Unsinn, glaubte sie ihnen nicht. Als sie sie wieder allein ließen, ging sie hinaus und wanderte durch die Korridore, bis sie zu einem Raum mit einer Mattglastür kam, auf der *Kreißsaal* stand. Als ob sie spürte, was sie drinnen finden würde, gab sie sich einen Ruck und schlich hinein; bei dem Anblick, der sich ihr bot, schnappte sie nach Luft. Ihre Mutter lag auf einem weißen Tisch, ihre Beine waren an eine Art von Brettern geschnallt, die in die Luft ragten, ihr Gesicht war schmerzverzerrt, ihre Hände angeschnallt, ihr blondes Haar verfilzt und ihr Mund zu einem Schrei geöffnet.

»Mammi!« Vanessa brach in Tränen aus und lief auf sie zu, es war sonst niemand im Raum. »Mammi!« Instinktiv befreite sie ihre Hände, und Serena blickte sie an, ohne sie wahrzunehmen. Sie brauchte einige Zeit, um ihr Kind zu erkennen, dann begann sie so heftig zu weinen wie Vanessa.

»Ach, mein Liebling... mein Liebling...« Sobald ihre Hände frei waren, befühlte sie das goldblonde Haar, dann plötzlich umklammerte sie Vanessas Schulter. Das Kind schrie beinahe vor Schmerz auf, Serena bemerkte es und ließ sie los, konnte aber ein Stöhnen nicht unterdrücken.

»Was ist los... oh, Mammi, was ist los?« Vanessa riß angsterfüllt die Augen auf. Ihre Mutter war schweißüberströmt und gespenstisch blaß.

»Das Baby... liegt... verkehrt...« Dann fiel ihr etwas ein. »Vanessa... verlange meine Tasche von ihnen... ich habe Geld... ruf Teddy an. Kennst du... seine Nummer?« Vanessa nickte. »Sag ihm –« Aber sie konnte nicht weitersprechen, der Schmerz war zu schrecklich. Es dauerte mehrere Minuten, bis sie wieder reden konnte. »Sag ihm, das Baby ist eine Steißlage... Steißlage. Hast du verstanden?« Vanessa nickte. »Sie haben versucht, es umzudrehen, konnten es aber nicht. Sie geben mir noch einige Stunden Zeit, und sie werden weiter versuchen... geh jetzt...« Sie sah ihre Tochter verzweifelt an. »Sag ihm... sag ihm, er soll gleich kommen, noch heute. Und beeil dich!« Vanessa nickte wieder und zögerte, aber nach der nächsten Wehe bat ihre Mutter sie wieder, die Tasche zu holen und sofort Teddy anzurufen.

Vanessa hatte Schwierigkeiten, die Schwestern dazu zu bringen, ihr die Handtasche ihrer Mutter auszuhändigen, aber als sie merkten, daß sie nicht einmal Geld für Essen bei sich hatte, gaben sie schließlich nach. Daraufhin ging Vanessa heimlich zu einer Telefonzelle im Korridor, steckte das Geld in den Schlitz, rief die Zentrale an und meldete ein R-Gespräch für Teddy an. Es war sieben Uhr abends in London, aber erst ein Uhr nachmittags in New York, und sie wußte, daß sie ihn in seiner Praxis erreichen würde.

»Dr. Fullerton?« fragte die Schwester erstaunt. »Ja... seine

Nichte? Ich hole ihn.« Teddy kam sofort zum Apparat, das R-Gespräch wurde angenommen, und Vanessa bekam beinahe einen hysterischen Anfall, als sie versuchte, ihm zu erzählen, was sie gesehen und was ihre Mutter ihr gesagt hatte.

»Sie ist angebunden, Onkel Teddy, ihre Beine sind oben in der Luft, und wir sind seit fünf Uhr morgens hier... sie sagt... sie sagt... das Baby ist in Steillage, und sie haben versucht, es umzudrehen und können es nicht und –« Sie begann in den Hörer zu schluchzen, und er versuchte sie zu beruhigen.

»Schon gut, Liebling, schon gut, sag mir nur, was sie gesagt hat.«

»Sie werden ihr noch einige Stunden Zeit lassen und versuchen, das Baby umzudrehen. Sie will, daß du sofort kommst, und du sollst dich beeilen.« Eine Steißgeburt in dreitausend Meilen Entfernung. Auch wenn er das nächste Flugzeug erreichte, würde es zwölf bis achtzehn Stunden dauern, bis er zu ihr kam. Man mußte sofort einen Kaiserschnitt vornehmen, und wenn man nutzlos stundenlang wartete und versuchte, das Baby umzudrehen, konnte es ihren Tod und den des Kindes bedeuten.

»Es wird alles in Ordnung kommen«, beruhigte er Vanessa, obwohl er nicht daran glaubte. »Weißt du, wie der Arzt heißt?« Er konnte ihn wenigstens anrufen, aber Vanessa wußte den Namen nicht. »Das Krankenhaus?« Sie sagte ihm schnell den Namen. »Ich werde dort anrufen und dafür sorgen, daß etwas geschieht.«

»Kannst du nicht kommen, Onkel Teddy?«

»Ich werde das nächste Flugzeug nehmen, Liebling, und mit etwas Glück werde ich morgen früh bei euch sein, aber vielleicht kommt das Baby schon früher.« Er konnte sich für Serena keine schlimmere Tortur vorstellen, als daß ein anscheinend gefühlloses Ärzteteam immer wieder versuchte, das Kind umzudrehen. »Geh zurück zu Mammi, Liebling, und sag ihr, daß ich komme. Weißt du, wo Vasili ist?«

»Nein, und ich will nicht, daß er kommt. Er ist verrückt.«

»Ich weiß, ich weiß. Habt ihr ihm zu Hause eine Mitteilung hinterlassen, wo ihr seid?«

»Nein. Mammi sagte, sein Bruder kann erst Ende der Woche kommen, weil seine Frau krank ist.«

»Also gut, dann halte die Stellung, bis ich komme. Glaubst du, daß du es schaffst? Es wird vielleicht eine lange Nacht werden, aber ich komme auf jeden Fall, und bald wird alles vorüber sein.« Er machte schon Notizen für seine Sekretärin. Er entschloß sich, gar nicht erst in seine Wohnung zurückzufahren. Er wollte nur seine Ärztetasche und seine Brieftasche mitnehmen. »Ich bin sehr stolz auf dich, Vanessa, mein Liebling. Du bist Spitze.«

»Aber Mammi —«

»Auch Mammi wird es bald wieder gutgehen, das verspreche ich dir. Manchmal ist es ein bißchen schwierig, ein Baby zu bekommen, aber es ist nicht immer so, und wenn es vorbei ist und sie das Baby in den Armen hält, wird sie nicht mehr daran denken, das verspreche ich dir.«

»Sie sieht aus, als müßte sie sterben.« Vanessa begann zu schluchzen, und Teddy betete, daß sie unrecht behalten möge.

Fünf Minuten, nachdem er aufgelegt hatte, rief er das Krankenhaus an und sprach mit der Stationsschwester, konnte aber den Arzt nicht erreichen. Sie erklärte ihm, es gehe Mrs. Arbus gut. Das Kind war tatsächlich eine Steißlage, aber sie hielten es nicht für notwendig, einen Kaiserschnitt vorzunehmen. Nein, sie hatten das Kind nicht umdrehen können, seien jedoch zuversichtlich, es bei weiteren Versuchen zuwege zu bringen. Weitere Versuche bedeuteten, daß eine Hebamme oder ein Arzt beide Hände tief einführen und versuchen würde, das Kind umzudrehen, während Serena eine Wehe hatte. Allein der Gedanke daran war mehr, als er ertragen konnte. Er fuhr von seiner Praxis direkt zum Flughafen und war um halb drei in Idlewild. Die nächste Maschine ging um vier Uhr, und er rief das Krankenhaus noch einmal an. Die Lage war unverändert, aber diesmal war man in London etwas mehr beeindruckt. Nicht alle ihre Patienten hatten Ärzte, die aus New York angeflogen kamen.

Die Vier-Uhr-Maschine würde um acht Uhr morgens Londoner Zeit eintreffen. Er nahm an, daß er mit etwas Glück zwischen neun und halb zehn im Krankenhaus eintreffen konnte. Schneller würde es kaum gehen, und an Bord des Flugzeuges erklärte er dem Steward, was er vorhatte. Er flog nach London, um bei einer sehr wichtigen Patientin ein Kind mit Kaiserschnitt zur Welt zu bringen. Er brauchte eine Polizeieskorte oder einen Krankenwagen, um möglichst rasch vom Flugplatz zum Krankenhaus zu gelangen. Der Steward sprach sofort mit dem Kapitän, und sobald der Funkkontakt mit London hergestellt war, wurde die Nachricht weitergegeben; als sie ankamen, wurde Teddy blitzschnell durch die Zollkontrolle geschleust und durch eine Seitentür zu dem wartenden Krankenwagen geführt, der ihn mit eingeschalteter Sirene in die City brachte. Sie hatten auch noch Glück gehabt, die Maschine war um eine halbe Stunde früher als vorgesehen gelandet. Punkt fünf Minuten nach acht stieg Teddy aus dem Krankenwagen, dankte dem Fahrer, gab ihm ein riesiges Trinkgeld, lief ins Haus, fragte nach der Entbindungsstation und rannte mit der Tasche in der Hand nach oben; er gelangte in einen großen, unfreundlichen Warteraum, in dem Vanessa in einem Stuhl schlief. Er sprach mit der Empfangsschwester, die ihn erschrocken ansah.

»Aus Amerika? Für Mrs. Arbus?« Sie holte sofort die Oberschwester, die sich an den diensthabenden Arzt wandte. Mrs. Arbus' Arzt war seit mehreren Stunden nicht im Krankenhaus gewesen, aber wenn Dr. Fullerton die entsprechenden Ausweispapiere bei sich hatte, konnte er dem britischen Chirurgen assistieren, falls sich tatsächlich ein Kaiserschnitt als notwendig erweisen sollte. Teddy legte sofort die Dokumente vor, die sie brauchten, desinfizierte sich die Hände und verlangte Serena zu sehen. Er wurde unter großer Begleitung in den Raum geführt, in dem Vanessa sie vor dreizehn Stunden gefunden hatte. Sie atmete flach, war nur halb bei Bewußtsein, schweißgebadet und betäubt durch die Schmerzen. Er fühlte ihr den Puls, hörte die Herztöne des Kindes ab. Sie schien ihn nicht zu erkennen. Ihr Herzschlag war schnell und schwach, der des Kindes wurde immer schwächer, und ihr Blutdruck war so niedrig, daß er sich fragte, ob er sie noch retten konnte. Ohne zu überlegen, erteilte er im Eiltempo Anweisungen, sie für die Operation vorzubereiten. Am liebsten hätte er den Verantwortlichen umgebracht, weil das nicht schon vor vierundzwanzig Stunden geschehen war. Als er sie untersuchte, um zu sehen, wie tief das Baby jetzt lag, sah er, was sie ihr angetan hatten, indem sie immer wieder versucht hatten, das Kind umzudrehen, und er war entsetzt über ihren Zustand, in dem sie sich befand. Während er ihre Beine losband, sie flach auf den Tisch legte und man sie wegzurollen begann, bewegte sie sich und sah ihn geistesabwesend an.

»Du siehst aus...« Es war nur ein heiseres Krächzen. »...wie Teddy.«

»Ich bin Teddy, Serena. Alles wird gut werden. Vanessa hat mich angerufen, und wir werden das Kind mit einem Kaiserschnitt zur Welt bringen.« Sie nickte, und gleich darauf schrie sie wieder unter einer Wehe auf. Man rollte sie direkt in den Operationssaal, ein junger Arzt erschien, ein wenig verwirrt über die ungewöhnlichen Vorgänge; ohne weiteres Aufheben wurde die Narkose eingeleitet, und Teddy begann, nachdem er sich noch einmal gewaschen hatte und in steriler Kleidung in den OP zurückgekommen war, mit dem Hautschnitt. Der Anästhesist und zwei Schwestern kontrollierten Serenas Herztätigkeit, die auszusetzen drohte. Teddy arbeitete gegen die Uhr, denn er konnte sehen, daß sie im Begriff war, ihm unter den Händen zu sterben. Gleich darauf hatte er das Kind, ein voll ausgereiftes, schönes Mädchen, aber als sie es aus dem Uterus nahmen, ertönte kein Schrei, es atmete nicht, und er wußte, daß er im Begriff war, das Kind und Serena zu verlieren. Er erteilte den Schwestern, die ihm assistierten, präzise Anweisungen, während er an Serena weiteroperierte. Es wurden alle Anstrengungen unternommen, sie am Leben zu erhalten, und ein Kinderarzt geholt, der den Schwestern und dem jungen Arzt half, das Kind zum Atmen zu bringen. Es schien eine Ewigkeit zu dauern, bis sie den ersten Schrei hörten, doch plötzlich war der Raum von dem kräftigen Gebrüll der Kleinen erfüllt, und fast zugleich berichtete der Narkotiseur, daß Serenas Blutdruck langsam anstieg und ihr Herzschlag endlich regelmäßig war. Er hätte am liebsten einen Freudenschrei ausgestoßen, hatte aber noch Nähte zu legen, und als alles vorbei war, blickte er auf die schlafende Frau, die er seit so vielen Jahren liebte, beugte sich höchst inoffiziell zu ihrer Wange nieder und küßte sie.

Das OP-Personal gratulierte ihm zu seiner brillanten und schnellen Arbeit, und er folgte ihnen langsam aus dem Operationssaal. Serena und dem Neugeborenen würde es bald wieder gutgehen, aber er hatte sich noch um Vanessa zu kümmern. Als er um Viertel nach zehn zu ihr kam, schlief sie noch. Er setzte sich neben sie; als ob sie seine Nähe gespürt hätte, sah sie fragend zu ihm hoch, und er lächelte ihr zu. »Hallo, Kleine. Du hast eine große, dicke Schwester bekommen.«

»Wirklich?« Vanessa setzte sich verdutzt auf. »Wieso weißt du das? Hast du sie gesehen?«

»Sicherlich. Ich habe sie selbst entbunden.«

»Wirklich?« Sie umarmte ihn. »O Onkel Teddy, du bist wunderbar!« Dann fragte sie besorgt: »Wie geht es meiner Mammi?«

»Sie schläft.« Und dann erklärte er ihr, was ein Kaiserschnitt war.

»Es klingt schrecklich.« Sie machte ein entsetztes Gesicht. »Ich möchte nie ein Baby bekommen. Sie hatten sie festgebunden, und sie schrie... Ich dachte, sie würde sterben...«

Er legte ihr den Arm um die Schultern.

»Aber sie ist nicht gestorben. Es geht ihr sogar ausgezeichnet. Und das Baby ist so lieb. Willst du es sehen?«

»Wird man es mir erlauben?«

»Wenn sie Schwierigkeiten machen, sage ich ihnen, daß du meine Krankenschwester bist.«

Vanessa kicherte, und nach einem geflüsterten Gespräch mit der Oberschwester wurden Teddy und Vanessa durch den Korridor zu einer großen Sichtscheibe geführt. Dort lagen mindestens zwei Dutzend Neugeborene, und man zeigte ihnen »Arbus, Mädchen«, damit Vanessa sie sehen konnte, und da hatte sie genau den gleichen Eindruck wie Teddy bei der Geburt. »Sie sieht genauso aus wie Mammi!« Vanessa war verblüfft. »Nur hat sie schwarzes Haar. Sie ist sehr schön, nicht wahr, Onkel Teddy?«

Er legte Vanessa eine Hand auf die Schulter und nickte. »Ja.«

44

Andreas kam, wie besprochen, Ende der Woche und fand den benommenen Vasili in seinem Schlafzimmer vor. Er hatte seit einer Woche nicht gebadet, litt unter einem Ausschlag, die Haare klebten ihm verfilzt am Kopf, die Augen lagen tief in den Höhlen und waren von dunklen Ringen umgeben, und er trug einen schmutzigen Bademantel. Andreas versuchte ihn dazu zu bewegen, sich zu waschen, bevor sie weggingen, aber er döste immer wieder ein; Andreas sah voll Abscheu und Verzweiflung die Injektionsspritze auf dem Tisch liegen. Er bemerkte auch die gelbliche Gesichtsfarbe seines Bruders und befürchtete, daß er eine Gelbsucht hatte. Schließlich mußte er den Taxifahrer holen, um Vasili aus seinem Stuhl zu helfen, sie führten ihn so, wie er war, zum Wagen und brachten ihn ins Krankenhaus. Er hatte seine Frau noch nicht besucht, die sich langsam von ihrer schweren Geburt und dem Operationsschock erholte. Auch seine Tochter hatte er noch nicht gesehen, und er wußte kaum, daß das Kind zur Welt gekommen war, als ihn Andreas in der Klinik zurückließ.

»Diesmal ist er in übler Verfassung«, sagte er Serena offen, als er sie besuchte. »Aber er wird bald wieder auf dem Damm sein.« Er erwähnte die Serumhepatitis nicht, die man im Hospital festgestellt hatte, und sie sprach längere Zeit kein Wort. Dann seufzte sie. Sie hatte noch immer große Schmerzen, und das Wissen um die Schritte, die sie bezüglich Vasili unternehmen mußte, quälte sie schon den ganzen Morgen.

»Ich glaube, ich werde mich von ihm scheiden lassen, Andreas.«

»Und in die Vereinigten Staaten zurückkehren?« Andreas war deprimiert. Er hatte sie und das Kind gern, wollte sie aber andererseits von diesem Alptraum befreit sehen.

»Voraussichtlich. Ich habe keinen Grund hierzubleiben.« Sie hatte nun zwei Kinder zu erhalten statt einem. »In New York kann ich wieder arbeiten.«

»Das mußt du nicht«, sagte er langsam und traurig. Serena antwortete nicht. »Serena, wirst du ihm noch eine Chance geben, wenn er wieder entwöhnt ist?«

»Warum, was soll diesmal anders werden? Wie er selbst sagt, praktiziert er das schon seit zehn Jahren.«

»Aber jetzt ist es anders. Er hat dich und das Kind.« Andreas war von dem wunderschönen kleinen Mädchen begeistert.

»Er hatte uns auch schon im letzten Jahr. Jedenfalls Vanessa und mich. Es hat sich nichts geändert.«

»Aber jetzt hat er ein eigenes Kind. Wie wirst du sie nennen?«

»Charlotte.« Und dann lächelte sie ihm zu. »Charlotte Andrea.« Er freute sich sehr und küßte Serena.

»Du bist ein schönes Mädchen.« Dann sagte er in schmerzlichem Ton: »Ich sollte nicht zulassen, daß du dich an meinen Bruder verschwendest. Aber... es tut mir weh, wenn er dich und das Kind verliert. Tu, was du für richtig hältst. Wenn du ihn verläßt, gib mir Nachricht, wo ich dich finden kann, Serena. Eines Tages werde ich nach New York kommen und meine Namensschwester besuchen.« Serena fragte nach seiner Frau, und er wich ihrem Blick aus. Er wollte nicht wahrhaben, was ihn erwartete, sondern küßte sie liebevoll auf die Wange und überließ sie ihren Gedanken. Sie hatte noch nichts von Vasili gehört. Aber am Tag vor ihrer Entlassung aus dem Krankenhaus ging sie langsam am Arm einer Schwester durch den Korridor und erblickte ihn plötzlich. Er war sauber, sah gut und sehr selbstbewußt aus, aber auch schrecklich eingeschüchtert. Sie blieb stehen und stützte sich schwer auf den Arm der Schwester, und er kam langsam auf sie zu.

»Hallo, Serena.«

»Hallo.« Sie spürte, wie ihre Knie weich wurden. Teils wollte sie ihn sehen, teils wollte sie, er solle fortgehen, diesmal vielleicht für immer.

»Geht es dir gut?« Sie nickte, und die Schwester wurde unruhig, denn sie spürte, daß es sich um eine unangenehme Begegnung handelte. »Das Kind?«

»Es geht ihr ausgezeichnet. Hast du sie gesehen?«

»Noch nicht. Ich wollte zuerst dich sehen. Ich... äh... bin...« Er warf der Schwester einen Blick zu. »Ich kam erst heute in die Stadt zurück.« Es fiel ihr auf, wie blaß er aussah, und seine Haut hatte einen gelblichen Stich. Sie wußte, was es war, wußte aber auch, daß die Hepatitis, die man durch Injektionen bekommt, nicht ansteckend ist. Aber sie wollte ihn nicht sehen.

»Glaubst du, wir könnten miteinander sprechen?« Sie zeigte auf ihr Zimmer, und die Schwester führte sie langsam hin. Dort legte sie sich aufs Bett, sie sah erschöpft aus. Vasili ließ den Kopf hängen. »Ich weiß nicht, was ich dir sagen soll, Serena.«

»Ich glaube nicht, daß es noch etwas zu sagen gibt, Vasili.« Zum ersten Mal seit langer Zeit empfand sie nichts, als sie ihn ansah. Keinen Ekel, keinen Ärger, keinen Kummer, keine Liebe. In ihrem Herzen regte sich kein Gefühl.

Er hob den Kopf, und ihre Augen begegneten sich. »Was meinst du damit, es gibt nichts mehr zu sagen?«

»Genau das. Was kann man nach allem, was zwischen uns vorgefallen ist, noch sagen? Er tut mir leid? Viel Glück? Lebwohl?«

»Wir könnten es noch einmal versuchen.« Seine Stimme klang traurig und leise. Aber für sie sah er noch immer wie ein Rauschgiftsüchtiger aus. Sie würde ihm nie verzeihen.

»Warum sollten wir?«

»Weil ich dich liebe.«

»Das hast du auch früher schon gesagt. Wenn du zu Hause und nüchtern gewesen wärst, wäre ich nicht fast ums Leben gekommen, als ich dieses Kind bekam. Hast du gewußt, daß ich beinahe gestorben wäre und wir fast das Kind verloren hätten? Wenn Vanessa mich nicht gesucht und Teddy angerufen hätte, wären wir beide jetzt tot.«

»Ich weiß. Andreas hat es mir gesagt. Ich kann mir das, was ich getan habe, nicht verzeihen, und ich verstehe, daß du es mir auch nicht verzeihen kannst. Aber ich bin jetzt ein anderer Mensch. Wenn wir es noch einmal versuchten, weiß ich, daß diesmal alles anders sein wird.«

»Das glaube ich nicht mehr. Wie kannst du so etwas auch nur versprechen?«

»Vollkommen sicher kann ich nicht sein. Aber ich kann dir versprechen, daß ich es mit allen meinen Kräften versuchen werde. Mehr kann ich dir nicht geben. Ich liebe dich. Es klingt nicht nach viel, ist aber das Beste, was ich zu geben habe. Ich werde alles tun, um dich zu behalten. Ich bitte dich... ich flehe dich an... Serena, du weißt nicht, wie sehr ich dich liebe.« Sie neigte den Kopf, und er streckte verzweifelt die Arme nach ihr aus. »O Liebling, bitte –«

»Geh weg... rühr mich nicht an.« Sie wollte ihm nicht wieder verfallen.

Er hob ihr Gesicht zu seinem hoch. »Liebst du mich noch?« Sie schüttelte den Kopf, aber ihre Augen sagten ja, und er sah an ihrem Gesicht, wie sehr sie durch ihn und die Geburt ihres Kindes gelitten hatte; er haßte sich dafür. »Was habe ich getan?« Er begann zu weinen, dann nahm er sie in die Arme, und in dem Zimmer war nur noch Serenas Schluchzen zu hören. Er bat sie, ihm noch eine Chance zu geben, aber sie war zu überwältigt, um zu antworten. Dann fragte sie ihn, ob er das Baby sehen wolle.

»Sehr gern.« Dann fiel ihm etwas ein. »Verläßt du morgen das Krankenhaus?«

»Ich werde hier entlassen, aber ich bin noch nicht sicher, ob ich nach Hause oder in ein Hotel gehe.« Sie dachte daran, in Teddys Hotel, das Connaught, zu ziehen, bevor sie einen Entschluß faßte. Er kehrte erst in einigen Tagen nach New York zurück.

»Ich verstehe.« Vasili reichte ihr den Arm, sie nahm ihn mühsam, und sie gingen durch den Korridor zu dem Fenster, durch das sie das Baby sehen konnten. Die Schwester lächelte, als sie Serena erblickte, und sah interessiert den Mann an ihrer Seite an; dann erkannte sie ihn nach den Fotos in der Zeitung und war beeindruckt. Sie hob seine kleine Tochter hoch, damit er sie zum ersten Mal sehen konnte. Er war fasziniert von dem kleinen Kind mit Serenas Gesicht und dem glänzenden schwarzen Haar.

»Sie ist so schön und so klein.«

Serena lächelte. »Mir kommt sie groß vor. Volle acht Pfund ist viel für ein Baby.«

»Wirklich?« Er grinste stolz. »Sie ist so vollkommen.«

»Warte, bis du sie in den Armen hältst.«

»Weint sie viel?«

Serena schüttelte den Kopf und erzählte ihm ein paar Minuten von dem Kind, dann führte er sie ins Zimmer zurück, und sie sahen einander an. »Könnten wir es nicht noch einmal versuchen, Serena? Ich will dich nicht verlieren. Jetzt nicht... niemals.«

Sie liebte ihn noch immer, und sie hatte dem Kind gegenüber die Verpflichtung, es zumindest noch einmal zu versuchen, aber sie befürchtete, daß er wieder Rauschgift nehmen, und sie vor Entsetzen sterben würde. »Also gut. Wir versuchen es noch einmal.« Es war kaum ein Flüstern. »Aber wenn du wieder rückfällig wirst, ist es endgültig vorbei. Hast du verstanden?« Sie wußte, daß sie ihre Kinder nehmen und ihn jetzt verlassen sollte, aber seine Ausstrahlung wirkte noch immer auf sie.

»Ich habe verstanden.« Er küßte sie, und in dem Kuß lag der ganze Schmerz über den Kummer, den er ihr verursacht hatte. Er versprach, sie am nächsten Tag abzuholen und nach Hause zu bringen, und als er das Zimmer verließ, griff sie mit einem Seufzer nach dem Telefon, um Teddy anzurufen; sie fragte sich, wie sie ihm diesen neuerlichen Rückfall erklären sollte.

45

Als Serena mit dem Baby aus dem Krankenhaus nach Hause kam, sah es aus, als wäre die Wohnung neu eingerichtet worden. Die moderne Innenausstattung in Weiß und Chrom und die riesigen Pastellbilder waren noch da. Aber Vasili war eifrig am Werk gewesen. Überall befanden sich Blumen, Berge von Geschenken, Ausstattung und Naschwerk für das Kind, viele Puppen und neues Spielzeug für Vanessa. Er hatte ihnen alles gekauft, was ihm nur eingefallen war, einschließlich eines unglaublich schönen Diamantarmbandes für Serena. Er war von dem kleinen Wesen vollkommen bezaubert und in die Mutter vernarrt. Nach zwei Wochen Hausarrest durfte Serena kurze Spaziergänge in der Umgebung unternehmen. Nach einer weiteren Woche unternahm er mit Serena, dem Baby im Kinderwagen und Vanessa den ersten Ausflug. Es war nun Anfang September, das Wetter war mild, und Vanessa ging wieder zur Schule. Sie war jetzt in der vierten Klasse, und ihr neunter Geburtstag stand kurz bevor.

»Bist du glücklich, Liebling?« fragte er Serena stolz, während sie dahinschlenderten; er hatte die Kamera umgehängt und schon hundert Fotos von dem Baby gemacht.

»Ja, sehr.« Aber jetzt hatte Serena etwas Gedrücktes an sich, als wäre sie nie mehr so glücklich wie früher. Er hatte jetzt immer Angst, daß sie ihn eines Tages verlassen würde.

Am Nachmittag fuhren sie wieder nach Hause und spielten mit dem Kind. Er war nach dem Entwöhnungsaufenthalt im Krankenhaus noch nicht wieder zur Arbeit zurückgekehrt. Er wollte Zeit für Serena und das Kind haben, und Serena fragte sich allmählich, ob seine dauernde Abwesenheit nicht seine Karriere beeinträchtigen würde. Einige Tage später sagte er, er habe geschäftlich in Paris zu tun. Er reiste in fröhlicher Stimmung ab und versprach ihr, sie vom Kontinent anzurufen, tat es aber nicht. Als sie versuchte, ihn in seiner Pariser Wohnung zu erreichen, meldete sich niemand, und sie gab es schließlich auf. Aber nun begann sie sich wieder Sorgen zu machen. Sie war erst sicher, als er eine Woche später in das Haus in London zurückkehrte; als sie ihn erblickte, ließ sie alle Hoffnung fahren. Es war vorbei. Er hatte den Kampf wieder verloren, er wies alle Merkmale eines Heroinsüchtigen auf. Sie sah ihn an, sprach aber kein Wort. Sie ging nach oben, packte ihre Koffer, rief Teddy an und buchte Plätze für das nächste Flugzeug. Als Vasili ins Zimmer kam, stellte sie die Koffer zitternd auf den Boden.

»Was treibst du da?«

»Ich verlasse dich, Vasili. Im Krankenhaus habe ich das klargestellt. Wenn du wieder spritzt, gehe ich. Du hast Heroin genommen. Ich reise ab. Ich habe nichts mehr zu sagen. Es ist vorbei.« Sie war vor allem müde, zutiefst erschöpft, und hatte ein wenig Angst davor, wie er reagieren würde.

»Ich habe nicht gespritzt, du bist verrückt.« Sie wurde wütend, als sie das hörte.

»Nein.« Sie sah ihn zornentbrannt an. »Du bist verrückt, und ich verschwinde, solange es noch möglich ist. Dich interessiert nur eines: das Dreckzeug, das du dir in den Arm spritzt. Ich begreife nicht, warum du es tust, du hast Gründe genug, es zu lassen, aber da dir das alles gleichgültig ist, gehe ich. Lebwohl.«

»Und du glaubst, du kannst mein Kind mitnehmen?«

»Allerdings. Versuche doch, mich daran zu hindern, dann erzähle ich allen Zeitungen der Welt, daß du rauschgiftsüchtig bist.« Sie sah ihn haßerfüllt an, und er begriff sogar in seinem umnebelten Zustand, daß es ihr ernst war.

»Erpressung, Serena?« Sie nickte.

»Richtig, und glaube nur ja nicht, daß ich es nicht tun werde. Dann nimmt deine Karriere ein jähes Ende.«

»Meinst du, das kümmert mich? Du bist nicht bei Trost. Was mache ich mir schon aus den Scheißfotos für eine Annonce oder eine Illustrierte?«

»Nicht viel, nehme ich an, sonst würdest du nicht Rauschgift nehmen. Ganz zu schweigen von mir und dem Kind. Ich nehme nicht an, daß wir für dich wichtig sind.«

Er sah sie merkwürdig an. »Das stimmt.«

Er verschwand in dieser Nacht wieder, und als sie am nächsten Morgen das Haus verließ, war er noch nicht zurückgekommen. Sie fuhr mit Vanessa, dem Baby, den Koffern, die sie mitgebracht hatte, und den Sachen, die sie für das Baby brauchte, zum Flughafen, und sie bestiegen ohne Schwierigkeiten die Maschine. Zehn Stunden später landeten sie in New York, genau dreizehn Monate, nachdem sie die Stadt verlassen hatte. Zum ersten Mal in ihrem Leben war eine Trennung nicht schmerzlich gewesen. Sie war vollkommen ausgebrannt. Sie bewegte sich wie in Trance, mit dem Baby in den Armen, während Vanessa sich an ihre Hand klammerte. Als sie Teddy erblickte, begann sie zu schluchzen, als ob sein Anblick die Gefühle in ihrem Inneren entfesselt hätte.

Er führte sie alle zu seinem Wagen und fuhr sie zu der möblierten Wohnung, die er für einen Monat gemietet hatte. Serena hielt das Baby fest in den Armen und sah sich in dem kleinen Raum um. Es gab nur ein Schlafzimmer, aber das war ihr gleichgültig. Sie wollte nur dreitausend Meilen von Vasili entfernt sein. Sie hatte fast kein Geld bei sich, nur das Diamantarmband, das er ihr einen Monat zuvor geschenkt hatte. Sie wollte es verkaufen. Mit etwas Glück würde es ihr genug einbringen, um leben zu können, bis sie ihre Arbeit als Modell wieder beginnen konnte. Sie hatte Teddy schon ersucht, Dorothea anzurufen.

»Nun, was für ein Gefühl ist es, wieder zurück zu sein?« Teddy lächelte, aber in seinem Blick lag Besorgnis. Serena sah erschöpft aus und Vanessa kaum besser.

»Ich bin noch immer betäubt«, war Serenas einzige Antwort, als sie sich umsah. Die Wände waren nackt und weiß, die Einrichtung modern dänisch.

»Das Ritz ist es nicht«, entschuldigte er sich mit einem Lächeln, und da lachte sie zum ersten Mal.

»Teddy, mein Liebling, nichts könnte mir gleichgültiger sein. Es ist ein Dach über dem Kopf, und wir sind nicht in London.«

»Wie geht es meiner kleinen Freundin?«

»Immerfort hungrig.«

»Nicht wie ihre Mutter, die aussieht, als würde sie nie essen.«

»Um so besser, ich will ja wieder als Modell arbeiten. Übrigens, was hat Dorothea gesagt?«

»Daß sie dich gespannt erwartet, so wie sämtliche Fotografen in New York.« Serena freute sich.

»Nun, das ist eine gute Nachricht.« Aber das Wichtigste für sie war, daß sie Vasili entkommen war. Sie hoffte, ihn nie wieder zu sehen. Sie hatte sich genügend Lügen angehört und genügend seelischen Kummer erlitten, um bis an ihr Lebensende genug zu haben.

»Glaubst du, daß er dir hierher folgen wird?« fragte Teddy, als Vanessa zu Bett gegangen war.

»Das wird ihm nichts nützen. Ich will ihn nicht mehr sehen.«

»Und das Kind?«

»Ich glaube nicht, daß es ihm wirklich etwas bedeutet. Er ist viel zu sehr von sich selbst und den Drogen in Anspruch genommen.«

»Sei nicht so sicher. Aus deinen Worten ging hervor, daß er ganz vernarrt in sie war.«

»Aber nicht genug, um das Heroin aufzugeben.«

»Ich kann es noch immer nicht glauben.«

»Ich auch nicht. Manchmal fragte ich mich, ob ich jemals darüber hinwegkommen werde.«

»Doch, du mußt nur ein wenig Zeit verstreichen lassen.« Sie hatte schon so vieles im Leben überstanden, daß er sicher war, sie würde auch das überleben.

»Ich weiß nicht, Teddy. Wahrscheinlich hast du recht, aber es war ein solcher Alptraum, ich verstehe kaum, was geschehen ist. Weißt du... ich glaube, das Zeug macht ihn wahnsinnig.«

»Es ist erschütternd.« Dann wechselten sie das Thema und besprachen die Wahl der Schule für Vanessa. Das arme Kind hatte in den letzten Wochen sehr viel durchgemacht. Sie war verliebt in ihre kleine Schwester, die sie nicht Charlotte nannte, sondern Charlie.

»Sie ist ein wunderbares Kind.« Teddy sprach mit sichtlichem Stolz von seiner Nichte, und Serena lachte.

»Ja, das ist sie.«

Er ließ sie allein, damit sie sich in der Wohnung einrichten konnte, und nachdem Serena das Baby gefüttert hatte, fiel sie erschöpft ins Bett. Nach tiefem, traumlosem Schlaf erwachte sie etwas weniger müde.

Einige Tage später ging sie in die Agentur Kerr, und Dorothea erwartete sie, die Hände in die Hüfte gestemmt.

»Ich hatte es dir doch gesagt, nicht wahr? Aber ich bin wirklich froh, dich wieder hier zu haben.«

»Niemand kann so froh sein wie ich, daß ich wieder hier bin.« Sie tranken Kaffee, und Dorothea erzählte ihr den neuesten Klatsch von New York. Ein neues Mädchen war im Geschäft, das seit dem Sommer große Mode war, aber Dorothea war sicher, daß es auch noch Arbeit für »Die Prinzessin« gab. »Du hast ihnen gefehlt, daran besteht kein Zweifel.« Sie bemerkte auch, daß Serenas Gesicht sich nach der Geburt des Kindes verändert hatte. In ihrem Blick lagen Weisheit und Ernst. Dorothea erkannte, daß Vasili eine schwere Prüfung für Serena gewesen war.

»Und was ist mit Vasili? Ist alles vorbei?«

»Vollkommen.«

»Für immer?« Serena nickte und schwieg. »Willst du mir sagen, warum?«

Doch sie schüttelte nur den Kopf und tätschelte ihrer Freundin die Hand.

»Nein, Liebste, lieber nicht. Du willst es im Grunde auch nicht wissen. Es war so, als befände ich mich an einem Ort, von dem ich nie mehr zurückkommen würde. Da ich aber doch hier bin, will ich weder daran denken noch mich daran erinnern. Meine einzige angenehme Erinnerung an das letzte Jahr ist Charlie, und sie ist hier bei mir.«

»Gott sei Dank.« Dorothea war sichtlich beeindruckt.

Ende der Woche begann Vasili in der Agentur anzurufen, und Dorothea fuhr beinahe aus der Haut. Er wollte wissen, wo sich Serena befand, wo er sie finden konnte, wie er sie erreichen konnte. Serena hatte strikte Anweisungen erteilt, es ihm nicht zu sagen. Erst als eines der Modelle zufällig an den Apparat ging, hatte er Erfolg und kam Serena auf die Spur. Sie suchte aus den Karteikarten Serenas Telefonnummer und Adresse heraus und gab sie ihm. Sie hatte keine Ahnung, was sie damit anrichtete.

Am nächsten Tag flog er nach New York, um Serena aufzusuchen, und als er in ihrer Wohnung eintraf, war sie im Begriff wegzugehen. »Serena...« Sie öffnete die Tür, als sie ihren Namen hörte, und fiel aus allen Wolken, als sie ihn sah. Sie erkannte an seinen Augen, daß er noch immer Rauschgift nahm und offensichtlich nur halb bei Sinnen war; sie wich langsam in die Wohnung zurück. Die Kinder waren mit dem Mädchen, das sie engagiert hatte, im Wohnzimmer, und sie wollte die Tür zuschlagen, doch er drängte sich an ihr vorbei, murmelte undeutlich etwas davon, daß er sein Kind sehen müsse und daß sie ihm das nicht verwehren könne. Sie warf ihr Köfferchen hin und beobachtete ihn, während er Charlie ansah, dabei fühlte sie, wie die frühere Angst und der Zorn sie überwältigten.

»Wie, zum Teufel, hast du mich überhaupt gefunden?« Ihre Stimme klang scharf und ihre Augen sprühten Feuer.

»Ich mußte es tun. Du bist meine Frau.« Das Mädchen starrte ihn erschrocken an, und Vanessa nahm das Baby schützend in die Arme. Ihre Mutter wurde immer zorniger, und Vasili sah vollkommen geistesgestört aus. »Warum bist du nicht zurückgekommen?«

»Ich werde nie mehr zurückkommen. Und ich will hier nicht darüber mit dir diskutieren.« Sie warf einen besorgten Blick auf die Kinder.

»Dann laß uns dort hinübergehen.« Er wies auf das Schlafzimmer, und Serena folgte ihm mit langen, zornigen Schritten. »Ich will, daß du nach Hause kommst.«

»Nein. Hast du verstanden? Nein! Ich werde nie mehr zu dir zurückkommen, Vasili. Nun verlasse meine Wohnung und verschwinde aus meinem Leben!«

»Das werde ich nicht tun!« kreischte er. »Du hast mir mein Kind gestohlen und du bist meine Frau, du hast heimzukommen, wenn ich es dir sage.«

»Ich habe verdammt gar nichts zu tun. Du bist ein verdammter Rauschgiftsüchtiger, und du hast mich und meine Kinder beinahe auf dem Gewissen –«

»Das habe ich nicht, das habe ich nicht...« unterbrach er sie. »Ich liebe dich... ich liebe dich... ich liebe dich.« Während er das sagte, ging er auf sie zu, seine irren schwarzen Augen bohrten sich in die ihren, instinktiv schlossen sich seine Hände um ihren Hals, er drückte immer stärker und stärker, sie begann nach Luft zu ringen, dann wurde sie purpurrot im Gesicht, während er schrie: »Ich liebe dich... ich liebe dich!... ich liebe dich!« Im Zimmer nebenan vernahm Vanessa ihre Auseinandersetzung, aber nach einigen Minuten hörte sie ihre Mutter nicht mehr; sie erschrak, spürte, daß etwas nicht in Ordnung war und stürzte hinein, das Baby noch in den Armen. Im Schlafzimmer kniete Vasili schluchzend auf dem Fußboden, seine Hände umfaßten noch immer Serenas Hals; ihr Kopf war merkwürdig verdreht, ihre Augen standen offen und, der Inhalt ihrer Aktenmappe war auf dem Boden verstreut.

»Was hast du meiner Mutter getan?« kreischte Vanessa.

»Ich habe sie getötet«, sagte er leise. »Weil ich sie liebe.« Dann schluchzte er hysterisch und brach neben Serena auf dem Fußboden zusammen.

46

Das Aufsehen in der Öffentlichkeit nahm in den nächsten zwei Wochen internationale Ausmaße an. Der Tod von Serena Fullerton-Arbus verursachte nicht wenig Aufregung. Ihre Herkunft, der Tod ihrer Eltern, ihre Ehe mit Brad und dann mit Vasili, alles wurde immer wieder in der Presse breitgetreten. Seine Drogenabhängigkeit wurde öffentlich bekannt, über seine früheren Ehen wurde von neuem berichtet, seine Entwöhnungsaufenthalte in Irrenanstalten wurden ausführlich besprochen. Und es wurde erwähnt, daß ein Streit um das Sorgerecht für die Kinder entbrannt war. Es war ein einmaliger Skandal, aber das Hauptproblem war das Schicksal der Kinder. Serena hatte kein Testament hinterlassen, genau wie Brad vor fünf Jahren. Ihr Besitz konnte zwar gleichmäßig zwischen ihren Kindern aufgeteilt werden, aber die schwierigste Frage war, wo und bei wem sie leben würden. Teddy wollte beide Kinder adoptieren, und seine Mutter war darüber entsetzt. Sie gelobte, ihn daran zu hindern. »Ich werde es nicht zulassen. Gott weiß, was aus diesen Kindern einmal wird – bei einer solchen Mutter und bei Mord und Rauschgift im Fall des Babys.«

»Und Vanessa? Fällt dir vielleicht auch etwas Abträgliches über sie ein?« Er war wütend über seine Mutter. Sogar in dieser entsetzlichen Lage zeigte sie keinerlei Mitgefühl für ihre einzige Enkelin, und das vergiftete seine letzten Gefühle für sie. Nur Pattie war ungewöhnlich teilnahmsvoll. Greg war jetzt meist zu betrunken, um sich um irgend etwas zu kümmern. Aber Pattie sprach ständig darüber, was sie in den Zeitungen las, und sagte, es sei tragisch, daß all das Brads einzigem Kind zugestoßen war. Eine Zeitlang war Teddy über ihre Sorge um Vanessa gerührt; sie rief ihn in der Praxis an, um mit ihm darüber zu sprechen, und einige Tage vor der Gerichtsverhandlung fragte sie ihn nach dem Namen des Richters.

»Warum?«

»Ich möchte wissen, ob Daddy ihn gekannt hat.«

»Was spielt das für eine Rolle?«

»Es könnte die Angelegenheit für Vanessa einfacher gestalten. Vielleicht wäre er unseren Wünschen geneigter und würde die Entscheidungen rascher treffen.« Er nahm an, daß sie es sowieso erfahren konnte, also nannte er ihr den Namen.

Die Kinder wohnten seit dem Tod ihrer Mutter bei ihm, Vasili befand sich in Bellevue hinter Schloß und Riegel bis zur Einwanderungsverhandlung. Sein Bruder hatte alles Erdenkliche unternommen, um eine Auslieferung zu erreichen. Falls man Andreas gestattete, ihn nach Athen zu bringen, wollte er ihn dort in einem Hospital internieren. Er hatte schreckliche Angst, daß Vasili nie mehr aus dem Gefängnis herauskommen würde.

Teddy hatte noch schwerere Sorgen. Seit Vanessa die Ermordung ihrer Mutter miterlebt hatte, befand sie sich in einer Art Betäubung. An dem Morgen hatte sie zu schreien begonnen, und die Babysitterin sagte, sie habe geschrien, bis die Polizei kam, dann hatten sie sie sanft weggeführt. Sie hatte Charlie an sich gedrückt, bis Teddy kam und ihr das Baby abnahm. Er hatte beide Kinder zu sich nach Hause gebracht, einen Arzt zu Vanessa gerufen, eine andere Kinderschwester für das Baby engagiert, und seither hatte er Vanessa wiederholt in die Ordination dieses Arztes gebracht. Sie schien alles, was geschehen war, vollkommen verdrängt zu haben, und sich von einem Tag zum anderen an überhaupt nichts mehr zu erinnern. Sie bewegte sich wie ein kleiner Roboter, und wenn Teddy versuchte, sie in die Arme zu nehmen, schob sie ihn einfach weg. Die einzige, die sie mochte und deren Liebe sie akzeptierte, war die kleine Charlotte, die sie in den Armen hielt und der sie stundenlang vorsang. Aber sie sprach nie von ihrer Mutter, und der Arzt hatte Teddy geraten, er solle sie mit keinem Wort erwähnen. Irgendwann würde ihr alles wieder einfallen, es war nur eine Frage der Zeit. Es konnte zwanzig Jahre dauern, machte ihn der Arzt aufmerksam, aber inzwischen war es wichtig, daß sie nicht gedrängt wurde.

Infolgedessen sorgte Teddy dafür, daß sie nicht am Begräbnis teilnahm. Die einzige Frau, die er wirklich geliebt hatte, war ermordet worden; er ging allein hin und stand in der zweiten Reihe, den Blick auf den Sarg geheftet. Er konnte nicht glauben, daß sie tot war, und fühlte sich ohne sie ausgebrannt bis in die Tiefen seiner Seele.

Er stand noch immer unter Schockwirkung, als er den Gerichtssaal betrat und der Richter die Verhandlung über das Sorgerecht eröffnete. Teddys Anwalt stellte einen Antrag auf das Sorgerecht für beide Mädchen und er hoffte, der Richter würde sich davon überzeugen lassen, daß es eine vernünftige Entscheidung wäre. Das einzige Hindernis war Andreas Arbus, der dem Richter ruhig erklärte, er habe Vorkehrungen getroffen, um Vasili unauffällig in Athen in einer Anstalt unterzubringen. Die Einwanderungsbeamten und die Bezirksstaatsanwaltschaft hatten es am gleichen Morgen genehmigt. Sie würden noch am selben Tag mit zwei Wärtern nach Athen reisen. Doch da das vor kurzem von Serena geborene Kind keine anderen Blutsverwandten hatte, hielt er es für unumgänglich notwendig, die Kleine ebenfalls nach Athen mitzunehmen, damit sie unter ihren Vettern, Tanten und Onkeln aufwachse, die sie liebten. Der Richter schien den Antrag ernsthaft in Betracht zu ziehen, und während Teddy versuchte, seine Argumente vorzubringen, daß nämlich die Mädchen nicht voneinander getrennt werden sollten, hörte er zu seiner Verwunderung, wie ein Rechtsanwalt, den er gut kannte, im Namen von Mrs. Gregory Fullerton einen Antrag stellte. Sie wollte das Sorgerecht für ihre Nichte übernehmen. Teddy vernahm zu seiner Verblüffung, daß sie und ihr Mann das Kind seit Jahren ins Herz geschlossen hätten; ihr Schwager wäre natürlich auch ein geeigneter Vater, aber es gäbe in seinem Haus keine Mutter für Vanessa, da er Junggeselle sei.

Wieder schien der Richter von dem Argument beeindruckt zu sein. Warum, um Himmels willen, wollte Pattie Vanessa haben, fragte sich Teddy – nur weil sie Brads Tochter war und sie selbst keine Kinder haben konnte? Oder war es ein letzter Racheakt Serena gegenüber? Ihr jetzt, da sie tot war, ihr Kind zu stehlen, so wie Serena Pattie in Rom Brad gestohlen hatte. Greg war ein Trunkenbold. Pattie war bösartig. Sie hatte nichts Mütterliches an sich. Teddy flüsterte mit seinem Anwalt, und dieser erhob Einspruch, über den sie mit dem Richter debattierten, aber eine halbe Stunde später war alles vorbei. Charlotte Andrea Arbus wurde ihrem Onkel väterlicherseits zugesprochen, da Teddy mit dem Baby nicht blutsverwandt war, und Vanessa Theodora Fullerton wurde ihrem Onkel und ihrer Tante väterlicherseits, Gregory und Patricia Fullerton, zugesprochen, da Theodore Fullerton als Junggeselle einen weniger geeigneten Haushalt zu bieten hatte, in dem sie leben konnte.

Pattie lächelte triumphierend im Gerichtssaal, als Vanessa hereingeführt wurde; sie trug das Baby in den Armen, und der Richter erklärte ihr, was geschehen war.

»Sie geben ihm Charlie?« Vanessa sah Andreas so entsetzt und haßerfüllt an, daß ihr Blick Teddy erschreckte. »Das können Sie nicht tun. Sie gehört mir. Sie hat meiner Mammi gehört.« Aber der Richter blieb dabei, und als sie sich weigerte, nahm ihr ein Gerichtsdiener einfach das Kind weg und übergab es Andreas, der mit Tränen in den Augen versuchte, zu dem älteren Kind zu sprechen. Aber Vanessa hörte ihn nicht, als wäre sie in Katatonie verfallen. Sie saß auf dem Fußboden des Gerichtssaales und wiegte sich vor und zurück. Teddy lief hin und bedeutete Andreas, rasch wegzugehen, dann streichelte er das Kind, das er liebte. Er hatte nicht einmal Zeit für einen letzten Blick auf Charlie. Sie war für immer verschwunden, bevor er den Kopf heben konnte.

»Vanessa...« In seiner Stimme schwang ein entschiedener Ton mit, aber sie hörte nicht. »Kleines, es ist alles in Ordnung. Ich bin bei dir. Es wird alles gut werden.«

»Können wir jetzt nach Hause gehen?« Sie sah ihn endlich an, und es war, als hätte sie sich noch mehr in sich selbst zurückgezogen. Diesmal mußte er den Kopf schütteln.

»Du gehst mit deiner Tante Pattie nach Hause, Liebling. Sie will, daß du bei ihr bleibst.«

»Nicht mit dir?« Ihre Augen füllten sich mit Tränen. »Warum?«

»Der Richter wollte es so, damit du eine Tante und einen Onkel hast, wie einen Daddy und eine Mammi.«

»Aber ich brauche dich, Onkel Teddy.« Sie war bemitleidenswert, wie sie dort saß und ihm die Arme entgegenstreckte.

»Ich brauche dich auch, Liebling. Aber ich werde dich besuchen. Und du wirst bei Onkel Greg und Tante Pattie gut aufgehoben sein.« Er kam sich bei seinen Beschwichtigungsversuchen wie ein Lügner und Unmensch vor, aber im Augenblick mußten sie sich dem Spruch des Gerichtes fügen. Die Charlotte betreffende Verfügung war endgültig, das wußte er. Was der Richter gesagt hatte, war wahr. Aber bei Vanessa lag die Sache anders, er und das Kind hatten eine enge Beziehung, die sich im Laufe von neun Jahren entwickelt hatte. Während er zusah, wie seine Schwägerin Vanessa aus dem Gerichtssaal führte, beschloß er, Berufung einzulegen.

47

Als Teddy Vanessa in Patties und Gregs Wohnung besuchte, brach ihm beinahe das Herz. Sie saß in ihrem Zimmer, starrte aus dem Fenster, und als er zu ihr sprach, schien sie seine Worte nicht zu hören. Sie bewegte sich nicht, bis er ihre Schulter berührte, sie sanft schüttelte und sie bei ihrem Namen rief.

Er versuchte, Greg davon zu überzeugen, daß es ein Wahnsinn war, wenn Pattie das Sorgerecht für Vanessa übernahm, aber es war praktisch unmöglich, mit Greg zu sprechen. Er war nach dem Mittagessen nie mehr nüchtern. Er saß nur noch in seinem Büro, um die Fiktion aufrechtzuerhalten, daß er die Rechtsanwaltsfirma leitete, aber es gab andere, die die Arbeit für ihn besorgten.

Um mit ihm ein zusammenhängendes Gespräch über irgendein Thema führen zu können, mußte Teddy am frühen Morgen zu ihm kommen, was er nach einer Woche fruchtloser Versuche schließlich tat.

»Um Himmels willen, Greg, wie kannst du zulassen, daß sie so etwas tut? Für dieses Kind seid ihr, du und Pattie, Fremde. Sie kennt euch nicht. Sie braucht gerade jetzt Menschen, mit denen sie vertraut ist. Sie hat ihre Mutter, ihr Heim, ihre kleine Schwester verloren. Das Kind steht unter Schockwirkung, um Gottes willen. Sieh sie doch an, ihre Augen sind glasig. Was, zum Teufel, wollt ihr überhaupt mit einem neunjährigen Mädchen?«

»Ich will nichts. Aber sie. Sie wollte immer schon ein Kind.« Dann nahm er eine Flasche Bourbon aus seinem Schreibtisch, Teddy sah ihn entsetzt an. »Sie sagte mir einmal, daß sie immer schon Brads Kind haben wollte. Ich kann keine haben, weißt du. Hab mir in der Schule so einen blöden Tripper geholt.« Er zog die Schultern hoch und nahm den ersten Schluck. »Ich sagte es ihr vor unserer Hochzeit, und sie meinte, das mache ihr nichts aus. Aber es machte ihr doch etwas aus. Ich wußte es immer schon. Wahrscheinlich hätte ich es ihr sagen sollen, bevor wir uns verlobten. Sie hat mich ja nur geheiratet, um Brad eins auszuwischen, aber ihm war es gleichgültig, was sie machte. Er war verrückt nach Serena. Sie war ja auch verdammt hübsch. Ich habe nie Mutters Meinung über sie geteilt. Aber jetzt ist es zu spät.«

»Nein, das stimmt nicht. Du kannst noch etwas Anständiges tun. Überlaß Vanessa mir – sie braucht mich.«

Greg zog die Schultern hoch. »Ich kann nicht. Pattie hat es sich in den Kopf gesetzt, daß sie die Kleine haben will, Teddy, und es gibt nichts, was du oder ich dagegen tun können. Du weißt, wie sie ist. In gewisser Hinsicht ist sie schlimmer als Mutter, dickköpfig, gemein und rachsüchtig.«

»Doch, es gibt etwas, das du tun kannst, verdammt noch mal. Du kannst dich weigern, das Kind zu behalten. Pattie liebt Vanesssa nicht. Aber ich liebe sie.«

»Wirklich? Warum? Ich mag Kinder nicht sehr.« Greg mochte niemanden, am wenigsten sich selbst. »Ich weiß nicht, warum du sie haben willst, außer –« er sah Teddy an, während er sich ein zweites Glas einschenkte – »du hast doch ihre Mutter immer geliebt, nicht wahr?« Teddy gab keine Antwort. »Hast du jemals mit Serena geschlafen, Teddy?«

»Nein, als ob es dich etwas angeht. Und ich bin nicht hier, um über Serena zu reden. Ich bin hier, um über Vanessa zu sprechen und warum, zum Teufel, deine Frau für das Kind vorläufig das Sorgerecht übernommen hat.«

»Sie will sie adoptieren.«

»Das ist total verrückt. Sie liebt sie nicht.«

»Na und? Was zum Teufel macht Liebe dabei für einen Unterschied? Glaubst du, unsere Mutter hat uns geliebt? Wer weiß es und wen kümmert es?«

»Greg.« Teddy ergriff den Arm seines Bruders, ehe er Zeit hatte, sich noch ein Glas einzuschenken. »Sag dem Gericht, du willst sie nicht. Bitte. Das Kind ist bei dir und Pattie unglücklich. Verzeih mir, daß ich es so rund heraus sage, aber du mußt sie ja nur ansehen. Sie stirbt innerlich. Du darfst sie nicht wie eine Gefangene in diesem Haushalt anketten, um Himmels willen...« Sein Bruder befreite seinen Arm und goß sich noch ein Glas ein.

»Dann werden wir ihr eben Spielzeug kaufen.«

»Spielzeug!« Teddy sprang auf. »Spielzeug! Das Kind hat keinen Vater, seine Mutter wurde vor kurzem ermordet, sie hat ihre kleine Schwester wahrscheinlich zum letzten Mal gesehen, und du willst ihr Spielzeug kaufen. Weißt du denn nicht, was dieses Kind braucht?«

Greg starrte ihn verärgert an. »Sie wird alles bekommen, was sie braucht, Teddy. Du kannst sie besuchen, wann immer du willst. Wenn du dir so dringend Kinder wünschst, heirate und bekomme selbst welche. Pattie und ich können das nicht.«

»Aber du willst ja gar keine Kinder. Es handelt sich auch nicht darum, sondern um das, was für dieses Kind richtig ist.«

»Wenn es dir nicht paßt, geh noch einmal vor Gericht. Sie wußten, was sie taten. Sie haben das andere Kind den Griechen gegeben und Brads Kind uns. Du hast keine Frau, Teddy. Das Kind braucht ein Heim mit einem Mann und einer Frau. Du kannst als Junggeselle kein Kind aufziehen.«

»Warum nicht? Was tust du, wenn deine Frau stirbt, stellst du deine Kinder zur Adoption frei?«

»Sie war nie deine Frau.«

»Darum geht es nicht.«

»Doch, ich glaube, genau darum geht es. Du warst immer in dieses italienische Frauenzimmer verliebt, das Brad geheiratet hat. Du hast Pattie gehaßt, und jetzt willst du mir noch Schwierigkeiten machen?«

Teddy war verblüfft. »Wann habe ich dir je Schwierigkeiten gemacht?«

»Scheiße«, knurrte Greg und trank sein Glas aus. »Wann nicht? Alles, was du je machtest, hielt Dad für fabelhaft. Du warst Moms Liebling, und Brad war der Star. Jedesmal, wenn ich versuchte, sie auf mich aufmerksam zu machen, kamst du daher, spieltest das süße Kind, und ich existierte nicht mehr. Schon vor Jahren hatte ich bis da hinauf genug von dir« – er hob die Hand zu den Brauen – »und jetzt willst du mir meine Frau auf den Hals hetzen. Ich werde mich ganz bestimmt nicht auf deine Seite schlagen und sie veranlassen, das Kind zurückzugeben. Sie würde mich zum Wahnsinn treiben, du kannst es also vergessen. Vergiß es. Hast du mich verstanden? Hau ab!«

Teddy drehte sich auf dem Absatz um und ging. Als nächstes besuchte er seine Mutter, aber das Ergebnis war um nichts besser.

»Es ist lächerlich«, war ihre Antwort. »Das Kind gehört nicht in unsere Familie. Sie hat nie zu uns gehört. Und jetzt gehört sie weder zu dir noch zu Greg und Pattie. Man sollte sie zu diesen Griechen schicken, wohin sie gehört. Überlaß sie ihnen.«

»Mein Gott, änderst du dich denn nie?« Er sehnte sich verzweifelt danach, Vanessa bei sich zu haben, weil er sie liebte und sie gewissermaßen eine Wiedergeburt Serenas war. Aber eben das war für seine Mutter Anlaß genug, sie zu hassen. »Sie werden das Kind zerstören. Das weißt du doch, oder?«

»Das ist nicht mein Problem, auch deines nicht.«

»Doch, es ist unser Problem. Sie ist deine Enkelin und meine Nichte.«

»Sie ist die Tochter einer Hure.«

»Möge Gott dir das verzeihen!« Teddys Augen füllten sich mit Tränen, und er hob die Hand, als wolle er seine Mutter schlagen, aber die Gewalttätigkeit seiner Gefühle erschreckte ihn selbst, und er wandte sich zitternd ab.

»Bist du jetzt fertig?« Er antwortete nicht. »Ich schlage vor, du gehst jetzt und kommst erst wieder, wenn du wieder bei Sinnen bist. Deine unvernünftige Leidenschaft zu dieser Frau hat offensichtlich deinen Geist verwirrt. Guten Tag, Teddy.«

Er verließ sie ohne ein weiteres Wort und schloß die Tür leise hinter sich.

48

Die erste Berufungsverhandlung schien endlos zu dauern. Sie begann in der Woche nach Weihnachten und zog sich fast zwei Wochen lang hin. Teddy und sein Anwalt brachten alle erdenklichen Beweisgründe vor, Pattie und Greg riefen alle Freundinnen Patties als Zeugen dafür auf, wie gern sie Brad gehabt hätten und wie sehr sie an seiner Tochter hingen. Sie behaupteten, daß Serena eifersüchtig gewesen sei und ihnen deshalb nie »erlaubt« hätte, das Kind zu sehen. Ihre Aussagen bestanden zum Großteil aus reiner Erfindung, und Teddy versuchte das Gericht davon zu überzeugen, daß sein Haus der richtige Aufenthalt für das Kind war. Er versprach, ein größeres zu kaufen, seine Praxis nur vier Tage in der Woche auszuüben und eine Haushälterin und ein Kindermädchen für die Kleine einzustellen. Er nannte Zeugen, die ihn im Lauf der Jahre mit Vanessa gesehen hatten. Anscheinend war aber alles umsonst. Am letzten Tag der Zeugenanhörung verlangte der Richter, man solle das Kind vorführen. Sie war zu jung, um in der Sache zu entscheiden, aber das Gericht wollte ihre Antwort auf einige Fragen hören. Sie trug einen kurzen grauen Faltenrock und eine weiße Bluse, glänzende Lackschuhe und weiße Söckchen, ihr blondes Haar war zu Zöpfen geflochten, sie wurde von einer Beamtin vorgeführt und nahm im Zeugenstand Platz. Teddys Mutter war auch zugegen, hatte aber für keine Seite als Zeugin ausgesagt. Sie beobachtete nur, vor allem Greg. Erstaunlicherweise war er während des gesamten Verfahrens nüchtern geblieben, und sie hatte Teddy wiederholt darauf aufmerksam gemacht, daß er nicht dazu imstande gewesen wäre, wenn er wirklich Alkoholiker wäre. Teddy sagte, das sei nicht wahr. Sie alle wußten genau, daß er zehn Minuten nach Verlassen des Gerichtssaales für gewöhnlich zu betrunken war, um aus dem Wagen zu steigen. Aber das sei nur die große Anspannung, behauptete seine Mutter. Teddy entschloß sich, diese Frage nicht weiter zu erörtern, obwohl er seinen Anwalt veranlaßte, dem Gericht bekanntzugeben, daß Mr. Gregory Fullerton ein Trinker sei. Seine Frau stellte das im Zeugenstand unter Eid in Abrede, und der Hausarzt der Familie gab ausweichende Antworten und berief sich auf seine ärztliche Schweigepflicht, so daß sich Teddy schließlich mit dieser Anklage restlos blamierte.

Als Vanessa in den Zeugenstand gerufen wurde, saß sie so wie immer auf dem Stuhl, die Füße auf den Boden gestellt, die Arme herabhängend, den Blick starr vor sich hingerichtet.

Teddy wurde nie mehr mit ihr allein gelassen, hatte aber seit Monaten den Eindruck, daß sie sich immer mehr von der Außenwelt abkapselte.

Der Richter musterte sie kurz, ehe er begann. Er ließ auch nicht zu, daß einer der Rechtsanwälte ihr Fragen stellte. Sie hatten sich bereits darauf geeinigt, dem Richter die Anhörung zu überlassen, und beide Parteien erklärten, daß sie sich damit zufriedengeben würden.

»Vanessa?« Seine Stimme klang schroff, sein Blick war aber freundlich. Er war ein kräftiger Mann, und er hatte selbst Enkelkinder; er empfand Mitgefühl für dieses Kind mit den traurigen grauen Augen. »Verstehst du, warum du hier bist?« Sie nickte stumm. »Kannst du uns sagen, warum?«

»Weil Onkel Teddy will, daß ich bei ihm lebe.« Sie warf ihm einen Blick zu, sah aber eher ängstlich aus als erfreut.

»Hast du deinen Onkel Teddy gern, mein Kind?« Sie nickte und diesmal lächelte sie.

»Er kommt immer und hilft mir. Und wir spielen schöne Spiele.«

Der Richter nickte. »Was meinst du damit, wenn du sagst, daß er kommt und dir hilft?«

»Wenn zum Beispiel etwas Schlimmes passiert.« Sie wurde lebhafter. »Wie einmal, als... als meine Mammi krank war... er hat uns abgeholt... ich erinnere mich nicht...« Sie blickte unsicher auf, als hätte sie die Geschichte vergessen, und Teddy beobachtete sie aus zusammengekniffenen Augen. Sie bezog sich auf die Tage, als Serena Charlotte zur Welt gebracht hatte. Aber hatte Vanessa es wirklich vergessen oder hatte sie Angst davor, es zu erzählen? Er verstand das Kind nicht. »Ich kann mich nicht erinnern.« Sie hatte wieder ihren glasigen Blick und starrte auf ihre Hände.

»Schon gut, mein Kind. Würdest du gerne bei deinem Onkel Teddy leben?« Sie nickte und ihre Augen suchten nach ihm, aber ihr Gesicht drückte so wenig Gefühl aus, daß es erschreckend war. »Bist du jetzt im Hause deiner Tante und deines Onkels glücklich?« Sie nickte wieder. »Behandeln sie dich gut?«

Sie nickte und sah ihn traurig an. »Sie kaufen mir viele Puppen.«

»Das ist nett. Verstehst du dich gut mit deiner Tante, Mrs. Fullerton?«

Vanessa antwortete lange nicht, dann zog sie die Schultern hoch. »Ja.«

Es war offensichtlich, daß sie eine Mutter brauchte, die sie tröstete. Ein Mann würde da nicht genügen. »Fehlen dir deine Mutter und deine Schwester sehr?« Er sagte es sehr freundlich, als ob es ihn wirklich interessierte, doch Vanessa sah ihn erstaunt an.

»Ich habe keine Schwester.« Ihr Blick wurde ausdruckslos.

»Aber du hattest natürlich... ich meine...« Er war ein wenig verwirrt, während Vanessa ihn anstarrte.

»Ich hatte nie eine Schwester. Mein Daddy starb im Krieg, als ich dreieinhalb Jahre alt war.« Es klang, als würde sie etwas aufsagen, und Teddy ging ein Licht auf. Er verstand als erster ihren Gedankengang, als Vanessa fortfuhr: »Und ich hatte weder Brüder noch Schwestern, als er starb.«

»Aber als deine Mutter wieder heiratete –« fuhr der Richter hartnäckig fort, doch Vanessa schüttelte den Kopf.

»Meine Mutter hat nie wieder geheiratet.«

Der Richter sah verärgert aus, und Teddy flüsterte seinem Anwalt etwas zu, der dem Richter ein Zeichen machte, aber aufgefordert wurde, zu schweigen. »Vanessa, deine Mutter heiratete zum zweiten Mal einen Mann namens –« Bevor er weitersprechen konnte, eilte Teddys Anwalt zur Richterbank. Der Richter wollte ihm schon eine Rüge erteilen, aber der Anwalt flüsterte ihm eindringlich etwas zu; der Richter zog die Brauen hoch, dachte einen Moment nach und winkte dann Teddy heran. Es folgte ein geflüstertes Gespräch, während dessen der Richter bekümmert und besorgt wirkte. Dann nickte er, und Teddy und sein Anwalt kehrten zu ihren Plätzen zurück. »Vanessa«, fuhr der Richter langsamer fort und beobachtete das Kind genau, während er sprach, »ich möchte dir jetzt einige Fragen über deine Mammi stellen. Woran erinnerst du dich, wenn du an sie denkst?«

»Daß sie sehr schön war. Und sie hat mich sehr glücklich gemacht.«

»Wo hast du mit ihr gelebt?«

»In New York.«

»Hast du jemals anderswo mit ihr gelebt?«

Vanessa überlegte einen Moment, schüttelte den Kopf, dann schien sie sich zu erinnern. »In San Francisco. Bevor mein Daddy starb.«

»Ich verstehe. Und du hast sonst nirgends mit ihr gelebt?« Sie schüttelte den Kopf. »Warst du jemals in London, Vanessa?« Sie dachte eine Minute darüber nach und schüttelte den Kopf.

»Nein.«

»Hat deine Mammi ein zweites Mal geheiratet?«

Vanessa wand sich, schien sich nicht wohl zu fühlen, und alle im Gerichtssaal empfanden Mitleid mit ihr. Sie begann mit ihren Zöpfen zu spielen und sagte mit rauher Stimme: »Nein.«

»Sie hatte keine anderen Kinder?«

Die Augen waren wieder glasig. »Nein.«

Und dann kam der Schock. »Wie ist deine Mammi gestorben, Vanessa?« Im Gerichtssaal herrschte bestürzte Stille, und Vanessa starrte nur vor sich hin. Endlich sagte sie mit dünner Stimme. »Ich kann mich nicht erinnern. Ich glaube, sie wurde krank. In einem Krankenhaus... ich erinnere mich nicht... Onkel Teddy kam... und sie starb. Sie wurde krank...« Sie begann zu schluchzen. »Das hat man mir erzählt...«

Der Richter war bestürzt, er beugte sich zu ihr und streichelte ihr Haar. »Ich habe nur noch eine Frage, Vanessa.« Sie weinte weiter, sah ihn aber schließlich an. »Sagst du mir die Wahrheit?« Sie nickte und holte Luft durch die Nase. »Bist du sicher?«

Mit tapferer, leiser Stimme sagte sie. »Ja.« Und offensichtlich glaubte sie es.

»Ich danke dir.« Er winkte der Beamtin, sie solle sie wegbringen. Die Tür schloß sich hinter ihr, und im Gerichtssaal erhob sich ein Tumult, weil alle durcheinander redeten; der Richter schlug mit dem Hammer auf den Tisch und brüllte beide Anwälte an: »Warum hat mir niemand gesagt, daß das Kind seelisch gestört ist?« Pattie wurde in den Zeugenstand gerufen und blieb dabei, daß sie es nicht wußte, daß sie nicht gewagt hatte, mit Vanessa über den Mord zu sprechen. Aus ihrer Aussage konnte Teddy entnehmen, daß sie log. Sie wußte, wie gestört Vanessas Psyche war, aber das war ihr verdammt gleichgültig, Vanessa war für sie ein Objekt – oder noch schlimmer, eine Kriegsgefangene. Teddy erklärte noch einmal, daß man ihn nie lange genug mit dem Kind allein gelassen hatte, damit er es feststellen konnte, obgleich er aus kleinen Bemerkungen, die sie machte, etwas von ihrem Zustand geahnt hatte. Die Verhandlung wurde zwecks weiterer Erhebungen vertagt. Es wurde ein Psychiater bestimmt, der Vanessa genau untersuchen sollte, bevor weitere Entscheidungen getroffen wurden. Inzwischen war die Sache der Presse zu Ohren gekommen, und man konnte in allen Schlagzeilen lesen, daß die Enkelin der Fullertons, Tochter des international bekannten Topmodells, an Katatonie litt, nachdem sie Zeugin der Ermordung ihrer Mutter durch den griechisch-englischen Playboy Vasili Arbus geworden war. Die täglichen Zeitungsartikel waren entsetzlich, und schließlich mußte Vanessa aus der Schule genommen werden.

Der Psychiater nahm sich eine volle Woche Zeit für seine Schlußfolgerungen. Das Kind stand unter einem schweren Schock, litt an Depressionen und partieller Amnesie. Sie wußte, wer sie war, und erinnerte sich genau an die Ereignisse in ihrem Leben bis zu dem

Moment, als ihre Mutter Vasili Arbus geheiratet hatte. Sie hatte die Geschehnisse der letzten anderthalb Jahre vollkommen verdrängt und zwar in einem solchen Ausmaß, daß der Arzt keine Ahnung hatte, wann sie sich, falls überhaupt, der Wahrheit bewußt werden würde. Sie erinnerte sich daran, daß ihre Mutter sehr krank gewesen war; wie Teddy geahnt hatte, war die Erinnerung an ihre Mutter im Hospital in London an die Oberfläche gekommen, aber sie wußte nicht mehr, daß es in London gewesen war oder daß die Ursache für die »Krankheit« darin bestanden hatte, daß ihre Mutter in den Wehen lag. Zusammen mit allen Erinnerungen an Vasili hatte sie auch jeden Gedanken an das Baby, das sie so geliebt hatte, die kleine Charlie, verdrängt, um dem schrecklichen Schmerz zu entgehen, der damit zusammenhing.

Sie war nicht geistesgestört, betonte der Arzt ausdrücklich. Sie hatte den für sie so schmerzhaften Teil ihres Lebens begraben. Es war unbewußt geschehen, vermutlich kurz nach dem Tod ihrer Mutter oder in dem Augenblick, als man ihr das Baby vor Gericht abgenommen und es Andreas Arbus übergeben hatte. In diesem Augenblick war der seelische Druck für sie zu groß geworden. Sie würde sich wieder erholen, davon war der Psychiater überzeugt, ob sie sich jedoch jemals an die Wahrheit erinnern würde, war eine Frage, die er nicht beantworten konnte. Wenn ja, konnte es jederzeit geschehen, in einem Monat, einem Jahr, irgendwann in ihrem späteren Leben. Wenn nicht, würde sie der unterschwellige Schmerz immer quälen. Er befürwortete eine psychiatrische Behandlung für einige Zeit, um zu sehen, ob die Erinnerung zurückkehren würde. Er bestand aber darauf, daß man sie nicht drängen oder mit ihr ungeduldig werden solle, und über die Umstände, unter denen ihre Mutter gestorben war, dürfe vor ihr nicht mehr gesprochen werden. Man solle sie mit ihren verdrängten Erinnerungen in Ruhe lassen, und wenn sie von selbst wiederkamen, war es gut. Wenn nicht, solle man sie begraben lassen. Es war ein wenig so, als würde sie mit einer Zeitbombe leben, denn eines Tages würden ihre Erinnerungen wahrscheinlich wiederkommen, aber man konnte unmöglich voraussagen, wann.

Der Richter fragte, ob der Arzt der Ansicht sei, daß sie insbesondere eine mütterliche Bezugsperson brauche, oder ob er meine, sie würde ebensogut ohne eine solche auskommen.

»Absolut nicht«, rief der Arzt. »Ohne diese weibliche Bezugsperson wird dieses Kind nie aus seiner Zurückgezogenheit ausbrechen. Sie braucht die Liebe einer Mutter.« Der Richter preßte die Lippen zusammen, und Teddy wartete; eine halbe Stunde später wurde die gerichtliche Entscheidung verlesen. Greg und Pattie wurde das ständige Sorgerecht zuerkannt. Greg sah erleichtert aus, als er den Gerichtssaal verließ, und Pattie war in Hochstimmung. Sie sah Teddy nicht einmal an, während sie Vanessa zwang, vor ihr herzugehen. Das Kind bewegte sich wie eine Maschine, ohne zu schauen, zu sehen, zu fühlen. Teddy ging langsam die Treppe nach unten in die kalte Luft, und seine Mutter trat auf ihn zu.

»Es tut mir leid, Teddy.« Ihre Stimme klang heiser, und er wandte sich ihr mit zornigem Blick zu.

»Nein, das stimmt nicht. Du hättest es in der Hand gehabt, mir zu helfen, und hast es nicht getan. Statt dessen hast du sie diesen beiden überlassen.« Er wies auf die Limousine, die abfuhr und Vanessa zu Gregs Wohnung brachte.

»Sie werden ihr keinen Schaden zufügen, den ihre Mutter nicht schon angerichtet hat. Und du wirst sie oft genug sehen.« Er sagte nichts, sondern verließ sie, so rasch er konnte.

Zu Hause saß er die ganze Nacht wach und wollte es einmal so halten wie sein Bruder. Als er nach Hause kam, hatte er eine volle Flasche Scotch vor sich hingestellt und hatte vor, sie bis zum Morgen zu leeren. Er hatte die Hälfte geschafft, als die Türglocke läutete. Es gab aber niemanden, den er jetzt sehen wollte, und bei ihm brannte kein Licht, so daß niemand merken konnte, daß er daheim war. Aber nachdem die Glocke fast fünfzehn Minuten lang geläutet wurde, begann jemand an die Tür zu klopfen, und schließlich hörte er leise Rufe. »Onkel Teddy.«

Erschrocken stellte er das Glas hin, sprang auf, lief zur Tür und riß sie auf; Vanessa stand mit einer Papiertüte in einer Hand und der alten Puppe, die er ihr vor Jahren geschenkt hatte, in der anderen, vor ihm.

»Was tust du hier?«

Eine Zeitlang schwieg sie, plötzlich sagte sie ängstlich: »Ich bin fortgelaufen.«

Er wußte nicht, ob er lachen oder weinen sollte. Einen Augenblick blieben sie beide in dem aus dem Treppenhaus kommenden

Licht stehen. Dann machte er zögernd das Licht in seiner Wohnung an. »Komm herein, wir wollen über alles reden.« Er wußte jedoch, daß es nichts zu besprechen gab. Er würde sie zurückbringen müssen, sobald sie sich ausgesprochen hatten.

Als ob sie seine Gedanken erraten hätte, rief sie im Vorzimmer eigensinnig aus: »Ich gehe nie mehr zurück.«

»Warum nicht?«

»Er ist wieder betrunken, und sie haßt mich.«

»Vanessa«, seufzte er müde und wünschte, er hätte nicht die halbe Flasche Scotch getrunken. »Sie haßt dich nicht. Sie hätte nicht so heftig um dich gekämpft, wenn sie dich haßte.«

»Sie will mich nur haben wie eine Sache«, antwortete Vanessa zornig. »Wie alle Kleider, die sie sich kauft, und die Kristallgläser auf der Anrichte und die Puppen, die sie mir kauft. Nur Sachen. Mehr bin ich nicht für sie. Und ich hasse beide.«

»Tu das nicht.« Er wußte, daß sie für lange, lange Zeit bei ihnen leben mußte. Das Gericht hatte so entschieden.

»Ich gehe nicht dorthin zurück.«

»Du mußt aber, Vanessa.«

»Ich will nicht.«

»Na komm, laß uns erst einmal darüber reden.«

»Ich gehe nicht zu ihnen zurück, was immer auch geschieht.«

»Willst du bitte vernünftig sein, um Himmels willen? Wir können nichts dagegen tun. Du kannst nicht bei mir leben, wenn das Gericht ihnen das Sorgerecht übertragen hat.«

»Dann werde ich eben immer wieder davonlaufen, und sie werden mich in ein Internat schicken.«

Er lächelte bekümmert. »Das werden sie nicht tun.«

»Doch, das werden sie«, antwortete Vanessa sachlich. »Sie hat es gesagt.«

»Mein Gott.« Dazu nahmen sie sie ihm weg? Um ihr mit dem Internat zu drohen? »Hör zu, niemand wird dich irgendwohin schicken, Vanessa. Aber du kannst nicht hierbleiben.«

»Nur für heute nacht?« Ihre Augen waren so groß und traurig, daß er nachgab und lächelnd die Arme ausstreckte.

»Ach, Prinzessin, wieso ist uns das alles zugestoßen?«

»Warum mußte Mammi sterben, Onkel Teddy? Die Welt ist so ungerecht.«

»Ja, das ist wahr.«

»O bitte«, sagte sie und klammerte sich mit ihren warmen Händen an sein Hemd, »schick' mich nicht weg! Nur für heute nacht?«

Er seufzte, plötzlich war er sehr, sehr nüchtern, dann nickte er. »Also gut. Nur für heute nacht.« Aber es gelang ihm nicht, Greg und Pattie anzurufen. Pattie rief ihn an, ehe er aufgestanden war, um zu telefonieren. Er nahm den Hörer ab, und sie kreischte sofort los.

»Ist sie dort?«

»Vanessa?« Seine Stimme klang seltsam ruhig. »Ja.«

»Teddy, bring sie sofort hierher zurück! Das Gericht hat sie uns zugesprochen, sie gehört jetzt uns.« Wie ein Gemüse oder ein Koffer. Schon der Gedanke ließ ihn frösteln.

»Ich bringe sie morgen früh zu euch.«

»Ich will sie jetzt haben!« schrie Pattie.

»Sie will die Nacht hier verbringen.«

»Kümmere dich nicht darum, was sie will. Sie gehört jetzt uns, sie hat zu tun, was ich sage. Ich komme sie holen.«

»Das würde ich an deiner Stelle nicht tun.« Seine Stimme klang weich, aber mit einem harten Unterton. »Ich sagte dir schon, ich werde sie morgen früh zu euch bringen. Sie kann hier schlafen.«

»Nein, das kann sie nicht. Du hast den Richterspruch gehört. Es gehört sich nicht, denn du bist Junggeselle. Sie darf die Nacht nicht in deiner Wohnung verbringen«, keifte Pattie aggressiv. »Ich will sie sofort wieder bei mir haben.«

»Sie kommt aber nicht. Auf Wiedersehen morgen früh.«

Am nächsten Morgen stand aber nicht Pattie, sondern die Polizei vor der Tür. Sie kam, als er das Frühstück für Vanessa zubereitete. Jemand klingelte, ein Beamter fragte, ob er Theodore Fullerton sei, was er bejahte, worauf ihm mitgeteilt wurde, er sei verhaftet; es wurden ihm Handschellen angelegt, und er wurde vor Vanessas entsetzten Augen abgeführt. Ein anderer Beamter löschte die Flamme unter dem Frühstückstee aus und forderte Vanessa sanft auf, ihre Sachen zusammenzupacken. Sie bekam beinahe einen hysterischen Anfall und blickte verzweifelt um sich. Dann wurde sie mit einem freundlichen Wort und einem Lächeln zu Gregs und Patties Wohnung zurückgebracht.

Zur gleichen Zeit befand sich Teddy auf dem Polizeikommissariat in der City, wo er des Kindsraubes beschuldigt wurde. Pattie hatte in der Nacht Anzeige gegen ihn erstattet. Die Kaution wurde mit fünfzehntausend Dollar festgesetzt, ein überhöhter Betrag, und die Verhandlung vor demselben Richter wurde für den nächsten Tag anberaumt.

Am nächsten Tag wurde Teddy unrasiert und müde in den Gerichtssaal geführt, und der Richter starrte ihn mehrere Minuten lang an, bevor er den Saal räumen ließ, besonders von Reportern – die Schlagzeilen der Zeitungen an diesem Morgen waren schlimm genug gewesen: *Prominenter Chirurg entführt Nichte*. Es wurde sogar unterschwellig angedeutet, daß Vanessa, angesichts seines leidenschaftlichen Interesses für sie, nicht Brads, sondern seine Tochter sei.

»Also, Doktor Fullerton, ich kann nicht sagen, daß ich mich freue, Sie wieder hier zu sehen. Was haben Sie eigentlich zu all dem zu sagen? Nicht fürs Protokoll, nur zur Information des Gerichtes.«

»Ich habe sie nicht entführt, Euer Ehren. Sie stand unvermittelt vor meiner Tür.«

»Haben Sie ihr gesagt, daß sie das tun soll?« fragte der Richter beunruhigt.

»Natürlich nicht.«

»Hat sie Ihnen einen Grund angegeben?«

»Ja. Sie haßt meinen Bruder und seine Frau.«

»Das ist unmöglich, davon hat sie bei der Verhandlung kein Wort gesagt.«

»Fragen Sie sie noch einmal.«

Der Richter sah ihn ärgerlich an. »Haben Sie sie präpariert?«

»Nein.« Teddys Augen blitzten. »Meine Schwägerin droht ihr schon, sie in ein Internat zu schicken, so sehr lieben sie sie. Wenn ich es sagen darf« – er lächelte den Richter gekränkt und wehmütig an – »Sie haben keine glückliche Wahl getroffen.«

Der Richter schien über Teddys Bemerkung alles andere als erfreut zu sein. »Sie ist ein seelisch sehr gestörtes Kind, Herr Doktor. Das wissen Sie. Sie braucht einen normalen Haushalt mit einer Mutter *und* einem Vater. So sehr Sie sie auch lieben mögen, Sie sind nur ein Mann.«

Teddy seufzte. »Meine Schwägerin hat keinen Funken Mütterlichkeit im Leib, Euer Ehren, sie hat Vanessas Mutter leidenschaftlich gehaßt. Vanessas Vater hatte ihr wegen der Mutter des Kindes den Laufpaß gegeben. Ich glaube, daß Pattie – Mrs. Fullerton – sich irgendwie dafür rächen will. Sie will dieses Kind um jeden Preis ›in Besitz‹ nehmen, um etwas zu beweisen. Sie liebt Vanessa nicht, Euer Ehren. Sie kennt das Kind gar nicht.«

»Ist es wahr, daß die Mutter des Kindes Mrs. Fullerton haßte?«

»Das glaube ich nicht. Meiner Ansicht nach war der Haß einzig und allein auf Mrs. Pattie Fullertons Seite. Sie war irrsinnig eifersüchtig auf Serena.«

»Arme Frau...« Der Richter dachte an Serena und schüttelte den Kopf. »Und Ihr Bruder Gregory?« fragte er bekümmert, es war der schlimmste Fall, den er seit Jahren gehabt hatte, es schien für Vanessa keine gerechte Lösung zu geben. »Hat er das Kind gern?«

»Euer Ehren«, seufzte Teddy, »mein Bruder ist ein hoffnungsloser Alkoholiker. Meiner Ansicht nach befindet er sich im letzten Stadium. Kein sehr hübscher Anblick für Vanessa.«

Der Richter schüttelte den Kopf und lehnte sich mit einem Seufzer zurück. »Also, ich habe die gegen Sie erhobene Anklage wegen Kindesentführung zu verhandeln, und es sieht aus, als müßte ich den Fall Ihrer Nichte noch einmal aufrollen...« Er schien ebenso unglücklich zu sein wie Teddy. »Ich werde etwas sehr Ungewöhnliches tun. Ich werde Sie zu dreißig Tagen Gefängnis verurteilen, wegen angeblicher Entführung Ihrer Nichte. Wenn Sie wollen, können Sie einen Prozeß wegen der Sache anstrengen, aber ich werde Sie der Mißachtung des Gerichtes beschuldigen. Bei Mißachtung des Gerichtes gibt es keine Kaution, und Sie werden die vollen dreißig Tage absitzen müssen. Auf diese Weise kann ich ganz sicher sein, daß Sie sie wirklich nicht entführen werden.« Er sah Teddy an, der ihm erschrocken zuhörte. »Während dieser dreißig Tage werde ich in diesem Rechtsfall eine gründliche Untersuchung anstellen lassen; ich werde mein Urteil in der Frage des Sorgerechts in genau dreißig Tagen neu formulieren. Das wird am« – er warf einen Blick auf den Kalender – »am vierten März geschehen.« Damit winkte er dem Gerichtsdiener, und Teddy wurde ohne weitere Umstände abgeführt.

49

Am vierten März um neun Uhr wurde Teddy wieder in den Gerichtssaal gebracht; er war glatt rasiert und ordentlich gekleidet, aber nach einem Monat im Gefängnis um gut zehn Pfund leichter, und sah seine Schwägerin, seinen Bruder und Vanessa vor sich. Für ihn war es ein endloser Monat gewesen, er hatte Vanessa die ganze Zeit nicht sehen dürfen, und nun lächelte er. Auch ihre Augen leuchteten auf, und er fand, daß sie ein bißchen besser aussah.

Der Richter kam herein und sah sie alle mit gerunzelter Stirn an. Er teilte ihnen mit, daß die bezüglich Vanessas Sorgerecht geführte Untersuchung die gründlichste in seiner ganzen Richterzeit gewesen sei. Er sagte allen Anwesenden, er sei wirklich der Ansicht, daß sie achtbare Leute seien und daß es kein Fall sei, bei dem er eine Person für geeignet erklärte und die anderen nicht. Es ging darum, was für Vanessa am besten sei. Es gab in diesem Fall gewisse Probleme – der Richter sah den Erwachsenen in die Augen und wußte, daß sie ihn verstehen würden –, die es besonders schwierig erscheinen ließen, das richtige Zuhause für das kleine Mädchen zu finden. Was immer geschah, er hoffte, daß sie alle Freunde bleiben würden, denn er war sicher, daß Vanessa sie alle brauchte, ganz gleich, bei wem sie wohnte. Es war eine recht lange Rede für einen normalerweise einsilbigen Richter. Dann räusperte er sich, blätterte in verschiedenen Papieren und blickte von Margaret Fullerton zu ihrem jüngsten Sohn.

»Doktor Fullerton, Sie haben das Recht zu erfahren, daß ich ein längeres Gespräch mit Ihrer Mutter geführt habe.« Teddy sah sie sofort argwöhnisch an, konnte jedoch in ihren Augen nichts lesen. »Es scheint, daß Ihre Liebe zu dem Kind nicht nur bewunderswert, sondern auch dauerhaft und beharrlich blieb. Als Ihr Bruder starb, blieben Sie augenscheinlich, wenn ich richtig verstanden habe, in enger Beziehung zu Vanessa und ihrer Mutter, die sich auf Sie verließen. Ich habe auch erfahren, daß Mr. und Mrs. Gregory Fullerton keinerlei Kontakt zu Vanessa und ihren Eltern hatten.« Teddy warf seiner Mutter einen überraschten Blick zu. Hatte sie dem Richter das alles mitgeteilt? Warum aber? Warum sollte sie plötzlich auf seiner Seite stehen? »Deshalb glaube ich, daß das Leben in Ihrem

Hause, obwohl Sie nicht verheiratet sind, Vanessa ein Gefühl der Kontinuität vermitteln würde, das sie nach Ansicht des Psychiaters dringend braucht. Deshalb übertrage ich Ihnen, Doktor Fullerton, das endgültige Sorgerecht für dieses Kind.« Vanessa atmete hörbar auf und lief zu ihm. Er umarmte sie und drückte sie an sich, während sie Freudentränen vergoß. Der Richter beobachtete die beiden, und seine Augen wurden feucht. Als Teddy sah, daß seine Mutter ihre Tränen trocknete, spürte er, wie ihn Dankbarkeit überwältigte. Endlich hatte sie etwas Anständiges getan. Nur Pattie sah aus, als wollte sie sie alle umbringen, als sie den Gerichtssaal verließ, doch Greg blieb stehen, schüttelte Teddy die Hand und wünschte ihnen beiden Glück. Er wußte, daß es für Vanessa das Richtige war.

Margaret beobachtete ihren jüngsten Sohn und dachte an die Gründe, die sie veranlaßt hatten, ihre Haltung Vanessa gegenüber zu ändern. Die Vergangenheit war begraben, das Kind war ohne Teddy so verloren. Es schien an der Zeit, aus der ganzen Geschichte Erinnerung werden zu lassen. »Vielleicht werde ich schon langsam alt«, sagte sie sich lächelnd.

Im Gerichtssaal drückte Teddy Vanessa noch immer an sich, und als sie triumphierend Hand in Hand hinausgingen, war es ein Fest für die Fotografen, während ihnen die öffentliche Aufmerksamkeit gleichgültig war.

Sie lief an Teddys Hand wie ein kleiner Filmstar die Treppe nach unten und lächelte über das ganze Gesicht, dabei hielt sie seine Hand so fest, daß seine Finger fast gefühllos wurden. Vor dem Gerichtsgebäude winkte er einem Taxi, und sie fuhren geradewegs in seine Wohnung. Als er den Schlüssel in das Schloß steckte, hatte er das Gefühl, ein ganzes Jahr weggewesen zu sein. Sie traten gemeinsam über die Schwelle, Hand in Hand, dann stellte sie sich auf die Zehenspitzen und küßte ihn auf die Wange.

»Willkommen daheim, Prinzessin.«

»Ich liebe dich, Onkel Teddy.«

»Ach, mein Schatz, ich liebe dich auch.« Er umarmte sie innig. »Ich hoffe, du wirst hier glücklich sein.« Er wollte sie für den Kummer der Vergangenheit entschädigen, aber er wußte, daß er dazu nicht imstande war; er konnte ihr nur eine schöne Gegenwart schenken und sich selbst dazu.

»Hier werde ich glücklich sein, Onkel Teddy«, sagte sie mit

strahlendem Lächeln, und zum ersten Mal seit Monaten sah sie aus wie ein neunjähriges Kind. Von der Tragödie, dem Trauma oder dem Kummer, die sie erlebt hatte, war nichts mehr zu merken. Sie warf sich auf die Couch, kicherte laut und warf ihren Hut in die Luft; sie sah aus wie ein übermütiger kleiner Kobold und schleuderte ihre Schuhe fort.

DRITTES BUCH

Vanessa und Charlie

50

»Vanessa? Vanessa? Bist du zu Hause?« Teddy kam durch die Eingangstür, legte seinen Hut auf den Vorzimmertisch, zog den Mantel aus, warf einen Blick ins Arbeitszimmer und sah sie nicht; er nahm also an, daß sie in der Dunkelkammer war. Dort hatte sie in den letzten vier Jahren den größten Teil ihrer Zeit verbracht. Er hatte ihr zuliebe das Gästeschlafzimmer räumen müssen, als sie in ihrem ersten Semester in Vassar die Liebe für die Fotografie entdeckt hatte, aber ihre Arbeiten waren so gut, daß es ein Vergnügen war.

In den dreizehn Jahren, in denen sie bei ihm lebte, war das ganze Leben ein Vergnügen gewesen. Sie waren gemeinsam erwachsen geworden, hatten gemeinsam gelernt und gelegentlich gestritten wie Hund und Katze, aber sie hatten großen Respekt voreinander. Seine Mutter war gestorben, als Vanessa zwölf war, aber das war für Vanessa kein schwerer Verlust. Sie hinterließ Vanessa nichts von ihrem riesigen Vermögen. Sie hinterließ alles, gleichmäßig aufgeteilt, ihren beiden Söhnen. Zwei Jahre später war Greg gestorben, an Leberzirrhose, was vorauszusehen gewesen war; Pattie war nach London übersiedelt und hatte »jemand schrecklich Bedeutenden« geheiratet. Den Gerüchten zufolge, die Teddy gelegentlich hörte, nahm er an, daß sie glücklich war, aber es war ihm eigentlich gleichgültig, wenn er sie nur nie wieder sah. Als ihr das Sorgerecht für Vanessa abgesprochen wurde, war es mit ihrem Interesse für das Mädchen vorbei gewesen, und sie waren nie mehr zusammengekommen. So hatten Teddy und Vanessa all die Jahre allein verbracht. Er hatte nicht geheiratet und sich ganz der Aufgabe gewidmet, ein unverheirateter Vater zu sein. Vanessa hatte ihr Studium beendet und war in gewisser Hinsicht ebenso bezaubernd wie ihre Mutter, aber eher ähnelte sie ihr auf geistiger Ebene. Sie sah jetzt genauso aus wie

Brad, und manchmal amüsierte es Ted, wie sehr sie ihm glich. Ihre langbeinige, blonde Schönheit, ihr Sinn für Humor waren ganz Brads Erbanlage, sie hatte die gleichen grau-blauen Augen. Es war wunderbar, sie zu beobachten, mit ihr zusammen zu sein, sie war so dynamisch und so lebendig. Ihre Energie und ihren Schwung hatte sie von ihrer Mutter, aber sie wollte nicht Modell sein, sondern Fotografin. In Vassar hatte sie mit großem Erfolg Kunstgeschichte studiert, aber sie interessierte sich nur für Objekte, die sie durch ihre Kameralinse sah und was sie dann daraus machte.

Teddy klopfte leise an die Tür, und Vanessa antwortete.

»Ja, wer ist da?«

»Ja, wer ist es?«

»Der große, böse Wolf.«

»Komm nicht herein, ich bin beim Entwickeln.«

»Bist du bald fertig?«

»In ein paar Minuten. Warum?«

»Willst du mit mir ausgehen?«

»Möchtest du nicht lieber mit Kindern deines Alters spielen?« Sie neckte ihn immer damit, daß er heiraten sollte.

»Kümmere dich um deine eigenen Angelegenheiten, du Naseweis!«

»Du solltest lieber nett zu mir sein. Ich habe soeben wieder ein Foto an *Esquire* verkauft.« Sie war seit fünf Monaten freiberuflich tätig und hatte recht ansehnliche Erfolge.

»Du kommst in deinem Beruf voran.« Er stand noch immer im Vorzimmer und sprach zu der Tür. »Was ist mit dem Dinner?«

»Klingt gut. Wohin gehen wir?«

»Was hältst du von *P. J. Clarke?*«

»Wunderbar. Ich habe Jeans an, da muß ich mich nicht umziehen.«

»Das wäre ja das Neueste.« Er zog sie auf. Sie trug immer Jeans, denn sie wollte jederzeit mühelos Aufnahmen machen können.

Er verschwand in sein Schlafzimmer und löste seine Krawatte. Seit Jahren führte er ein Doppelleben, das eines gesetzten, erfolgreichen Chirurgen im Columbia Presbyterian-Krankenhaus, in dunklen Nadelstreifenanzügen, weißen Hemden und dunklen Schlipsen, und dann ein völlig anders geartetes Leben mit Vanessa, mit Eislaufen, Ponyreiten, dem Zoo und Vatertagen im Lager, mit Hockeyspielen und Eisläden. Ein Leben in Jeans und weiten Pullovern, mit roten Wangen und vom Wind zerzausten Haaren. Dank ihr war er jung geblieben; mit seinen fünfundvierzig Jahren sah er kaum älter aus als dreißig. Beide hatten die gleichen schlaksigen Bewegungen, die gleichen Schultern, das gleiche Lächeln, man konnte durchaus meinen, daß sie seine Tochter war. Sie erinnerte sich in allen Einzelheiten an den herrlichen Tag, an dem sie ihm vom Gericht zugesprochen worden war, aber von den häßlichen Seiten ihrer Vergangenheit wußte sie noch immer nichts.

Er hatte im Laufe der Jahre mehrere Psychiater konsultiert, die ihn schließlich davon überzeugt hatten, daß er sich keine Sorgen machen mußte. Sie war glücklich, gut angepaßt, es bestand kein Grund dafür, daß die Vergangenheit plötzlich in ihr Bewußtsein drang. Als sie klein war, hatte sie oft Alpträume gehabt, aber jetzt war es schon seit Jahren nicht mehr vorgekommen, und schließlich hatte Teddy gänzlich aufgehört, sich Sorgen zu machen. Sie war reizend, und er liebte sie wie sein eigenes Kind. Sie war nun fast dreiundzwanzig, und er konnte kaum glauben, wie schnell die Jahre vergangen waren.

Zwanzig Minuten später kam er in Jeans, einer dunkelgrauen Kaschmirjacke und einem beigen Rollkragenpullover wieder zur Tür der Dunkelkammer. »Kommst du denn nie mehr heraus?«

Im selben Moment wurde die Tür geöffnet, und sie stand vor ihm, eine hochgewachsene Schönheit, das Haar um ihre Schultern wogend wie ein Weizenfeld und bezaubernd lächelnd. »Ich habe soeben einige wirklich großartige Fotos entwickelt.«

»Wovon?«

»Ich habe neulich im Park Fotos von Kindern gemacht, sie sind erstaunlich gut geworden. Willst du sie sehen?« Sie freute sich offensichtlich, und er folgte ihr in die Dunkelkammer. Sie knipste das Licht an, und er begutachtete die Bilder. Sie hatte recht, sie waren phantastisch.

»Wirst du sie verkaufen?« Sie waren wirklich entzückend.

»Ich weiß nicht.« Sie hielt den Kopf schief und die blonde Mähne fiel über ihre Schulter. »Es gibt eine Galerie im Zentrum, der meine Arbeiten gefallen. Vielleicht werde ich sie dort ausstellen.«

»Sie sind wirklich schön, Liebling. Du hast in den letzten Wochen fabelhafte Arbeiten geliefert.«

Sie kniff ihn in die Wange und küßte ihn. »Nur weil ich einen Onkel habe, der mir hervorragende Kameras kauft.« Er hatte ihr zu Weihnachten eine Leica und zum Abschluß des Colleges eine Nikon gekauft. Ihren ersten Apparat hatte sie zu ihrem achtzehnten Geburtstag bekommen, und das war für sie der Anlaß gewesen, mit dem Fotografieren zu beginnen.

Sie nahmen ein Taxi, das sie zu P. J. brachte. Sie gingen jetzt, seit sie nicht mehr im College war, öfters abends aus. Es machte ihm Spaß, sie in interessante Lokale auszuführen, und sie war gern mit ihm zusammen, obwohl sich Teddy deshalb mitunter Vorwürfe machte. Sie war ein einsames Kind gewesen und hatte immer an ihm gehangen. In Vassar hatte sie einige Freundinnen gefunden, aber sie schien sich allein mit ihrer Kamera glücklicher zu fühlen. Obwohl sie in einigen Wochen dreiundzwanzig wurde, war sie noch immer Jungfrau. In ihrem Leben hatte es noch keinen Mann von Bedeutung gegeben, sie schien vor Männern zurückzuschrecken. Wenn jemand ihre Hand berührte, ihr die Hand auf den Arm legte, schauderte sie fast immer. Teddy machte sich deswegen große Sorgen. Der erste Psychiater hatte vor vielen Jahren im Gerichtssaal gesagt, daß das unterdrückte Entsetzen ihr Leben prägen würde, falls es nicht an die Oberfläche kam. Das war bisher nicht geschehen, und Teddy fragte sich, ob sie sich unbewußt daran erinnerte, wie Vasili ihre Mutter getötet hatte, und deshalb Angst empfand.

»Du bist heute abend schrecklich ernst, Onkel Doktor. Warum bist du so still? Ist etwas nicht in Ordnung?«

»Ich dachte nur nach.«

»Worüber?« Sie kaute an einem riesigen Hamburger und sah aus wie vierzehn.

»Über dich. Wie kommt es, daß du ein so braves Kind bist? Das ist nicht normal.«

»Ich bin zurückgeblieben. Wäre es dir lieber, daß ich hasche?« Sie lächelte, weil sie wußte, wie er über die Drogenepidemie dachte. Sie wußte aber nicht, welcher Art Teddys Angst war oder warum er sie fühlte.

»Bitte. Ich bin beim Essen.«

»Also gut, dann sei froh, daß ich langweilig bin.« Sie wußte, worauf er hinaus wollte. Sie sollte mit einem netten jungen Mann ausgehen und nicht mit ihrem alten Onkel. Diesen Vortrag hatte sie schon zehntausendmal gehört, und sie antwortete ihm immer darauf, daß er heiraten sollte.

»Wer hat gesagt, du seist langweilig?«

»Du wolltest gerade wieder auf mir herumhacken, weil ich Jungfrau bin.«

»Wirklich? Du kennst mich aber verdammt gut, Vanessa.«

»Das muß ich doch wohl, zum Teufel«, kicherte sie, »wir leben doch seit dreizehn Jahren zusammen.« Sie sagte es zu laut, so daß mehrere Leute sich umwandten und sie anstarrten, insbesondere zwei Frauen, deren Blicke offene Mißbilligung ausdrückten.

Teddy beugte sich charmant lächelnd zu ihnen. »Meine Nichte«, sagte er honigsüß.

»Das habe ich schon mal gehört«, knurrte die Frau und drehte sich um, während Vanessa zu lachen begann.

»Du bist ja noch unverschämter als ich, weißt du das?«

Leider mochten sie einander so sehr und verstanden einander so gut, daß keiner von beiden Lust hatte, sich nach jemand anderem umzusehen, und das war für beide nicht gut. Er war nie wirklich über Serena hinweggekommen. Es hatte dann und wann Frauen in seinem Leben gegeben, aber sie bedeuteten ihm nicht sehr viel. Und Vanessa schien vor jeder ernsten Beziehung zu einem Mann zurückzuschrecken. In Gegenwart von Männern wirkte sie merkwürdig schüchtern und gehemmt. Deshalb versteckte sie sich hinter einer Kamera, sah alles und hatte das Gefühl, daß niemand sie sah.

»Das ist eine echte Verschwendung, Kind. Du steckst immerfort mit mir zusammen. Außerdem werde ich dich so niemals loswerden. Möchtest du denn nicht heiraten?«

»Nein, nie. Das ist nichts für mich.«

Am nächsten Tag saßen sie friedlich bei Rührei mit Schinken. Sie wechselten einander jeden Morgen bei der Zubereitung des Frühstücks ab. An ihren Tagen gab es Rührei, an den seinen französichen Toast. Sie lasen die Zeitung schichtweise in einem genau abgestimmten Turnus. Wenn man sie am Morgen beobachtete, schienen sie ein Ballett aufzuführen. Alles war vollkommen synchronisiert, und bis zur zweiten Tasse Kaffee wurde kein Wort gesprochen.

Aber als er ihr an diesem Morgen seine Tasse hinhielt, geschah nichts, denn sie starrte mit ausdruckslosem Blick auf die Zeitung.

»Ist was?« Sie schüttelte den Kopf, gab aber keine Antwort. Er stand auf und trat hinter sie, und was er sah, versetzte ihm einen Ruck. Es war ein Foto von Vasili Arbus. Sie las den Artikel, aber ihre Augen wanderten immer wieder zu dem Bild zurück. Der Artikel war kurz und berichtete nur, daß Vasili Arbus im Alter von vierundfünfzig Jahren an einer Überdosis Rauschgift gestorben war. Auch daß er fünf Jahre seines Lebens in einem Irrenhaus verbracht hatte, weil er einen Mord begangen hatte; er war sechsmal verheiratet gewesen. Doch diesmal wurde keine seiner Frauen erwähnt. Nicht einmal Serena. Teddy wollte etwas sagen, während sie das Foto betrachtete, wußte aber, daß es nicht richtig war. Er mußte den Dingen ihren Lauf lassen. Es wäre nicht fair, wenn er ihr half, alles wieder zu verdrängen. Sie starrte das Bild noch zehn Minuten lang an, dann blickte sie mit verstörtem Lächeln zu Teddy auf.

»Es tut mir leid. Es ist verrückt, nur... ich kann es nicht erklären... ich habe das Gefühl, daß ich diesen Mann schon irgendwo gesehen habe, und das beunruhigt mich.« Teddy sagte nichts, und sie zog die Schultern hoch. »Verdammt, er war sechsmal verheiratet, vielleicht übt er eine hypnotische Macht auf Frauen aus. Als ich das Bild betrachtete, fiel ich beinahe in Trance.« Teddy lief es kalt über den Rücken. Da war es also, nach all den Jahren. Doch sie schien diese Stimmung überwunden zu haben. Sie goß ihm die zweite Tasse Kaffee ein und las die Zeitung weiter, aber einige Minuten später sah er, daß sie Vasilis Foto wieder aufgeschlagen hatte. Interessanterweise wurde auch nicht erwähnt, wen er ermordet hatte. Dafür war er dankbar. Auf diese Weise mußte ihr Gedächtnis aktiv werden.

An diesem Morgen beobachtete Teddy sie genau, aber als er in seine Praxis fuhr, benahm sie sich wie immer. Er nahm zur Vorsicht die Zeitung mit, damit sie sich nicht damit befaßte, während sie allein war. Nachdem er sich zwanzig Minuten lang bemüht hatte, sich auf seine Patienten zu konzentrieren, gab er es auf und rief Vanessas letzten Psychiater an. Es war allerdings schon acht Jahre her, seit sie ihn konsultiert hatten. Er erfuhr, daß er sich im Ruhestand befand und daß eine Frau seine Praxis übernommen hatte. Teddy erklärte ihr den Fall, und sie holte sich die Akte ans Telefon.

»Was meinen Sie? Soll ich es ihr jetzt sagen?« Es ärgerte ihn, wie ruhig die Frau antwortete.

»Warum lassen Sie sie nicht selbst mit der Sache fertig werden?

Sie wird sich nur an so viel erinnern, wie sie seelisch bewältigen kann. Darauf kommt es bei dieser Art von Verdrängungen an. Der Geist schützt sich auf diese Art. So lange sie damit nicht fertig werden konnte, erinnerte sie sich an nichts. Sobald – und falls – sie es kann, wird es ihr wieder einfallen. Wahrscheinlich in kleinen Abschnitten, und während sie einen verarbeitet, wird ihr der nächste einfallen.«

»Das klingt nach einem langwierigen Vorgang.«

»Nicht unbedingt. Das Ganze kann in vierundzwanzig Stunden vorbei sein, oder aber es dauert Wochen, Monate oder sogar Jahre.«

»Entsetzlich. Und ich soll einfach dabeisitzen und zuschauen, wie sie grübelt, oder?«

»Richtig, Doktor. Sie haben mich gefragt, und ich habe geantwortet.«

»Danke.« Die Ärztin hieß Linda Evans, und er war nicht sicher, ob ihm ihre Art gefiel.

»Wissen Sie, Doktor, es gibt noch etwas, worauf Sie vielleicht achten sollten. Sie könnte Alpträume haben. Das wäre eigentlich normal, während Verdrängtes allmählich an die Oberfläche kommt.«

»Was soll ich tun?«

»Seien Sie für sie da. Reden Sie mit ihr, wenn sie sich aussprechen will. Auf diese Weise können Sie vielleicht den Vorgang beschleunigen.« Dann dachte sie eine Minute lang nach. »Wenn Sie mich brauchen, Doktor, rufen Sie mich an. Ich werde bei meinem Telefondienst Nachricht hinterlassen. Es handelt sich um einen Sonderfall. Ich werde gern zu Ihnen kommen, ganz gleich, wann.«

»Danke.« Sie hatte zum ersten Mal etwas wirklich Nettes gesagt. »Ich weiß es zu schätzen.« Er hatte eine angenehme Stimme und seine Nichte tat ihr aufrichtig leid. Außerdem war es ein Fall, der sie immer schon interessiert hatte. Sie erinnerte sich, daß sie die Akte studiert hatte, als sie die Praxis übernahm.

Als er abends nach Hause kam, arbeitete Vanessa wieder in der Dunkelkammer und schien guter Laune zu sein. Das Mädchen hatte ihnen geschmortes Rindfleisch vorbereitet, und sie aßen zu Hause, plauderten über ihre Arbeit, sie verschwand wieder für einige Zeit in der Dunkelkammer, und er ging früh zu Bett. Als er plötzlich aufwachte, war es auf der Uhr auf seinem Nachttischchen halb drei

Uhr morgens. Er wußte sofort, daß ihn Vanessa geweckt hatte. Er hörte sie schreien, sprang aus dem Bett und lief in ihr Schlafzimmer. Sie hatte sich aufgesetzt, starrte ins Leere und murmelte undeutlich vor sich hin. Sie schlief noch und hatte sichtlich geweint. Er blieb eine Stunde lang bei ihr sitzen, während sie murmelte und wimmerte; sie weinte eine Weile leise, erwachte aber nicht und schrie nicht mehr. Am Morgen rief er Dr. Evans an und berichtete ihr. Sie riet ihm, sich nicht aufzuregen und abzuwarten; in der nächsten Nacht ereignete sich das gleiche, und in der darauffolgenden Nacht wieder. So ging es wochenlang weiter, ohne daß etwas wirklich an die Oberfläche kam. Tagsüber war Vanessa gutgelaunt, fleißig und völlig normal, doch nachts lag sie im Bett, stöhnte und weinte leise. Es war, als wollte sich etwas in ihr von den Verdrängungen befreien, während der Rest ihres Wesens nichts davon wissen wollte. Es war quälend, sie jede Nacht so zu beobachten, und nach drei Wochen suchte er Dr. Evans auf.

Er saß eine Viertelstunde im Wartezimmer, dann sagte ihm die Krankenschwester, daß Dr. Evans bereit war, ihn zu empfangen. Er erwartete eine kleine, beleibte, ernste Frau mit dicken Beinen und Brille. Statt dessen begrüßte ihn eine gutgewachsene Brünette mit strahlendem Lächeln, großen grünen Augen, die das Haar zu einem Knoten frisiert hatte wie eine Ballettänzerin. Sie trug eine Seidenbluse und eine Hose und sah entspannt und zugleich intelligent aus. Als Teddy in ihr Sprechzimmer trat, war er überrascht und zugleich irritiert.

»Stimmt etwas nicht, Doktor?« Mit einem raschen Blick auf das Diplom an der Wand stellte er fest, daß sie in Harvard studiert hatte, und rechnete sich schnell aus, daß sie ungefähr neununddreißig sein mußte, aber sie sah nicht danach aus.

»Nein... ich... verzeihen Sie. Sie passen nicht zu dem Bild, das ich mir von Ihnen gemacht hatte.«

»Und wie war das?«

»Jemand... also... ganz anderes...« Er begann zu lachen. »Zum Teufel, ich dachte, Sie seien häßlich wie die Sünde und kaum einen Meter groß.«

»Mit einem Bart? So wie Freud? Stimmt's?« Sie lachte und errötete dann ein wenig. »Auch Sie sehen nicht so aus, wie ich erwartet habe.«

»Wirklich?« fragte er belustigt.

»Ich dachte, Sie wären sehr spießig, Doktor. Nadelstreifenanzug, Hornbrille« – sie musterte seine attraktive blonde Mähne – »Glatze.«

»Nun, besten Dank. Eigentlich trage ich für gewöhnlich Nadelstreifenanzüge. Aber ich habe mir den Nachmittag freigenommen, um Sie aufzusuchen. Deshalb kam ich in Zivil.« Er trug eine graue Gabardinehose und dazu einen Blazer. Und er sah sehr gut aus. »Darf ich Ihnen einen Vorschlag machen? Könnten wir aufhören, einander Doktor zu titulieren?« Er grinste, und sie lächelte zustimmend.

»Nennen Sie mich Linda.«

»Ich heiße Teddy.«

»In Ordnung.« Sie lehnte sich in dem bequemen Lederfauteuil zurück und sah ihn an. »Erzählen Sie mir von Ihrer Nichte. Ausführlich.« Er erzählte ihr alles, was vorgefallen war, und sie nickte. »Erinnern Sie sich? Ich sagte Ihnen, es kann Monate oder sogar Jahre dauern. Es bestand die Möglichkeit, daß ihr der Schock die ganze Geschichte ins Gedächtnis ruft. Statt dessen sickert es anscheinend langsam in ihr Unterbewußtsein. Es ist unwahrscheinlich, daß ihr etwas einen ähnlichen Schock versetzt wie dieses Foto. Das war eine Art Glücksfall.«

Er nickte zustimmend. »Es war aber erstaunlich, wie sehr es sie beeindruckte. Sie starrte es eine halbe Stunde lang an.«

Linda Evans nickte. »Sie muß schreckliche Erinnerungen an diesen Mann haben. Es ist nicht erstaunlich, daß das Foto sie verfolgte.«

»Glauben Sie nicht, daß wir es ihr sagen und hinter uns bringen sollten?«

»Nein.«

»Glauben Sie, daß sie zu Ihnen kommen sollte?«

Linda dachte eine Weile nach, dann schüttelte sie den Kopf. »Mit welcher Begründung? Sehen Sie, sie hat noch keine Ahnung, was da vorgeht. Wenn sie eines Tages aufwacht und einen Therapeuten aufsuchen will, ist es etwas anderes, aber wenn Sie es vorschlagen, könnte es sie irritieren. Ich glaube, wir müssen sie vorläufig in Ruhe lassen.« Teddy nickte, plauderte noch kurz mit Linda, schüttelte ihr die Hand und ging. Aber eine Woche später kam er wieder, um mit ihr zu sprechen, und wurde schließlich ein regelmäßiger Besucher in ihrer Praxis. Er nahm sich nicht mehr den Nachmittag frei, sondern verabredete sich mit ihr in der Mittagszeit.

»Sehen Sie, ich sagte es Ihnen. Nadelstreifenanzüge.« Sie lachte mit ihm. Es gab eigentlich nicht so viel über Vanessa zu berichten, und nach ein oder zwei Monaten ließen die Alpträume langsam nach, aber Teddy machte es Spaß, mit Linda Evans zu plaudern. Schließlich schlug er vor, sie sollten die Mittagsstunde nicht in ihrer Praxis sondern in einem Restaurant verbringen, und von da war es nur mehr ein Schritt zum Dinner. Normalerweise galt für sie das Prinzip, niemals mit Patienten auszugehen, aber Teddy war ja nur der Onkel einer Patientin, mit der sie noch nie zusammengekommen war, deren Akte sie nur mit der Praxis geerbt hatte, und er war ein Kollege. Außerdem war es erstaunlich, wie gut sie sich mit ihm unterhielt. Und Teddy war ebenso überrascht über seine Gefühle. Zum ersten Mal seit langer Zeit konnte er ohne Trauer über Serena sprechen, und langsam dämmerte ihm, daß er im Begriff war, sich in Linda zu verlieben. Sie gingen zwei- oder dreimal die Woche zum Dinner aus, gelegentlich in die Oper oder ins Theater. Einmal nahm er sie sogar mit Vanessa zu einem Hockeymatch mit und freute sich darüber, wie gut die beiden Frauen einander verstanden. So sah Linda auch zum ersten Mal Vanessa. Sie fand sie bezaubernd und bemerkte an ihr keinen Hinweis auf innere Qualen.

Im Frühling trafen sich Teddy und Linda fast jeden Abend, und Vanessa begann schon, sie zu necken. Linda wurde eine regelmäßige Besucherin in der Wohnung, und Vanessa merkte allmählich, daß sie eine eigene Wohnung brauchte. Sie wollte Teddy nicht kränken, aber sie war dreiundzwanzig, wünschte sich ein Studio im Zusammenhang mit einer Wohnung, und es war klar, daß er in Linda Evans verliebt war.

»Warum heiratest du sie nicht, Teddy?«

»Du bist ja verrückt!« knurrte er bei einem ihrer Gespräche am Frühstückstisch. »Außerdem waren die Eier heute morgen miserabel.« Der Gedanke an eine Heirat war ihm schon durch den Kopf gegangen, aber er wollte es ihr nicht eingestehen.

»Jetzt weiß ich's!« Sie schlug mit der Hand auf den Tisch, und er fuhr hoch. »Ich ziehe aus!«

»Wirst du damit aufhören!«

»Ich meine es wirklich, Onkel Teddy.«

»Warum? Wegen Linda? Ich dachte, du magst sie.« Er sah so enttäuscht aus, daß sie ihn umarmte.

»Tu ich auch, Dummerchen. Nur werde ich jetzt erwachsen, ich möchte ein Studio für meine Arbeit haben und... nun ja... eine eigene Wohnung.« Es klang nach Verrat, sie kam sich wie ein Monster vor.

»Hast du schon etwas gesucht?«

»Nein, ich wollte mich in den nächsten Wochen umsehen.«

»Schon?« Er versteckte sich hinter der Zeitung, und als er in seine Praxis ging, sah er erschüttert aus. Eine halbe Stunde später rief er Linda an. »Vanessa will ausziehen.« Es klang, als hätte ihm seine Frau gesagt, sie wolle sich scheiden lassen.

»Was hast du ihr gesagt?«

»Eigentlich nichts, ich war zu überrascht. Sie ist noch so jung und... wenn sie wieder Alpträume bekommt, wenn ihr alles wieder einfällt, was dann?«

»Dann wird sie dich anrufen. Außerdem ist es möglich, daß dieser Fall nie eintritt. Du hast gesagt, daß sie sich wieder beruhigt hat.«

»Aber sie könnte etwas sehen, das sie an die Vergangenheit erinnert.«

»Liebster, sie ist jetzt ein großes Mädchen. Das Küken verläßt das Nest. Damit mußt du dich abfinden.«

Lindas Stimme beruhigte ihn. Plötzlich brauchte er sie mehr denn je. Seit Jahren hatte Vanessa die riesige Lücke in seinem Leben ausgefüllt, die Serena hinterlassen hatte. Doch nun nahm allmählich Linda diesen Platz ein.

»Du bist nicht der einzige. Das passiert allen Eltern. Besonders schwierig ist es für Väter, wenn ihre Töchter erwachsen werden, und sehr bitter für Mütter, wenn ihre Kinder das Nest verlassen. Du bist Mutter und Vater in einem, deshalb trifft es dich doppelt hart. Weißt du was, Teddy? Es ist ganz normal.«

»Ich hätte beinahe geweint.«

»Gewiß. Wer nicht?«

»Du bist fabelhaft, weißt du. Wie wäre es heute mit einem gemeinsamen Lunch?«

Sie warf einen Blick auf ihren Terminkalender. »Klingt verlokkend.« Dann hatte sie einen Einfall. »Willst du zur Abwechslung in meine Wohnung kommen?«

Er lachte. »Das ist eine blendende Idee, Doktor Evans. Eine Konsultation?«

»Natürlich.« Beide lachten und legten auf, trafen sich zu Mittag in ihrer Wohnung und liebten sich bis halb drei. Bei Linda fühlte Teddy eine Leidenschaft wie seit Jahren nicht mehr. Und zum ersten Mal seit Jahren fühlte er sich nachher weder leer noch schuldbewußt. Endlich verblaßte Serenas Schatten, der über seinem Leben gestanden hatte.

»Weißt du«, sagte er nachdenklich, während sein Finger leicht die Kontur ihrer Brüste nachzeichnete, »ich glaube schon, es sei vorüber.«

»Was?«

»Ach, ich weiß nicht...« seufzte er. »Es ist so lange her, daß ich nicht mehr verliebt war, Linda. Ich habe Vanessas Mutter so sehr geliebt, daß ich keine andere Frau begehrt habe.«

»Es muß für dich ein schweres Trauma gewesen sein, als sie ermordet wurde.«

»Danach übertrug ich alle Gefühle, die in mir lebten, auf Vanessa. Für jemand anderen blieb nie viel übrig. Vielleicht war ich betäubt.« Er lächelte die schöne Frau neben sich an, und sie streichelte ihn sanft.

»Du bist sicherlich nicht mehr betäubt.«

»Danke, Frau Doktor.« Er küßte sie, und gleich darauf begehrte er sie von neuem. Sie liebten sich ein letztes Mal und trennten sich dann bedauernd, um zu ihrer Arbeit zurückzukehren, obwohl sie am Abend zum Dinner wieder zusammenkamen.

Während Vanessas Umzugsvorbereitungen in Schwung kamen, verbrachten sie immer mehr Zeit zusammen. Schließlich zog Vanessa am 1. Mai in eine eigene Studiowohnung, und am nächsten Wochenende blieb Linda vier Tage bei Teddy, der dafür den größten Teil der folgenden Woche in ihrer Wohnung verbrachte. Sie verließen sich nur noch, um sich in ihre jeweilige Praxis zu begeben, und als sie im August zu dritt auf ein Wochenende nach Cape Code fuhren, sah Teddy Vanessa schüchtern an und räusperte sich.

»Ich muß dir etwas sagen, Liebling.«

Vanessa sah ihn fragend an, einen Augenblick kreuzten sich die

Blicke der beiden Frauen, dann schaute Linda weg. Sie wollte die Überraschung nicht verderben. »Was gibt es?« Vanessa versuchte vergeblich, unbefangen zu scheinen.

»Ich... äh... Linda und ich...« Er erstickte beinahe an den Worten, dann holte er tief Atem. »Wir werden heiraten.«

»Es ist ja auch wirklich an der Zeit«, strahlte Vanessa. »Wann ist die Hochzeit?«

»Wir haben den Termin noch nicht festgesetzt. Wir dachten, vielleicht im September.«

»Darf ich die Hochzeitsfotos machen?«

»Natürlich.« Er sah sie forschend und Zustimmung heischend an, und sie legte ihm die Arme um den Hals. So viele Jahre hatten sie eine besondere Beziehung gehabt, die sich jetzt, für sie beide günstig, ein wenig verändert hatte, und sie freute sich so, daß er Linda heiratete. Sie paßten in jeder Hinsicht ideal zueinander. Beide waren nie verheiratet gewesen, er mit sechsundvierzig und sie mit neunundreißig.

»Ich freue mich so für dich, Onkel Teddy.« Sie drückte sich an ihn, und Linda wurde es bei ihrem Anblick warm ums Herz. Dann umarmten die beiden Frauen sich.

»Werde ich Tante oder...« Sie schien sich den Kopf zu zerbrechen. »Was werde ich? Eine Kusine? Ich glaube, ich verdiene eine nähere Verwandtschaftsbezeichnung.« Dann trat ein düsterer Ausdruck in ihre Augen. Sie hatte Schwester sagen wollen, aber etwas hatte sie daran gehindert. Teddy und Linda bemerkten es, schwiegen jedoch. »Werde ich nun Tante oder nicht?«

»Sicherlich«, sagte Linda lachend. »Aber da bist du ein bißchen zu früh dran, Vanessa. Ich kann dir mitteilen, daß es sich um keine ›Mußheirat‹ handelt.«

»Aber das könnte ich ja noch arrangieren«, sagte Teddy und legte lachend die Arme um seine Frauen, während sie am Strand entlang schlenderten, über die Hochzeit sprachen und er sich als der glücklichste Mensch auf Erden fühlte.

Die Hochzeit war entzückend; sie fand Mitte September im Hotel Carlyle statt. Sie luden etwa hundert Freunde ein, Vanessa schoß alle Fotos, und zu Weihnachten ging ihr Wunsch in Erfüllung. Als sie nach dem Truthahn-Dinner am Kamin saßen, ergriff Linda die Hand ihres Mannes und sah Vanessa an.

»Ich möchte ein Geheimnis mit dir teilen, Vanessa.« Sie trug ein pfauenblaues Seidenkleid, ihr Haar fiel ihr lose auf die Schultern. Ihre grünblauen Augen und ihre fast rosige Haut ließen sie viel jünger erscheinen als ihre neununddreißig Jahre.

»Falls wir noch etwas essen sollen, Linda, ich kann unmöglich mehr.« Vanessa legte sich ächzend auf den Fußboden und lächelte zu Tante und Onkel empor.

»Nein, es gibt nichts mehr zu essen«, lachte Linda und Teddy grinste. »Wir bekommen ein Baby.«

»Wirklich?« Vanessa war verblüfft. Wieder konnte man beinahe sehen, daß etwas in ihr nachklang, und Teddy beobachtete sie nervös, weil er befürchtete, daß die Nachricht ihr Schmerz bereiten würde. Doch gleich darauf glänzten ihre Augen und ihr Gesicht strahlte. »Ach, Linda.« Sie umarmte zuerst ihre Freundin, dann Teddy und klatschte entzückt in die Hände.

Am nächsten Tag kaufte Vanessa einen riesigen Teddybär für das Baby, und in den darauffolgenden fünf Monaten kaufte sie immer wieder neue Sachen für das Kind, Pandabären, Giraffen, silberne Rasseln, Nachthemden aus alten Spitzen, und sie strickte sogar ein Paar kleine Schuhe. Die Geschenke rührten Linda und Teddy, doch gelegentlich war Linda beunruhigt. Sie versuchte ein- oder zweimal, mit ihr darüber zu sprechen, aber Vanessa schien nicht zu wissen, worum es sich handelte, und war sich dessen nicht bewußt. Es war, als wäre sie im tiefsten Inneren verzweifelt und unglücklich. Und je näher der Geburtstermin des Kindes heranrückte, desto deutlicher wurde es.

Anderseits schien Linda glücklicher und ausgeglichener zu werden, je runder sie wurde. Sogar ihre Patienten waren gerührt von dem »rosigen Madonnenstrahlen«, wie es einer von ihnen bezeichnete. Der Glanz in ihren Augen, die Wärme ihres Lächelns verrieten allen, wie glücklich sie über das Baby war. Endlich, mit vierzig Jahren bekam sie das Kind, das sie sich ihr Leben lang gewünscht und von dem sie angenommen hatte, daß es nie kommen würde.

»Und eines Tages standest du in meiner Praxis –« erzählte sie Teddy eines Abends – »und da wußte ich, daß du mein Schicksal warst. Der Märchenprinz.«

»Ach, wirklich? Hast du mich deshalb so oft zu Konsultationen kommen lassen?«

»Das tat ich nicht. Du wolltest über Vanessa sprechen.«

»Nun ja, zuerst tat ich das ja ausschließlich. Apropos, hast du sie in letzter Zeit gesehen?« Linda nickte. »Ich mache mir ihretwegen Sorgen. Sie hat abgenommen und sieht sehr nervös aus.«

»Ich glaube, das ist sie auch. Ich habe neulich versucht, mit ihr darüber zu sprechen.«

»Etwas Wichtiges?« fragte er beunruhigt. Schließlich war Vanessa noch immer sein erstes Kind, das verstand Linda.

»Ich weiß es wirklich nicht. Vielleicht hat meine Schwangerschaft alte Erinnerungen bei ihr wach gemacht. Ich bin sicher, daß sie es nicht weiß, aber ob sie sich dessen bewußt ist oder nicht, für sie handelt es sich entschieden um ein *déjà vu*. Es muß etwas aufrühren. Und der letzte Mann, den sie jetzt kennengelernt hat, hat sie auch durcheinandergebracht.«

»Warum? Wer ist es?«

»Hat sie dir nichts erzählt?«

»Das tut sie fast nie. Wenn sie mir schließlich von ihren Bekanntschaften erzählt, sind sie meist nicht mehr aktuell.« Er war immer traurig, wenn er sah, wie sie sich von Männern und jeglicher Art von enger Beziehung abkapselte. Die einzigen Menschen, denen sie nahestand, waren Teddy und Linda, ihnen gegenüber war sie in bezug auf ihre eigenen Gefühle und auf die der beiden sehr aufgeschlossen, aber bei jedem anderen rannte sie davon wie ein aufgescheuchtes Reh, wenn man ihr nahekam. Sie war jetzt vierundzwanzig, und Teddy wußte, daß sie sich nie körperlich mit jemandem eingelassen hatte.

»Ich glaube, er hat eine Fotoagentur, sie hat ihn auf einer Party kennengelernt. Sie sagt, er sei sehr nett und anscheinend will er ihre Vertretung übernehmen. Ich glaube, sie sind drei- oder viermal miteinander ausgegangen. Er gefiel ihr wirklich. Sie sagte, er gab ihr einige sehr gute Tips, wie sie ihre Arbeiten besser an den Mann bringen könne. Alles ging soweit gut.«

Teddy sagte traurig: »Und dann küßte er sie.«

Linda berührte seine Hand. »Nimm es nicht so tragisch, Teddy.«

»Ich kann es nicht ändern. Immer denke ich, wenn ich es richtig gemacht hätte, wenn ich meine Rolle ideal ausgefüllt hätte, hätte sie keine Angst vor den Männern.«

»Sie hat gesehen, wie ein Mann ihre Mutter umgebracht hat, Teddy. Sei vernünftig. Wie kann das, was du tust oder nicht tust, etwas daran ändern?«

»Ich weiß, ich weiß... aber in meinem Herzen... Glaubst du, ich hätte es ihr sagen sollen?«

»Nein, das glaube ich nicht. Und ich glaube nicht, daß es etwas geändert hätte, wenn du es ihr gesagt hättest. Wenn sie zu Männern oder auch nur zu einem Mann Vertrauen haben soll, wird es von selbst kommen, sobald der Richtige auftaucht. Es ist durchaus noch möglich, Teddy. Sie ist jung. Sie ist nicht absolut dagegen, sie hat nur Angst.«

»Was ist also mit diesem Mann?«

»Vorläufig gar nichts. Sie geht mit ihm nicht mehr aus, bis sie sich entschlossen hat, ob sie ihn als Agenten haben will. Wenn das der Fall ist, dann will sie nicht mit ihm ausgehen, sondern nur eine geschäftliche Beziehung zu ihm unterhalten.«

»Klingt nach dir.« Er küßte sie. »Glaubst du, daß sie mit ihm wieder zusammenkommen wird?«

»Schon möglich.«

»Wie heißt er?«

»John Henry.«

»Hast du ihn gesehen?«

»Nein. Aber Vanessa ist ein kluges Mädchen. Wenn sie sagt, er ist ein phantastischer Kerl, stimmt es sicherlich. Sie ist äußerst wählerisch, was Männer betrifft, also wenn ihr der eine so gut gefällt, ist er wahrscheinlich vollkommen.«

»Wir werden ja sehen, was geschieht.«

»Ja. Mach dir keine Sorgen, Teddy. Sie weiß schon, was sie will.«

»Hoffentlich.« Er legte sich wieder hin. »Ich habe mir in letzter Zeit ihretwegen solche Sorgen gemacht.« Aber zumeist wurden seine Sorgen um Vanessa von anderen überlagert. Er war ziemlich beunruhigt, weil Linda mit vierzig ihr erstes Baby bekam. Medizinisch gesehen wußten beide von den Gefahren einer Erstgeburt in ihrem Alter, aber ihr Arzt schien zuversichtlich zu sein, daß es keine Probleme geben würde.

Teddy mußte jedoch immer öfter an Serenas Schwangerschaft denken. Linda hatte unter Teddys alten Papieren Fotos von Serena gesehen, die wirklich unglaublich schön gewesen waren. Es war komisch, eigentlich erinnerte nur Vanessas Figur an ihre Mutter. Ihr Gesicht und alles andere an ihr war das Ebenbild ihres Vaters.

»Hattest du keine Angst?« fragte Linda, ihre Frage bezog sich darauf, daß er Serena, die schon schwere Wehen hatte, auf dem Fußboden gefunden hatte.

»Ich hatte die Hosen gestrichen voll.« Er grinste. »Damals studierte ich seit genau vier Monaten Medizin, und das einzige, was ich von Geburten wußte, hatte ich im Kino gesehen. Wasser kochen und eine Menge rauchen, bis der Arzt aus dem Zimmer kommt und sich die Hände abwischt. Plötzlich war die Situation des Filmes auf den Kopf gestellt, und ich spielte die Rolle des Arztes.«

»Hatte sie eine schwere Geburt?« Teddy wußte sofort, was los war; er küßte sie und schüttelte den Kopf.

»Nein, eigentlich nicht. Ich glaube, vor allem hatten wir Angst, weil wir nicht wußten, was vor sich ging. Aber nachdem sie zu pressen begonnen hatte, lief alles bestens.«

»Weißt du, ich gebe es in meinem Alter und bei meiner Vorbildung ungern zu...« Er lächelte, er wußte schon, was kommen würde. »...aber in letzter Zeit bin ich ein wenig nervös geworden.«

»Ich sage es dir ungern, Frau Doktor, aber das ist vollkommen normal. Vor der Geburt werden alle Frauen nervös. Wer nicht? Es ist in jedermanns Leben ein großes Ereignis, und körperlich ist es immer ein wenig beängstigend.«

»Aber ich komme mir so albern vor. Ich bin Psychiater, sollte also fähig sein, damit fertigzuwerden. Aber wenn ich den Schmerz nicht ertragen kann...? Wenn ich durchdrehe...?« Er nahm sie in die Arme und streichelte ihr dunkles Haar.

»Das wirst du ganz bestimmt nicht, und es wird wunderbar sein.«

»Woher weißt du das?« Es klang wie bei Millionen Patientinnen, und er liebte sie deshalb noch mehr.

»Weil du bei bester Gesundheit bist, du hattest keinerlei Probleme, und weil ich die ganze Zeit bei dir sein werde.«

Linda war über ihr Baby so aufgeregt, daß sie von dem Tag an, an dem sie erfuhr, daß sie schwanger war, alles Erdenkliche gekauft hatte. Das Kinderzimmer war überschwemmt von blauen und rosa Bändern, es gab einen mit weißem Organdy ausgeschlagenen, antiken Stubenwagen, eine Wiege, die ihr eine Patientin geschickt hatte, Regale voller Puppen, handgearbeitete Steppdecken und eine Menge Kleinigkeiten, die Lindas Mutter gestrickt hatte.

Linda hatte vor einer Woche die Praxis geschlossen und genoß die letzten Tage des Wartens. »Ich muß zugeben, ich bin ein bißchen kribbelig. Aber zum Teil nur deshalb, weil ich zum ersten Mal seit fünfzehn Jahren nicht arbeite. Ich fühle mich deshalb schuldbewußt.« Sobald das Baby einen Monat alt war, würde sie wieder ihren Beruf ausüben, also waren die fünf Wochen, die sie sich freigenommen hatte, wirklich nicht mehr als ein erholsamer Urlaub.

»Deine Patienten können warten«, meinte Vanessa.

»Das nehme ich an«, seufzte Linda, »aber ich mache mir ihretwegen Sorgen.«

»Du bist ebenso arbeitswütig wie Teddy. Bevor er dich kennenlernte, war er einem Nervenzusammenbruch nahe, wenn er zwei Wochen Urlaub nahm. Ärzte haben das so an sich, sie stehen unter einem Zwang.«

Linda lachte. »Ich glaube, wir bezeichnen uns gern als gewissenhaft.«

»Also, ich muß sagen, ich bewundere euch. Aber das Problem gibt es bei mir nicht. Ich habe die ganze letzte Woche gefaulenzt, und es gefiel mir ganz ausgezeichnet.«

»Ach?« meinte Linda neugierig. »War jemand Bestimmtes daran schuld, oder ist das eine indiskrete Frage?«

Vanessa zwinkerte ihr zu. »Ich traf John Henry wieder. Ich habe beschlossen, ihn nicht zu meinem Agenten zu machen.« Für Vanessa war das ein wichtiger Schritt, das wußte Linda.

»Das ist ein interessanter Entschluß.«

»Du sprichst wie ein Psychiater.«

»Wirklich? Ich bitte um Entschuldigung. Ich wollte wie eine Tante klingen.«

»Den Ton triffst du auch nicht schlecht. Nein, ich weiß nicht. Ich habe viel darüber nachgedacht. Komischerweise glaube ich, daß wir uns schon zu sehr füreinander interessieren, als daß ich mit ihm erfolgreich geschäftlich zusammenarbeiten könnte. Das Merkwürdige ist, daß ich mich von ihm angezogen fühle.«

»Ist das ein solcher Schock?«

»Für mich schon. Auch wenn ein Mann mir gefällt, will ich meistens nicht mit ihm ins Bett gehen. Ich... ich kann einfach nicht...«

»Wenn der Richtige kommt, wird es anders sein.«

»Woher weißt du das? Manchmal glaube ich, ich bin einfach verdreht. Nicht daß ich Männer nicht mag, nur...« Sie suchte nach Worten. »Es ist, als stünde eine Mauer zwischen ihnen und mir, und ich komme einfach nicht darüber hinweg.«

»Es gibt keine Mauern, die zu hoch sind, um sie zu überwinden, mein Liebling. Bei manchen Mauern muß man sich nur mehr anstrengen als bei anderen. Es hängt wahrscheinlich nur davon ab, wie sehr man es sich wünscht.«

»Ich weiß nicht.« Vanessa schien nicht überzeugt zu sein. »Das ist es eigentlich nicht... ich weiß einfach nicht, wie ich es anfangen oder was ich tun soll... Aber«, sie seufzte leise. »es ist toll, John scheint das zu begreifen.«

»Wie alt ist er?«

»Siebenundzwanzig.« Es wäre Linda lieber gewesen, wenn er älter und vielleicht reifer gewesen wäre.«

»Aber er wirkt älter. Er war vier Jahre lang verheiratet. Sie hatten geheiratet, als er noch im College war. Jugendliebe. Sie wurde schwanger, deshalb heirateten sie, als er achtzehn war. Aber – lassen wir das. Es ist eine zu lange Geschichte.«

»Ich würde sie gern hören.«

»Verzeih mir, meine Liebe. Es ist eine schlimme Geschichte. Aber vielleicht, da du Ärztin bist... Ihr Baby kam hirngeschädigt zur Welt. Es hatte einen schrecklichen Geburtsfehler, und ich nehme an, daß er und seine Frau wegen des Kindes beisammenblieben. Es klang wirklich schrecklich, als er es mir erzählte. Im ersten Jahr betreuten sie es abwechselnd im Krankenhaus, und dann hatten sie es zu Hause, bis... bis es starb. Ich nehme an, es war eine schreckliche Belastung für ihre Ehe. Als das Kind starb, trennten sie sich, und damit war es aus. Das war vor fünf Jahren, und ich glaube, es hat ihn lange Zeit schwer belastet.«

»Das ist verständlich, ebenso die Scheidung. Ehen überstehen derartige Tragödien sehr oft nicht.«

Vanessa nickte. »Es tut mir leid, daß ich dir das jetzt erzählt habe. Ich dachte zuerst nicht daran.«

»Schon gut.« Linda streichelte Vanessas Hand. »Ich bin erwachsen, weißt du. Ich bin sogar Ärztin.«

»Das Merkwürdige ist, daß ich ihn so sehr mag. Ich fühle mich bei ihm geborgen, als ob er mich wirklich verstünde.«

»Überrascht dich das so?«

»Ja.« Sie seufzte leise. »Alle anderen haben mich immer bedrängt. Sie waren hinter mir her und wollten mich noch in derselben Nacht ins Bett kriegen. Ich versuchte, John meine Gefühle mitzuteilen, und er verstand sie. Er sagte, er habe nach dem Tod seines kleinen Jungen und der Trennung von seiner Frau zwei Jahre lang mit niemandem geschlafen. Er wollte einfach nicht. Er nahm auch an, daß mit ihm etwas nicht in Ordnung wäre, aber das war nicht der Fall, es war, als wäre er betäubt oder dergleichen.«

Linda nickte. »Er hat recht. Das kommt sehr häufig vor.«

»Weißt du, er hat mich gefragt, ob ich irgendein Erlebnis gehabt hätte, das die Ursache für meine Einstellung sein könnte.« Sie zog die Schultern hoch und lächelte. »Aber ich sagte ihm, ich sei wahrscheinlich von Geburt an verrückt gewesen.« Sie lachte, aber es klang nicht ganz echt.

Linda sagte ruhig: »Es muß für dich ein schrecklich traumatisches Erlebnis gewesen sein, als deine Mutter starb, und dann der Prozeß um das Sorgerecht. Man weiß nie, wie sich diese seelischen Belastungen später auswirken.«

»Ja, manche Leute beginnen zu stottern. Ich bin eben frigid.«

»Das ist nicht unbedingt richtig. Eigentlich bezweifle ich es. Du hast noch nie mit jemandem Geschlechtsverkehr gehabt, Vanessa. Du weißt noch gar nicht, wer du bist.«

»Das stimmt. Ich bin nichts.« Sie schien von sich enttäuscht zu sein, und sie tat Linda leid.

»Du mußt dir Zeit lassen. John scheint ein netter Mann zu sein. Vielleicht wird er dir einmal mehr bedeuten.«

»Möglich.« Sie seufzte wieder. »Wenn ich es so weit kommen lasse.« Sie war sich offenbar ihrer Probleme bewußt. Sie dachte sogar daran, wieder einen Psychoanalytiker aufzusuchen, was Linda begrüßte. Vielleicht würde ihr doch schließlich alles Verdrängte zum Bewußtsein kommen. Vielleicht war es soweit. Die Blockierung, die so lange vorhanden gewesen war, wurde ihr schließlich zur Last.

Zwei Nächte litt Linda unter Schlafstörungen, das Baby hatte sich gesenkt und war so schwer, daß sie kaum gehen konnte. Eines Morgens erwachte sie um fünf Uhr, sie hatte Rückenschmerzen, Sodbrennen, und konnte nicht schlafen. Schließlich gab sie auf und machte sich eine Tasse Kaffee. Auf den Kaffee bekam sie Krämpfe, und als Teddy um sieben aufstand, fühlte sie sich wie eine Löwin im Käfig.

Er war erstaunt, sie hellwach und beschäftigt zu sehen. Sie war seit sechs Uhr im Kinderzimmer, wo sie den für das Baby gepackten Koffer nochmals kontrollierte. »Ist etwas nicht in Ordnung?« fragte er möglichst zwanglos, während sie die Bestände am Toilettentisch überprüfte.

»Ich bekam von dem Kaffee Krämpfe.« Während sie das sagte, verzog sie das Gesicht und griff sich an den Bauch, und dann verstand sie plötzlich, was vor sich ging. Sie blickte Teddy mit erstauntem Lächeln an. »Mein Gott, ich glaube, das sind die Wehen.«

»Wann bist du aufgestanden?«

»Gegen fünf Uhr. Ich war nervös und konnte nicht schlafen, deshalb kam ich hierher und beschäftigte mich.«

»Als Ärztin bist du keine besondere Diagnostikerin. Wann haben die Krämpfe eingesetzt?«

»Gegen halb sechs.« Aber sie waren so schwach, daß sie gar nicht erkannt hatte, daß es sich um Wehen handelte.

»Warum rufst du nicht den Arzt an?«

»Jetzt schon?«

Er nickte. »Jetzt schon.« Sie war vierzig Jahre alt. Er wollte keinerlei Risiko eingehen und nicht bis zur letzten Minute warten, sondern bestand darauf, sie sofort ins Krankenhaus zu bringen, obwohl die Wehen kaum begonnen hatten. Aber das Ganze war wie ein Abenteuer, als sie duschte, ein frisches Kleid anzog und ihn in der Tür küßte.

»Wenn wir hierher zurückkommen, sind wir Mammi und Daddy.«

In diesem Augenblick kam die erste richtige Wehe, und sie stieß einen erstaunten Laut aus, während er ihr den Arm um die Schultern legte und sie stützte. »Wir sollten uns lieber auf den Weg machen. Ich habe zum letzten Mal vor fünfundzwanzig Jahren ein Baby zu Hause entbunden und bin nicht gerade scharf darauf, es noch einmal zu versuchen.«

»Feigling.« Sie lachte.

Als sie im Krankenhaus ankamen, war Linda aufgeregt, und die Wehen kamen nun regelmäßig in Abständen von fünf Minuten. Sie lächelte allen zu und explodierte vor Energie und Aufregung. Man bereitete sie vor, und als er zurückkam, lag sie in einem rosa Krankenhaushemd auf dem Bett, ein Lutschbonbon zwischen den Zähnen, das Haar mit einem rosa Band zusammengehalten.

»Mein Gott, Weib, du siehst ja aus wie ein Filmstar und nicht als würdest du ein Kind bekommen.«

Sie war stolz auf sich, während sie wieder eine Wehe gut überstand. »Sehen denn nicht alle Frauen so aus, wenn sie ein Kind bekommen?«

»Ich weiß nicht. Frag einen Fachmann.« Der Gynäkologe war soeben eingetroffen, er untersuchte Linda und erklärte, daß alles tadellos verlief. Sie wollte versuchen, das Kind auf natürliche Weise zu bekommen, obwohl er ihr Medikamente anbot, wenn sie wollte. Aber sie und Teddy waren der Ansicht, daß es für das Kind besser sein würde, wenn sie darauf verzichtete.

Einige Minuten später begannen die Wehen in rascherer Folge zu kommen, und nach einer weiteren Stunde sagte ihr Teddy, sie sollte tief Atem holen. Ihre Augen sahen ein wenig glasig aus, sie hatte einen dünnen Schweißfilm auf der Stirn, die Haare klebten ihr am Gesicht und sie faßte krampfhaft nach seiner Hand, wenn die Wehen einsetzten. »Es ist nicht so leicht, wie ich dachte.« Als die nächste Wehe kam, biß sie die Zähne zusammen, und er mußte sie ermahnen zu atmen. Als es vorbei war, wischte er ihr die Stirn mit einem feuchten Tuch ab, gab ihr Eis, hielt ihre Hand und sagte ihr, wie wunderbar sie sich hielt. Schwestern kamen und gingen, ließen aufmunternde Worte fallen, sagten Linda, es verlaufe alles bestens, und draußen im Korridor sprachen alle darüber, daß Linda und Teddy beide Ärzte waren. Sie hatten bereits schmerzarme, sogenannte Lamaze-Geburten gesehen, sie waren im Jahr 1971 schon ziemlich gebräuchlich, aber sie hatten selten erlebt, daß sie mit solcher Hingabe durchgestanden wurde.

Die Wehen zogen sich so bis zum späten Nachmittag hin, und um sechs Uhr wirkte Linda erschöpft. Dann stieß sie bei der nächsten Wehe einen Schrei aus und wandte sich abrupt zu Teddy. »Ich schaffe es nicht, ich kann nicht... ich kann nicht... sag ihnen, sie sollen mir etwas geben... bitte... o Gott!...« Aber er redete ihr gut zu. Er merkte, wie gut der Geburtsvorgang vorankam. Es war eine ganz andere Situation als damals bei Serena. Als er an jenem Morgen nach London gekommen war, hatte er gewußt, daß sie buchstäblich im Sterben lag. Wenn die Ärzte im Spital sie noch länger dort liegen gelassen hätten, hätte ihr Herz infolge der Überanstrengung zu schlagen aufgehört, und das Kind wäre auch gestorben, wenn sie nicht rasch gehandelt hätten. Aber in Lindas Fall war es etwas anderes. Sie hatte offensichtlich große Schmerzen, aber der Vorgang spielte sich in einem angemessenen Tempo ab, und sie wurde nicht durch die körperlichen Strapazen überfordert. Die Wehentätigkeit war in Ordnung, und sie befand sich endlich im Austreibungsstadium. Nach dreizehn Stunden Wehen war der Muttermund fast acht Zentimeter weit offen, und sie konnte binnen kurzem anfangen zu pressen. Sie wußten aber beide aus dem Lamazekurs, daß eben der schmerzhafteste Teil der Wehen begonnen hatte. Die nächsten zwei Stunden waren zermürbend, Teddy ließ sie keinen Augenblick allein, hielt ihre Hand, redete ihr gut zu und atmete mit ihr; dann schrie sie noch einmal auf, ihr Gesichtsausdruck veränderte sich, und sie begann zu pressen, ohne daß sie aufgefordert worden wäre. Er versuchte, sie dazu zu bringen, daß sie noch zurückhielt, doch der Arzt kam rasch herbei, gab den Schwestern ein Zeichen, und sie rollten ihr Bett ohne weitere Umstände aus dem Vorbereitungsraum in den Kreißsaal. Sie wurde auf den Tisch gelegt, ihre Beine in die Steigbügel gesteckt, und fünf Minuten später hatte sie begonnen, ernsthaft zu pressen. Das gesamte Entbindungsteam redete ihr zu, während Teddy sie an den Schultern hielt und der Schweiß ihm ebenso ausgiebig über Gesicht, Rücken und Arme lief wie ihr. Linda hatte sich noch nie im Leben so angestrengt, und Teddy hatte das Gefühl, er presse mit ihr.

»Vorwärts, pressen!« schrien alle zugleich, während Lindas Gesicht rot anlief und sie vor Anstrengung keuchte. Es schien endlos zu dauern, doch schließlich lachte der Arzt, hob die Hand und verkündete: »Das Baby kommt... vorwärts, Linda... vorwärts..., ich sehe schon Haare!... vorwärts, *pressen*!« Linda preßte wieder, und das Baby bewegte sich einen Zoll weiter, seine Schädeldecke war nun fast durchgetreten.

Teddy schrie: »Komm, Liebling... komm, du schaffst es... so ist's recht... vorwärts... *mehr*!« Sie preßte, als müßte sie zerspringen, und dann war plötzlich der ganze Kopf frei und der Raum von kräftigem Geschrei erfüllt. Der Arzt und die Schwestern lachten, Linda und Teddy begannen zugleich zu weinen und dann lachten sie auch mit den anderen.

»Was ist es denn?« Linda versuchte, das Kind zu sehen, und als Teddy sich aufrichtete, konnte sie das zornige, rote, zerknitterte, schreiende Gesicht sehen.

»Wir können es noch nicht sagen«, meine der Arzt lächelnd. »Pressen Sie noch ein paarmal, dann sage ich Ihnen, was es ist.«

»Das ist ungerecht«, keuchte Linda. »Gott sollte ihnen die Geschlechtsorgane am Kopf anbringen, damit man es gleich... erkennt...« Aber sie arbeitete schon wieder. Noch zweimal preßte sie, dann konnte der Arzt die Schultern befreien und mit einer gewaltigen letzten Anstrengung war das Kind geboren und lag in den Händen des Arztes.

»Es ist ein Junge!« rief er triumphierend. »Ein großer, prächtiger Junge!« Linda lachte und richtete sich auf, um ihren Mann zu küssen, er strich ihr Haar zurück und betrachtete sie mit grenzenloser Bewunderung.

»Du bist die schönste Frau, die ich je gesehen habe.«

»Ach, Teddy...« Sie lächelte durch ihre Tränen. »Ich liebe dich.«

»Ich liebe dich auch. Ach, schau ihn an...«

»Volle acht Pfund. Erstklassige Arbeit, Mrs. Fullerton.« Zufrieden reichte der Arzt das Kind dem Vater.

»Und du dachtest, es würden Zwillinge.« Lachend blickte Teddy seinem Sohn ins Gesicht und reichte ihn dann seiner Mutter. »Da hast du deinen Sohn, Mammi.«

Es war ein Abend voller Jubel und Aufregung. Als sie in Lindas Zimmer zurückkamen, fühlte sie sich so leicht, als könnte sie fliegen. Sie stand auf und ging durch den Korridor, um ihren Sohn im

Fenster des Säuglingszimmers zu sehen, während sie sich auf den Arm ihres Mannes stützte.

»Ist er nicht wunderschön, Teddy?«

»Sicherlich.« Teddy konnte den Blick nicht von seinem Sohn wenden. »Wie wollen wir ihn nennen?«

»Sie lächelte. »Ich dachte mir, wir könnten ihn Bradford nennen, nach deinem Bruder.« Als sie das sagte, bekam Teddy einen Kloß im Hals, er streckte die Arme aus und umfing sie wortlos.

In dieser Nacht hatte sich zwischen ihnen ein Band gebildet, das nichts zerreißen konnte. Sie hatten ihr halbes Leben darauf gewartet, einander zu finden, und er hatte geglaubt, er würde über Serena nie hinwegkommen. Aber Serena war für ihn ein Traum gewesen, eine unerreichbare Frau, die er immer geliebt hatte und die nie die seine geworden war. Während sie langsam durch den Korridor in Lindas Zimmer zurückkehrten, war es, als ob ihn der Geist von Serena di San Tibaldo endgültig auf Zehenspitzen verlassen hätte.

52

»Ein Junge? Hurra! Ach, Teddy, das ist herrlich!« Um halb zwölf Uhr nachts rief Teddy Vanessa an, und sie war außer sich vor Freude. »Ach, ist das schön!« Dann fragte sie besorgt: »Wie war es für Linda? War es schwer?« Vanessa war immer nervös gewesen, wenn von Geburten die Rede war, und sie sagte stets, sie wolle nie Kinder bekommen. Wenn es soweit war, würde sie welche adoptieren. Diesbezüglich waren sie und John Henry sich einig. Er wollte diesmal genau wissen, was für ein Kind er bekam. Er glaubte nicht, daß er die Verzweiflung über ein geschädigtes Kind noch einmal durchstehen könne, und die entsetzliche neunmonatige Wartezeit, bis man wußte, ob es normal war, erfüllte ihn mit Schrecken. Doch er wünschte sich Kinder, genau wie Vanessa.

Teddy berichtete jubelnd: »Nein, sie war einfach phantastisch. Es gibt keine Frau, die es besser durchgestanden hätte. Sie war einfach wunderschön. Warte, bis du den Kleinen siehst.«

»Ich kann es gar nicht erwarten. Wie heißt er?«

»Bradford, nach deinem Vater. Es war Lindas Wunsch. Wir werden ihn wohl Brad nennen.«

»Du hast eine prächtige Frau gefunden, Teddy. Ich besuche sie gleich morgen früh.«

»Gut. Warum bringst du nicht deinen Freund John Henry mit? Vielleicht will er das Kind auch sehen.« Teddy war neugierig auf ihn, und er wollte das Kind herzeigen. Vanessa kicherte voller Verständnis.

»Ich werde ihn fragen, ob er Zeit hat.« Sie wußte aber, daß er nicht kommen konnte. Er hatte ihr gesagt, er würde das Kind später bewundern, wenn es zu Hause war. Und sie hatte ihn verstanden. »Ich werde wahrscheinlich allein kommen, Teddy. Ich will das Baby sowieso mit niemandem teilen, nicht einmal mit dir.« Er hatte gelacht, aber als sie am nächsten Morgen zu ihnen ins Krankenhaus kam, sah sie sehr blaß aus, als sie aus dem Fahrstuhl kam.

Teddy sah, daß sie labil wirkte. Er ging lächelnd auf sie zu, blieb dann aber stehen. Sie war fast grau im Gesicht.

»Ist dir nicht gut, Liebling?«

»Nein, ich glaube, ich habe nur Kopfschmerzen oder etwas dergleichen. Ich habe gestern bis spät nachts in der Dunkelkammer gearbeitet, und das scheint die Ursache zu sein.« Sie lächelte, aber es sah nicht echt aus, dann zwang sie sich zu einer heiteren Miene. »Wo ist mein Neffe? Ich kann es nicht erwarten, ihn zu sehen.«

»Im Zimmer seiner Mutter.« Immer noch beunruhigt, folgte ihr Teddy in das Zimmer. Linda saß auf dem Bett und stillte das Kind. Vanessa blieb einen Augenblick stehen, machte einige Schnappschüsse, dann setzte sie die Kamera wieder ab, trat näher, blieb stehen und starrte das Kind an. Ihre Augen waren riesig, ihr Gesicht war bleich, und ihre Hände zitterten.

»Willst du ihn in den Armen halten?« Sie hörte Lindas Stimme wie aus weiter Ferne, nickte wortlos, streckte die Arme aus, und Linda reichte ihn ihr. Sie setzte sich mit dem kleinen Bündel ehrfürchtig in einen Stuhl. Das Kind war an der Brust seiner Mutter eingeschlafen, und nun lag es satt und zufrieden in Vanessas Armen. Sie sagte lange nichts, Teddy und Linda tauschten ein Lächeln aus, dann sah Linda Vanessa an. Über Vanessas Gesicht liefen Ströme von Tränen, ihr schmerzlicher Gesichtsausdruck schnitt Teddy ins

Herz. Doch bevor er etwas sagen konnte, hatte Vanessa leise zu sprechen begonnen.

»Sie ist so schön... sie sieht genauso aus wie du, Mammi...« Sie sah Linda nicht an, während sie sprach, Linda saß ganz still und war um sie und das Baby besorgt. »Wie wollen wir sie nennen?« Dann begann sie leise ihren Namen zu murmeln. »Charlotte... Charlie. Ich will sie Charlie nennen.« Sie sah Linda an, aber ihre Augen nahmen nichts wahr. Sie wiegte das Kind sanft und sang leise, während Teddy und Linda sie beobachteten. Ein tief eingewurzelter Mutterinstinkt sagte Linda, sie solle ihr Kind wieder zu sich nehmen, aber eine andere Stimme mahnte sie, es Vanessa zu lassen, weil es für sie sehr wichtig war.

»Ist sie nicht hübsch, Vanessa?« Lindas Stimme war nur ein Flüstern in dem stillen Raum, und Teddy beobachtete wortlos, was vorging. »Magst du sie?«

»Ich liebe sie.« Vanessa sah Linda direkt an, und sah in ihr ihre Mutter. »Sie gehört mir, nicht wahr, Mammi? Sie muß nicht ihm gehören. Sie gehört uns. Er verdient sie nicht.«

»Warum nicht?«

»Weil er gemein zu dir ist und... und alle die Dinge, die er tut... das Rauschgift... und als er nicht zurückkam... und... Onkel Teddy sagte, du hättest sterben können. Aber du bist nicht gestorben.« Sie sah gequält und zugleich erleichtert aus, während sie ihr Kindheitstrauma wieder erlebte. »Du bist nicht gestorben, weil Onkel Teddy kam und das Baby herausholte.« Sie zuckte zusammen, als sie sich daran erinnerte, wie sie ihre Mutter gesehen hatte, dem Tode nah, die Beine in Bügeln, hilflos an den Tisch geschnallt. »Warum haben sie das mit dir getan? Warum?«

Linda wußte es instinktiv. »Damit ich das Baby bekommen konnte. Nur deshalb. Sie wollten mir nicht weh tun.«

»Aber sie taten es und ließen dich beinahe sterben... und er war nicht dort...«

»Wo war er?«

»Das weiß ich nicht. Hoffentlich ist er für immer fort. Ich hasse ihn.«

»Haßt er dich?«

»Ich weiß es nicht... es ist mir egal...« Sie wiegte das Kind weiter, und dann, als hätte sie es lange genug in den Armen gehalten, reichte sie es Linda. »Da, ich glaube, sie will zu dir.« Linda nickte, nahm ihr das schlafende Kind ab, gab es Teddy und deutete auf die Tür; Teddy trug seinen Sohn sofort hinaus und kam gleich darauf allein zurück, um zu sehen, wie sich das Drama weiterentwickelte. Er war erschrocken über Vanessas Reaktion auf das Kind, hatte aber immer gewußt, daß es eines Tages so kommen würde, und es war besser, daß es jetzt geschah, da ihr Linda dabei helfen konnte.

»Haßt er dich, Vanessa?«

»Ich weiß nicht... ich weiß nicht...« Sie sprang vom Stuhl auf, ging zum Fenster und starrte hinaus, ohne etwas zu sehen. Dann drehte sie sich wieder um und sah Linda an. »Er haßt dich... er haßt dich... er hat dich geschlagen... o Mammi... wir müssen weg von hier... zurück nach New York, zu Onkel Teddy.« Ihr Gesicht wurde unvermittelt finster und sie starrte entsetzt ins Leere. »Zurück zu Onkel Teddy.« Es wurde zum Singsang. »Zurück nach New York... o nein... o nein.« Sie sah sich verzweifelt um, und Teddy fragte sich, ob sie jemals wieder die alte, ob sie jemals wieder normal sein würde. »O nein! O *nein*!...« Dann wimmerte sie. »Er hat sie umgebracht! Dieser Mann... er hat meine Mammi umgebracht!« Sie begann zu schluchzen und streckte die Arme nach Linda aus. »Er hat dich umgebracht... er hat dich umgebracht... er hat dich umgebracht...« Dann blickte sie auf, als ob sie Linda zum ersten Mal bewußt sähe. Es war nicht das Gesicht eines Kindes, das Teddy und Linda anblickte, sondern das gramzerfurchte Gesicht einer jungen Frau. »Dieser Mann« – es war ein heiseres Flüstern, sie war wieder bei sich – »den ich neulich in der Zeitung sah,... er hat meine Mutter umgebracht.« Sie starrte Teddy an, erkannte auch ihn und fuhr fort, als erwache sie aus einem Traum und versuche, sich zu erinnern. »Dann kam die Polizei und führte ihn fort, und ich« – sie sah die beiden verwirrt an – »ich hatte ein Kind in den Armen.« Sie schloß die Augen und zitterte. »Charlie. Sie hieß Charlie... Das Kind, das Mama in London bekommen hatte... sie nahmen es mir im Gerichtssaal weg.« Sie begann laut zu schluchzen. »Und dann zwangen sie mich, bei Greg und Pattie zu leben...« Sie sah Teddy an und streckte ihm die Arme entgegen. »Dann kam ich zu dir... aber ich hatte es vergessen... ich erinnerte mich nie daran, bis« – sie sah Linda erschrocken und verzweifelt an – »bis ich das Kind sah... und ich dachte... ich weiß nicht, was ich dachte...«

Jetzt half ihr Linda. »Du dachtest, es sei Charlie.«

»Ist das alles wahr? Ich habe das Gefühl, es geträumt zu haben.«

»Es ist wahr«, sagte Linda. »Du hast alles verdrängt, nachdem es geschehen war, und es hat Jahre gedauert, bis es dir wieder bewußt wurde.«

»Ist das alles?« fragte Vanessa ängstlich. »Ist noch etwas geschehen?«

»Sonst nichts«, antwortete Linda rasch. »Du hast dich jetzt an alles erinnert, Vanessa. Es ist vorbei.« Nun mußte sie nur noch lernen, damit zu leben, was auch nicht leicht sein würde, wie Linda wußte. Sie beobachtete das Mädchen genau. Es hatte einen schrecklichen Schock erlitten. »Wie fühlst du dich?«

Einen Augenblick war sie verwirrt. »Verstört... leer... traurig.« Dann rollten ihr zwei riesige Tränen über das Gesicht. »Ich sehne mich nach meiner Mutter.« Sie ließ den Kopf hängen und begann wieder zu schluchzen. »Er hat meine Mutter ermordet...« Sie zitterte am ganzen Körper. »Als ich in das Zimmer kam, war sie... sie lag dort... ihre Augen waren offen, seine Hände lagen um ihren Hals, und ich wußte, daß sie tot war... ich wußte es...« Sie konnte nicht weitersprechen, die Tränen strömten über ihr Gesicht, und Teddy nahm sie in die Arme.

»Ach, Kleines, es tut mir so leid.«

»Warum? Warum hat er es getan?« Die Fragen kamen nach sechzehn Jahren.

»Weil er verrückt war. Und vielleicht weil er sich wieder Rauschgift gespritzt hatte, ich weiß es nicht. Ich glaube, er hat sie geliebt, aber er war psychisch furchtbar gestört. Sie verließ ihn, und er glaubte, ohne sie nicht leben zu können.«

»Deshalb hat er sie umgebracht.« Zum ersten Mal klangen ihre Worte bitter, dann sah sie ihren Onkel erschrocken an. »Was geschah mit Charlie? Hat man sie ihm gegeben?«

»Nein, er wurde in einer geschlossenen Anstalt interniert. Zumindest für einige Zeit. Deine Schwester wurde Vasilis Bruder übergeben. Ich nehme an, daß er ein anständiger Mensch ist. Er war damals ebenso verzweifelt wie ich, und er wollte Charlotte aufziehen. Er hatte auch dich sehr gern. Erinnerst du dich eigentlich an ihn?« Sie schüttelte den Kopf.

»Bist du mit ihm in all den Jahren in Verbindung geblieben?«

Teddy seufzte. »Nein. Der Richter hat uns abgeraten, den Kontakt aufrechtzuerhalten. Er sagte, daß du und Charlie euer eigenes Leben führen sollten. Ich weiß nicht, wie Arbus darüber dachte, aber ich machte mir deinetwegen Sorgen, weil du alles verdrängt hattest. Ich wollte nicht, daß irgendwann jemand kam und dich überrumpelte.« Sie nickte verständnisvoll und sagte nach einiger Zeit:

»Sie muß jetzt fast sechzehn sein. Ich möchte wissen, wie sie aussieht.« Ihre Lippen zitterten wieder. »Als Baby sah sie genau so aus wie Mammi.«

Teddy hatte eine Idee, aber er hielt es noch für zu früh, dies vorzuschlagen. Vielleicht konnten sie in einiger Zeit, wenn Vanessa darüber hinweggekommen war, gemeinsam nach Griechenland reisen und Andreas Arbus besuchen. Vasili, das wußte er aus dem Artikel, war schon seit zwei Jahren tot. Dieser Artikel und Vanessas daraufhin einsetzende Alpträume hatten ihn ja zu Linda geführt. Er lächelte seiner Frau zu. Sie war mit allem so ausgezeichnet fertig geworden.

»Es tut mir leid, Linda, daß ich alles verdorben habe. Ich bin gekommen, um das Kind zu sehen und mich mit dir zu freuen, statt dessen spiele ich verrückt«, sagte Vanessa kläglich und putzte sich die Nase. Sie fühlte sich ganz eigenartig, als wäre sie gerade zehn Meilen gelaufen oder auf einen Berg geklettert.

Linda legte ihr mütterlich den Arm um die Schultern. »Du hast nicht verrückt gespielt. Und du hast etwas zu deiner Heilung getan. Du hast dich endlich mit der Vergangenheit auseinandergesetzt und eine Tür geöffnet, die seit Jahren verschlossen war. Zu dieser Selbstfindung hast du sechzehn Jahre gebraucht, und es war nicht leicht für dich. Das wissen wir alle.«

Vanessa nickte, sie konnte vor Schluchzen nicht sprechen; Linda sah Teddy vielsagend an, der ihre stumme Botschaft verstand.

»Ich werde dich jetzt nach Hause bringen, Liebling, damit du dich ausruhen kannst. Willst du mit mir kommen?«

»Gerne. Aber willst du nicht hier bei Linda bleiben?«

»Ich werde später zurückkommen.«

»Ich brauche sowieso etwas Ruhe«, sagte Linda. Das Baby schuf eine Bindung zwischen ihr und Teddy, die sie schon deutlich spüren konnte. »Laßt euch heute Zeit. Brad und ich werden in wenigen Tagen nach Hause kommen. Dann werden wir genügend Zeit füreinander haben.« Sie küßte Vanessa noch einmal und sagte ihr, daß alles, was sie fühlte, ganz normal und gesund sei; sie solle die Erinnerungen kommen lassen, weinen, wenn sie traurig war, wieder den Kummer, den Schmerz und den Verlust empfinden, dann würde es ein für allemal vorbei sein. Dann sagte sie liebevoll: »Ich glaube, dein Freund John könnte dir etwas darüber erzählen.«

Doch Vanessa war entsetzt. »Wie kann ich ihm das sagen? Er würde mich für wahnsinnig halten.«

»Nein, das stimmt nicht. Versuch es mit ihm. So wie du ihn geschildert hast, glaube ich nicht, daß er dich enttäuschen wird.«

»Was? Ich soll ihm einfach alles erzählen, daß ich mich nach sechzehn Jahren daran erinnere, daß meine Mutter ermordet wurde. Für mich hört sich das verrückt an.«

»Es ist aber nicht verrückt, das mußt du verstehen. Dir ist in deinen fünfundzwanzig Jahren noch nie etwas Normales passiert. Daß deine Mutter ermordet wurde, Vanessa, war nicht deine Schuld. Du konntest nichts dagegen tun. Es setzt weder dich noch deine Mutter in ein schlechtes Licht. Es ist passiert. Ihr Mann war nicht zurechnungsfähig, als er das tat. Und du hättest ihn nicht daran hindern können.«

»Er war schon lange vorher verrückt.« Vanessa erinnerte sich jetzt deutlich an ihn, und der Haß gegen ihn lebte von neuem auf, dann wandte sie sich an Teddy.

»Hat meine Mutter dich geliebt?« Es war eine offene und peinliche Frage für ihn. Serena hatte ihn geliebt, das wußte er, aber nie so, wie er sie geliebt hatte.

Er nickte nachdenklich. »Ja. Ich war jemand, auf den sie sich verlassen konnte. Ich war für sie wie ein Bruder oder ein ganz besonders enger Freund.«

»Warum hat man dir Charlie nicht gelassen?« Das hatte sie seit einer halben Stunde gequält.

»Weil sie mit mir nicht blutsverwandt war, du aber schon. Ihr Onkel beanspruchte sie, und er hatte ein Recht darauf.«

»Hättest du sie zu dir genommen?« Vanessa mußte es wissen.

»Sicherlich. Ich wollte sie sehr gern bei mir aufnehmen.« Vanessa nickte, und kurz darauf gingen sie fort. Teddy brachte sie in seine Wohnung, sie legte sich auf die Couch, und sie sprachen über eine

Stunde von ihrer Mutter. Dann schloß Vanessa die Augen und schlief auf der Couch ein. Teddy blieb den ganzen Tag bei ihr und rief Linda mehrmals an. Er machte sich Sorgen wegen Vanessa, aber Linda versicherte ihm, daß sie das Gefühl habe, der psychische Heilungsprozeß sei bestens verlaufen. Er schlug vor, daß er bei ihr bleiben werde, und als sie vier Stunden später erwachte, merkte er, daß sie sich besser fühlte. Sie war schrecklich traurig, als ob sie sich jetzt erst irgendwie grämte, was sie beim Tod ihrer Mutter nicht zu zeigen gewagt hatte. Er erinnerte sich an ihr vor Schreck erstarrtes Gesichtchen, an die ausdruckslosen Augen, und sah in der Frau, zu der sie herangereift war, noch immer den Kummer, den sie so viele Jahre mit sich herumgetragen hatte.

Um fünf Uhr beschloß sie, in ihre Wohnung zu fahren. Sie hatte eine Verabredung mit John Henry und sehnte sich plötzlich danach, ihn zu sehen.

»Ich werde heute abend eine miserable Gesprächspartnerin sein, aber ich will ihm wirklich nicht absagen.« Sie sah ihren Onkel an. »Danke, Onkel Teddy. Für alles... für so viele Jahre.« Sie umarmten einander innig. Es war, als hätten sie an diesem Tag gemeinsam Serena endgültig begraben.

53

Drei Tage später kam Linda mit dem Kind nach Hause, und als Vanessa sie besuchte, sah sie viel besser aus als einige Tage zuvor. Ihre Augen glänzten und sie wirkte nicht mehr so blaß, aber noch abgespannt und müde, als sie Brad zum ersten Mal in die Arme nahm. Diesmal gab es aber kein Trauma, keine bösen Erinnerungen. Die schlimmen Erinnerungen waren nun zusammen mit den guten freigesetzt worden, und sie empfand den Verlust Charlies so schmerzlich, als hätte sie ihn erst vor einer Woche erlitten. Aber das war ein anderes Baby, das wußte sie. Sie hielt es im Arm, sang ihm etwas vor und lachte, wenn sie glaubte, daß es lächelte. Sie schien sich von ihrem Trauma sehr gut erholt zu haben, aber im Laufe des Sommers wurde es Linda klar, daß sie den Schmerz noch nicht überwunden hatte.

»Was ist eigentlich mit John?« wagte sie schließlich im August zu fragen. Sie hatte sie nicht früher drängen wollen.

»Nicht viel. Wir treffen uns ab und zu.«

»Ist die Liebe etwa abgekühlt?« Er hatte das Baby ein- oder zweimal mit Vanessa besucht, und er gefiel Linda und Teddy. Er sah gut aus, war intelligent, freundlich und um einiges reifer, als man von einem Mann in seinem Alter erwartete. Er wollte das Kind nicht in die Arme nehmen; offenbar waren noch zu viele Erinnerungen in ihm lebendig, die mit seinem Kind zusammenhingen. In Wirklichkeit war es ein unbewußtes Unbehagen, das er mit Vanessa teilte. Es gab Zeiten, in denen der kleine Brad sie noch an Charlie erinnerte, aber sie besuchte ihn dennoch regelmäßig.

»Ich weiß nicht. Vielleicht sind wir nur dazu bestimmt, gute Freunde zu sein.«

»Gibt es einen besonderen Grund dafür?«

»Ja, ich scheine trotz allem, was du gesagt hast, frigid zu sein. Ich will einfach nicht mit einem Mann ins Bett gehen.«

Linda seufzte. »Ich glaube, du urteilst wieder voreilig, Vanessa. Vor zwei Monaten hast du einen schweren Schock erlitten. Du mußt dir Zeit lassen.«

»Wieviel Zeit? Ich bin fast fünfundzwanzig.«

»Du hast mir erzählt, daß es nach dem Tod von Johns Kind zwei Jahre dauerte, bis er wieder Geschlechtsverkehr haben wollte.«

»Wie lange dauert es bei mir? Sechzehn Jahre?« Sie hatte all die Probleme satt, den Versuch, mit ihnen zu leben, sie zu überwinden, sie zu vergessen. Seit zwei Monaten dachte sie an nichts anderes mehr.

»Seit wann weißt du es? Erst seit zwei Monaten. Du bist dir gegenüber sehr unfair.«

»Möglich.« Aber einen Monat später hörte sie ganz auf, sich mit John Henry zu treffen. Sie sagte, sie könne keine Beziehung ertragen, ehe sie nicht in ihrem Seelenleben Ordnung geschaffen hätte, und er war sehr verständnisvoll. Er sagte ihr einfach, daß er sie liebe, daß er bereit sei, ihr zu helfen, damit sie leichter damit fertig wurde, aber wenn sie dazu allein sein müsse, akzeptiere er auch das. Er bat sie nur, mit ihm in Kontakt zu bleiben und ihm von Zeit zu Zeit zu berichten, wie es ihr ging.

»Ich möchte, daß du zwei Dinge weißt, Vanessa. Erstens, daß ich dich liebe, und zweitens, daß du nicht verrückt bist. Du hast entsetzliche Erlebnisse hinter dir, und es kann einige Zeit dauern, bis du damit ins reine kommst. Aber ich werde da sein, wenn du mich brauchst. In einem Jahr oder schon morgen. Ich habe nie jemanden wie dich kennengelernt. Wenn du also bereit bist, so rufe mich einfach.«

Sie nickte, doch als er die Tür schloß, wandte sie sich ab. Nachdem er gegangen war, fühlte sie sich so einsam wie nie zuvor. Sie sehnte sich verzweifelt nach ihm, gefühlsmäßig, körperlich, geistig, in jeder erdenklichen Weise. Doch jedesmal, wenn sie daran dachte, mit ihm zu schlafen, mußte sie an Vasili denken, wie er sich über die Leiche ihrer Mutter gebeugt hatte, und sie konnte diese Vorstellung nicht ertragen. Es war, als würde jeder, den sie so nah an sich heranließ, ihr das gleiche antun.

»Ist das normal?« fragte sie schließlich Linda eines Tages in ihrer Praxis. Linda arbeitete seit dem Herbst wieder ganztägig, es war Ende September.

»Ja.«

»Wie, zum Teufel, soll ich darüber hinwegkommen?«

»Mit der Zeit. Und mit gutem Willen. Du mußt dir immer wieder vorsagen, daß John nicht Vasili ist, und nur weil Vasili etwas getan hat, heißt das nicht, daß John das gleiche tun wird. Nicht alle Männer sind Vasili. Er ist nur ein Mann. Und du bist nicht deine Mutter. Ich habe sie nie gekannt, aber ich vermute, daß euch sehr vieles unterscheidet. Du bist ein ganz anderer Mensch mit einem vollkommen anderen Leben. Du mußt dir das nur immer wieder klarmachen, und schließlich wird es wirken.« Es waren schwierige Monate für das Mädchen gewesen, das merkte man ihr an. Aber je mehr sie sich bemühte, mit den Problemen fertig zu werden, desto erwachsener wurde sie.

»Ich habe daran gedacht, für ein Weilchen zu verreisen.«

»Das halte ich für eine ausgezeichnete Idee. Hast du ein bestimmtes Ziel im Sinn?«

Vanessa sah sie lange an, dann sagte sie: »Griechenland.«

»Willst du mir sagen, warum, oder soll ich raten?«

»Seit der Geburt deines Kindes habe ich den überwältigenden Wunsch, Charlie zu besuchen.«

»Ich verstehe.«

»Eigentlich ist es ein etwas verrückter Einfall, ich weiß, sie ist kein Kind mehr, aber sie ist meine Schwester. Meine Eltern sind tot, und außer Onkel Teddy ist sie alles, was von meiner Vergangenheit übrig ist. Ich muß zu ihr reisen. Und zugleich habe ich so furchtbar Angst. Vielleicht werde ich schließlich nicht den Mut haben, sie zu sehen. Vielleicht fliege ich nur nach Europa und treibe mich dort herum.«

»Es könnte dir guttun.« Dann fragte sie zögernd. »Gibt es etwas Neues von John?«

Vanessa schüttelte den Kopf. »Ich habe ihm gesagt, er soll mich nicht anrufen, und er hält sich daran.«

»Du könntest ihn anrufen.«

»Ich bin noch nicht so weit.« Sie zog die Schultern hoch. »Vielleicht werde ich nie so weit kommen.«

»Das bezweifle ich. Vielleicht ist er einfach nicht der Richtige.

Doch Vanessa schüttelte den Kopf. »Das stimmt nicht. Wenn es jemanden gäbe, würde ich mir wünschen, daß er es ist. Er ist die Art Mann, mit dem ich den Rest meines Lebens verbringen möchte. Wir haben vieles gemeinsam. Ich war nie... niemals imstande, mit jemandem so zu sprechen wie mit ihm.«

»Vielleicht wenn du aus Europa zurückkommst...«

Wieder zog Vanessa unverbindlich die Schultern hoch. »Möglich.«

Sie dachte noch eine Woche über die Reise nach, dann bestellte sie die Flugkarte für den ersten Oktober; am Abend vorher rief sie John an. »Ich will nach Griechenland, weiß aber noch nicht, was ich tun werde. Ich habe beschlossen, vorerst eine Art Pilgerfahrt zum Gedenken an meine Mutter zu machen. Vielleicht bin ich dann imstande, mich etwas zu lösen.«

»Das halte ich für eine gute Idee.« Er war so glücklich, daß sie sich meldete, und hätte sie gerne gesehen, bevor sie abreiste, wußte aber, daß sie nicht einverstanden sein würde. »Wo beginnst du deine Reise?«

»In Venedig. Ich weiß, daß sie mit ihrer Großmutter einige Zeit dort gelebt hat. Ich weiß nicht, wo, möchte es aber gern sehen. Alle sagen, es ist eine herrliche Stadt, besonders im Oktober.«

Er nickte. »Das stimmt.«

»Dann kommt Rom. Ich will den Palazzo sehen, ein bißchen herumgehen und mir die Orte ansehen, von denen mein Vater Teddy zufolge erzählt hat. Und dann –« Sie zögerte. »Ich werde sehen. Vielleicht Griechenland.«

»Fahr hin, Vanessa«, sagte er beinahe beschwörend.

»Nach Griechenland?« Es klang erstaunt.

»Ja.«

»Warum?«

»Weil du dort das fehlende Stück finden wirst. Du hast dich Charlie gewidmet, bis man sie dir weggenommen hat, und mußt dorthin zurückkehren, um sie wieder zu finden oder dich selbst zu finden. Ich habe das Gefühl, daß du nicht eher glücklich sein wirst, ehe du es getan hast.«

»Vielleicht hast du recht. Ich werde sehen.«

»Wirst du mir berichten, wie es dir geht?« Es klang besorgt.

»Es wird mir bestimmt sehr gut gehen. Was ist mit dir?«

»Alles in Ordnung. Du fehlst mir. Sogar sehr.« Es war eigenartig, aber er fehlte ihr auch.

»John ...« Sie wollte ihm sagen, daß sie ihn liebte, denn das entsprach der Wahrheit. Aber sie konnte ihm nur so wenig bieten. Er verdiente viel mehr, als sie zu geben hatte. Dann entschloß sie sich, es dennoch zu sagen. »Ich liebe dich.«

»Ich liebe dich auch. Versprich mir, daß du nach Athen fahren wirst.« Sie lachte nervös in den Hörer. »Ich meine es ernst.«

»Also gut, ich verspreche es.«

»Sehr gut.«

Sie legte auf. Am nächsten Morgen nahm sie das Flugzeug nach Paris, dort stieg sie am Flughafen Orly um und flog nach Venedig, wo ihre Pilgerfahrt begann.

54

Vanessa verbrachte zwei Tage in Venedig, das sie bezauberte. Es war die schönste Stadt, die sie je gesehen hatte; sie wanderte stundenlang umher, verlor sich in dem Labyrinth gewundener Gäßchen, ging über schmale Brücken, fuhr in Gondeln, besuchte den Lido und verschiedene Paläste. Wenn sie nur gewußt hätte, in welchem ihre Mutter als Kind gewohnt hatte, aber sie sahen alle so entzückend aus, daß es keine Rolle spielte. Ihr Aufenthalt war so zauberhaft, und sie wünschte sich, daß John dabei gewesen wäre.

Dann fuhr sie nach Rom und war beinahe überwältigt, als sie den Palazzo Tibaldi sah. Die wenigen Male, bei denen sie das Fullertonsche Haus in New York gesehen hatte, war sie von dessen Größe beeindruckt gewesen, aber es war mit diesem Prachtbau nicht zu vergleichen. Ihr erschien der Palazzo ungeheuer groß und schön.

Er war in den letzten Jahren vom japanischen Botschafter übernommen worden, und als Vanessa ihn besichtigte, standen japanische Soldaten am Eingang. Sie wäre gern durch die Gärten spaziert, aber sie wußte, daß es unmöglich war. Sie erinnerte sich daran, daß ihre Mutter von Marcella gesprochen hatte, die vor vielen Jahren gestorben war. Während ihres weiteren Aufenthaltes in Rom ging sie über viele Piazzas, die Piazza Navona, Piazza di Spagna, saß mit anderen Touristen auf der Spanischen Treppe, ging zur Fontana di Trevi, setzte sich in ein Café in der Via Veneto und trank Wein. Alles in allem verbrachte sie einen wunderschönen Urlaub, aber nach vier Tagen Rom wurde sie unruhig, weil sie daran dachte, weshalb sie eigentlich gekommen war. Die beiden ersten Etappen ihrer Pilgerfahrt hatte sie fast absolviert. Sie hatte viel gesehen, zahlreiche Fotos gemacht, aber sie wußte nur allzu gut, daß das nicht der eigentliche Zweck ihrer Reise war. Am fünften Morgen ihres Aufenthaltes in Rom lag sie im Bett, dachte an ihre Gespräche mit Linda, und plötzlich erinnerte sie sich an das Versprechen, das sie John gegeben hatte. In diesem Augenblick wußte sie, daß sie keine andere Wahl hatte. Sie hatte eine Reise unternommen, von der ihr weiteres Leben abhing, und nun mußte sie den nächsten Schritt tun. Sie hob den Telefonhörer ab, verlangte den Portier und buchte einen Platz im nächsten Flugzeug nach Athen. Die Maschine flog am selben Nachmittag um zwei Uhr ab.

Sie kam rechtzeitig auf den Flughafen, gab ihren Koffer auf, stieg in die Maschine und kam eine Stunde später verwundert und sehr aufgeregt auf dem Flughafen Hellinikon in Athen an. Als sie in Athen das Hotel betrat, war sie schwach vor Angst, ging mit zitternden Knien auf ihr Zimmer und stellte ihre Taschen ab. Dann nahm sie, als könnte sie keinen Moment länger warten, das Telefonbuch und setzte sich mit ihm auf das Bett. Sie konnte aber die griechischen Buchstaben nicht lesen, also ging sie wie im Traum nach unten zur Rezeption. Sie verlangte nur die Telefonnummer und Adresse. Der Mann an dem Pult suchte sie rasch heraus. Andreas Arbus wohnte in einem ruhigen Wohnviertel, erklärte der Portier. Er gab ihr die Adresse und die Telefonnummer und sagte ihr, es sei nicht weit vom Hotel. Das Bewußtsein, daß sie sich jetzt vielleicht in der Nähe ihres Ziels befand, war fast unerträglich. Sie winkte einem Taxi und erklärte dem Fahrer auf englisch, daß sie sich Athen ein wenig ansehen wolle. Sie gab ihm ein großzügiges Trinkgeld, und nach einer einstündigen Rundfahrt hielten sie bei einem Café und tranken zusammen eine Karaffe Wein.

Das Wetter war strahlend schön, der Himmel blau und die Gebäude leuchtend weiß; Vanessa starrte in ihr Weinglas und bereute, daß sie gekommen war. Es war, als versuchte sie, die Entscheidung immer wieder hinauszuschieben, und als sie in ihr Hotelzimmer zurückkehrte, wurde ihr mit einem Gefühl von Panik bewußt, daß es soweit war. Sie ging mit schleppenden Schritten wie eine zum Tod Verurteilte zum Telefon, nahm den Hörer ab und wählte die Nummer, die ihr der Mann am Empfang gegeben hatte.

Eine Frau meldete sich, und Vanessas Herz klopfte. Die Frau sprach kein Wort Englisch, und Vanessa konnte nur nach Andreas fragen. Kurz darauf meldete sich eine Männerstimme.

»Andreas Arbus?« fragte Vanessa verzweifelt nervös, und er antwortete ihr auf griechisch. »Nein... verzeihen Sie, ich verstehe nicht... Sprechen Sie Englisch?«

»Ja. Wer spricht dort?«

»Ich – ich komme aus den Vereinigten Staaten und möchte Sie gerne besuchen.«

»Wer sind Sie?« Seine Stimme klang belustigt, vielleicht meinte er, es sei ein Scherz, und sie begriff, wie absurd der Gedanke war, er würde mit ihr zusammenkommen, wenn sie ihm nicht ihren Namen nannte. Sie holte tief Atem.

»Ich heiße... Vanessa Fullerton.« Sie sprudelte über. »Vielleicht wissen Sie nicht, wer ich bin, aber meine Mutter war mit Ihrem Bruder verheiratet und –« Sie konnte nicht weiter.

»Vanessa?« fragte die Stimme sanft. »Bist du hier? In Athen?« Es klang überrascht. Vielleicht war ihm ihre Anwesenheit unangenehm. Gott allein wußte, was sie Charlotte erzählt hatten. »Wo bist du?«

Sie nannte ihm den Namen ihres Hotels. »Der Mann am Pult sagt, es sei in der Nähe Ihrer Wohnung.«

»Das stimmt. Aber ich wundere mich, dich zu hören. Warum bist du hier?«

»Ich weiß es eigentlich nicht, Mr. Arbus. Ich – ich glaube, ich mußte einfach kommen. Es ist eine lange Geschichte. Vielleicht... könnten wir...«

»Wollen wir uns treffen?«

»Ja, das möchte ich. Wäre das möglich?«

»Natürlich, meine Liebe. Bist du jetzt beschäftigt?«

»Nein. Nein, ich habe Zeit.«

»Ich bin in einer halben Stunde bei dir. Ist es dir recht?«

»Danke, das paßt mir gut.« Also, der Anfang wäre geschafft, sagte sie sich, nachdem sie aufgelegt hatte. Sie hatte ihn angerufen. Und sie hatte keine Ahnung, was sie nun erwarten sollte. Er würde sicherlich allein kommen. Er würde Charlotte nicht mitbringen.

Sie wartete nervös in ihrem Zimmer. Sie hatte sich frisiert, gewaschen und trug eine graue Hose, dazu einen Kaschmirpullover, braune Guccischuhe und wie immer hing eine Kamera über ihrer Schulter, als sie endlich nach unten ging.

Sie wartete weitere zehn Minuten und fragte sich, ob er vielleicht schon da war; dann beobachtete sie den Eingang und erblickte ihn. Sie erinnerte sich keineswegs an ihn, doch als sie ihn sah, wußte sie, daß er es war. Er war gut gebaut und sehr elegant, trug einen dunkelblauen Anzug, der aussah, als wäre er in London oder Paris geschneidert worden, und hatte ein interessantes, scharf geschnittenes Gesicht und graumeliertes Haar. Er sah sich rasch und forschend um, sein Gesicht war von Falten durchzogen. Er sah interessant aus, und als er an der Rezeption fragte und dann auf sie zukam, spürte sie eine hypnotische Kraft in seinem Blick, die sie überraschte. In ihm vereinigten sich mehrere unterschiedliche Eigenschaften. Irgendwie sah er sehr jung aus und zugleich auch wieder sehr alt. In Wirklichkeit war er achtundfünfzig, wirkte aber jünger. Er hatte seinen Körper jugendlich straff erhalten und sah aus, als wäre er achtundvierzig. Er kam langsam auf sie zu, als fürchte er, ihr nahezukommen, und die dunklen Augen blickten freundlich.

»Vanessa?« Seine Stimme weckte eine ferne Erinnerung in ihr.
»Ich bin Andreas.« Er streckte die Hand aus, und sie ging ihm entgegen. In seinen Augen lag etwas, das ihr Vertrauen einflößte.
»Hallo.« Sie lächelte, und er betrachtete sie. Ihr Gesicht hatte sich in den sechzehn Jahren kaum verändert.
»Erinnerst du dich überhaupt noch an mich?« Er sah sie freundlich an, und sie schüttelte den Kopf, doch dann lächelte sie.
»Aber ich hatte damit etliche Probleme.«
»Er sah sie mitfühlend an und wies auf die Bar. »Wollen wir dort hineingehen? Vielleicht können wir eine ruhige Ecke finden.« Vanessa nickte und schloß sich ihm an. »Du bist eine schöne Frau geworden, Vanessa.« Er fand einen Tisch, und sie nahmen Platz. »Aber das wußte ich immer schon. Willst du mir erzählen, warum du hier bist?«
Sie seufzte wieder. »Ich weiß wirklich nicht, warum ich hier bin. Ich wußte nur, daß ich hierherkommen mußte.« Er sagte kein Wort von Charlotte. Er nickte nur. Dann hatte sie plötzlich das Bedürfnis, ihm zu erzählen, wie sie alles verdrängt und sich erst kürzlich bei der Geburt von Teddys Kind daran erinnert hatte. Schließlich war er der Bruder des Mannes, der ihre Mutter getötet hatte, aber sie war weit davon entfernt, ihn zu hassen; als sie ihre Erzählung beendet hatte, merkte sie, daß er ihre Hand hielt. Er tätschelte sie, ließ sie los und sah ihr tief in die Augen.
»Du hattest Charlotte ganz vergessen?« Es war schwer zu glauben.
»Vollkommen.« Vanessa nickte. »Es fiel mir alles zugleich wieder ein.« Sie schüttelte den Kopf, als spürte sie ihre Qual.
»Wie entsetzlich für dich.«
Dann mußte ihm Vanessa die Frage stellen. »Weiß sie von mir?«
Er lächelte. »Ja. Sie weiß alles über dich. Alles, was ich ihr erzählen konnte. Dein Onkel wünschte keinen Kontakt, und das amerikanische Gericht hatte davon abgeraten. Natürlich. Ich kann es verstehen. Es war eine schreckliche Zeit. Vanessa, mein Bruder war ein sehr seltsamer, sehr kranker Mensch.« Vanessa sagte nichts. Ein Teil von ihr wollte von ihm hören, ein anderer Teil sträubte sich dagegen. Das alles war der Grund, warum sie gekommen war. »Er war nicht wirklich böse, aber sein Streben, seine Ideen gingen in die falsche Richtung. Es war, als hätte er in seiner Jugend den falschen

Weg eingeschlagen.« Er seufzte wieder. »Wir haben uns nie wirklich vertragen. Und er steckte immer in Schwierigkeiten... Frauen... Drogen... schreckliche Dinge. Die Frau, mit der er vor deiner Mutter verheiratet war, beging Selbstmord.« Er brach jäh ab und sah Vanessa an, er hatte Angst weiterzusprechen. »Und dann kam natürlich die Tragödie in den Vereinigten Staaten.«

»Weiß Charlotte davon?« Es war merkwürdig, diesem Fremden Fragen zu stellen, dennoch wußte sie, daß sie es durfte, daß sie es mußte.

»Daß ihr Vater ihre Mutter getötet hat?« Er sagte es so geradeheraus, daß Vanessa erschrak. »Ja, sie weiß es. Sie weiß das Gute über ihn und sie weiß das Schlechte. Sie weiß auch alles, was ich ihr über deine Mutter erzählen konnte. Ich wollte, daß sie alles weiß. Sie hat ein Recht darauf. Sie hat das Recht zu versuchen, es auf ihre Art zu bewältigen. Ich glaube, sie akzeptiert es. Es ist schrecklich und es tut ihr weh, aber sie hat keinen von beiden je gekannt. Für sie sind es nur Romanfiguren. Es ist nicht so, als ob jemand ihr erzählte, daß ich jemanden getötet habe. Das wäre anders, das würde ihr das Herz brechen, aber Vasili... deine Mutter... die sind für sie nur Namen.« Er sprach sehr leise.

Vanessa nickte. »Gab es eine Frau, die sie aufzog?«

Er schüttelte den Kopf. »Meine Frau starb, als Charlotte zwei Jahre alt war. Sie erinnert sich nicht an sie. Sie hatte meine Töchter, die für sie wie große Schwestern sind, und sie hat mich. Und du? Hat dein Onkel geheiratet, als du noch jung warst?«

»Nein, mein Onkel hat erst vergangenes Jahr geheiratet. Bis dahin waren wir allein.«

»Hat es dir etwas ausgemacht?« fragte er neugierig, und sie zog die Schultern hoch, während sie über ihre Antwort nachdachte.

»Ich glaube nicht. Teddy war mir Mutter und Vater in einem. Ich habe mich nach meiner Mutter gesehnt, aber das war etwas anderes.«

»Ich glaube, daß Charlotte immer sehr neugierig auf dich war. Als Kind sprach sie oft von ihrer amerikanischen Schwester, sie spielte mit dir, benützte ihre Phantasie, einmal schrieb sie dir einen Brief. Ich habe ihn noch irgendwo. Ich habe mich oft gefragt, ob du je zurückkommen würdest.«

»War ich schon einmal hier?« Sie war erschrocken, und er nickte.

»Einige Male mit Vasili und deiner Mutter. Du und ich, wir spielten miteinander Schach...« Seine Stimme verklang, und ihr kam es vor, als ob sie in weiter Ferne etwas erkennen konnte. Sie schloß die Augen und begann sich zu erinnern. Sie sah ihn vor sich, auch seine Frau und seine Kinder...

»Ich erinnere mich.«

»Du warst ein wunderbares kleines Mädchen.« Dann umwölkte sich sein Gesicht. »Ich erinnere mich, als Charlotte zur Welt kam, flog ich nach London... Du hast sehr viel durchgemacht. Deine Mutter hätte Vasili niemals heiraten dürfen.«

Vanessa nickte zustimmend.

»Und du?« Er sah sie herzlich an. »Du bist nicht verheiratet?«

»Nein.«

»Ein schönes Mädchen wie du? Das ist Verschwendung.« Er drohte ihr mit dem Finger, und sie lachte, dann fragte sie noch etwas.

»Sieht sie mir ähnlich?«

Er musterte sie, dann schüttelte er den Kopf. »Eigentlich nicht. Eher in der Art, wie du dich bewegst, in der Gestalt. Nicht im Gesicht, den Augen oder dem Haar.« Er sah Vanessa scharf an, sein Blick durchbohrte sie. »Willst du sie kennenlernen, Vanessa?«

Sie sagte aufrichtig: »Ich weiß es nicht. Ich bin mir nicht sicher. Ich möchte schon, aber... was dann? Was wird es für uns beide bedeuten?«

»Vielleicht nichts. Vielleicht werdet ihr einander begegnen wie zwei Fremde und euch ebenso trennen. Vielleicht werdet ihr einander wie Schwestern begegnen. Oder ihr werdet Freundinnen. Es ist schwer vorauszusagen.« Dann meinte er zögernd: »Du mußt wissen, Vanessa, sie sieht eurer Mutter sehr ähnlich. Wenn du dich überhaupt an deine Mutter erinnerst, könnte dich ihr Anblick aus der Fassung bringen.« Sie war wieder erschöpft, und Andreas sah alle Gefühlsregungen, die sich in ihrem Gesicht spiegelten; er ergriff ihre Hand. »Du hast Zeit, es dir zu überlegen. Sie ist für zwei Wochen weggefahren. Sie macht eine Kreuzfahrt mit Freunden.« Hilflos fügte er hinzu: »Sie sollte ja in der Schule sein, aber... es ist eine lange Geschichte, sie hat mich dazu überredet. Meine Kinder behaupten, daß ich sie viel zu sehr verwöhne, aber sie ist ein liebes Mädchen.«

Vanessa überlegte. »Wann kommt sie zurück?«

»Heute in vierzehn Tagen. Sie ist gestern abend abgereist.« Vanessa dachte verärgert nach. Wenn sie nicht so lange in Rom geblieben wäre, hätte sie einen Tag früher in Athen ankommen können, und hätte die Begegnung bereits hinter sich. Jetzt mußte sie volle vierzehn Tage warten.

»Ich könnte eigentlich anderswohin fahren und dann noch einmal zurückkommen...« Sie ließ es sich durch den Kopf gehen, und er beobachtete sie dabei. Wenn er glaubte, daß ihn niemand ansah, lag eine unsagbare Traurigkeit auf seinem Gesicht.

»Möchtest du nicht in Athen bleiben?« Er lächelte, während er die Einladung aussprach. »Du könntest in meinem Haus wohnen, wenn das Hotel ein Problem für dich darstellt.« Doch Vanessa schüttelte lächelnd den Kopf.

»Es ist sehr nett von dir, aber das ist nicht das Hauptproblem. Ich weiß nur nicht recht, was ich zwei Wochen lang hier tun soll. Ich könnte auch nach Paris fliegen.« Aber sie hatte eigentlich keine Lust dazu. Sie wollte Charlotte kennenlernen und nach Hause zurückfliegen.

»Warum versuchst du nicht, hier zu warten? Ich werde tun, was ich kann, um dich zu unterhalten.«

»Nein, wirklich, ich möchte mich dir nicht aufdrängen –«

Er unterbrach sie. »Warum nicht? Du hast sechzehn Jahre auf diesen Augenblick gewartet. Darf ich ihn nicht mit dir zusammen erleben? Darf ich dir nicht helfen, die Schatten der Vergangenheit zu bannen, deine Erwartungen zu erfüllen, dein Gesprächspartner sein?«

»Du hast sicherlich Besseres zu tun.«

»Nein. Was du vorhast, ist viel wichtiger als alles, womit ich mich befaßt habe, als du ankamst. Außerdem ist der Oktober in Athen ein stiller Monat.« Er lachte auf seine trockene Art. »Athen ist das ganze Jahr still. Was machst du eigentlich in New York, Vanessa? Dein Onkel ist Arzt, glaube ich.«

»Ja, und seine Frau auch. Ich bin Fotografin.«

»Wirklich?« fragte er erfreut. »Und bist du erfolgreich?«

»Manchmal.«

»Dann werden wir gemeinsam Fotos machen. Auch ich fotografiere gern.« Nun sprachen sie von einer Ausstellung, die zuerst in

New York gezeigt wurde und dann auch nach Athen gekommen war, und die Zeit verging, als ob sie alte Freunde wären. Um zehn Uhr fiel ihnen ein, daß sie noch nicht gegessen hatten. Andreas bestand darauf, sie in ein nahegelegenes Restaurant zu führen; es war ein hübsches kleines Lokal mit ausgezeichneter Küche. Als er sie um ein Uhr ins Hotel zurückbrachte, war sie müde und glücklich, sie hatte das Gefühl, eine andere Frau zu sein als bei ihrer Ankunft. Sie versuchte, ihre Freude mit ihm zu teilen, aber er umarmte sie nur und küßte sie auf beide Wangen. »Laß das, Vanessa. Ich danke dir. Morgen sehen wir uns wieder, paßt es dir? Wir werden auf der Akropolis Fotos machen, wenn du möchtest.« Sie konnte sich nichts Schöneres vorstellen. Sie sagten einander gute Nacht, und sie ging auf ihr Zimmer.

Die Aussicht, zwei Wochen auf die Begegnung mit Charlotte zu warten, begeisterte Vanessa nicht gerade, aber sie konnte zumindest ein paar Tage mit Andreas verbringen, dann würde sie schon sehen.

Als sie am nächsten Morgen erwachte, brachte ihr das Mädchen einen riesigen Blumenstrauß in einer schönen weißen Vase, und Vanessa war verblüfft. Auf der Karte stand nur *Willkommen. Genieße deinen Aufenthalt. Andreas.* Aber sie war sehr gerührt und sagte es ihm auch, als er sie abholte. Er fuhr einen großen, silbernen Mercedes, und auf dem Rücksitz stand ein ganzer Korb mit griechischen Spezialitäten für sie. Außerdem hatte er einen Picknickkorb mitgebracht, für den Fall, daß sie nicht zum Essen zurückkommen wollten.

»Warum bist du so nett zu mir, Andreas?« fragte sie ihn.

»Erstens bist du eine bezaubernde junge Frau, vielleicht die schönste, die ich je gesehen habe. Und zweitens bist du mir ans Herz gewachsen, Vanessa. Das war schon vor langer Zeit so, als du noch ein Kind warst. Für mich warst du damals schon etwas Besonderes.«

»Aber du kennst mich doch nicht, wie ich jetzt bin.«

»Ich kenne dich, Kleines. Ich weiß, was dir damals zugestoßen ist, und ich sehe, was jetzt in dir vorgeht.« Beinahe war es, als hätte sie einen Vater gefunden, und dennoch war das Verhältnis ganz anders. Er war ein außergewöhnlicher, besonderer Mensch und sehr attraktiv, sie hatte das Gefühl, von einem Strom mitgerissen zu werden, dessen Ursprung und Ziel sie nicht kannte.

»Wie kannst du sehen, was geschehen ist?«

»Ich lese es in deinen Augen.«

»Was siehst du, Andreas?« fragte sie leise, er bremste und fuhr an den Randstein.

»Ich sehe, wie weh man dir getan hat, Vanessa. Ich sehe, was Vasili dir angetan haben muß, als du noch ein Kind warst. Es ist, als wäre dabei etwas in dir zerschlagen worden. Ich sehe auch, daß du Angst vor Männern hast.« Sie wollte es schon verneinen, doch dann fühlte sie sich durchschaut und schüttelte den Kopf.

»Ist es denn so leicht zu erkennen?«

»Nein.« Er lächelte und sah attraktiver aus denn je. »Ich bin nur ein sehr erfahrener Mann.«

»Sei doch ernst!« Sie begannen beide zu lachen.

»Ich bin ja ernst.« Dann wandte er sich ihr zu und stellte ihr eine Frage, die sie schockierte. »Bist du noch Jungfrau, Vanessa?«

»Ich... nein...« Sie wurde feuerrot und sah zur Seite.

»Lüg mich nicht an.«

»Das tue ich nicht.« Dann nach einer kurzen Pause, leise: »Ja.«

»Gibt es jemanden, den du liebst?« Es war eigenartig, die Frage zu beantworten, die er ihr stellte, und doch war sie dazu bereit. Als wolle sie sich ihm ausliefern.

»Vielleicht. Ich weiß es nicht. Ich habe mich noch nicht entschlossen.«

»Aber du hast nicht mit ihm geschlafen?«

Sie seufzte leise. »Ich kann nicht.« Und während sie in die Hügel rund um Athen fuhren, erzählte sie ihm, wie es um sie und ihr Verhältnis zu den Männern stand – daß sie Angst hatte, wenn sie ihr zu nahe kamen, und sie sie auf Distanz hielt, sogar noch mehr, seit sie sich wieder an den Mord erinnerte; dann sah sie sein Gesicht vor sich und geriet ebenso in Panik wie damals.

»Eines Tages wirst du es vergessen, Vanessa. Nein, das ist falsch. Du wirst es nicht vergessen. Aber es wird dich nicht mehr quälen. Vor allem darfst du keine Angst mehr haben.«

»Aber wie?« Sie wandte sich ihm zu, als wüßte er alle Antworten, und in gewissem Sinn traf das auch zu.

»Mit der Zeit. Die Zeit heilt alle Wunden. Es hat mir sehr wehgetan, als meine Frau starb.«

»Das ist nicht das gleiche.«

»Nein, das ist es nicht.«

»Was ist mit Charlie?... Charlotte... geht es ihr so wie mir?«

Andreas lachte. »Nein, Kleines. Aber sie hat das alles ja nicht bewußt erlebt. Sie war noch ein Baby. Sie ist jung und schön, alle jungen Männer lieben sie, und sie liebt sie auch. Sie neckt sie, flirtet mit ihnen und ist ein kleines Biest.« Vanessa beneidete sie. Es war ein völlig anderes Leben als das ihre. Aber Andreas verstand sie und wurde wieder ernst. »Es ist bedeutend schwieriger, so zu sein, wie du bist. Charlotte wußte immer, daß sie sehr geliebt wird. Sie ist die Frucht einer unglücklichen Verbindung zwischen zwei Menschen, die wie Sternschnuppen aufeinander zuflogen und abstürzten. Sie begegneten einander und explodierten zu einem Hagelschauer schöner Kometen. Sie ist einer dieser Kometen, und die Sternschnuppen verschwanden einfach vom Himmel, als sie starben.«

»Bei dir klingt alles so poetisch.«

»Eine Zeitlang führten sie ein poetisches Leben, Vanessa. Sie liebten einander sehr.«

»Aber sieh doch, was daraus geworden ist«, sagte sie düster, und er sah sie streng an. »Das darfst du nicht so sehen, Vanessa. Du mußt den Anfang betrachten, als ihnen ihre Liebe soviel bedeutete. Wenn du immer auf die Staubfahne hinter dem Wagen schaust, wirst du die Schönheit eines rassigen Autos nie sehen.« Der Vergleich gefiel ihr und sie lächelte. »Eine Zeitlang ist alles schön. Manche Gefühle haben für uns eine große Bedeutung, solange sie lebendig sind; was später aus ihnen wird, ist nicht mehr so wichtig. Der Fall deiner Mutter war besonders tragisch, aber er hatte auch seine gute Seite. Sie zeugten eine Tochter, die für jeden, der sie kennt, eine Freude ist, besonders natürlich für mich. Ebenso wie du das Kind der Liebe deiner Mutter zu deinem Vater warst. Als er starb, konnte nichts von dieser Liebe je verlorengehen, denn du warst da. Du mußt lernen, den Augenblick zu genießen, Vanessa, nur den Augenblick... nicht immer das ganze Leben im Auge haben.« Sie schwieg lange, und dann trafen sie bei der Akropolis ein, machten ihre Aufnahmen, danach aßen sie ihr Picknick auf den Hügeln. Im Lauf des Nachmittags erzählten sie sich lustige Geschichten und Erinnerungen, verglichen ihre Kameras, machten Bilder voneinander, alberten herum, lachten und unterhielten sich glänzend. Als er sie ins Hotel zurückbrachte, tat es ihr leid, daß sie sich trennen mußten. »Essen wir heute abend zusammen, oder bist du dazu zu müde?« Sie wollte es ablehnen, brachte es aber nicht übers Herz.

Sie trafen sich zum Abendessen, ebenso am nächsten und übernächsten Abend. Am fünften Abend gingen sie tanzen; als er sie zum Hotel brachte, war er ungewöhnlich schweigsam.

»Ist etwas los, Andreas?«

Er lächelte. »Ich glaube, das Zusammensein mit dir hat mich ermüdet. Ich bin ein alter Mann, weißt du.«

»Das ist nicht wahr.«

»Es sieht aber so aus, und wenn ich mich im Spiegel sehe...« Er machte ein schreckliches Gesicht.

Sie lud ihn zu einem Drink ins Hotel ein, und obwohl er müde aussah, nahm er an; als sie bei Ouzo und Kaffee saßen, fühlte sie sich seltsam schwermütig. Die Tage in Griechenland waren die glücklichsten ihres bisherigen Lebens.

»Woran dachtest du eben?«

Sie sah ihn lange an, und ohne zu überlegen, entschlüpften ihr die Worte: »Daß ich dich liebe.«

Er sah sie überrascht, liebevoll und tief gerührt an. »Das Schönste daran ist, daß auch ich dich liebe.«

»Komisch, ich kam her, um meine Schwester kennenzulernen, und in den letzten Tagen vergaß ich sie fast. Ich denke nur an dich.«

»Ich habe mich in dich verliebt, als ich dich sah, mein Liebling. Aber ich hielt es nicht für richtig... ein schönes junges Mädchen und ein alter Mann.«

»Sag das nicht. Du bist nicht alt.«

»Ich werde es sehr bald sein.«

»Macht das etwas aus?« Ihre Stimme sank zu einem Flüstern herab, und sie spürte seinen Atem sanft an ihrem Gesicht, so nah saß er bei ihr. »Mir macht es nichts aus, Andreas, gar nichts.«

»Vielleicht ist das aber nicht richtig.«

»Wie war das doch mit den Sternschnuppen? Haben wir kein Recht, auch Sternschnuppen zu sein, für einen Augenblick, ehe wir vom Himmel fallen, um nie mehr gesehen zu werden?«

»Wünschst du dir das, nur einen Augenblick statt eines ganzen Lebens? Mein Schatz, du hast auf viel mehr Anspruch.«

»Du hast mir gesagt, ich hätte unrecht, ich solle den Augenblick genießen und nicht immer das ganze Leben im Auge haben.«

»Ach, weißt du... ich sage oft so verrückte Dinge...« Aber er sah sie so innig und voller Liebe an, sie rückte näher zu ihm, gleich darauf lag sie in seinen Armen, und er küßte sie, wie er kaum jemals eine Frau geküßt hatte, und er wünschte sich für den Rest seines Lebens nichts anderes, als mit diesem herrlichen jungen Mädchen zusammen zu sein. »Ich liebe dich, Vanessa... o mein Liebling...« Er drückte sie an sich. Er legte Geld auf den Tisch, erhob sich und reichte ihr die Hand. Sie stellte keine Fragen. Sie folgte ihm aus dem Hotel, stieg in seinen Wagen, und zehn Minuten später standen sie in seinem palastähnlichen Haus mit den Brunnen, dem Atrium und dem Hof mit den exotischen Pflanzen und den kostbaren Kunstgegenständen, die er überall in der Welt gesammelt hatte. Ruhig führte er Vanessa an der Hand in sein Zimmer, schloß die Tür und versperrte sie, damit keiner der Dienstboten sie am Morgen überraschen konnte, dann führte er sie in ein kleines Arbeitszimmer, in dem er oft saß und in den Kamin starrte. Er warf ein Streichholz hinein, und bald darauf loderte ein angenehmes Feuer vor ihnen; er setzte sich neben sie und küßte sie, dann kniete er vor ihr nieder und nahm ihr Gesicht in seine Hände. Er strich mit den Fingern über ihr Gesicht, fuhr ihr durchs Haar, streichelte ihren Hals, ihre Brüste und legte seine Hände um ihre Taille. Er umarmte und liebkoste sie, bis das Feuer heruntergebrannt war.

»Willst du mit mir kommen, Vanessa«, fragte er so zart, daß sie mit ihm bis ans Ende der Welt gegangen wäre. Sie folgte ihm ruhig, ließ sich von ihm entkleiden, und dann lagen sie nebeneinander im Bett. Wieder spielte er mit den anmutigen Kurven ihres langgliedrigen, geschmeidigen Körpers, bewunderte dessen Schönheit und schließlich nahm er sie, zuerst vorsichtig, dann immer drängender in Besitz. Zuerst schrie sie auf, und er wußte, daß es ihr Schmerzen bereitete, aber er drückte sie an sich, teilte ihren Schmerz, und als er vorbei war, streichelte er sie und liebte sie, und später liebte er sie noch einmal.

Als sie am Morgen neben ihm erwachte, lag ein Lächeln auf ihrem Gesicht und in ihren Augen ein Friede, den sie vorher noch nie gekannt hatte, nicht so sehr, weil sie mit Andreas geschlafen hatte, sondern weil sie ihm ihr Herz geschenkt hatte und ihm vertraute, damit hatte sie endlich die lange verborgene Tür geöffnet, die sie bis zu diesem Augenblick nie hatte finden können.

Die nächsten Tage vergingen viel zu schnell, während Andreas und Vanessa die ganze Zeit gemeinsam verbrachten, lange Spaziergänge in Athen unternahmen, Märkte entdeckten, umherfuhren und einmal mit seiner Jacht segelten. Am Morgen, nachdem sie ein Liebespaar geworden waren, zog sie aus dem Hotel aus, und er brachte sie in einem schönen Gästezimmer unweit von seinem Haus unter. Sie verbrachte jede Nacht in seinem Schlafzimmer, und am Morgen liefen sie wie zwei übermütige Kinder in Vanessas Zimmer und brachten ihr Bett in Unordnung, so daß es aussah, als hätte sie die Nacht dort verbracht, dann lachten sie; eines Morgens bestand er darauf, sie dort zu lieben, so daß die Unordnung echt wirkte. Sie war noch nie im Leben so glücklich gewesen, und es war, als hätte sie den Rest ihres Lebens vergessen. Teddy, Linda und das Baby schienen einem fernen Traum anzugehören, und wann immer sie an John Henry dachte, schob sie den Gedanken sanft zur Seite. Sie wollte jetzt nicht an ihn denken. Sie wollte nur mit Andreas zusammen sein, so lange es ging, wie lange es auch sein mochte, ein Augenblick oder ein Leben, die Stunden und die Träume gemeinsam mit ihm verbringen.

Ein- oder zweimal bemerkte sie, daß er am Morgen ein wenig zerstreut war, und sie bemerkte auch große Mengen von Pillen in seinem Ankleidezimmer. Aber sie wollte nicht indiskret sein, indem sie ihm diesbezüglich Fragen stellte. Dann und wann zeigte er sich noch immer empfindlich, wenn ihr Altersunterschied zur Sprache kam.

Am letzten Abend, den sie allein verbrachten, besuchten sie ein ruhiges Restaurant, kamen zeitig nach Hause, liebten sich, und dann fiel Andreas in tiefen Schlaf. Vanessa ging langsam in seinem Schlafzimmer auf und ab, bewunderte die Aussicht und fragte sich, was der nächste Tag bringen würde. Wie würde sie sich zu diesem Mädchen stellen, das ihre nächste Verwandte und doch ihr völlig fremd war?

Andreas hatte schon versucht, Vanessa zwei Diamantarmbänder zu kaufen, aber sie blieb hartnäckig dabei, daß sie das nicht annehmen könne. Er kaufte ihr statt dessen einige großartige Zusatzlinsen für ihre Kamera und schenkte ihr einen schön geschnittenen, einfachen Smaragdring.

»Aber den kann ich nicht annehmen, Andreas, er ist zu kostbar.«

»Ich versichere dir, mein Schatz, ich kann ihn mir leisten.« Er hatte sie leidenschaftlich geküßt und ihre Einwände zum Schweigen gebracht, aber nachdem sie einander geliebt hatten, kam sie wieder darauf zu sprechen.

»Ich sollte ablehnen, es ist ein zu wertvolles Geschenk.«

»Ach wie erfrischend, eine Frau, die sich *kleinere* Smaragde wünscht! Glaube mir, Liebste, meine Frau hatte keine derartigen Vorbehalte.« Schließlich ließ sie sich überreden, ihn zu behalten, und nun sah sie ihn dunkel an ihrer linken Hand glänzen. Er glich irgendwie einem Verlobungsring und bedeutete ihr sehr viel. Er war ein Symbol für ihre Liebe zu diesem Mann und für alles Glück, das er ihr gebracht hatte. Er hatte sie aus ihrem Elfenbeinturm befreit und sie in seine Arme geholt. Hätte er sie in diesem Augenblick gebeten, ihn zu heiraten, so hätte sie ja gesagt, aber es wurde zwischen ihnen nie von der Zukunft gesprochen. Sein Leben schien vollkommen auf das Hier und Jetzt ausgerichtet zu sein.

Am nächsten Morgen stand Vanessa früh auf und war schon angekleidet, als Andreas aus seinem Zimmer kam. Er wollte Charlotte am Kai abholen und sie zu Vanessa nach Hause bringen. Schließlich ließ sich Vanessa von ihm dazu überreden mitzufahren; sie fuhren zum Hafen, nachdem man ihm telefonisch mitgeteilt hatte, daß die Jacht seines Freundes angelegt hatte. Vanessa spielte mit dem Smaragdring und blickte aus dem Fenster, während eine Flut von Gefühlen auf sie einstürmte und sie sich bemühte, gegen den Druck in ihrer Kehle anzukämpfen.

Er beugte sich zu ihr und küßte sie, als er den Wagen anhielt. »Fühlst du dich gut, mein Liebling?« Sie nickte.

»Ja, dank dir habe ich mich noch nie besser gefühlt.« Dann seufzte sie. »Ich habe nur Angst.«

»Wovor? Daß sie dich abweisen wird?«

»Vielleicht. Ich weiß nicht. Ich habe sie so geliebt, als sie ein Baby war, und nun begegne ich einer völlig Fremden. Was geschieht, wenn sie mich nicht mag?«

»Sie mochte dich aber immer, in den Geschichten, die sie mir von dir erzählte, in ihren Phantasien. Du warst immer die große Schwester, die sie liebte.«

»Aber sie kennt mich nicht. Wenn sie die wirkliche Vanessa nicht mag, was dann?«

»Wie könnte das der Fall sein, wenn ich dich so liebe?«

»Ach Andreas, was war mein Leben, bevor du kamst?« Sie konnte sich jetzt kaum noch daran erinnern.

Er zeigte ihr die Jacht, ein prächtiges, schwarz gestrichenes Schiff mit drei mächtigen Masten und vollgetakelt. Es bot achtzehn Personen in den Kabinen Platz und hatte eine Besatzung von zwölf Mann. Sicherlich hatte Charlotte eine sehr angenehme Reise hinter sich.

»Was soll ich tun? Soll ich hier warten?«

»Warum nicht? Ich gehe an Bord und spreche ein paar Minuten allein mit ihr, dann holen wir dich ab. Vielleicht möchtest du die Jacht besichtigen?« Aber er las in ihren Augen, daß sie nur Charlotte sehen wollte.

»Was wirst du ihr sagen?«

»Daß du hier bist, daß du die weite Reise von New York hierher gemacht hast, nur um sie zu sehen, daß du bis jetzt nicht gewußt hast, wo sie lebt.«

»Wirst du ihr von uns erzählen?«

Er schüttelte den Kopf. »Nein, Liebste, jetzt nicht. Nicht alles auf einmal. Sie ist schließlich erst sechzehn.«

Vanessa stimmte ihm erleichtert zu. Es war schwierig genug, eine Schwester kennenzulernen, ohne ihr sagen zu müssen, daß man in ihren Onkel verliebt war und sich danach sehnte, ihre Tante zu werden. Andreas ging zur Gangway und verschwand gleich darauf.

Es schien Stunden zu dauern, bis er wieder auftauchte, in Wirklichkeit waren es zwanzig Minuten. Er hatte Charlotte, nachdem er ihre Freunde begrüßt hatte, beiseite genommen und mit ihr gesprochen. Er hatte ihr erklärt, daß Vanessa in Athen war.

»Wirklich?« Charlotte riß die Augen weit auf. »Sie ist *hier*?«

»Und ob.« Er lächelte über ihre begeisterte Reaktion.

»Wo ist sie?«

»Charlotte ... Liebling ...« Plötzlich war auch er besorgt. Vielleicht hatte Vanessa recht. »Sie ist draußen.«

»Auf dem Kai?« Charlotte richtete sich auf, ihre schwarze Haarmähne hing ihr glatt wie Onyxfäden auf die Schultern. Das Haar war von Vasili, der Rest jeder Zoll Serena. »Sie ist dort draußen?« Andreas nickte lächelnd, darauf rannte sie los aus dem Raum an Deck, über die Gangway auf den Kai und sah sich aufgeregt um; dann erblickte sie Vanessa, die groß, ruhig und blond neben dem Wagen ihres Onkels stand. Sie sah genauso aus, wie Charlie sie erträumt hätte. So genau, daß sie jetzt, als sie sie in Wirklichkeit sah, überwältigt war. Es war, als hätte sie sie immer schon gekannt, immer ein Bild von ihr im Herzen getragen, und während sie sie aus der Entfernung anstarrte, erstarrte Vanessa plötzlich. Sie hatte sie vom Schiff kommen sehen, das schwarze Haar, die langen Beine, alles. Als ob ihre Mutter wieder auferstanden wäre im Körper dieses Mädchens, das auf sie zukam.

Ohne nachzudenken lief ihr Vanessa entgegen und hielt erst an, als sie einander gegenüberstanden. Tränen strömten Charlotte ebenso über das Gesicht wie Vanessa, und ohne ein Wort zu sprechen, breitete Vanessa die Arme aus. Charlotte stürzte sich hinein, und sie hielten einander umfangen, während Andreas sie vom Deck aus beobachtete. Die beiden Mädchen hielten einander lange umarmt, und es schien, als wollte Vanessa ihre Schwester nie mehr loslassen.

»Ach, Baby...«, sagte sie immer wieder, »o Charlie.«

»Du bist zurückgekommen.« Charlotte sah sie verzückt an. »Du bist da.«

»Ja, Liebling.« Vanessa sah sie an, endlich als Frau. Sie lächelte durch die Tränen. »Ich bin zu dir gekommen.«

56

In den nächsten zwei Wochen war das Terzett unzertrennlich. Vanessa ging mit Charlie überallhin, außer wenn sie in der Schule war, dann verbrachte Vanessa ihre Zeit mit Andreas. Nachts kamen sie wieder zusammen, nachdem Charlie zu Bett gegangen war, dann ging ihr Leben so weiter wie vor Charlies Rückkehr nach Athen. Es war eine idyllische Zeit für sie alle, und Vanessa war noch nie glücklicher gewesen. Sie hatte alles, was sie wollte, einen Mann, den sie liebte, eine Schwester, die sie vergötterte, und nun kehrten alle schönen Erinnerungen zurück, während sie die anderen *ad acta* legte. Sie erinnerte sich an Erlebnisse mit ihrer Mutter, und Charlies Anblick rief sie ihr wieder ins Gedächtnis zurück. Nun wagte sie es, an die Vergangenheit zu rühren, wie an eine Zauberdecke, die sie über die Jahre gebreitet und sie darunter versteckt hatte.

In der zweiten Woche nach Charlies Rückkehr kam Andreas nicht zum Frühstück. Vanessa machte sich Sorgen, als er nicht wie gewöhnlich in einem eleganten englischen Anzug und frisch gestärktem weißen Hemd auftauchte, das Haar glatt gekämmt, nach Lavendel und Rasierwasser duftend.

»Fühlt er sich nicht wohl, was meinst du?« Vanessa sah ihre Schwester besorgt an.

»Vielleicht hat er einen seiner schlechten Tage. Wir können ja nach dem Frühstück seinen Arzt anrufen.«

»Einen seiner schlechten Tage?« fragte Vanessa verwirrt.

»Ja, die hat er manchmal.« Charlie sah Vanessa merkwürdig, irgendwie fragend an, doch Vanessa verstand sie nicht. »Ging es ihm gut, während ich fort war?«

»Ausgezeichnet. Ist er krank?«

Charlotte sagte längere Zeit nichts. Ihre großen grünen Augen standen voll Tränen, als sie wieder sprach, aber ihre Stimme klang ruhig. »Hat er es dir nicht gesagt?« Vanessa schüttelte den Kopf.

»Er hat Krebs.« Einen Augenblick drehte sich der Raum um Vanessa, sie klammerte sich an den Frühstückstisch und sah ihre Schwester an.

»Ist das dein Ernst?«

Charlotte nickte still. »Seit zwei Jahren. Er hat es mir fast sofort mitgeteilt. Er meinte, ich müsse es wissen, weil es niemanden gibt, der sich nachher um mich kümmert. Er sagte, ich müsse deshalb rasch erwachsen werden. Ich könnte bei einem seiner Kinder leben, aber« – sie schluckte – »es wäre nicht das gleiche. Und er hat recht.«

»O mein Gott.« Vanessa setzte sich neben sie und legte den Arm um sie. »Mein armes Kind. Kann man nichts für ihn tun?«

»Sie haben es versucht, und sie haben Wunder gewirkt. Wir haben ihn im vorigen Jahr beinahe verloren. Aber dann ging es ihm wieder besser. Bevor ich wegfuhr, ging es ihm nicht allzu gut, aber er versprach mir, er würde mich über Funk verständigen, wenn es ihm schlechter gehen sollte, so daß ich zurückkommen könnte. Seine Leber und sein Magen sind angegriffen.« Vanessa dachte an ihre gemeinsamen Mahlzeiten und erinnerte sich, daß er immer sehr wenig gegessen hatte. Sie hielt es damals für Eitelkeit, weil er schlank bleiben wollte, aber der Mann, den sie liebte, war todkrank. Einen Augenblick tat sie sich selbst leid, als sie daran dachte, daß sie wieder jemanden verlieren würde, aber fast im gleichen Augenblick hörte sie Andreas' Stimme, die ihr sagte, sie müßten den Augenblick festhalten... Andreas zu verlieren würde ein schrecklicher Schlag für sie sein. Vanessa sah auf die Uhr.

»Du wirst zu spät zur Schule kommen.«

»Willst du hinaufgehen und nach ihm sehen? Und glaube kein Wort von dem, was er dir sagt. Wenn er schlecht aussieht, ruf den Arzt.«

»Ich verspreche es dir.« Sie begleitete Charlotte zur Tür, winkte der abfahrenden Limousine und eilte zurück zu Andreas' Schlafzimmer. Sie klopfte leise an die Tür und trat ein, als er antwortete. Er lag im Bett, war totenblaß, versuchte aber fröhlich auszusehen. »Andreas...« Sie wußte nicht, was sie sagen sollte. Er wollte ihr etwas vorspielen, und sie wußte nicht, ob sie darauf eingehen sollte.

»Verzeih mir, ich habe verschlafen.« Er setzte sich mit schwachem Lächeln auf, über Nacht hatte er sich völlig verändert. Charlotte hatte sie darauf aufmerksam gemacht, daß es an seinen »schlimmen Tagen« so war, und der Arzt hatte ihr im vergangenen Monat gesagt, daß die guten Tage bald gänzlich zu Ende sein würden. »Du mußt mich gestern abend zu sehr mitgenommen haben.«

»Liebster...« Ihre Stimme zitterte, als sie sich hinsetzte und er ihr zulächelte. Sie war in einem kurzen Monat eine Frau geworden. Nichts war mehr zu merken von dem ängstlichen Mädchen, das sie bei ihrer Ankunft in Athen gewesen war. »Ich...« Sie sah ihn mit ihren großen grauen Augen an und ergriff seine Hand. »Warum hast du es mir nicht gesagt?« Er sah erschrocken aus, als hätte sie ihn unvermittelt ertappt.

»Dir was gesagt?«

»Ich sprach heute morgen mit Charlie –«

»Ich verstehe... du weißt es also. Ich wollte nicht, daß es dir jemand erzählt.«

»Warum?« Ihr Schmerz sprach aus ihren Augen, und es zerriß ihr das Herz.

»Du hast genügend Verluste in deinem Leben erlitten, mein Liebling. Ich wollte dich nach Hause schicken, solange ich mich halbwegs gut fühlte, so daß du nur glückliche Erinnerungen mitgenommen hättest.«

»Das wäre aber ein Trugbild, wenn die Wirklichkeit so ganz anders ist.«

»Die Wirklichkeit hat zwei Seiten. Alles, was wir gemeinsam erlebt haben, unsere ganze Liebe, die große Leidenschaft, die glücklichen Augenblicke. Vanessa, ich habe nie eine Frau so geliebt wie dich. Wenn ich jünger wäre und wenn es jetzt anders um mich stünde, würde ich dich bitten, mich zu heiraten, aber das kann ich jetzt nicht mehr tun.«

»Ich würde dich heiraten, weißt du.«

»Dieses Bewußtsein macht mich glücklich. Aber was du von hier mitnehmen sollst, ist mehr als ein Trauring. Ich will, daß du dich selbst besser erkennen lernst und verstehst, wie sehr du geliebt wurdest. Ich will, daß du nicht in der Vergangenheit lebst, sondern etwas für die Zukunft mitnimmst.«

»Aber wie kann ich dich hier zurücklassen? Und wenn du krank bist, will ich bei dir sein.«

Er schüttelte sanft den Kopf. »Nein, mein Liebling, das kann ich nicht zulassen. Wir haben diesen kurzen Augenblick erlebt, von dem ich zu dir sprach. Vielleicht wird er wiederkommen, vielleicht wird es mir morgen besser gehen. Aber wenn es der Fall ist, mußt du abreisen. Und wenn du fortgehst –« Er zögerte einen Augenblick bekümmert. »Ich will, daß du Charlie mitnimmst.«

»Willst du sie nicht hier bei dir haben?«

»Nein. Ich will, daß die zwei Menschen, die ich liebe, ein neues gemeinsames Leben beginnen. Ihr werdet mich in euren Herzen mit euch nehmen. Ihr wart mir so teuer, Kleines, in all diesen Jahren, in denen ich mich deiner als Kind erinnerte. Jetzt werdet ihr euch ein Leben lang meiner erinnern.« Sie wußte, daß es richtig war, wollte ihn aber nicht verlassen. Doch er schüttelte den Kopf und wies ihre Einwände zurück. »Meine Kinder werden bei mir sein, Vanessa. Ich werde nicht allein sein. Und bald wird es für mich Zeit sein zu gehen.«

Sie senkte den Kopf und begann zu weinen, dann hob sie ihren Blick zu ihm. »Ich kann dich nicht verlassen, Andreas. Ich kann unsere Bindung nicht einfach zerreißen.«

»Das mußt du auch nicht. Du wirst die glücklichen Tage mit dir nehmen. Nicht wahr? Wirst du dich immer daran erinnern?«

»Du hast mein ganzes Leben verändert.«

»Wie du das meine. Genügt das nicht? Willst du wirklich mehr? Bist du so gierig?« Seine Augen neckten sie, und sie lächelte durch ihre Tränen, dann putzte sie sich die Nase mit dem Taschentuch, das er ihr reichte.

»Ja, ich bin gierig.«

»Das darfst du nicht sein. Du hast eine wichtige Aufgabe für mich zu erfüllen. Zwei Jahre lang habe ich mich damit abgequält, was mit Charlotte geschehen wird. Ich hatte zuerst gedacht, sie würde bei meinen Kindern leben. Aber sie braucht mehr. Sie ist ein besonderes Kind. Sie braucht jemanden, der sie so liebt, wie ich es tat. Ich beobachte euch gern zusammen. Du bist so gut zu ihr. Wirst du sie bei dir behalten?« Es war, als erhielte sie ein Weihegeschenk, den Heiligen Gral, und Vanessa war sprachlos, weil er sie darum bat.

»Ja, aber willst du sie nicht hier bei dir haben?«

»Nein, ich will sie von all dem fernhalten. Ich weiß, wie es kommen wird. Es wird sehr häßlich sein. Und sie soll nachher auch nicht zu meinem Begräbnis kommen. Das ist grausam und unnötig.« Er sah sie finster an, und Vanessa verzog das Gesicht.

»Du mußt aufhören, allen ihr Leben vorzuschreiben.«

»Nein, mein Liebling. Nur dir, und nur, weil ich dich liebe.«

»Ist das dein Ernst?« Willst du wirklich, daß ich Charlie in die Vereinigten Staaten mitnehme? Wird sie sich nicht schrecklich einsam fühlen?«

»Nicht bei dir. Schicke sie in eine gute Schule.« Er räusperte sich. »Sie wird ein ungeheures Einkommen haben, das von Treuhändern verwaltet wird. Sie hat beim Tod ihres Vaters ein beträchtliches Vermögen geerbt.« Vanessa nickte.

»Ich lebe sehr einfach. Glaubst du, das wird ihr genügen? Sie ist an solchen Luxus gewöhnt.«

»Ich glaube, es wird ihr gefallen. Ich werde dafür sorgen, daß ihr beide über alle erforderlichen Annehmlichkeiten des Lebens verfügt.« Doch Vanessa schüttelte den Kopf.

»Das kann ich nicht annehmen. Wie die Dinge jetzt liegen, habe ich genug zum Leben. Ich weiß, daß Teddy in seinem Testament für mich gesorgt hat. Ich verdiene selbst genug mit meinen Fotos. Nur –« Sie war verlegen. »Es ist nicht aufregend viel.«

»Sie braucht nicht aufregend viel. Sie braucht dich. Vanessa, bitte. Nimm sie mit dir.«

»Ich will sie zuerst fragen. Das ist nur fair.« Er schien es zu bezweifeln, doch schließlich willigte er ein.

Am selben Nachmittag, als Charlie von der Schule nach Hause kam, stellte Vanessa die Frage. Einen Augenblick war Charlie erschrocken. »Er will, daß ich fortgehe?«

»Ich glaube schon«, antwortete Vanessa traurig. »Aber ich werde dich nur dann mitnehmen, wenn du es willst. Du kannst selbstverständlich bei Andreas in Athen bleiben, wenn du es wünschst.« Schließlich konnte er sie nicht zwingen, das Mädchen mitzunehmen. Und sie konnte Charlie immer noch später holen.

»Nein.« Sie schüttelte den Kopf. Sie kannte Andreas besser als Vanessa. »Er wird mich nach Paris oder sonstwohin schicken. Er will mich nicht hier haben, wenn es mit ihm zu Ende geht.« Sie hatten zwei Jahre lang darüber gesprochen. Dann nickte sie Vanessa zu. »Ich will mit dir kommen.« Vanessa nahm das Mädchen nur stumm in die Arme und drückte sie an sich. Alle Muttergefühle, von denen sie gedacht hatte, daß sie ihr fremd waren, kamen ans Licht und hüllten dieses Kind ein, das ihrer Mutter so ähnlich sah.

Am Abend teilten sie Andreas mit, daß Charlotte einverstanden war, und er sagte, er würde über seine Anwälte die Überweisung von Geld und was sie sonst brauchten veranlassen. Sein Sekretär würde eine gute Schule in New York ausfindig machen. Er war der Ansicht, daß eine von Nonnen geführte katholische Schule das Richtige wäre, wovon Charlie nicht übermäßig entzückt war. Sie hätte lieber etwas »Freizügiges, Amerikanisches« gehabt, nicht wieder Nonnen wie in Athen. Aber sie war entzückt über die Aussicht, in die Vereinigten Staaten zu reisen.

Drei Tage vor ihrem Abflug rief Vanessa Teddy und Linda an und kündigte ihnen an, daß sie Charlotte mitbringen würde. Sie hatte ihnen lange Briefe darüber geschrieben, was sie erlebt hatte und wie glücklich sie in Athen war, aber ohne ihnen zu erzählen, daß sie ein

Verhältnis mit Andreas gehabt hatte. Sie fand, das wäre ihre Privatsache, und Linda hatte gespürt, daß es etwas gab, das sie nicht erzählen wollte.

»Werdet ihr uns vom Flugplatz abholen?« Vanessa hatte von Andreas' Krankheit berichtet, aber sie konnten nicht wissen, wie schwer es sie traf. Sie wußten nicht, wie sehr sie ihn liebte.

»Natürlich holen wir euch ab.« Dann fiel Teddy etwas ein. »Soll ich John Henry anrufen?«

»Nein«, antwortete sie sofort.

»Entschuldige.«

»Schon gut. Mach dir deshalb keine Sorgen. Ich werde ihn anrufen, sobald ich zurück bin.« Aber es klang recht vage.

»Er hat ein paarmal hier angerufen und gefragt, ob wir Nachricht von dir hätten. Ich glaube, er war besorgt.«

»Ich weiß.« Sie hatte ihm nur zwei Postkaren zu Beginn ihrer Reise geschickt, und dann keine Nachricht mehr, seit sie in Athen angekommen war. Aber sie konnte ihm nicht schreiben, weil sie sich ganz auf Andreas konzentriert hatte. »Ich werde mich um ihn kümmern.« Doch Teddy hatte den Verdacht, diese Beziehung sei vorbei. Das sagte er auch Linda, als er aufgelegt hatte.

In Athen wurden die Reisevorbereitungen fortgesetzt, bis endlich alle Koffer gepackt waren. Mehrere Kisten waren mit Dingen angefüllt worden, die verschifft werden sollten, zum Beispiel Charlottes Stereoanlage. Andreas hatte ihr einmal gesagt, sie könne in fünf Monaten, zu Ostern, auf Besuch kommen, aber es wurde sonst sehr wenig darüber gesprochen. Es war in den letzten Tagen deutlich geworden, daß sein Krebsleiden sich sehr rasch verschlimmerte.

In der Nacht vor ihrem Abflug saß Vanessa neben Charlies Bett und erzählte ihr von ihrem Leben in New York, von Teddy und Linda und dem Baby. »Hast du keinen Freund?« Vanessa schüttelte den Kopf, darauf war Charlie enttäuscht. »Warum nicht?«

»Ich habe eben keinen. Ich habe Freundinnen.« Sie dachte mit leisem Schuldgefühl an John Henry. Sie verdankte es gewissermaßen ihm, daß sie nach Athen gekommen war. Er hatte ihr das Versprechen abgenommen, daß sie es tun würde. »Es gibt einen netten Mann, den ich gelegentlich treffe.«

»Wie heißt er?«

»John Henry.«

»Wird er mir gefallen? Sieht er gut aus?« Plötzlich sah man ihr die sechzehn Jahre an, während sie sich in die Kissen kuschelte.

»Er sieht gut aus, denke ich. Und ich glaube, er wird dir gefallen.«

»Ich werde mir auch einen Freund suchen«, stellte Charlie entschlossen fest; Vanessa lächelte und stand auf.

»Also, jetzt schlaf erst einmal ein.« Sie hatten sehr wenig über Andreas gesprochen. Es schien Vanessa merkwürdig, als ob sich Charlie mit der Situation abgefunden hätte. Sie hatte etwas Fatalistisches an sich, als wäre sie weit über ihr Alter hinaus abgeklärt. »Schlaf gut. Bis morgen früh.«

»Gute Nacht.« Und als Vanessa in der Tür stand: »Gehst du zu Andreas?« Wußte sie es? Vanessa war verblüfft.

»Warum?« Sie wartete bewegungslos.

»Ich wollte es nur wissen. Er liebt dich, weißt du.«

Vanessa mußte es sagen. »Ich liebe ihn auch. Sogar sehr.«

»Gut.« Charlie schien nichts dabei zu finden. »Dann werden wir ihn eben gemeinsam lieben.« Es war, als würde er am Morgen mit ihnen kommen.

Vanessa schloß leise die Tür und ging durch den Korridor zu Andreas, wo sie die Nacht in seinem Bett verbrachten, eng umschlungen; und schließlich schlief er in ihren Armen ein. In diesem Augenblick wußte sie, daß sie ihn für den Rest ihres Lebens mit sich nehmen würde.

57

Der Abschied war kurz und schrecklich schmerzhaft. Charlotte biß die Zähne zusammen, drückte Andreas an sich, trat einen Schritt zurück und sah ihn an.

»Ich liebe dich, Andreas.«

»Ich liebe dich auch.« Und dann: »Leb wohl.«

Das Abschiednehmen von Vanessa dauerte etwas länger. Er drückte sie an sich, spürte einen Augenblick die Wärme ihres Körpers an seinem, dann ließ er sie los. »Nimm die Erfahrung mit, die du gemacht hast, mein Liebling, und verwerte sie gut. Ich schenke dir zwei Dinge, mein Herz und Mut.« Er sagte es so leise, daß niemand ihn hören konnte, und als sie einen Schritt zurücktrat, drückte er ihr ein kleines Etui in die Hand. Sein Blick bat sie, sein Geschenk anzunehmen.

Dann mußten sie rasch einsteigen, er war fort, und Vanessa und Charlie weinten. Sie bestiegen das Flugzeug, jede den Arm um die Schultern der anderen gelegt, und erst nachdem das Flugzeug gestartet war, hatten sie das Bedürfnis zu sprechen. Charlie war betrübt, aber Vanessa fand, daß sie großartig aussah. Sie war das hübscheste Mädchen, das Vanessa je gesehen hatte, und mehrere Köpfe hatten sich umgewandt, als sie zu ihren Sitzen gingen. Es war die Kombination der elfenbeinfarbigen Haut mit den Smaragdaugen und dem seidig glänzenden schwarzen Haar. Eine einmalige Zusammenstellung.

Erst später öffnete Vanessa das kleine Päckchen, das ihr Andreas gegeben hatte. Eine dünne Goldkette fiel in ihre Hand, an deren Ende ein einzelner herrlicher Diamant in einer Fassung hing, die ihm das Aussehen eines Sterns verlieh, und als sie ihn sich um den Hals hängte, begriff sie seine Bedeutung. Es war eine Sternschnuppe. Sie hatte nur sechs Wochen mit ihm gelebt, aber sie waren wie ein ganzes langes Leben gewesen.

Die Maschine landete nach eineinhalb Stunden in London, und sie mußten umsteigen, stellten aber fest, daß sie zwei Stunden warten mußten, bis sie an Bord der New Yorker Maschine gehen konnten.

»Möchtest du etwas essen?« fragte Vanessa ihre Schwester, nachdem sie für das Flugzeug eingecheckt hatten; Charlotte sah angeregt aus. Nach dem Abflug von Athen war sie bedrückt gewesen, doch nun lag frischer Glanz in ihren Augen. Sie hatte im Flugzeug zwei junge Engländer und ein Mädchen ihres Alters kennengelernt und sich lange mit ihnen unterhalten. Vanessa staunte darüber, wie lebendig und aufgeschlossen sie war, wie leicht sie mit Leuten in Kontakt kam. Ihr fehlte vollkommen Vanessas Zurückhaltung, sie hatte keine Angst davor, verletzt oder abgewiesen zu werden. Sie war gewohnt, geliebt zu werden, Freude zu verbreiten, wohin immer sie kam.

Sie gingen Arm in Arm in die Cafeteria, Charlie bestellte Hamburger, und Vanessa Tee.

»Willst du nichts essen?« fragte Charlie erstaunt, doch Vanessa schien nervös zu sein. »Ist etwas nicht in Ordnung?«

»Ich weiß nicht. Es muß mit dem Flughafen zusammenhängen.« Dann, nachdem sie das gesagt hatte, meldeten sich ihre Erinnerungen wieder, die Zeit, als sie mit ihrer Mutter hier gewesen war... mit ihrer Mutter und Vasili unterwegs nach Athen... als sie das letzte Mal von London nach New York geflogen waren. Vanessa sah Charlie in die Augen und erinnerte sich zitternd an alles, sogar an die schreckliche Szene im Londoner Krankenhaus, als sie Teddy angerufen hatte, er solle kommen und ihrer Mutter das Leben retten.

»Woran hast du eben gedacht?« fragte Charlie besorgt, doch Vanessa lächelte.

»An die Zeit, als du zur Welt kamst...«

»Andreas sagte, daß Mammi beinahe gestorben wäre.«

»Das stimmt«, antwortete Vanessa ernst. »Mein Onkel Teddy kam und hat dich mit einem Kaiserschnitt entbunden.« Charlie nickte.

»Wo war mein Vater?«

Vanessa antwortete mit abwesendem Blick. »Das weiß ich nicht. Er war verschwunden.« Dann seufzte sie tief. »Er hat sich in jenen Tagen meiner Mutter gegenüber schrecklich betragen... unserer Mutter gegenüber«, verbesserte sie sich, und Charlie nickte.

»Er hat mir Angst gemacht. Nach einiger Zeit erlaubte Andreas nicht mehr, daß ich mit ihm zusammenkam.« Sie war fünf Jahre alt gewesen, als er aus der Anstalt entlassen wurde, und vierzehn, als er starb. Aber sie hatte ihn in all den Jahren nur vier- oder fünfmal gesehen. Sie sprachen nicht weiter über ihn, und Vanessa war in Gedanken versunken.

»Wie war es, als du ein Kind warst?« fragte Charlie.

»Es hängt davon ab, zu welchem Zeitpunkt. Manches war an meiner Jugend wunderbar... und manches nicht.« Aber sie schien es jetzt anders zu sehen. Seit sie Andreas kennengelernt hatte, sah sie alles anders. Nichts wirkte mehr so bedrückend wie früher.

»Erinnerst du dich an deinen Vater?« Charlie wollte jetzt alles erfahren. Sie hing abgöttisch an ihrer Schwester.

Vanessa schüttelte den Kopf. »Eigentlich nicht. Nur von Fotos. Der einzige Mann, an den ich mich aus meiner Kindheit erinnere, ist Onkel Teddy.« Doch nun erinnerte sie sich auch an Vasili. Es war seltsam, daß sie sich jetzt so deutlich an ihn erinnerte, er erschien ihr häßlich durch das Leid, das er ihrer Mutter zugefügt hatte, aber er jagte ihr keine Angst mehr ein wie früher. Wenn sie an ihn dachte, war es mit Zorn und Trauer über sein Verhalten, aber sie dachte auch an Andreas und die Liebe, die sie mit ihm geteilt hatte. Vasili war jetzt nur irgendein Mann. Er stand nicht mehr stellvertretend für alle Männer. Ihr fiel etwas ein, und sie sah auf die Uhr.

»Ist es schon spät?« Charlie wollte noch einen Milchshake.

»Bestell ihn dir; ich möchte nur rasch anrufen.«

»Wen denn?« Die Sechzehnjährige war immer neugierig, und Vanessa lachte.

»Einen Freund in New York.«

»Von hier aus? Das wird schön teuer werden!« Andreas hatte ihr eingeschärft, in New York nicht verschwenderisch zu sein. »Warum rufst du nicht von dort aus an?«

»Weil ich will, daß er uns vom Flughafen abholt, mein Neunmalkluges, deshalb.« Sie lachte ihrer Schwester zu und ging zur Telefonzelle vor dem Restaurant, während Charlie einen Schokoladen-Milchshake und ein Stück Kuchen bestellte, was sie sich bei ihrer Figur leisten konnte.

Das Telefon läutete zweimal, er meldete sich, und ihre Stimme klang zuerst gepreßt. Sie erzählte ihm, daß es ihr gut gehe und daß sie mit Charlie ankommen würde. Dann, nach einer verlegenen Pause: »Ich möchte dich sehen, John...« Sie wußte nicht, was sie sonst noch sagen, wie sie es ihm erklären sollte...

»Am Flughafen?«

»Ja.«

»Ich werde dort sein.«

Und als sie in New York landeten, war er zur Stelle. Vanessa und Charlie stiegen die Gangway hinunter, sie sahen zerknautscht, müde und erwartungsvoll aus. Sie kamen durch den Zoll, Vanessa sah nach oben auf die verglaste Terrasse und zeigte Charlie alle ihre Freunde.

»Dort sind sie, Liebling, sie erwarten uns.« Es waren Teddy, Linda und das Kleine, und John Henry stand neben ihnen. Er schrecklich ernst aus. Sein Blick war auf Vanessas Gesicht geheftet. Sie erschien ihm irgendwie verändert, erwachsener, fand er, und irgendwie fraulicher als früher. Während sie mit dem Zollbeamten sprach, sah er an ihrem Hals etwas glitzern. Es war der Diamant, den ihr Andreas zum Abschied geschenkt hatte.

»Bist du bereit?« fragte sie Charlie lächelnd, während sie den Abfertigungsraum verließen.

»Ja«, antwortete Charlie fast atemlos.

Sie schritten Hand in Hand in ihr neues Leben. Die Türen öffneten sich automatisch, und sie traten in die Ankunftshalle; Vanessa sah, daß Teddy einen Augenblick den Atem anhielt. Der Anblick Charlottes war für ihn, als sehe er Serena wieder ins Leben zurückkehren. Nur das schwarze Haar paßte nicht zu dem Bild, aber sogar das machte nichts aus, wenn man in die vertrauten Augen blickte. Teddy betrachtete sie bewegungslos, seine Augen füllten sich mit Tränen, dann schob er plötzlich die anderen zur Seite, stürzte auf Charlotte zu, umarmte sie und drückte sie an sich, während er sich daran erinnerte, wie er sie das letzte Mal gesehen hatte, als Kind im Gerichtssaal. Und nun, sechzehn Jahre später, war sie wieder bei ihm gelandet. Er hielt sie fest in den Armen und wußte, daß Serenas Kind endlich nach Hause gefunden hatte.

Linda beobachtete die Ankömmlinge mit ihrem Kind in den Armen, während Vanessa langsam auf John Henry zuging. Er sah sie nur schweigend an. Zwischen ihnen waren keine Worte notwendig. Sie war nach Athen gefahren, wie er ihr geraten hatte, hatte mit ihrer Vergangenheit Verbindung aufgenommen, ihre Schwester gefunden und war wieder nach Hause gekommen. Einen Augenblick spürte sie, wie seine Arme zitterten, als er sie umarmte, und als er sie lächeln sah, wußte er, daß alles gut war. John hielt Vanessas Hand fest, und Teddy schlang einen Arm um Linda, während Charlie lächelnd zwischen den beiden Paaren einherging.

»Willkommen zu Hause«, sagte John Henry über die Schulter hinweg.

Und Teddy flüsterte leise, »Willkommen daheim.«

DANIELLE STEEL

Abschied von St. Petersburg
Roman 41351

Alle Liebe dieser Erde
Roman 6671

Doch die Liebe bleibt
Roman 6412

Es zählt nur die Liebe
Roman 8826

Familienbilder
Roman 9230

Das Geschenk
Roman 43741

Glück kennt keine Jahreszeit
Roman 6732

Das Haus hinter dem Wind
Roman 9412

Das Haus von San Gregorio
Roman 6802

Herzschlag für Herzschlag
Roman 42821

Jenseits des Horizonts
Roman 9905

Die Liebe eines Sommers
Roman 6700

Liebe zählt keine Stunden
Roman 6692

Nachricht aus der Ferne
Roman 43037

Nie mehr allein
Roman 6716

Nur einmal im Leben
Roman 6781

Palomino
Roman 6882

Der Preis des Glücks
Roman 9921

Der Ring aus Stein
Roman 6402

Sag niemals adieu
Roman 8917

Schiff über dunklem Grund
Roman 8449

Sternenfeuer
Roman 42391

Töchter der Sehnsucht
Roman 41049

Träume des Lebens
Roman 6860

Unter dem Regenbogen
Roman 8634

Väter
Roman 42199

Verborgene Wünsche
Roman 9828

Verlorene Spuren
Roman 43211

Vertrauter Fremder
Roman 6763

Ein zufälliges Ereignis
Roman 43970

GOLDMANN